D1687718

Die Wildrose

Die Rosentrilogie

Band 1: Die Teerose
Band 2: Die Winterrose
Band 3: Die Wildrose

Über die Autorin:

Jennifer Donnelly wuchs im Staat New York auf. Mit ihrer »Rosentrilogie« begeisterte sie in Deutschland unzählige Leserinnen. Auch ihre anderen Romane »Das Licht des Nordens«, »Das Blut der Lilie« und »Straße der Schatten« wurden preisgekrönt und ernteten bei Presse und Lesern großen Beifall. Jennifer Donnelly, deren Familie aus Schottland stammt, lebt mit ihrem Mann und Sohn in Brooklyn.

Jennifer Donnelly

Die Wildrose

Roman

Aus dem Amerikanischen
von Angelika Felenda

Weltbild

Die amerikanische Originalausgabe erschien 2011 unter dem Titel *The Wild Rose* bei Hyperion, New York.

Besuchen Sie uns im Internet:
www.weltbild.de

Genehmigte Lizenzausgabe für Weltbild GmbH & Co. KG,
Werner-von-Siemens-Straße 1, 86159 Augsburg
Copyright der Originalausgabe © 2011 by Jennifer Donnelly
Copyright der deutschsprachigen Ausgabe © 2012 by Piper Verlag GmbH,
München / Berlin
Übersetzung: Angelika Felenda
Umschlaggestaltung: Johannes Frick, Neusäß
Umschlagmotiv: Arcangel Images (© Roux Hamilton) / www.shutterstock.com
Satz: Datagroup int. SRL, Timisoara
Druck und Bindung: CPI Moravia Books s.r.o., Pohorelice
Printed in the EU
ISBN 978-3-95973-413-4

2020 2019 2018 2017
Die letzte Jahreszahl gibt die aktuelle Lizenzausgabe an.

Für
Simon Lipskar
und
Maja Nikolic

Es ist nicht der Berg, den wir bezwingen,
wir bezwingen uns selbst.

Sir Edmund Hillary

Prolog

August 1913 – Tibet

Verhielten sich alle englischen Frauen wie Männer beim Sex? Oder bloß diese hier?

Das fragte sich Max von Brandt, ein deutscher Bergsteiger, als er der jungen Frau, die neben ihm im Dunkeln lag, das Haar aus dem Gesicht strich. Er war mit vielen Frauen zusammen gewesen. Mit sanften, anschmiegsamen Frauen, die sich hinterher an ihn klammerten und ihm Schwüre und Zärtlichkeiten abrangen. Diese Frau war nicht sanft und genauso wenig ihr Sex. Er war hart, schnell und ohne Vorspiel. Und wenn es vorbei war wie jetzt, rollte sie sich auf die Seite und schlief ein.

»Ich schätze, es gibt nichts, was dich bewegen könnte, bei mir zu bleiben, oder?«, fragte er.

»Nein, Max, nichts.«

Er lag auf dem Rücken im Dunkeln und hörte zu, wie ihr Atem gleichmäßiger wurde, während sie einschlief. Er selbst konnte nicht schlafen. Wollte es nicht. Er wollte, dass diese Nacht niemals zu Ende ging. Um sie nie zu vergessen. Er wollte sich erinnern, wie sie sich anfühlte, wie sie roch. An das Geräusch des Windes. Die beißende Kälte.

Er hatte ihr gesagt, dass er sie liebte. Vor Wochen. Und es ernst gemeint. Zum ersten Mal in seinem Leben war er aufrichtig gewesen. Aber sie hatte nur gelacht. Und dann, als sie bemerkte, wie verletzt er war, den Kopf geschüttelt.

Die Nacht verging schnell. Noch vor Sonnenaufgang erhob sich die Frau. Während Max in die Dunkelheit starrte, zog sie sich an und verließ leise das gemeinsame Zelt.

Er fand sie nie neben sich, wenn er aufwachte. Immer verließ sie noch bei Dunkelheit das Zelt, die Höhle oder irgendeinen Unterschlupf, den sie gefunden hatten. Anfangs hatte er sie gesucht und sie immer irgendwo hoch oben gefunden, an einem einsamen, stillen Ort, wo sie dasaß, das Gesicht in den frühen Morgenhimmel mit den verblassenden Sternen erhoben.

»Wonach suchst du?«, fragte er stets und folgte ihrem Blick.

»Nach dem Orion«, antwortete sie.

In nur ein paar Stunden würde er ihr Lebewohl sagen. In der verbleibenden Zeit würde er an ihre ersten gemeinsamen Tage denken, denn an diese Erinnerungen würde er sich klammern.

Sie hatten sich vor ein paar Monaten kennengelernt. Er wollte unbedingt den Himalaja sehen und herausfinden, ob es möglich sei, den Everest zu bezwingen. Um den höchsten Berg der Welt für Deutschland, sein Vaterland, zu erobern. Der Kaiser wünschte Eroberungen, und er stellte ihn lieber mit einem herrlichen Berg zufrieden als mit der Teilnahme an einem erbärmlichen Krieg in Europa. Von Berlin aus war er nach Indien aufgebrochen, hatte das Land in nördlicher Richtung durchquert und dann heimlich Nepal betreten, ein Land, das westlichen Ausländern verboten war.

Bis nach Kathmandu war er gekommen, als er von Vertretern der nepalesischen Obrigkeit festgenommen und zum Verlassen des Landes aufgefordert wurde. Das versprach er, aber er brauche Hilfe, sagte er. Einen Führer. Er brauche jemanden, der ihn durch die Hochtäler des Solu Khumbu und über den Nangpa-La-Pass nach Tibet führe. Von dort wolle er nach Osten ziehen und den Fuß des Everest erkunden auf dem Weg nach Lhasa, der Stadt Gottes, wo er hoffe, vom Dalai Lama die Erlaubnis zur Besteigung zu bekommen. Er habe von einem Ort namens Rongbuk gehört und von jemandem, der ihm vielleicht helfen könne – von einer Frau, ebenfalls eine Ausländerin aus dem Westen. Ob sie etwas von ihr wüssten?

Die Vertreter der Obrigkeit sagten, sie sei ihnen bekannt, obwohl sie die Frau seit einigen Monaten nicht mehr gesehen hätten. Er gab ihnen Geschenke: Rubine und Saphire, Perlen und einen großen

Smaragd, den er in Jaipur gekauft hatte. Als Gegenleistung erhielt er die Erlaubnis, auf die Frau zu warten. Einen Monat lang.

Max hatte von der Frau zum ersten Mal nach seinem Eintreffen in Bombay gehört. Westliche Bergsteiger, die er dort kennenlernte, erzählten ihm von einer jungen Engländerin, die im Schatten des Himalaja lebte. Sie hatte den Kilimandscharo bestiegen – den Mawenzi-Gipfel – und dort bei einem schrecklichen Unfall ein Bein verloren. Jetzt, sagten sie, fotografiere sie und zeichne Karten des Himalaja. Sie steige so hoch hinauf, wie sie könne, aber schwierige Kletterpartien seien ihr verwehrt. Sie lebe jetzt unter den Bergbewohnern. Sie sei genauso stark wie die Einheimischen und habe deren Respekt und Zuneigung gewonnen. Sie mache, was eigentlich kein Europäer tun könne – überschreite problemlos Grenzen und erfahre Gastfreundschaft von Nepalesen und Tibetanern gleichermaßen.

Aber wie sollte er sie finden? Es wimmelte vor Gerüchten. Sie sei in China und Indien gewesen, halte sich jetzt aber in Tibet auf, behaupteten einige. Nein, in Burma. Nein, in Afghanistan. Sie vermesse Land für die Briten. Spioniere für die Franzosen. Sie sei in einer Lawine umgekommen. Lebe wie eine Eingeborene. Habe einen Nepalesen geheiratet. Handle mit Pferden. Mit Yaks. Mit Gold. Auf dem Weg durch den Nordosten Indiens hörte er weitere Gerüchte. In Agra. In Kanpur. Und schließlich hatte er sie endlich gefunden. In Kathmandu. Oder zumindest eine Hütte, die sie benutzt hatte.

»Sie ist in den Bergen«, erklärte ein Dorfbewohner. »Sie wird kommen.«

»Wann?«

»Bald. Bald.«

Tage vergingen. Dann Wochen. Ein Monat. Die Nepalesen wurden ungeduldig. Sie wollten ihn loswerden. Immer wieder fragte er die Dorfbewohner, wann sie komme, und jedes Mal antworteten sie, bald. Er hielt dies für eine List des hinterhältigen Bauern, bei dem er wohnte, um noch ein paar Münzen mehr aus ihm herauszuschlagen.

Und dann kam sie. Zuerst hatte er sie für eine Nepalesin gehalten. Sie trug indigoblaue Hosen und eine lange Schaffelljacke. Ihre grünen Augen wirkten groß in dem eckigen Gesicht. Das Haar trug sie zu Zöpfen geflochten, die mit Silber und Glasperlen geschmückt waren – wie die einheimischen Frauen. Ihr Gesicht war von der Himalaja-Sonne gebräunt. Ihr Körper drahtig und stark. Sie humpelte beim Gehen. Später fand er heraus, dass sie eine Prothese aus Yakknochen trug, die ihr ein Dorfbewohner geschnitzt hatte.

»*Namaste*«, sagte sie zu ihm und neigte leicht den Kopf, nachdem der Bauer ihr erklärt hatte, was er wollte.

Namaste. Das war eine nepalesische Begrüßung, die bedeutete: Das Licht in mir verbeugt sich vor dem Licht in dir.

Er erklärte ihr, dass er sie anheuern wolle, um ihn nach Tibet zu führen. Sie erwiderte, dass sie gerade aus Shigatse zurückkomme und müde sei. Sie wolle zuerst schlafen, dann essen, und dann würden sie die Sache besprechen.

Am nächsten Tag bereitete sie ein Lammcurry für ihn zu, dazu gab es starken schwarzen Tee. Gemeinsam saßen sie auf dem teppichbedeckten Boden ihrer Hütte, unterhielten sich und teilten eine Opiumpfeife. Das vertreibe die Schmerzen, sagte sie. Damals dachte er, sie beziehe sich auf ihr verletztes Bein, aber später stellte er fest, dass der Schmerz, von dem sie sprach, viel tiefer ging und dass das Opium, das sie rauchte, wenig dazu beitrug, ihn zu lindern. Die Traurigkeit hüllte sie wie ein schwarzer Mantel ein.

Er war verblüfft von ihrem umfassenden Wissen über den Himalaja. Sie hatte einen größeren Teil der Gebirgskette vermessen, kartografiert und fotografiert als jeder westliche Ausländer vor ihr. Sie verdiente ihren Lebensunterhalt mit Führungen und mit Arbeiten über die Topografie der Berge, die sie bei der Royal Geographical Society veröffentlichte. Sie würde bald auch ein Buch mit ihren Fotografien herausbringen. Max hatte einige davon gesehen. Sie waren erstaunlich gut. Sie fingen die wilde Pracht der Berge, ihre Schönheit und kalte Gleichgültigkeit ein, wie es bis dahin noch niemandem gelungen war. Persönlich tauchte sie nie im Sitz dieser Gesellschaft auf, weil sie ihre geliebten Berge nicht verlassen wollte. Stattdessen schickte sie ihre Arbeit zur Veröffentlichung an Sir Clements Markham, den Präsidenten der Royal Geographical Society.

Max war beim Anblick ihrer Fotografien und der Genauigkeit ihrer Karten in Begeisterungsrufe ausgebrochen. Sie war jünger als er – erst neunundzwanzig – und hatte dennoch schon so viel erreicht. Achselzuckend war sie über sein Lob hinweggegangen und meinte, es gebe noch so viel mehr zu tun, was sie aber nicht leisten könne – weil sie wegen ihres Beins nicht hoch genug hinaufkomme.

»Aber allein um das zu leisten, hast du doch klettern müssen«, wandte er ein.

»Nicht sonderlich hoch hinauf. Und nicht über schwieriges Gelände. Nicht über Eishänge oder Klippen oder Gletscherspalten.«

»Aber wie kannst du überhaupt klettern? Ohne ... ohne zwei Beine, meine ich.«

»Ich klettere mit dem Herzen«, antwortete sie. »Kannst du das auch?«

Nachdem er bewiesen hatte, dass er tatsächlich mit Liebe, Ehrfurcht und Respekt vor den Bergen klettern konnte, willigte sie ein, ihn nach Lhasa zu führen. Mit zwei Yaks als Packtieren für Zelt und Proviant zogen sie durch Bergdörfer, Täler und über Pfade, die nur sie und eine Handvoll Sherpas kannten. Es war hart, ermüdend und unbeschreiblich schön. Zudem grauenvoll kalt. Unter Fellen, eng aneinandergeschmiegt, schliefen sie in einem Zelt, um sich warm zu halten. In der dritten Nacht sagte er ihr, dass er sie liebe. Sie lachte und wandte sich verärgert ab. Er hatte es ehrlich gemeint und fühlte sich von ihrer Ablehnung tief gekränkt in seinem Stolz.

»Tut mir leid«, sagte sie und legte die Hand auf seinen Rücken. »Tut mir leid, ich kann nicht ...«

Er fragte, ob es jemand anderen gebe, was sie bejahte, dann nahm sie ihn in die Arme. Um ihm Trost, Wärme und Lust zu schenken – aber nicht aus Liebe. Es war das erste Mal in seinem Leben, dass ihm das Herz gebrochen wurde.

Drei Wochen zuvor waren sie in Rongbuk, einem öden tibetanischen Dorf am Fuß des Everest, angekommen, wo sie lebte. Dort warteten sie, während die Frau, die über gute Verbindungen verfügte, ihren Einfluss nutzte, um ihm Papiere von tibetanischen Behörden zu beschaffen, die ihm gestatteten, Lhasa zu betreten. Er wohnte in ihrem Haus – einem kleinen, weiß gekalkten Steingebäude mit einem noch kleineren Anbau für ihre Tiere.

Einmal beobachtete er, wie sie zu klettern probierte. Die Kamera auf den Rücken geschnallt, versuchte sie, einen Gletscherhang hinaufzukommen. Aber irgendwann hielt sie inne und bewegte sich ganze zehn Minuten lang nicht mehr. Er konnte sehen, wie sie mit sich kämpfte. »Hol dich der Teufel!«, schrie sie plötzlich. »Hol dich der Teufel! Verdammt!«, und er befürchtete schon, sie würde eine Lawine auslösen. Wen schrie sie an?, fragte er sich. Den Berg? Sich selbst? Jemand anderen?

Schließlich trafen seine Papiere ein. Am Tag danach verließen sie Rongbuk mit einem Zelt und fünf Yaks. Gestern hatten sie die Außenbezirke von Lhasa erreicht. Es war ihr letzter gemeinsamer Tag. Die letzte gemeinsame Nacht. In ein paar Stunden würde er allein in die heilige Stadt einziehen. Er hatte vor, ein paar Monate zu bleiben, Lhasa und seine Bewohner zu studieren und Fotos zu machen, während er versuchte, eine Audienz beim Dalai Lama zu bekommen. Wie gering die Chancen dafür waren, wusste er. Der Dalai Lama tolerierte nur eine westliche Person – die Frau. Es hieß, gelegentlich würden sie gemeinsam trinken, singen und sich unzüchtige Geschichten erzählen. Diesmal jedoch würde sie nicht mit nach Lhasa kommen. Sie wollte nach Rongbuk zurück.

Als Max jetzt im kalten Morgengrauen aufstand, fragte er sich, ob er sie je wiedersehen würde. Er zog sich schnell an, packte ein paar Sachen in seinen Rucksack und verließ das Zelt. Vier Yaks – Geschenke für den Gouverneur von Lhasa –, deren Atem weiß in der Morgenluft stand, stampften und schnaubten, aber die Frau war nirgendwo zu sehen.

Er blickte sich um und entdeckte sie schließlich auf einem vorstehenden Felsen, wo sich ihre Silhouette vor dem Morgenhimmel abzeichnete. Still und einsam saß sie da, ein Knie an die Brust gedrückt, das Gesicht zu den verblassenden Sternen erhoben. Jetzt würde er sie verlassen. Mit dem anbrechenden Tag. Für immer mit diesem Bild in sich.

»*Namaste*, Willa Alden«, flüsterte er und berührte seine Stirn mit gefalteten Händen. »*Namaste.*«

Erster Teil

*März 1914
London*

1

»Tante Eddie, halt! Du kannst da nicht reingehen!«

Seamus Finnegan lag nackt, der Länge nach ausgestreckt, auf seinem Bett und öffnete ein Auge. Er kannte diese Stimme. Sie gehörte Albie Alden, seinem besten Freund.

»Um Himmels willen, warum denn nicht?«

»Weil er schläft! Du kannst nicht einfach zu einem schlafenden Mann reinplatzen. Das gehört sich nicht!«

»Ach, Blödsinn.«

Seamie kannte auch diese Stimme. Er setzte sich auf und zog die Bettdecke zum Kinn.

»Albie! Unternimm was!«, schrie er.

»Das hab ich versucht, alter Junge. Jetzt bist du auf dich allein gestellt«, rief Albie zurück.

Eine Sekunde später riss eine kleine, korpulente Frau im Tweedkostüm die Tür auf und begrüßte Seamie mit lauter Stimme. Es war Edwina Hedley, Albies Tante, aber Seamie kannte sie seit seiner frühesten Jugend und nannte sie Tante Eddie. Sie setzte sich aufs Bett, sprang aber sofort wieder hoch, weil jemand aufkreischte. Eine junge Frau, zerzaust und gähnend, tauchte unter den Decken auf.

Eddie runzelte die Stirn. »Meine Liebe«, sagte sie zu dem Mädchen, »ich hoffe inständig, Sie haben Vorkehrungen getroffen. Ansonsten werden Sie feststellen, dass ein Baby unterwegs ist, während sich der Vater auf dem Weg zum Nordpol befindet.«

»Ich dachte, es sei der Südpol«, antwortete die Frau verschlafen.

»Hat er Ihnen von all seinen Kindern erzählt?«, fragte Eddie die junge Frau und senkte die Stimme verschwörerisch.

Seamie setzte zu einem Protest an. »Eddie ...«

»Kinder? Was für Kinder?«, fragte die junge Frau, inzwischen nicht mehr verschlafen.

»Sie wissen doch, dass er vier Kinder hat? Alle unehelich. Er schickt den Müttern zwar Geld – er ist ja kein völliger Schuft –, will aber keine von ihnen heiraten. Sie sind natürlich absolut ruiniert. Alles Mädchen aus London. Drei sind aufs Land gezogen, weil sie sich nirgendwo mehr blicken lassen können. Das vierte ging nach Amerika, das arme Ding. Warum, glauben Sie wohl, ist die Sache mit Lady Caroline Wainwright in die Brüche gegangen?«

Das Mädchen, eine hübsche Brünette mit kurzem Pagenkopf, drehte sich zu Seamie um. »Stimmt das?«, fragte sie empört.

»Vollkommen«, warf Eddie ein, bevor Seamie den Mund aufmachen konnte.

Die junge Frau schlang die Daunendecke um sich und stand auf. Sie sammelte ihre Kleider vom Boden auf, stürmte wütend hinaus und knallte die Tür hinter sich zu.

»*Vier* Kinder, Tante Eddie?«, fragte Seamie, nachdem sie gegangen war. »Das letzte Mal waren es zwei.«

»Das war eine, die nur aufs Geld aus ist«, erwiderte Eddie verächtlich. »Ich habe dich gerade noch gerettet, aber ich werde nicht immer deinen Hals aus der Schlinge ziehen können.«

»Wie schade«, sagte Seamie.

Eddie beugte sich über ihn und küsste ihn auf die Wange. »Es ist schön, dich zu sehen.«

»Finde ich auch. Wie war es in Aleppo?«

»Absolut herrlich! Ich habe in einem Palast gewohnt und mit einem Pascha diniert. Außerdem die unglaublichsten Leute getroffen. Unter anderem einen gewissen Tom Lawrence. Er ist mit mir nach London zurückgereist und wohnt jetzt in meiner Wohnung in Belgravia und …«

Ein schepperndes Geräusch ertönte, als die schwere Haustür zuknallte.

Eddie lächelte. »Nun, mit der wär's vorbei. Die kriegst du nicht mehr zu Gesicht. Du bist mir vielleicht ein Schürzenjäger. Ich habe übrigens von der Sache mit Lady Caroline erfahren. Ganz London redet davon.«

»Das habe ich gehört.«

Seamie war nach Highgate, in Eddies schönes georgianisches Haus in Cambridge gekommen, um sich von einer kurzen, aber stürmischen Liebesaffäre zu erholen. Lady Caroline Wainwright war eine junge Dame – reich, hübsch und verwöhnt – und gewohnt, alles zu bekommen, was sie wollte. Und sie wollte ihn – als Ehemann. Er hatte ihr erklärt, dass das nie funktionieren würde. Er tauge nicht zum Ehemann. Er sei zu unabhängig. Zu sehr gewohnt, seine eigenen Wege zu gehen. Zu viel auf Reisen. Alles Mögliche hatte er ihr erzählt – nur nicht die Wahrheit.

»Es gibt jemand anderen, nicht wahr?«, hatte Caroline unter Tränen gefragt. »Wer ist es? Sag mir ihren Namen.«

»Es gibt niemanden«, hatte er geantwortet. Was natürlich eine Lüge war. Es gab tatsächlich jemanden. Jemanden, den er vor Langem geliebt – und verloren – hatte. Eine Frau, die ihn für alle anderen verdorben hatte, wie es schien.

Er hatte mit Caroline Schluss gemacht und war dann nach Cambridge geflohen, um sich bei seinem Freund zu verstecken. Er besaß keine eigene Wohnung, und wenn er in England war, pendelte er meistens zwischen Highgate, dem Haus seiner Schwester und verschiedenen Hotels hin und her.

Albie Alden, ein brillanter Physiker, der im King's College studiert hatte, lebte im Haus seiner Tante. Ständig boten ihm Universitäten in der ganzen Welt Stellen an – Paris, Wien, Berlin, New York –, aber er wollte in Cambridge bleiben. Im langweiligen, verschlafenen Cambridge. Keiner wusste, warum. Seamie jedenfalls nicht. Er hatte ihn oft gefragt, und Albie antwortete jedes Mal, dass es ihm hier am besten gefalle. Es sei ruhig und friedlich – zumindest wenn Seamie nicht da sei –, und das brauche er für seine Arbeit. Und Eddie, die selten zu Hause war, brauche jemanden, der sich um alles kümmere. Die Übereinkunft sei nützlich für sie beide.

»Was ist passiert?«, fragte Eddie jetzt. »Hat dir Lady Caroline das Herz gebrochen? Wollte sie dich nicht heiraten?«

»Nein, sie *wollte* mich heiraten. Das war das Problem.«

»Hm. Was erwartest du denn? So ist es eben, wenn man ein umwerfender, blendend aussehender Held ist. Die Frauen wollen sich dich eben unter den Nagel reißen.«

»Dreh dich bitte um, damit ich mich anziehen kann«, erwiderte Seamie nur.

Eddie kam der Bitte nach, Seamie stand auf und sammelte seine Kleider vom Boden auf. Er war groß, kräftig und gut gebaut. Seine Muskeln spannten sich unter der Haut, als er seine Hose anzog und sein Hemd überstreifte. Sein Haar, an den Seiten kurz geschnitten, oben lang und wellig, war kastanienbraun mit Reflexen. Sein Gesicht war von Sonne und Meer wettergegerbt. Seine Augen waren von einem verblüffenden Blau.

Im Alter von einunddreißig Jahren gehörte er weltweit zu den anerkanntesten Polarforschern. Schon als Teenager hatte er gemeinsam mit Ernest Shackleton einen Versuch zur Entdeckung des Südpols unternommen. Und vor zwei Jahren war er von der ersten erfolgreichen Expedition zum Südpol zurückgekehrt, die von dem Norweger Roald Amundsen geleitet worden war. Kurz nach seiner Rückkehr hatte er sich auf eine Vortragstour begeben und war fast zwei Jahre lang ununterbrochen durch die Welt gereist. Seit einem Monat war er wieder in London, aber die Stadt mitsamt ihren Bewohnern kam ihm schon jetzt grau und langweilig vor. Er fühlte sich ruhelos und eingesperrt und konnte es gar nicht erwarten, zu neuen Abenteuern aufzubrechen.

»Wie lange bist du schon in der Stadt? Wie gefällt es dir? Bleibst du diesmal ein bisschen länger?«, fragte Eddie.

Seamie lachte. So redete Eddie immer – sie stellte eine Frage, und bevor man sie beantworten konnte, folgten zehn weitere.

»Ich weiß nicht«, antwortete er und kämmte sich das Haar vor dem Spiegel über dem Sekretär. »Könnte sein, dass ich bald wieder fort bin.«

»Wieder eine Vortragsreise?«

»Nein. Eine Expedition.«

»Wirklich? Wie aufregend! Wohin?«

»Zurück in die Antarktis. Shackleton versucht, was auf die Beine zu stellen. Ihm ist es ziemlich ernst damit. Letztes Jahr hat er es in der *Times* angekündigt und inzwischen schon einen recht detaillierten Zeitplan aufgestellt. Jetzt muss er bloß noch das Geld dafür auftreiben.«

»Und was ist mit den ganzen Kriegsgerüchten? Bereitet ihm das keine Sorgen?«, fragte Eddie. »Die Leute auf dem Schiff redeten von nichts anderem. In Aleppo genauso.«

»Das schert ihn kein bisschen. Er schenkt der Sache keinen großen Glauben. Seiner Meinung nach verzieht sich das Gewitter bald wieder, und er will Ende Sommer lossegeln, wenn nicht schon früher.«

Eddie sah ihn lange an. »Wirst du allmählich nicht ein bisschen zu alt für dieses Draufgängerleben? Solltest du nicht sesshaft werden? Eine nette Frau finden?«

»Wie denn? Du verjagst sie doch alle?«, erwiderte Seamie neckend. Er setzte sich wieder aufs Bett und zog seine Socken an.

Eddie schlug mit der Hand nach ihm. »Komm runter, wenn du fertig angezogen bist. Ich mache Frühstück für uns alle. Eier mit Harissa-Soße. Ich hab ganze Töpfe von dem Zeug mitgebracht. Warte, bis du sie probiert hast. Einfach göttlich! Dann erzähle ich dir und Albie und seinen gelehrten Freunden von meinen Abenteuern. Und dann fahren wir nach London.«

»Nach London? Wann? Gleich nach dem Frühstück?«

»Na ja, vielleicht nicht direkt danach«, räumte Eddie ein. »Vielleicht in ein oder zwei Tagen. In meinem Stadthaus wohnt der faszinierendste Mann, den ich kenne, und ich will ihn dir unbedingt vorstellen. Mr Thomas Lawrence. Ich habe dir doch vorhin von ihm erzählt, bevor deine Mätresse meine Tür fast aus den Angeln gerissen hat. Ich habe ihn in Aleppo kennengelernt. Er ist ebenfalls Forschungsreisender. Und Archäologe. Er hat die ganze Wüste durchquert, kennt alle einflussreichen Leute dort und spricht fließend Arabisch.« Plötzlich hielt Eddie inne und senkte die Stimme. »Manche Leute behaupten, er sei ein *Spion*.« Das letzte Wort sagte Eddie im Flüsterton, dann sprach sie mit ihrer üblichen dröhnenden Stimme weiter. »Aber egal, was er sein mag, er ist jedenfalls absolut umwerfend.«

Eddies Bericht wurde plötzlich von einem Donnerschlag unterbrochen, dann prasselte Regen gegen die hohen Fenster, von denen eines eine kaputte Scheibe hatte.

»Oje, da kommt Wasser rein«, stellte sie fest. »Ich muss den Glaser anrufen.« Für einen Moment starrte sie in den Regen hinaus. »Ich hätte nie gedacht, dass ich das englische Wetter vermissen würde«, fügte sie wehmütig lächelnd hinzu. »Aber das war, bevor ich die arabische Wüste gesehen hatte. Es ist schön, wieder zurück zu sein. Ich mag mein knarrendes altes Haus wirklich gern. Und das knarrende alte Cambridge.« Ihr Lächeln verblasste. »Obwohl ich mir wirklich wünschte, ich wäre aus anderen Gründen zurückgekehrt.«

»Es wird schon alles gut mit ihm, Eddie«, beruhigte Seamie sie.

Eddie seufzte. »Das hoffe ich. Aber ich kenne meine Schwester. Sie hätte mich nie gebeten zurückzukommen, wenn sie sich nicht schreckliche Sorgen machte.«

Seamie wusste, dass Albies Mutter, die Schwester von Eddie, dieser nach Aleppo telegrafiert und sie gebeten hatte, nach England zurückzukehren. Admiral Alden, ihr Ehemann, war an irgendwelchen Magenproblemen erkrankt. Seine Ärzte hatten noch nicht feststellen können, was ihm fehlte, aber was es auch sein mochte, es war es schlimm genug, um ihn mit schweren Schmerzen ans Bett zu fesseln.

»Der ist aus hartem Holz geschnitzt«, sagte Seamie. »Wie alle Aldens.«

Eddie nickte und versuchte ein Lächeln. »Du hast natürlich recht. Aber jetzt ist genug Trübsal geblasen. Ich muss mich ums Frühstück kümmern und den Glaser anrufen. Und den Gärtner. Und den Kaminkehrer. Albie hat in meiner Abwesenheit rein gar nichts getan. Das Haus ist staubig. Meine Post stapelt sich bis zur Decke. Und in der ganzen Küche gibt es keinen einzigen sauberen Teller. Warum lässt er nicht dieses Mädchen aus dem Dorf zum Saubermachen kommen?«

»Er sagt, sie stört ihn.«

Eddie schnaubte verächtlich. »Ich verstehe wirklich nicht, wie sie das könnte. Er verlässt sein Arbeitszimmer doch nie. Als ich vor zwei Monaten abfuhr, steckte er da drinnen. Und jetzt immer noch und schuftet härter als je zuvor, obwohl er eigentlich ein Freisemester hat. Und jetzt hat er noch zwei andere Superschlaue bei sich. Ich habe sie gerade kennengelernt. Dilly Knox heißt der eine. Und Oliver Strachey. Überall liegen Bücher, Tafeln und Schaubilder verstreut. Was, um alles in der Welt, machen die bloß da drinnen? Was kann denn so faszinierend sein?«

»Ihre Arbeit?«

»Wohl kaum. Es sind doch bloß Zahlen und Formeln«, sagte Eddie verächtlich. »Der Junge braucht eine Frau. Sogar noch dringender als du, würde ich sagen. Er ist viel zu versponnen und zerstreut. Wie kommt es bloß, dass hinter dir viel mehr Frauen her sind, als dir guttut, und hinter dem armen Albie keine einzige? Kannst du nicht ein paar von deinen Verehrerinnen an ihn abtreten? Er braucht eine gute Frau. Und Kinder. Ach, wie schön wäre es doch, wieder das Lachen von glücklichen Kindern in meinem Haus zu hören. Wie herrlich waren die Jahre, als Albie und Willa noch klein waren und meine Schwester sie herbrachte, als sie im Teich schwammen und an diesem alten Baum schaukelten – genau an dem da«, sagte Eddie und deutete auf die alte Eiche vor dem Schlafzimmerfenster. »Willa ist immer so hoch hinaufgeklettert. Meine Schwester flehte sie an runterzukommen, aber das tat sie nicht. Sie kletterte immer nur noch höher hinauf und …«

Eddie brach plötzlich ab, drehte sich um und sah Seamie an.

»Ach, du meine Güte. Ich hätte nicht von ihr sprechen dürfen. Verzeih mir bitte.«

»Ist schon gut«, erwiderte Seamie.

»Nein, ist es nicht. Ich … ich nehme nicht an, dass du in letzter Zeit einen Brief von ihr erhalten hast, oder? Ihre Mutter zumindest nicht. Jedenfalls nicht in den letzten drei Monaten. Dabei schreibt sie ihr zweimal die Woche. Um ihr Nachricht über ihren Vater zukommen zu lassen. Na ja, wahrscheinlich ist der Briefverkehr zwischen Tibet und England eine ziemlich knifflige Angelegenheit.«

»Wahrscheinlich. Und nein, ich habe nichts von ihr gehört«, sagte Seamie. »Aber das habe ich ja nie. Seit sie aus Afrika weggegangen ist. Ich weiß auch nicht mehr als du. Nur, dass sie in Nairobi fast gestorben wäre. Dass sie danach durch den Fernen Osten gereist ist. Und dass sie sich jetzt im Himalaja aufhält und nach einer Möglichkeit sucht, um die Sache zu Ende zu bringen.«

Eddie zuckte zusammen bei seinen Worten. »Du trauerst ihr immer noch nach, nicht wahr? Deshalb dein Verschleiß an Frauen. Eine nach der anderen. Weil du nach einer suchst, die Willas Platz einnehmen könnte. Aber die findest du nicht.«

Und das werde ich auch nie, dachte Seamie. Er hatte Willa, die Liebe seines Lebens, vor acht Jahren verloren und, sosehr er sich auch bemühte, nie eine Frau gefunden, die ihr hätte das Wasser reichen können. Keine andere Frau besaß Willas Lebens- und Abenteuerlust. Keine andere Frau besaß ihren Mut oder ihren leidenschaftlichen, kühnen Geist.

»Es ist alles meine Schuld«, sagte Seamie. »Sie wäre nicht dort, Tausende von Meilen von ihrer Familie, von ihrem Zuhause entfernt, wenn ich nicht schuld daran wäre. Wenn ich mich damals am Kilimandscharo richtig verhalten hätte, wäre sie jetzt hier.«

Er würde nie vergessen, was damals in Afrika geschehen war. Sie hatten gemeinsam den Kilimandscharo bestiegen, in der Hoffnung, mit der Besteigung des Mawenzi-Gipfels einen Rekord aufzustellen. Sie hatten beide unter Höhenkrankheit gelitten, Willa ganz besonders. Er wollte, dass sie umkehrte, aber sie weigerte sich. Also gingen sie weiter und erreichten den Gipfel viel später, als ratsam war. Dort auf dem Mawenzi gestand er ihr etwas, was er schon seit Jahren fühlte, aber immer für sich behalten hatte – dass er sie liebte. »Ich liebe dich auch«, erwiderte sie. »Schon immer. Und für immer.« Diese Worte hallten in ihm nach. Jeden Tag seines Lebens. In seinem Kopf und seinem Herzen.

Die Sonne stand schon hoch, als sie den Abstieg begannen, zu hoch, und ihre Strahlen brannten auf sie herab. Ein Felsblock, der vom Eis an seinem Platz gehalten wurde, löste sich in der Hitze und donnerte auf sie hinab, als sie durch eine Schlucht abstiegen. Er traf

Willa, und sie stürzte ab. Nie würde Seamie den Widerhall ihrer Schreie vergessen, genauso wenig wie das verschwommene Bild ihres verdrehten Körpers, als er an ihm vorbei nach unten gerissen wurde.

Als er sie schließlich fand, sah er, dass ihr rechtes Bein gebrochen war und zersplitterte Knochen die Haut durchstoßen hatten. Er stieg zu ihrem Basislager ab, um Hilfe von den Massai-Führern zu holen, musste jedoch feststellen, dass sie von feindlichen Stammesangehörigen ermordet worden waren. Also musste er sie allein den Berg hinunter-, durch den Dschungel und die Ebene tragen. Tage später war er auf Zuggleise gestoßen, die zwischen Mombasa und Nairobi verliefen. Nachdem er einen Zug angehalten hatte, schaffte er es, Willa zu einem Arzt nach Nairobi zu bringen, doch als sie dort ankamen, war die Wunde brandig geworden. Es gebe keine Wahl, sagte der Arzt. Man müsse amputieren. Willa flehte ihn an, den Arzt davon zu überzeugen, dass sie ihr Bein behalten müsse. Sonst könne sie nicht mehr klettern. Aber Seamie hatte nicht auf ihr Flehen gehört. Er ließ den Arzt amputieren, um ihr Leben zu retten, und das hatte sie ihm nie verziehen. Sobald sie in der Lage dazu war, verließ sie das Krankenhaus. Und ihn.

Jeden Morgen wache ich verzweifelt auf und jeden Abend schlafe ich genauso verzweifelt ein, hatte sie in der Nachricht geschrieben, die sie für ihn zurückließ. *Ich weiß nicht, was ich tun soll. Wo ich hingehen, wie ich leben soll. Ich weiß nicht, wie ich die nächsten zehn Minuten überstehen soll, ganz zu schweigen vom Rest meines Lebens. Für mich gibt es keine Hügel mehr, die ich besteigen kann, keine Berge, keine Träume mehr. Es wäre besser gewesen, auf dem Kilimandscharo zu sterben, als so weiterzuleben.*

Eddie griff nach seiner Hand und drückte sie. »Hör auf, dir die Schuld dafür zu geben, Seamie, du bist nicht schuld daran«, sagte sie entschieden. »Du hast alles Menschenmögliche getan und das einzig Richtige. Stell dir vor, du hättest meiner Schwester sagen müssen, du hättest nichts getan, du hättest ihr Kind sterben lassen. Ich verstehe dich, Seamie. Wir alle verstehen dich.«

Seamie lächelte traurig. »Aber das ist ja gerade das Schlimme dabei«, erwiderte er. »Alle verstehen es. Alle außer Willa.«

2

»Entschuldigen Sie, Mr Bristow«, sagte Gertrude Mellors und steckte den Kopf durch die Tür ihres Vorgesetzten, »aber Mr Churchill ist am Telefon, und die *Times* möchte einen Kommentar zum Bericht des Handelsministers über Kinderarbeit in Ostlondon, und Mr Asquith bittet Sie, ihn heute zum Abendessen in den Reform Club zu begleiten. Punkt acht.«

Joe Bristow, Parlamentsabgeordneter für Hackney, hielt mit dem Schreiben inne. »Sagen Sie Winston, wenn er mehr Schiffe will, soll er sie selbst bezahlen. Die Leute in Ostlondon brauchen Kanalisationen und keine Schlachtschiffe. Der *Times* sagen Sie, dass die Londoner Kinder ihre Tage in der Schule und nicht in ausbeuterischen Betrieben verbringen sollen und dass es die moralische Pflicht des Parlaments ist, schnell und entschieden auf den Bericht zu reagieren. Und dem Premierminister richten Sie aus, er soll mir Perlhuhn bestellen. Danke, Trudy, meine Liebe.«

Er wandte sich wieder dem älteren Mann zu, der ihm gegenüber am Schreibtisch saß. Nichts, weder Zeitungen noch Einladungen, nicht einmal der Premierminister selbst, waren ihm wichtiger als seine Wähler. Denn diesen Männern und Frauen aus Ostlondon verdankte er es, dass er im Jahr 1900 Labour-Abgeordneter geworden war und dass sich daran seit vierzehn Jahren nichts geändert hatte.

»Tut mir leid, Harry. Wo waren wir stehen geblieben?«, fragte er.

»Bei der Wasserpumpe«, antwortete Harry Coyne, Bewohner von Nummer 31, Laurison Street, Hackney. »Wie ich gesagt hab, vor einem Monat etwa hat das Wasser angefangen, komisch zu schmecken. Und jetzt ist jeder in der Straße krank. Ich hab mit einem Burschen gesprochen, der unten in der Gerberei arbeitet, und der hat gesagt, sie kippen nachts hinter dem Gebäude fassweise Lauge aus. Weil sich der Meister die Kosten fürs Beseitigen der Brühe sparen will.

Unter dem Gebäude verlaufen Wasserleitungen, und ich denke, die Abwässer von der Gerberei sind da reingelaufen. Muss wohl so sein. Es gibt keine andere Erklärung.«

»Haben Sie das dem Gesundheitsinspektor gesagt?«

»Dreimal. Der hat nichts getan. Deshalb bin ich zu Ihnen gekommen. Der Einzige, der je was getan kriegt, sind Sie, Mr Bristow.«

»Ich brauche Namen, Harry«, erwiderte er. »Von der Gerberei. Dem Verantwortlichen. Dem Burschen, der dort arbeitet. Von allen, die krank geworden sind. Werden die mit mir reden?«

»Bei dem Verantwortlichen aus der Gerberei weiß ich's nicht, aber der Rest schon«, antwortete Harry. »Geben Sie mir bitte einen Stift.«
Während Harry Namen und Adressen aufschrieb, schenkte Joe zwei Tassen Tee ein, schob eine zu Harry hinüber und leerte die andere in einem Zug. Seit acht Uhr morgens hatte er Wähler empfangen, ohne Mittagspause, und jetzt war es halb fünf.

»Da haben Sie's«, sagte Harry und reichte Joe die Liste.

»Danke«, antwortete Joe und goss Tee nach. »Ich fange morgen an, von Tür zu Tür zu gehen. Dem Gesundheitsinspektor statte ich ebenfalls einen Besuch ab. Wir kriegen das geregelt, Harry, das verspreche ich. Wir werden ...« Bevor er weitersprechen konnte, ging seine Bürotür abermals einen Spalt auf. »Ja, Trudy. Was ist, Trudy?«, fragte er.

Aber es war nicht Trudy, sondern eine junge Frau. Groß, mit rabenschwarzem Haar und blauen Augen – eine Schönheit. Sie trug einen elegant geschnittenen anthrazitfarbenen Mantel mit passendem Hut und hielt einen Reporterblock und einen Füller in der Hand.

»Dad! Mum ist wieder verhaftet worden!«, sagte sie atemlos.

»Verdammter Mist. Schon *wieder*?«, fragte Joe.

»Katie Bristow, ich hab dir schon hundertmal gesagt, dass du zuerst anklopfen sollst!«, schimpfte Trudy, die ihr auf dem Fuß gefolgt war.

»Tut mir leid, Miss Mellors«, erwiderte Katie. Dann wandte sie sich wieder ihrem Vater zu. »Dad, du musst kommen. Mum war heute Morgen bei einer Demonstration von Frauenrechtlerinnen. Die sollte eigentlich friedlich verlaufen, ist dann aber in ein wüstes

Gerangel ausgeartet, und die Polizei ist dazwischengegangen. Sie wurde festgenommen und angeklagt, und jetzt sitzt sie im Gefängnis!«

Joe seufzte. »Trudy, rufen Sie die Kutsche bitte. Mr Coyne, das ist meine Tochter, Katharine. Katie, das ist Mr Coyne, einer meiner Wähler.«

»Sehr erfreut, Sie kennenzulernen, Sir«, erwiderte Katie und reichte Mr Coyne die Hand. Zu ihrem Vater sagte sie: »Dad, jetzt komm schon! Wir müssen los!«

Harry Coyne erhob sich und setzte seinen Hut auf. »Gehen Sie nur. Ich find selbst raus«, sagte er.

»Morgen bin ich in der Laurison Street, Harry«, versprach Joe und wandte sich dann seiner Tochter zu. »Was ist passiert, Katie? Woher weißt du, dass sie im Gefängnis ist?«

»Mum hat einen Boten nach Hause geschickt. Ach, und Dad? Wie viel Geld hast du bei dir? Weil Mum sagt, du sollst die Kaution für sie und Tante Maud hinterlegen, damit sie entlassen werden können. Aber das kannst du im Gefängnis machen, weil sie direkt dort hingebracht wurden, nicht zum Gericht, und verdammt, ich bin völlig ausgedörrt! Trinkst du das noch?«

Joe reichte ihr seine Teetasse. »Bist du den ganzen Weg allein hergekommen?«, fragte er streng.

»Nein, Onkel Seamie ist bei mir und Mr Foster auch.«

»Onkel Seamie? Was macht der denn hier?«

»Er wohnt wieder bei uns. Nur für eine Weile, während er in London ist. Hat Mum dir das nicht gesagt?«, antwortete Katie zwischen ein paar Schlucken.

»Nein«, sagte Joe, beugte sich in seinem Rollstuhl nach vorn und spähte durch seine Bürotür hinaus. Zwischen fünf oder sechs Wählern seines Wahlkreises saß Mr Foster, sein Butler, kerzengerade aufgerichtet, mit geschlossenen Knien, die gefalteten Hände auf den Spazierstock gelegt. Als er bemerkte, dass Joe ihn ansah, nahm er den Hut ab und sagte: »Guten Tag, Sir.«

Joe beugte sich noch weiter vor und sah seine sonst so sachliche Sekretärin wie ein aufgescheuchtes Huhn um jemanden herumflattern. Ihre Wangen waren gerötet, sie zupfte an ihrem Halstuch und kicherte wie ein Schulmädchen. Dieser Jemand war sein Schwager. Seamie blickte auf und winkte ihm lächelnd zu.

»Ich wünschte, Mum hätte mich zu der Demonstration gehen lassen, wie ich es wollte. Aber sie meinte, ich dürfe mich unter keinen Umständen aus der Schule wegrühren«, sagte Katie.

»Nur allzu richtig«, antwortete Joe. »Das ist bereits die dritte Schule, in die wir dich dieses Jahr reingebracht haben. Wenn du aus der wieder rausfliegst, finden wir so leicht keine andere mehr, die dich aufnimmt.«

»Ach *komm,* Dad!«, sagte Katie ungeduldig, seine Warnung ignorierend.

»Wo wurden sie hingebracht?«, fragte er.

»Nach Holloway«, antwortete Katie. »Mum hat in ihrer Nachricht geschrieben, dass über einhundert Frauen festgenommen wurden. Es ist so ungerecht. Mum und Dr. Hatcher und Dr. Rosen – lauter kultivierte, gebildete und kluge Frauen. Klüger als viele Männer. Warum hört Mr Asquith nicht auf sie? Warum gesteht er ihnen das Wahlrecht nicht zu?«

»Weil er den Eindruck hat, dass dies bei den Wählern der Liberalen Partei nicht gut ankommen würde. Das sind schließlich alles Männer und die meisten von ihnen noch nicht bereit anzuerkennen, dass Frauen genauso intelligent, wenn nicht sogar intelligenter als sie selbst sind«, antwortete Joe.

»Nein, das glaube ich nicht. Das ist es nicht.«

Joe hob eine Augenbraue. »Nein?«

»Nein. Ich glaube, Mr Asquith weiß, wenn Frauen das Wahlrecht erhalten, dann werden sie es benutzen, um ihn abzuwählen.«

Joe brach in schallendes Lachen aus. Katie sah ihn wütend an. »Das ist nicht komisch, Dad. Das stimmt.«

»Das stimmt tatsächlich. Steck diese Akten in meine Tasche, und nimm sie bitte mit.«

Während Joe beobachtete, wie sie ihren Block und Füller ablegte und seine Sachen einpackte, empfand er große Liebe für sie. Er und Fiona hatten inzwischen sechs Kinder: Katie, fünfzehn; Charlie, dreizehn; Peter, elf; Rose, sechs, und die vierjährigen Zwillinge Patrick und Michael. Während er Katie jetzt ansah, die inzwischen so erwachsen wirkte und so schön war, erinnerte er sich an den Tag, als sie ihm in die Arme gelegt wurde. Von diesem Moment an, als er sie festhielt und in ihre Augen blickte, war er ein anderer Mensch geworden. Er hatte dieses kleine Wesen an sich gedrückt und gewusst, dass es für immer einen Platz in seinem Herzen haben würde.

Joe liebte alle seine Kinder und freute sich über ihre Eigenarten, Vorlieben, Ansichten und Fähigkeiten, aber Katie, seine Erstgeborene, stand ihm besonders nahe. Vom Aussehen her war sie eine jüngere Version ihrer Mutter. Sie besaß Fionas Schönheit, ihren schlanken Körperbau und ihre Anmut, aber das leidenschaftliche Interesse für Politik hatte sie von ihm. Sie war entschlossen, nach Oxford zu gehen, Geschichte zu studieren und dann in die Politik einzutreten. Sobald die Frauen volle Freiheitsrechte erlangt hätten, erklärte sie, würde sie für die Labour-Partei kandidieren und das erste weibliche Parlamentsmitglied werden. Ihr Ehrgeiz in dieser Hinsicht hatte sie bereits in Schwierigkeiten gebracht.

Vor sechs Monaten war sie aufgefordert worden, die Kensington-Schule für junge Damen zu verlassen, nachdem sie auf eigene Faust die Reinigungskräfte und den Gärtner überredet hatte, einer Labour-Gewerkschaft beizutreten. Er und Fiona hatten eine andere Schule für sie gefunden, aber nach drei Monaten wurde sie erneut aufgefordert, die Schule zu verlassen. Diesmal wegen dreimaligen unentschuldigten Fehlens beim nachmittäglichen Französisch- und Anstandsunterricht. Nach dem dritten Verstoß zitierte die Direktorin, Miss Amanda Franklin, Katie in ihr Büro. Sie wollte wissen, warum sie den Unterricht versäumt habe und was wichtiger sein könne als Französisch- und Anstandsunterricht.

Als Antwort reichte ihr Katie stolz eine Zeitung, die aus einem einzelnen, auf der Vorder- und Rückseite bedruckten Blatt bestand. Auf der Vorderseite stand in Großdruckbuchstaben das Wort

SCHLACHTRUF, darunter, nur geringfügig kleiner, KATHARINE BRISTOW, CHEFREDAKTEURIN.

»Ich hätte Ihnen davon erzählen sollen, Miss Franklin. Aber ich wollte warten, bis sie fertig war, verstehen Sie«, sagte sie stolz. »Und hier ist sie, frisch aus der Druckerpresse.«

»Und was genau ist das, wenn ich fragen darf?«, wollte Miss Franklin mit hochgezogenen Augenbrauen wissen.

»Meine eigene Zeitung, Madam«, antwortete Katie. »Ich habe sie gerade erst gegründet. Den Druck der ersten Ausgabe habe ich mit meinem Taschengeld finanziert. Aber die Einnahmen aus den Anzeigen werden dazu beitragen, die nächste zu bezahlen. Sie soll eine Stimme für arbeitende Männer und Frauen werden, von ihrem Kampf um gerechte Arbeitsbedingungen, höhere Löhne und größere politische Mitspracherechte berichten.«

Katies Zeitung enthielt einen Artikel über die Ablehnung des Premierministers, eine Delegation von Frauenrechtlerinnen zu empfangen, einen weiteren über die haarsträubenden Arbeitsbedingungen in einer Marmeladenfabrik von Milford und einen dritten über den immensen Zulauf bei einer Labour-Kundgebung in Limehouse.

»Wer hat diese Artikel geschrieben?«, fragte Miss Franklin mit leicht erhobener Stimme und griff sich an die Brosche an ihrem Kragen.

»Ich, Madam«, antwortete Katie strahlend.

»Sie haben mit Fabrikarbeitern gesprochen, Miss Bristow? Und mit Radikalen? Sie verfolgten Debatten im Unterhaus? Allein?«

»O nein. Ich hatte unseren Butler dabei – Mr Foster. Er begleitet mich immer. Und sehen Sie die hier?«, fragte Katie und deutete auf die Anzeigen für männliche Suspensorien und Badesalze für Frauenbeschwerden. »Die hab ich auch selbst akquiriert. Dafür musste ich eine Menge Geschäfte auf der Whitechapel High Street abklappern. Möchten Sie ein Exemplar, Miss Franklin?«, fragte Katie eifrig. »Es kostet bloß drei Pence. Oder vier Shilling für ein Jahresabonnement. Womit Sie gegenüber dem Straßenverkauf einen Shilling und zwei Pence sparen. Ich habe bereits elf Abonnements an meine Mitschülerinnen verkauft.«

Miss Franklin, unter deren Schülerinnen sich viele privilegierte und behütete Töchter der Aristokratie befanden – Mädchen, die keine Ahnung hatten, dass Männer überhaupt über Körperteile verfügten, die unterstützt werden mussten, oder Frauen an Beschwerden litten, die nur Badesalze lindern konnten –, wurde weiß wie die Wand.

Sie lehnte Katies Angebot ab und schrieb sofort einen Brief an ihre Eltern, um nachzufragen, ob die außerschulischen Aktivitäten ihrer Tochter an einem anderen Institut vielleicht besser gefördert werden könnten.

Joe nahm an, dass er zu Katie hätte strenger sein sollen, nachdem sie zum zweiten Mal rausgeflogen war – Fiona war dies jedenfalls –, hatte es aber nicht übers Herz gebracht. Er kannte nicht viele fünfzehnjährige Mädchen, die eine Arbeiterschaft organisieren konnten – wenn auch im kleinen Rahmen – oder eine eigene Zeitung publizierten. Er fand eine neue Schule für sie, wo kein Anstandsunterricht angeboten wurde und die sich mit ihren fortschrittlichen Lehrmethoden brüstete. Eine Schule, der es nichts ausmachte, wenn sie den Französischunterricht versäumte, um der Befragung des Premierministers beizuwohnen, solange sie ihre Hausaufgaben machte und bei den Prüfungen gut abschnitt.

»Hier, Dad«, sagte Katie jetzt und reichte ihm seine Aktentasche. Joe legte sie auf den Schoß und fuhr mit seinem Rollstuhl los. Katie nahm ihren Block und Füller und folgte ihm.

Joe war durch eine Kugel seit vierzehn Jahren gelähmt und konnte die Beine nicht mehr bewegen. Ein Mann aus dem East End namens Frank Betts hatte Fionas Bruder Sid – damals selbst ein Krimineller – etwas anhängen wollen. Wie Sid gekleidet, tauchte er in Joes Büro auf und gab zwei Schüsse auf ihn ab. Eine der Kugeln blieb in Joes Rückgrat stecken. Er hatte nur um ein Haar überlebt und mehrere Wochen im Koma gelegen. Als er schließlich wieder zu sich kam, machten ihm die Ärzte keine Hoffnung, in Zukunft ein normales Leben führen zu können. Sie sagten, er würde invalid und für immer ans Bett gefesselt bleiben. Gut möglich, dass er sogar beide Beine verlieren würde. Aber Joe hatte sie Lügen gestraft. Sechs Monate nach dem Überfall nahm er sein gewohntes Leben wieder auf. Er musste zwar den kurz zuvor gewonnenen Sitz für Tower Hamlets aufgeben, aber in der Zwischenzeit war der Abgeordnete für Hackney gestorben, und eine Nachwahl wurde anberaumt. Joe zog erneut in den Wahlkampf, diesmal im Rollstuhl. Er gewann den Sitz für die Labour-Partei und hatte ihn seitdem auch nicht mehr verloren.

Im Wartezimmer erklärte Joe den dort anwesenden Bittstellern, was seiner Frau passiert war. Er entschuldigte sich und bat sie, gleich am nächsten Morgen wiederzukommen. Alle waren einverstanden, bis auf eine Gruppe Kirchenvertreterinnen, die sich über die in ganz Hackney verteilten Plakate erregten, auf denen für eine anzügliche neue Musikrevue namens *Prinzessin Zema und die Nubier vom Nil* geworben wurde.

»Das Mädchen hat ungefähr so viel Kleider am Leib wie am Tag seiner Geburt«, sagte eine aufgebrachte Dame, eine Mrs Hughes.

»Ich muss meinen Enkelkindern die Augen zuhalten, wenn sie unsere Straße entlanggehen«, rief Mrs Archer. »Wir haben den deutschen Kaiser, der Krawall schlägt, und Mrs Pankhurst und ihre Bande wirft Fensterscheiben ein. Unsere jungen Mädchen rauchen und fahren im Automobil, und um allem die Krone aufzusetzen, haben wir jetzt auch noch nackte Ägypterinnen in Hackney! Ich frage Sie, Mr Bristow, wo soll das alles noch hinführen?«

»Ich weiß es nicht, Mrs Archer, aber ich versichere Ihnen, mich persönlich dafür einzusetzen, dass diese Plakate bis Ende der Woche entfernt worden sind«, antwortete Joe.

Nachdem er die Frauen besänftigt und sie sein Büro verlassen hatten, nahmen Joe, Katie, Seamie und Mr Foster den Fahrstuhl nach unten, wo Joes Kutsche wartete. Eine weitere Droschke, mit der Katie und ihre Begleiter hergekommen waren, wartete dahinter.

»Danke, dass du mir Bescheid gegeben hast, mein Schatz«, sagte er und drückte ihre Hand. »Ich sehe dich dann zu Hause.«

»Aber ich fahre nicht nach Hause, ich komme mit«, erwiderte Katie.

»Katie, Holloway ist ein Gefängnis. Keine Labour-Kundgebung oder Marmeladenfabrik. Es ist ein schrecklicher Ort und für ein fünfzehnjähriges Mädchen nicht geeignet«, sagte Joe entschieden. »Deine Mutter und ich werden bald nach Hause kommen.«

»Nein! Ich gehe nicht nach Hause! Du behandelst mich wie ein Kind, Dad!«, erwiderte Katie aufgebracht. »Die Wahlrechtsbewegung beeinflusst auch meine Zukunft. Es ist Politik. Es geht um Frauenrechte. Hier wird Geschichte geschrieben. Und da soll ich nicht dabei sein dürfen? Ich möchte über die Demonstration, die Verhaftungen und über Holloway selbst in meiner Zeitung berichten, und deinetwegen soll mir das entgehen!«

Joe wollte Katie schon einfach nach Hause beordern, als Mr Foster sich räusperte. »Sir, wenn ich mir eine Bemerkung erlauben dürfte«, begann er.

»Als wenn ich Sie davon abhalten könnte, Mr Foster«, entgegnete Joe.

»Miss Katharine bringt ein sehr überzeugendes Argument vor. Es geht um eine Qualifikation, die ihr meiner Ansicht nach eines Tages im Parlament sehr wohl von Nutzen sein könnte. Es wäre doch ein bemerkenswerter Pluspunkt für die erste weibliche Abgeordnete, wenn sie von sich behaupten könnte, an vorderster Front für das weibliche Stimmrecht gekämpft zu haben.«

»*Ihn* hast du schon um den Finger gewickelt, nicht wahr?«, stellte Joe an seine Tochter gewandt fest.

Katie erwiderte nichts, sondern sah ihren Vater nur hoffnungsvoll an.

»Also gut, dann komm mit«, lenkte Joe schließlich ein.

Sie klatschte in die Hände und gab ihm einen Kuss auf die Wange.

»Wollen mal sehen, ob du in Holloway immer noch so fröhlich bist. Sag nicht, dass ich dich nicht gewarnt hätte.«

»Brauchst du Hilfe, Joe?«, fragte Seamie. »Ich komme mir hier ein bisschen nutzlos vor.«

»Durchaus«, antwortete Joe. »Und auch noch etwas Geld, denn es sieht ja ganz danach aus, als müsste ich das halbe Gefängnis befreien. Hast du was bei dir?«

Seamie sah in seine Brieftasche und reichte Joe zwanzig Pfund. Joe bat Mr Foster, die zweite Kutsche nach Hause zu bringen.

»Sicher, Sir«, antwortete Mr Foster. »Und ich sorge dafür, dass das Dienstmädchen eine Kanne Tee bereithält.«

»Gut«, sagte Joe.

Er, Seamie und Katie stiegen in seine Kutsche, ein Fahrzeug, das eigens zum Transport seines Rollstuhls angefertigt worden war, und fuhren dann nach Westen in Richtung Gefängnis los. Kurz darauf erreichten sie London Fields, den Park, wo die Demonstration geendet hatte. Während sie bis dahin in ein Gespräch vertieft gewesen waren, verstummten sie mit einem Mal, als die Droschke an dem Park vorbeirollte.

»Du meine Güte!«, stieß Joe aus, als er aus dem Fenster sah.

Wohin man auch blickte, überall Zerstörung. Die Fenster eines Pubs und mehrerer Häuser waren eingeschlagen. Die Karren von Gemüsehändlern umgeworfen. Überall lagen Äpfel, Kartoffeln und Kohlköpfe herum. Zerfetzte Fahnen hingen schlaff an Laternenpfählen. Zertrampelte Plakate lagen auf dem Boden. Anwohner, Straßenhändler und der Wirt des Pubs taten ihr Bestes, um wieder Ordnung zu schaffen und die Glasscherben und den Müll wegzukehren.

»Dad, ich mache mir Sorgen um Mum«, sagte Katie leise.

»Ich auch«, gestand Joe ein.

»Was ist hier passiert?«, fragte Seamie.

Joe hörte einen Anflug von Angst in seiner Stimme. »Ich bin mir nicht sicher«, erwiderte er, »aber ich glaube, nichts Gutes.«

Als die Kutsche weiterfuhr, sah Joe, dass der Wirt einen Kübel Wasser über die Pflastersteine vor seinem Pub schüttete. Er wusch etwas Rotes damit fort.

»War das …«, begann Seamie.

»Pst«, stieß Joe schnell hervor. Er wollte nicht, dass seine Tochter das hörte, aber es war zu spät.

»Blut«, sagte sie.

»Blut?«, fragte Seamie schockiert. »Wessen Blut?«

»Das der Demonstranten«, antwortete Joe ruhig.

»Warte mal ... du willst mir sagen, dass Frauen – *Frauen* – auf den Straßen von London zusammengeschlagen wurden? Weil sie demonstriert haben? Weil sie um das Wahlrecht gebeten haben?« Seamie schüttelte ungläubig den Kopf und fügte dann hinzu: »Wann hat das angefangen?«

»Du warst eine ganze Weile fort und bist über Eisberge geklettert, Kumpel«, erwiderte Joe ironisch. »Und dann warst du auf deinen Vortragsreisen. Wenn du in London geblieben wärst, dann wüsstest du, dass hier niemand mehr um etwas *bittet*. Die Benachteiligten – seien es die Armen von Whitechapel, die nationalen Gewerkschaften oder die Frauenrechtlerinnen des Landes –, sie alle fordern jetzt Reformen. Die Dinge haben sich geändert im guten alten England.«

»Das würde ich auch sagen. Warum gibt es keine friedlichen Demonstrationen mehr?«

Joe lächelte bitter. »Die gehören der Vergangenheit an. Der Kampf ums Wahlrecht ist gewalttätig geworden. Jetzt gibt es zwei Fraktionen, die darum kämpfen. Die National Union of Women's Suffrage Societies unter Leitung von Millicent Fawcett, der auch Fiona angehört und die verfassungskonform vorgeht, um ihre Ziele zu erreichen. Und dann gibt es die Women's Social und Political Union unter Leitung von Emmeline Pankhurst, die die Verschleppungstaktik von Asquith satthat und militant geworden ist. Christabel, Emmelines Tochter, ist eine Aufwieglerin. Sie hat sich an Tore gekettet. Pflastersteine in Fenster geworfen. Den Premier öffentlich angegriffen. Sachen angezündet. Die Aktivitäten der Pankhursts dagegen finden großes Echo in der Presse. Unglücklicherweise bringen sie jedoch die Pankhursts – aber auch jeden, der sich in ihrer Nähe aufhält – in den Knast.«

Joe blickte Katie an, während er redete, und sah, dass sie kreidebleich geworden war. »Es ist noch nicht zu spät, Schatz. Ich kann dich immer noch zuerst nach Hause bringen.«

»Ich habe keine Angst, Dad. Und ich will nicht nach Hause«, erwiderte Katie ruhig. »Das ist auch mein Kampf. Für wen macht Mum das denn? Für dich? Für Charlie und Peter? Nein. Für mich und Rose, für uns tut sie es. Das Mindeste, was ich tun kann, ist, sie abzuholen. Und in meiner Zeitung darüber zu berichten, was ich sehe.«

Joe nickte. Tapferes Mädchen, ganz wie ihre Mutter, dachte er. Tapferkeit war ein nobler Zug, schützte aber nicht vor Pferden und Schlagstöcken. Er hatte Angst um seine Frau und machte sich Sorgen, dass sie womöglich verletzt worden war.

»Ich schätze, die alte Dame hatte recht«, sagte Seamie.

»Welche alte Dame?«, fragte Joe.

»Die in deinem Büro. Die sich über die Musikrevue beschwert hat. Als sie meinte, wo das alles noch hinführen soll. Ich hielt sie nur für eine dieser andauernden Nörglerinnen, die sich jetzt eben über nackte Ägypterinnen aufregt. Doch nun frage ich mich, ob sie vielleicht nicht doch recht hatte. England, London ... das sind nicht mehr die Orte, die ich 1912 verlassen habe. Ich höre mich jetzt zwar selbst wie eine alte Dame an, aber ehrlich, Joe – Frauen zusammenschlagen? Wie weit ist es denn mit der Welt gekommen?«

Joe sah seinen Schwager an, der immer noch völlig fassungslos wirkte. Er dachte an seine Frau und ihre Freundinnen in den feuchten Zellen von Holloway. Er dachte an die Streiks und Arbeiterdemonstrationen, die in London inzwischen schon fast zum Alltag gehörten. Er dachte an die jüngsten Drohungen aus Deutschland und an Winston Churchills Anruf, der höchstwahrscheinlich Unterstützung für die Finanzierung weiterer Kriegsschiffe zusammentrommeln wollte. Und stellte fest, dass er keine Antwort auf Seamies Frage hatte.

3

Seamie Finnegan dachte, er wüsste Bescheid über Gefängnisse. Vor Jahren hatte er in Nairobi selbst einmal ein paar Tage in einem verbracht. Sein Bruder Sid hatte dort für ein Verbrechen eingesessen, das er nicht begangen hatte. Seamie und Maggie Carr, eine Kaffeeplantagenbesitzerin und Sids Chefin, hatten einen Plan ausgeheckt, um Sid zu befreien, bei dem Seamie und Sid die Rollen tauschen mussten. Es war nicht schwierig gewesen. Es gab nur eine Wache, und das Gebäude selbst war, wie Mrs Carr es ausdrückte, »nicht mehr als ein baufälliger Hühnerstall«.

Jetzt jedoch, als er auf die hoch aufragende Vorderfront blickte, stellte er fest, dass er nichts über Gefängnisse wusste, denn etwas wie Holloway hatte er noch nie gesehen.

Es wirkte wie eine dunkle, mittelalterliche Festung mit Eisentor und Zinnen. Zwei Greifvögel flankierten die Toreinfahrt, und dahinter sah man die Zellenblöcke – lange, rechteckige Bauten mit endlosen Reihen kleiner Fensterschlitze.

Bei dem Anblick stockte ihm der Atem. Sein Entdeckerherz sehnte sich nach den freien, grenzenlosen Gebieten dieser Erde, nach den schneebedeckten Weiten der Antarktis und den hohen Gipfeln des Kilimandscharo. Allein der Gedanke, hinter den hässlichen Steinwällen von Holloway eingesperrt zu sein, war beängstigend.

»Onkel Seamie, hier entlang. Komm mit«, sagte Katie und zog ihn an der Hand.

Joe war bereits mit seinem Rollstuhl durch die Einfahrt und schon halb in Richtung des Zentralgebäudes gefahren, auf dem AUFNAHME stand. Seamie und Katie eilten ihm nach.

Im Innern des Empfangsbereichs herrschte Chaos. Während Joe bei einem uniformierten Schalterbeamten die Kautionssumme für Fiona und ihre Freundin Maud Selwyn-Jones abzählte und Katie eine

Frau interviewte, die ein blutiges Taschentuch an den Kopf drückte, griffen andere Frauen – viele in zerrissenen, blutbeschmierten Kleidern, einige mit Schnittwunden und voller blauer Flecken – wutentbrannt Aufseherinnen und Wärter an. Familienmitglieder und Freunde, die sie abholen wollten, baten sie inständig, mit ihnen das Gefängnis zu verlassen, aber vergeblich.

»Wo ist Mrs Fawcett?«, rief eine von ihnen. »Wir gehen nicht, bevor sie nicht freigelassen wird!«

»Wo sind Mrs Bristow und Dr. Hatcher?«, schrie eine andere.

»Was macht ihr mit ihnen? Lasst sie frei!«

Die Rufe wurden immer lauter. Dutzende von Stimmen vereinigten sich zu einer. »Lasst sie frei! Lasst sie frei! Lasst sie frei!«

Der Lärm war ohrenbetäubend. Darüber hinweg schrie eine Aufseherin, dass alle gehen müssten, und zwar auf der Stelle, wurde aber sofort niedergebrüllt. Seamie sah einen alten Mann in schwarzem Anzug, der mit besorgtem Gesichtsausdruck von Wache zu Wache ging.

Joe sah ihn auch. »Reverend Wilcott?«, rief er. »Sind Sie das?«

Der Mann drehte sich um. Er trug eine Brille, war glatt rasiert und schien um die fünfzig zu sein. Sein Haar war bereits ergraut, sein Gesichtsausdruck freundlich und leicht verwirrt.

Er sah ihn an, hob die Brille und sagte: »Ah! Mr Bristow. Das wir uns ausgerechnet hier wiedertreffen.«

»Ja, eine schlimme Geschichte, Reverend. Ist Jennie denn auch verhaftet worden?«

»Ja. Ich bin hergekommen, um sie abzuholen, aber sie scheint nicht hier zu sein. Ich mache mir große Sorgen. Der Wärter hat viele Frauen an ihre Angehörigen übergeben, aber nicht Jennie. Ich habe keine Ahnung, warum nicht. Gerade habe ich Mr von Brandt gesehen, der nach Harriet sucht. Ah! Da ist er ja.«

Ein großer, gut gekleideter Mann mit silberblondem Haar gesellte sich zu ihnen. Man stellte sich vor, und Seamie erfuhr, dass Max von Brandt, ein Deutscher aus Berlin, der im Moment in London lebte, Dr. Harriet Hatchers Cousin war, den Harriets Mutter losgeschickt hatte, um sie abzuholen.

»Haben Sie sie gefunden?«, fragte Joe.

»Nein, aber ich habe kurz den Wärter gesprochen, und er sagte mir, dass Harriet und verschiedene Führungsleute der National Union of Suffrage Societes anderswo im Gefängnis festgehalten würden.«

»Aber warum?«, fragte Joe.

»Er behauptete, zu ihrer eigenen Sicherheit. Er sagte, er habe die Führungsleute aus Mrs Fawcetts Gruppe von denen aus Mrs Pankhursts Gruppe trennen müssen. Offensichtlich hat es harsche Auseinandersetzungen zwischen ihnen gegeben, und er befürchtete weitere Feindseligkeiten. Er meinte, sie würden in Kürze freigelassen, aber das war schon vor einer Stunde, und sie sind immer noch nicht aufgetaucht.«

Frustriert rollte Joe zu einer der Aufseherinnen hinüber, um mehr herauszufinden. Max begleitete ihn. Katie führte ihre Interviews fort und machte sich Notizen. Seamie und der Reverend versuchten, höflich Konversation zu machen. Seamie erfuhr, dass der Reverend einer Gemeinde in Wapping vorstand, dass seine Tochter Jennie bei ihm im Pfarrhaus lebte und eine kirchliche Schule für arme Kinder leitete.

»Es ist gleichzeitig auch eine Suppenküche«, erklärte der Reverend. »Wie Jennie immer sagt: ›Hungrige Kinder können nicht lernen, und Kinder, die nicht lernen, werden immer hungrig sein.‹«

Währenddessen wurde am Ende des Empfangsraums eine Tür geöffnet, und eine Gruppe wie betäubt wirkender, erschöpfter Frauen wankte herein. Seamie erkannte seine Schwester sofort, aber seine Erleichterung verwandelte sich bei ihrem Anblick sofort in Bestürzung. Fionas Gesicht war voller blauer Flecken. An ihrer Stirn befand sich eine Schnittwunde, Blut klebte in ihrem Haar, und ihre Jacke war zerrissen.

Als die Frauen in den Empfangsbereich kamen, brach Jubel unter ihren wartenden Mitdemonstrantinnen aus. Es gab Umarmungen, Tränen und Versprechen, wieder zu demonstrieren. Joe und Katie eilten auf Fiona zu. Seamie folgte ihnen durch den Trubel. Die meisten Gesichter der Frauen sagten ihm nichts, aber ein paar erkannte er.

»Gott, ich brauche eine Zigarette«, sagte eine von ihnen laut. Es war Fionas Freundin Harriet Hatcher. »Eine Zigarette und ein großes Glas Gin«, fügte sie hinzu. »Max, bist du das? Gott sei Dank! Gib mir eine Zigarette, ja?«

»Hatch, gib mir bitte auch eine.« Seamie kannte auch diese Stimme. Sie gehörte Maud Selwyn-Jones, der Schwester von India Selwyn-Jones, die mit Fionas Bruder Sid verheiratet war.

»Alles in Ordnung, Fee?«, fragte Seamie seine Schwester, als er schließlich bei ihr war. Joe und Katie standen bereits an ihrer Seite und kümmerten sich um sie.

»Seamie? Was machst du denn hier?«, fragte Fiona.

»Ich war zu Hause, als deine Nachricht eintraf, und habe Katie begleitet.«

»Tut mir leid, mein Lieber.«

»Du brauchst dich nicht zu entschuldigen. Ich bin froh, dass ich hergekommen bin. Ich hatte ja keine Ahnung, Fiona. Ich ... nun, ich bin froh, dass es dir gut geht.«

Er war fassungslos, sie so zugerichtet zu sehen. Fiona hatte ihn großgezogen. Sie hatten ihre Eltern verloren, als Fiona siebzehn und er vier war, und sie war nicht nur seine Schwester, sondern auch wie eine Mutter für ihn gewesen. Sie war einer der liebevollsten, loyalsten und selbstlosesten Menschen, die er kannte, und die Vorstellung, dass jemand ihr wehgetan hatte ... Er wünschte sich bloß, dieser Jemand wäre jetzt hier ...

»Was ist denn bloß passiert?«, fragte Joe.

»Emmeline und Christabel, das ist passiert«, antwortete Fiona sarkastisch. »Unsere Gruppe hat friedlich demonstriert. Es waren Massen von Leuten und Polizisten versammelt, aber es gab kaum Störaktionen oder Hetztiraden. Dann tauchten die Pankhursts auf. Christabel hat einen Polizisten angespuckt. Dann hat sie einen Stein in ein Pubfenster geschmissen. Von da an lief alles aus dem Ruder. Es gab ein Riesengeschrei. Raufereien brachen aus. Die Frau des Wirts war wütend. Sie verprügelte Christabel und ging auch auf andere Demonstrantinnen los. Die Polizei begann mit Festnahmen. Diejenigen von uns, die friedlich demonstriert hatten, wehrten sich und haben teuer dafür bezahlt, wie du siehst.«

»Der Wärter sagte uns, man habe euch zu eurer eigenen Sicherheit im Keller festgehalten«, berichtete Joe. »Weil es hier im Gefängnis zwischen den beiden Fraktionen zu Reibereien gekommen sei.«

Fiona lachte bitter. »Das hat er dir gesagt?«

»Stimmt das nicht, Mum?«, fragte Katie.

»Nein, Schatz. Der Wärter hat uns im Keller eingesperrt, aber nicht zu unserer Sicherheit. Es gab keine Reibereien zwischen uns. Der Wärter wollte uns damit Angst einjagen, was ihm auch gelungen ist. Aber nicht so sehr, dass wir aufgeben werden. Das wird ihm nie gelingen.«

»Was meinst du mit ›Angst einjagen‹?«, fragte Seamie.

»Er hat uns in eine Zelle gesperrt neben der Zelle einer anderen Frauenrechtlerin, die sich im Hungerstreik befindet und zwangsernährt wird. Das machte er absichtlich. Damit wir sie hören konnten. Es war schrecklich. Wir mussten mitanhören, wie das arme Ding geschrien, sich gewehrt und sich dann heftig erbrochen hat. Daraufhin haben sie die ganze Prozedur wiederholt. Immer wieder. Bis sie das Essen bei sich behielt. Sie haben auch dafür gesorgt, dass wir sie sahen. Danach. Sie wurde direkt an unserer Zelle vorbeigeführt. Sie konnte kaum gehen. Ihr Gesicht war blutverschmiert ...«

Fiona hielt inne, von ihren Gefühlen überwältigt. Als sie wieder sprechen konnte, sagte sie: »Wir waren alle ziemlich mit den Nerven fertig und eingeschüchtert, jede von uns. Außer Jennie Wilcott. Sie war einfach klasse! Als die Frau an uns vorbeigeführt wurde, fing sie zu singen an. *Abide with Me*, und die Frau, die vorher starr zu Boden sah, blickte auf. Und lächelte. Trotz Blut und Tränen lächelte sie. Und dann fingen wir alle zu singen an. Ich glaube, das ganze Gefängnis hat uns gehört und neuen Mut gefasst. Das war allein Jennies Verdienst.«

»Fiona, was genau ist ...«, setzte Seamie an, als plötzlich eine junge Frau stolperte und gegen ihn stieß. Sie war klein und blond, etwa fünfundzwanzig, schätzte er, und hatte ein furchtbar zugeschwollenes Auge

»Entschuldigen Sie! Tut mir furchtbar leid«, sagte sie verlegen. »Es ist wegen des Auges. Ich kann nicht richtig sehen.« Sie hielt sich an Reverend Wilcotts Arm fest.

»Sie brauchen sich nicht zu entschuldigen«, erwiderte Seamie. »Ganz und gar nicht.«

»Mr Finnegan, das ist meine Tochter Jennie Wilcott«, stellte der Reverend sie vor. »Jennie, das ist Seamus Finnegan, Fionas Bruder und ein sehr berühmter Forscher. Er hat den Südpol entdeckt.«

»Sehr erfreut, Sie kennenzulernen, Miss Wilcott«, sagte Seamie.

»Ganz meinerseits, Mr Finnegan. Wie um alles in der Welt hat es Sie vom Südpol nach Holloway verschlagen? Ihnen muss ja ein großes Unglück widerfahren sein.«

Bevor Seamie antworten konnte, zog ihn Katie am Arm. »Onkel Seamie, wir gehen jetzt. Kommst du?«

Seamie bejahte, dann drehte er sich wieder zu den Wilcotts um. »Bitte, nehmen Sie doch meinen Arm, Miss Wilcott. Wenn Sie auf beiden Seiten jemanden zur Stütze haben, ist es leichter für Sie. Bestimmt. Ich bin einmal schneeblind gewesen. Bei meiner ersten Antarktisreise. Und musste wie ein Lamm herumgeführt werden.«

Jennie nahm Seamies Arm. Gemeinsam verließen sie den Empfangsbereich und durchquerten den langen, düsteren Durchgang, der auf die Straße führte.

»Fiona hat uns gerade von Ihrer Tortur erzählt«, sagte Seamie währenddessen. »Sie müssen die Jennie sein, die *Abide with Me* gesungen hat?«

»Hast du das, Jennie?«, fragte der Reverend. »Du hast mir zwar von der Zwangsernährung erzählt, aber das nicht. Ich bin froh, dass du gerade das gesungen hast. Es ist ein schönes, altes Kirchenlied. Es muss der armen Frau etwas Trost gespendet haben.«

»Ich habe eigentlich mehr aus Trotz angefangen zu singen als mit der Absicht zu trösten, Dad«, erwiderte Jennie. »Ich habe für die Frau gesungen, ja. Aber auch für ihre Peiniger. Ich wollte sie wissen lassen, dass sie uns nicht brechen können, was immer sie auch tun.«

»Was ist Zwangsernährung?«, fragte Seamie. »Und warum machen die Wärterinnen das mit einer Gefangenen?«

»Lesen Sie keine Londoner Zeitungen, Mr Finnegan?«, fragte Jennie ein wenig entrüstet.

»Doch, Miss Wilcott, aber die sind in New York, Boston oder Chicago schwer zu kriegen. Vom Südpol ganz zu schweigen. Ich bin erst vor einem Monat zurückgekommen.«

»Entschuldigen Sie bitte, Mr Finnegan. Zum zweiten Mal. Es war doch ein sehr anstrengender Tag«, entgegnete Jennie.

»Noch einmal, Sie brauchen sich nicht zu entschuldigen, Miss Wilcott.« Er sah sie an. Ihr Auge sah schrecklich aus und tat vermutlich sehr weh.

»Es ist eine Mitstreiterin von uns, die zwangsernährt wird«, sagte Jennie langsam. »Sie wurde verhaftet, weil sie die Kutsche von Mr Asquith beschädigt hat. Sie ist jetzt seit einem Monat im Gefängnis und dabei, sich zu Tode zu hungern.«

»Aber warum macht sie das?«

»Um gegen ihre Einkerkerung zu protestieren. Und um die Aufmerksamkeit auf die Sache des Frauenwahlrechts zu lenken. Eine junge Frau, die sich im Gefängnis zu Tode hungert, gibt eine gute Story ab und erregt eine Menge Sympathie in der Öffentlichkeit – was Mr Asquith und seiner Regierung sehr unangenehm sein dürfte.«

»Aber man kann doch niemanden zwingen, etwas zu essen, wenn er nicht will.«

Jennie wandte sich zu ihm um und musterte ihn mit ihrem gesunden Auge. »Doch, das kann man. Es ist eine scheußliche Prozedur, Mr Finnegan. Sind Sie sich sicher, dass Sie das so genau wissen wollen?«

Die Frage ärgerte Seamie. Hielt sie ihn für so einen Schwächling? Er war in Afrika zurechtgekommen. Und in der Antarktis. Er hatte Skorbut, Schneeblindheit und Erfrierungen überstanden. Dann würde er doch allemal auch damit fertig werden. »Ja, Miss Wilcott, ich bin mir sicher«, antwortete er etwas verstimmt.

»Gut, eine weibliche Gefangene im Hungerstreik wird erst bewegungsunfähig gemacht«, begann Jennie. »Sie wird in ein Laken gewickelt, damit sie nicht um sich schlagen kann. Natürlich will sie weder mit den Wärterinnen noch mit dem Gefängnisarzt kooperieren, also presst sie die Lippen zusammen. Deshalb schiebt man ihr ein Metallteil dazwischen, um den Mund zu öffnen und sie auf diese Weise füttern zu können. Oder man schiebt ihr einen Gummischlauch durch die Nase in die Speiseröhre. Ich muss wohl nicht sagen, dass dies sehr schmerzhaft ist. Der Arzt gießt Nahrung durch den Schlauch, gewöhnlich Milch mit Haferschleim. Wenn die Frau ruhig bleibt, kann sie während der Prozedur atmen. Wenn nicht … nun, dann gibt es Schwierigkeiten. Wenn die abgemessene Menge Milch verabreicht ist, wird der Schlauch entfernt, und man lässt von der Frau ab. Wenn sie sich erbricht, beginnt der Arzt von Neuem.«

Seamies Magen drehte sich um. »Sie hatten recht, Miss Wilcott, das ist tatsächlich eine scheußliche Sache.« Sie wusste eine Menge über diese Prozedur. Als er ahnte, warum, erschauerte er. »Sie kennen die Prozedur aus eigener Erfahrung, nicht wahr?«, fragte er. Doch sobald er die Worte ausgesprochen hatte, tat es ihm leid. Derlei fragte man eine Dame nicht, die man gerade kennengelernt hatte.

»Ja, stimmt. Zweimal«, antwortete Jennie ungerührt. Ihre Offenheit überraschte ihn.

»Vielleicht sollten wir uns einem angenehmeren Thema zuwenden, meine Liebe«, warf der Reverend sanft ein. »Seht nur! Da wären wir. Heraus aus der Löwengrube wieder im Licht. Genau wie Daniel.«

Seamie sah sich um. Es dämmerte bereits, und die Straßenlampen brannten schon.

Seine Familie wartete auf der Straße. Fiona saß mit geschlossenen Augen auf einer Bank, neben ihr Katie, die etwas auf ihren Block kritzelte. Joe suchte vermutlich nach der Kutsche. Bei ihrer Ankunft war die Straße voller Droschken gewesen, sodass sein Kutscher keinen Parkplatz vor dem Gefängnis gefunden hatte. Harriet Hatcher, die neben der Bank stand, hatte eine neue Zigarette aufgetrieben. Max und Maud waren bei ihr. Maud lachte heiser über etwas, das Max gerade gesagt hatte.

»Ich muss eine Droschke suchen, Mr Finnegan, wären Sie so

freundlich, währenddessen bei Jennie zu bleiben?«, fragte Reverend Wilcott.

»Selbstverständlich«, antwortete Seamie. »Setzen wir uns auf eine Bank, Miss Wilcott.«

Als sie eine Straßenlaterne passierten, warf Seamie erneut einen Blick auf Jennies Auge und stieß einen leisen Pfiff aus. »Seh ich so schlimm aus?«, fragte Jennie.

»Ja. Schrecklich.«

»Ah, vielen Dank«, erwiderte Jennie lachend. »Vielen herzlichen Dank! Von Takt haben Sie wohl noch nie was gehört?«

Auch Seamie lachte. Denn genau in diesem Moment sah er noch etwas anderes – nämlich dass sie sehr hübsch war, selbst mit dem blauen Auge. Ein paar Sekunden lang schwiegen sie verlegen, aber Seamie wollte die Unterhaltung unter keinen Umständen abbrechen lassen, also wandte er sich schnell einem unverfänglicheren Thema zu.

»Ihr Vater hat erwähnt, dass er einer Kirche im East End vorsteht.«

»Das stimmt. In Wapping. St. Nicholas. Ist Ihnen der Heilige bekannt?«

»Nein«, antwortete Seamie, plötzlich besorgt, sie würde mit einer langatmigen und frömmelnden Beschreibung des Heiligen und all seiner wundersamen Taten aufwarten, um ihn dann zu ermahnen, seine Sonntagspflicht einzuhalten. Doch sie überraschte ihn erneut.

»Er ist der Schutzpatron der Seeleute, Diebe und Prostituierten«, sagte sie. »Was bedeutet, dass er perfekt zu uns passt, weil in Wapping alle drei Berufe mehr als gut vertreten sind. Sie sollten die High Street mal am Sonntagabend sehen.«

Seamie musste abermals lachen. »Leben Sie schon lange in Wapping?«

»Wir leben jetzt seit fünfundzwanzig Jahren dort. Nun, zumindest mein Vater. Er hat eine schlecht geführte Kirche übernommen und sie wieder zu neuem Leben erweckt. Meine Mutter gründete vor etwa zwanzig Jahren eine Schule für die Kinder in der Nachbarschaft. Die habe ich vor sechs Jahren übernommen. Alle Kinder bleiben bis zum vierzehnten Lebensjahr bei uns, und ein Fünftel von ihnen besucht anschließend sogar eine Berufsschule«, erklärte Jennie. »Natürlich schaffen wir das nicht alles allein«, fuhr sie fort. »Dass die Schule immer noch besteht, verdanken wir größtenteils der Großzügigkeit Ihrer Schwester und Ihres Schwagers, Mr Finnegan. Es ist genauso sehr ihre Schule wie meine. Tatsächlich haben sie gerade erst wieder Geld gespendet für zehn neue Bänke und eine Tafel.«

Seamie war sehr an ihrer Arbeit interessiert, und er hätte gern mehr darüber erfahren, aber sie hatten die Bank erreicht. Fiona und Katie rückten zusammen, um Platz für Jennie zu machen. Harriet, Max und Maud hatten ihre Zigaretten fertig geraucht und gesellten sich zu ihnen.

»Haben Sie gerade von der Schule erzählt, Jennie?«, fragte Fiona.

»Ja. Tatsächlich habe ich Ihrem Bruder gerade erzählt, was Sie und Joe dazu beitragen.«

Fiona lächelte müde und deutete auf ein Plakat an der Seite eines wartenden Omnibusses. »Ich habe eben selbst an die Schule gedacht. Wie ich sehe, hat eine Ihrer früheren Schülerinnen, die kleine Josie Meadows, eine beachtliche Karriere gemacht«, sagte sie. »›Prinzessin Zema, das geheimnisvollste Rätsel des Alten Ägypten‹. Geheimnisvoll und rätselhaft. Das ist schwer zu überbieten!«

Jennie blickte ebenfalls auf das Plakat und seufzte. »Ja, wahrscheinlich. Wenn man halb nacktes Tanzen mit Verbrechern als Karriere bezeichnen und das tatsächlich überbieten will.«

»Verbrecher?«, fragte Fiona.

»Halb nackt?«, fragte Seamie.

»Prinzessin Zema?«, fragte Harriet. »Woher kenne ich den Namen nur?«

»Weil er auf jeder Litfaßsäule, auf jedem Telefonmast und jedem Londoner Bus zu lesen ist«, antwortete Jennie und schüttelte den Kopf. »Josie Meadows, eine ehemalige Schülerin von mir, spielt die Hauptrolle.«

»In *Prinzessin Zema*«, erklärte Fiona, »stellen achtzig exotische Tänzerinnen, zwanzig Pfauen, zwei Panther und eine Python die Geschichte einer ägyptischen Prinzessin dar, die am Abend ihrer Hochzeit aus dem Palast entführt und von einem falschen, hinterhältigen Pharao in die Sklaverei verkauft wird.«

»Hört sich ziemlich abenteuerlich an«, scherzte Max.

»Mein Gott, Fiona, woher wissen Sie das alles? Sie haben es doch nicht etwa gesehen?«, fragte Jennie.

Fiona schüttelte den Kopf. »Charlie, mein ältester Sohn, hatte ein Plakat. Gott weiß, woher. Ich hab es ihm weggenommen. Es ist ziemlich gewagt, wie Sie sehen.«

»Josie war eigentlich mehr als nur eine meiner Schülerinnen«, erklärte Jennie den anderen. »Sie war wie eine Schwester für mich. Ich habe sie seit ihrem zehnten Lebensjahr unterrichtet. Jetzt ist sie neunzehn. Sie wollte unbedingt zur Bühne. Und jetzt hat sie es geschafft. Als exotische Tänzerin. Sie macht eine Nummer mit Schleiern, wurde mir gesagt, bei der praktisch nichts der Phantasie überlassen bleibt.«

»Und was hat es mit den Verbrechern auf sich?«, fragte Fiona.

»Es geht das Gerücht, Billy Madden habe Gefallen an ihr gefunden«, antwortete Jennie ruhig.

»Billy Madden«, sagte Fiona angewidert. »Mein Gott, was für ein dummes Mädchen. Sie weiß nicht, worauf sie sich da eingelassen hat.«

Sie tauschte einen Blick mit Seamie. Sie beide wussten, wer Billy Madden war – der mächtigste Verbrecherkönig von ganz London. Sid, ihr Bruder und einst der Boss der gesamten Ostlondoner Unterwelt, hatte ihnen erzählt, Madden sei der brutalste und gemeinste Mensch, den er je kennengelernt habe.

»Ach, ich glaube, sie weiß es«, sagte Jennie traurig. »Ich habe sie neulich getroffen. Mit Diamantringen am Finger und blauen Flecken im Gesicht.«

»Mein Gott, wie scheußlich«, sagte Maud. »Als wäre der heutige Tag nicht schon niederschmetternd genug gewesen. Lasst uns das Thema wechseln. Oder besser, lasst uns noch eine rauchen. Harriet, Schatz, du willst doch sicher auch eine? Max?«

»Ich sollte wohl eine rauchen wollen«, antwortete Max. »Nachdem ich derjenige bin, der die Zigaretten hat.«

Während Maud, Max und Harriet zum Randstein gingen, um die anderen nicht mit dem Qualm zu belästigen, wandte sich Fiona wieder an Jennie. »Vergessen Sie Josie und ihre Verbrecher. Erzählen Sie Seamie lieber von einem unserer Erfolge. Erzählen Sie ihm von Gladys.«

Doch bevor Jennie von Gladys berichten konnte, kam Joe mit der Kutsche angefahren. Fiona und Katie verabschiedeten sich und boten Maud an, sie mitzunehmen und zu Hause abzusetzen. Maud lehnte ab, weil sie mit Max und Harriet zu den Hatchers fahren wollte. Seamie sagte, er wolle bei Miss Wilcott warten, bis ihr Vater zurückkomme, und sich dann selbst eine Droschke nehmen.

»Ich würde gern noch etwas über das andere Mädchen erfahren«, sagte er zu Jennie – froh über die Gelegenheit, sich allein mit ihr unterhalten zu können.

»Das andere Mädchen?«, fragte Jennie.

»Die Erfolgsgeschichte. Sie wollten mir gerade davon erzählen, als Joe mit der Kutsche auftauchte.

Jennie lächelte. »Ja, das stimmt. Gladys Bigelow ist tatsächlich eine Erfolgsgeschichte. Sie war ebenfalls eine Schülerin an unserer Schule. Ein sehr intelligentes Mädchen. Aus schrecklichen Verhältnissen – ein trunksüchtiger, gewalttätiger Vater, der inzwischen verstorben ist, und eine schwer kranke Mutter. Bei dem Hintergrund wäre ihr wohl nichts anderes übrig geblieben, als irgendeinen miserablen Job in einer Fabrik anzunehmen, aber stattdessen arbeitet sie jetzt für Sir George Burgess, den stellvertretenden Kommandeur der Admiralität unter Mr Churchill.«

Seamie beobachtete, wie sich Jennies Ausdruck veränderte, als sie über ihre frühere Schülerin sprach. Ihr Gesicht begann förmlich zu leuchten.

»Sie besuchte unsere kleine Schule, danach machte sie eine Ausbildung zur Sekretärin. Ich fragte Fiona und Joe, ob sie eine Stelle für sie hätten. Sie hatten zwar gerade keine, aber Joe wusste, dass Sir George ein tüchtiges Mädchen suchte. Und Sir George stellte sie ein.«

»Das ist eine wundervolle Geschichte, Miss Wilcott«, sagte eine

Stimme hinter ihnen. Es war Max von Brandt. Seamie hatte überhaupt nicht bemerkt, dass er wieder zu ihnen getreten war.

»Ja, das stimmt, Mr von Brandt«, erwiderte Jennie und drehte sich zu ihm um. »Diese Arbeit hat ihr Leben verändert. Gladys war ein bisschen schüchtern. Etwas in sich gekehrt, verstehen Sie. Sie hatte nichts im Leben außer ihre kranke Mutter und ihre Strickgruppe am Donnerstagabend. Und jetzt hat sie dank ihrer Ausbildung einen Beruf, den sie liebt. Bei der Admiralität immerhin! Sie hat ein Ziel und ist unabhängig, was ihr viel bedeutet. Sie ist sogar Frauenrechtlerin geworden und besucht die abendlichen Versammlungen. Ist das nicht erstaunlich? All das kann Erziehung bewirken.«

»Jennie! Hier drüben, meine Liebe!«, rief Reverend Wilcott, der schließlich eine Droschke aufgetrieben hatte.

»Nehmen Sie meinen Arm«, sagte Seamie. »Ich bringe Sie über die Straße.« Jennie verabschiedete sich von Max, winkte Maud und Harriet zu, die anscheinend noch eine Zigarette am Randstein rauchten, dann führte Seamie sie zu der Droschke.

»Ich frage mich, Mr Finnegan ... ob ich Sie vielleicht bitten dürfte, in unsere Schule zu kommen und zu den Kindern zu sprechen?«, fragte sie. »Vielleicht nächste Woche? Sie sind eine ziemlich beeindruckende Persönlichkeit, wissen Sie. Sie haben so viel erreicht, so viele erstaunliche Dinge getan. Ich weiß, die Kinder würden sich sehr freuen, wenn Sie kämen. Und ich ebenfalls.«

Eigentlich hatte er in der nächsten Woche einige Vorträge zu halten und ein Treffen mit Sir Clements Markham von der Royal Geographical Society geplant, der ihn wegen einer Stelle sprechen wollte. Zudem hatte er sich schon seit Längerem mit seinem Freund George Mallory zu einem ausgiebigen Besuch im Pub verabredet. Genügend Gründe also abzusagen – aber nicht einer davon zählte. Tatsächlich scheute er sich davor, sie wiederzusehen. Sie rührte etwas in ihm. Bewunderung vermutlich, sagte er sich schnell. Aber es ging tiefer, er kannte das Gefühl, und es jagte ihm Angst ein. Die anderen Frauen, mit denen er in den letzten Jahren zusammen gewesen war, hatten auch etwas in ihm berührt, oder besser gesagt, angestachelt –

seine Begierde. Das war etwas anderes. Jennie Wilcott hingegen hatte in der kurzen Zeit, die er sie kannte, sein Herz berührt. Das war schon lange keiner Frau mehr gelungen.

Mach's nicht, sagte er sich. Du hast dich gerade von Caroline getrennt. Das Letzte, was du jetzt brauchst, sind neue Verwicklungen. »Ich weiß nicht, ob mir das möglich ist, Miss Wilcott. Ich muss in meinem Terminplan nachsehen«, antwortete er schließlich.

»Ich verstehe, Mr Finnegan«, sagte sie und versuchte, ihre Enttäuschung zu verbergen. »Sie sind sicher sehr beschäftigt.« Sie versuchte zu lächeln, zuckte jedoch zusammen. »Oh, autsch!«, rief sie aus. »Mein Auge ist jetzt so dick angeschwollen, dass es sogar wehtut zu lächeln.«

»Es wird noch schlimmer werden, fürchte ich«, sagte Seamie. Und dann berührte er ganz unwillkürlich die Haut um das verletzte Auge. »Es wird noch ein bisschen dicker werden, aber in zwei, drei Tagen wird es abschwellen. Nur der Bluterguss wird noch eine Weile zu sehen sein.«

»Daraus schließe ich, dass Sie auch schon ein paar Veilchen kassiert haben«, sagte Jennie.

»Ja, ein, zwei«, räumte er ein. Dann half er ihr beim Einsteigen in die Kutsche.

Jennie setzte sich, beugte sich aber noch einmal vor, bevor er die Tür schließen konnte. »Sie werden doch versuchen, einen Besuch an unserer Schule zu ermöglich? Es sich wenigstens überlegen, ja?«

Seamie sah sie an, ihr armes Auge und ihre blutverschmierte Bluse. Er dachte an die Schläge, die Inhaftierung und Zwangsernährung, die sie bei ihrem Kampf ums Frauenwahlrecht ausgehalten hatte. Und ihm fiel ein, wie langweilig und grau ihm London erschienen war. Doch jetzt fragte er sich, ob das noch stimmte. »Ja, Miss Wilcott«, antwortete er schließlich. »Das werde ich.«

4

Willa Alden hielt ihr schwer beladenes Yak an und versank minutenlang in den Anblick, der sich ihr bot. Sie hatte ihn schon unzählige Male gesehen. Durch Kameralinsen, Fernrohre, Theodoliten und Sextanten. Sie hatte ihn fotografiert, gezeichnet, kartografiert und vermessen. Und immer noch raubte er ihr den Atem.

»Oh, du Schönheit«, flüsterte sie. »Du kalte, unglaubliche Schönheit.«

All die Gipfel, Kämme und schroffen Felswände vor ihr gehörten zum Everest. Ein weißes Wölkchen kreiste um die Spitze. Willa wusste, es waren Aufwinde, die Schnee hochwirbelten, aber sie stellte sich lieber vor, dass es der Berggeist sei, der um sein hohes Haus tanzte. *Chomolungma* nannten die Tibetaner den Everest – Muttergöttin der Berge.

Von ihrem Standplatz aus – ein paar Meilen südlich des Dorfes Rongbuk auf dem gleichnamigen Gletscher – konnte Willa die Nordflanke des Berges aufragen sehen. Immer wieder sagte ihr der Verstand, dass es keinen Weg zu dem verdammten Berggipfel gab, aber immer wieder, wenn sie die Nordflanke betrachtete, die abweisenden Fels- und Schneemassen, wollte ihr Gefühl das nicht glauben. Was ist mit diesem Kamm? Oder jener Felsnase?, fragte es. Und dieser Klippe ... Von hier aus sieht es ziemlich schwierig aus, aber wenn sich ein sehr erfahrener Bergsteiger daran wagte, bei gutem Wetter und mit einer Sauerstoffflasche ... Was dann?

Wegen der Höhenkrankheit gab es nicht die geringste Möglichkeit, den Everest ohne Sauerstoffflasche zu besteigen – dessen war sie sich sicher. Sie hatte schwer unter der Höhenkrankheit gelitten, als sie den Mawenzi-Gipfel des Kilimandscharo bestieg, und der war längst nicht so hoch.

»Warum?«, fragten Leute, die nicht verstehen konnten, was einen

Bergsteiger antrieb, sein Leben zu riskieren, um den Gipfel zu erreichen.

Wenn ich ihnen nur diesen Anblick zeigen könnte, dachte sie, den majestätischen Everest, der sich in den blauen Himmel erhebt. Unberührt, makellos, wild und Furcht einflößend. Wenn ich ihnen das nur zeigen könnte, würden sie diese Frage nie mehr stellen. Aber bald würde die Welt sehen, was bloße Worte allein nicht ausdrücken konnten.

»Komm weiter, altes Haus«, sagte sie zu ihrem Yak.

Sie zog ihre Pelzmütze tiefer und schlug die behandschuhten Hände zusammen. Einen Moment lang verzerrte eine Grimasse ihr Gesicht, als sie und ihr Packtier weitergingen. Ihr Bein machte Ärger. Nur ein bisschen. Aber oft wurde es schlimmer, und dafür hatte sie heute keine Zeit. Sie wollte noch ein gutes Stück den Rongbuk-Gletscher hinauf und am frühen Nachmittag ihr Lager aufschlagen.

Während ihrer Zeit im Fernen Osten hatte sie der Royal Geographical Society Fotografien geschickt – Aufnahmen von Indien, seinen Tempeln, Städten und Dörfern. Seinen mächtigen Flüssen und trockenen Ebenen, seinen üppig grünen Hügeln und Tälern. Fotos von China und der Großen Mauer. Von Marco Polos Seidenstraße und Gengis Khans Mongolei. Sir Clements Markham hatte ihre Bilder ausgestellt und in Büchern veröffentlicht, die ihr ein wenig Geld einbrachten.

Vor zwei Jahren hatte sie Markham ein neues Projekt vorgeschlagen – einen Band mit Fotos des Himalajagebirges. Vom Annapurna. Vom Nilgiris. Und vom Everest.

Vor ein paar Monaten hatte sie seine Antwort erhalten, die nur aus einer Zeile bestand: *Himalaja. Ja. Wie schnell?* Und seitdem hatte sie ununterbrochen gearbeitet und sich auf der Suche nach dem perfekten Bild unbarmherzig angetrieben – einem Bild, das gleichzeitig verblüffend und schön wäre und so gut, dass es den Leuten den Atem verschlug oder ehrfürchtiges Staunen auslöste. Inzwischen hatte sie mehr als zweihundert Aufnahmen beisammen – von den Bergen in allen Witterungslagen, den Dörfern, die sie umgaben, und den Menschen, die zu ihren Füßen lebten.

Und von der Route. Die hatte sie auch.

Sie hatte Bilder, die zeigten, wie man den Everest besteigen könnte.

Und die würden sie berühmt machen. Ihren Ruf als Erforscherin der hochalpinen Bergwelt festigen. Sie würde eine Menge Bücher verkaufen, die ihr das Geld einbrächten, das sie im Moment dringend benötigte. Von ihrer Tante Eddie hatte sie zwar fünftausend Pfund bekommen, aber die waren zum größten Teil verbraucht. Für die Passage nach Afrika. Und dann nach Indien. Für ihre Reisen durch den Fernen Osten. Für Bestechungsgelder an Beamte, um Grenzen passieren zu dürfen, oder für Essen, Tee und Unterkunft. Für Kameras und Filme, für Entwicklungsgeräte, Zelte und Schlafmatten und für Tiere, die sie zum Transport des Ganzen brauchte.

Markham wollte von ihr unbedingt die Route. Die wollten die Deutschen aber auch in Erfahrung bringen. Ebenso die Franzosen und Amerikaner. Bei Bergsteigern ging es in erster Linie ums Gewinnen. Für sie zählte nur, wer der Erste war. Und nichts zählte mehr, als der Erste auf dem höchsten Berg der Welt zu sein. Das wusste Willa genau. Sie war auch einmal die Erste gewesen. Die Erste, die den Mawenzi-Gipfel bestiegen hatte. Es hatte sie ein Bein und fast das Leben gekostet. Und ihr Herz.

Eine Stunde lang führte Willa das Yak über die endlose weiße Fläche des Gletschers, dann noch einmal zwei Stunden, bis sie endlich fand, was sie suchte – einen unverstellten Blick auf den nördlichen Pass. Dann hielt sie an, hämmerte eine Eisenstange in den Boden und band das Yak daran fest. Langsam und mit Bedacht lud sie das Tier ab und schlug ihr Lager auf.

Es dauerte eine Stunde, bis sie ihre Sachen ausgepackt, das Zelt aufgestellt und eine Feuergrube gegraben hatte. Als Letztes lud sie ihr Gewehr ab und stellte es neben ihren Schlafplatz. Mit diesem Gewehr schützte sie sich vor Wölfen, vor vier- wie vor zweibeinigen. Sie reiste und arbeitete immer allein. Das war ihr lieber, aber es blieb ihr auch gar nichts anderes übrig. Es gab nicht viele Frauen, die so leben wollten wie sie – in einer kalten, fremden und abweisenden Welt. Ohne häuslichen Komfort. Ohne Mann und Kinder. Ohne Sicherheit und Schutz.

Und was Männer anbelangte ... Willa hätte sich gern einer Expedition angeschlossen, die von der Royal Geographical Society unterstützt wurde, aber dort wurde sie nicht angenommen. Diese Expeditionen wurden von Männer geplant und durchgeführt, und es war immer noch undenkbar, dass eine Frau an einer Entdeckungsreise zum Nord- oder Südpol, den Nil hinunter oder den Everest hinauf teilnahm, denn sie wäre mit Männern unterwegs, müsste mit ihnen klettern, essen und schlafen. Und das wurde nicht geduldet. Nicht von den Männern, mit denen sie geklettert wäre, sondern von den Männern der britischen Gesellschaft, die solche Expeditionen finanzierten.

Nachdem sie schließlich noch ihr Yak gefüttert hatte, bereitete sie sich selbst ein kleines Mahl aus Tee und Sampa – einer Mischung aus Hafermehl, Zucker und ranziger Yak-Butter – zu. Sie aß bewusst wenig, um dünn zu bleiben. Je dünner sie war, desto weniger wahrscheinlich bekam sie ihre Regel, die ohnehin schon eine Belastung war, aber in einer Welt ohne Spülklosetts und fließendem Wasser mehr als aufreibend.

Anschließend beschloss sie, ein wenig herumzuwandern. Es war später Nachmittag, zwei oder drei Stunden würde es noch hell bleiben. Als sie sich erhob, um den Teller abzuwaschen, spürte sie einen Stich. Die Prothese aus Yakknochen war zwar leichter und bequemer als die hölzerne, die sie sich in Bombay hatte anfertigen lassen, aber nach einem Tagesmarsch tat ihr Bein trotzdem weh. Der Stich wurde heftiger, und sie wusste, was jetzt folgen würde. Davor fürchtete sie sich am meisten. Die Leute redeten von Phantomschmerzen, von dem seltsamen, beunruhigenden Gefühl, das verlorene Glied sei immer noch vorhanden – aber das waren Menschen, die noch keines verloren hatten. Diejenigen, denen dies passiert war, kannten etwas anderes. Sie kannten den dumpfen, bohrenden Schmerz, der sich in unerträgliche Qualen verwandelte. Sie kannten die verlorenen Tage, die ruhelosen Nächte.

Wie viele Male war sie schreiend aufgewacht? In wie vielen Nächten hatte sie ihr Laken zerrissen, geweint, geschrien und fast blind vor

Schmerz den Kopf gegen eine Wand geschlagen? In zahllosen. Dr. Ribiero, der Arzt, der ihr Bein amputiert hatte, hatte ihr in der Zeit nach der Operation Morphium gegeben. Nur wenige Tage nach der Amputation war sie auf Krücken und mit ein paar Fläschchen dieser Droge im Gepäck aus Nairobi in Richtung Osten abgereist. Und nachdem dort der Vorrat an Morphium zu Ende gegangen war, hatte sie Opium entdeckt. Sie kaufte es auf den Märkten von Marokko, von Bauern in Afghanistan und bei Straßenhändlern in Indien, Nepal und Tibet. Es dämpfte den Schmerz in ihrem Bein und den noch stechenderen in ihrem Herzen.

Auch jetzt nahm sie welches. Sie zog ein kleines Stück der hart gewordenen Paste, die sie immer griffbereit bei sich hatte, aus der Manteltasche und rauchte es in einer Pfeife. Innerhalb von Minuten vertrieb die Droge den Schmerz. Schnell säuberte sie die Teller, prüfte, ob das Yak sicher angebunden war, und machte sich auf den Weg.

Während sie über den unberührten Gletscher streifte, fühlte sie sich so frei und ungezügelt wie ein Falke, der seine Kreise am Himmel zog, wie ein Fuchs, der durch den Schnee sprang, wie ein Wolf, der den Mond anheulte. Als sie die unteren Hügel des Everest erreichte, wurde die Wanderung mühsamer, aber immer noch ging es über das Eisfeld und eine zerklüftete Muräne hinweg. Doch das Terrain wurde schwieriger, und ihr künstliches Bein behinderte sie zunehmend, aber sie kehrte nicht um. Der Everest übte einen Zauber auf sie aus, dem sie nicht widerstehen konnte.

Leichtsinnig, unbedacht und fasziniert von dem Berg, weigerte sie sich anzuerkennen, dass sie gar nicht mehr klettern konnte. Mit ihrem guten Bein schob sie sich den Hang hinauf, nutzte aber auch ihr schlechtes, indem sie die geschnitzten, gefühllosen Zehen in Risse und Spalten rammte und mit dem künstlichen Fuß das Gleichgewicht hielt. Sie benutzte ihre starken, sehnigen Arme, um sich hinaufzuziehen, und ihre kräftigen Hände, um sich festzuhalten.

Immer weiter stieg sie hinauf, berauscht von dem kalten Weiß, dem Geräusch ihres Atems und dem unglaublichen Gefühl, nach oben zu klettern. Den Hang zu erklimmen. Sie kletterte gut und schnell, und dann passierte es. Sie verlor den Halt und rutschte ab. Sie stürzte nach unten und schrie, als sich die Kante der Prothese in ihr Fleisch grub. Sie fiel drei, sechs, zehn Meter nach unten. Nach fünfzehn Metern schaffte sie es, den Fall zu stoppen und sich im Fels festzukrallen. Dabei rissen zwei ihrer Fingernägel ab, was sie aber erst später spürte.

Dort hing sie nun, zitternd und schluchzend, das Gesicht in den Schnee gepresst. Ihre Verletzungen taten höllisch weh, aber es war nicht dieser Schmerz, der sie zum Weinen brachte. Sondern die schrecklichen Erinnerungen an den Mawenzi. Der Sturz hatte die alten Bilder und Empfindungen wieder wachgerufen, die sie jetzt überwältigten und lähmten, sodass sie sich keinen Zentimeter bewegen, sondern sich bloß mit geschlossenen Augen an den Hang klammern konnte.

Sie erinnerte sich an den Sturz und den Aufprall. Sie erinnerte sich, wie Seamie sie von dem Berg heruntergeholt, ihr zerschmettertes Bein geradegezogen und sie dann meilenweit getragen hatte. Und an die Schmerzen – die stechenden, unaussprechlichen Schmerzen.

Die Schmerzen, die sie gemeinsam mit dem Fieber bereits um den Verstand gebracht hatten, als Seamie schließlich mit ihr Nairobi erreichte. Der Arzt hatte nur einen Blick auf das Bein geworfen und dann entschieden, es sofort zu amputieren. Sie hatte ihn angefleht, es nicht zu tun, Seamie angefleht, es nicht zuzulassen. Aber der Arzt hatte ihr das Bein abgenommen, direkt unterhalb des Knies.

Seamie erklärte ihr, sie wäre gestorben, wenn er der Operation nicht zugestimmt hätte. Aber er begriff nicht, dass sie gestorben *war,* zumindest ein Teil von ihr. Sie würde nie mehr richtig klettern können. Ihr künstliches Bein besaß weder die Beweglichkeit noch die Stabilität, die man für anspruchsvolle Touren brauchte. In gewisser Weise war ihr Schicksal schlimmer als der Tod, denn jetzt blieb ihr nur noch, dafür zu sorgen, dass andere eines Tages den höchsten Berg der Welt bezwangen. Es war ein Leben, das sich mit Überresten begnügen musste. Ein Leben aus zweiter Hand. Sie hasste es, aber es war alles, was ihr geblieben war.

Sie hatte auch Seamie gehasst, fast so sehr, wie sie ihn liebte, und ihn und ihr nutzloses Bein verflucht. Ihm auch die Schuld gegeben. Weil es leichter war, jemand anderem die Schuld für ihr Schicksal zu geben statt sich selbst.

Sie erinnerte sich, wie sie Nairobi verlassen und von Mombasa aus ein Schiff genommen hatte. Aus ihrer Wunde sickerte nach wie vor Blut, sie konnte auf den Krücken kaum humpeln, war aber so außer sich vor Schmerz und Leid, so übermannt von den widerstreitenden Gefühlen für Seamie, dass sie nur noch so weit wie möglich von ihm fortkommen wollte. Sie schaffte es bis nach Goa, wo sie ein kleines Haus am Strand mietete. Dort blieb sie ein halbes Jahr, wartete, dass ihr Bein heilte, und trauerte um ihr verlorenes Leben. Als sie wieder zu Kräften gekommen war, reiste sie nach Bombay, wo sie einen Arzt fand, der ihr ein künstliches Bein anpasste. Sie blieb einen Monat in der Stadt, um richtig laufen zu lernen, und verließ dann, beladen mit Kameras, ein paar Kleidungsstücken und immer noch einem Großteil des Geldes ihrer Tante, Bombay wieder. Sie konnte zwar nicht mehr klettern, aber sie konnte Forschungstouren unternehmen, und sie war entschlossen, dies zu tun. Sie verließ die zivilisierte Welt und hoffte, damit den Schmerz in ihrem Herzen hinter sich zu lassen, aber er verfolgte sie überallhin. Wo sie auch hinging, was sie auch sah, hörte oder fühlte, immer wollte sie es mit Seamie teilen – sei es die atemberaubende Weite der Wüste Gobi, das Geräusch der vielen Glöckchen, die eine Kamelkarawane ankündigten oder der Anblick der Sonne, die über dem Potala-Palast in Lhasa aufging. Sie hatte versucht, vor ihm wegzulaufen, aber das gelang ihr nicht, denn er war immer bei ihr, in ihrem Kopf und in ihrem Herzen.

Es gab Zeiten, in denen sie sich so sehr nach ihm sehnte, dass sie spontan entschied, nach London zurückzukehren. Während sie packte, stellte sie sich vor, ihn wiederzusehen, mit ihm zu sprechen, ihn in den Armen zu halten – doch dann, genauso abrupt, hielt sie beim Packen inne und sagte sich, sie sei eine Närrin, weil Seamie sie nicht sehen und sprechen, geschweige denn in den Arm nehmen wollte. Sie hatte ihn vor acht Jahren verlassen. War weggerannt. Hatte ihm die Schuld gegeben. Sein Herz gebrochen. Welcher Mann konnte so etwas verzeihen?

Ein heftiger Windstoß fegte über Willa hinweg, der sie erschauern ließ und alle Erinnerungen, an den Mawenzi und was sie dort verloren hatte, davontrug. Das Zittern und Weinen ließen nach, und sie schaffte es, die letzten zehn Meter nach unten zu klettern.

Dunkelheit brach herein, als sie sich zum Gletscher zurückschleppte. Sie hatte ihr Gewehr nicht bei sich, trotzdem verspürte sie keine Angst. Das Lager war nicht weit. Sie wusste, dass sie es bis dorthin schaffen würde, bevor es völlig dunkel wäre. Ihr Bein blutete. Auch ihre Hände. Opium würde die Schmerzen dieser Wunden vertreiben und die der Wunde in ihrem Herzen auch.

Langsam humpelte Willa durch den Schnee, während die Sonne hinter ihr versank – eine kleine, gebrochene Gestalt, verloren im Schatten des ewigen Bergs und eingehüllt in ihre zerplatzten Träume.

5

Seamie war schon oft zu Gast in Edwina Hedleys Londoner Haus gewesen. Es hätte ihm vertraut sein sollen, aber jedes Mal, wenn er es betrat, sah es vollkommen anders aus. Eddie war fortwährend auf Reisen und brachte von ihren Abenteuern ständig irgendwelchen Plunder mit, mit dem sie es neu dekorierte.

So stand im Wohnzimmer womöglich ein neuer bronzener Buddha oder eine Steinskulptur der Göttin Kali. Oder ein thailändischer Dämon, ein Drache aus Peking oder eine mit Perlen behangene Fruchtbarkeitsgöttin aus dem Sudan. An den Fenstern hingen vielleicht indische Seidentücher, afghanische Suzanis oder spanische Fransenschals. Einmal hing sogar eine riesige russische Ikone in der Diele. Im Moment plätscherte dort ein Mosaikbrunnen.

»Es sieht aus wie in Ali Babas Höhle«, sagte er und drehte sich im Kreis.

»Es sieht aus wie ein verdammter Souk«, murmelte Albie. »Wie kann sich ein Mensch bei all dem Gerümpel bewegen, das hier rumsteht?«

»Guten Abend, meine Lieben«, dröhnte eine Stimme aus dem Salon.

Ein paar Sekunden später küsste Eddie die beiden zur Begrüßung auf die Wange. Sie trug eine türkisfarbene Seidentunika über einem langen, perlenverzierten Hemd und schwere Halsketten aus Bernstein und Lapislazuli. Ihr dichtes graues Haar war hochgesteckt und wurde von zwei Silberkämmen gehalten. An ihren Handgelenken klapperten mit Onyx verzierte silberne Armreifen.

»Die neue Einrichtung gefällt mir, Eddie«, sagte Seamie. »Der Brunnen ist umwerfend.«

»Ach, das ist noch gar nichts«, antwortete Eddie. »Das meiste von dem, was ich gekauft habe, ist noch auf einem Frachter im Mittelmeer. Ich kann's gar nicht erwarten, dass es ankommt. Ich habe ein ganzes Beduinenzelt erstanden! Das werde ich im Hinterhof aufstellen lassen und mit Teppichen, Fellen und Kissen ausstatten. Und darin werden wir die tollsten Gartenpartys feiern. Ich muss allerdings noch ein paar Bauchtänzerinnen auftreiben, damit es wirklich authentisch wirkt.«

»Das könnte hier in Belgravia schwierig werden«, erwiderte Seamie.

Albie reichte ihr einen Karton. »Von Mum«, sagte er.

Eddie warf einen Blick hinein. »Ein Mandelkuchen! Wie lieb von ihr. Sie weiß, das ist mein Lieblingskuchen. Aber sie hätte sich die Mühe doch nicht machen sollen. Bei allem, was sie um die Ohren hat. Wie geht's deinem Vater, mein Lieber?«

»Unverändert, Tante Eddie, fürchte ich«, antwortete Albie und wechselte schnell das Thema.

Dem Admiral ging es gar nicht gut. Seamie und Albie hatten ihn am Nachmittag besucht. Er wirkte abgezehrt, sein Gesicht war grau, und er hatte kaum Kraft, sich aufzusetzen. Seamie wusste, dass sein Freund nicht gern über die Krankheit seines Vaters sprach, die ihm große Sorgen machte.

Die Krankheit des Admirals hatte Albie verändert. Tatsächlich erkannte Seamie seinen Freund kaum wieder. Albies ganze Persönlichkeit hatte sich verändert. Er war immer ein zerstreuter Gelehrter gewesen – schon als Zehnjähriger. Er hatte sich damals schon in Bücher vergraben und von Formeln und Theorien geschwärmt. Aber jetzt war er mehr als zerstreut. Er wirkte angespannt, sah hager aus und verlor schnell die Geduld. Aber das war ja auch kein Wunder, denn er gönnte sich kaum eine Pause. Vielleicht bekämpfte er mit der ständigen Schufterei seine Sorge um den Vater, aber Seamie wünschte, er würde sich nicht ganz so erbarmungslos antreiben. Albie verbrachte fast seine ganze Zeit damit, mit Strachey, Knox und anderen Kollegen aus Cambridge über irgendwelchen Papieren zu brüten. Sie waren bereits bei der Arbeit, wenn Seamie am Morgen aufstand, und saßen noch immer daran, wenn er abends zu Bett ging. Seamie wusste nicht genau, was sie machten – wahrscheinlich eine noch unverständlichere

Gleichung entwickeln –, aber ganz gleich, was es war, es zerstörte Albie. Heute hatte er ihn beinahe wortwörtlich aus seinem Arbeitszimmer zerren und in den Zug nach London verfrachten müssen. Er war sich sicher, wenn Albie in diesem kräftezehrenden Stil weitermachte, würde er binnen Kurzem seine Gesundheit ruinieren.

»Kommt und lernt meinen anderen Gast kennen, meine Lieben«, rief Eddie jetzt und führte Seamie und Albie in ihren Salon. Seamie sah, dass sie dort ihre Möbel durch niedrige, lackierte Holzbetten ersetzt hatte, auf denen sich leuchtend bunte Seidenkissen türmten. Der Raum sah aus wie eine Opiumhöhle.

»Tom, das sind mein Neffe Albie Alden und sein Freund Seamus Finnegan, der bekannte Antarktisforscher«, stellte Eddie die beiden vor, während sich ein junger Mann mit einem Glas Champagner in der Hand erhob, um sie zu begrüßen. »Albie und Seamie, darf ich euch Tom Lawrence vorstellen. Er ist ebenfalls Forscher, bevorzugt aber die wärmeren Gefilde. Er ist gerade aus der arabischen Wüste zurückgekehrt. Wir haben uns an Bord eines Nildampfers in Kairo kennengelernt. Und ein paar herrliche Tage zusammen erlebt.«

Seamie und Albie schüttelten Tom die Hand, dann reichte ihnen Eddie Champagner. Seamie schätzte Lawrence auf Mitte zwanzig. Seine Haut war gebräunt, seine Augen strahlend blau, sein Haar blond. Verlegen stand er in Eddies überladenem Salon und schien sich in seiner formellen Aufmachung so unbehaglich zu fühlen, als wollte er am liebsten seinen Anzug ausziehen, in ein Paar Leinenhosen und Stiefel schlüpfen und schnurstracks in die Wüste zurückkehren. Seamie mochte ihn auf Anhieb.

»Ich glaube, wir sind uns schon einmal begegnet, Mr Alden«, sagte Lawrence. »Vor ein paar Jahren habe ich Freunde in Cambridge besucht. Die Stracheys. Und George Mallory. Da habe ich Sie und auch Miss Willa Alden kennengelernt. Im Pick. Erinnern Sie sich?«

»Ja, ja, natürlich«, antwortete Albie. »Eines der Stephen-Mädchen war bei Ihnen. Virginia.«

»Ja, das stimmt«, erwiderte Lawrence.

»Freut mich, Sie wiederzusehen, Tom«, sagte Albie. »Ich hätte Sie nicht wiedererkannt. Die Wüste hat aus einem käsigen Engländer einen richtigen Goldjungen gemacht.«

Lawrence lachte herzlich. »Sie hätten mich vor ein paar Jahren sehen sollen«, sagte er. »Keineswegs golden, ich war rot wie ein Krebs und hab mich geschält wie eine Zwiebel. Wie geht's Miss Alden? Ich habe ihre Fotos von Indien und China gesehen. Sie sind ziemlich bemerkenswert. Großartig, tatsächlich. Geht's ihr gut?«

Albie schüttelte den Kopf. »Ich wünschte, ich könnte es Ihnen sagen. Leider habe ich keine Ahnung.«

»Wie soll ich das verstehen?«, fragte Lawrence verwirrt.

»Sie hatte einen Unfall. Vor ungefähr acht Jahren. Auf dem Kilimandscharo. Wo sie mit Mr Finnegan war«, antwortete Albie und sah Seamie dabei an. »Sie ist abgestürzt und brach sich das Bein. Es musste amputiert werden. Der Sturz hat ihr auch das Herz gebrochen, fürchte ich, denn sie ist nie mehr nach Hause zurückgekommen. Stattdessen ist sie in den Fernen Osten gereist. Nach Tibet. Dort lebt sie bei den Yaks und den Schafen und diesem verdammten großen Berg.«

Seamie wandte sich ab. Die Unterhaltung quälte ihn.

Das entging Lawrence nicht. »Ich verstehe. Ich fürchte, ich habe recht unsensibel einen wunden Punkt berührt. Bitte verzeihen Sie mir.«

Eddie machte eine wegwerfende Handbewegung. »Seien Sie nicht albern. Da gibt es nichts zu verzeihen. Wir alle sind darüber hinweg. Nun, die meisten von uns jedenfalls.«

Seamie blickte aus dem Fenster. Meistens schätzte er Eddies aufrichtige Art, ihre offenen Worte, aber zuweilen wünschte er sich, sie würde wenigstens *versuchen*, etwas einfühlsamer zu sein.

»Warum steht ihr alle herum? Setzt euch«, befahl Eddie. »Albie, nimm diese Kissen … ja, diese da. Seamie, du setzt dich dorthin, neben Tom.« Im Flüsterton fügte sie hinzu: »Er ist ein Spion, weißt du. Dessen bin ich mir sicher.«

»Was für ein Unsinn, Eddie«, erwiderte Lawrence.

»Worüber reden Sie dann mit den Scheichs, Tom? Über Kamele?

Und Granatäpfel? Das bezweifele ich. Sie reden über Aufstände. Rebellion. Über Freiheit von ihren türkischen Unterdrückern.«

»Wir reden über ihr Leben, ihre Vorfahren und ihre Sitten. Ich mache Fotos, Eddie. Von Ruinen, von Gräbern und Vasen und Schalen. Ich mache mir Notizen und zeichne.«

»Sie zeichnen Karten und schmieden Allianzen, mein Lieber«, widersprach Eddie.

»Ja. Na gut. Möchte jemand türkische Süßigkeiten?«, fragte Lawrence und reichte einen Teller mit gezuckerten Rosenwasser-Bonbons herum.

»Sagen Sie, Mr Lawrence, was hat Sie denn ursprünglich nach Arabien verschlagen?«, fragte Seamie taktvoll.

»Die Archäologie. Ich grabe gern altes Zeug aus. Schon während meiner Studienzeit ging ich nach Syrien, wo ich die Kreuzfahrerburgen erforschte, über die ich auch meine Abschlussarbeit geschrieben habe. Nach der Universität wurde mir bei D. G. Hogarth, einem Archäologen des Britischen Museums, eine Stelle angeboten. Die habe ich angenommen. Ich habe an vielen Ausgrabungen in der alten Hethiterstadt Karkemisch teilgenommen. Tatsächlich haben wir vermutlich beide Ufer des Euphrat umgegraben«, sagte Lawrence zufrieden.

»Ich weiß nicht, ob ich es in der Wüste aushalten würde«, sagte Seamie. »Die Hitze und all der Sand. Ich brauche Schnee und Eis.«

Lawrence lachte. »Ich verstehe Ihre Vorliebe für alles Unberührte und Kalte, Mr Finnegan. Auch ich mag Berge und Alpenlandschaften, aber die Wüste, Mr Finnegan ... die Wüste.«

Lawrence schwieg einen Moment lang, lächelte hilflos und sah plötzlich aus wie ein Verliebter.

»Ich wünschte, Sie könnten das sehen«, fuhr er fort. »Ich wünschte, Sie könnten den Muezzin hören, der die Gläubigen zum Gebet ruft. Und die Sonnenstrahlen sehen, die in die Minarette einfallen. Ich wünschte, Sie könnten die Datteln und Granatäpfel aus einer üppig grünen Oase schmecken. Und nachts in einem Zelt der Beduinen sitzen und ihren Geschichten lauschen. Ich wünschte, Sie könnten die

Menschen – die hoheitsvollen Scheiks und Sharifs – kennenlernen. Und die verschleierten Haremsdamen. Ich wünschte, Sie könnten Hussein, den Sharif von Mekka, und seine Söhne kennenlernen und ihren Hunger nach Unabhängigkeit erleben.« Plötzlich schüttelte er den Kopf, als wäre ihm die Tiefe seiner Empfindungen peinlich. »Wenn Sie das könnten, Mr Finnegan, würden Sie nicht zögern, die Antarktis aufzugeben.«

»Oh, das weiß ich nicht, Mr Lawrence«, antwortete Seamie angriffslustig. »Ich glaube nicht, dass es Ihre Sanddünen mit meinen Eisbergen aufnehmen können. Ganz zu schweigen von meinen Seehunden und Pinguinen.« Sein Tonfall wurde ernst, und er ahmte die poetische Schilderung von Lawrence nach. »Ich wünschte, Sie könnten die Sonne über dem Weddell-Meer aufgehen sehen, wenn ihre Strahlen aufs Eis treffen und in Millionen Lichtfunken explodieren. Ich wünschte, Sie könnten bei Nacht den Gesang des Windes hören und das Knirschen der Eisschollen, die auf dem ruhelosen Meer treiben …«

Tom lauschte gebannt, während Seamie sprach. Sie redeten über gänzlich verschiedene Weltteile und fühlten sich dennoch sofort wesensverwandt, denn jeder verstand die Leidenschaft des anderen. Sie waren Entdecker, und beide spürten die Macht, die sie ins große Unbekannte zog. Sie kannten den Sog, der sie häusliche Bequemlichkeiten, die Nähe von Familie und Freunden aufgeben ließ. Es war kein Zufall, dass sie beide keine Ehefrauen hatten. Sie waren ihrer Leidenschaft verfallen, dem Wunsch, zu sehen, zu entdecken, zu erkennen. Sie gehörten nur ihrer Aufgabe und sonst niemandem.

Kurz nachdem er geendet hatte, fühlte Seamie einen Stich im Herzen. Es war so gut, mit diesen Menschen hier zusammenzusitzen. So wenige außer ihnen verstanden, was ihn antrieb. Es gab noch jemanden, der dies verstand. Aber sie war nicht hier, und er wünschte mit jeder Faser seines Herzens, sie wäre es.

»Ich gehe zurück, sobald ich kann«, sagte Lawrence, das entstandene Schweigen brechend, und drückte damit den Drang aus, den sie beide verspürten: aus dem grauen, erstickenden London herauszukommen, zurück in die wilde, lockende Ferne. »Ich gehe wieder nach Karkemisch. Ich habe kürzlich unter Leitung von William Ramsey, dem bekannten Bibelforscher, gearbeitet. Er ist beim Britischen Museum. Ich bin hier, um einen Bericht über unsere Funde abzuliefern. Das muss natürlich sein, aber sobald ich damit fertig bin, geht's wieder in die Wüste zurück. Es gibt noch so viel zu tun. Und Sie, Mr Finnegan? Haben Sie weitere Abenteuer geplant?«

»Ja«, antwortete Seamie. »Und nein. Und ... na ja, *möglicherweise.*«

»Das ist eine seltsame Antwort«, sagte Lawrence.

Das räumte Seamie ein. »Ernest Shackleton stellt wieder eine Expedition in die Antarktis zusammen, und ich bin sehr interessiert, daran teilzunehmen«, erklärte er. »Aber im Moment gibt es auch einen dringenden Grund, in London zu bleiben.«

»Wirklich?«, fragte Eddie und zog eine Augenbraue hoch. »Wer ist sie?«

Seamie ignorierte die Frage. »Clements Markham hat mir eine Stelle angeboten. Erst gestern. Ich soll helfen, Gelder für neue Expeditionen aufzutreiben. Ich hätte ein Büro, eine schöne Messingplakette an der Tür und ein regelmäßiges Gehalt, und seiner Meinung nach wäre ich ein Narr, wenn ich nicht annehmen würde.«

»Da hat er recht«, sagte Albie. »Das wärst du. Du wirst allmählich zu alt für die jungenhaften Abenteuer.«

»Vielen Dank, mich darauf hinzuweisen, Albie«, erwiderte Seamie.

Eine gewisse Melancholie senkte sich über Seamie und Lawrence nach dieser Bemerkung. Vielleicht hält er sich auch für zu alt für weitere Abenteuer, dachte Seamie. Oder vielleicht reist er genau wie ich durch die Welt, weil er jemanden verloren hat. Weil er hofft, wenn er nur weit genug wegfährt, sich extremer Witterung und Gefahren aussetzt und genügend Hunger und Krankheiten erlebt, würde er diese Person einfach vergessen. Was natürlich nie der Fall sein wird, dennoch lässt er nicht davon ab. Die seltsam traurige Stimmung hielt an, bis Lawrence fragte: »Und was machen Sie, Mr Alden?«

»Ich bin Physiker«, sagte Albie. »Ich unterrichte in Cambridge.«

»Er schreibt die schrecklichsten, unbegreiflichsten und unverständlichsten Formeln, die Sie je gesehen haben«, warf Eddie ein. »Auf eine Tafel in seinem Arbeitszimmer. Den ganzen lieben langen Tag. Eigentlich hat er ein Freisemester und sollte es ein bisschen langsamer angehen lassen. Aber stattdessen arbeitet er rund um die Uhr. Es ist absolut unmenschlich.«

»Tante Eddie …«, protestierte Albie verlegen lächelnd.

»Es stimmt doch, Albie. Du gönnst dir keine Ruhe. Keinen ausgiebigen Lunch. Gehst nie spazieren. Du siehst schon genauso bleich und ausgewaschen aus wie ein Paar alte Unterhosen. Ich weiß, dass du einer der führenden Wissenschaftler des Landes bist, aber, Albie, England kann doch sicher noch einen oder zwei Monate auf die Ergebnisse warten, an denen du herumdokterst?«

»Nein, Tante Eddie, das kann England nicht«, erwiderte Albie. Er lächelte immer noch, aber in seiner Stimme lag eine gewisse Schärfe. Obwohl Albie sonst immer nur in höflichem, gelassenem Tonfall sprach.

Niemand schien den Ausrutscher bemerkt zu haben, und Seamie fragte sich, ob er es sich nur eingebildet hatte. Jedenfalls beschloss er, Albie noch diese Woche auf eine Wanderung durch die Fens mitzunehmen, egal, wie sehr er sich auch sträuben mochte.

Gedrängt von seiner Tante, erzählte Albie ein bisschen von seiner Arbeit und darüber, was die Physiker in der ganzen Welt im Moment am meisten beschäftigte: das Gerücht, dass Albert Einstein bald eine Reihe von Feldgleichungen veröffentlichen wollte, die eine neue allgemeine Relativitätstheorie stützen würden. Er war gerade dabei, die Geodätengleichungen zu erklären, als der Butler in der Tür erschien und sagte: »Entschuldigen Sie, Madam. Aber das Dinner ist serviert.«

»Ach, Gott sei Dank«, seufzte Eddie. »Mir schwirrt schon der Kopf!«

Alle erhoben sich, und Eddie ging ins Speisezimmer voran. Dort legte Mr Lawrence plötzlich die Hand auf Seamies Arm. »Vergessen Sie Clements Markham«, sagte er leise und herzlich. »Kommen Sie mich besuchen, Mr Finnegan. Sie sind nicht zu alt für Abenteuer, unmöglich. Denn wenn Sie es wären, wäre ich es auch. Und wenn das so wäre, wüsste ich nicht, was ich tun sollte. Ich wüsste nicht, wie ich leben sollte, und ehrlich gesagt, wollte ich das auch gar nicht. Verstehen Sie das?«

Seamie nickte. »Das tue ich, Mr Lawrence. Nur allzu gut.«

»Dann kommen Sie. Wärmen Sie Ihre kalten Glieder ein bisschen in der arabischen Wüste auf.«

Eddie, die offenbar zugehört hatte, sagte: »Tom hat recht, Seamie. Vergiss Markham und Shackleton. Fahr in die Wüste. Wärm deine Knochen in Arabien.« Lächelnd fügte sie hinzu: »Und wenn du schon dabei bist, lass dabei auch gleich dein Herz auftauen.«

6

»Vier Pence, Mister. Sie werden's nicht bereuen«, sagte das Mädchen mit dem roten Schal und lächelte verführerisch. Oder versuchte es zumindest.

Mit vor Kälte hochgezogenen Schultern schüttelte Max von Brandt den Kopf.

»Dann zwei. Ich bin sauber, das schwör ich. Ich geh erst seit einer Woche anschaffen.« Die aufgesetzte Keckheit war verschwunden, stattdessen hörte sie sich jetzt verzweifelt an.

Max blickte ihr ins Gesicht. Sie war höchstens vierzehn. Ein Kind. Dünn und zitternd. Er zog ein Sixpence-Stück aus der Tasche und warf es ihr zu. »Geh heim.«

Das Mädchen sah zuerst die Münze, dann ihn an. »Gott segne Sie, Mister. Sie sind ein guter Mensch.«

Max lachte. *Wohl kaum*, dachte er. Er öffnete die Tür zum Barkentine und hoffte, das Mädchen hatte sein Gesicht nicht gesehen oder würde es sofort wieder vergessen, falls doch. Das Barkentine, eine Spelunke in Limehouse am Nordufer der Themse, war die Art von Lokalen, die Max von Brandt gelegentlich aufsuchen musste, aber dabei achtete er immer sehr sorgfältig darauf, dass ihn niemand sah. Er hatte sein Bestes getan, um nicht aufzufallen. Er trug schäbige Arbeiterkleidung, hatte sich seit drei Tagen nicht mehr rasiert und sein silberblondes Haar unter einer flachen Kappe versteckt. Schwieriger war es, die Bräune seines Gesichts zu verbergen oder dass seine Beine nicht von Rachitis verkrümmt waren. Das verdankte er gutem Essen und frischer Luft, und davon gab es im East End von London bedauerlich wenig.

Im Innern des Pubs ging Max auf den Barkeeper zu. »Ich möchte zu Billy Madden«, sagte er.

»So jemanden gibt's hier nicht«, antwortete der Mann, ohne von den Wettberichten des Tages aufzublicken.

Max sah sich um. Er wusste, wie Madden aussah. Er besaß ein Foto von ihm. Er wusste auch, wer Madden war: ein Dieb mit einer Werft – genau, was er brauchte. Er inspizierte die Gesichter im Raum. Viele hatten Narben. Einige ignorierten ihn, andere beäugten ihn misstrauisch. Er sah eine junge Frau, blond und hübsch – trotz der verblassenden blauen Flecken im Gesicht –, die allein an einem Fenster saß. Schließlich entdeckte er Madden, der im hinteren Teil des Lokals eine Patience legte, und trat an seinen Tisch.

»Mr Madden, ich würde gern mit Ihnen sprechen.«

Billy Madden blickte auf. Er trug ein buntes Tuch um den Hals und einen goldenen Ring im Ohr. Über einer Braue befand sich eine Narbe, und sein Mund war voll verfaulter Zähne. Er war ein großer Mann, eine imposante Erscheinung, aber das Beunruhigendste an ihm waren seine Augen. Es waren die Augen eines Raubtiers – dunkel, seelenlos und voller Gier.

»Wer sind Sie, zum Teufel?«, knurrte er und griff nach einem großen Klappmesser auf dem Tisch.

Max wusste, dass er vorsichtig vorgehen musste. Man hatte ihn gewarnt, dass Madden gewalttätig und unberechenbar sei. Und er hätte sich auch nicht an ihn gewandt, wenn ihm eine andere Wahl geblieben wäre. Aber die Jungs aus Cambridge waren ihm auf der Spur. Er musste irgendeine Möglichkeit finden, um ihnen aus dem Weg zu gehen, und zwar schnell, sonst wäre alles ruiniert.

»Mein Name ist Peter Stiles. Ich bin Geschäftsmann. Ich würde gern einen Handel mit Ihnen machen«, sagte er mit perfektem Londoner Akzent.

»Sie sind ein toter Mann, das ist alles«, antwortete Madden. »Sie haben vielleicht Nerven. Vielleicht sollt ich Ihnen die Eingeweide rausreißen. Und in den Fluss schmeißen. Und Sie gleich hinterher. Was sollt mich daran hindern, hä?«

»Eine Menge Geld«, sagte Max. »Ich brauche Ihre Hilfe, Mr Madden. Ich bin bereit, viel Geld dafür zu bezahlen. Wenn Sie mich umbringen, gibt's kein Geld.«

Madden lehnte sich in seinem Stuhl zurück und nickte in Richtung eines anderen Stuhls. Max setzte sich.

»Ich habe von Ihrer Werft gehört«, begann Max. »Ich brauche ein Boot. Ein Motorboot.«

»Wozu?«, fragte Madden.

»Um einen Mann von London in die Nordsee zu bringen. Um eine sichere Verbindung herzustellen. Alle vierzehn Tage. Außerdem brauche ich einen Skipper, der das Schiff steuern kann. Einen Mann, der den Flussbehörden gut bekannt ist, der seit Jahr und Tag die Themse rauf- und runterfährt, der keine Aufmerksamkeit erregt.«

»Wozu der Aufwand?«

»Ich habe etwas, das in andere Hände übergehen soll.«

»Heiße Ware?«

»Das möchte ich lieber nicht sagen«, antwortete Max.

»Wenn ich mein Boot riskiere und meinen Skipper, hab ich ein Recht, Bescheid zu wissen«, widersprach Madden.

»Juwelen, Mr Madden. Sehr wertvolle. Ich muss sie aus England auf den Kontinent bringen«, erwiderte Max. Er nahm seine Geldklammer aus der Tasche, zählte einhundert Pfund ab und legte die Geldscheine auf den Tisch. Und seine Hand darüber. »Ich bin bereit, ein sehr großzügiges Arrangement mit Ihnen zu treffen«, fügte er hinzu.

Ein Glitzern trat in Maddens Augen. Er griff nach dem Geld, aber Max ließ es nicht los.

»Ich bezahle Sie für Ihr Boot, Ihren Skipper und Ihr Schweigen. Haben wir uns verstanden? Wenn ein Wort über die Sache nach außen dringt, ist unser Deal geplatzt.«

»Ich posaun wohl kaum in der Gegend herum, was ich so treib. Ihr Geheimnis ist bei mir gut aufgehoben«, antwortete Madden.

Max nickte. Er schob ihm das Geld zu. »Das hier ist nur die erste Rate. Mein Mann übergibt Ihnen jedes Mal eine weitere. Sein Name ist Hutchins. Er wird heute in zwei Wochen auf dem Dock hinter dem Barkentine sein. Um Mitternacht. Ihr Skipper soll ihn dort treffen.«

Max stand auf, tippte an seine Mütze und ging. Madden war ein grausiger und schrecklicher Mensch, und Limehouse ein grausiger und schrecklicher Ort. Er war froh, beides hinter sich zu lassen, aber das Treffen war erfolgreich gewesen. Sehr erfolgreich sogar.

Er hatte etwas, das in andere Hände übergehen sollte – aber das waren keine Juwelen. Und er brauchte eine Verbindungskette, um das zu erreichen. Eine verlässliche Kette zwischen London und Berlin.

Und heute Abend war das erste Glied geschmiedet worden.

7

»FRAUENSTIMMRECHT!«, las Seamie auf einem Banner, das über den Esstisch seiner Schwester ausgebreitet war. »Meinst du, das genügt, um deine Sache voranzubringen, Fee?«, fragte er, als er sie auf die Wange küsste.

Fiona lachte. Sie hatte eine Nadel in der Hand und nähte an dem Banner. »Ich muss noch das ›JETZT‹ hinzufügen«, erwiderte sie. »Frühstück doch etwas, mein Lieber.«

»Das werde ich, danke«, antwortete Seamie und nahm Platz. Ein Dienstmädchen räumte die schmutzigen Teller der jüngeren Kinder ab, die schon aufgestanden und an Seamie vorbei in den Gang gerannt waren. Nur Katie und Joe saßen noch am Tisch.

»Guten Morgen allerseits«, sagte Seamie, bekam aber keine Antwort. Katie, die Eier und Tee nicht angerührt hatte, schob Fotos auf dem Layout des *Schlachtrufs* herum. Joe saß am Kopfende des Tischs und schrieb wie wild. Neben ihm lagen aufgeschlagen die Morgenzeitungen und zerknülltes Papier auf dem Boden.

»Kannst du mir bitte den Räucherfisch reichen, Joe?«, fragte Seamie und legte sich die Serviette auf den Schoß. »Joe? Hallo! *Joe!*«

Joe blickte verständnislos auf. »Tut mir leid, was ist?«

»Kann ich den Räucherfisch haben?«, fragte Seamie. »Was machst du denn da?«

»Ich arbeite an einer Rede fürs Unterhaus, in der ich das Parlament um mehr Geld für Schulen bitten will.«

»Wirst du es kriegen?«, fragte Seamie und spießte einen Fisch von der Platte auf, die Joe ihm reichte.

»Sehr zweifelhaft«, sagte Katie, bevor Joe antworten konnte und ohne aufzublicken. »Mr Churchill hält seine Rede direkt nach Dad. Er will mehr Schiffe und hat große Unterstützung von beiden Seiten. Seitdem Deutschland mit dem Säbel rasselt, wollen viele in England aufrüsten. Die neuen Panzerkreuzer sollen finanziert werden, und Dad meint, sie kommen damit durch – aufgrund eines Präzedenzfalls. Als Lloyd George vor fünf Jahren, als er Schatzkanzler war, versuchte, die Militärausgaben zu kürzen, hat er eine schlimme Niederlage erlitten.«

Seamie schüttelte lachend den Kopf. »Ist das wahr, Kitkat?«, fragte er, den Spitznamen benutzend, den er ihr gegeben hatte und den sie hasste, wie er wusste. »Hast du eigentlich je was anderes als Politik im Kopf? Du bist fünfzehn Jahre alt und ein Mädchen, meine Güte. Redest du denn nie über Tanzen, Kleider und Jungs?«

Katie sah ihn an und kniff die Augen zusammen. Seamie lachte. Er legte sich gern mit ihr an.

»Du solltest sie nicht necken«, sagte Fiona. »Wie man in den Wald hineinruft, so schallt es heraus. Das weißt du doch.«

»Jetzt komm, Kitkat«, fuhr Seamie fort, ohne die Warnung seiner Schwester zu beachten. »Ich kauf dir ein neues Kleid. Bei Harrods. Ein rosafarbenes mit Rüschen und Schleifen. Und einen passenden Hut. Heute noch.«

»Ja, das machen wir«, erwiderte Katie mit einem Haifischlächeln. »Und wenn wir dort sind, kaufen wir auch gleich einen Anzug. Für dich, Onkel Seamie. Einen grauen Kammgarnanzug, hübsch eng geschnitten mit vielen Knöpfen. Und eine Krawatte. Damit dein Kragen schön eng um den Hals anliegt. Wie eine Schlinge. Heute ein Bürojob bei der Royal Geographical Society, morgen eine nette kleine Frau, die deine Socken stopft, und nächste Woche eine Doppelhaushälfte in Croydon.« Sie lehnte sich zurück, verschränkte die Arme vor der Brust und begann, Chopins Trauermarsch zu summen.

»Miststück«, sagte Seamie und gab sich geschlagen, wenn auch ziemlich eingeschnappt.

»Bürohengst«, gab Katie zurück.

»Wildfang.«

»Sesselpupser.«

»Ich hab den Job doch noch gar nicht angenommen!«, verteidigte sich Seamie.

»He, ihr beiden!«, warf Joe ein. »Das reicht jetzt.«

Seamie, etwas verärgert, denn Katie hatte einen Nerv getroffen, spießte mit Nachdruck eine gedünstete Tomate auf.

»Ich hab dich gewarnt«, sagte Fiona.

»Kannst du mich morgen Nachmittag zur Clarion's-Druckerei bringen, Onkel Seamie? Bitte. Ich muss die nächste Ausgabe des *Schlachtrufs* in Druck geben, aber Mum und Dad haben keine Zeit und wollen mich nicht allein hingehen lassen«, sagte Katie.

»Warum sollte ich das?«, fragte Seamie schroff.

Katie lächelte erneut. Diesmal aufrichtig und herzlich. »Weil du mein Onkel bist und mich wahnsinnig gernhast.«

»Gernhatte«, erwiderte Seamie. »Ich hatte dich mal wahnsinnig gern.«

Katies Lächeln erstarb.

»Ach komm schon, das war doch bloß ein Scherz. Natürlich bringe ich dich hin«, versicherte ihr Seamie schnell. Er ertrug es nicht, sie traurig zu sehen, selbst wenn sie bloß so tat.

»Danke, Onkel Seamie!«, antwortete Katie. »Ich habe auch bloß geschertzt. Ich weiß, du würdest diesen Job niemals annehmen. Und du würdest auch nie nach Croydon ziehen.«

Katie wandte sich wieder ihrer Zeitung zu. Joe schrieb, und Fiona nähte weiter. Aus einem anderen Teil des Hauses drang das Kreischen und Lachen der jüngeren Kinder herüber, die zweifellos eine Menge Spaß hatten.

Seamie betrachtete Fiona, Joe und Katie. Es machte ihn glücklich, bei seiner Schwester und ihrer Familie zu sein, aber plötzlich wurde ihm bewusst, dass es ihre Familie war, nicht seine. Sosehr sie ihn auch liebten, er war bloß der Onkel. Und diesen Unterschied hatte er nie deutlicher gespürt als in diesem Moment. Warum nur? Weil Katie ihn mit einer kleinen, sockenstopfenden Ehefrau aufgezogen hatte? Sie hatte natürlich recht – er würde die Stelle nicht annehmen, geschweige denn nach Croydon ziehen –, aber in diesem Augenblick wünschte er, es gäbe jemanden, der ihn dazu bringen würde, nach Croydon ziehen zu *wollen*. Plötzlich tauchte das Bild von Jennie Wilcott vor seinem inneren Auge auf, das er schnell wieder verscheuchte. Jennie mit dieser seltsamen, für ihn ganz untypischen Sehnsucht nach häuslichem Glück in Verbindung zu bringen war Unsinn. Er kannte sie ja kaum.

»Gib mir doch bitte eine Zeitung«, sagte er plötzlich zu Joe, um die merkwürdige Stimmung zu vertreiben.

Joe reichte ihm eine. Seamie breitete sie aus und las die Schlagzeile. SCHLACHTSCHIFF DES KAISERS VOM STAPEL GELAUFEN. Und darunter, EISIGER WIND ÜBER BELGIEN UND FRANKREICH.

Doch weder die unheilvolle Schlagzeile noch der anschließende Artikel konnten Seamies Appetit dämpfen. Er war total ausgehungert und lud sich Pilze, Speck, gekochte Eier und Buttertoast zu den Heringen und Tomaten auf seinen Teller, dann schenkte er sich Tee ein. Assamtee, leuchtend rot und stark genug, um einen Toten aufzuwecken. Er brauchte das. George Mallory war in der Stadt. Sie hatten ein Pub besucht, und er war erst um drei Uhr nachts heimgekommen.

Jetzt war es neun Uhr morgens an einem klaren, frischen Märzsamstag, und Seamie stand ein langes Wochenende bei Joe und Fiona auf ihrem Anwesen in Greenwich bevor. In einem Monat war Ostern, und Fiona wollte das Wochenende vor allem hier verbringen, um die Fortschritte der Maler zu überwachen. Sie hatte fünfzig Gäste zum Oster-Dinner eingeladen und wollte vor den Ferien mehrere Räume neu streichen lassen.

»Die Post, Madam«, sagte der Butler und stellte ein silbernes Tablett mit Briefen auf den Tisch.

»Danke, Mr Foster«, antwortete Fiona, ohne von ihrer Näharbeit aufzublicken.

»Ich glaube, unter den Einladungen und Rechnungen ist eine Nachricht aus Kalifornien, Madam. Ich glaube, der Poststempel lautet Point Reyes Station.«

»Point Reyes? Wie schön!«, rief Fiona. Sie legte ihre Nadel weg, griff in die Post und zog einen großen, steifen Umschlag heraus.

»Wie kommen die Maler voran, Mr Foster?«, fragte Joe.

»Ganz gut, Sir. Sie sind mit dem Salon fertig und machen im Eingangsbereich weiter.«

»Oh, Joe! Seamie! Seht nur!«, rief Fiona gerührt. »India hat uns ein wundervolles Bild von sich und Sid und den Kindern geschickt. Wie süß sie sind!«

»Unser Bruder? Süß?«, fragte Seamie schnaubend.

»Na ja, seine Kinder sind es«, erwiderte Fiona lachend. »Sieh dir nur Charlotte an. Eine Schönheit. Und das Baby. Und Wish, der ganz nach seinem Vater kommt.« Sie schwieg einen Moment und fügte dann leise hinzu: »Und unserem.«

Seamie versuchte, den Gesichtsausdruck seiner Schwester zu deuten, als ihr Blick über das Foto glitt. Er sah Liebe und Glück darin, aber auch Trauer.

Er wusste, dass sie immer noch um ihre Eltern trauerte. Ihr Vater, Paddy, war 1888 in den Docks bei der Arbeit umgekommen. Sein Tod hatte nach einem Unfall ausgesehen, war aber das Werk seines Arbeitgebers William Burton gewesen. Als Gewerkschaftsfunktionär hatte Paddy versucht, seine Kollegen bei Burton Tea zu bewegen, sich der Dockarbeitergewerkschaft anzuschließen. Gemeinsam mit einem Ostlondoner Schläger namens Bowler Sheehan hatte Burton den sogenannten Unfall inszeniert, um Paddy für immer loszuwerden. Und Kate, ihre Mutter, wurde im selben Jahr von einem Verrückten umgebracht, der als Jack the Ripper bekannt war.

Kurz danach war ihre kleine Schwester – ein krankes und schwaches Baby – gestorben. Und dann hatten sie ihren Bruder Charlie verloren. Er war nicht gestorben, sondern wahnsinnig geworden beim Anblick seiner Mutter, die sterbend vor ihrem Haus lag. Er war fortgelaufen und hatte dann in Notwehr einen Mann getötet. Weil er sich nicht mehr traute, zu seiner Familie zurückzukehren, hatte er den Namen des Toten – Sid Malone – angenommen und war in die Kriminalität abgerutscht.

Jahre später hatte Fiona ihn wiedergetroffen. Sie zerstritten sich, und Sid tauchte erneut in den dunklen Straßen des East End unter.

Verzweifelt über seinen Werdegang, beschloss Fiona, Seamie nie zu erzählen, was aus seinem geliebten Bruder geworden war.

Doch er hatte es trotzdem herausgefunden, Jahre später und auf die entsetzlichste Weise. Joe, inzwischen Abgeordneter für Whitechapel, hatte Sid aufgespürt, um ihn zu warnen, sich nichts mehr zuschulden kommen zu lassen, sonst würde dies ernsthafte Konsequenzen für ihn haben. Joe hatte Sid nicht persönlich getroffen, aber dessen Handlanger, Frankie Betts. Es kam zu einer schrecklichen Auseinandersetzung, bei der Frankie auf Joe schoss, weil er befürchtete, Sid könnte ihn und die anderen Mitglieder der Gang verlassen. Diese Tat hängte er Sid an, in der Hoffnung, auf diese Weise dessen Rückkehr in die bürgerliche Welt zu verhindern.

Sid – auf der Flucht und von der Kugel eines Polizisten verwundet – war eines Nachts in Fionas Haus aufgetaucht, um ihr zu sagen, dass nicht er auf Joe geschossen habe. Sie nahm ihn auf und versteckte ihn, bis er sicher aus London hinausgeschafft werden konnte. Er heuerte auf dem erstbesten Schiff an, das er finden konnte, auf einem Frachtschiff nach Afrika. Er hatte alles hinter sich gelassen: sein Leben, seine Familie und die Frau, die er liebte – eine junge, adlige Ärztin namens India Selwyn-Jones. Er hatte sie verlassen, weil er glaubte, sie habe ihn wegen eines Mannes ihrer eigenen Gesellschaftsklasse aufgegeben – wegen eines korrupten und herzlosen Politikers namens Freddie Lytton. India hatte Freddie aber nur geheiratet, weil sie glaubte, Sid sei tot, und weil sie dessen Kind erwartete, für das sie einen Vater brauchte, wenn auch nur auf dem Papier.

Sid und India hatten sich in Afrika wiedergetroffen. Sid lebte dort unter dem Namen Baxter, und Freddie, ein aufgehender Stern in der Kolonialverwaltung, war in Regierungsangelegenheiten dort hingeschickt worden. Als er feststellte, dass Sid noch am Leben war, ließ er ihn festnehmen und einsperren, damit er gehängt werde. Und dann hätte Freddie beinahe India und das Kind – ein Mädchen namens Charlotte – umgebracht, indem er die beiden allein im afrikanischen Busch zurückließ. Doch auf dem Rückweg zu seinem Bungalow war er selbst von Hyänen getötet worden. Mit Seamies Hilfe, der sich zu der Zeit ebenfalls in Afrika, am Kilimandscharo, befand, konnte Sid aus dem Gefängnis entfliehen, gerade noch rechtzeitig, um India und Charlotte zu retten. Er brachte sie in Sicherheit und machte sich dann aus dem Staub, weil er immer noch befürchtete, erneut verhaftet zu werden. In einer Nachricht, die er zurückließ, bat er sie, zu ihm nach Amerika, nach Kalifornien, zu kommen, wo India Land besaß. Dort würden sie ein neues Leben beginnen, versprach er. In Point Reyes an der Küste, wo sich Meer und Himmel vereinigten, an dem Ort, wo er und India früher einmal geplant hatten hinzugehen.

»Ich würde es nicht glauben, wenn ich es nicht mit eigenen Augen sehen würde«, sagte Seamie jetzt, als Fiona ihm das Foto reichte. Er blickte in die Gesichter der strahlenden Kinder, der wunderschönen Frau und des braun gebrannten, lächelnden Mannes. »Unser Bruder – glücklich verheiratet und Kühe züchtend.«

»Stiere«, sagte Joe.

»Kühe, Stiere ... macht das einen Unterschied? Wenn er Narzissen züchten würde, wäre ich nicht weniger überrascht«, erwiderte Seamie.

»Er hat solches Glück gehabt«, sagte Fiona. »Dass er die Reise überlebt hat, die vielen Meilen durch Afrika, dann die Überfahrt nach New York und den Treck in den Westen.«

Seamie nickte. Er erinnerte sich, wie verzweifelt er auf eine Nachricht von seinem Bruder gewartet hatte. Sie alle hatten fast ein ganzes Jahr lang gewartet, bis schließlich ein Brief von India aus Point Reyes eintraf, in dem sie mitteilte, dass Sid zu ihr und Charlotte heimgekommen sei und dass es ihm gut gehe. Oder bald gut gehen würde.

Auf einem Pferd und mit praktisch nichts in der Tasche hatte er den ganzen afrikanischen Kontinent durchquert. Da er sein Gewehr bei sich hatte, konnte er jagen, was er zum Essen brauchte, sein Pferd graste, und Wasser gab es überall kostenlos. Etwa auf der Hälfte der Strecke bekam er Malaria. Stammesangehörige fanden und pflegten ihn. Er kam durch, und als er etwa einen Monat später wieder zu Kräften gekommen war, ritt er weiter nach Port Gentil. Dort verkaufte er sein Pferd und arbeitete in den Docks, bis er genügend Geld für die Überfahrt nach New York zusammenhatte. In den Staaten angekommen, arbeitete er wieder in den Docks, diesmal in Brooklyn, bis er das Geld für die Zugfahrt nach San Francisco gespart hatte.

Auch dorthin hätte er es fast geschafft, wurde aber in Denver auf dem Weg in ein billiges Hotel, wo er vor der Abreise in den Westen die Nacht verbringen wollte, überfallen und ausgeraubt. Wieder musste er Arbeit suchen und fand in einem Schlachthof einen Job. Dort plagte er sich zwei Monate lang ab und hatte fast das Reisegeld verdient, als er verletzt wurde. Ein Stier hatte sich losgerissen, trampelte ihn nieder und brach ihm das Bein. Ein Mann in seiner Unterkunft – ein Pfleger in einem Armenkrankenhaus – richtete sein Bein ein, um ihm die Arztkosten zu ersparen. Deshalb ging er heute am Stock. Der Vorarbeiter des Schlachthofs schenkte ihm fünf Dollar, und mit dem geschenkten Geld und seinen Ersparnissen kam er bis nach San Francisco und dann die Küste hinauf. Mit sechsundvierzig Cents in der Tasche traf er schließlich in Point Reyes ein.

Seamie fragte ihn einmal in einem Brief, ob er je daran gezweifelt habe, sein Ziel zu erreichen. Schließlich habe er mit India keinen Kontakt mehr gehabt, seitdem er sie halb betäubt in ihrem Bungalow in Kenia abgesetzt hatte. Was, zum Teufel, hätte er gemacht, wenn sie nicht an dem vereinbarten Treffpunkt gewesen wäre?

Sid schrieb zurück, dieser Gedanke sei ihm nie gekommen. Und er hätte hundert solcher Strapazen auf sich genommen, wenn dies notwendig gewesen wäre, um zu ihr und Charlotte zu kommen.

»Ich weiß, manche Leute halten mich für verrückt«, schrieb er. »Aber das bin ich nicht, ich bin ein Glückspilz. Ein verdammter Glückspilz.«

Nur ein paar Tage nach seiner Ankunft hatten Sid und India geheiratet. 1908 bekamen sie ein zweites Kind, einen Jungen, den sie nach Indias Cousin Aloysius – Wish in der Kurzform – nannten. Vor vier Monaten war Elizabeth geboren worden. Sie war nach Elizabeth Garrett Anderson und Elizabeth Blackwell, zwei der ersten Ärztinnen, benannt worden. Sie waren glücklich, Sid und India. Seamie hatte die beiden noch nicht besucht, im Gegensatz zu Fiona und ihrer Familie.

Fiona sagte, ihr Haus sei voller Licht, Liebe und Lachen, und von jedem Raum könne man den Ozean sehen und das Wasser riechen.

Seamie kam es jetzt vor, als hätten seine Schwester und sein Bruder ein Leben wie im Märchen geführt, bei dem auch das Happy End nicht fehlte. Es musste schön sein, dies alles zu haben. Das war nicht jedem vergönnt. Ihm jedenfalls nicht. Sein Glück war vor ihm davongelaufen, bis ans andere Ende der Welt.

»Ach, Joe, wir müssen nächstes Jahr nach Kalifornien fahren. Ich vermisse sie alle so sehr«, sagte Fiona und blickte wehmütig auf das Foto. »Das Baby ist schon vier Monate alt, und wir haben es noch nicht einmal gesehen. Na ja, Maud fährt Ende des Sommers rüber. Das ist immerhin etwas.«

Maud Selwyn-Jones war Indias Schwester und zugleich eine gute Freundin von Fiona. Die beiden Frauen hatten jahrelang für die Durchsetzung des Frauenstimmrechts gekämpft und standen sich sehr nahe. Maud, eine reiche Witwe, schockierte die Gesellschaft immer wieder mit ihren Extravaganzen – sei es mit Reisen an unpassende Orte, mit dem Genuss verbotener Substanzen oder durch Affären mit unpassenden Männern.

»Ich werde Maud einen Koffer mit Geschenken für die Kinder mitgeben. Wir haben neulich über die Reise gesprochen, und sie freut sich schon sehr, ihre Nichten und Neffen wiederzusehen. Sie meinte, dass sie schließlich genau das geworden sei, wovor sie sich am meisten fürchtete – eine altjüngferliche Tante«, sagte Fiona lachend. »Aber das ist natürlich Unsinn! Sie ist immer noch sehr schön. In ihrer Jugend muss sie umwerfend ausgesehen haben. Aber haben wir das nicht alle?«

Seamie sah Joe an, der etwas verlegen wirkte. Wahrscheinlich weil Joe und Maud vor Jahren, vor seiner Hochzeit mit Fiona, ein Liebespaar gewesen waren.

»Ach, tut mir leid, Schatz!«, sagte Fiona, als sie Joes Gesichtsausdruck bemerkte. »Das hab ich ganz vergessen. Ich sollte wahrscheinlich eifersüchtig sein, nicht wahr? Das wäre ich auch, Joe, aber das Problem ist, gute Freundinnen sind schwer zu finden.« Sie langte über den Tisch und tätschelte seine Hand. »Fast genauso schwer wie gute Ehemänner. Außerdem ist Maud ja nicht mehr verliebt in dich. Ich glaube, sie ist von Harriets Cousin ziemlich eingenommen, diesem hübschen Max von Brandt. Sie meinte zwar, er sei zu jung für sie, aber Jennie Churchill hat schließlich auch einen zwanzig Jahre jüngeren Mann geheiratet. Das ist jetzt Mode, und warum auch nicht? Männer haben das seit Ewigkeiten getan. Neulich habe ich Lady Nevill im Park gesehen. Sie ist jetzt um die achtzig und noch genauso verrucht wie immer. Sie spazierte inmitten einer ganzen Schar von Kindern. Als ich sie fragte, was sie da mache, meinte sie: ›Nun, wenn Sie es wissen wollen, meine Liebe, ich suche in den Kinderwagen nach *meinem* nächsten Mann!‹«

Joe verdrehte die Augen. Seamie lachte. Er goss sich Tee nach, aß den Rest seines Räucherfischs auf und sagte dann: »Also gut, Fee, ich mach mich jetzt auf den Weg. Ich habe heute viel zu tun. Ich möchte Admiral Alden noch einmal besuchen.«

»Wie geht es ihm?«, fragte Fiona.

»Schlechter, fürchte ich.«

»Das tut mir sehr leid. Wir werden ihn bald ebenfalls besuchen. In der Zwischenzeit richte ihm und Mrs Alden unsere besten Grüße aus.«

»Das mache ich, Fee. Und danach gehe ich zum Dinner in die Royal Geographical Society. Shackleton wird auch dort sein.«

»O nein«, sagte Fiona und runzelte die Stirn. »Nicht schon wieder. Du bist doch gerade erst zurückgekommen.«

»Schon möglich«, erwiderte Seamie grinsend. »Es geht das Gerücht, dass er eine neue Expedition zusammenstellt. Wartet mit dem Tee nicht auf mich. Ich bin erst spät wieder zurück.«

Fiona sah ihn nachdenklich an. Er kannte seine Schwester gut genug, um zu wissen, dass sie sich Sorgen machte.

»Seamie, mein Lieber ...«

»Ja, Fiona?«

»Wenn du ohnehin in die Stadt fährst, könntest du mir einen Gefallen tun?«

»Ähm … ja.«

»Was soll das heißen? Ähm … ja? Ich wollte bloß, dass du einen Scheck bei den Wilcotts abgibst. Joe und ich machen Jennies Schule eine Schenkung.«

Katie blickte kichernd auf. »Croydon, ich komme!«, flötete sie.

Seamie beachtete seine Nichte nicht, sondern sah seine Schwester lange an. »Schon mal was von Postämtern gehört, Fee?«

»Ja, durchaus. Aber ich dachte, es wäre sicherer, das ist alles.«

»Also gut. Ich nehm ihn mit. Ich muss ihn ja nur in Reverend Wilcotts Briefkasten werfen, oder?«

»Nun, es wäre sehr nett, wenn du ihn den Wilcotts persönlich überreichen könntest. Schließlich handelt es sich um eine große Summe. Ich möchte nicht, dass der Umschlag verloren geht.«

Joe, der immer noch an seiner Rede bastelte, seufzte. »Geht es nicht noch ein bisschen offensichtlicher, meine Liebe?«

»Wieso?«, fragte Fiona mit Unschuldsmiene. »Du … du denkst doch nicht etwa, ich will ihn verkuppeln?«

»Doch«, antworteten Seamie und Joe im Chor.

Fiona zog eine Grimasse. »Na schön. Es stimmt. Aber was ist schon dabei? Jennie Wilcott ist eine reizende junge Frau. Jeder normale Mann würde ihr zu Füßen liegen.«

»Hör auf, Fiona«, sagte Seamie.

»Ich mach mir doch bloß Sorgen um dich. Ich möchte, dass du glücklich bist.«

»Ich *bin* glücklich«, antwortete Seamie. »Mir ist ganz schwindlig vor Glück.«

»Ach ja? Ohne eigenes Zuhause? Ohne Frau und Familie? Um Sid mach ich mir keine Sorgen mehr …«

»Der kann von Glück reden«, brummte Seamie in sich hinein.

»… aber um dich schon. Du kannst doch deine besten Jahre nicht einsam am Südpol verbringen, mit nichts als Eisbergen und Pinguinen zur Gesellschaft. Was für ein Leben ist das denn?«

Seamie seufzte.

»Ich möchte wirklich einfach, dass du glücklich bist, Seamie. So glücklich wie Sid und India. Wie Joe und ich. Ich möchte doch bloß ...«

Fionas Worte wurden plötzlich durch einen lauten Knall unterbrochen. Darauf folgten Schreie, Fluchen, Bellen und Weinen.

»Verdammter Mist«, sagte Joe.

Zwei Sekunden später kamen die Hunde Tetley und Typhoo, jaulend und mit Farbe beschmiert, ins Esszimmer gerannt. Rose, Peter und die Zwillinge Patrick und Michael folgten ihnen und drückten sich an Charlie. Als Nächstes tauchten die drei Maler auf, die in Farbe gebadet zu haben schienen, dahinter Mr Foster, auch er mit Farbflecken auf der Kleidung.

Rose stampfte auf und schluchzte, dass alles Peters Schuld sei und er ihr Lieblingskleid ruiniert habe. Peter schob die Schuld auf Charlie. Charlie blinzelte unter den weißen Farbklumpen hervor, die von seinem Kopf auf seine Kleider tropften. Patrick und Michael heulten, beschuldigten aber niemanden. Sie suchten nur Trost – auf dem Schoß ihres Vaters. Joe versuchte, sie davon abzuhalten, aber kurz darauf war auch er voller Farbe. Die Hunde trotteten herum und hinterließen überall Farbspuren. Dann schüttelte sich einer, und ein Regen aus Farbspritzern ging auf Fiona nieder. Der Malermeister schwor, nie wieder in das Haus zurückzukommen.

Seamie schüttelte ungläubig den Kopf. Er war schon oft in die Antarktis gesegelt, bei rauer See, auf einem kleinen Schiff, mit Männern, Hunden und Vieh an Bord, aber verglichen mit dem Lärm und Durcheinander, die hier herrschten, glichen seine Abenteuer einem gemütlichen Spaziergang durch den Park. Er goss sich noch eine Tasse Tee ein, trank sie aus und sagte: »Croydon kann mir gestohlen bleiben. Da ist mir der Südpol doch tausendmal lieber.«

8

Der Omnibus bog in die High Street von Wapping ein. Er rumpelte über das Kopfsteinpflaster und stotterte, als er mühsam Geschwindigkeit aufnahm und um die Kurven der schmalen Durchgangsstraße des Dockgeländes fuhr.

Seamie saß auf dem Oberdeck des Busses und sah gen Himmel. Es war ein wunderbarer Tag, aber die Menschen hier bemerkten nichts davon, da die Sonnenstrahlen wegen der hohen Lagerhäuser nicht bis zu ihnen drangen. Eine steife Brise wehte den dumpfen, modrigen Geruch der Themse herüber.

Plötzlich tauchte ein Bild vor seinem geistigen Auge auf, ein flüchtiges Bild von einem gut aussehenden Mann mit schwarzem Haar und blauen Augen. Sie saßen gemeinsam auf einer Treppe am Flussufer. Er selbst war noch ganz klein, und der Mann hatte den Arm um ihn gelegt. Die Stimme des Mannes klang tief und voll, und die Musik seines Geburtslandes Irland schwang darin mit. Er nannte ihm die Namen all der Schiffe auf dem Fluss, was sie transportierten und woher sie kamen.

Und dann verblasste das Bild. Wie immer. Seamie versuchte, es zurückholen, aber es gelang ihm nicht. Er wünschte, er hätte genauere Erinnerungen an diesen Mann, seinen Vater. Er war erst vier, als sein Vater starb, und wusste nicht mehr viel aus dieser Zeit, außer dass er glücklich war, als er mit ihm am Flussufer saß. Schon damals, mit nur vier Jahren, wusste er, dass er Schiffe und Wasser liebte, wenn auch nicht annähernd so sehr wie seinen Vater.

Der Bus wurde langsamer und kam vor dem Prospect of Whitby, einem alten Gasthaus am Fluss, zum Stehen. Seamie stieg aus. Fiona hatte ihm erklärt, die Kirche von Reverend Wilcott sei auf der Watts Street, gleich nördlich des Pubs. Er hatte vor, die Wilcotts nur schnell zu begrüßen, den Scheck zu übergeben und gleich wieder aufzubrechen.

Gerade kam er von dem Besuch bei den Aldens und musste den ganzen Weg nach Westen wieder zurückfahren, um zum Dinner bei der Royal Geographical Society zu erscheinen. Er war ohnehin bereits spät dran, weil er sich bei den Aldens länger aufgehalten hatte als geplant.

Seamie war kein Arzt, aber das war auch nicht nötig, um zu erkennen, dass sich der Zustand des Admirals weiterhin verschlechterte. Sein Gesicht wirkte wächsern, und er litt große Schmerzen. Er freute sich, Seamie zu sehen, und wollte unbedingt alles über Shackletons Pläne einer neuen Antarktisexpedition hören, brauchte aber zwei Morphiumgaben in der knappen Stunde, die Seamie bei ihm war.

»Es ist Magenkrebs«, erklärte Mrs Alden unter Tränen, als er später im Salon bei ihr saß. »Wir wissen es schon eine ganze Weile, haben aber nicht viel darüber gesprochen. Wahrscheinlich hätten wir das tun sollen. Aber Albie und ich können nicht sonderlich gut über solche Dinge sprechen. Hunde und Wetter sind eher unsere Themen.«

»Weiß Willa Bescheid?«, fragte er.

Mrs Alden schüttelte den Kopf. »Wenn ja, hat sie sich nicht gemeldet. Ich habe ihr geschrieben. Albie auch. Mehrmals. Aber ich habe keine Antwort erhalten.«

»Sie wird kommen«, sagte Seamie. »Das weiß ich.«

Er richtete Fionas und Joes Grüße aus und versprach Mrs Alden, bald wieder vorbeizukommen, obwohl es ihm unerträglich war, den Admiral so leiden zu sehen, und die Fotos von Willa in Mrs Aldens Salon ihn bedrückten.

Nun versuchte er, die Traurigkeit abzuschütteln, als die Kirche von St. Nicholas in Sicht kam. Es war eine alte, hässliche Kirche, wie fast alles in Wapping. Seamie probierte zuerst die Tür am Pfarrhaus – einem rußbeschmutzten Gebäude, das direkt an die Kirche angebaut war –, aber sie war verschlossen. Dann probierte er es an der Kirchentür. Sie war offen. Er trat ein und hoffte, Reverend Wilcott dort beim Aufräumen des Altars oder Ähnlichem zu finden. Stattdessen traf er Jennie Wilcott und zwei Dutzend Kinder.

Sie waren nicht in dem Klassenzimmer, an dem er vorbeigekommen war, sondern saßen alle – manche auf Stühlen, manche auf Teekisten – um einen kleinen schwarzen Ofen in der Sakristei und lasen Wörter, die auf eine tragbare Tafel geschrieben waren. Jennie blickte beim Klang seiner Schritte überrascht auf. Auch er war überrascht – wie hübsch sie war. Sie sah so ganz anders aus als bei ihrer ersten Begegnung. Ihr Auge war nicht mehr geschwollen, die blauen Flecken darum waren verblasst. Ihr blondes Haar war ordentlich zu einem Knoten gesteckt. Ihre Kleider, eine weiße Baumwollbluse und ein blauer Leinenrock, waren sauber und betonten ihre schmale Taille.

Sie ist mehr als nur hübsch, dachte er. Sie ist schön.

»Hallo, Miss Wilcott«, sagte er. »Ich bin Seamus Finnegan. Fiona Bristows Bruder. Wir haben uns vor ein paar Wochen kennengelernt. Im … ähm … im Gefängnis.«

Jennie Wilcotts Gesicht leuchtete auf. »Ja natürlich! Was für eine Freude, Sie wiederzusehen, Mr Finnegan!«

»Teufel noch mal, sind Sie schon wieder eingebuchtet worden, Miss?«, fragte ein kleiner Junge.

»Ja, Dennis, das stimmt.«

»Sie sind ja öfter im Knast als mein Dad, Miss!«, meinte ein Mädchen.

»Findest du? Na ja, könnte sein. Glücklicherweise hat mir beim letzten Mal Mr Finnegan geholfen, wieder rauszukommen. Kinder, wisst ihr, wer Mr Finnegan ist?«

»Nein, Miss«, antworteten vierundzwanzig Stimmen im Chor.

»Dann werde ich es euch sagen. Er ist einer der Helden unseres Landes – vor euch steht ein echter Entdecker!«

Ungläubige Rufe wurden laut.

»Doch, das stimmt. Er hat Mr Amundsen auf der Expedition zum Südpol begleitet, und jetzt ist er hier, um euch alles darüber zu erzählen. Er hat mir versprochen, dass er kommen würde, und da ist er!«

Jennies Stimme klang aufgeregt, und ihre Augen leuchteten, als sie auf die Kinder um sich blickte.

Seamie hatte sein Versprechen völlig vergessen. »Eigentlich, Miss Wilcott, bin ich gekommen, um Ihnen das hier zu geben«, sagte er und zog den Umschlag aus der Brusttasche. »Es ist von Fiona und Joe. Eine Spende.«

»Oh, ich verstehe«, erwiderte Jennie enttäuscht. »Entschuldigen Sie, Mr Finnegan, ich dachte ...«

Vierundzwanzig Kinder machten plötzlich lange Gesichter.

»Er wird uns nichts erzählen, Miss?«, fragte ein Junge.

»Er bleibt nicht, Miss?«

»Erzählt uns nichts über Tarktis?«

»Ruhig, Kinder. Mr Finnegan ist sehr beschäftigt ...«

»Natürlich bleibe ich«, versicherte Seamie hastig, weil er die Enttäuschung auf den Gesichtern der Kinder – und auf Jennies Gesicht – nicht ertrug.

Schnell steckte er den Umschlag wieder ein und setzte sich zu den Kleinen. Ein Junge bot ihm seinen Stuhl nahe dem Ofen an, aber Seamie lehnte ab. Das Kind war für einen Märztag ohnehin viel zu dürftig gekleidet. Und dann fing er an, von seiner ersten Expedition zu erzählen.

Eines Abends hatte er die Royal Geographical Society aufgesucht, um einen Vortrag von Ernest Shackleton über seine bevorstehende Reise in die Antarktis und die Suche nach dem Südpol zu hören. Er war so beeindruckt von Shackleton und derart entschlossen, an der Expedition teilzunehmen, dass er ihm nach Hause folgte und dreiunddreißig Stunden vor seinem Haus wartete. Ohne sich von der Stelle zu rühren, ohne aufzugeben, als es Nacht wurde und zu regnen anfing, bis Shackleton ihn nach drinnen bat. Dem Entdecker imponierten seine Begeisterung und sein Durchhaltevermögen, sodass er ihn schließlich mitnahm.

Die Kinder machten große Augen, als Seamie ihnen berichtete, wie es war, im Alter von siebzehn Jahren zum Südpol zu fahren. Er beschrieb ihnen die endlose See, den weiten Nachthimmel, die peitschenden Stürme und das Leben an Bord der *Discovery* – Shackletons Schiff. Die harte Arbeit, die Disziplin und die Mühsal, mit so vielen Männern auf so engem Raum zusammengepfercht zu sein. Er erzählte ihnen auch von der letzten Reise zum Südpol mit Amundsen.

Wie es sich anfühlte, als die Luft immer kälter wurde und Eisschollen im Wasser trieben. Von Seehunden, Pinguinen und Walen beobachtet zu werden. Bei minus zwanzig Grad zu arbeiten, ein Lager aufzuschlagen, Schlittenhunde einzuspannen, Messungen vorzunehmen, über heimtückisches Packeis zu wandern, den Körper bis an die äußerste Grenze seiner Leistungsfähigkeit zu treiben, obwohl allein das Atmen wehtat.

Und er erklärte ihnen, dass es sich lohnte. Die lange Reise, die Einsamkeit, das schlechte Essen, die schreckliche Kälte – dass es jede Sekunde des Leidens und Zweifels wert gewesen sei, einfach dort zu stehen, wo vorher noch niemand gestanden hatte, in einer unberührten Wildnis aus Eis und Schnee. Der Erste gewesen zu sein.

Er redete fast zwei Stunden und bemerkte nicht, wie die Zeit verging. So ging es ihm immer, wenn er über die Antarktis sprach. Er vergaß nicht nur die Zeit, sondern auch sich selbst. Er wollte nur eines – die Zuhörer sollten seine Leidenschaft für die Antarktis spüren und zumindest in der Vorstellung die Schönheit nachempfinden, die er dort gesehen hatte.

Nachdem er geendet hatte, klatschten die Kinder begeistert in ihre Hände. Seamie musste über ihre aufgeregten Gesichter lächeln. Sie stellten ihm tausend Fragen, und er tat sein Bestes, sie zu beantworten. Aber plötzlich war es vier Uhr und Zeit für sie, nach Hause zu gehen. Sie dankten ihm und baten ihn wiederzukommen. Das versprach er. Bevor sie losrannten, sagte Jennie: »Da wäre noch eine Sache, Kinder, die Mr Finnegan vergessen hat, euch zu erzählen. Weiß einer von euch, wo Mr Finnegan geboren wurde?«

Alle schüttelten den Kopf.

»Wollt ihr mal raten?«

»Im Buckingham-Palast!«

»In Blackpool!«

»Bei Harrods!«

»Er wurde im East End geboren«, sagte Jennie schließlich. »Genau wie ihr. Er hat mit seinen Geschwistern in Whitechapel gelebt.«

Ungläubiges Staunen zeichnete sich auf den Gesichtern der Kinder ab, dann folgten prüfende Blicke und scheues Kichern – alles Ausdruck einer winzigen Hoffnung in ihren Herzen.

»Es tut mir furchtbar leid, Mr Finnegan«, sagte Jennie, als die Kinder fort waren. »Ich wollte Sie nicht zur Schau stellen. Ich hatte keine Ahnung, dass Sie nur eine Spende abgeben wollten. Ich dachte, Sie seien gekommen, um zu den Kindern zu sprechen.«

»Keine Entschuldigung, bitte. Es hat mir Spaß gemacht. Wirklich.«

»Dann danke ich Ihnen. Es war sehr freundlich von Ihnen.«

»Gern geschehen, Miss Wilcott. Ich hoffe, es hat die Kinder ein bisschen unterhalten.«

»Das war mehr als eine bloße Unterhaltung«, antwortete Jennie plötzlich mit großem Nachdruck. »Sie haben ihnen Hoffnung gegeben. Ihr Leben ist sehr hart, Mr Finnegan. Äußerst hart. Alles hat sich gegen sie verschworen. Alle – die erschöpfte Mutter, der betrunkene Vater und der ausbeuterische Arbeitgeber. Sie alle sagen ihnen, dass die schönen und wunderbaren Dinge auf dieser Welt für andere bestimmt sind, nicht für sie. Sie haben diese Stimmen heute zum Schweigen gebracht. Wenn auch nur für ein paar Stunden.«

Jennie wandte sich ab, als würde sie sich für ihren Gefühlsausbruch schämen, und legte Briketts nach. »Ich weiß gar nicht, warum ich mich überhaupt mit dem Ofen abplage«, sagte sie. »Er heizt kein bisschen. Aber in unserem Klassenzimmer haben wir überhaupt keine Heizmöglichkeit.«

»Es ist Samstag, Miss Wilcott.«

»Ja«, antwortete sie und schob mit einem Schürhaken die Glut zusammen.

»Sie unterrichten am Samstag?«

»Ja, natürlich. Die meisten Fabriken und Lagerhäuser sind am Samstagnachmittag geschlossen, also haben die Kinder Zeit herzukommen.«

»Gehen die Kinder denn nicht regelmäßig zur Schule?«

»Theoretisch schon«, antwortete Jennie und schloss die Ofentür.

»Theoretisch?«

»Die Familien müssen essen, Mr Finnegan. Ihre Miete bezahlen. Kohlen kaufen. Kinder können in den Fabriken Akkord arbeiten. Stroh in Matratzen stopfen. Böden schrubben.« Mit einem ironischen Lächeln fügte sie hinzu: »Wenn man mit dem Lohn eines Kindes ein Pfund Wurst kaufen kann, zählt das mehr als mathematische Gleichungen und Gedichte von Tennyson.«

Seamie lachte. Jennie nahm ihren Mantel von einem Haken, schlüpfte hinein und setzte ihren Hut auf. Als sie ihre Lederhandschuhe anzog, sah Seamie, dass sich eine lange, verblasste Narbe über ihren Handrücken zog. Er fragte sich, woher die stammte, fand es aber zu unhöflich, danach zu fragen.

»Ich gehe auf den Markt«, sagte sie und nahm einen Weidenkorb. »Samstagabends ist immer einer in der Cable Street.«

Seamie erklärte, dass er auch dorthin müsse. Was natürlich nicht stimmte. Jedenfalls bis jetzt nicht. Sie verließen die Kirche, ohne die Türen abzusperren.

»Haben Sie keine Angst, ausgeraubt zu werden?«, fragte er.

»Doch. Aber mein Vater ängstigt sich mehr um die Seelen der Menschen. Also lassen wir die Türen offen.«

Sie schlugen die Richtung gen Norden ein.

»Ihr Leben muss so aufregend sein, Mr Finnegan«, sagte Jennie.

»Nennen Sie mich Seamie, bitte.«

»Also gut. Dann müssen Sie mich Jennie nennen. Wie gesagt, Ihr Leben ist wirklich erstaunlich. Was für unglaubliche Abenteuer Sie bestanden haben müssen.«

»Meinen Sie? Vielleicht sollten Sie auch auf Entdeckungsreise gehen.«

»O nein. Bestimmt nicht. Ich kann Kälte nicht ertragen. Ich würde es keine zwei Sekunden am Südpol aushalten.«

»Wie wär's dann mit Indien? Oder Afrika? Dem dunklen Kontinent?«

Jennie lachte. »*England* ist der dunkle Kontinent. Machen Sie einen Spaziergang in Whitechapel, durch die Flower oder die Dean Street, durch die Hanbury Street oder Brick Lane, wenn nötig. Ich war immer der Meinung, britische Politiker und Missionare sollten zuerst vor ihrer eigenen Tür kehren, bevor sie losmarschieren, um die Afrikaner auf den rechten Weg zu bringen.« Sie hielt inne und sah ihn an. »Ich höre mich schrecklich selbstgerecht an, nicht wahr?«

»Ganz und gar nicht.«

»Sie Schwindler.«

Jetzt musste Seamie lachen.

»Ich habe einfach das Gefühl, dass es hier so viele wichtige Dinge zu entdecken gibt, Mr Finnegan.«

»Seamie.«

»Seamie. Man muss nicht weit reisen. Die Kinder zu beobachten, wie sie Rechnen und Schreiben lernen und wie sie Kipling und Dickens lesen, fasziniert von der Handlung und den Charakteren in diesen Büchern, zu sehen, wie ihre kleinen Gesichter aufleuchten, wenn sie ihre eigenen Entdeckungen machen ... Nun, ich weiß, das sind keine Berge und Flüsse, aber es gibt nichts Aufregenderes. Für mich zumindest nicht.«

Seamie bemerkte, wie Jennies eigenes Gesicht aufleuchtete, während sie über die Kinder sprach. Das Funkeln ihrer Augen und die geröteten Wangen machten sie sogar noch hübscher.

Sie erreichten die Cable Street, wo auf dem samstäglichen Markt reges Treiben herrschte. Händler priesen Waren aller Art an. Ein Obstverkäufer verhökerte die letzten Herbstäpfel. Metzger wogen Schnitzel für ihre Kunden ab. Fischhändler schlugen die Köpfe von Lachsen, Schollen und Schellfischen ab. An einem Kleiderstand rauften sich Frauen um gebrauchte Kinderschuhe.

»Das sind aber eine Menge Kartoffeln für zwei Leute«, bemerkte Seamie, als Jennie fünf Pfund bei einem Gemüsehändler kaufte.

»Ach, das ist nicht nur für meinen Vater und mich, sondern auch für die Kinder.«

»Die Kinder?«, fragte Seamie verwirrt.

»Ja, ich koche auch für sie. Meistens gefüllte Teigtaschen. Die mögen sie sehr gern.«

»Ich wusste gar nicht, dass Sie Kinder haben«, sagte Seamie.

»Habe ich auch nicht. Ich meine die Schulkinder. Die sind immer hungrig. Manchmal sind die Teigtaschen das Einzige, was sie den ganzen Tag zu essen kriegen.«

»Ach richtig. Natürlich«, entgegnete Seamie. Bei dem Gedanken, sie hätte Kinder – und einen Ehemann –, hatte er plötzlich einen Moment lang Eifersucht verspürt.

Jennie legte die Kartoffeln in den Korb, bezahlte den Händler und wollte den Korb hochheben.

»Bitte, Miss Wil… Jennie. Darf ich ihn für Sie tragen?«

»Wirklich? Das wäre eine große Hilfe.«

»Aber gern«, antwortete er und nahm den Korb. Er lud auch eine Menge Brot vom Bäcker, zwei Pfund Lamm vom Metzger und Muskatnuss vom Gewürzhändler in den Korb. Ihm fiel auf, wie geschickt sie es schaffte, überall ein paar Pennys herunterzuhandeln, und er fragte sich, was ein Pfarrer wohl verdiente. Nicht viel vermutlich. Und wahrscheinlich wurde ein Großteil davon für das Essen, die Bücher der Kinder und für Kohle verwendet.

»Ich denke, ich hab jetzt alles«, sagte Jennie, nachdem sie noch ein halbes Pfund Butter erstanden hatte. »Meine Güte, ich sollte mich schleunigst auf den Heimweg machen. Mein Dad wird bald zurück sein und seinen Tee haben wollen. Und er wird müde sein, denn heute besucht er die Kranken in der Gemeinde. Es geht das Gerücht, auf der Kennet Street sei die Cholera ausgebrochen. Hoffentlich ist es nur ein Gerücht.«

»*Cholera?* Das sind aber gefährliche Besuche.«

Jennie lächelte traurig. »Ja, sehr. Meine Mutter ist daran gestorben. Sie hatte sich mit Typhus angesteckt. Das war vor zehn Jahren.«

»Das tut mir leid«, sagte Seamie.

»Danke. Aber glauben Sie, das würde meinen Vater davon abhalten? Überhaupt nicht. Er glaubt, dass Gott ihn beschützt.« Sie schüttelte den Kopf. »Sein Glaube ist so stark. So absolut. Ich wünschte, bei mir wäre es genauso. Was aber nicht der Fall ist. Ich fürchte, ich verbringe mehr Zeit damit, mit Gott zu hadern, als ihn zu preisen.«

Jennie atmete tief ein und wieder aus, und Seamie fragte sich unwillkürlich, wie es wohl war, sich um todkranke Menschen zu kümmern. Ihre elenden Behausungen aufzusuchen, in die die meisten Ärzte keinen Fuß setzten. Die Mutter durch Typhus zu verlieren. Jeden Tag seines Lebens mutig der Unwissenheit und Armut zu trotzen. Und ihm wurde klar, dass Mut viele Gesichter hatte.

»Ich denke, ich habe Ihre Zeit nun genügend in Anspruch genommen. Nochmals vielen Dank, dass Sie zu den Kindern gesprochen und mir beim Einkaufen geholfen haben.«

Jennie griff nach ihrem Korb, aber Seamie gab ihn nicht her. »Seien Sie nicht albern. Er ist viel zu schwer. Ich trage ihn für Sie.«

»Nein, wirklich. Das wäre zu viel verlangt.«

»Ich habe es doch angeboten«, erwiderte Seamie.

Zwanzig Minuten später erreichten sie das Pfarrhaus. Reverend Wilcott war bereits daheim und öffnete die Tür.

»Wie schön, Sie wiederzusehen, Mr Finnegan! Sind Sie gekommen, um mit uns Tee zu trinken?«

»Nein, Sir. Ich habe Jen... Miss Wilcott beim Tragen der Einkäufe geholfen«, antwortete Seamie.

»Unsinn! Sie bleiben und essen einen Happen mit uns. Es ist genug da. Jennie hat schon den ganzen Tag einen Eintopf auf dem Herd köcheln.«

»Ja, bleiben Sie doch«, sagte Jennie. »Das ist das Mindeste, was ich als Gegenleistung für Sie tun kann.«

Seamie wusste, dass er längst in der Royal Geographical Society sein sollte. Bei einem Vortrag. Und einem Dinner. Und dem endlosen Trinkgelage, das unweigerlich darauf folgen würde. »Na schön. Ja. Ich bleibe gern«, sagte er.

Jennie ging durch den kurzen engen Gang voran in die hell erleuchtete Küche. Der Reverend setzte sich auf einen Stuhl am Herd, und Seamie stellte den schweren Korb unter einem Fenster ab und starrte verlegen in den kleinen Hof hinaus.

»Unser Garten«, sagte Jennie lächelnd. »Im Sommer sieht er hübscher aus.« Sie nahm seine Jacke, bat ihn, neben ihrem Vater Platz zu nehmen, und reichte ihm eine Tasse Tee.

Seamie sah sich in der kleinen Küche um. Sie war ordentlich und behaglich. Weiße Spitzenvorhänge hingen an den Fenstern, auf dem Boden lagen bunte Flickenteppiche. Auf dem Tisch stand ein kleiner Tontopf mit purpurfarbenen Krokussen. Das Feuer verströmte eine angenehme Wärme, und was immer in Jennies Backofen war, duftete köstlich.

»Hast du Petersilie reingetan, Dad?«, fragte Jennie und legte ihm die Hand auf die Schulter.

»Hm? Was meinst du?«, erwiderte der Reverend und nahm ihre Hand.

»Hast du Petersilie in den Eintopf gegeben? Das solltest du doch.«

»Tut mir leid, meine Liebe. Das hab ich vergessen.«

»Ach, du«, tadelte sie ihn liebevoll.

Er tätschelte ihre Hand und bat sie, sich neben ihn zu setzen. »Es wird herrlich schmecken, ob mit oder ohne Petersilie«, sagte er. Und zu Seamie gewandt: »Jennie ist eine großartige Köchin.«

»Ich bin schon sehr gespannt«, antwortete Seamie. »Als Junggeselle komme ich nicht oft in den Genuss echter Hausmannskost.«

»Wie waren denn die Kinder heute?«, fragte der Reverend Jennie.

»Einfach großartig!«, antwortete sie. »Mr Finnegan ist gekommen, um von seinen Abenteuern zu berichten, Dad. Sie waren total begeistert!«

»Das haben Sie getan, mein Junge? Wirklich sehr freundlich von Ihnen.«

»Wie war's bei deinen Besuchen? So schlimm wie befürchtet?«

Der Reverend schüttelte den Kopf. »Gott sei Dank war die Cholera nur ein Verdacht – ich bete zu Gott, dass es so bleibt. Die Cholera verbreitet sich nämlich wie ein Lauffeuer in den Armenvierteln, Mr Finnegan. Weil die Leute so dicht gedrängt zusammenleben natürlich. Zu viele Menschen auf zu wenig Raum. Sie teilen sich Zimmer, Betten und Toiletten. Wasserleitungen verlaufen zu nah an Abwasserkanälen. Dazu die schlechte Luft. Es braucht sich nur eine Person zu infizieren, und im nächsten Moment ist die ganze Straße erkrankt. Aber zumindest für heute sind wir verschont geblieben.«

Jennie drückte seine Hand und ging dann zum Backofen.

»Kann ich Ihnen irgendwie behilflich sein?«, fragte Seamie.

»Nein, danke. Ich komme schon zurecht«, erwiderte Jennie.

»Ich bin nicht schlecht als Hilfskoch. Ich habe an Bord der *Discovery* gekocht, wissen Sie.«

»Wirklich?«

»Ja. Für die Schlittenhunde.«

Jennie kniff die Augen zusammen. »Soll das etwa eine Anspielung sein, Mr Finnegan?«

»Was? Nein, nein! Ich meinte bloß, dass ich mich in einer Küche durchaus zurechtfinde. Es war eine der wichtigsten Aufgaben auf der ganzen Expedition. Wenn die Hunde nicht gut genährt und gesund gewesen wären, als wir an Land gingen, wären wir nirgendwo hingekommen.«

»Nun. *Ich* brauche Ihre Hilfe nicht, aber vielleicht können Sie meinen Vater auf seinen Besuchen begleiten. Und die Nasen seiner Gemeindemitglieder befühlen, um zu prüfen, ob sie kalt und feucht sind.«

Der Reverend lachte laut auf. »Sagten Sie, Sie seien Junggeselle, mein Lieber? Jetzt wissen Sie, warum!«

»Lassen Sie mich wenigstens den Tisch decken«, bat Seamie kleinlaut, um die Sache wieder gutzumachen.

»Das wäre nett. Die Futterschüsseln sind über der Spüle«, entgegnete Jennie.

Sie neckte Seamie noch ein bisschen und servierte dann das Abendessen – einen Lancashire-Eintopf mit Lamm, Kartoffeln und Zwiebeln, dazu gab es braunes Brot mit frischer Butter. Während der Reverend den Segen sprach, hielt Seamie den Kopf gesenkt. Er wusste, auch er hätte die Augen schließen sollen, aber stattdessen sah er Jennie an. Ihr Gesicht war von der Hitze am Herd gerötet, und ihr Haar schimmerte im Schein golden. Nachdem der Reverend geendet hatte, öffnete sie die Augen und bemerkte, dass er sie anstarrte. Aber sie wandte den Blick nicht ab.

»Es schmeckt köstlich«, sagte er nach den ersten Bissen. »Ehrlich.«

Jennie dankte ihm, und Seamie stellte fest, dass es ihn außer nach einer Mahlzeit auch nach etwas anderem hungerte. Nach der Wärme und Ungezwungenheit nämlich, die er in dieser Küche verspürte.

Jennie hatte etwas an sich – etwas Anmutiges und Tröstliches. Er fühlte sich in ihrer Gegenwart aufgehoben. Beruhigt. Nicht nervös und flatterig. Nicht wütend, traurig und verzweifelt, wie er sich stets fühlte, wenn er an Willa Alden dachte.

Ihm gefiel das Heim, das sie für sich und ihren Vater geschaffen hatte. Er mochte das Ticken der Uhr auf dem Kaminsims, den Geruch nach Möbelpolitur und das gestärkte Tischtuch. Zu seiner großen Überraschung stellte er fest, dass er sich wünschte, er hätte dies auch – ein Zuhause, ein richtiges Zuhause.

Nachdem Seamie und die Wilcotts ihr Mahl beendet hatten – als Nachtisch gab es Apple Crumble mit Sahne –, verkündete der Reverend, er werde nun jedem ein Glas Sherry einschenken. Seamie erwiderte, dass er vorher den Abwasch machen werde, und zwang Jennie mit viel Mühe, sich ans Feuer zu setzen. Dann krempelte er die Ärmel hoch und legte los.

Nach dem Abwasch tranken er und die Wilcotts den angekündigten Sherry, und als die Uhr acht schlug, meinte Seamie, er müsse sich auf den Weg machen. Aber eigentlich wollte er nicht gehen. Er wollte nicht allein in die dunkle, kalte Nacht hinaus und über den Fluss zum Haus seiner Schwester, in das leere Zimmer und das leere Bett, das ihn dort erwartete.

»Vielen Dank«, sagte er zu den Wilcotts, als er sich verabschiedete. »Für das Essen und die Gesellschaft. Ich habe beides überaus genossen.«

Jennie und der Reverend brachten ihn zur Tür. Er hatte gerade den Hut aufgesetzt und das Jackett zugeknöpft, als etwas in seiner Brusttasche knisterte.

»Ach, der Scheck!«, sagte er lachend, denn den hatte er vollkommen vergessen. Er übergab ihn Jennie mit dem Hinweis, er sei für ihre Schule. Sie bedankte sich und fügte hinzu, dass sie sich deshalb noch persönlich bei Fiona melden würde.

»Sie kommen uns doch bald mal wieder besuchen, mein Junge?«, fragte der Reverend, der ihn bis zur Treppe hinausbrachte.

Und Seamie, der noch am Morgen so ärgerlich reagiert hatte, als Fiona ihn bat, den Umweg hierherzumachen, erwiderte: »Ja, Reverend Wilcott. Das werde ich. Sehr bald sogar.«

9

Max von Brandt sah auf seine Uhr. Fünf nach acht. Der Bus, auf den er wartete, müsste jeden Moment eintreffen. Um sicherzugehen, dass er ihn nicht verpasste, wartete er bereits seit einer Viertelstunde unter dem Vordach eines Tabakgeschäfts auf der Whitechapel Road auf ihn.

Ein Frösteln kroch ihm den Rücken hinauf, und er zog die Schultern hoch. Er hasste das scheußliche englische Wetter, war aber froh, dass es regnete, weil es seinen Zwecken dienlich war.

Ein paar Meter von ihm entfernt warf eine zischende Gaslaterne ihr trübes Licht auf das schwarze Pflaster, die schäbigen Ladenfronten und rußigen Häuser. Nirgendwo gab es einen Blumentopf, keine Grünfläche und kein hübsches Café. Wenn er je die Absicht hätte, Selbstmord zu begehen, dachte er, dann hier in Whitechapel. Es war geradezu gemacht dafür.

Max trug heute Abend nicht seine übliche Aufmachung – einen perfekten Maßanzug mit blütenweißem Hemd und Seidenkrawatte –, sondern eine Seemannsjacke, eine Mütze, Leinenhosen, schwere Stiefel und eine Brille mit Drahtgestell und ungeschliffenen Gläsern.

Eine weitere Minute verging. Dann zwei. Und dann hörte er das Knattern eines Omnibusmotors. Das Geräusch wurde lauter, als der Bus um eine Ecke bog. Mit brummendem Motor hielt der Fahrer an der Haltestelle auf der anderen Straßenseite an und wartete, bis eine Handvoll Fahrgäste ausgestiegen war. Max beobachtete sie dabei, inspizierte ihre Gesichter.

Da ist sie, dachte er, als der letzte Fahrgast – eine junge Frau – auf die Straße trat. Sie hatte ein reizloses, rundes Gesicht und dunkles, welliges Haar. Ihre Augen wirkten hinter der Brille klein, ihre Zähne groß und hasenartig. Während er sie ansah, wusste er, dass sein Plan gelingen würde. Dass es tatsächlich ein Kinderspiel sein würde. Dieses Wissen löste ein tiefes und schmerzliches Gefühl von Bedauern bei ihm aus. Aber er verscheuchte es schnell wieder. Er konnte es sich nicht leisten, seinen Gefühlen nachzugeben. Es gab Arbeit, ein weiteres Glied der Kette musste geschmiedet werden.

Er wartete. Bis sie auf dem Gehsteig war und mit ihrem Regenschirm kämpfte. Bis der Schaffner die Glocke zur Weiterfahrt geläutet hatte. Bis der Bus, schwarze Abgase auspustend, abgefahren war. Dann überquerte er die Straße und ging mit gesenktem Kopf, die Hände in den Taschen, auf sie zu.

Er wusste, sie würde in seine Richtung kommen. Von einem Fenster aus hoch über der Straße hatte er beobachtet, dass sie an vier aufeinanderfolgenden Abenden jedes Mal denselben Weg eingeschlagen hatte. Den Kopf noch immer gesenkt, hörte er ihre Schritte immer näher und näher kommen. Er wartete, bis er sie spüren, bis er sie riechen konnte. Noch nicht, sagte er sich … noch nicht … warte … *jetzt.*

Mit einer raschen, fließenden Bewegung rammte er sie an der Schulter, schlug ihr dabei die Mappe aus den Armen und die Brille von der Nase.

»Verflucht!«, rief er mit einwandfreiem Yorkshire-Akzent aus und beugte sich schnell hinunter, um ihre Sachen aufzuheben. »Es tut mir leid. Ich habe Sie nicht gesehen. Alles in Ordnung mit Ihnen?«

»Ich … denke schon«, antwortete sie blinzelnd. »Sehen Sie irgendwo meine Brille?«

»Hier«, erwiderte er und reichte sie ihr.

Sie setzte sie zitternd wieder auf und nahm ihre Mappe entgegen.

»Es tut mir aufrichtig leid. Ich bin wirklich ein elender Trottel. Es tut mir furchtbar leid«, entschuldigte er sich.

»Ist schon gut, wirklich«, erwiderte die Frau.

»Ich habe mich, glaube ich, verlaufen. Ich komme aus Wapping. Mein Schiff hat erst vor einer Stunde angelegt, und ich suche nach einer Pension namens Duffin's.«

»Oh, ich kenne das Duffin's. Es ist gleich hier runter«, sagte die Frau und deutete nach Osten. »Zwei Straßen weiter. Auf der linken

Seite. Aber das Duffin's ist teuer, wissen Sie. Es wäre vielleicht günstiger für Sie, auf der anderen Seite vom Fluss eine Pension zu suchen.«

Max schüttelte den Kopf. »Ich kann mir nicht vorstellen, dass Sie dort je in einer gewohnt haben, Miss. Sie sind schrecklich, nicht besser als Absteigen. Ich habe ein paar Tage frei, bis mein Schiff wieder ablegt, und ich möchte an einem anständigen Ort wohnen. In der Nähe einer Kirche.«

Er bemerkte, wie sie die Augen aufriss.

»Es tut mir immer noch sehr leid, dass ich Sie angerempelt habe. Könnte ich das vielleicht wieder gutmachen? Indem ich Sie zu einer Tasse Tee in einer netten Teestube einlade? Gibt's hier in der Nähe so etwas?«

»Nein, jetzt ist alles schon geschlossen«, antwortete die Frau und biss sich auf die Lippe.

Der Regen wurde heftiger. Perfekt, dachte Max. Er schlug seinen Kragen hoch und zitterte deutlich.

»Hier ...«, sagte sie und hielt den Schirm über sie beide.

Max sah sich demonstrativ um. »Da ist ein Pub. Würden Sie mich dorthin begleiten?«

Die junge Frau schüttelte den Kopf. »Ich pflege nicht in Pubs zu gehen.«

»Vielleicht gibt es einen Bereich für Damen dort«, sagte Max hoffnungsvoll.

Die Frau zögerte immer noch, aber ihre Augen wirkten traurig. Sie war einsam, hatte er Jennie Wilcotts Worten entnommen, als sie damals vor dem Gefängnis von Holloway auf die Kutschen warteten. Eine alleinstehende Frau mit einer kranken Mutter, die eine Strickgruppe und Versammlungen mit Frauenrechtlerinnen besuchte. Sie sehnte sich verzweifelt nach der Gesellschaft eines Mannes. Das sah er. Das konnte jeder sehen.

»Na schön. Ich will Sie nicht länger aufhalten.« Er tippte an den Rand seiner Mütze. »Gute Nacht, Miss.«

»Vielleicht auf ein Getränk«, sagte sie plötzlich. »Eine Limonade oder so was. Meine Mutter wartet auf mich. Aber ich glaube nicht, dass sie sich schon Sorgen macht. Noch nicht. Es passiert häufiger, dass ich ein bisschen später von meiner Strickgruppe heimkomme.«

Max lächelte. »Das ist schön. Ich freue mich, dass Sie es sich anders überlegt haben. Auf ein Getränk also. Das ist das Mindeste, was ich für Sie tun kann, nachdem ich Sie beinahe umgerannt hätte. Ich heiße übrigens Peter. Peter Stiles«, sagte er und bot ihr seinen Arm an.

Die Brille der jungen Frau war über die Nase gerutscht. Sie schob sie zurück und lächelte ihn scheu an.

»Ich habe *Ihren* Namen nicht verstanden«, fügte er hinzu.

»Ach! Ja, richtig. Wie dumm von mir«, erwiderte sie mit einem nervösen Lachen. »Ich heiße Gladys. Gladys Bigelow. Freut mich, Sie kennenzulernen.«

10

Wo soll der Ofen hin, Chef? *Da rein?* Sind Sie sich sicher?

Das ist doch eine Kirche«, sagte Robbie Barlow, der Lieferant.

»Eine sehr kalte Kirche«, erwiderte Seamie.

»Ist die Tür offen? Das Ding ist verdammt schwer, wissen Sie. Sobald wir ihn vom Wagen runter haben, wollen wir ihn in einem Rutsch reintragen.«

Seamie nickte. »Die ist immer offen. Der Reverend will es so.« Er sprang vom Wagen, lief die Kirchenstufen hinauf, machte die Tür auf und rief: »Hallo? Jemand da? Reverend Wilcott? Jennie?«

Als niemand antwortete, ging er hinein und versuchte es noch einmal.

»Hallo? Jemand da?«

Er hörte Schritte, und dann trat eine sehr hübsche junge Dame in elfenbeinfarbener Bluse und beigefarbenem Rock aus einem Raum an der Seite des Kirchenvorraums.

»Seamie Finnegan? Sind Sie das?«, fragte sie.

»Jennie! Sie sind da?«

»Ja, natürlich. Ich bin gerade mit den Kindern fertig und habe aufgeräumt.«

»Ich habe gehofft, dass Sie da sind.«

Mit Hoffnung hatte dies wenig zu tun. Es war Samstag, Jennie unterrichtete an diesem Tag, also hatte er gewusst, dass sie da sein würde.

Im gleichen Moment ging die Kirchentür ein zweites Mal auf. »Entschuldigen Sie, Miss, aber wo soll der Ofen denn nun hin?«, fragte Robbie, der ihn gerade mit einem anderen Mann hereinschleppte und unter dem schweren Gewicht ächzte.

»Welcher Ofen?«, fragte Jennie.

»Ich habe Ihnen einen neuen Ofen gekauft«, erklärte Seamie. »Als

Ersatz für den alten. Sie haben doch gesagt, er funktioniert nicht mehr. Und die Kinder haben neulich so verfroren ausgesehen.«

»Ich kann nicht glauben, dass Sie das getan haben«, erwiderte Jennie.

»Ach, nicht der Rede wert. Ich wollte bloß helfen.«

Das stimmte. Zum größten Teil. Denn tatsächlich wollte er sie wiedersehen. Ganz dringend sogar. Seit er sich in der letzten Woche von ihr verabschiedet hatte, war sie ihm nicht mehr aus dem Kopf gegangen. Eigentlich hatte er gar nicht an sie denken wollen. Weder an die Farbe ihrer Augen noch an den Klang ihres Lachens, aber er konnte nicht anders. Es war schon ein bisschen verrückt, mit einem Lieferwagen samt einem Ofen hier aufzukreuzen, aber das war ihm egal. Hauptsache, er hatte einen Grund, sie wiederzusehen.

»Ich weiß nicht, was ich sagen soll. Danke. Vielen Dank.« Jennie war sichtlich gerührt von seinem Geschenk.

»He, Miss!«, keuchte Robbie. »Heben Sie sich das Dankeschön für später auf. Wo zum Teufel soll das Ding denn hin?«

»Tut mir leid!«, erwiderte Jennie. »Hier entlang, bitte.«

Sie drehte sich um und führte die Männer in die kleine Sakristei, die als Klassenzimmer diente. Mit einem lauten Knall stellten sie den Ofen ab und rangen dann, die Hände auf die Knie gestützt, nach Luft.

»Ist der alte Ofen noch heiß?«, fragte Robbie, als er wieder zu Atem gekommen war.

»Nein. Wir konnten ihn heute gar nicht benutzen. Ich habe ihn nicht in Gang gekriegt. Ich glaube, das Abzugsrohr ist kaputt.«

»Sollen wir ihn mitnehmen?«

Seamie bejahte dies, und die beiden Männer zogen das Ofenrohr ab und trugen den alten Ofen zu ihrem Wagen.

»Ich ... ich weiß nicht, was ich sagen soll«, meinte Jennie, nachdem sie fort waren. »Es ist wirklich zu gütig von Ihnen.«

Seamie machte eine wegwerfende Handbewegung, zog seine Jacke aus und krempelte die Ärmel hoch. Er öffnete den Werkzeugkoffer, den er aus Joes Haus mitgebracht hatte, und machte sich daran, den neuen Ofen anzuschließen. An Bord der *Discovery* hatte er so oft an Primus-Öfen herumgebastelt, dass er hoffte, hier keine Probleme zu haben. Eine halbe Stunde später war es geschafft.

»Fertig!«, sagte er und kroch hinter dem Ofen hervor. »Jetzt werden Sie's hier drinnen so warm haben wie in einer Backstube.«

Jennie sah ihn und brach in Lachen aus.

»Was ist?«, fragte er und sah sie an.

»Sie sind schwarz wie ein Schornsteinfeger! Sie sollten Ihr Gesicht sehen. Sie sehen aus, als wären Sie in eine Kohlengrube gefallen. Warten Sie. Ich hole eine Schüssel mit Wasser.«

Kurz darauf war sie mit Wasser, Seife und Handtuch zurück. Sie bat ihn, sich zu setzen, und schrubbte ihm dann den Ruß von Wangen und Hals. Er schloss die Augen, während sie ihn wusch. Ihre Hände waren zart und sanft, und er mochte es, wie sie sich anfühlten. Und zwar so sehr, dass er sich von seinen Gefühlen überwältigen ließ. Eigentlich wollte er die Sache sehr korrekt und förmlich angehen. Zu ihr nach Hause gehen und zuerst mit ihrem Vater sprechen. Doch stattdessen ergriff er jetzt ihre Hand und sagte: »Jennie, kommen Sie, gehen Sie mit mir spazieren, ja?«

»Ja. Gut. Ich würde gern einen Spaziergang machen. Ich muss zum Markt und ...«

»Nein. Ich meine morgen. Nach dem Gottesdienst. Im Hyde Park.«

»Oh«, sagte sie leise. »So einen Spaziergang.« Sie blickte auf ihre Hände hinab, zog aber die ihre nicht weg.

»Ich würde Sie in einer Kutsche abholen. Ganz wie es sich gehört.«

Lächelnd blickte sie auf. »Ja, also gut. Das wäre schön.«

»Gut.«

»Ja. Gut.«

»Ich ... ich bringe Sie nach Hause.«

»Mein Zuhause ist nebenan, Seamie.«

»Das weiß ich. Aber ich würde gern mit Ihrem Vater sprechen.«

»Über den Ofen?«

»Nein.«

»Das müssen Sie nicht. Er erwartet das nicht. Ich bin fünfundzwanzig, wissen Sie. Schon erwachsen.«

»Ich weiß. Trotzdem möchte ich mit ihm sprechen.«

Sie lachte. »Also gut. Wenn Sie darauf bestehen.«

Der Reverend saß mit einer Teekanne am Küchentisch und arbeitete an seiner Predigt. Als Jennie und Seamie hereinkamen, blickte er auf.

»Seamus! Schön, Sie wiederzusehen, mein Junge! Möchten Sie eine Tasse Tee?«

»Nein, Reverend. Vielen Dank.«

»Was führt Sie zu uns?«

Und Seamie, der unbekannte Ozeane befahren, heulende Stürme und eisige Temperaturen überstanden hatte, merkte plötzlich, wie ihn der Mut verließ. Er fühlte sich wie ein Sechsjähriger in kurzen Hosen, der um ein paar Pennys für den Jahrmarkt bat. Noch nie hatte er um Erlaubnis gefragt, wenn er mit einer Frau spazieren gehen wollte. Bei den Frauen, mit denen er es in den vergangenen Jahren zu tun gehabt hatte, ging es allerdings auch nicht ums Spazierengehen, und jetzt musste er feststellen, dass er nicht die geringste Ahnung hatte, wie er die Sache anpacken sollte.

»Ich ... ähm ... nun, Sir ... Ich möchte ... Ich meine, ich *würde* Sie gern um die Erlaubnis fragen, dass ich Jennie morgen zu einem Spaziergang einladen darf.«

Der Reverend sah ihn verständnislos an und sagte kein Wort.

»Außer, es wäre ein Problem, Reverend«, fügte Seamie nervös hinzu.

»Nein, nein! Ganz und gar nicht«, erwiderte der Reverend lachend. »Es ist bloß, dass ich es nicht gewöhnt bin, gefragt zu werden. Meine Jennie tut, was sie will. Schon immer. Sie ist ein sehr unabhängiges Mädchen. Aber wenn es Sie glücklich macht, dann gebe ich Ihnen meine Erlaubnis, Sie morgen auf einen Spaziergang abzuholen.«

»Danke, Sir. Ich komme um zwei, wenn es recht ist.«

»Kommen Sie, wann immer Sie wollen«, entgegnete der Reverend.

»Um zwei wäre schön«, sagte Jennie.

Seamie verabschiedete sich höflich, und Jennie begleitete ihn zur Tür.

»Das hätten Sie nicht tun müssen«, sagte sie, als sie die Tür aufmachte.

»Doch.«

»Das nächste Mal bestehen Sie auf einer Anstandsdame.«

Daran hatte er nicht gedacht. »Ich habe nichts dagegen. Wenn Sie eine wünschen, meine ich«, fügte er schnell hinzu.

»Nein, das tue ich nicht«, erwiderte sie. Und dann stellte sie sich auf die Zehenspitzen und küsste ihn.

Bevor er reagieren konnte, öffnete sie die Tür. »Bis morgen«, sagte sie.

»Richtig. Ja. Bis morgen«, antwortete er.

Darauf schloss sie die Tür, und er wusste, er hätte gehen sollen. Aber das tat er nicht. Nicht gleich. Er blieb einen Moment stehen und berührte verwundert die Stelle an seiner Wange, die sie geküsst hatte.

11

»Liebste, hast du meinen neuen Deutschen gesehen?«

»Nein, Elinor. Hast du ihn verlegt?«, fragte Maud Selwyn-Jones.

»Du freches Ding«, antwortete Elinor Glyn. »Komm mit. Er spielt drüben Klavier und bringt alle Damen um den Verstand. Du wirst ihn hinreißend finden. Er ist absolut göttlich. Sein Name ist Max von Brandt. Er ist mit seiner Cousine Harriet Hatcher hergekommen. Der Ärztin. Kennst du sie?«

»Sicher. Und ihn auch.«

»Wie schön! Die Hatchers waren ja eng mit den Curzons befreundet. Mrs Hatcher und Mary Curzon sollen wie Schwestern gewesen sein, habe ich gehört.«

Ein Diener näherte sich mit einem Tablett gefüllter Champagnerkelche. »Hier«, sagte Elinor und reichte ihr einen. »Du siehst völlig ausgetrocknet aus.«

»Das bin ich. Danke«, erwiderte Maud.

»Trink nur. Es ist genug davon da. Heute Nachmittag habe ich zwölf Kisten in Georges Keller aufgestöbert«, sagte Elinor augenzwinkernd. Dann rauschte sie, eine Parfümwolke hinter sich herziehend, davon. »Wir sind gleich gegenüber!«, flötete sie über die Schulter hinweg.

Maud lächelte. »Gleich gegenüber« war keine geringe Entfernung auf Kedleston Hall, dem weitläufigen Familiensitz von George Nathaniel Curzon, seines Zeichens Earl Curzon von Kedleston und Witwer. Sie war auf Elinors Drängen zu einer Wochenendparty hergekommen, und obwohl sie schon einige Male hier gewesen war, staunte sie jedes Mal aufs Neue über die Größe und Pracht des Landsitzes. Er war sehr alt, sehr schön, ziemlich überladen, und sie liebte ihn.

Elinor war gleichermaßen hingerissen davon, wie Maud wusste, und wäre nichts lieber als Herrin auf Kedleston Hall geworden. Sie war bereits Curzons Geliebte und machte keinen Hehl aus ihrem Wunsch, seine Gattin zu werden. Aber dafür gab es Hinderungsgründe. Ihren Ruf zum Beispiel. Sie war eine Skandalschriftstellerin, und ihre Romane galten als so schlüpfrig, dass keine anständige Frau bei deren Lektüre erwischt werden wollte. Außerdem gab es noch ihren Ehemann – Sir Richard. Der war früher einmal sehr reich gewesen, hatte inzwischen aber nur noch Schulden. Elinor hatte 1900 zu schreiben begonnen und warf seitdem jedes Jahr ein Buch auf den Markt, um den aufwendigen Lebensstil zu finanzieren. Die Romane verkauften sich wie geschnitten Brot.

Maud hatte heute Abend keine besondere Lust auf Musik. George und die anderen Politiker, die übers Wochenende hier logierten, langweilten sie. Selbst ihr guter Freund Asquith, der Premierminister, langweilte sie heute Abend. Sie fühlte sich schrecklich ruhelos und hatte sich schon überlegt, einen Spaziergang durch die Gärten von Kedleston zu machen oder einfach mit einem Buch zu Bett zu gehen. Aber nun, da Max von Brandt hier war, war natürlich alles anders. Sie erinnerte sich an ihn. Sehr gut sogar. Einen Mann mit solch einem Gesicht vergaß keine Frau. Tatsächlich war er ihr seit dem Treffen in Holloway nicht mehr aus dem Kopf gegangen.

Sie stellte das leere Champagnerglas ab und zündete sich eine Zigarette an. Es war eine spezielle Zigarette, mit einer Spur Opium versetzt, die sie der Gefälligkeit eines Drogenkönigs namens Teddy Ko in Limehouse verdankte. Vor ein paar Tagen hatte sie sich frischen Nachschub bei ihm geholt. Aber sie trieb es nicht mehr so schlimm wie in den letzten Jahren. Sie besuchte nicht mehr regelmäßig die Opiumhöhlen im East End und rauchte sogar weniger von dem Zeug als früher, aber ab und zu gönnte sie sich eben ein paar Züge.

Sie inhalierte tief, blies eine Rauchwolke aus und ging dann zum Musikzimmer. Es war natürlich riesig, wie alle Räume auf Kedleston, und mit tausend Dingen vollgestopft – Gemälden, Porzellan, Möbeln und einer Menge Gäste –, dennoch entdeckte sie Max auf Anhieb.

Er saß am Klavier und spielte *In the Shadows*. Sein silberblondes Haar war zurückgekämmt, und er trug einen wundervollen schwarzen Smoking und sah genauso umwerfend gut aus, wie sie ihn in Erinnerung hatte.

Plötzlich blickte er auf und lächelte sie an, dass ihr die Knie weich wurden. Wie einer albernen Sechzehnjährigen. Es war lange her, dass ein Mann eine solche Wirkung auf sie ausgeübt hatte.

Die nächsten Lieder sang er für sie, lauter Stücke, die sie liebte – *Destiny, Mon Cœur S'ouvre à ta Voix, Songe d'Automne* –, wobei er sie nicht aus den Augen ließ, und zu ihrem Entsetzen stellte sie fest, dass sie den Blick abwenden musste und, schlimmer noch, rot wurde.

Als die letzten Noten von *Salut d'Amour* verklangen, erklärte er, er sei müde, brauche einen Drink und verließ abrupt den Raum. Es gab Applaus und Bravorufe, aber Maud hatte das Gefühl, die ganze Welt sei plötzlich still geworden.

»Reiß dich zusammen«, ermahnte sie sich.

Sie verließ das Musikzimmer und ging zum Ballsaal. Er war menschenleer, aber ein paar Fenstertüren standen offen, und sie eilte rasch ins Freie hinaus, weil sie unbedingt frische Luft brauchte. Die Terrasse des Landsitzes war in Mondlicht getaucht. Niemand sonst war draußen.

»Gott sei Dank«, seufzte sie.

Die Stille und Kühle der Nacht beruhigten sie, aber ihre Hände zitterten immer noch ein wenig, als sie eine weitere Zigarette aus der Tasche nahm.

»Ich muss mich wirklich wundern über dich«, sagte sie zu sich selbst. Sie war doch viel zu alt für so ein Schulmädchengehabe. Zumindest glaubte sie das.

»Ah. Da sind Sie ja«, sagte eine Stimme hinter ihr. Eine warme, volltönende Stimme mit einem leichten deutschen Akzent. Maud drehte sich langsam um. Max stand ein paar Schritte von ihr entfernt. Er hielt eine Flasche Champagner in der Hand. »Ich dachte, Sie wären gegangen und ich würde nur noch Ihren goldenen Pantoffel finden«, sagte er.

»Ich … ich bin nach draußen gegangen. Um frische Luft zu schöpfen«, antwortete sie.

Max lächelte. »Ja, das sehe ich. Darf ich?«, fragte er und griff nach ihrer Zigarette.

»Was? Die? Nein, die schmeckt Ihnen nicht«, erwiderte Maud und verbarg die Zigarette hinter ihrem Rücken.

»Doch«, sagte Max. Er beugte sich nahe an sie heran, sodass sein Gesicht nur noch ein paar Zentimeter von ihrem entfernt war. Sie konnte ihn riechen – einen Geruch nach Champagner, Sandelholz und Leder. Er griff hinter ihren Rücken und zog ihr die Zigarette aus den Fingern. Dann nahm er einen tiefen Zug und stieß langsam den Rauch aus. Die Pupillen seiner braunen Augen weiteten sich. »Sie müssen mir den Namen Ihres Tabakhändlers verraten«, sagte er hustend.

»Geben Sie mir die Zigarette zurück.«

»O nein. Noch nicht.« Er nahm noch einen Zug und lächelte sie an. »Es ist sehr schön, Sie wiederzusehen. Das hatte ich nicht erwartet.«

»Ich auch nicht«, antwortete Maud. »Ihr Klavierspiel hat mir gefallen. Es war sehr schön.«

»Sie gefallen mir. Ihr Kleid ist wundervoll.«

Sie erwiderte nichts. Er spielte mit ihr. Neckte sie. Machte sich lustig über sie. Ganz sicher.

»Ein Abendkleid von Fortuny, nicht wahr?«

»Bravo«, antwortete sie. »Die meisten Männer können ein Fortuny-Kleid nicht von einer Tuba unterscheiden.«

»Amethyst ist Ihre Farbe. Sie sollten nur Amethyst tragen. Ich kaufe Ihnen ein Dutzend amethystfarbener Kleider. Ein seltenes Juwel sollte die beste Fassung haben.«

Maud brach in Lachen aus. »Ach, Max! Was für abgedroschene Phrasen Sie da von sich geben!«

Max lachte ebenfalls. »Ja, das stimmt, und was für eine Erleichterung, dass Sie das sagen.« Er nahm einen Schluck aus der Champagnerflasche. »Sie sind also eine Frau, die die Wahrheit hören möchte?« Er reichte ihr die Flasche und bedeutete ihr, einen Schluck zu trinken. »Also die Wahrheit ist: Ich möchte mit Ihnen schlafen. Das wollte ich schon, als ich Sie zum ersten Mal sah. Und ich werde nicht lockerlassen, bis es geschehen ist.«

Maud verschluckte sich fast an dem Champagner. Es gab nicht viel, was sie schockierte, aber das dann doch.

»Sie unverschämter Kerl«, sagte sie und wischte sich ein paar Tropfen vom Kinn. Dann reichte sie ihm die Flasche zurück und ging nach drinnen.

»Ich verstehe«, rief Max ihr nach. »Wie die meisten Frauen dachten Sie bloß, Sie möchten die Wahrheit hören. Hätte ich Sie anlügen sollen? Rosen und Konfekt schicken, Gedichte schreiben sollen?«

Sie blieb stehen.

»Sie *sind* Poesie, Maud.«

Langsam drehte sie sich wieder um. Dann ging sie zurück zu ihm, nahm sein Gesicht zwischen die Hände und küsste ihn. Hart. Und voller Begierde. Sie spürte seine Hand auf ihrer Taille, auf ihrem Rücken. Er zog sie an sich, und sie spürte die Erregung in ihm, in sich selbst, und plötzlich begehrte sie ihn, wie sie noch keinen Mann begehrt hatte. Wild. Verzweifelt.

»Wo?«, flüsterte sie.

»In meinem Zimmer«, sagte er. »In einer halben Stunde.«

Er drückte ihr einen Schlüssel in die Hand mit einer Nummer darauf. Alle Schlafzimmer in Kedleston waren nummeriert. Sie küsste ihn erneut, biss ihn in die Lippe und eilte schnell davon. Ihre Absätze klapperten auf den Terrassenfliesen, das Herz klopfte ihr bis zum Hals.

Sie drehte sich nicht um. Kein einziges Mal. Also sah sie das Lächeln nicht, das um Max von Brandts Lippen spielte. Ein Lächeln, in dem Bedauern mitschwang. Ein Lächeln, das seine Augen nicht erreichte.

12

»Ruhe! Ruhe!«, rief der Speaker des Parlaments und klopfte mit dem Hammer auf sein Pult. »Ruhe, bitte!«

Niemand hörte auf ihn. Auf beiden Seiten des Raums johlten und buhten die Abgeordneten.

»Sie haben es wieder getan, Joe«, flüsterte ihm Lewis Mead, ein Labour-Abgeordneter für Blackheath, zu. »Können Sie nicht einmal den Weg des geringsten Widerstandes gehen? Und zur Abwechslung mal eine unstrittige Sache vorschlagen? Neue Blumenkästen für die Hackney Downs. Mehr Bänke für London Fields?«

Joe lachte. Er lehnte sich in seinem Rollstuhl zurück, wohl wissend, dass es einige Minuten dauern würde, bis der Speaker wieder Ruhe hergestellt hätte. In der Zwischenzeit sah er sich im Raum um, zu der hohen Decke hinauf, auf die schönen gotischen Fensterbögen und die vertäfelten Galerien. All dies, gemeinsam mit den hohen, bleiverglasten Fenstern und den langen Bankreihen, gab ihm immer das Gefühl, in einer Kathedrale zu sein. Das war eine Assoziation, die ihm gefiel, denn in ganz England gab es keinen Ort, der ihm ehrwürdiger erschien als das Unterhaus, und keine Berufung heiliger, als Mitglied des Parlaments zu sein.

Politik war Joes Religion, dieser Raum seine Kanzel, und nur Minuten zuvor hatte er mit dem Eifer und der Eloquenz eines feurigen Predigers gesprochen. Er wünschte nur, er hätte auch Pech und Schwefel schleudern können, weil er fand, dass dies eigentlich nötig gewesen wäre.

»Das ist meine letzte Verwarnung«, brüllte der Speaker. »Ich bitte die ehrenwerten Gentlemen, sich sofort wieder zu setzen! Oder ich lasse Sie hinausschaffen!«

Einer nach dem anderen – Liberale, Konservative und Labour-Abgeordnete – nahm schließlich Platz. Churchill blickte finster drein, bemerkte Joe. Henderson und MacDonald strahlten. Asquith rieb sich die Stirn.

Joe hatte den heutigen Sitzungstag mit der Vorlage seines neuen Erziehungsgesetzes eröffnet. Darin forderte er den Ausbau der vorhandenen Schulen, die Errichtung siebzig neuer, die Anhebung des Abgangsalters und die Einrichtung von Bildungsprogrammen in zehn Gefängnissen Ihrer Majestät. Was keineswegs einmütigen Beifall fand.

»Das ist lächerlich!«, schrie Sir Charles Mozier, der Besitzer von fünf Kleiderfabriken, als Joe geendet hatte. »Die Regierung kann sich dieses Gesetz niemals leisten. Es treibt den Staat in den Bankrott.«

»Die Regierung kann es sich leisten. Die Frage ist – kann es das Kapital?«, schoss Joe zurück. »Ausgebildete Kinder werden kluge Kinder, und kluge Kinder stellen Fragen. Wir können doch nicht zulassen, dass die Näherin plötzlich fragt: ›Warum bekomme ich fürs Nähen einer Bluse nur sieben Pence, wenn Sir Charles sie für zwei Pfund verkauft?‹ Sie könnten ja auf die Idee kommen zu streiken. Und dann wären Sie es, Sir Charles, der bankrottgeht, nicht der Staat.«

Das hatte die Hälfte der Abgeordneten zu Proteststürmen veranlasst. Was danach folgte, brachte das Fass zum Überlaufen.

»Vielleicht sollten wir auch verfügen, dass in Gefängnissen Tee und Kuchen serviert werden«, rief John Arthur, dessen walisische Kohleminen lukrative Lieferverträge mit Gefängnissen und Erziehungsanstalten geschlossen hatten. »Wir können Sträflingen ja auch Porzellankannen auf Silbertabletts bringen lassen! Sagen Sie mir, Sir, haben Sie eine Ahnung, was so ein Programm kosten würde?«

»Nichts!«, antwortete Joe.

»Wie bitte?«

»Ich sagte, *nichts*. Tatsächlich wird es dem Staat Geld sparen. Bilden Sie jeden Mann in Wandsworth und jede Frau in Holloway aus. Geben Sie ihnen die Chance, die eine Ausbildung eröffnet, helfen Sie ihnen, sich aus der Armut zu befreien, dann können Sie diese Vororte der Hölle für immer schließen«, hatte Joe argumentiert.

Jetzt blickte er in die Gesichter, die er so gut kannte, die Gesichter von Freunden und Gegnern. Er sah zur Besuchergalerie hinauf, wo seine Mutter Rose, seine Frau Fiona und seine Tochter Katie saßen. Bei ihrem Anblick dachte er, wie leicht es hätte anders kommen können und sie nicht hier sitzen würden. Sondern in einer feuchten, kalten Kammer im East End, ohne ausreichendes Essen, ohne genügend Kohle für den Ofen und ohne Geld für die Miete. Einem solchen Leben waren sie entkommen. Aber so viele nicht. Er dachte an all diejenigen, die immer noch für ein paar Pennys schufteten und immer noch hungerten und froren. Dann ergriff er erneut das Wort.

»Premierminister, Mr Speaker, verehrte Kollegen, es ist an der Zeit. An der Zeit, jedes Kind in Großbritannien gemäß seinen Fähigkeiten auszubilden. An der Zeit, jedes Mädchen und jeden Jungen aus den Hinterhöfen, aus Verelendung und Hoffnungslosigkeit zu befreien. Nur Erziehung kann das erreichen. Nur mit Bildung gelingt es, die Arbeitshäuser und Gefängnisse, die Armenviertel und schäbigen Mietskasernen zu leeren. Unsere Regierung fängt endlich an, die drückende Not der arbeitenden Bevölkerung zu erkennen. Sie beginnt, in ihrem Namen zu handeln. Beachten Sie, wie weit wir allein in den letzten zehn Jahren gekommen sind. Beachten Sie unsere Errungenschaften: besseren Schutz für Kinder vor Missbrauch und Ausbeutung, Pensionen für die Alten und eine nationale Arbeitslosenversicherung – um nur einige zu nennen. Die Neinsager behaupteten, zu solchen Fortschritten würde es nie kommen. Sie bezeichneten diejenigen, die das Gesetz zum Schutz der Kinder und das Versicherungsgesetz einbrachten, als Träumer. So haben mich zumindest einige von Ihnen – die Freundlicheren – genannt. Wenn es Träumer sind, die Sechsjährige aus Fabriken fernhalten wollen, wenn es Träumer sind, die Analphabetismus und Unwissenheit beenden wollen, dann bin ich stolz, ein Träumer zu sein.«

Joe hielt einen Moment inne und kam dann zum Ende seiner Rede.

»Wir stehen jetzt an einem Scheideweg der britischen Geschichte«, sagte er. »Schlagen wir den neuen und vielversprechenden Weg ein und sichern damit die Zukunft *aller* britischen Kinder? Oder wenden wir uns nach rückwärts? Und fallen in den gewohnten Trott zurück. Zurück zum Misserfolg. Zu Not und Verzweiflung. Ich kann Ihnen nicht vorschreiben, wie Sie abstimmen sollen. Ich kann Ihnen nur eines sagen: Es ist Zeit, den Egoismus beiseitezuschieben, es ist Zeit, politisches Kalkül beiseitezuschieben, es ist Zeit, an die zu denken, die Ihnen zu den Sitzen verholfen haben, die Sie heute einnehmen. Denken Sie an Ihre Wähler, Gentlemen, und an Ihr Gewissen.«

Es herrschte Stille, als Joe seine Rede beendet hatte, so große Stille, dass man die Uhr im Saal ticken hörte. Dann setzte der Applaus ein. Und die Jubelrufe. Labour-Abgeordnete standen auf und klatschten. Viele Kollegen von den Liberalen schlossen sich an. Nur auf den Bänken der Konservativen blieb es ruhig.

Der Applaus hielt ganze zwei Minuten an, dann bat der Speaker erneut um Ruhe.

Als zur Abstimmung gerufen wurde, gab es genügend Jastimmen, damit Joes Vorlage zur zweiten Lesung zugelassen wurde. Aber es gab noch kein klares Ergebnis, noch bei Weitem nicht. Es war nach wie vor ein langer Weg, bis aus der Vorlage ein Gesetz werden würde, aber wenigstens hatte sie die erste Lesung überstanden und war nicht gleich abgeschmettert worden. Mehr konnte Joe für den heutigen Tag nicht erwarten.

Als er zu seinem üblichen Platz in einer der vorderen Reihen zurückfuhr, sah er zur Galerie hinauf. Fiona und Kate lächelten triumphierend. Katie, mit ihrem Notizblock in der Hand, winkte ihm kurz zu.

Dann gab es eine kurze Pause, bevor der Speaker dem Ehrenwerten Winston Churchill, dem Ersten Lord der Admiralität und Chef der britischen Marine, das Wort erteilte.

»Worauf ist Winston jetzt aus?«, fragte ein Mann hinter Joe flüsternd.

»Auf mehr verdammte Schiffe«, antwortete Lewis Mead.

Als Churchill zu sprechen begann, wurde klar, dass er nicht nur auf Schiffe, sondern auf sogenannte Dreadnoughts, auf Großkampfschiffe, aus war.

Das erste Großkampfschiff der britischen Marine war 1906 vom

Stapel gelaufen. Es gehörte zu einer völlig neuen Generation von Schlachtschiffen, die mit gewaltigen Kanonen und Dampfturbinen bestückt waren, und hatte den Rüstungswettlauf mit Deutschland ausgelöst.

Nachdem der Kaiser zwei ähnliche Schiffe gebaut hatte, stimmte das Parlament 1909 dafür, vier weitere Dreadnoughts zu finanzieren und 1910 nochmals vier. Die Zustimmung zu den Schlachtschiffen hatte die Liberalen in unversöhnliche Gegnerschaft zu den Konservativen gebracht. In der Hoffnung, damit die Militärausgaben zu reduzieren, hatten die Liberalen nur vier Schiffe finanzieren wollen. Davon wollten die Torys nichts hören. Joe erinnerte sich noch an die Szene im Unterhaus, als das Thema diskutiert wurde und die Konservativen brüllten: »Wir wollen acht und wollen nicht warten!«, bis sie den liberalen Finanzminister David Lloyd George überstimmt und ihre Schiffe bekommen hatten. Und jetzt wollte Winston sogar noch mehr.

In seinem üblichen ungeduldigen Tonfall und unter Anführung einer Menge Zahlen und Fakten redete Churchill ausführlich über Deutschlands zunehmend aggressive Haltung gegenüber Frankreich und Belgien. Er wies auf die Möglichkeit eines zukünftigen Konflikts hin sowie auf die Gefahr, dass sich die Türkei mit Deutschland verbünden könnte, wenn es tatsächlich zu diesem Konflikt käme.

»Was würde eine solche Allianz für unseren Verbündeten Russland bedeuten?«, fragte er. »Für die Balkanstaaten. Und vor allem für den Zugang Großbritanniens zu den persischen Ölquellen und unserer indischen Kolonie?«

Einen Moment lang ging er auf und ab, damit sich jeder im Raum dieses düstere Szenario vor Augen führen konnte, dann fügte er ruhig hinzu: »Dasjenige Land mit der überlegenen Flotte wird das Land sein, das die Dardanellen kontrolliert, Gentlemen. Und das Land, das die Dardanellen kontrolliert, kontrolliert die Durchfahrt in den Mittleren Osten, nach Russland und in den Orient. Ich bitte Sie, heute für ein neues Großkampfschiff zu stimmen, um absolut sicherzustellen, dass dieses Land Großbritannien ist und nicht Deutschland.«

Am Ende von Churchills Rede war es auf den konservativen Bänken nicht so still wie nach Joes Ausführungen. Stattdessen setzte ohrenbetäubender Lärm ein. Manche Tory-Abgeordnete pfiffen, jubelten, schrien und applaudierten. Joe dachte schon, sie würden jeden Moment *Rule, Britannia!* zu singen anfangen. Der Speaker zertrümmerte fast seinen Hammer bei dem Versuch, wieder Ruhe herzustellen.

»Hm ... arme Schlucker oder Schiffe? Was wird's sein?«, fragte Lewis Mead Joe. »Ich weiß, wo mein Geld hingehen wird.«

»Ich auch«, antwortete Joe. »Wenn es zu einer zweiten Lesung kommt, wird Winstons Vorlage angenommen und meine abgeschmettert. Winston hat alle überzeugt, dass die Deutschen kurz davorstehen, den Buckingham-Palast einzunehmen. Meine Schulen haben keine Chance, Lewis. Nicht gegen seine Schiffe.«

Es wurde abgestimmt, und auch Churchills Gesetzesvorlage passierte die erste Lesung. Dann verkündete der Speaker die Mittagspause, und alle erhoben sich, um den Saal zu verlassen.

Joe konnte natürlich nicht aufstehen, aber er konnte gut hören. Und während er in seinem Rollstuhl hinausfuhr, nahm er die Anzeichen drohenden Unheils ganz deutlich wahr. Denn er hörte die Unterhaltungen der Männer um sich herum. Der eisige Wind, von dem er erst vor ein paar Tagen in den Zeitungen gelesen hatte, wurde stärker. Ein Sturm braute sich zusammen, der von Deutschland über Europa und über den Kanal hinweg bis nach London wehte.

Mehrere Abgeordnete traten auf ihn zu und gratulierten ihm zu seiner Rede. Unter ihnen der frühere konservative Premierminister A. J. Balfour.

»Haben Sie Lust, einen Bissen essen zu gehen?«, fragte er Joe. »Ja? Großartig! Brillante Rede, die Sie da gehalten haben. Aber das kümmert die anderen hier nicht. Die sind alle vom Kriegsfieber angesteckt. Finden, es sei an der Zeit, dem Kaiser ein blaues Auge zu verpassen, und derlei Quatsch. Als Nächstes lässt Winston den ganzen Verein mit Helmen auf dem Kopf um den Trafalgar Square marschieren.«

Joe nickte ernst. Balfour mochte scherzen, aber sie beide wussten, dass er recht hatte.

»Jetzt kommen Sie, blicken Sie nicht so bedrückt drein«, sagte Balfour. »Das ist doch bloß Säbelrasseln. Wir werden uns da raushalten, denken Sie an meine Worte. Sie wissen genauso gut wie ich, dass ein starkes Militär das beste Mittel ist, einen Krieg zu vermeiden.«

»Diesmal nicht, Arthur«, antwortete Joe mit einem bitteren Lachen. »Nicht mit diesem Verrückten in Berlin. Tatsächlich bin ich mir ziemlich sicher, dass es das beste Mittel ist, einen vom Zaun zu brechen.«

13

»Mum hat mich über dich ausgefragt, Peter. Was du so machst ... Und warum ich dich nicht, mit nach Hause bringe, wie es sich gehört. Und ich hab mir gedacht ... also, gehofft ... du könntest vielleicht nächsten Samstag zum Tee kommen.«

Max von Brandt blickte auf seine Hände hinab und dann wieder auf die hausbackene Frau, die ihm gegenübersaß. Er zögerte einen Moment – gerade lang genug, um ihr Angst einzujagen – und erwiderte: »Gern, Gladys. Sehr gern.«

»Du kommst«, flüsterte sie ungläubig. »Ich meine, du würdest tatsächlich kommen! Das ist ja wundervoll. Meine Mum wird sich wahnsinnig freuen!« Sie sah ihn mit ihren braunen Augen hinter den dicken Brillengläsern schüchtern an. »Und ich erst«, fügte sie hinzu.

Max lächelte sie an. »Wie wär's mit noch einem Bier?«, fragte er. »Zur Feier des Tages.«

»Ich sollte nichts mehr trinken. Ich hatte schon zwei«, antwortete Gladys und biss sich auf die Lippe.

»Nein, du hast absolut recht, mein Schatz«, sagte Max. »Ein Moment wie dieser verdient etwas Besseres – Champagner.«

»Ach Peter! Champagner! Ich liebe Champagner. Aber das sollten wir nicht. Der ist doch furchtbar teuer.«

»Unsinn. Für mein Mädchen ist mir nichts zu teuer«, erwiderte Max und tätschelte ihre Hand.

Er stand auf, ging zur Bar und bestellte eine Flasche billige Plörre. Als er wartete, bis der Wirt sie brachte, beobachtete er Gladys in dem Spiegel über der Bar. Sie zupfte an ihrem Haar herum. Ihre Wangen waren gerötet, und sie lächelte. Es war fast zu einfach.

Heute führte er sie zum fünften Mal aus. Zweimal waren sie etwas trinken gegangen, einmal hatten sie einen Spaziergang in Greenwich gemacht, einmal ein Varieté besucht, und jetzt saßen sie wieder im gleichen Pub, in das er sie nach dem fingierten Zusammenstoß geführt hatte.

Jedes Mal spielte er den perfekten Gentleman. Fürsorglich, höflich und großzügig. Er hatte ihre Hand genommen, um ihr aus dem Bus zu helfen, sich nach ihrer Mutter erkundigt und von seiner Arbeit, seiner Kirche und seinen Eltern oben in Bradford erzählt. Er achtete darauf, gelegentlich für ein paar Tage zu verschwinden, wie man es von einem Seemann, der auf der Route zwischen Hull und Brighton pendelte, erwarten würde.

»Da wären wir!«, sagte er, als er den »Champagner« an den Tisch zurückbrachte.

Er goss zwei Gläser ein und brachte einen Toast aus.

Als er sich zu ihr beugte, blieb ihr Blick an seinem Hals haften.

»Mein Gott! Was ist dir passiert?«, fragte sie.

»Ach, das ist nichts«, antwortete Max.

Gladys steckte einen Finger in seinen Kragen und zog ihn vom Hals weg. »Das sieht ja schrecklich aus!«

Das wusste Max. Es war ein tiefer, dunkelroter Kratzer.

»Ich habe einen Koffer für meinen Kapitän getragen«, erklärte er. »Der hatte eine scharfe Kante, die mir die Haut abgeschürft hat.«

»Armer Junge. Lass es mich wieder heil machen«, sagte sie ungewohnt kokett.

Sie küsste eine Fingerspitze, berührte seinen Hals damit und kicherte dann hinter vorgehaltener Hand. Sie hielt immer die Hand vor den Mund, wenn sie lachte, weil sie sich wegen ihrer großen, schiefen Zähne schämte.

Er ergriff ihre andere Hand und küsste sie. »Schon viel besser. Danke, mein Liebling.«

Gladys wurde tiefrot, was sie nicht hübscher machte. »Ungezogener Junge«, sagte sie und kicherte aufs Neue. »Dass du mir jetzt bloß nicht auf falsche Gedanken kommst.«

Max erstarrte innerlich. Es war grauenhaft, diesen traurigen, reizlosen Trampel von einer Frau mit ihren dicken Strümpfen und klobigen Schuhen zu beobachten, wie sie versuchte, zu flirten und lustig zu sein. Es war grausam, was er tat, und plötzlich wollte er das Possenspiel beenden, sich bei ihr entschuldigen, sie in eine Droschke setzen und nach Hause schicken. Aber das tat er nicht. Es gab Zeiten, in denen er hasste, was er tat – wenn er sich selbst hasste –, aber er würde sich genauso wenig vor seiner Pflicht drücken, wie sich sein Vater 1870 auf dem Schlachtfeld von Metz gedrückt hatte. Seit Generationen stand die Pflicht immer an erster Stelle bei den von Brandts, so auch für ihn.

Er schloss seinen Kragen wieder, zuckte zusammen, als der Stoff an der Wunde rieb, und täuschte Interesse an Gladys' Geschnatter vor. Was den Kratzer betraf, hatte er sie genauso belogen wie in jeder anderen Hinsicht auch. Es war kein Koffer, der ihn verursacht hatte, auch nicht die Kratzer auf seinem Rücken. Sie stammten von seiner Geliebten Maud Selwyn-Jones.

Während Gladys über das Abendessen schwafelte, das sie ihm am Sonntag kochen wollte, erinnerte sich Max an die Liebesnächte mit Maud.

Das erste Mal in seinem Zimmer auf Kedleston hatten sie einen Tisch umgestoßen und eine Vase zerbrochen.

Das zweite Mal in Wickersham Hall, ihrem Landsitz in den Cotswolds, hatte er im Wald mit ihr geschlafen. Vielleicht war es aber auch umgekehrt gewesen. Er hatte sich zu ihr hinübergebeugt, als sie anhielten, um die Pferde grasen zu lassen, und als Nächstes waren sie zu Boden gesunken. Dabei behielt sie die ganze Zeit den Reithut auf und die Seidenstrümpfe an. Ihr aufreizendes Lächeln, das unter dem schwarzen Schleier kaum sichtbar war, hatte ihn in den Wahnsinn getrieben vor Begierde. Ganz sicher hatten sie den Pferden Angst eingejagt.

Beim dritten Mal saßen sie nach der Oper in der Kutsche und fuhren zu ihm nach Hause. Kurz nachdem der Kutscher angefahren war, hatte sie die Schuhe abgestreift, dann langsam und aufreizend den Rocksaum gehoben, Zentimeter um Zentimeter, bis ziemlich offensichtlich wurde, dass sie darunter nichts trug. Bei diesem Mal hatten sie dem Kutscher Angst eingejagt.

Und dann letzte Nacht. In ihrer Wohnung. In ihrem Schlafzimmer brannten Kerzen. Champagner stand in einem silbernen Kühler. Austern lagen auf Eis. Und als sie anfingen, strich sie mit einem Eisstück über seinen Körper, und danach kühlte sie ihm mit einem weiteren Eisstück die zerkratzte Haut. Allein bei der Erinnerung daran bekam er eine Erektion. Sie besaß alles, was eine Frau begehrenswert für ihn machte – sie war aufregend, kapriziös, schön und wild. Sie gab ihm, wonach er sich am meisten sehnte – ein paar Stunden, in denen er vergessen konnte, was er war und was er tat.

»… oder einen Biskuitkuchen? Was wäre dir lieber, Peter? Peter?«

Verdammt, er musste sich zusammenreißen.

»Ja, Gladys?«, fragte er schnell. Der Gedanke an Maud machte es unmöglich, sich auf Gladys zu konzentrieren, aber so ging das nicht. Er musste heute Abend sein Ziel erreichen.

»Ich hab dich gefragt, was für einen Kuchen du möchtest«, wiederholte sie eingeschnappt. »Zum Tee am Sonntag. Hast du nicht zugehört?«

»Nein, nicht richtig.«

»Oh«, erwiderte sie bestürzt. »Tut mir leid. Ich langweile dich wohl mit meinem Geschwätz über Kuchen. Wie dumm von mir. Ich weiß nicht, warum ich so haltlos quassle, ich wollte …«

Er nahm ihre Hand. »Wenn du es wissen willst, Gladys, ich habe darüber nachgedacht, wie gern ich dich küssen würde. Darüber denke ich oft nach. Viel öfter als über Kuchen.«

Sichtlich verwirrt, errötete sie erneut. »Ach, Peter, ich … ich weiß nicht, was ich sagen soll.«

»Sag, dass du mir einen Kuss gibst, Glad. Bloß einen.«

Gladys sah sich nervös um und gab ihm dann einen flüchtigen Kuss auf die Wange. Dabei roch er ihren Duft – nach nasser Wolle, Talkum, Puder und Kampfer.

»Das ist viel besser als Biskuitkuchen«, sagte er. »Jetzt lass mich dir einen geben.«

Er beugte sich vor, küsste sie auf den Mund und hielt eine Weile seine Lippen auf ihre gedrückt. Danach konnte sie ihm kaum mehr in die Augen blicken. Er bemerkte, dass sie schwer atmete und ihre Hände zitterten. Gut. Er goss ihr Champagner nach. Mehrmals. Und eine halbe Stunde später war Gladys Bigelow betrunken.

»O Peter, dieser Champagner ist köstlich!«, rief sie aus. »Bestell noch einen.«

»Ich finde, du hast genug gehabt, mein Schatz. Es ist an der Zeit, dich nach Hause zu bringen.«

»Ich will nicht heimgehen«, erwiderte Gladys schmollend.

»Doch. Jetzt komm, los. Ja, so ist's brav …«

Max stellte sie auf die Beine, zog ihr den Mantel an und führte sie aus dem Pub. Schwankend stand sie auf dem Gehsteig. Auf dem Weg zum Bus stützte er sie, trotzdem stolperte sie, und er schaffte es gerade noch, sie festzuhalten, bevor sie der Länge nach hingefallen wäre.

Alles lief geradezu perfekt.

»Gladys, Liebste, ich glaube, du hast ein bisschen zu viel getrunken«, sagte er. »In dem Zustand kannst du nicht heimgehen. Wir müssen dir vorher erst etwas Kaffee einflößen. Aber hier in der Nähe gibt's kein Café, oder?«

»Küsssch misch, Peter.«

Er seufzte tief. »Das würde ich ja gern. Aber was für ein Mistkerl wäre ich dann? Ein Mädchen zu küssen, das zu viel Champagner getrunken hat?«

»Ach, Peter, du bist kein Mistkerl«, seufzte Gladys gerührt. »Du bist der wundervollste Mann, den ich je kennengelernt habe.«

Max lächelte. »Jetzt weiß ich, dass du betrunken bist, Gladys. Hör zu, wir machen Folgendes: Ich nehm dich in mein Zimmer mit.«

»Ich … ich weiß nicht, ob das eine gute Idee ist«, entgegnete Gladys besorgt.

»Bloß für eine Weile. Bis du wieder ein bisschen nüchterner bist. Ich kann dir dort eine Kanne Kaffee machen.«

»Nein, mir geht's gut. Wirklich.«

Max schüttelte den Kopf. »In dem Zustand kann ich dich nicht allein in den Bus steigen lassen, Gladys. Und zu deiner Mutter nach Hause kann ich dich so auch nicht bringen. Was würde sie von mir denken? Bestimmt würde sie mich dann am Sonntag nicht mehr zum Tee einladen wollen. Auf gar keinen Fall.«

Bei diesen Worten riss Gladys die Augen auf. »Also gut. Ich komme mit. Aber nur auf einen Kaffee. Danach muss ich gleich heim.«

»Natürlich«, antwortete Max. »Bloß ein paar Minuten. Dann bring ich dich zum Bus.«

Max legte den Arm um Gladys und führte sie die dunkle Straße zu Duffin's, seiner Pension, entlang. Er half ihr die Stufen hinauf, sperrte die Haustür auf und spähte hinein, ob jemand in der Diele herumlungerte. Wie erwartet, war niemand da, denn Mrs Margaret Duffin erlaubte kein Rauchen, Fluchen, Spucken oder Herumlungern. Er schob Gladys schnell hinein, schloss die Tür und hielt den Finger an die Lippen. Sie nickte, kicherte, versuchte erneut, ihn zu küssen, und ließ sich dann die Treppe hinaufhelfen.

»O, Peter, um mich dreht sich alles«, stöhnte sie, als sie in seinem Zimmer waren. »Mir ist gar nicht gut.«

»Leg dich einen Moment hin«, antwortete er und führte sie zu seinem Bett.

»Das sollte ich nicht. Ich sollte gehen.«

»Ist schon gut, Gladys«, beruhigte er sie und half ihr, sich auf das Bett zu legen. »Lehn dich einfach zurück und schließ die Augen. Der Schwindel lässt gleich nach. Versprochen.«

Gladys gehorchte und ließ sich seufzend auf seine Kissen sinken. Max hob ihre Beine aufs Bett und zog ihr die Stiefel aus. Es überraschte ihn nicht, dass sie sich miserabel fühlte. Schließlich hatte er dafür gesorgt, dass sie den größten Teil der Flasche trank.

Er redete ihr beruhigend zu und sagte ihr, dass der Kaffee gleich fertig sei. Das würde er auch, denn der musste neben ihr stehen, wenn sie aufwachte. Später würde er ihr sagen, dass sie davon getrunken habe und dann eingeschlafen sei. Ein paar Minuten darauf rief er ihren Namen und bekam nur noch ein Murmeln als Antwort. Er wartete eine Weile und rief sie noch einmal. Keine Antwort. Sie war wie bewusstlos.

Rasch ging Max zum einzigen Schrank im Raum und nahm ein

Stativ und eine Kamera heraus. In wenigen Sekunden war alles aufgestellt. Er nahm den Schirm von der Gaslampe an der Wand und zündete zudem zwei Kerosinlampen an, die er ans Bett stellte. Nachdem er mit der Beleuchtung zufrieden war, schob er die Kamera nahe ans Bett und kümmerte sich um Gladys.

Er richtete sie auf und begann, sie auszuziehen. Was keine leichte Aufgabe war, da sie mehrere Lagen von Kleidern übereinander trug. Ihre dicke Wolljacke musste aufgeknöpft und unter ihr herausgezogen werden. Ebenso eine Kostümjacke und ein Rock. Eine hochgeschlossene Bluse. Und ein Korsett. Er hatte es gerade aufgeschnürt und wollte es ihr ausziehen, als sie plötzlich die Augen öffnete und schläfrig protestierte. Einen Moment lang befürchtete er, sie würde zu sich kommen, aber dann flatterten ihre Augenlider, und sie war wieder weg.

Max war erleichtert. Falls nicht unbedingt nötig, wollte er ihr kein Betäubungsmittel geben. Das setzte Leute stundenlang außer Gefecht, und so viel Zeit hatte er nicht. Wenn er sie nicht spätestens bis zehn zu ihrer Mutter brachte, machte sich die alte Frau womöglich Sorgen und verständigte die Polizei.

Er warf das Korsett auf den Boden, knöpfte dann schnell Hemd und Unterhose auf und zerrte ihr beides herunter. Sie bewegte sich erneut, murmelte leise vor sich hin, wachte aber nicht auf. Als er ihr schließlich die Strümpfe ausgezogen hatte, schwitzte er, gönnte sich jedoch keine Zeit zum Verschnaufen. Stattdessen legte er ihre Hand hinter den Kopf, steckte ihr eine künstliche Blume hinters Ohr und drehte ihr Gesicht zur Kamera. Dann trat er zurück, begutachtete sein Werk, zögerte einen Moment und riss ihr dann grob die Beine auseinander. Es war kein hübscher Anblick, aber das war schließlich auch nicht beabsichtigt.

Max schob eine trockene Platte in die Kamera, warf noch einmal einen Blick auf die nackte Frau, stellte die Linse scharf und drückte ab.

14

»Was für ein schöner Anblick!«, rief Seamie.

Er stand auf dem Dock, den Kopf zurückgeneigt und die Augen weit aufgerissen vor Staunen, als er das stolze, elegante Schiff vor sich betrachtete. Es war eine dreihundertfünfzig Tonnen schwere Barkentine, deren Vormast mit Rah- und die beiden anderen Masten mit Gaffelsegeln getakelt waren. Die Kurven des Rumpfs, der kühn vorstoßende Bug, der hoch aufragende Hauptmast – all das verschlug ihm den Atem.

»Die ist mehr als schön, mein Junge«, sagte der Mann neben ihm. »Es ist das stärkste Holzschiff, das je gebaut wurde.«

Seamie zog skeptisch eine Augenbraue hoch.

»Die *Fram* kommt ihr nahe, das gebe ich zu, aber die hier ist stärker.«

Seamie kannte die *Fram,* jeden Zentimeter davon. Auf ihr war er gemeinsam mit Roald Amundsen zum Südpol gesegelt. Das Schiff war speziell dafür konstruiert worden, durch Packeis zu fahren. Da es robuster gebaut und sein Rumpf stärker gerundet war, schob es sich aus dem Eis, wenn die Wasserdecke zufror, und schwebte fast darauf, statt zerquetscht zu werden. Es war eine geniale und sehr zweckmäßige Konstruktion, aber keine schöne. Verglichen mit dem Schiff vor ihm, sah die *Fram* wie ein Waschzuber aus.

»Sie wird sich im Eis nicht so gut verhalten«, sagte Seamie.

»Das braucht sie auch nicht. Sie wird nur im losen Packeis eingesetzt.«

»Ach ja? Wie heißt sie denn?«

»Sie heißt *Polaris,* aber ich werde sie vermutlich in *Endurance* umtaufen. Gemäß dem Motto meiner Familie: *Fortitudine vincimus* – durch Ausdauer siegen wir.«

»*Endurance*«, wiederholte Seamie. »Das ist ein perfekter Name. Perfekt für alle und alles, was mit Ihnen in Verbindung steht, Sir.«

Ernest Shackleton brach in lautes Gelächter aus, und seine klugen Augen blitzten. »Kommen Sie an Bord, mein Junge. Wollen mal hören, was Sie denken. Haben Sie noch Ihre standfesten Seemannsbeine?« Noch bevor er seinen Satz beendet hatte, war Shackleton schon halb die Strickleiter an der Schiffswand hinaufgeklettert.

Seamie schüttelte lächelnd den Kopf. Er wusste bereits, worauf es hinauslaufen würde. Shackleton hatte am Telefon nicht viel gesagt. Aber das war auch nicht nötig.

»Wie geht's Ihnen, Seamus, mein Junge?«, hatte er gebellt. Seamie hatte die Stimme sofort erkannt. Mehr als zwei Jahre lang hatte er sie täglich in der Antarktis gehört, wo er an Bord eines anderen Schiffes von Shackleton, der *Discovery*, seine erste Polarexpedition mitgemacht hatte.

Noch bevor Seamie antworten konnte, war Shackleton gleich zum Grund seines Anrufs gekommen. »Ich brauche Ihre Hilfe«, sagte er. »Da gibt's ein Schiff, das mich interessiert. In Norwegen gebaut, aber im Moment im Hafen von Portsmouth. Könnten Sie herkommen und einen Blick darauf werfen? Ich möchte gern wissen, was Sie davon halten.« Er hielt einen Moment inne und fügte dann mit spöttischem Unterton hinzu: »Wenn Sie nicht gerade zu beschäftigt sind, mit Clements Markham Tee zu trinken und Plätzchen zu knabbern.«

»Sie haben von dem Stellenangebot gehört?«, fragte Seamie.

»Ja. Und ich schätze, Sie haben abgelehnt.«

»Noch nicht.«

»Warum nicht?«

»Es ist doch nicht schlecht, für die Royal Geographical Society gute Arbeit zu leisten. Schließlich ist es eine Organisation, die mir und uns allen viel bedeutet«, antwortete Seamie. »Ich nehme die Stelle vielleicht an. Warum auch nicht? Ich habe keine besseren Angebote«, fügte er etwas spitz hinzu.

Schließlich willigte Seamie ein, seinen alten Kapitän in Portsmouth zu treffen und ihm offen seine Meinung über das Schiff zu sagen, da er ziemlich sicher war, dass Shackleton ihn bitten würde, bei ihm anzuheuern.

Aber würde er zusagen? Noch vor ein paar Wochen hätte er nicht gezögert, aber das war, bevor er Jennie kennengelernt hatte. Bevor er beim Spazierengehen ihre Hand genommen und über ihr und sein Leben gesprochen hatte. Bevor er sie an sich gezogen, ihre Lippen geküsst und ihr Herz an seinem pochen gehört hatte. Bevor ihm – zum ersten Mal in seinem Leben – der Gedanke gekommen war, es könnte eine andere Frau für ihn geben als Willa Alden.

Seamie blickte jetzt wieder auf das Schiff und kletterte ebenfalls die Strickleiter hinauf.

»Der Kiel ist über zwei Meter dick. Die Seitenwände zwischen fünfzig und achtzig Zentimeter. Das Schiff hat doppelt so viele Spanten wie ein vergleichbares seiner Größe. Wo der Bug aufs Eis trifft, ist er fast eineinhalb Meter dick«, beantwortete Shackleton Seamies Fragen, bevor er sie überhaupt stellen konnte.

Seamie nickte beeindruckt – obwohl er das eigentlich gar nicht wollte. Er wünschte sich fast, es wäre irgendetwas nicht in Ordnung mit dem Schiff, es hätte irgendeinen gravierenden Konstruktionsfehler – irgendetwas, das ihm einen Grund lieferte, nicht mitzufahren. In London zu bleiben und die Stelle anzunehmen. Bei Jennie zu bleiben.

»Und die Maschine?«, fragte er.

»Eine mit Kohle befeuerte Dampfmaschine. Sie macht etwas über zehn Knoten«, erläuterte Shackleton.

Er redete weiter, erzählte von den vielfältigen Qualitäten des Schiffs und dass es eigens für polare Erfordernisse gebaut worden sei. Er ereiferte sich über die Eiche, die norwegische Tanne und das Grünherzholz, das zu seinem Bau verwendet worden war. Er redete über eine Stunde und führte Seamie auf dem Deck herum, dann hinunter in die Mannschaftskojen und die Kapitänskabine, in den Maschinenraum, die Kombüse und den Laderaum.

Als sie wieder an Deck standen, zündete er eine Zigarette an, gab sie Seamie und zündete sich dann selbst eine an. Er nahm einen tiefen Zug und stieß den Rauch aus. »Nun, mein Junge«, sagte er schließlich, »ich habe Sie nicht wegen einer Schachtel Karamellbonbons hierherkommen lassen.«

»Das habe ich auch nicht erwartet, Sir.«

»Ich stelle eine neue Expedition zusammen.«

»Das habe ich gehört.«

»Ihr habt damals den Südpol gefunden, aber damit ist die Erforschung der Antarktis nicht abgeschlossen. Ich möchte eine weitere Reise machen – eine Durchquerung des Kontinents. Zwei Gruppen. Zwei Schiffe. Die *Endurance* segelt zum Weddell-Meer und setzt in der Vahsel-Bucht eine Gruppe ab, die von dort aus zum Rossmeer marschiert, über den Pol.«

»Wie steht's mit der Versorgung?«, unterbrach ihn Seamie, der sich erinnerte, wie entscheidend die richtige Planung von Proviant, Unterkunft und Brennstoff bei Amundsens Erfolg gewesen war. »Die Weddell-Meer-Gruppe wird nicht in der Lage sein, genügend zu transportieren, um alle Teilnehmer auf dieser Reise zu verpflegen.«

Shackleton lächelte. »Hier kommt die zweite Gruppe ins Spiel. Während sich die erste Gruppe zum Weddell-Meer aufmacht, bringt ein zweites Schiff eine zweite Gruppe zum McMurdo-Sund im Rossmeer, wo sie ein Basislager errichtet. Von dort aus zieht sie in Richtung Rossmeer und schlägt entlang des Ross-Schelfeises bis zum Beardmore-Gletscher Nahrungs- und Brennstofflager auf, aus denen sich die erste Gruppe bei der abschließenden Durchquerung versorgt. Die Weddell-Meer-Gruppe trifft dann am Ende auf die Rossmeer-Gruppe, und damit wäre es geschafft – die erste Landdurchquerung der Antarktis.«

Seamie dachte über Shackletons Plan nach. »Es könnte klappen«, sagte er nach einer Weile.

»*Könnte?* Da gibt's kein *könnte*. Es *wird* klappen!«, erwiderte Shackleton.

Seamie hörte die Begeisterung in der Stimme des Mannes. Die gleiche Begeisterung hatte er gehört, als er ihn das erste Mal getroffen hatte – bei dem Vortrag in der Royal Geographical Society, kurz bevor er Shackleton überredet hatte, ihn auf die Expedition mit der *Discovery* mitzunehmen.

Er musste lächeln. »Sie sind nie glücklicher, Sir, als wenn Sie vor einer Forschungsreise stehen.«

»Die Suche ist alles, mein Junge. Das wissen Sie genauso gut wie ich. Also, was ist? Ich hätte Sie sehr gern dabei. Sind Sie dabei? Oder lassen Sie es zu, dass Clements einen Bürokraten aus Ihnen macht?«

Seamie lachte, stellte dann aber zu seiner Verblüffung fest, dass er keine Antwort wusste.

Bin ich dabei?, fragte er sich.

Er erinnerte sich an die unglaublich betörende Schönheit der Antarktis – die stahlgraue See, die eisbedeckte Landschaft und die Weite des nächtlichen Himmels. Nicht zu vergleichen mit dem Londoner oder New Yorker Himmel, wo Licht und Smog die Sterne verdunkelte. Es war so klar dort, so unermesslich still, dass er glaubte, zum ersten Mal das Firmament zu sehen. In so vielen Nächten meinte er, zu den Sternen greifen und sie wie Diamanten einsammeln zu können.

Doch am genauesten erinnerte er sich an den lebensbedrohlichen Vorstoß zum Pol. Das erste Mal mit Shackleton hatten sie nur hundert Meilen vor dem Ziel umkehren müssen. Andernfalls wären sie gestorben. Das zweite Mal mit Amundsen hatten sie es geschafft. Er dachte daran, wie viel jede dieser Expeditionen ihm abverlangt hatte. Er erinnerte sich an den Hunger, die Kälte und die Erschöpfung. Zwei Jahre waren seit der Südpolexpedition vergangen, und erst jetzt fand er allmählich zu einem halbwegs normalen Leben zurück, aber die Expedition, die Shackleton ihm vorschlug, würde ihn zwei weitere Jahre kosten. Vielleicht sogar drei. Er wäre so viel älter bei seiner Rückkehr. Und was wäre mit Jennie? Würde sie auf ihn warten? War er sich sicher, dass er das wollte?

»Nun, mein Junge?«, drängte ihn Shackleton.

Seamie zuckte hilflos mit den Achseln. »Kann ich darüber nachdenken, Sir? Ich fürchte, ich weiß es nicht.«

»Sie wissen es nicht?«, fragte Shackleton ungläubig. »Wie können Sie das nicht wissen? Um Himmels willen, wo ist Ihr Herz, mein Junge?«

Gute Frage, dachte Seamie. Wo ist es? Hatte er es am Kilimandscharo zurückgelassen? Oder irgendwo draußen in der eisigen See der Antarktis verloren? War es in London bei Jennie?

Während er seinen Blick über die vertäuten Schiffe im Hafen schweifen ließ, wurde ihm schmerzlich klar, dass er die Antwort wusste. Er wollte es sich bloß nicht eingestehen, weil es so quälend war, sich ständig nach etwas zu sehnen, was er nie bekäme. Denn sein Herz war dort, wo es immer gewesen war – im Besitz eines wilden, furchtlosen Mädchens, eines Mädchens, das er nie mehr wiedersehen würde. Wie sehr wünschte er sich doch, dass es anders wäre.

Shackleton seufzte. »Es ist eine Frau, nicht wahr?«

Seamie nickte. »Ja, das stimmt.«

»Heiraten Sie sie, gründen Sie eine Familie, und kommen Sie dann mit mir mit.«

Seamie lachte. »Ich wünschte, es wäre so einfach, Sir.«

Shackleton wurde etwas nachgiebiger. »Hören Sie, mein Junge, es ist erst März. Ich segle nicht vor August, frühestens. Nehmen Sie sich Zeit. Überlegen Sie es sich. Ich möchte Sie dabeihaben. Das wissen Sie. Aber Sie müssen tun, was Sie für richtig halten.«

»Das weiß ich, Sir. Danke. Ich überlege es mir«, antwortete er. Und zu sich selbst fügte er hinzu: »Wenn ich nur wüsste, was das Richtige ist.«

15

Max zog tief an seiner Zigarette und atmete dann langsam aus. Er war froh, dass der Rauch half, den Gestank zu überdecken.

Er saß auf dem einzigen Stuhl seines Zimmers im Duffin's. Gegenüber von ihm saß Gladys Bigelow auf dem Bett. Sie schluchzte und zitterte. Sie hatte sich bereits zweimal übergeben und sah aus, als würde sie es ein drittes Mal tun. Decke, Laken und Kissen hatte er bereits unten in die Abfalltonne geworfen, aber der Gestank war dennoch unerträglich.

Auf dem Tisch in der Mitte des Raums lag der Grund für Gladys' Tränen – eine Reihe hässlicher, obszöner Fotos. Sie zeigten eine Frau, die nackt und mit gespreizten Beinen auf einem Bett lag. Das Gesicht der Frau war deutlich erkennbar. Max kannte die Fotos sehr gut. Er hatte sie vor ein paar Tagen selbst aufgenommen.

»Bitte«, sagte Gladys schluchzend. »Ich kann nicht. Ich kann das nicht tun. Bitte.«

Max zog erneut an seiner Zigarette. »Du hast keine Wahl. Wenn du dich weigerst, schicke ich die Fotos an George Burgess. Dann verlierst du deine Stelle, und wegen der Schande findest du sicher keine neue. Dieser Job ist dein Leben, Gladys. Das hast du mir selbst gesagt. Bei mehreren Gelegenheiten. Was hast du denn sonst? Eine Familie? Einen Ehemann? Nein. Und wahrscheinlich kriegst du auch nie einen. Jedenfalls nicht, wenn ich diese Fotos veröffentliche.«

»Ich bringe mich um«, sagte Gladys mit erstickter Stimme. »Ich geh zur Tower Bridge und stürz mich runter.«

»Wer würde sich dann um deine kranke Mutter kümmern, wenn du das tust?«, fragte Max. »Wer würde ihre Arztrechnungen bezahlen? Ihr Essen? Die Miete? Wer würde sie am Sonntag im Rollstuhl durch den Park fahren? Du weißt, wie viel ihr das bedeutet. Sie freut sich die ganze Woche darauf. Glaubst du, die Pfleger im Armenhaus, wo sie landen wird, machen das? Sie könnte von Glück sagen, wenn sie ihr überhaupt was zu essen geben.«

Gladys bedeckte das Gesicht mit den Händen und stieß ein tierhaftes Stöhnen aus. Sie würgte erneut, aber es kam nichts mehr heraus.

Max legte seine Zigarette auf den Rand des Aschenbechers und verschränkte die Arme. Er wünschte, er wäre nicht in diesem verdreckten Zimmer und müsste den Gestank von Erbrochenem und Verzweiflung nicht einatmen. Er schloss kurz die Augen und ließ ein Bild des Ortes vor sich erstehen, an dem er tatsächlich sein wollte – ein Ort in freier Wildnis, von Menschen unberührt.

Dieser Ort war weiß, rein und kalt. Es war der Everest, das Dach der Welt. Und nur die Hoffnung, eines Tages dorthin zurückzukehren und sie – Willa Alden – vielleicht wiederzufinden, hielt ihn in diesem Moment davon ab, das elende Zimmer zu verlassen. Und die elende Frau. Das ganze elende, hässliche Whitechapel. Jedes Mal, wenn er hierherkam, setzte er sein Leben aufs Spiel. Das war ihm klar. Er hatte gehört, dass ihm die Cambridge-Jungs auf der Spur waren, dass es nur noch eine Frage der Zeit sei, bis sie ihn erwischten. Nun, dagegen ließ sich wenig machen, und abzuhauen, bevor der Job getan war, würde das Leben anderer Menschen gefährden. Das Leben von Millionen von Menschen. Also blieb er.

Er wartete noch eine Weile und gab Gladys ein wenig Zeit, sich zu erholen. »Machst du es?«, fragte er schließlich. »Oder soll ich die Bilder abschicken?«

»Ich mache es«, antwortete sie mit brüchiger Stimme.

»Ich wusste, dass du zur Vernunft kommen würdest«, sagte Max. Er drückte seine Zigarette aus und beugte sich vor. »Ich will Kopien von allen Briefen, die das Büro von Burgess verschickt.«

»Was? Wie soll ich das machen? Er ist doch ständig in meiner Nähe. Und andere Leute auch.«

»Durchschläge. Du machst doch von jedem Brief einen Durchschlag für seine Akten?«

Gladys nickte.

»Benutz einen zweiten Durchschlag. Für jeden Brief einen. Alle Durchschläge kommen in einen speziellen Korb und werden am Ende des Tages verbrannt, stimmt's? Das sei eine große Verschwendung und verursache immense Kosten, aber aus Sicherheitsgründen notwendig, hast du zumindest gesagt.«

»Ja.«

»Sorg dafür, dass der zweite Umschlag nicht in den Korb gelangt.«

»*Wie* denn? Ich hab dir doch gesagt, dass Leute …«

»Ich schlage vor, dass du ihn zweimal faltest und in deine Strümpfe steckst. Warte, bis du allein bist. Oder tu so, als würdest du einen Stift unterm Schreibtisch aufheben. Benutz deinen Verstand, Gladys. Jeden Abend wird deine Tasche durchsucht, du selbst aber nicht, weil Burgess dir absolut vertraut. Das hast du mir ebenfalls gesagt. Ich will auch Notizen über alle sonstigen Dokumente. Einlaufende Korrespondenz zum Beispiel. Blaupausen. Karten. Du sagst mir, worum es sich handelt und was sie enthalten. Lass nichts aus, ich warne dich. Wenn ich aus anderen Quellen über Flottenpläne oder Neuerwerbungen erfahre, gehen die Fotos in die Post. Hast du mich verstanden?«

»Ja.«

»Jeden Mittwoch trifft dich mein Mittelsmann in dem Bus, den du nach Hause nimmst. Er steigt am Tower Hill ein und setzt sich neben dich. Du sitzt auf dem Oberdeck. Er wird einen Anzug tragen und eine Arzttasche bei sich haben. Und eine Ausgabe der *Times* des jeweiligen Tages. Du ebenfalls. Im Innern der Zeitung werden die Durchschläge für mich sein. Du legst die Zeitung auf den Sitz zwischen euch. Der Mann wird deine gegen seine austauschen. Danach steigst du bei deiner üblichen Haltestelle aus. Das ist alles. Falls du dich nicht daran hältst, falls du irgendetwas nicht Vereinbartes tust, weißt du, was passiert.«

Gladys nickte. Ihr Gesicht war grau, ihre Augen waren trüb und ausdruckslos. Sie wirkte innerlich zerbrochen.

»Kann ich jetzt gehen?«, fragte sie.

»Ja«, sagte Max. »Du siehst mich heute zum letzten Mal, vorausgesetzt, du lieferst mir keinen Grund, an dir zu zweifeln.«

Er stand auf und zog einen Umschlag aus der Tasche.

»Der ist vom Kaiser. Als Anerkennung für deine Bemühungen. Er enthält hundert Pfund. Damit du die Arztrechnungen für deine Mutter bezahlen kannst.«

Gladys nahm den Umschlag, zerriss ihn in Stücke und ließ die Fetzen zu Boden fallen. Danach ging sie schwankend aus dem Zimmer hinaus und knallte die Tür hinter sich zu. Max lauschte, wie das Geräusch ihrer Schritte auf der Treppe verklang, und ein Ausdruck fast unerträglichen Schmerzes strich über sein Gesicht. Er kniete sich nieder, sammelte die Papierfetzen vom Boden auf und warf sie ins Feuer.

16

»Ist dir kalt?«, fragte Seamie, während er den Kahn vorwärtsstakte.

»Überhaupt nicht. Es ist so warm heute, dass man meinen könnte, es sei Juni statt April. Herrlich, nicht? Nach dem trübseligen, endlosen Winter«, antwortete Jennie und lächelte ihn an.

Sie trug einen Strohhut sowie ein Kleid aus taubenblauem Rips, und eine Schärpe aus elfenbeinfarbener Seide betonte ihre schmale Taille. Ihre Wangen waren gerötet, und ihre Augen strahlten. Bezaubernd, dachte Seamie, als er sie ansah. Das ist genau das richtige Wort. Genau das ist sie.

Am Abend zuvor waren sie im Zug gemeinsam mit Albie und Tante Eddie nach Cambridge gekommen und verbrachten nun ein langes Wochenende in Eddies Haus. Eddie hatte Jennie sofort ins Herz geschlossen und während der Zugfahrt auf ihre typische Art eine Menge peinlicher Bemerkungen gemacht. »Du wärst ja wohl total verrückt, wenn du sie ziehen lassen würdest, mein Junge. Am besten, du steckst ihr einen Ring an den Finger, bevor sie herausfindet, wie du wirklich bist.« Und am peinlichsten war eine Bemerkung, die Eddie mit gedämpfter Stimme vorbrachte – was hieß, dass nur etwa die Hälfte der Mitreisenden sie mitbekam: »Wenn du meinen Ratschlag hören willst, dann machst du mit diesem Mädchen nicht leichtfertig rum. Sie ist nämlich keine, die nur aufs Geld aus ist wie all die anderen.«

Als der Zug schließlich in den Bahnhof von Cambridge einfuhr, war Seamie zutiefst beschämt, aber er wusste auch, dass Eddie recht hatte. Er traf sich jetzt seit fast zwei Monaten mit Jennie. Jedes Wochenende unternahmen sie etwas – gingen im Hyde Park spazieren, besuchten ein Theater, aßen Fish'n'Chips in Blackheath oder tranken im Coburg-Hotel Tee. Jennie fragte sich zweifellos, was seine Absichten waren. Ihr Vater vermutlich ebenso. Er hätte es ihnen liebend gern gesagt, wenn er es nur gewusst hätte.

»Ich mache mir ein bisschen Sorgen wegen der Wolken dort«, sagte er jetzt. »Vielleicht war es doch eine zu verrückte Idee, schließlich fährt man nicht Kahn, bevor Hochsommer ist.«

»Verrückte Ideen sind oft die besten«, antwortete Jennie. »Ich bin sehr gern hier. Ehrlich. Ich bin gern auf einem Fluss. Als ich jünger war, hat uns mein Vater ständig zum Stechkahnfahren auf dem Cherwell mitgenommen. Mein Großvater hat meiner Mutter ein Cottage in Binsey hinterlassen. Da haben wir Ferien gemacht und sind oft nach Oxford gefahren, um im Cherwell-Bootshaus einen Kahn zu mieten. Das Cottage gehört jetzt mir. Obwohl ich es selten nutze.«

»Das musst du mir eines Tages zeigen«, sagte Seamie und lenkte den Kahn geschickt um einen abgefallenen Ast herum.

»Ich weiß nicht, ob es dir gefallen würde. Es ist sehr klein und mit lauter Zierdeckchen, Teetassen und Bildern der königlichen Familie vollgestopft.«

Seamie lachte.

»Wie lief es mit Sir Clements?«, fragte Jennie. »Du hast mir gar nichts davon erzählt.«

Seamie hatte sich am Tag zuvor mit Clements Markham getroffen, um über die angebotene Stelle zu sprechen.

»Nun, es gibt ein Büro«, antwortete er betont sachlich.

»Was ist damit? Ist es nicht schön?«

»Es ist sogar sehr schön. Groß. Geräumig. Mit einem Schreibtisch darin. Und einem Stuhl. Und Aktenschränken und Teppichen. Und durchs Fenster sieht man auf den Park. Und vor der Tür sitzt eine Sekretärin, die mir Tee und Plätzchen bringt, wann immer ich will.«

»Das hört sich ziemlich phantastisch an.«

»Es ist ziemlich phantastisch. Das ist ja das Problem.«

»Aber keine Eisberge und Pinguine«, sagte Jennie.

»Nein«, antwortete er kläglich. »Keine Eisberge und Pinguine.«

Und auch keine Sonnenaufgänge, deren unsägliche Schönheit einen in Bann schlägt, dachte er. Keine Wale, die ein paar Meter vom Schiff entfernt durch die Wasseroberfläche stoßen und dich mit kaltem Meerwasser besprühen, während du vor Ehrfurcht erschauerst.

Und des Nachts keine Gesänge und kein Whisky unter Deck, während der Wind an der Takelage zerrt und Eisschollen an den Schiffsrumpf schlagen.

An all diese Dinge dachte er, sprach sie aber nicht aus, weil er glaubte, sie könnten Jennie betrüben, und er wollte ihr keinen Kummer machen. Sie wollte, dass er hierblieb und die Stelle bei der Royal Geographical Society annahm. Sie hatte zwar nie dergleichen gesagt, ihn nie unter Druck gesetzt, aber er spürte es in ihren Berührungen. In den Küssen, die sie tauschten. Er hörte es aus ihren Worten heraus – wenn sie darüber sprach, wie gern sie im Sommer Brighton mit ihm besuchen würde oder den Lake District und dergleichen, und dann plötzlich innehielt, weil ihr klar wurde, dass er im Sommer gar nicht hier wäre, wenn er bei Shackletons Expedition anheuerte.

Jennie heuchelte Interesse für ein paar Enten, aber die unausgesprochenen Worte lasteten schwer auf ihnen. Er musste eine Wahl treffen, und von dieser Wahl hing viel ab, und das war ihnen beiden klar.

»Was hältst du von der Scheune dort drüben als Picknickplatz?«, fragte Seamie und deutete auf ein kleines, baufälliges Gebäude am Rand eines Felds. »Es sieht ein bisschen marode aus, aber ich wette, es ist trocken innen. Zumindest trockener als der nackte Boden.«

»Sieht perfekt aus, finde ich.«

Seamie steuerte den Kahn zum Ufer, sprang heraus und zog ihn an Land. Er half Jennie beim Aussteigen und griff nach dem Picknickkorb und der Decke.

Jennie ging zu dem Feld voraus, Seamie hinterher und wäre beinahe mit ihr zusammengestoßen, als sie plötzlich stehen blieb.

»O Seamie! Schneeglöckchen!«, rief sie aus. »Sieh nur!«

Sein Blick folgte der Richtung, in die sie deutete. Rechts von ihnen, am oberen Rand des Ufers, wuchsen büschelweise diese kleinen weißen Blumen.

»Ach, was für ein hübscher Anblick«, sagte Jennie. Sie ging auf die Blumen zu, achtete darauf, keine zu zertreten, und beugte sich hinunter, um eine der Blüten zu berühren. »Es war so ein schrecklicher

Winter. So kalt und lang. Und ich hab mir über so viele Dinge Sorgen gemacht. Über meinen Vater, dass er zu viel arbeitet. Über einige der Kinder – besonders über einen kleinen Jungen, dessen Vater viel zu oft nach dem Gürtel greift. Oder über eine Freundin von mir, ein reizendes Mädchen, das sich mit den falschen Leuten eingelassen hat.« Sie drehte sich zu ihm um, und er sah Tränen in ihren Augen schimmern. »Tut mir leid. Es ist albern, ich weiß, aber Schneeglöckchen bringen mich immer zum Weinen. Sie sind so winzig und zart, und dennoch brechen sie durch den kalten, harten Boden. Sie sind so mutig. Sie geben mir Hoffnung.«

Seamie sah sie an, blickte in ihr schönes Gesicht, auf die Tränen in ihren Augen, und trotzdem spielte ein Lächeln um ihre Lippen. Sie war so gut, diese Frau. So sanft und großmütig. Immer sorgte sie sich um andere, nie um sich selbst. Ein Gefühl tiefer Rührung überkam ihn. Es war nicht zu vergleichen mit dem blinden, rasenden Begehren, das er für Willa empfunden hatte, und dennoch musste es Liebe sein, dachte er. Ganz sicher sogar.

Von seinen Gefühlen übermannt, stellte er den Picknickkorb ab, kniete sich neben sie nieder und küsste sie. Ihre Lippen schmeckten süß und waren hingebungsvoll, und er hätte sie weitergeküsst, wenn es nicht inzwischen zu regnen begonnen hätte.

»Komm, schnell«, sagte er und nahm den Korb und die Decke.

Jennie hielt den Strohhut auf dem Kopf fest, sie rannten los und schafften es bis zu der Scheune, bevor sich die Himmelsschleusen ganz öffneten. Von der Scheune war außer drei Wänden nicht viel übrig, aber ein Großteil des Dachs, und das reichte aus, um sie trocken zu halten.

»Sie muss schon vor einiger Zeit aufgegeben worden sein«, sagte Jennie und breitete die Decke auf dem Boden aus. »Seamie, gib mir doch den Korb. Ich mache unser Essen zurecht und …Oh!«

Seamie scherte sich einen feuchten Dreck um das Essen, den Korb oder sonst irgendetwas. Er hatte Jennie in die Arme genommen und küsste sie. Er wollte noch einmal spüren, was er soeben gespürt hatte. Er wollte dieses Gefühl auskosten, das er für Liebe hielt.

Jennie erwiderte seine Küsse. Scheu anfangs, dann leidenschaftlicher. Schließlich sank sie auf die Decke und zog ihn mit sich hinab. »Schlaf mit mir, Seamie«, flüsterte sie.

Das hatte er nicht erwartet. »Jennie, ich ...«

»Scht«, flüsterte sie und zog ihre Jacke aus. »Ich will dich.« Sie knöpfte ihre Bluse auf und streifte sie ab. Seamie sah ihre vollen Brüste durch das Unterhemd, und bevor ihm bewusst wurde, was er tat, knöpfte er es auf und machte sich an ihren Röcken zu schaffen. Sie war schön, und er begehrte sie. Sehr sogar.

Er legte seine Jacke auf die Decke, bettete Jennie darauf und begann, sie wieder zu küssen. Seine Lippen strichen über ihren Hals, ihre Brüste, ihren Bauch hinab, und dann sah er sie – eine lange Narbe, die vom unteren Teil ihres Brustkorbs über den Bauch bis zur gegenüberliegenden Hüfte verlief.

»Mein Gott, Jennie ... was ist dir passiert?«

Er hörte, wie sie tief Luft holte. »Ein Unfall. Als Kind. Eine Kutsche hat mich überfahren.«

»Warst du im Krankenhaus?«, fragte er.

»Sechs Monate lang. An den Unfall kann ich mich nicht mehr erinnern. Ich war neun. An die Zeit der Genesung dagegen schon.«

»Du Arme«, sagte er und fuhr mit dem Finger die Narbe entlang.

»Sieh bitte nicht hin«, flehte Jennie und hielt seine Hand fest. »Sie ist so hässlich.«

Er nahm ihre Hand und küsste sie. »Nichts an dir ist hässlich, Jennie. Du bist so schön. In jeder Hinsicht. Gott, bist du schön.« Dann verlor er sich in ihrem weichen Körper. In den Tiefen ihrer wundervollen Augen. In ihrem Geschmack und Geruch. Im Klang ihrer Stimme, die seinen Namen flüsterte.

Es war fast zu schnell vorbei. Das war nicht seine Absicht gewesen, aber er konnte nicht anders. »Tut mir leid«, lächelte er verlegen. »Ich mach's wieder gut. Das schwöre ich«, fügte er hinzu und knabberte an ihrem Ohrläppchen, was sie zum Lachen brachte. »Es wird bestimmt herrlich. Einfach phantastisch. So gut, dass du es gar nicht aushalten kannst. Dass du um Gnade bettelst.«

Sie lachte erneut auf. Er mochte den Klang ihres Lachens. Es gefiel ihm zu wissen, dass er sie glücklich machte. Er biss sie leicht in die Schulter, was sie noch mehr zum Lachen brachte, dann küsste er ihren Hals, die Stelle zwischen ihren Brüsten, ihre Hüfte. Er legte die Hand zwischen ihre Beine, wollte sie auch dort küssen, bis er das Blut auf ihren Schenkeln sah.

O mein Gott, dachte er.

»Jennie ... bist du ... Du bist doch keine ...«

»Jungfrau?«, fragte sie lachend. »Jetzt nicht mehr.«

Entsetzliche Reue packte ihn. Er hatte sie so sehr begehrt, dass er keinen Moment daran gedacht hatte. Er hätte das nicht tun dürfen. Nicht mit ihr. Sie war keine der erfahrenen Frauen, mit denen er es bislang zu tun gehabt hatte. Er war ein Schuft. Ein Lump. Ein übler Dreckskerl. Sie war eine Pfarrerstochter, um Himmels willen. Voller Anstand und rechtschaffen. Natürlich war sie Jungfrau. Wie konnte er bloß so gedankenlos gewesen sein?

»Es tut mir leid, Jennie. Ich wusste das nicht, sonst hätte ich es nicht getan. Ehrlich«, sagte er und erwartete Tränen und Vorwürfe.

Aber Jennie überraschte ihn. Genauso wie damals in Holloway.

»Es tut dir leid? Warum? Mir nicht«, erklärte sie lachend. »Ich will dich schon, seit ich dich zum ersten Mal gesehen habe, Seamus Finnegan.« Und dann küsste sie ihn auf den Mund, drückte ihren Körper an ihn und wollte, dass auch er sie begehrte. Erneut.

Diesmal ließ er sich mehr Zeit und hielt sich zurück, bis er hörte, wie ihr Atem stockte, spürte, wie ihre Beine sich um ihn schlangen und ein Schauer durch ihren Körper lief. Dann kam auch er wieder, heftig und schnell, und rief ihren Namen dabei. Er war ihr verfallen. Ihrer Schönheit. Ihrem lieben Gesicht. Ihrem hinreißend schönen Körper. Sie sah aus wie die Skulptur eines alten Meisters, wie eine makellose, zum Leben erwachte Nymphe. Mit ihrem perfekt gerundeten Busen, den er jetzt mit den Händen umschloss. Der schmalen Taille. Den wohlgeformten Hüften. Der unaussprechlichen Weichheit ihrer Schenkel und dem, was dazwischen lag.

Willa hatte nicht so ausgesehen. Sich nicht so angefühlt. Sie war muskulös und sehnig. Sie hatten nie miteinander geschlafen, aber sich eng umschlungen gehalten und geküsst. Direkt vor ihrem Unfall. Er hatte die Knochen ihrer Hüften gespürt, die sich an ihn pressten. Das kräftige Pochen ihres furchtlosen Herzens. Und nach dem Unfall hatte er ihr gebrochenes Bein gerichtet. Meilenweit ihren verletzten Körper durch afrikanischen Dschungel und Savanne getragen und ihre fieberheiße Wange an der seinen gespürt. Er hatte ihr zu essen und zu trinken gegeben. Sie gehalten, wenn sie sich übergab. Das Blut und den Eiter aus ihren Wunden gewaschen. Er kannte ihren Körper. Besser als Jennies Körper. Er kannte ihre Seele. Ihren Geist. Ihr Herz.

Willa. Plötzlich fühlte er sich bedrückt. Immer Willa. Selbst jetzt, als er nackt neben Jennie lag. Würde er nie frei sein von ihr? Von den Erinnerungen? Der Sehnsucht? Der Qual? Er wünschte, er könnte sie aus seinem Kopf verscheuchen. Sie aus seinem Herzen reißen.

Bei Gott, er würde sie aus sich herausreißen. Ganz sicher sogar. Er würde sich von ihr befreien. Die Qual beenden, die ihn jedes Mal packte, wenn er an sie dachte. Gleich. Hier. Jetzt.

Er stützte sich auf den Ellbogen auf. »Ich liebe dich, Jennie«, sagte er.

Jennie, die ein wenig gedöst hatte, öffnete die Augen. »Was?«

»Ich liebe dich«, wiederholte er und hoffte, sie würde die Verzweiflung in seiner Stimme nicht hören. »Ehrlich.«

Ich liebe sie, sagte er sich. Wirklich. Weil sie schön und wunderbar ist und weil ich total verrückt wäre, wenn ich es nicht täte.

Jennie blinzelte ihn an. Sie sah aus, als wollte sie noch etwas hinzufügen, bekäme aber die Worte nicht heraus. Seamie sank das Herz. Er hatte zu viel gesagt. Oder vielleicht nicht genug.

Ja, so war es wahrscheinlich. Er hätte ihr nach seinem Geständnis einen Antrag machen müssen. Schließlich hatte er sie gerade entjungfert. Jetzt hätte er auf die Knie gehen und sie bitten müssen, ihn zu heiraten. Aber das konnte er nicht. Weil er nicht ihre haselnussbraunen Augen sah, wenn er sich vorstellte, diese Frage zu äußern, sondern Willas grüne. Immer noch. Für immer.

»Ich bin ein Narr, Jennie«, sagte er schnell. »Du brauchst mir nicht zu antworten. Ich verstehe schon. Wahrscheinlich hätte ich gar nicht davon anfangen sollen. Ich ...«

»Du bist kein Narr, Seamie«, erwiderte sie. »Ganz und gar nicht. Ich ... ich ...« Sie holte tief Luft und fügte dann hinzu: »Ich liebe dich auch. Wahnsinnig sogar.« Tränen liefen ihr über die Wangen.

Seamie wischte sie weg. »Wein bitte nicht. Ich weiß nicht, was ich tun werde, Jennie. Ich weiß nicht, ob ich in ein paar Wochen auf ein Schiff in die Antarktis steigen oder hinter einem Schreibtisch sitzen werde. Ich weiß nicht, ob ...«

Er wollte aufrichtig zu ihr sein. Er wollte ihr sagen, dass er selbst gern wüsste, ob er gehen oder bleiben sollte. Er wollte ihr sagen, dass er sie liebte, so gut er es eben konnte. Er wollte sie bitten, ja sie anflehen, ihn irgendwie dazu zu bringen, sie mehr zu lieben. Genügend jedenfalls, um Willa Alden zu vergessen. Aber er wusste nicht, wie er das sagen sollte, ohne sie zu verletzen. Er versuchte es. Er stotterte und stammelte herum, bis sie ihn schließlich unterbrach.

»Scht«, sagte sie und legte einen Finger auf seine Lippen. »Es ist alles gut, Seamie.«

»Bitte sei nicht traurig«, erwiderte er. »Ich ertrage es nicht, dich traurig zu sehen.«

Sie schüttelte den Kopf und küsste ihn. »Ich bin nicht traurig. Überhaupt nicht. Ich bin glücklich. Sehr glücklich sogar. Es ist alles, was ich will, und mehr, als ich mir je erhofft hatte.«

Ihre Worte verblüfften ihn. Wie konnte eine so schöne, gute und kluge Frau wie Jennie nur einen Moment lang glauben, die Liebe eines Mannes sei mehr, als sie sich je erhofft hatte? Jennie Wilcott hätte an jedem Finger zehn Männer haben können, und jeder wäre überglücklich gewesen, wenn sie sich für ihn entschieden hätte. Warum um alles in der Welt liebte er sie nicht so, wie er Willa geliebt hatte? Warum kam er nicht über die Frau hinweg, die ihm das Herz gebrochen hatte? Was stimmte nicht mit ihm?

Diese Fragen quälten Seamie. Er wollte aufstehen, sich anziehen und durch den Regen laufen. Er wollte so lange laufen, bis sein Ärger über sich selbst und seine Verzweiflung verflogen waren. Bis er die Antwort wusste.

Aber Jennie ließ ihn nicht fort. Sie küsste ihn sanft und zog ihn abermals zu sich hinunter.

»Es ist alles gut«, sagte sie wieder.

Und in ihren Armen, für ein paar wunderbare Stunden, war es das auch.

17

»Ah! Da ist sie ja! Meine grünäugige Häretikerin!«

Willa lächelte. Sie stand auf und verbeugte sich vor dem Mann, der gerade in die einzige Gaststube von Rongbuk getreten war – eine Ecke im Yakstall eines geschäftstüchtigen Dorfbewohners.

»*Namaste, Rinpoche*«, begrüßte sie ihn zuerst, wie es die Tradition erforderte, weil er der Ältere und ein Lama war. Sie sprach ihn auch nicht mit seinem Namen, sondern mit dem Ehrentitel *Rinpoche*, »Kostbarer«, an.

»*Namaste*, Willa Alden«, antwortete der Lama. »Ich hätte wissen sollen, dass ich dich bei Jingpa finden würde. Habe ich dir nicht schon oft gesagt, dass Alkohol den Weg zur Erleuchtung verdunkelt?« In den Worten lag Tadel, aber sein Blick war freundlich.

Willa hob die Bambustasse in ihrer Hand. Sie war mit Chang gefüllt, einem bierartigen Getränk, das aus Gerste hergestellt wurde. »Ah, *Rinpoche*, ich habe mich geirrt!«, erwiderte sie. »Ich dachte, Jingpas Chang sei der Weg zur Erleuchtung.«

Der Lama lachte. Er zog einen niedrigen Schemel an Willas Tisch – ein Brett, das nahe am Feuer über zwei Teekisten gelegt war. Dann legte er seine Schaffellmütze und Handschuhe ab und knöpfte seinen Mantel auf. Die Nacht war eisig kalt, und draußen heulte der Wind, aber in Jingpas steinernem Stall war es trotzdem behaglich warm.

»Möchten Sie einen Schluck von einem heißen Getränk, *Rinpoche*?«, fragte Willa. »Die Nacht ist kalt, und der Körper verlangt nach Wärme.«

»Mein Körper verlangt wenig, Willa Alden. Ich habe meine Wünsche bezwungen, denn Wünsche sind der Feind der Erleuchtung.«

Willa unterdrückte ein Lächeln. Es war ein Spiel, das sie und dieser listige alte Mann spielten. Er war der spirituelle Führer des Dorfes, der Leiter des buddhistischen Klosters von Rongbuk, und durfte nicht gesehen werden, wie er sich in einem Gasthaus vergnügte. Morgen würde Jingpa, ein Tratschmaul, dem ganzen Dorf vom Besuch des Lama erzählen. Wenn er blieb, um mit ihr zu trinken, dann durfte dies nur ihretwegen geschehen.

»Ah, *Rinpoche*, haben Sie Mitleid mit mir. Ich bin nicht so glücklich wie Sie. Die Erleuchtung entzieht sich mir. Meine Begierden kontrollieren mich. Auch jetzt, denn ich wünsche mir nichts mehr als die Freude Ihrer geschätzten Gesellschaft. Wollen Sie einer armen Häretikerin den Trost Ihrer Weisheit verweigern?«

»Da du mich darum bittest, werde ich eine kleine Tasse Tee nehmen«, antwortete der Lama.

»Jingpa! *Po cha*, bitte«, rief Willa.

Jingpa nickte und begann, die Zutaten für das stärkende Getränk zusammenzurühren – schwarzen Tee, Salz, Yakmilch und Butter. Als er fertig war, goss er die dampfende Mischung in eine Bambustasse und brachte sie an den Tisch. Der Lama nahm sie entgegen, trank einen Schluck und lächelte. Jingpa verbeugte sich.

»Was führt Sie her, *Rinpoche*?«, fragte Willa.

»Eine Gruppe von Männern, Händler aus Nepal, ist gerade auf dem Weg nach Lhasa über den Pass gekommen. Sie bleiben über Nacht im Dorf. Unter ihnen ist einer – ein westlicher Ausländer –, der nach dir gefragt hat«, antwortete der Lama.

Willa spürte, wie ihr Herz einen Sprung machte. Einen kurzen, wahnsinnigen Moment lang hoffte sie, er sei es – Seamus Finnegan –, der es auf der Suche nach ihr irgendwie hierhergeschafft hatte. Dann schalt sie sich innerlich für ihre Dummheit. Seamie wollte nichts mehr mit ihr zu tun haben. Warum auch? Sie hatte ihn verlassen, ihm gesagt, er müsse sein Leben ohne sie weiterführen.

»Sein Name ist Villiers. Ein Franzose, glaube ich«, fuhr der Lama fort. »Ein Häretiker wie du. Entschlossen zu bezwingen, was nicht bezwungen werden kann, unseren heiligen Berg. Er will dich als Führerin anheuern. Soll ich ihm sagen, wo er dich finden kann? Und deine Seele gefährden. Oder soll ich ihm sagen, dass es keine solche Person in Rongbuk gibt, und dich damit Buddha näherbringen?«

»Ich danke Ihnen für Ihre Sorge, *Rinpoche*, und obwohl sich meine Seele nach Transzendenz sehnt, sehnt sich mein Körper nach Sampa, Po cha und einem warmen Feuer in der Nacht. Ich brauche das Geld, das ich als Führerin verdiene, um mir all dies zu kaufen, also werde ich Ihren Franzosen jetzt gleich treffen – und den Buddha noch nicht so schnell, aber bald.«

»Bald. Immer nur bald. Nie jetzt«, seufzte der Lama. »Ganz wie du willst, Willa Alden.«

Der Lama trank schnell seinen Tee aus und schickte sich an, zum Kloster zurückzukehren.

»Würden Sie dem Mann sagen, dass er zu meiner Hütte kommen soll, *Rinpoche*?«, fragte Willa, als er seine Handschuhe anzog.

Der Lama versprach es. Willa dankte ihm und bat Jingpa, den Tonkrug mit heißem Chang zu füllen und mit einem Teller zuzudecken. Sie wusste, der Franzose würde ihn brauchen nach dem Treck über den Pass. Sie zog ihren Mantel an, bezahlte Jingpa und nahm den Krug mit. Auf dem Heimweg durchs Dorf drückte sie ihn an sich, damit er nicht kalt wurde.

Als sie am Kloster vorbeikam, roch sie den intensiven Duft des Räucherwerks, der unter der Tür und durch die Ritzen der Fensterläden nach draußen drang. Im geisterhaften Heulen des Winds konnte sie das Singen der Mönche hören, deren kräftige Stimmen durch die Klostermauern klangen. Sie liebte diese Gesänge und war tief bewegt von ihnen. Sie klangen älter als die Zeit, als würde der Berg selbst singen.

Willa blieb einen Moment stehen und lauschte. Sie war schon oft im Innern des Tempels gewesen und wusste, dass die Mönche mit geschlossenen Augen und nach oben gekehrten Handflächen zu Buddhas Füßen saßen. Und dass der Buddha auf sie hinabblickte und sein Gesicht vor Güte und Heiterkeit strahlte.

Jetzt fielen ihr die Worte des Lama wieder ein und wie sehr er sich wünschte, dass sie den buddhistischen Weg einschlüge. Sich von ihren Begierden löste und sie überwand.

Er meinte es gut mit ihr, aber was er verlangte, war ungefähr so, als bäte er sie, den Drang zu atmen aufzugeben. Das konnte sie einfach nicht. Denn genau das, ihre Begierden, ihr Tatendrang, hielten sie am Leben. Deshalb stand sie am Morgen bei zwanzig Grad unter null auf. Deshalb trieb sie sich zur Arbeit an, zum Fotografieren und zur Suche nach einer Route auf den Gipfel, obwohl sie durch den Verlust ihres Beins behindert war. Nur deshalb blieb sie Jahr um Jahr hier, obwohl sie einsam war und sich oft nach ihrer Familie sehnte. Den Everest nicht bezwingen zu wollen, nicht so viel wie möglich über diesen majestätischen Berg herausfinden zu wollen war einfach unvorstellbar für sie. All das aufzugeben wäre ihr Tod gewesen.

Der Lama nannte sie und all jene, die nach Rongbuk kamen, um den Everest zu besteigen, Häretiker. Der Berg sei heilig, sagte er, und dürfe von Menschen nicht betreten werden. Doch er war freundlich, und obwohl er Willa und die anderen Ausländer zu bekehren versuchte, erlaubte er ihnen trotzdem, im Dorf zu bleiben. Er kümmerte sich darum, dass sie versorgt wurden und dass man für ihre Bekehrung zu Buddha betete.

Willa war davon überzeugt, dass der Lama schon viele Gebetsketten abgenutzt hatte, um für sie zu beten, und daran würde sich auch in Zukunft vermutlich nichts ändern. Sie setzte den Weg zu ihrer Hütte fort und empfand ziemlichen Widerwillen, den Fremden zu treffen, der dort auf sie wartete. Doch sie brauchte das Geld – für Nahrung und Ausrüstung, wie sie dem Lama gesagt hatte, aber auch für Opium. Ihr Bein plagte sie schrecklich. Ihr Opiumvorrat ging zur Neige, und sie musste sich Nachschub besorgen von den Händlern, die in Rongbuk eingetroffen waren, falls sie überhaupt welches dabeihatten.

Willa brauchte zwar immer Geld, doch im Moment sehnte sie sich mehr nach Einsamkeit als nach zahlungswilligen Besuchern. Denn sie stellte gerade die Fotos und Karten der von ihr gefundenen Route auf den Everest fertig, und diese Route musste geheim bleiben. Sie wollte nicht, dass jemand – und ganz bestimmt nicht dieser Villiers – nach Europa zurückfuhr und ihre Entdeckung als seine eigene ausgab.

Hoffentlich würde er ihr nicht zu viele Umstände machen. Wahrscheinlich war er wochenlang unterwegs gewesen und brauchte erst einmal ein paar Tage Rast, um sich von den Anstrengungen zu erholen. Das würde ihr genügend Zeit lassen, um ihre Klettertouren zu machen, ihre Aufzeichnungen abzuschließen und ihre Erkenntnisse niederzuschreiben. Dann müsste sie die Papiere an Clements Markham schicken, was bedeutete, sie der ersten Händlergruppe mitzugeben, die nach Indien zog und den Umschlag beim britischen Postamt in Darjeeling aufgab.

Als Willa sich ihrer kleinen Hütte am Ostrand des Dorfes näherte, sah sie den Fremden an ihrer Tür stehen. Er stampfte mit den Füßen auf und klatschte in die Hände, um sich warm zu halten. Als sie näher kam, bemerkte sie, wie ausgemergelt er war und wie sehr er zitterte. Seine Lippen waren aufgedunsen und blau. Um Nase und Kinn waren weiße Flecken.

»Miss Alden?«, rief er.

»Mr Villiers, nehme ich an«, antwortete sie.

»Ja. M-Maurice Villiers. Aus Frankreich. Ich ... ich bin Bergsteiger, Miss Alden, und h-habe gehört, dass Sie mit der Nordflanke des Everest vertraut sind. Ich s-suche einen Führer und wollte wissen, ob Sie ...«

Willa lachte. Der Mann zitterte so stark, dass er kaum ein Wort herausbekam. »Sagen Sie nichts mehr, und kommen Sie rein«, erwiderte sie. »Bevor Sie tot umfallen.«

Sie öffnete die Tür und schob ihn kopfschüttelnd in die Hütte. Sie sah die Europäer inzwischen mit tibetischen Augen. Dieser Mann würde noch auf Formalitäten und Höflichkeitsfloskeln bestehen, auch wenn er schon halb erfroren war.

»Setzen Sie sich. Dorthin.« Sie deutete auf einen Stuhl beim Herd. Er gehorchte, legte aber zuerst sein Gepäck ab, während sich Willa um den Ofen kümmerte. Sie zündete das vorbereitete Feuer und dann die Lampe an. Dann nahm sie ihrem Gast die Mütze ab und inspizierte seine Ohren, seine Wangen und sein Kinn. Als Nächstes zog sie ihm die Handschuhe aus und untersuchte seine blauen, geschwollenen Hände.

»Sieht schlimmer aus, als es ist. Sie werden keine Finger verlieren«, sagte sie und schenkte ihm eine Tasse von Jingpas noch dampfendem Tee ein. Er nahm sie dankbar entgegen, trank sie schnell aus und bat um mehr.

»Gleich«, sagte Willa. »Zuerst wollen wir Ihre Zehen anschauen.«

Die Wärme hatte seine gefrorenen Schuhbänder aufgetaut. Sie schnürte sie auf und zog ihm die Stiefel aus. Er protestierte nicht. Weder als seine Stiefel ausgezogen wurden noch als sich seine Socken nicht abstreifen ließen, weil sie an den geschwollenen, schwarz verfärbten Zehen festgefroren waren. Sie wartete, bis auch die Socken aufgetaut waren, und rollte sie dann vorsichtig herunter.

»Wie schlimm ist es?«, fragte er, ohne hinzusehen.

»Ich weiß nicht. Das müssen wir abwarten.«

»Werde ich meine Zehen verlieren?«

»Einen oder zwei.«

Er fluchte und bekam einen Wutanfall. Willa wartete, bis er sich wieder beruhigt hatte, dann gab sie ihm eine Schale Sampa. Er zitterte immer noch krampfartig, auch nachdem er gegessen hatte, was ihr große Sorgen machte. Schnell zog sie ihm den Mantel und die Kleider aus. Seine Unterwäsche war klatschnass. Sie nahm eine Schere und schnitt die Beine seiner Unterhose ab, um sie langsam über seine Füße zu ziehen. Er wollte dies nicht zulassen, aber sie zwang ihn.

»Sie ist nass«, sagte sie. »Sie können sich nicht in nasser Unterwäsche in mein Bett legen. Hier, ziehen Sie die an. Ich sehe nicht hin«, fügte sie hinzu, reichte ihm eine Tunika und eine Pluderhose und drehte sich um. Nachdem er sich umgezogen hatte, wickelte sie ihn in einen Wollmantel und half ihm, zum Bett zu humpeln, auf dem Schaffelle und Pelze aufgetürmt lagen.

»Legen Sie sich hin, und drehen Sie sich auf die Seite«, sagte sie. Das tat er. Dann legte sie sich dazu, drückte sich an ihn und schlang die Arme um ihn.

Plötzlich drehte er sich um, küsste sie heftig und griff an ihre Brust.

Sie schlug seine Hand weg. »Wenn Sie das noch einmal machen, ziehe ich Ihnen mit dem Schürhaken eins drüber.«

»Aber ... aber Sie haben mich berührt ... mich umarmt ...«, erwiderte Maurice.

»Sie sind stark unterkühlt, Sie verdammter Narr. Ich versuche, Ihnen das Leben zu retten. Jetzt drehen Sie sich um. Außer Sie möchten in Rongbuk beerdigt werden.«

Maurice Villiers tat, wie ihm befohlen wurde, Willa legte wieder die Arme um ihn, hielt ihn fest und wärmte ihn. Die schweren Decken ließen die Wärme nicht entweichen. Nach einer Stunde etwa ließ sein Zittern nach. Kurz darauf schlief er ein. Als Willa seinen tiefen und regelmäßigen Atem hörte, stand sie auf und kümmerte sich erneut um das Feuer. Sie hoffte, er würde bis zum Morgen durchschlafen. Das brauchte er. Der Schmerz in seinen auftauenden Füßen würde ihn irgendwann wecken, und dann würde sie ihm etwas Opium geben.

Sie selbst war ebenfalls hundemüde. Schnell räumte sie auf, hängte die nassen Kleider ihres Besuchers auf und machte seine Stiefel weit auf, damit sie besser trockneten. Gerade als sie die Lampe löschen und selbst zu Bett gehen wollte, drehte sich Maurice Villiers um.

»Die Briefe«, sagte er matt. »Ich hab sie vergessen ...«

»Schlafen Sie, Mr Villiers«, antwortete Willa, ohne ihn anzusehen, weil er vermutlich im Schlaf redete.

»Briefe ... in meinem Gepäck.«

Willa drehte sich um. »Was für Briefe?«

»Für Sie. In meinem Gepäck«, sagte er blinzelnd. »Der Postbeamte in Darjeeling hat sie mir mitgegeben. Ich sagte ihm, dass ich hierherreisen würde.« Dann drehte er sich wieder auf die andere Seite und schlief weiter.

Willa öffnete die Schnalle seines Rucksacks und durchwühlte den Inhalt. Ganz unten, mit Bindfaden verschnürt, fand sie ein dickes Paket Briefe. Sie zog das Bündel heraus und sah schnell die Umschläge durch. Die meisten trugen die Handschrift ihrer Mutter. Einige die ihres Bruders. Es waren so viele – zu viele. Die Post war auf Händler und Reisende angewiesen und kam oft verspätet aus Darjeeling an, aber selbst dies eingerechnet, waren es trotzdem zu viele Briefe. Plötzlich überkam sie Angst. Irgendetwas stimmte nicht. Was immer diese Briefe auch enthalten mochten, es war nichts Gutes.

Willa zog den obersten Brief heraus. Mit zitternden Händen riss sie ihn auf und begann zu lesen.

18

»Maud?«, wiederholte der Premierminister.

»Hm?«

»Sie sind dran.«

»Womit, mein Lieber?«

»Auszuspielen! Gütiger Himmel, wo haben Sie bloß Ihren Kopf?«, fragte Asquith gereizt.

»Schon gut, Henry. Schon gut.« Schnell warf sie einen Blick auf ihre Karten. »Ich biete nicht.«

Jetzt war Margot, die Frau von Asquith, an der Reihe, die ein übertrieben hohes Gebot machte, dann Max.

Asquith hätte nicht fragen sollen, wo ich meinen Kopf habe, dachte Maud. Denn ihre Gedanken schweiften immer wieder zu Max ab. Zu seinem Zimmer im Coburg-Hotel. Er hatte ihr die Augen mit einer Seidenkrawatte verbunden und ihre Handgelenke ans Kopfende gefesselt.

»Wir verpassen den Zug«, hatte sie zu protestieren versucht.

»Mir egal«, hatte er nur geantwortet.

»Max, er ist der Premierminister.«

»Na und?«

Er hatte sie auf den Mund geküsst, sich dann langsam über ihren Körper nach unten vorgearbeitet, sie sanft ins Ohrläppchen, den Hals, in den Busen und die Hüfte gebissen. Ihre Beine gespreizt und sie liebkost.

»Warte, Max«, hatte sie heiser geflüstert. »Warte.«

»Nein, jetzt nicht.«

Sie hatte gestöhnt und sich aufgebäumt, in der Hoffnung, sie könnte die Hände befreien und ihn an sich, ihn in sich hineinziehen. »Mistkerl!«, zischte sie, aber er lachte nur und knabberte an ihren Zehen. An ihrem Bauch. Ihrer Schulter.

So machte er weiter, erregte sie mit Lippen und Zunge, bis sie fast wahnsinnig war vor Lust. Und dann war er plötzlich in ihr, und ihre Erleichterung, als sie schließlich kam, war so heftig und ungestüm, dass es ihr Angst machte. Sie hatte geschrien, erinnerte sie sich. Tatsächlich laut aufgeschrien. Ein Wunder, dass der Hotelmanager nicht kam und an die Tür klopfte. Oder die Polizei. Nie hatte ein Mann ihr solche Lust bereitet. Sie war süchtig nach Max von Brandt. Ihr Körper verlangte nach ihm wie nach einer Droge. Sie konnte an nichts anderes mehr denken als an ihn.

Danach hatten sie Champagner getrunken, sich noch einmal geliebt und den verdammten Zug verpasst. Also mussten sie mit dem Automobil von Max zum Landsitz der Familie Asquith nach Sutton Courtenay in Oxfordshire fahren, wohin der Premierminister sie übers Wochenende eingeladen hatte. Max war gefahren wie der Teufel, und sie kamen nur eine halbe Stunde zu spät.

Maud kannte Asquith gut. Sie war mit dessen Frau Margot und seiner erwachsenen Tochter Violet befreundet. Violet hatte ihre Mutter verloren, als sie und ihr Bruder noch klein waren, und Asquith hatte später Margot geheiratet, eine der schönen und temperamentvollen Tennant-Schwestern.

Nach ihrer Ankunft hatten sie mit Margot, Violet und anderen Gästen eine Tasse Tee getrunken, sich dann gebadet und zum Dinner umgezogen. Nach dem Dinner schlug Asquith eine Partie Bridge vor. Maud und Max waren dem Premier und seiner Frau zugeteilt worden. Die restlichen Gäste spielten an anderen Tischen. Maud war eine ehrgeizige Spielerin und hatte gewöhnlich Spaß an den Karten, aber die Erinnerung an den Nachmittag hatte sie so erregt und außer Fassung gebracht, dass sie kaum ihr Blatt richtig halten konnte.

»Sie sind *wieder* an der Reihe, Maud«, sagte Asquith mit einem Anflug von Ärger in der Stimme. »Was lenkt Sie denn so ab? Für gewöhnlich geben Sie Ihren Gegnern am Bridgetisch doch keine Chance.«

»Millicent Fawcett«, sagte Maud unvermittelt.

Nichts lag ihr im Moment ferner als Millicent und die Frauenrechtlerinnen, aber ihr fiel auf die Schnelle nichts Besseres ein. Sie konnte dem Premierminister wohl kaum erzählen, woran sie gerade wirklich dachte.

»Angeblich will sie zur Labour-Partei wechseln. Und deren Kandidaten unterstützen. Sie hat den Eindruck, die Labour-Partei zeigt mehr Sympathie für die Sache des Frauenwahlrechts«, erklärte Maud. »Sie sollten Sie nicht ignorieren, Henry. Sie hat uns vielleicht noch nicht das Wahlrecht verschafft – ich betone, *noch nicht* –, aber sie hat Einfluss.«

»Wollen Sie mich ablenken, meine Beste? Wenn ja, wäre das höchst unsportlich und funktioniert außerdem nicht.«

»Beim Bridge und im Krieg ist alles erlaubt«, erwiderte Maud. »Aber im Ernst, Sie wären gut beraten, Millicent nicht zu unterschätzen. Sie ist überhaupt nicht so, wie es den Anschein hat. Sie ist höflich und zurückhaltend, aber gleichzeitig auch resolut, zäh und rücksichtslos.«

Asquith hob den Blick von den Karten. »Ich würde sagen, dass nichts und niemand so ist, wie es äußerlich scheint«, antwortete er, und Maud bemerkte, dass er nicht sie, sondern ihren Partner dabei ansah und dass seine Miene sehr finster geworden war. »Würden Sie mir da nicht zustimmen, Mr von Brandt?«

»Doch, das würde ich«, antwortete Max und hielt dem Blick von Asquith stand.

Einen Moment lang hatte Maud das beunruhigende Gefühl, dass die beiden Männer nicht mehr von Bridge, sondern von etwas ganz anderem redeten. Dann begann Margot, im Plauderton Fragen zu stellen, und das seltsame Gefühl verschwand so schnell, wie es gekommen war.

»Maud erzählte mir, Sie seien am Everest gewesen, Mr von Brandt«, meinte Margot.

»Ja, das stimmt. Ich habe den größten Teil des vergangenen Jahres in Nepal und Tibet verbracht«, antwortete Max.

Margot wollte gerade weiterreden, als die Salontür aufging.

»Entschuldigen Sie, Sir …« Es war der Sekretär von Asquith.

»Was gibt's denn?«

»Ein Anruf, Sir. Aus Cambridge.«

Asquith schwieg einen Moment, dann drehte er sich um. »Cambridge, sagen Sie?«

»Ja, Sir.«

Der Premierminister nickte. Er wandte sich zum Tisch zurück und sah Max an, und Maud bemerkte erneut, wie sich der Ausdruck seiner Augen verhärtete.

»Ich glaube, Sie sind dran, Mr von Brandt. Ich frage mich … wie Sie Ihre Karten diesmal ausspielen? Mit mehr Risiko vielleicht?«

Max schüttelte den Kopf und lächelte verkniffen. »Bei so vielen erfahrenen Spielern am Tisch werde ich wohl vorsichtig bleiben.«

Asquith nickte und erhob sich.

»Nehmen Sie den Anruf in Ihrem Arbeitszimmer entgegen, Sir?«, fragte der Sekretär.

»Das muss ich ja wohl, um allen mein langweiliges Gerede zu ersparen«, antwortete Asquith und legte seine Karten mit der Blattseite nach unten auf den Tisch. »Wenn das verdammte Arbeitszimmer bloß nicht so weit weg wäre, aber ich bin gleich wieder da.« Dabei drohte er Maud mit dem Finger. »Nicht spicken, meine Liebe. Margot, achte darauf, dass sie es nicht tut.«

Maud hatte das Gefühl, als wäre Asquith plötzlich wieder eingefallen, dass er Gäste hatte, die er freundlich behandeln sollte. Sie fand seine Stimmung merkwürdig und schwer zu verstehen, schrieb aber alles der Last seines Amtes und dem Ärger darüber zu, dass er zu jeder Tages- und Nachtzeit erreichbar sein musste.

»Ist das Arbeitszimmer tatsächlich so weit entfernt?«, fragte Max.

»Nein, es ist gleich oben. Direkt über uns. Henry ist nur verärgert«, erklärte Margot.

Max nickte und stand auf. »Möchte jemand noch einen Drink?«, fragte er.

»Ich, mein Lieber«, antwortete Maud. »Vom Bordeaux, bitte.«

Max nahm ihr Glas. Er lächelte sie verführerisch an, und Maud fragte sich, mit welcher Ausrede sie sich wohl von dem Kartenspiel verabschieden könnte. Sie hatte keine Lust, hier im Salon zu sitzen und sich auf Farben, Trümpfe und Finten zu konzentrieren. Sie wollte lieber mit Max allein zusammen sein.

Margot war das Lächeln von Max nicht entgangen. Während der die Getränke holte, warf sie Maud einen schelmischen Blick zu. »Geht's nur mir so? Oder ist es wirklich zu warm hier drinnen?«, murmelte sie und fächelte sich mit ihren Karten Luft zu. Maud schlug nach ihr.

Währenddessen bemerkte keine der beiden Frauen, wie Max zur Decke hinaufblickte. Sein Lächeln war verschwunden, und auf seinem Gesicht lag ein Ausdruck grimmiger Entschlossenheit.

19

»Du willst Schluss machen. So ist es doch, oder?«, fragte Seamie mit gequältem Gesichtsausdruck. »Hast du mir deswegen geschrieben?« Er saß auf dem blauen, mit Seidenstoff bezogenen Sofa im Wohnzimmer der Wilcotts.

Jennie, die auf und ab gegangen war, blieb stehen und sah ihn an. »Nein!«, erwiderte sie schnell. »So ist es ganz und gar nicht, Seamie. Lass mich doch bitte ausreden!«

»Also, was ist es dann? Du hast mich doch nicht so dringend herbestellt, um eine Tasse Tee mit mir zu trinken.«

»Ja, das ist richtig.« Jennie öffnete die Wohnzimmertür und blickte in den Gang hinaus, um sicherzugehen, dass ihr Vater nicht in der Nähe war, dann schloss sie sie wieder. Seamie hatte recht – etwas war nicht in Ordnung. Sie hatte ihm am vergangenen Abend an die Adresse seiner Schwester geschrieben und ihn gebeten, am nächsten Morgen herzukommen, weil sie ihm etwas sagen müsse, etwas ganz Dringendes. Was ihr schon seit Tagen Sorgen machte. Seit sie Harriet Hatcher aufgesucht hatte. Jetzt war er hier, und sie musste es ihm sagen. Sie konnte es nicht länger für sich behalten.

»Seamie«, begann sie leise. »Ich bin schwanger.«

Seamie riss die Augen auf. »Schwanger? Du meinst, du bekommst ein Baby?«

»Ja. Das bedeutet schwanger sein – dass man ein Kind bekommt.«

Seamie war ganz blass geworden und stand langsam auf.

Jennie blickte auf ihre gefalteten Hände hinab. »Ich weiß, das ist ein Schock für dich. Und ich weiß, dass du Pläne hast, die nichts mit mir zu tun haben. Deshalb habe ich mich in Heimen für ledige Mütter umgesehen. In Einrichtungen, wo ich hingehen könnte, um das Kind zu bekommen. Wo es Leute gibt, die ein gutes Zuhause für das Kind finden würden ...«

»Niemals«, unterbrach Seamie sie barsch. »Sprich nicht von so etwas, Jennie. Denk noch nicht mal daran.« Er trat zu ihr hin, nahm ihre Hand und ging auf die Knie. »Heirate mich, Jennie«, sagte er.

Jennie schwieg. Sie sah ihn mit großen Augen prüfend an.

»Heirate mich«, wiederholte er. »Ich möchte mit dir leben. Ich will dieses Kind und noch mehr Kinder. Einen ganzen Haufen Kinder. Drei oder vier. Sechs. Zehn. Ich will, dass du meine Frau wirst.«

»Aber Seamie«, erwiderte sie sanft, »was ist mit Shackleton und seiner Expedition?«

»Shackleton muss eben ohne mich zur Antarktis reisen. Mein Platz ist jetzt hier. Bei dir und unserem Kind. Heirate mich, Jennie. Sag Ja.«

Jennie schüttelte den Kopf und sagte mit ängstlicher Stimme: »Seamie, ich ... ich muss dir sagen ...«

»Was? Was musst du mir sagen? Willst du mich nicht? Gibt es einen anderen?«, fragte er gekränkt und überrascht zugleich.

»*Einen anderen*?«, fragte sie verletzt. »Nein. Wie kannst du so etwas fragen? Es gibt nur dich, Seamie. Und ja ... ich will dich. Sehr sogar. Das wollte ich dir sagen. Nur das.« Sie holte tief Luft und fügte dann hinzu: »Ja, Seamie, ich will dich heiraten. O ja.« Dann brach sie in Tränen aus.

Seamie führte sie zum Sofa hinüber, zog sie auf seinen Schoß und küsste sie. »Ich bin so glücklich, Jennie. Wirklich. Es ist genau, was ich will – wir beide und unsere Kinder. Ich liebe dich, Jennie. Ehrlich. Das habe ich dir in Cambridge gesagt, und daran hat sich nichts geändert.«

Jennie stieß einen langen Seufzer aus, der sich anhörte, als habe sie ihn tagelang zurückgehalten. »Dann bist du nicht böse?«, fragte sie.

»Böse? Ich bin begeistert. Warum? Du etwa?«

»Nun, nein, nicht wirklich. Aber verstehst du ... ich bin erst am Anfang der Schwangerschaft. Das hat Harriet – Dr. Hatcher – gesagt. Im Moment ist alles noch gut. Aber in ein paar Monaten wird es das nicht mehr sein.«

Seamie grinste sie schelmisch an. »Du machst dir Sorgen, mit einem dicken Bauch durch den Mittelgang der Kirche zu schreiten, und jeder könnte sehen, dass wir lange vor der Hochzeitsnacht miteinander geschlafen haben?«

»Ja«, gab Jennie zu und wurde rot.

»Du brauchst dir keine Sorgen zu machen.«

»Nein?«

»Nein. Wenn irgendjemand was sagt, gebe ich einfach zu, dass wir tatsächlich miteinander geschlafen haben …«

»Seamie!«

»… in einer alten Scheune am Cam-Fluss.« Er küsste sie auf den Mund. »Ich erzähle ihm, wie du mich während eines Gewitters dort reingelockt hast und dann über mich hergefallen bist«, fuhr er fort und knöpfte ihre Bluse auf. »Ich sage ihm, dass ich vollkommen hilflos gewesen sei und …«, er lugte in ihre Bluse, »… und mein Gott, wenn die Leute die sehen könnten, würden sie mir auch glauben.«

»Um Himmels willen!«, rief Jennie und schloss ihre Bluse schnell wieder.

»Sie werden größer, nicht? Durch die Schwangerschaft, meine ich. Das hab ich gehört. Hoffentlich. Von Gutem kann ich nie genug kriegen.«

»Seamie, mach keine Scherze!«

»Warum nicht?«, fragte er. »Was ist los?«

»Was los ist? Hast du mir nicht zugehört? Ich kann doch nicht mit einem dicken Bauch durch die Kirche gehen!«

»Ich habe durchaus zugehört. Und jedes Wort verstanden. Lass uns heiraten. Gleich morgen.«

»*Morgen?*«

»Ja, morgen. Wir können einen Zug nach Schottland nehmen. Nach Gretna Green. Die Nacht dort verbringen und in der Frühe heiraten.«

Jennie wusste, dass sie erleichtert, sogar dankbar sein sollte für so eine schnelle Lösung, trotzdem fing sie wieder zu weinen an.

»Jennie … Liebste, was ist denn?«

»Ich kann nicht nach Gretna Green fahren, Seamie. Ich kann nicht ohne meinen Vater heiraten.«

»Na schön, dann heiraten wir eben hier. Diesen Sonntag geben wir das Aufgebot auf, ja? Wie lange muss das vor der Trauung aushängen?«

»Drei Wochen.«

»Dann feiern wir am Sonntag in drei Wochen Hochzeit. Dein Vater kann sich die Ehre geben, und meine Schwester will sicher auch etwas beitragen – ein Frühstück oder ein Mittagessen.« Seamie war plötzlich ganz aufgeregt, und es sprudelte nur so aus ihm heraus. »Ich gehe gleich nachher zu einem Makler und suche eine hübsche Wohnung für uns. In der Nähe vom Hyde Park. Und dann gehe ich in einen Möbelladen und kauf uns ein Bett. Mit einer großen, weichen Matratze. Damit ich dich gleich nach der Hochzeit reinwerfen und mit dir schlafen kann.«

Während er redete, knöpfte er ihre Bluse auf, zog ihr Mieder auf und umschloss ihre Brüste mit den Händen. Dann küsste er sie, auf den Hals, den Mund und die Mulde hinter ihrem Ohr. Jennie gab sich seinen Berührungen und Küssen hin. Sie begehrte ihn auch. Sehr sogar. Sie konnte es gar nicht erwarten, bis sie verheiratet und im eigenen Heim, im eigenen Bett waren. Sie wollte, dass er im Dunkeln nach ihr griff, ihren Namen flüsterte, und sicher sein, dass er ihr gehörte.

Seamie hielt plötzlich inne. »O nein, verdammter Mist.«

»Was ist?«, fragte Jennie und zog ihr Mieder zusammen.

»Mir ist gerade eingefallen, dass ich deinem Vater sagen muss, dass du schwanger bist. Nachdem ich ihm versprochen habe, in Cambridge gut auf dich aufzupassen.«

»Mach dir keine Sorgen …«, begann Jennie und knöpfte ihre Bluse abermals zu.

»Ich soll mir keine Sorgen machen? Das tue ich aber. Ich hab Todesangst!«, gestand er. »Eisberge, Leopardenrobben, Schneestürme – nichts dergleichen hat mir je Angst eingejagt. Aber Reverend Wilcott zu gestehen, dass ich seine Tochter in Schwierigkeiten gebracht habe – davor hab ich einen Heidenbammel.«

»Wir wollen es ihm noch nicht sagen. Noch nicht sofort«, wandte Jennie ein und biss sich auf die Lippe.

»Doch, das müssen wir aber. *Ich* muss es. Das gehört sich so.« Er stand auf, Jennie ebenfalls. Sie strich sich Röcke und Haare glatt. »Nein, du bleibst hier«, sagte er zu ihr. »Das ist eine Unterredung zwischen deinem Vater und mir. Ich komme wieder. Bleib hier.«

Jennie lächelte ihn an, als er den Raum verließ, aber sobald sich die Tür hinter ihm geschlossen hatte, verdüsterte sich ihre Miene. Sie ließ den Kopf sinken. Trotz ihres Glücks war sie krank vor Sorge. Diese Schwangerschaft war mehr, als sie sich erhoffen durfte. Tatsächlich war es fast ein Wunder, aber Seamie hatte keine Ahnung. Weil sie ihm nicht die ganze Wahrheit gesagt hatte. Weder über die Narbe auf ihrem Körper noch über den Unfall, der sie verursacht hatte.

Sie hatte mit ihren Freundinnen gespielt. Ihr Ball fiel auf die Straße, und sie lief ihm nach. Sie sah die Kutsche nicht kommen und erinnerte sich auch nicht mehr, wie sie von ihr ergriffen und unter ein Rad geschleudert wurde. Es hatte sie fast zermalmt. Nach einer langen, riskanten Operation teilte der Arzt, Dr. Addison, ihren Eltern mit, dass ihr fünf Rippen gebrochen, die Milz zerrissen, die Lunge gequetscht, die Eierstöcke zerstört und der Uterus perforiert worden sei. Er sagte ihnen auch, dass er zwar sein Bestes getan habe, aber sie sich darauf einstellen sollten, ihre Tochter zu verlieren. Wenn sie nicht unmittelbar an ihren Verletzungen sterben würde, dann vermutlich an der nachfolgenden Infektion.

»Wir haben seine Meinung natürlich geachtet«, sagte ihre Mutter Monate später, nach ihrer Genesung, »aber wir haben auf Gott vertraut.«

Jennie verbrachte sechs lange Monate im Krankenhaus, und obwohl sie sich an den Unfall nicht erinnern konnte, erinnerte sie sich sehr wohl an die Zeit danach. Sie war die reinste Hölle gewesen – die Schmerzen der Verletzungen, die Infektionen und das rasende Fieber, die wund gelegenen Stellen, die Langeweile und der endlose Heilungsprozess.

Als sie das Krankenhaus schließlich verlassen durfte, war sie schwach, blass und schrecklich abgemagert, aber sie lebte. Es dauerte noch weitere sechs Monate, bis sie ein paar Pfund zugenommen hatte, und noch länger, bis sie wieder zu Kräften gekommen war, aber mithilfe ihrer Eltern schaffte sie es. Der Arzt besuchte sie natürlich mehrmals in dieser Zeit. Das letzte Mal, als sie ihn sah, brachte er ihr eine wunderschöne Babypuppe mit. Ein Trostpflaster, dachte sie, als sie älter wurde, denn ein echtes Baby würde sie nie bekommen können. Der Arzt hatte sich im Wohnzimmer von ihr verabschiedet und dann im Gang ihre Mutter beiseitegenommen. Jennie sollte nicht hören, was er sagte, aber sie lauschte an der Tür.

»Sie hat zwar noch ihre Gebärmutter, Mrs Wilcott, aber die wurde schwer verletzt. Sie wird vielleicht ihre Tage bekommen, aber nie ein Kind haben können. Es tut mir leid. Für Sie ist das jetzt ein Schlag, und für Jennie wird es später eine Last sein, aber nicht alle Frauen brauchen einen Ehemann, um glücklich zu sein. Jennie ist ein sehr intelligentes Mädchen. Sie sollte vielleicht Lehrerin werden oder Krankenschwester. Gute Krankenschwestern braucht man immer.«

Damals mit neun hatte sie seine Worte nicht verstanden und konnte sich auch nicht vorstellen, je einen Ehemann zu brauchen, schon gar nicht für ihr Glück. Doch mit dreizehn, als sie ihre Tage bekam und ihre Mutter sie über die biologischen Tatsachen des Lebens aufklärte, verstand sie, was Dr. Addison hatte sagen wollen: dass kein Mann sie je würde haben wollen, weil sie keine Kinder bekommen könnte.

Als sie älter wurde, sagte sie sich, dass dies nicht wichtig sei. Wenn sie nicht heiraten könnte, würde sie eben in ihrer Arbeit Befriedigung finden. Wenn sie keine eigenen Kinder haben könnte, würde sie die Kleinen lieben, die sie in ihrer Schule unterrichtete. Einmal machte ihr ein junger Mann, ein Diakon in der Kirche ihres Vaters, den Hof. Er war blond, schlank und freundlich. Sie war nicht verliebt in ihn, aber sie mochte ihn. Weil sie ihn nicht liebte, war sie aufrichtig zu ihm, und als er erfuhr, dass er keine Familie mit ihr gründen könnte, bedankte er sich für ihre Offenheit und übertrug seine Zuneigung auf die Tochter eines Tuchhändlers.

Es hatte noch zwei andere Männer gegeben – einen Lehrer und einen jungen Pfarrer. Auch zu ihnen war sie aufrichtig gewesen und hatte beide verloren. Es hatte ein bisschen wehgetan, aber nicht allzu sehr, weil sie auch in diese beiden nicht verliebt gewesen war.

Und dann hatte sie Seamie Finnegan kennengelernt und sich leidenschaftlich in ihn verliebt.

An jenem Nachmittag in der Scheune am Cam-Fluss bat sie ihn, mit ihr zu schlafen, weil sie sich keine Sorgen um irgendwelche Folgen machen musste. Sie wusste auch, wenn sie ihm die Wahrheit über die Narbe erzählte, würde er sie verlassen, wie alle anderen vor ihm. Also sagte sie ihm nichts.

Ich sage es ihm später, hatte sie Gott insgeheim versprochen, bevor sie sich ihm hingab, aber lass mich ihn zuerst haben. Lass mich die Liebe erleben, nur dieses eine Mal, dann werde ich dich nie mehr um etwas bitten.

Und als es vorbei war, als sie glücklich neben ihm lag, seinen Duft auf ihrer Haut genoss, seinen Geschmack auf ihren Lippen, erinnerte sie sich an ihr Versprechen und suchte nach Worten, wie sie es ihm beibringen sollte, als er ihr plötzlich aus heiterem Himmel seine Liebe gestand. Und dann konnte sie es ihm nicht mehr sagen, obwohl es ihre Pflicht gewesen wäre. Weil sie es nicht ertragen hätte, ihn zu verlieren.

Also sagte sie nichts.

Nicht während des Ausflugs zum Cam-Fluss und auch nicht, als er sie gerade zuvor um ihre Hand bat. Sie hatte es versucht. Ehrlich. Sie hatte die Worte fast herausbekommen, aber dann doch versagt.

»Ich möchte ein Leben mit dir. Ein Zuhause. Kinder. Eine ganze Kinderschar. Drei oder vier. Sechs. Zehn. Ich will dich zu meiner Frau.« Bei diesen Worten hatte der Mut sie verlassen, und sie hatte eingewilligt. Und ihn in dem Glauben gelassen, sie könnte ihm die Kinder schenken, die er sich wünschte. Sie hatte ihn angelogen. Nicht damit, was sie sagte, sondern damit, was sie verschwieg.

Immer wieder hatte sie sich eingeredet, dass sie ihm alles gestehen würde. Vor Wochen schon auf dem Rückweg nach Cambridge. Dann in Tante Eddies Haus und im Zug, auf der Rückreise nach London. Aber sie hatte es nicht getan. Jeden Morgen nach ihrer Reise, gleich nach dem Aufwachen, schwor sie sich, ihm heute die Wahrheit zu sagen, egal, was es sie kosten würde. Und jeden Tag machte er es ihr schwerer, es über die Lippen zu bringen.

Und dann stellte sie fest, dass ihre Tage ausblieben. Anfangs hatte sie das nicht beunruhigt, weil sie immer ein wenig unregelmäßig kamen. Aber dann keimte Hoffnung auf. War es möglich? Was, wenn Dr. Addison sich getäuscht hatte? Wenn sie *doch* ein Kind bekommen konnte?

Entgegen aller Hoffnung war sie zu Harriet Hatcher gegangen. Harriet untersuchte sie und sprach dann die Worte aus, die zu hören sie niemals erwartet hätte: »Sie sind schwanger.« Natürlich wusste Harriet als ihre Ärztin von ihren Verletzungen und warnte sie, sich allzu große Hoffnungen zu machen. »Sie sind zwar schwanger, und das ist wundervoll, aber das ändert nichts an der Schädigung Ihrer Fortpflanzungsorgane. Wir wissen nicht, ob Sie ein Kind austragen können.«

Seamie hatte nicht gezögert, das Richtige zu tun, als sie ihm von ihrer Schwangerschaft erzählte. Obwohl er sich während der letzten Wochen hin und her gerissen fühlte, wollte er jetzt eine Familie gründen. Und Kinder haben. Viele Kinder. Warum sollte er eine Frau heiraten, die ihm diesen Wunsch nicht erfüllen konnte. Das würde kein Mann tun. Und ein junger, gut aussehender, berühmter Mann wie er wohl am allerwenigsten. Der jede Frau haben konnte. Der schon viele Frauen gehabt hatte, einschließlich der umwerfenden Willa Alden.

Jennie wusste, wer Willa Alden war. Die Zeitschriften veröffentlichten manchmal ihre Fotos. Immer wurde erwähnt, dass sie und Seamie vor Jahren am Kilimandscharo einen Rekord aufgestellt hätten. Dass sie dort bei einem schrecklichen Unfall ein Bein verloren habe und nicht nach England zurückgekehrt, sondern nach Nepal und Tibet weitergezogen sei.

Einmal hatte sie ihn nach Willa gefragt. Ob er noch Gefühle für sie habe. Er versicherte ihr, dass dem nicht so sei, dass die Geschichte mit Willa der Vergangenheit angehöre. Aber sein Gesicht veränderte sich, als er über sie sprach, und der Ausdruck in seinen Augen zeugte nicht von Gleichgültigkeit. Er war nicht über sie hinweg. Er liebte sie immer noch. Dessen war Jennie sich sicher.

Willa war wie er, sie selbst aber ganz und gar nicht. Und sie fragte sich jetzt, wie schon so oft im Lauf der vergangenen Wochen, was er eigentlich an ihr fand. Sie war weder wagemutig noch kühn und hatte nicht einmal Westlondon erkundet, vom Südpol ganz zu schweigen. Sie konnte ihm nicht bieten, was Willa ihm bot – die Leidenschaft für Entdeckungen, hohe Risikobereitschaft und Rekorde. Was sie ihm bieten konnte, waren häusliche Freuden – ein bequemes Heim und eine Familie. Aber wenn sie ihm das nicht schenken konnte, was dann?

»Ich liebe dich, Jennie. Ehrlich«, hatte er gesagt, als er ihr den Antrag machte. Was sich für sie allerdings fast verzweifelt angehört hatte. Als habe er beschlossen, sie zu lieben, und versuche sich einzureden, dass er es auch tat. Und zwar sie und nicht Willa. Aber wenn sie das Kind verlor, das sie in sich trug, wenn er die Wahrheit über sie erfuhr, würde er sie verlassen. Dessen war sie sich sicher.

Erneut drohte sie in Tränen auszubrechen. Instinktiv legte sie ihre Hände auf den Bauch. »Kannst du mich hören?«, flüsterte sie. »Bleib bei mir, Kleines, bitte bleib.«

Schritte näherten sich dem Wohnzimmer. Schnell wischte sich Jennie die Tränen ab. Die Tür ging auf, und ihr Vater trat ein. Zuerst sah er sie wütend an, dann durchquerte er den Raum, legte die Hände auf ihre Schultern und sagte ruhig: »Ich wünschte, es wäre erst nach der Hochzeit passiert, aber ich muss gestehen, ich bin froh, dass es überhaupt passiert ist. Ich freue mich für dich, Jennie. Ehrlich. Es gibt keine größere Freude als ein Kind. Weil ich weiß, welche Freude du mir geschenkt hast.«

»Danke, Dad«, antwortete sie mit brüchiger Stimme.

»Ja. Gut. Kommen Sie rein, mein Junge!«, rief der Reverend. Die Tür ging auf, und Seamie trat ein. »Ich habe etwas Sherry in der Küche«, fügte der Reverend hinzu. »Ich hole ein paar Gläser. Ich finde, wir könnten alle einen Schluck vertragen.«

Sobald er fort war, nahm Seamie Jennie in die Arme. »Er hat mir nicht den Kopf abgerissen!«, flüsterte er ihr zu. »Er hängt heute das Aufgebot aus und traut uns in drei Wochen.«

»Ach, Seamie! Das ist wundervoll!«

»Ja, das ist es. Ich bin so erleichtert. Er war viel netter, als ich erwartet hatte. Viel netter, als ich mich unter solchen Umständen verhalten würde.« Er legte die Hand auf Jennies Bauch. »Wenn es ein Mädchen wird, werde ich sie vor Kerlen wie mir beschützen.« Lachend fügte er hinzu: »Ich kann es gar nicht erwarten, dein Ehemann zu werden. Und der Vater unseres Kindes. Das ist alles, was ich mir wünsche, Jennie. Ehrlich.«

Jennie lächelte schwach. Ein Gefühl der Angst packte sie, als sie ihn ansah. Sie versuchte, es abzuschütteln und sich einzureden, nicht albern, sondern dankbar zu sein für das winzige Leben, das in ihr wuchs. Für das Wunder, dessen sie teilhaftig wurde.

Neun Monate, dachte sie. Das ist alles, was ich brauche. In neun Monaten hält er unser Kind in den Armen und ist glücklich. Glücklich über das Kind. Glücklich mit seinem Leben. Glücklich mit mir.

20

»Drei Millionen Pfund. Für Boote«, sagte Joe Bristow. Er saß im Arbeitszimmer seines Hauses in Mayfair. »Wie viele kriegen wir dafür? Zwei? Drei?«

»Acht. Und es sind Schiffe, keine Boote«, sagte der Mann, der ihm gegenübersaß. »Die besten Kriegsschiffe, die je gebaut wurden.« Er leerte das Glas Whisky in seiner Hand, stand auf und ging zum Fenster.

George Burgess sitzt nie lange still, dachte Joe, als er ihn beobachtete. Der blasse, sommersprossige Mann, dessen rotblondes Haar schon schütter wurde, war mit seinen neunundzwanzig Jahren bereits ein Kriegsheld, ein gefeierter Autor und hatte bereits die Posten eines Parlamentsmitglieds und Staatssekretärs für die Kolonien bekleidet. In seiner gegenwärtigen Funktion als Zweiter Lord der Admiralität stattete er Joe heute Abend einen Besuch ab, um ihn zu überreden, Churchills Forderung nach neuen Dreadnoughts, neuen Schlachtschiffen, zu unterstützen.

Eigentlich sollte Joe unten am Familiendinner teilnehmen. Es war ein schöner Aprilabend, und Fiona hatte Joes Eltern, seine Brüder und deren Familien, ihren Bruder Seamie, dessen Verlobte Jennie Wilcott und ein Dutzend enger Freunde eingeladen. Jennie und Seamie wollten in zwei Wochen heiraten, und dafür sollten heute Abend eine Menge Pläne geschmiedet werden. Aber gerade als Joe sich gesetzt hatte, traf Burgess ein, der sagte, er habe dringende Angelegenheiten mit ihm zu besprechen und in Kürze werde noch ein weiterer Vertreter der Admiralität dazukommen. Joe entschuldigte sich und fuhr mit George im Fahrstuhl zu seinem Arbeitszimmer hinauf, wo die beiden Männer nun seit über einer Stunde eine hitzige Diskussion führten. George vertrat eisern den Standpunkt, dass Großbritannien nicht nur ein neues Dreadnought brauchte, wie Churchill ursprünglich gefordert hatte, sondern eine ganze Flotte. Joe hingegen zeigte sich vollkommen unzugänglich für den Gedanken, dass die Regierung dafür drei Millionen Pfund bezahlen sollte.

»Es ist mir egal, wie gut sie sind, George«, sagte er jetzt. »Meine Wähler brauchen keine Kriegsschiffe. Und wollen auch keine. Sie wollen Schulen, Krankenhäuser und Parkanlagen. Und Jobs. Jobs wären besonders schön.«

»Oh, die kriegen sie«, erwiderte Burgess. »In den Munitionsfabriken des Kaisers. Ein paar davon will er auf den Themsedocks errichten, sobald er in England einmarschiert ist.«

»Das ist doch nichts anderes als Kriegshetze«, erwiderte Joe erregt. »Sie behaupten, mit der Demonstration von Stärke militärische Aggression zu verhindern, dabei nutzen Sie jede Gelegenheit, um Emotionen anzustacheln genau für den Krieg, den Sie angeblich vermeiden wollen!«

»Ich brauche keine Emotionen anzustacheln. Die sind schon vorhanden. Darüber hinaus …«

Burgess wurde durch ein Klopfen an der Tür unterbrochen. »Herein!«, rief Joe.

Die Tür ging auf, und Albie Alden, Seamies Freund aus Cambridge, trat ein.

»Hallo, Albie«, sagte Joe. »Das Dinner findet unten statt. Seamie und Jennie …«

Burgess fiel ihm ins Wort. »Er ist unseretwegen hier.«

»Moment mal«, sagte Joe. »Albie ist Ihr Mann von der Admiralität? Albie Alden?«

»Endlich sind wir komplett«, antwortete Burgess. Er machte eine ungeduldige Handbewegung in Albies Richtung. »Kommen Sie rein, alter Junge. Und schließen Sie die Tür.«

Albie tat, wie ihm geheißen wurde, durchquerte den Raum, öffnete seine Aktentasche und reichte Burgess ein dickes Dossier. Burgess blätterte es durch, seufzte, nickte und fluchte manchmal, dann knallte er es auf Joes Schreibtisch.

»Lesen Sie das«, sagte er. »Lesen Sie es, *dann* sagen Sie mir, dass wir unsere Schiffe nicht kriegen können.«

Joe blickte zuerst Burgess, dann Albie an und fragte sich, was das Dossier wohl enthalten konnte. Er schlug es auf. Auf allen Dokumenten prangte der Stempel des Geheimdienstes, einer Abteilung innerhalb der Admiralität, von deren Existenz nur wenige wussten.

Als er bei der dritten Seite angekommen war, wurde Joe klar, was er da las: Berichte über verschiedene Männer und Frauen deutscher Nationalität, die der Geheimdienst der Spionage verdächtigte. Vor allem ein Name stach Joe ins Auge – Max von Brandt. Joe kannte den Mann. Er hatte ihn erst vor ein paar Wochen nach der Wahlrechtsdemonstration im Gefängnis von Holloway kennengelernt. Außerdem hatte er ihn mehrmals in Gesellschaft von Maud Selwyn-Jones gesehen.

Zu seiner großen Erleichterung jedoch stellte er fest, dass von Brandt nur als möglicher Unsicherheitsfaktor aufgeführt wurde, da der Verfasser des Berichts zu dem Schluss gekommen war, er sei wahrscheinlich doch kein Spion. Er habe ein unabhängiges Einkommen, Verwandte in England und keine anderen Verbindungen zum deutschen Militär außer der Ableistung seines Wehrdienstes.

Außerdem hatte sich Max mit seinem Onkel, einem Industriellen und dem ältesten Bruder seines Vaters, öffentlich über die Aggressionspolitik des Kaisers entzweit. Der Streit hatte in einem Berliner Restaurant stattgefunden und war in lautstarkem Geschrei geendet. Der Vorfall war von drei verschiedenen vertrauenswürdigen Augenzeugen beobachtet worden, und eine Woche später hatte Max Deutschland verlassen und war nach England gekommen. Angeblich war der Onkel froh über die Abreise seines Neffen. Er beschuldigte ihn öffentlich, eine Schande für die Familie zu sein und ihn, den Onkel, Aufträge zu kosten. Max von Brandt, so schloss der Bericht, sei ein versierter Bergsteiger und Frauenheld, aber kein Spion. Andere dagegen schon. Dutzende. Joe blätterte Seite um Seite mit Namen und körnigen grauen Fotos durch. »Wie hast du all die Leute aufgestöbert?«, fragte er Albie, als er fertig war.

Burgess antwortete an seiner statt: »Albie hat gemeinsam mit Alfred Ewing, Dilly Knox, Oliver Strachey und ein paar anderen brillanten Köpfen der Universität Cambridge eine Menge Codes geknackt im Lauf des letzten Jahres. Sie haben die Existenz eines weitläufigen und effektiven deutschen Spionagerings im Vereinigten Königreich bestätigt und, wie Sie sehen, viele von dessen Fußsoldaten enttarnt.«

»Warum wurden sie dann nicht festgenommen?«, fragte Joe alarmiert.

»Weil wir hoffen, dass uns die unteren Chargen zum Chef des Spionagerings führen«, antwortete Burgess. »Er ist es, den wir eigentlich erwischen wollen. Unsere eigenen Agenten in Deutschland berichten uns, dass er äußerst geschickt sei. Ganz erschreckend sogar. Er habe bereits eine Menge wertvolles Material gesammelt und nach Berlin übermittelt. Unsere Agenten berichten uns auch, dass Deutschland bei der ersten Gelegenheit, die sich bietet, in Frankreich einmarschieren wird, und zwar über Belgien.«

»Das ist doch Unsinn, George«, sagte Joe. »Das gibt's doch nicht. Selbst wenn die Deutschen in Frankreich einmarschieren wollen, können sie das nicht über Belgien tun. Das wäre ein Bruch des Völkerrechts. Belgien ist neutral.«

»Warum rufen Sie den Kaiser nicht an und sagen ihm das?«, fragte Burgess. »Andere – eine ganze Menge sogar – haben es schon versucht. Ohne Erfolg.«

Er setzte sich gegenüber von Joe an den Schreibtisch, goss sich noch einen Scotch ein und lehnte sich zurück. »Ich mache mir Sorgen wegen Deutschland, Joe. Sehr große sogar. Auch der Mittlere Osten macht mir Sorgen. Wegen der wachsenden Freundschaft Deutschlands mit der Türkei, wegen der persischen Ölfelder Englands und ob wir in der Lage sind, sie zu verteidigen, wenn es zum Krieg kommen sollte. Wir haben auch dort Spione. Darunter ein paar sehr merkwürdige wie einen gewissen Thomas Lawrence. Sie haben die ganze verdammte Wüste kartografiert und mit vielen arabischen Führern Bündnisse geschlossen. Lawrence wurde erst vor zwei Wochen über seinen Einsatz befragt.«

»Lawrence? Der junge Mann, der gerade einen Vortrag in der Royal Geographical Society gehalten hat?«

»Genau der. Ein sehr wichtiger Vortrag übrigens. Weniger wegen der Ruinen, Felsen und Tonscherben, über die er endlos geschwafelt hat, sondern hauptsächlich deswegen, um den Eindruck aufrechtzuerhalten, er sei nichts anderes als ein leidenschaftlicher Archäologe.«

Joe schob das Dossier über seinen Schreibtisch. »Was soll das alles?«, fragte er. »Warum die ganze Mantel-und-Degen-Scharade? Warum beordern Sie Albie hierher? Zeigen mir das Dossier? Erzählen mir von deutschen Spionen in London und britischen Spionen in der Wüste?«

Burgess stellte sein Glas ab, beugte sich vor und sagte leise und eindringlich: »Weil ich verzweifelt hoffe, Ihnen damit den bitteren Ernst der militärischen Bedrohung vonseiten Deutschlands deutlich zu machen und die dringende Notwendigkeit Großbritanniens, sich ihr entgegenzustellen. Und zwar sofort.«

Joe schwieg. Er wusste, George wollte eine Antwort von ihm, aber er konnte ihm keine geben. Er wollte seine Unterstützung bei dem Versuch, die militärische Verteidigung auszubauen. Alle Anstrengungen, alle Finanzmittel sollten nach Georges Meinung in die Verstärkung der Marine, der Armee und der neuen Luftwaffe fließen. Joe sollte aufhören, ihn zu bekämpfen, und keine Mittel mehr für soziale Reformprogramme fordern.

Als hätte er seine Gedanken gelesen, sagte Burgess: »Wir in der Regierung müssen den Wählern ein Bild der Einheit liefern. Ich und viele meiner Freunde in der Liberalen Partei sind sich Ihres Einflusses auf die Arbeiterschaft sehr wohl bewusst, und ehrlich gesagt, wollen wir den für unsere Sache nutzen. Wir brauchen die öffentliche Meinung auf unserer Seite. Helfen Sie mir dabei, Joe, und ich helfe Ihnen. Ich werde Ihre Forderungen nach Sozialreformen und Mitteln für Schulen und Krankenhäuser unterstützen.«

Joe hob eine Augenbraue. »Wann?«, fragte er.

»Wenn der Krieg vorbei ist und wir ihn gewonnen haben«, antwortete Burgess.

Joe wusste, was diese Bitte bedeutete – dass alle Projekte, die ihm und seinen Wählern am Herzen lagen, in einem Ausbruch von Kriegsbegeisterung untergingen. Die Frage des Frauenwahlrechts würde zur Nebensächlichkeit. Die Mittel für seine sozialen Programme – für Suppenküchen, Bibliotheken und Waisenhäuser – würden gestrichen. Und wer wären die Leidtragenden? Wer würde hungern und frieren? Nicht die Kinder der Wohlhabenden. Nicht die Asquiths, Cecils und Churchills. Sondern die Kinder von Ostlondon. Wie immer. Männer würden in den Krieg ziehen und nicht mehr heimkehren. Frauen würden ihre Ehemänner verlieren, Kinder ihr Väter.

Nach einer Weile antwortete Joe endlich. »Ich will diesen Krieg nicht, George, und Sie müssen mir versprechen, alles zu tun, was in Ihrer Macht steht, ihn zu verhindern. Alles. Setzen Sie auf Diplomatie. Auf Handelssanktionen. Bauen Sie meinetwegen Ihre Schiffe. Zehn. Zwanzig. Wenn es zur Folge hat, dass der Kaiser einen Rückzieher macht, sind sie alles Geld der Welt wert. Besser Geld als Menschenleben zu verlieren.«

Burgess nickte. »Und wenn trotz aller Anstrengungen der Krieg nicht vermieden werden kann, welche Wahl treffen Sie dann?«

»Dann gibt es keine Wahl, George«, antwortete Joe. »Dann gab es nie eine.«

21

Jennie half ihrem Vater, sich für seine wöchentlichen Besuche in der Gemeinde fertig zu machen. »Hast du einen Schal, Vater?« fragte sie.

»Ich brauche keinen, meine Liebe. Es ist sonnig heute.«

»Und windig. Du brauchst einen. Hier, leg ihn um. Und zieh deinen anderen Mantel an. Der ist wärmer.«

Reverend Wilcott lächelte. »Ach, meine liebe Jennie. Du kümmerst dich so gut um deinen alten Vater. Was mache ich bloß, wenn du fort bist?«

»Nicht, Dad. Sonst fang ich wieder an zu weinen.«

Er küsste sie auf die Wange. »Hoffentlich Freudentränen. Du wirst eine wunderschöne Braut sein. Ich hoffe nur, dass ich die Hochzeitszeremonie durchstehe, ohne selbst zu heulen. Und da wir gerade von der Hochzeit sprechen, ist mein bester Anzug vom Schneider zurückgekommen? Ich mache mir Sorgen, ob er rechtzeitig fertig wird.«

»Er hängt in deinem Schrank, Dad. Ein Mann aus dem Laden hat ihn gestern hergebracht.«

»Ah, gut. Also, ich geh dann mal.« In der Tür blieb er stehen und drehte sich noch einmal um. »Und du arbeitest heute nicht zu viel. Du musst dich schonen. Versprich mir das.«

»Versprochen«, antwortete Jennie lächelnd.

Sobald er die Tür hinter sich geschlossen hatte, ging sie ins Wohnzimmer und widmete sich ihrer Liste mit allen Besorgungen und Einladungen, die sie bis Sonntag noch erledigen musste.

»Warum wird diese Liste bloß immer nur länger?«, fragte sie sich laut. Bis zur Hochzeit, die im Haus von Seamies Schwester in Greenwich stattfinden sollte, waren es nur noch fünf Tage, und es gab noch so viel zu tun. Nach dem Hochzeitsfest würden sie nach Cornwall in die Flitterwochen fahren – allerdings nur kurz, weil Seamie am folgenden Montag seine Stelle antreten musste. Nach ihrer Rückkehr aus Cornwall würden sie in eine hübsche, geräumige Wohnung in Belsize Park ziehen, die Seamie für sie gefunden hatte, aber sie hatten noch so gut wie keine Möbel, Teppiche und Vorhänge.

Jennie war wegen der Vorhänge bei einer Näherin gewesen und hatte die Stoffe ausgesucht, aber es würde Wochen dauern, bis sie fertig wären. Wann immer sie sich wegen all der fehlenden Dinge sorgte, gab ihr Seamie einen Kuss und riet ihr, das Baby nicht zu beunruhigen. Er habe die Mittel und würde alles beschaffen, was sie brauchten.

Und das tat er auch. Sie musste bloß irgendetwas erwähnen, schon lief er los und kam mit Besteck, Handtüchern oder Putzkübeln zurück – was immer sie wollte. Es mache ihm nicht das Geringste aus, das alles zu besorgen, sagte er. Er war noch nie einkaufen gegangen – zumindest keine Lampen und Möbelschoner – und fand alles sehr interessant. Er war immer so gut zu ihr. Immer fröhlich und hilfsbereit. Freute sich auf die Hochzeit. War ständig glücklich. Zu glücklich.

Als sie jetzt aus dem Wohnzimmerfenster blickte, dachte sie, dass er sie manchmal an die Alkoholiker erinnerte, die bei ihrem Vater auftauchten – all die Männer und Frauen, die der Suff zerstört hatte. Sie hatten alles verloren – Arbeit, Zuhause und Familie. Sie zitterten und heulten und versprachen das Blaue vom Himmel, sogar für immer dem Dämon Alkohol abzuschwören, wenn er ihnen nur helfen würde. Und er half ihnen. Sie durften sich waschen, auf einer Liege in der Sakristei schlafen, und er versuchte, ihnen Arbeit zu beschaffen. Er betete mit ihnen und ließ sie einen Schwur leisten. Und seine Bemühungen hatten immer Erfolg – eine Weile lang. Sie strengten sich an, jeder Einzelne von ihnen. Waren eifrig, motiviert und voll der besten Absichten. Erzählten jedem, der es hören wollte, dass mit der Trinkerei endgültig Schluss sei. Aber tief in ihrem Innern kämpften sie und dachten an nichts anderes als ans Trinken. Sie träumten davon. Lechzten danach. Und viele schafften es nicht, der ständig gegenwärtigen Verlockung zu widerstehen, und wurden rückfällig.

Seamie war genauso. Er wollte sein neues Leben mit offenen Armen annehmen. Er redete begeistert von seiner Stelle bei der Royal

Geographical Society. Er hatte eine Wohnung gemietet, ein Bett, Wäsche, Besteck und Geschirr gekauft. Aber Jennie wusste, dass er trotz der vorgetäuschten Fröhlichkeit, trotz des ganzen zur Schau getragenen Glücks noch immer von seinem alten Leben träumte.

Sie hatte ihn eines Abends beobachtet, als er in ihrer neuen Wohnung eine Kiste mit seinen Sachen auspackte. Er nahm Fotos, einen Feldstecher, Bücher, Karten und einen alten, zerbeulten Kompass heraus. Er hielt den Kompass in der Hand und schloss dann die Finger darum. Dann ging er zum Fenster und starrte in den Nachthimmel hinauf.

Er dachte an vergangene Abenteuer, dessen war sie sicher. Und an Willa Alden. Und sie war überzeugt, wenn ihm der Kompass in seiner Hand den Weg zu Willa zurück hätte weisen können, hätte er ihn eingeschlagen.

Jennie legte die Hand auf den Bauch, wie ständig inzwischen, wenn sie sich nervös oder bedrückt fühlte. Wie immer betete sie, das winzige Leben möge bei ihr bleiben. Die Liebe einer Ehefrau, eines Kindes waren auch gute Dinge, redete sich Jennie ein, die besten eigentlich. Und mit der Zeit, wenn Seamie älter wäre und sie mehr Kinder hätten, würde er diese Dinge – und sie selbst – immer mehr schätzen, mehr als Abenteuer und andere Menschen.

Ein Klopfen an der Haustür riss sie aus ihren Gedanken.

»Dad? Bist du das? Was hast du wieder vergessen?«, rief Jennie und trat in den Gang hinaus. »Deine Brille, nicht wahr?«, sagte sie, als sie die Haustür aufmachte. »Wie oft …«

Es war nicht ihr Vater auf der Schwelle. Sondern Josie Meadows, eine junge Frau, die sie früher unterrichtet hatte. Die Vorderseite ihres Kleids war mit Blut beschmiert und zerrissen. Aus einem Schnitt an ihrer Wange tropfte Blut, ihre Augen waren voller blauer Flecken und zugeschwollen.

»Hallo, Schätzchen«, sagte Josie.

»Josie?«, fragte Jennie. »Mein Gott, bist du das?«

»Ja. Ich fürchte schon. Kann ich reinkommen?«

»Natürlich!«, antwortete Jennie und bat sie herein. »Tut mir leid, aber ich … Josie, was um alles in der Welt ist dir denn passiert?«

»Billy Madden ist mir passiert«, sagte die junge Frau und ging an Jennie vorbei in die Küche. Sie ging zur Spüle, steckte den Stöpsel in den Abfluss und drehte das Wasser auf. »Kann ich mich waschen?«, fragte sie. »Und mir ein Kleid leihen? Ich muss hier weg, bevor er herausfindet, wo ich bin. Der Dreckskerl hat gedroht, mich umzubringen.«

Jennie sah, dass Josie zitterte. Aus der Wunde an ihrer Wange tropfte immer noch Blut. Auch ihre Nase hatte zu bluten begonnen. Die meisten Frauen in Josies Zustand hätten geheult. Aber nicht Josie. Josie Meadows war ein Mädchen aus Wapping, und die heulten nicht. Die waren hartgesotten, laut und zäh. Jennie hatte viele von ihnen unterrichtet und wusste, das Leben, das sie führten – das sie aushielten –, hatte sie so gemacht. Josie würde zittern, sie würde trinken, rauchen und fluchen, aber niemals heulen.

»Setz dich«, sagte Jennie und drehte das Wasser ab.

»Kann ich nicht, Schätzchen. Keine Zeit.«

»Josie Meadows, du setzt dich. Sofort.«

Josie lächelte, obwohl sie vor Schmerz zusammenzuckte. »Ja, Miss«, antwortete sie. »Sie kommen immer ans Ziel mit Ihrem Lehrerinnenton, was?«

»Lass mich dir helfen, Josie. Wir kriegen schon alles wieder ins Lot. Aber jetzt setz dich bitte, bevor du mir umkippst.«

Josie setzte sich an den Küchentisch, und Jennie stellte den Wasserkessel auf. Dann nahm sie eine Schüssel mit heißem Wasser, ein paar saubere Tücher und eine Flasche Jodtinktur und begann, Josies Gesicht zu reinigen. Sie versuchte, sich nicht anmerken zu lassen, wie schockiert und wütend sie war, dass ein Mann eine Frau so schrecklich zurichten konnte. Dann machte sie Tee, stellte Tassen und Teller auf den Tisch, und als sie das Milchkännchen und die Zuckerdose abstellte, fragte sie Josie, was denn genau geschehen war.

»Er hat mich geschwängert«, sagte Josie bitter. »Der Typ hat ja nie genug kriegen können. Ständig hat er seinen Schwanz rausgeholt. Mich immer und überall gevögelt – im Bett, im Bad, an der Wand ... Ach, tut mir leid, Schätzchen! Hab ganz vergessen, wo ich bin. Also, jedenfalls hat er's drei- oder viermal am Tag mit mir getrieben und dann die Unverschämtheit besessen, sauer auf mich zu sein – auf mich! –, als ich ihm sag, dass ein kleiner Billy junior unterwegs ist.« Sie griff in ihre Rocktasche, zog Streichhölzer und eine Zigarette heraus und zündete sie an. Sie nahm einen Zug, stieß einen langen Rauchschwaden aus und fügte hinzu: »Er will, dass ich's wegmachen lasse. Damit seine Frau nichts erfährt. Vor der hat er höllische Angst. Und seine drei Söhne sollen auch nichts erfahren. Die drei sind das Höchste für ihn. Ich hab ihm gesagt, dass ich's nicht wegmachen lass. Das hab ich schon ein paarmal hinter mir. Das erste Mal hab ich kein Geld gehabt, also hat sich der Doktor in Naturalien bezahlen lassen, wenn Sie verstehen, was ich meine. Das letzte Mal hab ich eine Frau genommen. Die war alt. Mit zittrigen Händen. Sie hat mich so geschnitten, dass ich fast verblutet wäre. Von diesen Metzgern hab ich die Nase voll. Ich krieg dieses Kind, Jennie. Das schwör ich bei Gott. Und ich geb's in ein gutes Heim, wenn es da ist, aber ich krieg dieses Kind. Noch mal mach ich das nicht durch.« Sie hielt inne, um erneut einen Zug zu nehmen, dann fuhr sie fort: »Also, wie ich Billy das gesagt hab, was tut er, der Klugscheißer? Er versetzt mir einen Schlag. Einen schweren. In die Magengrube. Ich hab mich vorgebeugt … so«, sie krümmte sich zusammen und verschränkte die Arme vor dem Bauch, »damit er mich nicht mehr in den Bauch schlagen und ich's mit dem Gesicht abfangen kann. Er hat mich angebrüllt, mich geprügelt, nach mir zu treten versucht. Und gesagt, dass er mir's selber wegmachen wird. Dann hab ich's geschafft abzuhauen. Ich hab ein paar Pfund in der Tasche gehabt und bin aus dem Bark rausgerannt, hab eine Droschke genommen und mich hierherfahren lassen. Und da bin ich. Tut mir leid, dass ich Sie da mit reinziehe. Aber ich hab nicht gewusst, wo ich sonst hinsoll. Wenn Sie mir ein Kleid leihen könnten, irgendeinen alten Fetzen, bin ich auch gleich wieder weg.«

Jennie war zu aufgewühlt, um etwas zu sagen. Stattdessen schenkte sie Tee ein. Josie versuchte, Zucker in ihre Tasse zu geben, aber ihre Hände zitterten noch so stark, dass fast alles danebenging.

Jennie sah auf die kleinen Hände, die schönen Ringe daran und die abgebissenen Fingernägel, und der Anblick versetzte ihr einen Stich. Josie war erst neunzehn. Sie war intelligent. Ein lebhaftes, lustiges, hübsches Mädchen. Sie hätte so viel aus sich machen können, aber statt eine Ausbildung zur Krankenschwester oder Sekretärin anzufangen, war sie zur Bühne gegangen und hatte sich mit den falschen Leuten eingelassen – mit liederlichen Tänzerinnen, Prostituierten, Gaunern, verheirateten Männern und schließlich mit Billy Madden. Billy hatte sie mit einer eigenen Wohnung, einer Kutsche, Diamanten und Kleidern versorgt, aber Josie lernte schnell, dass es bei Billy nichts umsonst gab. Man bezahlte für alles, was man von ihm bekam. Auf die eine oder andere Art.

»Wo willst du jetzt hin?«, fragte Jennie schließlich.

»Nach Paris. Ins Moulin Rouge. Ich krieg bestimmt Arbeit da. Da kann ich mit den Besten singen und tanzen.«

»Vielleicht jetzt noch, aber was ist, wenn du im siebten Monat bist?«

»Daran hab ich nicht gedacht.«

»Und wie steht's mit Geld?«

»Ich hab heimlich was auf die Seite getan. Auf einer Bank. Meinen Lohn aus den Varietés. Billy weiß nichts davon.«

»Reicht das, um nach Paris zu fahren? Für deinen Unterhalt, bis du Arbeit gefunden hast?«

»Ich weiß nicht. Wahrscheinlich nicht. Aber ich hab Schmuck. Eine ganze Menge. Bloß komm ich an den nicht ran. Der ist in meiner Wohnung, und die lässt Billy sicher von seinen Typen bewachen. Ich weiß nicht, was ich machen soll, aber mir fällt schon was ein.«

»Bleib hier, Josie.«

»Danke, dass Sie mir das vorschlagen«, erwiderte Josie, »aber das kann ich nicht. Ich könnte nicht mehr vor die Tür gehen, verstehen Sie. Ich würd's nicht wagen, mich blicken zu lassen. Also müsste ich im Haus bleiben. Monatelang. Da würde ich durchdrehen.«

Jennie schwieg wieder. Sie zermarterte sich das Hirn, um sich etwas einfallen zu lassen, wie sie Josie am besten helfen könnte. Und helfen musste sie ihr. Sie konnte das Mädchen nicht allein weggehen lassen. Aufgrund der Schilderung von Maddens Prügeln war Jennie überzeugt, dass er den Job zu Ende bringen würde, wenn er sie erwischte. Sie dachte an Freunde, die sie im Süden, in der Nähe von Bristol, hatte. Und andere in Leeds und Liverpool. Sie würden ihr helfen, wenn sie sie darum bat, aber was, wenn sie ihre Freunde damit ebenfalls in Gefahr brächte? Sie brauchte ein Hotel, ein Haus, ein Cottage ... irgendeinen abgeschiedenen und ruhigen Ort, aber weder Josie noch sie hatten das Geld, um dergleichen zu mieten. Und plötzlich fiel ihr die Lösung ein. »Binsey!«, rief sie aus.

»Was ist das?«, fragte Josie.

»Du kannst nach Binsey gehen.«

»Wo zum Teufel ist das?«

»In Oxfordshire. Nicht zu weit weg, aber weit genug. Ich habe ein Cottage dort. Es hat meiner Mutter gehört. Ich fahre kaum mehr hin. Aber du könntest dort so lange wie nötig bleiben. Es ist nicht weit vom Dorf entfernt. Du kannst dort alles besorgen, was du brauchst, das Baby bekommen und, wenn du wieder bei Kräften bist, nach Paris gehen. Ich könnte dir etwas Geld für die Schiffspassage geben.«

»Wirklich? Ich zahl es Ihnen zurück. Jeden verdammten Penny. Das schwör ich.«

»Das weiß ich, Josie. Deshalb mach ich mir keine Sorgen. Aber wie ich dich hinbringen soll. Und zwar schnell. Lass mich mal überlegen.« Sie sah auf die Uhr. »Hm. Es ist ja noch früh. Noch nicht mal zehn.« Sie biss sich auf die Lippe. »Wir könnten es schaffen, glaube ich. Eigentlich bin ich mir ganz sicher, dass wir es schaffen könnten.«

»Was?«

»Nach Binsey fahren.«

»Heute noch?«

»Ja, gleich. Du musst dich schnell umziehen. Ich packe inzwischen ein paar Sachen für dich ein. Wenn wir um elf in Paddington sind und um zwölf den Zug erwischen, könnten wir spätestens um zwei beim Cottage sein. Es ist nicht weit vom Bahnhof. Ich könnte dir dort alles zeigen und dann gleich wieder zurückfahren.« Sie schwieg einen Moment und dachte dann wieder laut nach. »Mein Vater würde zwar vor mir heimkommen und sich wundern, wo ich bin. Ich muss ihm eine Nachricht schreiben, dass ich für die Hochzeit noch was erledigen muss. Auf dem Heimweg besorg ich mir dann schnell ein paar Tischkarten. Schau im Blumenladen vorbei. Dann ist es nicht ganz gelogen.«

»Was für eine Hochzeit? Wer heiratet denn?«

»Oh ... ähm ... ich«, antwortete Jennie.

»Das sind ja tolle Neuigkeiten! Wann denn?«

»Am Sonntag«, sagte Jennie, in der Hoffnung, das Thema wäre damit beendet. Was nicht zutraf.

»Diesen Sonntag«, wiederholte Josie. Und lächelte verschmitzt. »Das ist ja ziemlich plötzlich. Ich hab noch nicht mal gewusst, dass Sie verlobt sind.«

Jennie wurde rot. »Ja, nun, das stimmt, aber ...«, stammelte sie, weil ihr keine passende Lüge einfiel.

Josie sah sie eindringlich an. »O Jennie, Sie haben doch nicht etwa? Sie doch nicht!«

»Na ja ... ähm ... doch. Ich fürchte schon.«

Josie brach in kreischendes Gelächter aus. »Sitzen hier, als könnten Sie kein Wässerchen trüben, dabei haben Sie auch einen Braten in der Röhre. Genau wie ich.«

»Josie, wir sollten uns lieber beeilen, wenn wir den Zug erwischen wollen.«

Aber Josie hörte nicht auf sie.

»Ist er nett?«, fragte sie.

»Sehr nett.«

»Hübsch? Stark?«

»Ja, beides.«

»Küsst er gut?«

»Josie Meadows«, sagte Jennie tadelnd. Dann lachte sie. »Ja, das tut er.«

»Gut. Ich bin froh, dass er nett ist. Sie verdienen einen netten Mann, Miss. Es ist schön, wenn sie nett sind. Im Bett, mein ich. Wenn sie gewaschen und rasiert sind und Blumen und Champagner mitgebracht haben. Wenn sie nette Dinge sagen und sich Zeit lassen. Mein Gott, ich hab gern einen Mann im Bett. Macht mich manchmal halb verrückt, die Lust nach ihnen.« Flüsternd fügte sie hinzu: »Geht's Ihnen auch so?«

Jennie wollte dies gerade verneinen, ihr sagen, sie solle sich beeilen, weil sie den Zug erreichen müssten. Aber dann fiel ihr der Nachmittag am Cam-Fluss ein. Wie es sich angefühlt hatte, in Seamies Armen zu liegen. Wie sehr sie ihn liebte und wie diese Liebe sie Dinge tun und erhoffen ließ, die sie nie für möglich gehalten hätte.

Also verneinte sie Josies Frage nicht, sondern lächelte sie an und sagte mit einem wehmütigen Unterton in der Stimme: »Ja, Josie. So geht's mir auch.«

22

»Wir haben nicht genügend Champagner. Er wird uns ausgehen. Ganz sicher. Ich hätte mehr bestellen sollen«, flüsterte Fiona besorgt.

»Bist du verrückt?«, antwortete Joe ebenfalls flüsternd. »Es ist genügend Champagner im Haus, um ganz London zu ertränken.«

»Und die Eiscreme, Joe. Ich hätte vier verschiedene Sorten bestellen sollen. Nicht drei. Vier. Wie dumm von mir!«

Joe nahm ihre Hand. »Hör jetzt auf. Es ist genug von allem da. Das Essen wird wunderbar. Das Haus ist schön. Der Tag ist schön.« Er küsste sie auf die Wange. »Und vor allem du bist wunderschön.«

Fiona erwiderte seinen Kuss. Dann runzelte sie erneut die Stirn. »Du glaubst doch, dass er auftaucht?«, fragte sie. »Er wird doch nicht in letzter Minute kneifen?«

Joe lachte. »Ich hab ihn gerade gesehen. Er ist im Wintergarten und freut sich wie ein Schneekönig.«

Fiona seufzte erleichtert auf. »Gut. Vielleicht geht doch alles ohne Zwischenfall über die Bühne.«

»Bestimmt. Vergiss die Sorgen und genieß den Tag.«

Fiona nickte. Sie schaute sich um, lächelte in diese und jene Richtung und winkte verschiedenen Leuten zu, die in den Reihen hinter ihr saßen. In fünfzehn Minuten würde ihr Bruder zwischen den Sitzreihen hindurch zu der Laube schreiten, die der Florist aufgebaut hatte, sich umdrehen und auf seine Braut warten. Es fühlte sich für sie irgendwie unwirklich an. Sie konnte kaum glauben, dass der Tag gekommen war, an dem der wilde, verwegene Seamie das Herumstreunen aufgab, einen Job in London und eine Frau gefunden hatte und solide und sesshaft werden würde. So lange Zeit hatte er Willa Alden nachgetrauert. Keine Frau war in der Lage gewesen, ihren Platz einzunehmen.

Und dann hatte er Jennie Wilcott kennengelernt, die sich von

Willa unterschied wie Feuer und Wasser. Vielleicht genau das Richtige, um Willas Bann zu brechen. Jennie war blond und rosig, sanft und feminin. Sie hatte eine herrlich weibliche Figur und eine ruhige, aber entschiedene Art. Doch trotz all ihrer Süße und Lieblichkeit hatte sie Seamie gezähmt. Gott weiß, wie. Nun, eigentlich wussten es alle, dachte Fiona lächelnd – und der Grund würde in etwa acht Monaten zu sehen sein. Doch sie glaubte nicht, dass er Jennie heiratete, weil er es musste. Er wollte sie heiraten. Unbedingt. Das hatte er immer wieder bekräftigt.

So viele Male hatte sie sich gesorgt, dass es doch anders sein könnte, weil sie Seamies plötzlichen Wandel beunruhigend fand. Hatte er sich wirklich geändert? War er wirklich über Willa hinweg?

Erst vor ein paar Tagen hatte Fiona ihre Zweifel Joe gestanden. Der hatte genervt die Hände in die Luft geworfen. »Jahrelang hab ich nichts anderes von dir gehört, als wie sehr du dir wünschst, Seamie würde eine gute Frau kennenlernen und eine Familie gründen. Jetzt ist es passiert. Er hat eine sehr gute Frau gefunden. Und du machst dir immer noch Sorgen. Dir kann man's wirklich nicht recht machen, Fiona!«

Vielleicht hatte Joe recht. Vielleicht war sie nie zufrieden. Und dennoch konnte sie das nagende Gefühl nicht leugnen, dass alles viel zu schnell gegangen war.

Sie sah auf ihre Uhr – noch zehn Minuten –, dann spürte sie plötzlich, dass sich ein Arm um ihre Schultern legte und ein Kuss auf ihre Wange gedrückt wurde. Sie blickte auf. Es war Maud. In Begleitung des charmanten und elegant gekleideten Max von Brandt. Fiona küsste Maud, begrüßte Max, und die beiden gingen zu ihren Plätzen.

Fiona sah, dass ein paar weitere Nachzügler sich setzten – die Shackletons, George Mallory und seine Verlobte Ruth Turner, Mrs Alden. Erneut blickte sie in die Gesichter von Verwandten und Freunden. Da waren Joes Eltern, Peter und Rose, seine Brüder und Schwestern und deren Kinder. Ihre eigenen schönen Kinder. Die Rosens, die Moskowitzes, Harriet Hatcher und ihre Eltern, Mr Foster, Freunde von Seamie – Männer, mit denen er gesegelt war – und

Freundinnen von Jennie, die in ihren Frühlingskleidern und Hüten bezaubernd aussahen.

Eine sanfte Brise strich über Fionas Wange. Sie blickte nach oben, in der Hoffnung, es wäre kein Vorbote von Regen. Schließlich war es erst Anfang Mai und das englische Wetter sehr wechselhaft – aber nein, die Sonne schien nach wie vor. Der Himmel strahlte im schönsten Blau. Überall blühte es. Plötzlich fühlte sie sich so überwältigt von der Schönheit des Ganzen, dass sie sich wünschte, sie könne die Zeit anhalten und diesen perfekten Frühlingstag für immer festhalten. Und ihr wurde klar, dass sie, statt sich ständig zu sorgen, statt immer nur nach Problemen Ausschau zu halten, dankbar sein und sich glücklich schätzen sollte, an solch einem freudigen Tag so viele geliebte Menschen um sich zu haben. Denn freudige Tage gab es nicht im Überfluss.

Vor Jahren hatte sie geliebte Menschen verloren. Um ein Haar auch fast Joe. Diese Verluste, der schreckliche Kummer, der damit einherging, hatten eine ständige Angst ihr ausgelöst, sie könnte einen weiteren geliebten Menschen verlieren. Deshalb gab sie sich zu oft düsteren Gedanken hin, malte sich schlimme Katastrophen aus und war blind für das Gute.

Und heute war ein guter Tag. Seamie hatte eine wundervolle Frau gefunden. Und wenn er ein bisschen überdreht war, hatte er allen Grund dazu. Sie war die Art Frau, die jeder Mann für sich gewinnen wollte. Also war es albern, sich zu sorgen, und Fiona beschloss, damit ein für alle Mal Schluss zu machen.

Ein paar Minuten später begann das Streichquartett, das sie bestellt hatte, den Hochzeitsmarsch zu spielen. Alle standen auf. Albie Alden, Seamies Trauzeuge, schritt lächelnd den Mittelgang entlang. Gefolgt von Seamie, der in dem grauen Cut besonders gut aussah. Als Nächstes kamen die Blumenkinder – die beiden Jüngsten von Joes Schwester –, eine Brautjungfer und dann die Braut selbst, die hübsch und strahlend am Arm ihres Vaters eintrat.

Ein ganz besonderer Augenblick, dachte Fiona erneut, als sie sah, wie der Reverend seine Tochter küsste und ihre Hand in Seamies legte.

»Bitte, lass es für immer halten«, murmelte sie.

23

»Ich frage mich immer, wie an so einem Tag die Sonne scheinen kann«, sagte Seamie traurig.

»Ich habe mich das Gleiche gefragt, als meine Mutter starb«, antwortete Jennie und legte ihre Hand in die seine. »Mein Vater meint, es soll uns daran erinnern, dass nach Schatten wieder Licht und eines Tages Glück auf die Trauer folgen wird.«

Sie standen im Salon der Aldens vor einem Sarg. Admiral Alden hatte vor zwei Tagen seinen Kampf gegen den Krebs verloren, und Seamie erwies ihm die letzte Ehre, bevor der Leichnam in die Westminster Abbey zum Trauergottesdienst und danach auf den Friedhof zur Beisetzung im engeren Familienkreis gebracht wurde.

»Er hat noch zum alten Schlag gehört«, sagte Seamie. »Pflicht und Militärdienst standen bei ihm an erster Stelle. Er war einer der aufrechtesten Männer, denen ich je begegnet bin.« Er hielt inne, um seiner Gefühle Herr zu werden, und fügte dann hinzu: »Als Junge bin ich mit ihm und seiner Familie gesegelt. Er hat mir die ersten Lektionen in Navigation gegeben. Und er hat erkannt, wie sehr ich das Meer liebe und wie gern ich etwas erforsche, und mich darin bestärkt. Er war wie ein Vater für mich.«

Jennie lehnte den Kopf an seinen Arm. »Möchtest du ein paar Minuten allein mit ihm sein?«, fragte sie.

Seamie nickte schweigend.

»Nimm dir so viel Zeit, wie du brauchst«, sagte sie und küsste ihn auf die Wange. »Ich bin bei Fiona und Joe.«

Seamie griff nach seinem Taschentuch, wischte sich die Tränen ab und schnäuzte sich. Er wusste, dass er sich den anderen anschließen sollte, konnte es aber nicht. Noch nicht. Noch immer drohten seine Gefühle ihn zu übermannen. Also ging er im Salon herum und sah sich die Bücher in den Regalen, die Gemälde und Erinnerungsstücke an.

Dieses Haus war ihm so vertraut. Er erinnerte sich, wie er das Geländer hinuntergerutscht, mit Albie durch die Gänge getobt war und in der gemütlichen Küche heiße Schokolade getrunken und Kekse gegessen hatte. Doch am besten erinnerte er sich an diesen Salon. Unzählige Male hatten er und Albie hier aus Mrs Aldens Laken Indianerzelte gebaut. Abends saßen sie am Feuer, und der Admiral erzählte ihnen von seinen Abenteuern auf hoher See. Sie spielten Mühle und sangen die Lieder mit, die Mrs Alden auf dem Klavier spielte.

Er schlug eine Taste an und lauschte, wie der Ton verklang. Er blickte auf die Fotos auf dem Klavier. Fotos von Schiffen, die der Admiral kommandiert, oder von Booten, die er bei Regatten gesegelt hatte. Es gab auch Familienbilder, die auf dem Wasser aufgenommen waren. Bilder von den Aldens und Seamie auf der Jacht des Admirals, der *Tradewind*. Eines vom Juli 1891, ein anderes vom August 92, ein drittes vom Juni 93 – von all den endlosen Sommern seiner Jugend.

Es gab Bilder von Albie als Knaben und jungem Mann. Auf einem nahm er seine Promotionsurkunde in Cambridge entgegen. Und es gab Bilder von Willa. Als Dreikäsehoch mit Zöpfen und Schürze. Als Mädchen in Hosen auf einer Felsenspitze oder am Steuer der *Tradewind*. Als junge Frau in einem elfenbeinfarbenen Kleid.

Seamie nahm dieses Foto in die Hand und starrte es an. Er erinnerte sich an dieses Kleid, an diesen Abend. Sie waren Teenager damals. Er war siebzehn. Die Aldens hatte eine Party gegeben, deswegen war Willa so fein gekleidet. Sie waren zu dritt im Garten gewesen, lagen auf einer Decke und sahen in den Himmel hinauf. Ein paar Tage später wollte er auf seine erste Expedition gehen. Es würde Jahre dauern, bis er seine beiden Freunde wiedersehen sollte. Albie war ins Haus gegangen, um etwas zu essen zu holen, und dann hatte Willa ihn geküsst und ihm gesagt, er solle sie eines Tages unter dem Orion wiedertreffen.

Er erinnerte sich, wie sie sich wiedergetroffen hatten. Jahre später, im Pickerel, einem Pub in Cambridge. Sie hatte ihn zu einer Klettertour herausgefordert – die St.-Botolophs-Kirche hinauf – und gewettet, dass er sie nicht schlagen würde. Falls er gewinnen sollte, müsste sic ihm ein Paar neue Wanderstiefel kaufen. Im umgekehrten Fall müsste er sie nach Afrika zum Kilimandscharo begleiten. Sie hatte gewonnen. Sie hatte die Wette gewonnen, den Einsatz, den Gipfel und sein Herz.

Und dann erinnerte er sich, wie er ohne sie aus Afrika zurückkehrte. Er erinnerte sich, wie er in diesem Raum stand und ihren Eltern erzählte, was passiert war. Er dachte, sie würden ihm die Schuld dafür geben, aber das taten sie nicht. Stattdessen errieten sie seine Gefühle für ihre Tochter und sagten, es tue ihnen leid, dass alles so gekommen sei. Sowohl dem Admiral wie seiner Frau fiel es sehr schwer, sich mit Willas Entscheidung abzufinden, in den Fernen Osten weiterzuziehen, statt nach Hause zurückzukehren.

»Wie konntest du das tun?«, fragte er das Mädchen auf dem Foto jetzt. »Wie konntest du nicht heimkommen? Nicht ein einziges Mal in der ganzen langen Zeit?«

Der Admiral hatte seine Tochter geliebt, und sie ihn. Sie hatte zu ihm aufgeblickt und in allem, was sie tat, seinen Respekt und seine Anerkennung gesucht. Wie um alles in der Welt konnte sie die Briefe ihrer Mutter und ihres Bruders ignorieren, die sie anflehten, nach London zurückzukehren, um ihren Vater noch einmal zu sehen? Wie konnte sie so grausam sein? Zu ihm war sie grausam gewesen, aber er war nur ihr unglücklicher Liebhaber, Admiral Alden aber ihr Vater.

Seamie stellte das Foto zurück und wusste, er bekäme keine Antwort auf diese Frage. Willa hätte kommen müssen. Sie hätte sich von ihrem Vater verabschieden sollen. Sie hätte hier sein und ihrer Mutter bei der Überwindung des Verlusts des Mannes helfen sollen, mit dem sie über vierzig Jahre verheiratet gewesen war. Sie hätte Albie, ihren Bruder, unterstützen sollen, der sich mannhaft bemühte, seine am Boden zerstörte Mutter zu trösten. Der den Trauergottesdienst, die Beerdigung und den Leichenschmaus organisierte, obwohl er mit seinem eigenen Schmerz zu kämpfen hatte. Willa hätte hier sein sollen, aber sie war es nicht.

Seamie ging zum Sarg zurück. Er nahm einen Kieselstein aus der Tasche und legte ihn unter die gefalteten Hände des Admirals. Er hatte ihn von den eisigen Küsten des Weddell-Meers mitgebracht – einem Ort, an den er nie gekommen wäre, wenn es diesen Mann nicht gegeben hätte. Er schluckte schwer, salutierte vor dem Admiral und ging schließlich ins Gesellschaftszimmer.

Dort traf er auf Jennie, die gegenüber von Mrs Alden auf einem Sofa saß und sich mit ihr unterhielt. Seamie nahm ebenfalls auf dem Sofa Platz. Jennie griff wortlos nach seiner Hand, und ihre liebevolle Geste machte ihm den Schmerz ein wenig erträglicher. Wie so oft in den letzten Wochen dachte er, wie gut sie war und wie froh er war, dass er sie geheiratet hatte.

Als ihm jedoch wieder in den Sinn kam, dass er alles andere als froh gewesen war, als sie ihm von ihrer Schwangerschaft erzählte, musste er kurz lächeln. Er war tatsächlich schockiert gewesen und hatte sein Leben binnen Sekunden an sich vorbeiziehen sehen, wie es angeblich kurz vor dem Tod passiert. Trotzdem hatte er sofort begriffen, was er tun musste. Jennie war schwanger, und er war schuld daran. Also konnte er wohl kaum in die Antarktis verschwinden und sie in London allein, ohne Mann und mit einem Kind zurücklassen. Nur ein absoluter Schuft hätte so gehandelt. Also hatte er das Richtige, Ehrenhafte und einzig Mögliche getan – und ihr einen Antrag gemacht.

Er hatte Angst gehabt und sich schrecklich zerrissen gefühlt, als er die Worte aussprach. Ihm war klar, indem er sie bat, ihn zu heiraten, verabschiedete er sich endgültig von Willa. Doch zu seiner großen Überraschung machte es ihn glücklich, als Jennie seinen Antrag annahm. Die Angst verließ ihn, sobald sie eingewilligt hatte, und in den Tagen danach hatte er nur Zufriedenheit und Erleichterung gespürt.

Es war getan, die Entscheidung war gefallen. Tatsächlich alle Entscheidungen. Er würde in London bleiben, die Stelle antreten und die Entdeckungsreisen anderen überlassen – jüngeren oder verrückteren Männern. Männern, die nichts zu verlieren hatten. Er hatte sich getäuscht, als er glaubte, Willa Alden sei die einzige Frau, die er je lieben könnte, und beschloss, die zerstörerische Sehnsucht nach ihr aufzugeben und die Liebe anzunehmen, die Jennie ihm bot. Seine Erinnerungen an Willa – den Klang ihres Lachens, ihren Anblick beim Klettern, den Geschmack ihrer Lippen – verschloss er tief in seinem Inneren an einem verborgenen Ort, den er nie mehr öffnen würde.

Zum ersten Mal seit vielen Jahren fühlte er sich im Frieden mit sich – ruhig, leicht und unbeschwert. Nicht hektisch und nervös. Nicht so, als blute er innerlich aus einer Wunde, die niemals heilte.

Ja, sagte er sich jetzt, als er Jennies Hand drückte, ich habe mich getäuscht all die Jahre. Schließlich hatte er doch die Liebe gefunden. Und das Glück. Bei der Frau, die neben ihm saß. Willa Alden gehörte der Vergangenheit an. Seine Zukunft lag an der Seite von Jennie Wilcott.

Mrs Alden entschuldigte sich, um ein paar gerade eingetroffene entfernte Verwandte zu begrüßen, und Jennie fragte Seamie, ob er noch eine Tasse Tee haben wolle.

»Nein, danke, Liebling. Ich hatte schon drei und platze gleich. Ich gehe mal kurz raus. Bin gleich wieder zurück.«

Auf dem Weg zum Waschraum kam er am Salon vorbei, wo Admiral Alden lag, und hörte Stimmen von drinnen – die eines Mannes und einer Frau. Sie klangen angespannt. Wurden lauter und plötzlich wieder leiser. Er eilte vorbei und dachte, dass es ihn nichts anging, was dort diskutiert wurde, und dass die Leute sicher bald wieder gehen würden.

Doch als er auf dem Rückweg abermals am Salon vorbeikam, stellte er fest, dass die Stimmen noch lauter geworden waren. Zumindest eine – die des Mannes. Zu seiner Überraschung wurde ihm klar, dass er die Stimme kannte – sie gehörte Albie.

Besorgt um seinen Freund, steckte er den Kopf durch die Tür und sah Albie, der auf und ab ging. Ein anderer Mann war bei ihm, ein seltsam aussehender Bursche, groß und dünn, in weiten Hosen, einer roten Baumwolljacke und einem Tuch, das um seinen Kopf geschlungen war. Seamie sah den Mann nur von hinten, aber er wirkte staubig und ungepflegt, als hätte er eine lange Reise hinter sich. Seamie fragte sich, wo die Frau war. Er hätte schwören können, auch eine Frauenstimme gehört zu haben.

Die Diskussion dauerte an, bloß dass sie sich jetzt eher wie ein Streit anhörte und eigentlich nur Albie sprach. Er wirkte wütend, versuchte aber, sich zu beherrschen.

Warum belästigte ihn dieser Mensch? Jetzt? In so einem schmerzlichen Moment? Aufs Höchste besorgt, trat Seamie in den Raum. Im selben Augenblick machte der seltsame Mann ein paar zögernde Schritte auf den Sarg zu, und Seamie bemerkte, dass er leicht hinkte.

Wie ein schmerzhafter Stromschlag durchfuhr es Seamie, als ihm klar wurde, wer dieser Mann war. Er versuchte, schnell zurückzuweichen, aus dem Salon zu entkommen, bevor man ihn bemerkte, stieß aber in seiner Hast ein Gestell mit einer schweren chinesischen Vase um. Die Vase schwankte, und bevor er sie auffangen konnte, fiel sie zu Boden und zerbrach. Die Person drehte sich um. Sie riss die grünen, vom Weinen verquollenen Augen auf, als sie ihn erkannte.

»Hallo, Seamie«, sagte Willa Alden.

24

Seamie blieb wie angewurzelt stehen, und die widerstrebendsten Gefühle umtosten sein Innerstes wie ein arktischer Sturm. Er empfand Schmerz und Wut für das, was sie ihm und den anderen angetan hatte. Und Liebe. Vor allem empfand er Liebe.

Er liebte sie. Immer noch. Genauso wie damals, als er es ihr auf dem Gipfel des Kilimandscharo zum ersten Mal gestanden hatte. Genauso wie damals, als sie ihm Lebewohl gesagt hatte.

»Hallo, Willa«, begrüßte er sie leise, unfähig, den Blick von ihr zu wenden.

Willas Gesichtszüge verzerrten sich, als sie ihn ansah. Tränen liefen ihr über die Wangen. Sie machte einige zögernde Schritte auf ihn zu und blieb dann stehen.

»Die verlorene Tochter ist zurückgekehrt«, sagte Albie ärgerlich und brach das Schweigen.

Willa zuckte wie getroffen zusammen. Albie schien es gleichgültig zu sein, dass er sie verletzt hatte. Statt die Schwester zu umarmen, die er jahrelang nicht gesehen hatte, hielt er sie auf Abstand.

Seamie erinnerte sich an das letzte Mal, als sie zusammen waren, im Pick. Es schien ewig her zu sein. Seamie und Albie hatten dort etwas getrunken. Willa und George waren unerwartet hereingeschneit. Sie trug damals Männerkleider – Tweedhosen und einen ausgebeulten Pullover. Ihr braunes Haar war kurz geschnitten, was ihren langen Schwanenhals und ihre hohen Wangenknochen betonte. Ihr Blick war fröhlich, herausfordernd und voller Leben gewesen.

Die Willa, die jetzt vor ihm stand, sah ganz anders aus als in seiner Erinnerung. Diese Willa wirkte ausgemergelt. Gequält. Ihr Gesicht war wettergegerbt. Das Haar unter ihrer Kopfbedeckung war nicht mehr kurz, sondern lang und zu einem dicken Zopf geflochten. Dennoch war sie immer noch schön. Die Augen hatten nichts von ihrer herausfordernden Intensität verloren. Wenn er jetzt in diese Augen blickte, entdeckte er, was er immer darin gesehen hatte – die gleiche ruhelose, suchende Seele, die auch in ihm wohnte.

Er machte den Mund auf, um ihr zu sagen, was er fühlte, um die Dinge wieder ins Lot zu bringen, den Graben zwischen ihnen zu überbrücken, zwischen allen von ihnen, aber er brachte nichts heraus als: »Na schön. Trinken wir eine Tasse Tee?«

»Nein, tun wir nicht«, erwiderte Albie und warf ihm einen vernichtenden Blick zu. »Wir sind hier nicht beim Pferderennen, und der verdammte Tee kann mir gestohlen bleiben!« Dann stürmte er hinaus, knallte die Tür hinter sich zu und ließ Seamie und Willa allein zurück.

Willa wischte sich mit dem Ärmel die Tränen ab. »Er ist wahnsinnig wütend auf mich. Hat mich grausam genannt«, sagte sie mit erstickter Stimme. »Ich wollte nicht zu spät kommen. Ich hatte keine Ahnung, dass mein Vater krank war. Die Briefe trafen mit Verspätung ein. Ich hab mich sofort auf den Weg gemacht, als ich sie bekam – vor sechs Wochen.« Sie schüttelte den Kopf. »Aber für Albie zählt das nicht. Meine Mutter hat mir verziehen, aber er wird es wohl nie tun.« Sie lächelte traurig. »Nun, wenigstens habe ich es zur Beerdigung geschafft. Es ist trotzdem eine Art Abschied, oder nicht? Wenn auch nicht der, den ich mir gewünscht hätte.« Sie schwieg einen Moment, starrte auf den Sarg und fügte dann hinzu: »Ich hätte nie gedacht, dass er mal sterben würde. Er doch nicht. Er war so stark. So voller Leben.« Und dann brach sie zusammen und bedeckte das Gesicht mit den Händen.

Seamie trat zu ihr, wollte sie trösten. Der Mann in dem Sarg war ihr geliebter Vater, dieses Haus ihr Heim. Und dennoch schien sie überhaupt nicht hierherzupassen und vollkommen allein zu sein. Zögernd legte er die Hand auf ihren Rücken. »Es tut mir leid, Willa«, sagte er. »Es tut mir so leid.«

Hilflos und verzweifelt drehte sie sich zu ihm um. »Ach, Seamie, ich wünschte, ich hätte mich richtig verabschieden können«, stieß sie hervor und schluchzte herzzerreißend. »Ich wünschte, ich hätte ihm sagen können, wie viel er mir bedeutet hat und wie sehr ich ihn liebte. Wenn ich nur früher gekommen wäre.«

Bei ihrem Anblick stiegen auch Seamie Tränen in die Augen. Er dachte nicht mehr an sich, sondern nahm sie in die Arme und hielt sie fest. Wie ein Sturzbach brachen die Klagen aus ihr heraus. Sie rang nach Atem und krallte die Finger in sein Hemd. Er drückte sie an sich, und sie weinte bitterlich, bis sie erschöpft und schlaff in seinen Armen hing. Auch dann ließ er sie nicht los, so sehr überwältigten ihn der gemeinsame Schmerz und ihre plötzliche Nähe. Willa, die er nie mehr wiederzusehen geglaubt, die er geliebt und zuweilen gehasst hatte.

»Ich vermisse ihn, Seamie, ich vermisse ihn so sehr«, flüsterte sie, als sie wieder sprechen konnte.

»Ich weiß, ich vermisse ihn auch.«

Sie beide hörten, wie die Tür aufging und eine weibliche Stimme sagte: »Seamie? Bist du hier ... Oh! Entschuldigung, ich ... Seamie?«

Es war Jennie.

Verdammter Mist, dachte Seamie. Sofort ließ er Willa los.

»Miss Alden?«, fragte Jennie unsicher und sah zuerst ihn und dann Willa an. Er war beschämt. Jennie wäre verletzt, wenn sie feststellte, dass die Frau in seinen Armen ausgerechnet Willa Alden war. Sie wäre wütend. Er hoffte nur, dass sie keine Szene machte. Nicht hier. Dass sie mit dem, was sie ihm sagen wollte, wartete, bis sie in ihrer Kutsche saßen.

Er räusperte sich und erwartete das Schlimmste. »Jennie, das ist Albies Schwester und meine alte Freundin Willa Alden. Willa, darf ich dir Jennie Finnegan vorstellen, meine Frau.«

Dann wartete er und beobachtete Jennies Gesicht, die sicher gleich in Wut und Tränen ausbrechen würde. Jennie jedoch tat keines von beidem. Sie ging auf Willa zu, nahm ihre Hand und sagte: »Mein Beileid, Miss Alden. Mein Mann hat mir viel über den Admiral erzählt, und ich weiß, was für ein wundervoller Mensch er war. Ich kann mir Ihren Schmerz sicher nicht vorstellen, aber es tut mir sehr leid für Ihren Verlust.«

Unfähig zu sprechen, nickte Willa nur und wischte sich erneut mit dem Ärmel das Gesicht ab. Jennie öffnete ihre Tasche, zog ein spitzengesäumtes Taschentuch heraus und reichte es ihr.

»Danke, Mrs Finnegan«, sagte Willa. »Verzeihen Sie mir bitte. Ich wünschte, wir hätten uns unter erfreulicheren Umständen kennengelernt.«

»Das wünschte ich auch«, antwortete Jennie, »und es gibt nichts zu verzeihen.« Sie sah Seamie an. »Der Leichenwagen ist eingetroffen. Wir sollen uns in zehn Minuten auf den Weg zur Abbey machen.«

»Ich hole unsere Mäntel«, sagte Seamie.

Jennie schüttelte den Kopf. »Vielleicht solltest du lieber noch ein paar Minuten bei Miss Alden bleiben.« Zu Willa gewandt, fügte sie hinzu: »Entschuldigen Sie, Miss Alden, aber Sie sehen nicht aus, als könnten Sie gleich aufbrechen. Darf ich Ihnen eine Tasse Tee bringen? Und ein feuchtes Tuch?«

Willa nickte dankbar. Jennie eilte hinaus, während Seamie ihr nachblickte und über ihre Güte und ihr Mitgefühl staunte. Eine andere Frau hätte ihm wahrscheinlich die Hölle heißgemacht. Nicht so Jennie. Sie sah immer nur das Gute in den Menschen. Die nobelste Art, sich zu erklären, was sie gerade gesehen hatte, bestand wohl darin, dass ihr Mann eine trauernde Freundin getröstet hatte, eine andere Erklärung ließ sie nicht zu. Seamie war nicht zum ersten Mal gerührt von ihrem Glauben an ihn. Und er beschloss, gleich hier und jetzt, diesen Glauben, nie zu zerstören. Diese gute Frau, die er geheiratet hatte, nie zu verletzen. Egal, was er vor ein paar Momenten gefühlt haben mochte, es gehörte der Vergangenheit an, ein für alle Mal.

»Sie ist sehr nett und sehr schön. Du bist ein Glückspilz.« Willa ließ sich matt in einen Sessel fallen.

»Ja, das bin ich«, antwortete Seamie.

Willa sah auf ihre Hände hinab. »Ich freue mich für dich. Ich freue mich, dass du einen so wundervollen Menschen gefunden hast«, sagte sie.

»Wirklich?«, fragte er mit schroffer Stimme. Was nicht seine Absicht gewesen war.

Willa blickte gequält zu ihm auf, und das Versprechen, das er sich vor wenigen Augenblicken gegeben hatte, ging in einer plötzlichen Gefühlsaufwallung unter. »Warum?«, fragte er. »Warum hast du …«

Aber dann standen die Leichenträger plötzlich im Salon, entschuldigten sich und schlossen den Sarg, und Jennie befand sich direkt hinter ihnen.

»Hier, Miss Alden«, sagte sie, reichte Willa ein Tuch und stellte den Tee auf einen Tisch neben ihr.

Seamie wandte sich von Willa ab, und Jennie heuchelte Interesse für einen alten Segelpokal. Was mache ich nur?, fragte er sich. Ich lasse es zu, dass meine Gefühle die Oberhand über mich gewinnen. Schluss damit, sagte er sich. Sofort. Es ist reiner Wahnsinn.

»Danke«, hörte er Willa zu Jennie sagen. »Wahrscheinlich brauche ich aber mehr als eine Katzenwäsche mit einem Waschlappen. Ich sollte mich umziehen, bevor wir in die Kirche gehen. Ich habe seit Wochen die Kleider nicht gewechselt.«

»War die Reise sehr anstrengend?«, fragte Jennie.

»Ja, und sehr lang«, antwortete Willa.

»Fahren Sie gleich wieder zurück, oder bleiben Sie eine Weile in London?«, fragte Jennie leichthin.

Seamie schloss die Augen und wünschte, sie würde erwidern, dass sie gleich morgen wieder in den Himalaja zurückkehrte. Um seinetwillen. Um ihrer aller willen.

»Ich weiß nicht. Darüber habe ich mir noch keine Gedanken gemacht«, antwortete Willa, und Seamie hörte die Müdigkeit in ihrer Stimme. »Ich bin in solcher Hast aufgebrochen, verstehen Sie. Ich denke, ich werde ein paar Wochen bleiben. Vielleicht einen oder zwei Monate. Ich werde etwas tun müssen, um die Rückreise finanzieren zu können. Ich habe fast alles ausgegeben, was ich hatte, um hierherzukommen.«

»Vielleicht können wir Ihnen helfen«, schlug Jennie vor. »Mit dem Geld für die Überfahrt, meine ich. Seamie, Liebling, könnten wir das?«

Wie ein Blitz traf ihn die Erkenntnis, was hier wirklich vor sich ging. Ach Jennie, dachte er, du bist lieb und nett, aber keine Närrin. Er hatte angenommen, sie würde in jedem nur das Beste sehen und sich deshalb so großzügig gegenüber der Rivalin verhalten. Aber da hatte er sich getäuscht. Sie hatte die ganze Situation genau erfasst.

»Natürlich, Jennie«, sagte er. Er würde liebend gern Willas Rückfahrtspassage bezahlen. Erster Klasse, wenn sie wollte. Alles. Solange sie nur gehen, ihn in Frieden lassen, und er das Gefühl ihres Körpers in seinen Armen, ihren Duft und den Klang ihrer Stimme vergessen würde. Solange sie ihm das Leben ließe, das er jetzt hatte – das Leben mit Jennie und ihrem Kind.

»Danke, ihr seid beide sehr lieb, aber das wird nicht nötig sein«, erwiderte Willa. »Ich bringe einen Fotoband bei der Royal Geographical Society heraus. Über den Everest. Die Fotos habe ich alle mitgebracht. Ich liefere das Material eben ein bisschen früher ab als geplant und hoffe, Sir Clements gibt mir einen großzügigen Vorschuss. Außerdem halte ich einen Vortrag über den Everest.« Sie lächelte matt. »Gegen Honorar natürlich. Ich habe auch meine Karten mitgebracht. Sie in Rongbuk zu lassen konnte ich nicht riskieren. Sie wären vielleicht weg, wenn ich zurückkehre.«

Albie steckte den Kopf durch die Tür. »Der Leichenwagen fährt gleich ab«, sagte er. »Mutter möchte, dass du bei uns mitfährst, Willa.« Dann verschwand er wieder.

»Das war's wohl mit Umziehen«, seufzte Willa. Sie stand auf und blickte von Seamie zu Jennie. Ein unbehagliches Schweigen trat ein, und Seamie wünschte, er wäre schon in der Abbey, wo er nicht reden musste. Wo Willa bei ihrer Mutter und ihrem Bruder säße, und er, weit entfernt von ihr, neben Jennie.

»Also, nochmals vielen Dank für eure Liebenswürdigkeit«, sagte Willa verlegen. »Ihr kommt doch zu meinem Vortrag? Bitte, sagt Ja.«

Mit strahlendem Lächeln versprach Jennie, dass sie ganz sicher kommen werde, und entschuldigte sich dann, um ihre Sachen zu holen.

Willa ging zur Tür, und Seamie folgte ihr. Sie blieb noch einmal stehen, drehte sich um und legte die Hand auf seinen Arm. »Seamie, warte. Wegen vorhin ... das ... tut mir leid. Ich wollte keinesfalls ...«

Er lächelte höflich und hatte seine Gefühle wieder im Griff. »Nicht doch, Willa. Nicht der Rede wert. Nochmals mein Beileid. Es tut mir leid für deinen Verlust.«

Er hielt kurz inne und fügte dann wehmütig hinzu: »Und für meinen.«

25

Joe arbeitete seit drei Uhr nachmittags in seinem Büro im Unterhaus. Inzwischen war es fast Mitternacht, und er war müde, wollte nach Hause, zu seiner Frau, ins Bett. Aber er konnte nicht. Weil George Burgess ihm gegenüber am Schreibtisch saß, Whisky trank und über Flugzeuge redete.

Fast ganz London schlief schon, aber nicht Sir George. Bis eben war er Fakten und Zahlen für eine Rede durchgegangen, die er am nächsten Tag im Parlament halten wollte. Über die Notwendigkeit, die Königliche Luftschifffahrt als Teil der Königlichen Marine der Admiralität zu unterstellen.

Zuerst Churchill und seine Schiffe, dachte Joe. Und jetzt Sir George und seine Flugzeuge. Mittlerweile gab es jeden Tag neue Forderungen nach höheren Militärausgaben.

»Sie können sich das einfach nicht vorstellen, alter Freund«, erklärte Burgess. »Die Geschwindigkeit und Manövrierfähigkeit sind unvergleichlich. Und von oben in den Wolken, aus sicherer Entfernung, die exakte Position einer feindlichen Stellung zu erkunden, die Anzahl von Truppen und Kanonen, nun, die Auswirkungen für die Aufklärung sind einfach verblüffend, vom Einsatz von Fliegerbomben ganz zu schweigen. Ich könnte die ganze Nacht weiterreden, Joe, aber Sie müssen sich von den Fähigkeiten eines Kampfflugzeugs selbst überzeugen und mit mir fliegen.«

»Ich nehme Sie beim Wort, George. Wir können gleich über Hackney fliegen, und ich zeige Ihnen, wo ich eine neue Schule bauen will.«

»Ich mache mir eine Notiz in meinem Terminkalender«, erwiderte Burgess, ohne auf Joes ironischen Unterton einzugehen. »Während der Parlamentsferien im August fahren wir nach Eastchurch, da ist eine Flugschule der Marine. Ich nehme Sie in einer Sopwich mit nach oben, und Sie werden überzeugt sein. Die Einheit steckt noch in den

Kinderschuhen«, fügte er hinzu, »und muss schnell ausgebaut werden. Wir haben erst vierzig Flugzeuge, fünfzig Wasserflugzeuge und etwa einhundert Piloten, und das Geschwader muss natürlich vergrößert werden. Wir sind im Rückstand. Die Italiener, Griechen und Bulgaren, sogar die Amerikaner sind uns meilenweit voraus in der Entwicklung von Kampfflugzeugen und …«

Burgess wurde von einem lauten Trommeln an Joes Tür unterbrochen.

»Schläft denn in dieser Stadt überhaupt niemand mehr?«, fragte Joe. »Herein!«

»Sir George? Gott sei Dank habe ich Sie gefunden. Hallo, Mr Bristow.« Es war Albie Alden, mit wirrem Haar und vollkommen außer Atem. Offensichtlich war er gerannt.

»Was gibt's?«, fragte Burgess.

Albie rang nach Luft. »Wir haben da ein paar Probleme im Geheimdienst«, stieß er hervor und sah Joe unsicher an.

»Nur heraus mit der Sprache«, sagte Burgess ungeduldig. »Dieser Mann ist seinem Land genauso loyal verbunden wie der König.«

»Zwei deutsche Spione wurden heute Abend fast verhaftet.«

»Was heißt *fast*? Was meinen Sie damit?«

»Setz dich, Albie«, sagte Joe, goss ein weiteres Glas Whisky ein und schob es über seinen Schreibtisch.

Albie setzte sich auf den Stuhl neben Burgess. Er leerte das Glas in einem Zug, wischte sich mit dem Handrücken den Mund ab und fuhr dann fort: »Vor vier Tagen haben unsere Dechiffriermaßnahmen und die Angaben eines V-Manns ergeben, dass ein gewisser Bauer – Johann Bauer – bei Fairfields gearbeitet hat.«

Burgess, der kopfschüttelnd zugehört hatte, begann plötzlich zu fluchen. Joe wusste, warum. Fairfields war eine Werft in Schottland. Am River Clyde. Sie baute Schiffe für die Königliche Marine.

»Johann Bauer?«, polterte Burgess los. »Der Name ist so deutsch wie Sauerkraut. Wie zum Teufel bekam ein Mann mit so einem Namen dort Arbeit?«

»Indem er ihn zu John Bowman abänderte«, sagte Albie. »Er

hatte alle nötigen Dokumente. Eine gefälschte Geburtsurkunde von einem Edinburgher Krankenhaus. Abgangszeugnisse. Eine Empfehlung von einem Eisenhändler. Niemandem ist etwas Verdächtiges aufgefallen.«

»Aber sein Akzent hätte ihn doch verraten«, wandte Burgess ein.

Albie schüttelte den Kopf. »Er spricht akzentfrei. Sprach er zumindest.«

»Was ist passiert?«, fragte Joe und schenkte Albie nach.

»Wie gesagt, wir hatten Bauer im Visier, schlugen aber nicht gleich zu. Wir wollten ihn noch ein paar Tage beschatten, um zu sehen, ob er uns vielleicht zu seinen Kontaktleuten führt. Ich glaube jedoch, er hat herausgefunden, dass wir hinter ihm her waren, weil er gestern Abend plötzlich Govan verließ und einen Zug nach London nahm. Natürlich wurde er verfolgt. Von einem Geheimagenten. Nachdem er aus dem Zug gestiegen war, fuhr er nach Ostlondon, zu einem Pub namens Prospect of Whitby.«

»Ich kenne das Pub. Das ist in Wapping«, warf Joe ein.

Albie nickte. »Bauer traf sich dort mit einem Mann namens Ernst Hoffman, der sich Sam Hutchins nennt. Sie haben zusammen zu Abend gegessen, das Pub dann verlassen und sind zu Fuß zu Duffin's gegangen, einer Pension. Unser Mann ist hinter ihnen hergeschlichen und hat beobachtet, in welches Zimmer sie gingen – ein Zimmer, das ein Mann namens Peter Stiles gemietet hat, wie wir später herausfanden. Daraufhin beschloss unser Mann – Hammond, heißt er – zu handeln. Er wandte sich an die Polizei um Hilfe, und er und fünf Beamte stürmten das Haus. Hammond klopfte an die Tür des Zimmers, in dem sich Bauer und Hoffman befanden. Ein Mann rief: ›Wer ist da?‹, und als Hammond sagte, die Polizei, antwortete der Mann, er werde gleich öffnen, müsse sich aber noch schnell die Hose anziehen.«

Albie trank einen Schluck und berichtete dann weiter. »Sofort danach waren zwei Schüsse zu hören. Die Polizisten brachen die Tür auf, aber es war zu spät. Als sie ins Zimmer kamen, fanden sie Bauer und Hoffman tot auf dem Boden liegen, und das Fenster stand weit offen. Der dritte Mann – Stiles – hatte den beiden offensichtlich in den Kopf geschossen und war dann durchs Fenster und übers Dach entkommen. Hammond ging sofort zum Kamin, in dem Papiere brannten. Stiles muss befürchtet haben, erwischt zu werden, und wollte die Papiere nicht mitnehmen. Hammond schaffte es, ein paar zu retten, bevor sie vollständig verbrannten.«

»Worum handelte es sich?«, fragte Burgess düster.

»Um Blaupausen.«

»Doch nicht von der *Valiant*«, sagte Burgess.

»Doch. Ich fürchte schon.«

Burgess nahm sein Whiskyglas. Einen Moment lang glaubte Joe, er würde es durch den Raum schleudern, aber er beherrschte sich.

»Was ist die *Valiant*?«, fragte Joe.

»Unsere ganze Hoffnung«, antwortete Burgess. »Ein neuer und sehr fortschrittlicher Typ von Kriegsschiff.«

»Eines unserer Dreadnoughts?«, fragte Joe.

»Ein Super-Dreadnought. Davon werden nur vier gebaut, und sie sollen alles übertreffen, was die Deutschen zu bieten haben.«

»Wir müssen auch die positive Seite der Sache sehen«, sagte Albie.

»Gibt's denn eine?«, zischte Burgess.

»Zwei feindliche Spione sind tot. Ihr Plan, die Blaupausen nach Berlin zu schaffen, sind gescheitert.«

»Wir haben dieses Mal Glück gehabt, verdammtes Glück«, sagte Burgess. »Das nächste Mal vielleicht nicht.« Er stand auf und begann, auf und ab zu gehen. »Wir müssen den anderen Mann finden – Stiles. Er ist der Topagent. Das weiß ich. Das sagt mir mein Gefühl.«

»Wir arbeiten daran, Sir. Wir haben seine Sachen in dem Zimmer durchsucht, die Pensionswirtin und alle Gäste befragt, um eine Beschreibung von Stiles zu kriegen – seine Gewohnheiten, sein Bewegungsprofil, alles, was wir kriegen konnten.«

»Sehr gut«, sagte Burgess.

»Können Sie ihn denn erwischen?«, fragte Joe, beunruhigt von der Vorstellung, dass dieser gefährliche Mensch im Londoner Osten sein Unwesen trieb.

Burgess antwortete eine Weile nicht, weil die Uhr von Big Ben laut und düster die Stunde schlug – Mitternacht.

Als der letzte Schlag verklungen war, sagte er: »Oh, wir erwischen ihn schon, den gerissenen Burschen. Wir verfolgen ihn, mit Geduld und Umsicht. Wir stöbern ihn auf, und wenn er versucht, nach Berlin abzuhauen ... *peng!* Dann schießen wir ihm mitten in sein schwarzes Verräterherz.«

26

Seamie stand mit aufgerissenen Augen im Foyer eines hohen georgianischen Stadthausses am Bedford Square und wandte sich seinem Freund Albie zu.

»*Muss* hier jeder exotisch und ausgefallen gekleidet sein?«, fragte er und beobachtete einen jungen Mann mit kajalumrandeten Augen, der, in eine Parfümwolke gehüllt und mit Seidentüchern geschmückt, vorbeirauschte.

»Nein, sonst wären wir nicht hier«, antwortete Albie. »Man muss nur die Gastgeberin, Lady Lucinda Allington, kennen.«

»Und wie kommt es, dass ein kurzsichtiger Streber wie du solche Leute kennt?«, fragte Seamie und lächelte unbeholfen, als ein Mädchen mit kurzem Haar, rot geschminkten Lippen und einer Zigarettenspitze kichernd blaue Rauchringe in seine Richtung blies.

»Ich war mit Charles, Lulus Bruder, in Cambridge. Er ist vor ein paar Jahren gestorben, der arme Kerl. An Typhus. Das war ein furchtbarer Schlag für die Familie. Mit seiner Schwester bin ich weiterhin befreundet. Komm mit, wir wollen mal sehen, ob wir sie finden.«

Seamie und Albie hängten ihre Mäntel auf und machten sich auf die Suche nach der Gastgeberin. Sie schlängelten sich durch die hohen, grell bunt gestrichenen Räume des Hauses, an allen möglichen grell bunt gekleideten Leuten vorbei, die sich unterhielten, tranken oder zur Musik, die von einem Grammofon erschallte, tanzten. Albie deutete auf verschiedene Maler, Musiker und Schauspieler und erklärte Seamie, wenn er nicht wisse, wer sie seien, spreche das nicht gerade für ihn. Sie fanden ihre Gastgeberin – Lulu – im Speisezimmer, wo sie sich von einem umwerfenden russischen Tänzer namens Nijinsky aus der Hand lesen ließ. Sie trug einen Seidenturban, eine pelzverbrämte Jacke und rote Pluderhosen, die in braunen Wildlederstiefeln steckten.

Lulu war schlank, mit einem Schwanenhals, rotem Haar und haselnussbraunen Augen. Ihre Stimme klang tief und dramatisch, ihr Gesicht wirkte intelligent und lebhaft.

»Albie Alden«, sagte sie und nahm seine Hand. »Warum um alles in der Welt bist du hier?«

»Schön, dich zu sehen, Lulu«, antwortete Albie und gab ihr einen Kuss auf die Wange.

»Warum bist du nicht beim Vortrag deiner Schwester?«, fragte sie. »Alle Leute, die ich kenne, sind dort. Virginia und Leonard, Lytton, Carrington ...«

»Alle?«, fragte Albie. »Was machen dann die vielen Leute hier?«

Lulu sah sich im Raum um. »Ach, die. Das sind doch keine Leute. Sondern Schauspieler hauptsächlich. Oder Tänzer. Sie kommen gerade von irgendeiner Bühne und wollen nur so viel Champagner schnorren, wie sie können. Aber du ... warum bist du nicht in der Royal Geographical Society?«

»Habe ich dir schon meinen Freund Seamus Finnegan vorgestellt?«, fragte Albie.

»Finnegan? Der Entdecker? Es ist mir eine Ehre, Sie kennenzulernen«, sagte Lulu. »Obwohl ich eigentlich dachte, Sie würden sich auch den Vortrag anhören. Interessieren Sie sich nicht für den Everest? Nachdem Sie am Südpol waren, hätte ich gedacht ...«

Albie nahm Lulus Hand aus der des Tänzers. »Na, was haben wir denn da? Ah, die Taktlinie. Verdammt kurz, nicht?«

Lulu sah von Seamie zu Albie. »Oje! Willa ist wohl kein gutes Thema?«

Albie lächelte wehmütig. »Die meisten Leute hätten das an meiner Zurückhaltung und an meinen geradezu übermenschlichen Anstrengungen, das Thema zu wechseln, erkannt. Nein, ist sie nicht.«

»Tut mir leid. Ich hatte keine Ahnung. Ich mach's wieder gut, indem ich dir verrate, wo der Champagner versteckt ist.« Sie senkte die Stimme. »Im Backrohr.«

Albie dankte ihr und wollte sich schon entfernen, als sie ihnen nachrief: »Ich möchte wissen, warum. Ihr müsst mir alles erzählen.«

Dann wandte sie sich wieder dem hübschen Tänzer zu. »Also, Vaslav, sag mir, ob ich eine Chance bei diesem wunderbaren Tom Lawrence habe?«

Seamie folgte Albie in die Küche. Eine schöne, gelangweilt dreinblickende Frau saß rauchend auf dem Küchentisch, während ein Mann ihr Gedichte vortrug. Auf der anderen Seite des Raums balancierte ein anderer einen Teller auf einem Holzlöffel, und zwar auf dem Kinn, während er auf einem Bein stand. Dabei wurde er von einer Gruppe von Leuten gepiesackt.

Seamie war froh, dass er von Lulu und ihrem Gerede über Willa fort war. Er hatte am Tag der Beerdigung ihres Vaters beschlossen, sie sich aus dem Kopf zu schlagen, und tat sein Bestes, sich an diesen Entschluss zu halten. Als er zusah, wie Albie die Backofentür öffnete, eine Flasche Champagner herausholte und zwei Gläser einschenkte, dachte er, dass es vielleicht besser gewesen wäre, nicht mit zu der Party zu kommen. Vielleicht hätte er einfach zu Hause bleiben sollen. Albie hatte ihn in der neuen Wohnung aufgesucht und meinte, es mache ihn noch wahnsinnig, ständig im Haus seiner Mutter eingesperrt zu sein.

»Wo ist Jennie?«, fragte er, nachdem ihn Seamie ins Wohnzimmer geführt hatte und eine Flasche Wein öffnen wollte.

»Sie ist aufs Land gefahren. In ihr Cottage in den Cotswolds«, erklärte Seamie. »Sie meinte, sie brauche ein bisschen Ruhe.«

»Macht ihr die Schwangerschaft zu schaffen?«, fragte Albie.

»Ja.«

»Warum hast du sie nicht begleitet?«

»Sie wollte eine Woche bleiben.«

»Na und?«

»Ich muss doch arbeiten.«

»Ach ja. Das hab ich ja ganz vergessen. Inzwischen bist du ein respektables Mitglied der Gesellschaft geworden, nicht wahr?«

Stöhnend warf Seamie den Korken nach ihm. In der Tat *hatte* die Arbeit ihn abgehalten, nach Binsey zu fahren, aber es gab noch einen anderen Grund, den er Albie nicht verriet: Er hatte das Gefühl, dass Jennie das nicht wollte.

»Seamie, Liebling«, hatte sie vor zwei Tagen zu ihm gesagt, »ich hoffe, es macht dir nichts aus, aber ich werde dich nicht zu Miss Aldens Vortrag begleiten können. Ich bin ein bisschen erschöpft und würde gern ein paar Tage nach Binsey fahren. Ins Cottage meiner Mutter. Um mich ein wenig auszuruhen.«

»Geht's dir nicht gut?«, hatte er sofort besorgt nachgefragt.

»Mir geht's gut. Ich bin nur müde. Das ist vollkommen normal, meint Harriet.«

»Ich komme mit. Wir fahren am Wochenende. Ich habe das Cottage noch nie gesehen. Außerdem solltest du nicht allein reisen.«

»Das ist wirklich sehr lieb von dir«, entgegnete sie, aber in ihrer Stimme schwang noch etwas anderes mit – Angst? Nervosität? Er war sich nicht sicher. »Großartig natürlich, und es ist ja auch sehr schön dort, aber ziemlich langweilig. Ich hab auch nichts Besonderes vor, weißt du. Bloß ein bisschen lesen, denke ich. Außerdem möchte ich versäumte Korrespondenz nachholen, und vielleicht lasse ich einen Handwerker kommen, um das Dach zu reparieren. Das letzte Mal, als ich da war, ist mir aufgefallen, dass ein paar Schindeln fehlen.«

Seamie kannte sich nicht aus mit schwangeren Frauen, aber er hatte gehört, dass sie launisch und seltsam sein konnten und zu Klagen und Tränen neigten. Vielleicht brauchte Jennie etwas Abstand vom lauten London und ihren täglichen Pflichten: Sie musste sich schließlich um ihren Vater kümmern, die neu eingestellte Lehrerin überwachen und die Treffen der Frauenrechtlerinnen besuchen. Vielleicht brauchte sie auch etwas Abstand von ihm, wusste aber nicht, wie sie ihm das beibringen sollte – Abstand von der Haushaltsführung, vom Kochen und den endlosen Abendessen in der Royal Geographical Society.

»Natürlich«, hatte er gesagt, weil er sie nicht weiter bedrängen wollte. »Du wirst wissen, was das Beste für dich ist, aber du musst mir schreiben. Jeden Tag. Damit ich weiß, dass es dir gut geht.«

Sie küsste ihn, versprach ihm zu schreiben und sagte, sie werde ihn schrecklich vermissen. Und heute Morgen hatte er sie in Paddington in den Zug gesetzt und beteuert, sie am Samstagabend wieder abzuholen.

»Also, nachdem du jetzt Strohwitwer bist, kannst du ja die Puppen tanzen lassen«, hatte Albie gesagt. »Wir könnten in ein Pub gehen – hier in der Nähe muss es doch was Anständiges geben – und dann zu einer Party. Freunde von mir am Bedford Square geben ein Fest.«

»Die Puppen tanzen lassen, Albie? Seit wann lässt *du* denn die Puppen tanzen?«, fragte Seamie.

»Jeden Tag meines Lebens.«

Seamie lachte. »Wirklich? Seit wann magst du Partys?«

»Ich liebe Partys. Quantenphysik ist eine endlose Party.«

Sie tranken aus, gingen in ein Pub, um sich noch ein paar Drinks zu genehmigen, und dann zum Bedford Square. Seamie bemerkte, dass Albie trotz seiner Scherze erschöpft aussah. Das sagte er ihm auch und fragte ihn, ob etwas nicht in Ordnung sei.

»Die Beerdigung ... die Arbeit ... das alles hat mir ziemlich zugesetzt«, antwortete Albie. »Aber demnächst nehme ich mir frei. Fahre nach Bath oder sonst irgendwo hin und erhole mich. Im Moment jedoch muss ich auf Theakston's Bitter und alte Freunde vertrauen, dass sie mir dabei helfen.«

Seamie hatte genickt, war aber nicht überzeugt gewesen. Der Tod eines Elternteils und schwere Arbeitsbelastung konnten natürlich jeden aus der Bahn werfen, aber tief in seinem Innern spürte er, dass hinter Albies ständiger nervöser Anspannung mehr steckte, als sein alter Freund zugeben wollte. Vielleicht ist es Willa, dachte er, und Albie – rücksichtsvoll wie immer – wollte aus Taktgefühl nicht über sie sprechen. Er wusste, dass Willa nun ebenfalls im Haus ihrer Mutter wohnte. Vielleicht kamen sie noch immer nicht miteinander aus. Seamie überlegte, ob er Albie danach fragen sollte, aber er hatte genauso wenig Lust, über Willa zu sprechen, also ließ er es.

»Sollen wir uns ins Getümmel stürzen?«, fragte Albie jetzt und sah sich im Raum um.

»Nach dir«, antwortete Seamie mit einer übertriebenen Verbeugung und wunderte sich noch immer über die plötzliche Geselligkeit seines Freundes.

Während sie die verschiedenen Räume des Hauses durchquerten, machte Seamie Bekanntschaft mit einer Schriftstellerin namens Virginia Stephens, deren Schwester Vanessa Bell, einer Malerin, und Vanessas Mann Clive, der Kritiker war. Er traf den Dichter Rupert Brooke, stieß mit Tom Lawrence zusammen, der gerade von Willas Vortrag kam und sich freute, ihn zu sehen, und plauderte dann mit einem Ökonomen namens John Maynard Keynes.

Albie hatte ihm auf dem Weg erklärt, dass Lulu das Zentrum eines bunten Zirkels aus Künstlern und Intellektuellen namens Bloomsbury Group sei. »Das sind sehr fortschrittlich gesinnte Leute. Sie kümmern sich nicht sonderlich um Besitz, Moral oder dergleichen, soweit ich weiß.«

Seamie genoss die Gesellschaft dieser Leute, ihre dramatischen Aufzüge und Gesten, aber jedes Mal, wenn sie herausfanden, wer er war, kam die Rede immer auf Willa und ihren Vortrag zu sprechen. Und nach einer Stunde beschloss Seamie, dass es ihm reichte. Er begab sich auf die Suche nach Albie – der gesagt hatte, dass er die Bekanntschaft von zwei deutschen Malern aus München machen wolle –, um sich von ihm zu verabschieden. Er konnte ihn bloß nirgendwo finden. Die Party war inzwischen laut geworden, immer mehr Gäste trafen ein, und es war schwierig, sich durch die Menge zu drängen.

Eine Frau in einem langen Seidenkimono und Perlenschnüren um den Hals ging auf ihn zu und drückte ihn beim Kamin im Speisezimmer in die Ecke. »Sie sind Seamus Finnegan, nicht wahr? Ich kenne Sie aus der Zeitung. Waren Sie heute Abend in der Royal Geographical Society? Da komme ich gerade her. Ich habe diese umwerfende Willa Alden gesehen, die Karten vom Everest zeichnet. Sie hat einen großartigen Vortrag gehalten. Absolut faszinierend.«

»Gütiger Himmel«, murmelte Seamie und versuchte verzweifelt, von der aufdringlichen Dame wegzukommen. Er entschuldigte sich. Der einzige Ort im ganzen Haus, wo sich keine Gäste drängten, war die Treppe auf der anderen Seite des Foyers. Mühsam bahnte er sich einen Weg durch die Menge, wurde eingekeilt und hätte fast eine marmorne Shakespeare-Büste mit Lorbeerkranz auf dem Kopf umgestoßen. Als er die Treppe erreicht hatte, stieg er ein paar Stufen hinauf und setzte sich. Von hier aus hatte er einen guten Überblick. Hier würde er warten, bis Albie vorbeikam, sich von ihm verabschieden und dann heimgehen.

Während er wartete und sein Glas langsam leerte, ging die Haustür auf. Eine neue Gruppe junger, lärmender Leute stürmte herein – zwei Männer und eine Handvoll Frauen. Die Männer, in Anzügen und Mänteln, waren ziemlich angeheitert, und die Frauen in langen, schmal geschnittenen Seidenkleidern mit Glasperlenschnüren um den Hals kicherten über etwas. Eine von ihnen trug kein Kleid, bemerkte Seamie, sondern Hosen und einen langen Seidenmantel.

Er konnte ihr Gesicht nicht ganz sehen, weil sie aus ihrem Mantel schlüpfte. Sein Herz begann trotzdem, wild zu klopfen.

»Nein«, sagte er sich. »Das ist nicht sie. Das kann sie nicht sein. Das ist bloß ein Zufall, ein verdammter Zufall.«

»Ein Hoch auf unsere Heldin!«, rief einer der Männer plötzlich, nahm den Lorbeerkranz von der Shakespeare-Büste und setzte ihn der Frau auf.

»Ach, hör auf damit, Lytton«, sagte die Frau lachend und blickte auf. »Du machst mich verlegen.«

»Ach, verdammter Mist«, murmelte Seamie.

Es war Willa.

27

Jubelrufe brachen aus. Applaus schallte durchs Foyer. Willa war beschämt von so viel Aufmerksamkeit. Sie verbeugte sich knapp und versuchte, rückwärts ins Speisezimmer zu entkommen, aber ein betrunkener Mann packte sie und stellte sie auf den Tisch in der Mitte der Diele. Dabei schlug ihr künstliches Bein hart gegen den Tischrand. Stöhnend vor Schmerz, krümmte sie sich zusammen. Ihr Beinstumpf tat höllisch weh. Wenn sie nicht schnell Laudanum schluckte, käme sie ernsthaft in Schwierigkeiten.

Sie wollte schnell vom Tisch herunter, aber eine alberne Frau ließ Rosen, die sie aus einer Vase gerissen hatte, auf sie regnen. Gäste in den anderen Räumen reckten die Hälse, um mitzubekommen, was da vor sich ging, und rannten ins Foyer, um sich dem Beifall anzuschließen.

»Ich präsentiere Ihnen die Berggöttin Chomolungma!«, rief Lytton Strachey und verbeugte sich mit gefalteten Händen. Willa kannte Lytton, einen brillanten, scharfzüngigen Schriftsteller, noch aus der Zeit, bevor sie London verlassen hatte, und wusste, dass er zu Übertreibungen neigte. Früher hatte sie seine Scherze amüsant gefunden, aber im Moment wünschte sie inständig, er würde sie in Ruhe lassen.

»Danke«, sagte Willa peinlich berührt zu den Leuten, die sie beklatschten. »Vielen herzlichen Dank.« Dann zischte sie Lytton zu: »Hol mich hier runter!«

Lytton gehorchte und reichte ihr die Hand, als sie vom Tisch hüpfte. Mit dem künstlichen Bein waren solche Sprünge heikel. Auf keinen Fall wollte sie, dass das verdammte Ding vor der versammelten Gästeschar brach. Sie hatte keine Lust, sich zum Gespött der Leute zu machen.

»Willa Alden«, begrüßte Lulu sie, die ebenfalls ins Foyer geeilt war und sie umarmte. »Leonard Woolf hat mich gerade geholt. Er meinte, du seist eben erst angekommen, und da bist du tatsächlich! Und ich hab gedacht, ich würde dich nie mehr wiedersehen.« Lulu ließ sie los. »Ach, sieh dich einer an. Du siehst ja wirklich abenteuerlich aus.«

»Wie schön, dich zu sehen, Lu«, antwortete Willa und zwang sich, zu lächeln und charmant zu sein. »Es ist wirklich Ewigkeiten her. Du bist noch genauso federleicht wie früher und schöner denn je. Du scheinst dich ja nur von Luft zu ernähren.«

»Von Luft und Champagner«, sagte Leonard Woolf. Er war Virginia Stephens Verlobter und Literaturkritiker und mit Lytton ebenfalls in der Royal Geographical Society gewesen, wo ihn Willa nach ihrem Vortrag kennengelernt hatte.

Ein Mann, blond, braun gebrannt und gut aussehend, trat zu ihnen. »Lulu, ich wollte mich nur bedanken und dabei auch gleich verabschieden«, sagte er.

Dem Himmel sei Dank, dachte Willa. Während Lulu mit ihm redete, könnte sie wegschleichen und ihre Pillen nehmen. Aber sie hatte kein Glück.

»Tom, du willst uns schon verlassen?«, rief Lulu. »Das geht nicht! Nicht, bevor du Miss Alden kennengelernt hast. Sie ist Abenteurerin wie du.«

Willa lächelte ihn an. Ihre Schmerzen brachten sie fast um. Sie hatte einen mehrstündigen Vortrag hinter sich und danach eineinhalb Stunden lang Fragen beantwortet. Sie hatte mit einer kleinen Zusammenkunft unter Freunden gerechnet, wo sie schnell ihre Medizin einnehmen, einen Bissen essen und sich anschließend müde in einen Sessel fallen lassen könnte. Keinesfalls hatte sie so etwas erwartet – eine große Party, wo sie eine Menge Leute kennenlernen, Hände schütteln und Small Talk machen musste.

»Es ist mir eine Ehre, Miss Alden«, sagte Lawrence. »Ich habe heute Abend Ihren Vortrag gehört. Er war wundervoll. Dennoch hätte ich noch eine Menge Fragen, aber ich möchte Sie nicht aufhalten. Sie sind sicher todmüde. Ich habe selbst ein paarmal Vorträge gehalten und weiß, wie anstrengend das sein kann.«

»Über welches Thema, Mr Lawrence?«, fragte Willa und bemühte sich, ihre Höllenqualen zu verbergen und sich interessiert und höflich zu geben. Sie wollte weder durch ihr Bein noch durch ihre Schmerzen Aufmerksamkeit erregen. Sie wollte kein Mitleid.

»Über Karkemisch. Die Hethiter. Derlei Dinge«, antwortete Lawrence. »Ich wollte bloß sagen, Sie müssen unbedingt einmal in die Wüste kommen. Da gibt es auch viel zu entdecken, ohne dass man dabei unter der Höhenkrankheit leiden muss.«

»Ach, die Wüste ist nichts für unser Mädchen«, warf Strachey ein. »Sie bevorzugt unerreichbare Ziele. Sie jagt den Dingen nach, die sie nicht kriegen kann. Das ist furchtbar edel. Und unglaublich romantisch.«

»Reden wir noch von einem Bergmassiv, Lytton? Oder über deinen neuesten Liebhaber?«, fragte Lulu süffisant.

Alle lachten. Lulu lud Tom am nächsten Tag zum Lunch und Willa zum Abendessen ein. Lytton rauschte auf der Suche nach einem Drink davon. Leonard fand, dass Willa doch sicher am Verhungern sein müsste, und ging mit Virginia in die Küche, um ihr einen Teller zurechtzumachen, und so blieb Willa plötzlich inmitten der großen Party allein zurück.

Gott sei Dank, dachte sie. Der Schmerz war inzwischen unerträglich geworden. Sie griff in ihre Jackentasche und zog das Pillenfläschchen heraus. Auf dem Boden neben der Shakespeare-Büste entdeckte sie eine halb geleerte Flasche Champagner, mit dem sie die Pillen runterspülen wollte. Natürlich hätte sie sich der Party anschließen und gesellig sein sollen, aber das konnte sie nicht, bevor sie die Schmerzen nicht unter Kontrolle hatte. Sie beschloss, sich eine Weile auf Lulus Treppe zu setzen. Bloß ein paar Minuten. Gerade lange genug, um die Pillen zu schlucken und ihr Bein zu entlasten.

Mit steifem Schritt ging sie hinüber und sah, dass ihr jemand zuvorgekommen war. Ein Mann saß auf halber Höhe der Treppe und blickte sie an. Ihr Herz machte einen Sprung, als sie ihn erkannte – Seamie Finnegan, die Liebe ihres Lebens.

»Seamie?«, fragte sie leise.

Er hob sein Glas. »Glückwunsch, Willa. Wie ich höre, war der Vortrag ein großer Erfolg.«

»Du bist nicht gekommen.«

»Nein.«

»Warum?«

»Ich hatte zu tun.«

Sie zuckte zusammen, als hätte sie eine Ohrfeige bekommen, fasste sich aber schnell wieder. Sie würde ihm nicht zeigen, wie sehr sie dies verletzte. Das stand ihr nicht zu. Sie war diejenige, die ihn verlassen hatte. Sie hatte kein Recht auf verletzte Gefühle.

»Ja«, sagte sie bemüht leichthin. »Ich sehe, wie beschäftigt du bist. Der Vortrag war tatsächlich ein Erfolg. Ich habe auch ein paar äußerst interessante Leute kennengelernt. Eine ganze Reihe sogar. Hier treffe ich in einer Stunde mehr Leute als in Rongbuk im ganzen Monat.« Sie hielt inne und fügte dann lächelnd hinzu: »Entschuldige bitte, lässt du mich vorbei? Ich möchte mich ein bisschen frisch machen.«

Seamie rückte ein Stück beiseite.

»Schön, dich wiederzusehen«, sagte Willa.

»Ja«, erwiderte er angespannt. »Schön.«

Willa, die ihr Gewicht auf das gute Bein verlagert hatte, machte jetzt mit dem künstlichen einen Schritt vorwärts. Im selben Moment schoss ihr ein stechender Schmerz in die Hüfte. Sie schrie auf, stolperte, fiel hin und schlug hart auf einer Stufenkante auf. Dabei entglitten ihr die Champagnerflasche und die Pillen. Sofort war Seamie an ihrer Seite und half ihr wieder auf.

»Was fehlt dir?«, fragte er alarmiert.

»Mein Bein«, keuchte sie fast blind vor Schmerz. »Wo zum Teufel sind meine Pillen?«, fragte sie und sah sich verzweifelt um. »Siehst du sie irgendwo?«

»Sie sind hier. Ich hab sie.«

»Ich brauch sie. Bitte«, stieß sie gequält hervor.

»Warte, Willa. Das ist nicht gut. Wenn dein Bein so schmerzt, solltest du liegen, nicht sitzen.«

Sie spürte, wie er sie hochhob und die Treppe hinauftrug. Er klopfte an eine Tür, öffnete sie und trug sie hinein. Es war ein Schlafzimmer. Er legte sie aufs Bett und knipste eine Lampe an. Dann verschwand er kurz und kam mit einem Glas Wasser zurück.

»Hier.« Er reichte ihr das Glas und öffnete das Pillenfläschchen. »Wie viele?«

»Vier.«

»Das ist eine Menge. Bist du dir sicher, dass ...«

»Gib mir die verdammten Pillen«, schrie sie.

Er tat es. Sie schluckte sie, sank auf die Kissen zurück und hoffte verzweifelt, die Wirkung würde schnell einsetzen.

Seamie ging zum Fußende des Betts und begann, ihre Stiefel aufzuschnüren. Sie wehrte sich. Sie wollte überhaupt nichts von ihm. Sie hatte noch seine verletzenden Worte von vorhin im Ohr.

»Nicht. Mir geht's gut. Verschwinde«, sagte sie bitter.

»Halt den Mund, Willa.«

Sie spürte, wie er ihre Stiefel auszog und eines ihrer Hosenbeine hochrollte. Und die Schnallen und Gurte ihrer Prothese löste. Dann hörte sie ihn fluchen. Sie wusste, warum. Sie wusste, wie das Fleisch unterhalb des Knies aussah, wenn sie es übertrieb.

»Schau dir das an«, sagte er. »Dein Bein sieht furchtbar aus. Es ist geschwollen und hat offene Wunden.« Er blickte zu ihr auf. »Hast du dir das Ding angeschnallt?«, fragte er ärgerlich und hielt die Prothese hoch. »Was soll das sein? Ein Tierknochen? Das ist ja barbarisch.«

»Ja, nun, es gibt eben nicht viele Prothesenhersteller am Everest«, gab sie verärgert zurück.

»Aber in London gibt es welche. Du musst zu einem Arzt gehen und dir etwas Richtiges anpassen lassen. Sonst verlierst du noch mehr von deinem Bein. Dein Körper verträgt eine solche Strafe nicht. Keiner verträgt das.«

Und dann war er fort. Willa starrte mit zusammengebissenen Zähnen an die Decke, während sie auf die Wirkung der Pillen wartete. Sie waren nicht so gut wie die braune Opiumpaste, die sie sonst rauchte, aber die war ihr letzte Woche irgendwo auf der Höhe von Sues ausgegangen, und sie musste sich damit begnügen, was an Bord erhältlich gewesen war, und später mit Laudanum-Pillen aus englischen Apotheken.

Ein paar Minuten später kam Seamie mit einer Schüssel warmem Wasser, sauberen Lappen, Karbol, Salbe und Bandagen zurück.

»Tut mir leid, dass ich dich angeschrien habe«, sagte sie inzwischen höflicher, weil der Schmerz etwas nachgelassen hatte.

»Schon gut«, antwortete er, stellte die Schüssel auf den Nachttisch und setzte sich neben sie aufs Bett.

»Nein, ist es nicht. Ich ... Autsch! Verdammt. Was machst du da?«, rief Willa, als er ihr Bein abtupfte.

»Die Wunden säubern.«

»Das tut weh. Kannst du das nicht einfach lassen?«

»Nein, kann ich nicht. Sonst kriegst du eine Infektion.«

»Krieg ich nicht. Hab ich in Rongbuk auch nicht gekriegt.«

»Wahrscheinlich weil es dort selbst den Keimen zu kalt ist. Aber wir sind hier in London, schon vergessen? Hier ist es wärmer. Und schmutziger. Also ... wie ist es dir ergangen?«

»Wie es mir ergangen ist?«, fragte Willa ungläubig.

»Seit der Beisetzung, meine ich. Wie geht's deiner Mutter? Deiner Familie?«

Ihr entging nicht, dass er Konversation machen wollte, um sie von den Schmerzen abzulenken, von strittigen Themen und allem, was an die Vergangenheit erinnerte.

»Mutter und ich kommen ganz gut miteinander aus. Albie und ich eher nicht. Er redet kaum mit mir.«

»Er kommt schon darüber hinweg«, sagte Seamie.

Und was ist mit dir, Seamus Finnegan?, fragte sie sich, als sie in sein hübsches Gesicht sah. Wie ist es dir ergangen? Aber diese Frage stellte sie nicht. Sie fand erneut, dass sie kein Recht dazu hatte. Stattdessen sprach sie von der Trauerfeier und von all den Leuten, die ihrem Vater in der Abbey die letzte Ehre erwiesen hatten.

»Die Beerdigung war der schlimmste Teil«, fuhr sie fort. »Durch die großen Eisentore dieses grauen und trübseligen Friedhofs zu gehen. Mit dem schwarz verhüllten Sarg und den Pferden mit dem scheußlichen schwarzen Federschmuck. Als der Sarg meines Vaters ins Grab gelassen wurde, dachte ich an die tibetische Luftbestattung und wünschte mir, dass er die hätte haben können.«

»Was ist das?«, fragte Seamie und riss mit den Zähnen eine Mullbahn ab, mit der er den Verband befestigte.

»Wenn in Tibet jemand stirbt, bringt die Familie die Leiche zu den Priestern, und die Priester bringen sie an einen heiligen Ort. Dort schneiden sie das Fleisch in Stücke und zerkleinern die Knochen. Dann füttern sie alles – Fleisch, Knochen und Organe – den Geiern. Die Vögel fressen die körperlichen Überreste, und die Seele, von ihrem irdischen Gefängnis befreit, kann aufsteigen.«

»Es muss schwierig sein, das mitanzusehen«, sagte Seamie und rollte das Hosenbein wieder über ihr Knie.

»Anfangs schon, aber inzwischen nicht mehr«, erwiderte Willa. »Inzwischen ist es mir lieber als unsere Beerdigungen. Ich hasse es, mir vorzustellen, dass mein Vater, der die See und den Himmel liebte, in kalter, feuchter Erde begraben liegt.« Sie schwieg einen Moment, als die Gefühle sie überwältigten. Dann fügte sie lachend hinzu: »Obwohl ich mir andererseits auch nicht so recht vorstellen kann, wie ich meine überaus korrekte Mutter davon überzeugen könnte, ihren Gatten an einen Schwarm Geier zu verfüttern.«

Seamie lachte ebenfalls. »Er war ein guter Mensch, dein Vater. Und stolz auf dich. Stolz auf deine Kletterkünste. Darauf, was du am Kilimandscharo erreicht hast. Es hat ihn sehr bedrückt, als er von deinem Unfall hörte, dennoch war er stolz, dass du den Gipfel bezwungen hast. Ich erinnere mich, dass ...« Plötzlich brach er ab, als hätte er sich vergessen und bedauerte, was er gesagt hatte.

Willa, selbst ängstlich bemüht, nicht zur Sprache zu bringen, was am Kilimandscharo passiert war, sprang schnell in die Bresche, um das peinliche Schweigen zu überbrücken.

»Du musst mir vom Südpol erzählen. Es muss großartig gewesen sein, an dieser Expedition teilzunehmen. Ich kann mir das nicht mal im Traum vorstellen. Zu tun, was du getan hast. Zu sehen, was du gesehen hast. Zu den Ersten gehört zu haben, die den Südpol erreichten. Einfach unglaublich. Du hast so viel erreicht, Seamie. Alles, was du dir je gewünscht hast.«

Seamie blickte auf die Mullbinde in seiner Hand und antwortete nicht gleich. Dann sagte er: »Nein, Willa, nicht alles. Ich habe dich nicht.«

Willa, von der Trauer in seiner Stimme ergriffen, brachte kein Wort über die Lippen.

»Ich habe mir geschworen, dich nie wiederzusehen«, sagte er. »Nie darüber zu sprechen. Aber jetzt bist du da. Und ich muss es wissen. Acht Jahre lang wollte ich wissen, wie du das tun konntest, Willa. Wie du mir sagen konntest, dass du mich liebst, und mich dann zu verlassen?«

Willa spürte einen sengenden Schmerz bei seinen Worten. Seine Qual – die Qual in seiner Stimme und seinem Herzen – taten mehr weh als ihr Bein, mehr als damals der Sturz von dem Berg. Mehr als jeder Schmerz, den sie je empfunden hatte. »Ich war wütend«, erwiderte sie ruhig. »Ich habe dir die Schuld gegeben für das, was passiert ist, für den Verlust meines Beins. Und ich war neidisch. Du konntest immer noch klettern. Ich nicht mehr.« »Mir die Schuld gegeben?«, fragte er mit erhobener Stimme.

»*Mir die Schuld gegeben?*« Er stand auf, sein Gesicht war vor Zorn verzerrt. »Was hätte ich denn tun sollen?«, schrie er. »Was zum Teufel hätte ich denn tun sollen? Dich sterben lassen?« Wütend schleuderte er die Mullbinde durch den Raum, dann stieß er die Schüssel vom Nachttisch, und überall spritzte blutgetränktes Wasser herum.

»Was hätte *ich* denn tun sollen?«, schrie Willa zurück. »So tun, als wäre alles bestens? Nach England zurückkehren? Eine hübsche Hochzeit in der Kirche feiern? Kochen, nähen und die Hausfrau spielen, während du zum Südpol fährst? Lieber wollte ich sterben!«

»Nein«, antwortete Seamie mit brüchiger Stimme. »Das hat niemand von dir erwartet. Aber du hättest mit mir sprechen können. Das ist alles. Einfach mit mir reden. Statt abzuhauen und mir das Herz zu brechen.«

Willa ballte die Hände zu Fäusten und drückte sie auf die Augen.

Der Schmerz in ihrem Innern schien sie zu zerreißen. Sie griff nach ihrer Prothese und begann, sie wieder anzuschnallen, weil sie unbedingt fortwollte.

»Geh nur, Willa. Lauf weg. Das ist es, was du am besten kannst.«

Willa drehte sich zu ihm um, in ihren Augen standen Kummer und Zorn. »Es war falsch von mir! Ja?«, schrie sie. »Das weiß ich. Das weiß ich schon seit acht Jahren. Ich wusste, dass ich einen Fehler machte, als ich in den Zug nach Nairobi stieg, aber ich konnte nicht zurück. Es war zu spät. Ich hatte Angst – Angst, dass du mich nicht zurückhaben wolltest nach dem, was ich getan hatte.«

Seamie schüttelte den Kopf. »Ach, Willa, ich liebe dich, um Himmels willen. Ich liebe dich immer noch.«

Willa begann zu weinen. »Ich liebe dich auch, Seamie. Ich hab nie aufgehört, dich zu lieben. Du fehlst mir jeden Tag, seitdem ich in diesen Zug gestiegen bin.«

Seamie durchquerte das Zimmer, nahm ihr tränennasses Gesicht in die Hände und küsste sie. Sie zog ihn aufs Bett hinunter. So saßen sie sich gegenüber und sahen sich an. Willa lachte, dann weinte sie wieder. Dann küsste sie ihn heftig und wühlte mit den Fingern durch sein Haar. Ihn wieder in den Armen zu halten, ihn so nahe bei sich zu spüren war reine Freude. Eine Freude – so wahnsinnig, berauschend und gefährlich –, wie sie sie acht lange Jahre nicht mehr gespürt hatte.

»Ich liebe dich, Seamus Finnegan«, sagte sie. »Ich liebe dich, ich liebe dich, ich liebe dich.«

Seamie erwiderte ihre Küsse. Seine Hand glitt unter ihre Tunika, und sie stöhnte bei seiner Berührung auf. Er zog ihr die Tunika aus, umschloss mit den Händen ihre kleinen Brüste und küsste sie. Sie kämpfte mit den Knöpfen seines Hemds, dann zog sie ihn zu sich hinab und genoss das Gefühl seiner Haut auf ihrer, das Gewicht seines Körpers auf ihrem.

Das war alles, was sie wollte. Ihn nahe bei sich haben. Sie griff nach seiner Hand und küsste die Innenfläche. Und da sah sie ihn – seinen Ehering, der golden schimmerte.

»O Gott«, sagte sie mit erstickter Stimme. »Seamie, warte ... hör auf ... Ich kann das nicht. Wir dürfen das nicht. Es ist falsch. Denk an Jennie. Deine Frau. Du darfst sie nicht betrügen.«

Seamie rollte sich auf den Rücken und starrte in den dämmrigen Raum. »Das hab ich doch schon«, antwortete er. »Ich habe sie betrogen, als ich dich zum ersten Mal wiedersah. Im Haus deiner Eltern. Und ich werde sie weiterhin betrügen. Jeden Tag meines Lebens. Hundertmal am Tag. Indem ich mir wünsche, ich wäre bei dir.«

Willa legte den Kopf auf seine Schulter. »Was sollen wir tun?«, fragte sie flüsternd.

»Ich weiß es nicht, Willa«, antwortete er. »Bei Gott, ich wünschte, ich wüsste es.«

28

»Sie können nicht nach London zurück, Jennie. Mit wem soll ich denn hier reden? Hier gibt's doch bloß Hühner und Kühe. Ich bin erst drei Wochen hier, und das hat schon gereicht, mich in den Irrsinn zu treiben. Wie soll ich das sieben Monate lang aushalten?«, jammerte Josie Meadows.

Jennie, die mit einem Strickkorb und einer Kanne Tee am Kamin ihres Cottages in Binsey saß, sah Josie streng an. »Du möchtest nach London zurück?«, fragte sie. »Soweit ich gehört habe, ist Billy Madden ziemlich sauer über dein Verschwinden.«

Josie wurde blass. Sie schüttelte schnell den Kopf.

»Das hab ich mir gedacht«, fuhr Jennie fort. »Du wirst schon was finden, womit du dich beschäftigen kannst. Du kannst stricken. Das weiß ich. Ich hab's dir ja selbst beigebracht. Strick etwas für dein Baby. Es wird schließlich einiges brauchen. Und du kannst lesen. Bilde dich weiter. Du könntest zum Beispiel ein wenig Französisch lernen, bevor du nach Paris gehst. Ich schicke dir ein Lehrbuch.« Josie nickte bedrückt, und Jennie hatte Mitleid mit ihr. »Es sind doch nur ein paar Monate, dann bekommst du das Baby, ich bringe es ins Waisenhaus, und du kannst nach Paris gehen und ein neues Leben anfangen.«

Jennie dachte, Josie würde sich über den Vorschlag freuen – jedenfalls bemühte sie sich, aufmunternd zu klingen –, aber Josie reagierte nicht.

»Dann kommt mein Baby also in ein Waisenhaus?«, fragte sie niedergeschlagen.

»Ja. Wohin sonst?«

»Ich mag keine Waisenhäuser. Meine Mum war in einem. In Dublin. Mein Gott, was die für Geschichten erzählt hat. Da sträuben sich einem die Haare. Das will ich nicht für mein Baby, Jennie. Wirklich nicht. Könnten wir keine Pflegefamilie für es finden? Eine gute Familie, mit einer lieben Mum und einem netten Dad? Bei Leuten, die es gernhaben und für es sorgen?«

Jennie legte ihr Strickzeug weg und dachte nach. »Wir könnten es versuchen. Ich bin mir nicht sicher, wie ich das anstellen soll, aber ich könnte ein paar Freunde fragen. Ein paar Ärztinnen, die sich um werdende Mütter kümmern. Sie wissen vielleicht, wo man sich erkundigen könnte.«

»Würden Sie das tun?«, fragte Josie. »Mein Baby darf nicht ins Waisenhaus. Das lass ich nicht zu.«

»Ich kümmere mich darum, sobald ich zurück bin. Mach dir keine Sorgen, Josie. Uns fällt schon was ein. Wir haben ja noch Zeit. Das Wichtigste im Moment ist, dass du in Sicherheit und weit genug von Billy Madden weg bist.«

»Sie haben recht. Natürlich. Ich wünschte bloß, Sie würden morgen nicht heimfahren«, jammerte Josie erneut.

»In vierzehn Tagen komme ich wieder. Versprochen.«

»In vierzehn Tagen?«, fragte Josie. »Ich halt's nicht noch mal zwei Wochen allein hier aus. Das schaff ich einfach nicht.« Sie begann zu weinen.

»Jetzt komm, Josie«, beruhigte Jennie sie.

»Nix komm, Josie, verdammt!«, schrie sie. »Sie sind hier ja nicht eingesperrt. Ich wünschte, es wär umgekehrt. Sie haben Glück. Sie können morgen nach London zurück. Sie sind mit einem guten Mann verheiratet und bekommen ein Wunschkind. Sie haben ein wunderschönes Leben und keinerlei Sorgen!«

Jennie hätte fast laut aufgelacht. Keine Sorgen? Sie hatte nichts anderes als Sorgen. Sie sorgte sich, Billy Madden könnte rauskriegen, wo Josie war. Sie sorgte sich, Seamie könnte herausfinden, was sie tatsächlich in Binsey machte. Sie sorgte sich, er könnte die Wahrheit über ihren Unfall erfahren. Bei jedem Zucken und kleinen Krampf hatte sie Angst, ihr Kind zu verlieren. Und sie hatte Angst, Seamie könnte sie wegen Willa Alden verlassen. Sie hatte sein Gesicht gesehen, als er sie bei der Beerdigung ihres Vaters in den Armen gehalten

223

hatte. Und erkannt, dass er sie immer noch liebte. In seinen Augen, seinem Gesichtsausdruck und an der zärtlichen Art, mit der er seine Wange an ihre drückte.

»Wir alle haben unsere Sorgen, Josie«, sagte sie leise.

Josie weinte nur noch heftiger. »Ach Jennie, es tut mir leid. Wie egoistisch ich doch bin. Natürlich haben Sie Sorgen. Sie kommen zur gleichen Zeit nieder wie ich und müssen sich auch noch um mich und mein Baby kümmern. Verzeihen Sie mir?« Sie stand auf, ging vor Jennie in die Knie und legte den Kopf in ihren Schoß.

»Sei nicht albern. Es gibt nichts zu verzeihen«, antwortete Jennie und streichelte Josie übers Haar. »Ich weiß, es ist schwer für dich. Wirklich. Aber es sind ja nur noch sieben Monate. Das ist gar nicht so lang. Du wirst sehen.«

Josie nickte schniefend. Und Jennie, die immer noch ihr Haar streichelte, hob den Kopf und sah aus dem Fenster in die Abenddämmerung hinaus.

Auch für mich sind es nur noch sieben Monate, sagte sie sich. Das ist nicht so lang. Du wirst schon sehen. Nur noch sieben Monate.

29

»Sieh da, sieh da, wenn das nicht Mr Stiles ist. Ist mir immer eine Freude«, sagte Billy Madden und blickte von seiner Zeitung auf.

»Ich muss mit Ihnen sprechen«, erwiderte Max knapp. »Unter vier Augen.«

Billy machte den drei Männern am Tisch ein kurzes Zeichen, woraufhin sie sich an die Bar verzogen. Max setzte sich.

»Haben Sie das gesehen?«, fragte Billy und deutete auf einen Artikel auf dem Titelblatt. »Zwei Typen in Whitechapel haben sich wegen ein paar Pfund über den Haufen geschossen. Der eine hieß Sam Hutchins. War das nicht einer von Ihnen? Derjenige, der die heiße Ware zu dem Schiff in der Nordsee rausgeschafft hat?«

»Stimmt«, erwiderte Max kurz angebunden. »Der andere hat ebenfalls für mich gearbeitet. Offensichtlich haben sie sich über die Bezahlung eines Jobs in die Haare gekriegt, den sie für mich machen sollten. Damit haben sie mir alles versaut. Deswegen bin ich hier.«

Es war nicht total gelogen. Die Zeitungen hatten nicht die wirkliche Geschichte über den Vorfall im Duffin's gebracht. Das hätte die Regierung nie zugelassen. Sie druckten, was ihnen gesagt wurde – zwei Freunde hatten sich im Suff wegen Geld in die Wolle gekriegt. Einer zog einen Revolver und erschoss den anderen. Als ihm klar wurde, was er getan hatte, erschoss er sich selbst.

Mit keiner Silbe wurde die Anwesenheit eines dritten Mannes erwähnt. Des Mannes, der bemerkt hatte, dass man die beiden verfolgte, der sie liquidierte und dann durchs Fenster entkam. Nein, nichts über ihn.

Max erinnerte sich an die schreckliche Szene. Wie er die Pistole zog. Das Entsetzen auf Bauers Gesicht, die stoische Ergebenheit auf Hoffmans. Wenigstens war es schnell gegangen. Er war ein ausgezeichneter Schütze und hatte beide direkt zwischen die Augen getroffen. Dann war er losgerannt und hatte es geschafft, den Polizisten und den Geheimdienstler abzuhängen, aber nur mit knapper Not.

Zwei Agenten waren tot. Die Verbindungskette nach Berlin gerissen. Und alles nur, weil dieser Blödmann Bauer in Panik geraten und nach London gekommen war, statt in Govan auf der Werft zu bleiben. Es war unglaublich frustrierend. Sein System hatte funktioniert wie ein Uhrwerk – Gladys an Hoffman, Hoffman zur Londoner Werft und dann die schnelle Überfahrt zu dem Schiff, das in der Nordsee wartete. Und jetzt war die Kette zerstört. Berlin brauchte unbedingt die Informationen über die englische Marine und die Werften am Clyde, und jetzt hatte er keine Möglichkeit mehr, sie zu übermitteln.

Zwei Tage vor der Schießerei hatte Max eine Nachricht von Bauer erhalten. Darin teilte er mit, dass man hinter ihm her sei. Dessen sei er sich sicher. Außerdem hätte er etwas für Berlin, etwas Wichtiges, und das müsse er nach London bringen. Sofort. Max hatte ihm mitgeteilt, dass er an Ort und Stelle bleiben und auf einen Kurier warten solle. Aber das hatte er nicht getan. Er war in den Zug gestiegen und vor Hoffmans Tür aufgetaucht – ausgerechnet bei Hoffman, seinem wertvollsten Kurier. Hoffman hatte ihn wissen lassen, dass Bauer in London eingetroffen sei, und Max hatte Hoffman angewiesen, Bauer ins Duffin's zu bringen.

Bauer war wohl den ganzen Weg dahin verfolgt worden, denn zwischen seinem und Hoffmans Eintreffen und dem Klopfen an der Tür, mit dem der Polizist Einlass forderte, lagen nur ein paar Minuten. Max blieben nur ein paar Sekunden, um die beiden Männer zu exekutieren, Bauers Unterlagen ins Feuer zu werfen und zu fliehen. Dass man ihn nicht erwischt hatte, war ein reines Wunder. Sie hätten ihn erschossen, und einer Kugel war er auch nur knapp entgangen.

»Das Boot können wir vergessen«, sagte Max jetzt zu Billy. »Deswegen bin ich hier.«

»Für wie lange?«

»Ich weiß nicht«, antwortete Max. »So lange, wie ich brauche, um einen neuen Kurier zu finden.«

»Warum bringen Sie Ihre Ware nicht selbst zum Schiff?«, fragte Billy. »Das ginge doch auch.«

»Das wäre im Moment nicht besonders klug.«

»Die Sache ist wohl wegen der Bullen ein bisschen heiß?«

»Ja. Ganz richtig.«

Auch das war nicht gänzlich gelogen. Aber die Londoner Polizei machte ihm keine Sorgen. Sondern der britische Geheimdienst. Max war deutscher Staatsbürger und stand daher ohnehin unter Verdacht. Er wusste, dass er mehr als einmal beschattet worden war. Aber er wusste auch, dass man ihn für sauber hielt, denn unter den Dokumenten, die Gladys beschafft hatte, befanden sich auch Briefe, die sein Dossier betrafen, und alle zeigten, dass man ihn nicht als Bedrohung ansah.

Aber er durfte auch keinerlei Verdacht erregen, und das bedeutete, dass er keine ungewöhnlichen Schritte unternehmen durfte. Zu einem Frauenhelden aus dem Londoner West End, der im Coburg wohnte und in den elegantesten Clubs und Häusern verkehrte, hätte es nicht gepasst, wenn man ihn plötzlich erwischte, wie er sich in einer schäbigen Werft im East End herumtrieb.

Billy blies Rauchringe in die Luft und fragte: »Könnten Sie nach Whitechapel gehen? Oder nach Wapping? Nachts?«

»Warum?«, fragte Max. Er war oft nach Whitechapel gegangen, aber nach allem, was passiert war, wäre das jetzt zu riskant. Er konnte es sich nicht leisten, von Mrs Duffin oder einem ihrer Mieter gesehen und identifiziert zu werden.

»Die Tunnel, Mann«, sagte Billy und drückte seine Zigarette aus.

»Was für Tunnel?«, fragte Max interessiert.

»Die unterm East End verlaufen. Von Whitechapel nach Wapping und Limehouse, direkt unter dem Fluss in Richtung Southwark.«

Max richtete sich auf. »Ich hatte keine Ahnung, dass es solche Tunnel gibt.«

»Doch. Ein echtes Labyrinth. Sehr gefährlich, wenn man sich nicht auskennt, aber äußerst praktisch, wenn man Bescheid weiß. Um den Bullen aus dem Weg zu gehen und Beute zu transportieren.«

»Wo genau sind die, Billy?«

»Überall. Einer geht sogar vom Keller einer Kirche – von St. Nicholas – direkt zu meiner Werft. Wenn Sie die Ware in die Kirche bringen können, kann ich Harris, meinen Mann, dort hinschicken. Er holt sie ab und leitet sie an Ihren Mann in der Nordsee weiter. Viele meiner Jungs haben schon irgendwas in St. Nick's versteckt, und ein anderer hat es dann über die Tunnel abgeholt. Ein Kinderspiel.«

»Hat Reverend Wilcott nichts dagegen?«

»Ach, Sie kennen ihn? Nein, das ist ein alter Schwachkopf. Der lässt den ganzen Tag die Türen offen, bloß für den Fall, dass irgendeine Seele Rettung sucht. Ist ein Kinderspiel, sich in den Keller runterzuschleichen.«

»Aber sieht er das Zeug nicht, das Sie dort abstellen?«

»Nein, der kriegt nichts mit. Der weiß nicht mal, dass es dort unten eine Tür gibt, geschweige denn, wohin die führt. Wahrscheinlich geht er überhaupt nie da runter. Es ist kein angenehmer Ort. Dunkel und feucht. Da gibt's nichts außer Ratten und ein paar alten, verrotteten Kirchenbänken. Und eine Statue des St. Nicholas. Die ist vor ein paar Jahren umgefallen und zerbrochen, als irgendwelche Lümmel sie klauen wollten. Sie ist total kaputt. Aber das Gute ist, dass der Kopf hohl ist. Ein prima Versteck für Pistolen, Schmuck und anderen Kleinkram. Oder Sie vergessen Wapping und steigen in Whitechapel in die Tunnel ein. Beim Blind Beggar. Und gehen von dort zur Werft. Das ist ein langer Weg, aber meine Leute haben ihn schon oft benutzt. Also, wie wär's? Wollen Sie das probieren?«

Max dachte über Billys Worte nach. Die Sache besaß einen gewissen Reiz. Der Gedanke, die Dokumente unterirdisch, vor neugierigen Blicken geschützt, zu befördern, gefiel ihm, aber er wusste noch nicht, wie er es bewerkstelligen sollte. Zumindest noch nicht.

»Das ist eine gute Idee. Aber selbst kann ich das nicht machen. Ich brauche trotzdem einen neuen Kurier.«

Ein Mann mit dichten Augenbrauen, glatzköpfig und mit einer Figur wie ein Fass, trat zu Billy an den Tisch. Billy blickte zu ihm auf.

»Irgendwas gehört?«

»Nein, Boss. Keine Spur von ihr. Nicht die geringste.«

Billy schlug mit der Faust auf den Tisch. »Die elende Fotze!«, schrie er. »Der reiß ich die Eingeweide raus, wenn ich sie erwische!«

»Probleme mit Damen?«, fragte Max.

»Mit der Schlampe, die ich gevögelt hab. Die kleine Varieté-Schauspielerin. Eine Blondine namens Josie Meadows. Schon mal gesehen hier?«

Max nickte. Er erinnerte sich an eine junge blonde Frau mit blauen Flecken im Gesicht, die hier am Fenster gesessen hatte. »Einmal, glaube ich.«

»Sie ist weg.«

»An Schauspielerinnen herrscht doch kein Mangel in London. Können Sie keine neue finden?«

»Sie hat was mitgenommen, das mir gehört.«

Max hatte das Gefühl, dass mehr hinter der Geschichte steckte, als Billy ihm erzählte, aber er wollte nicht weiter nachfragen.

»Na ja, vielleicht läuft sie Ihnen ja mal über den Weg«, sagte Billy. »Vielleicht sehen Sie die Schlampe, wenn sie sich irgendwo rumtreibt.«

»Schon möglich«, erwiderte Max zögernd.

»Sie müssen sich nicht die Finger dreckig machen, wenn es das ist, was Ihnen Sorgen macht. Ich bitte Sie nur, mir Bescheid zu geben, wenn Sie irgendwas sehen oder hören. Ich wäre Ihnen sehr dankbar dafür.«

Billy verzog den Mund zu seinem bösen Grinsen. Bei dessen Anblick und beim Anblick seiner grausamen, seelenlosen Augen dachte Max, dass dieses Mädchen gut daran täte, aus London zu verschwinden. Er kannte solche Typen wie Billy, die Spaß daran fanden, andere zu quälen und zu töten, und er wusste, wenn Billy dieses Mädchen je fände, würde sie sich inständig wünschen, sie hätte ihn nie kennengelernt.

Aber das war nicht seine Sorge. Ihm war nur daran gelegen, die

Verbindungskette wiederherzustellen. Und selbst am Leben zu bleiben. Er zog einen Umschlag aus der Tasche und legte ihn auf den Tisch. »Halten Sie das Boot für mich bereit.«

Billy nickte, nahm den Umschlag und steckte ihn in die Tasche.

»Ich melde mich, sobald ich kann«, sagte Max und stand auf. Erneut dachte er an die Sache im Duffin's, die knappe Flucht und die Kugel, die an seiner Wange vorbeigezischt war. »*Wenn* ich kann«, fügte er hinzu.

30

Seamie trank einen Schluck von dem Whisky, den er sich eingegossen hatte. Er brannte in seiner Kehle und trieb ihm die Tränen in die Augen. Er nahm noch einen.

Mit dem Glas in der Hand ging er zum Fenster seines Zimmers im Coburg-Hotel und blickte hinaus. Es war dunkel geworden. Alle Straßenlampen brannten. Er starrte auf die Straße hinab, aber die Person, nach der er Ausschau hielt, entdeckte er nicht. Er drehte sich um, erhaschte einen Blick von sich im Spiegel und wandte sich schnell ab.

»Hau ab«, sagte er laut. »Sofort. Verschwinde von hier, bevor es zu spät ist.«

Noch war es möglich. Noch blieb ihm Zeit. Er *sollte* es tun. Er stellte sein Glas ab und griff nach seiner Jacke. Mit ein paar schnellen Schritten durchquerte er den Raum, hatte die Hand auf dem Türknauf – und hörte, wie es klopfte. Wie erstarrt blieb er stehen. Strich sich durchs Haar. Es klopfte erneut. Er holte tief Luft und machte auf.

»Ich war mir nicht sicher, ob du wirklich hier bist«, sagte Willa.

»Ich auch nicht«, antwortete er.

»Darf ich eintreten?«

Er lachte. »Ja, natürlich. Tut mir leid.«

Er nahm ihre Jacke und ihren Hut und legte beides mit seiner eigenen Jacke auf einen Stuhl. Sie trug eine cremefarbene Seidenbluse und einen marineblauen Rock. Er machte eine Bemerkung über ihren ungewöhnlichen Aufzug. Sie erklärte ihm, dass sie ihn zwar hasse, aber nicht auffallen und hier nicht erkannt werden wollte.

Er bot ihr Tee an, doch sie bat um einen Whisky. Er zitterte so sehr, als er ihn ihr reichte, dass er etwas davon verschüttete.

»Also gut, Seamie«, sagte sie. »Wir wollen uns nur unterhalten, weißt du. Wie Erwachsene. Und ein paar Dinge klären.«

Das hatten sie auf Lulus Party beschlossen. Sie hatten nicht miteinander geschlafen. Stattdessen wollten sie sich zu einem Zeitpunkt, wenn sie weniger erregt wären, an einem verschwiegenen Ort treffen und dort die alten Gespenster zu Grabe tragen. Sie würden über Afrika und die Vorkommnisse dort sprechen und danach getrennte Wege gehen. Sie würden sich als Freunde trennen – nicht als Feinde und nicht als Liebende.

Seamie lachte jetzt freudlos. »Das hab ich mir auch gesagt, Willa. Auf dem Herweg. Ich sagte mir, wir würden heute Abend nur reden. Aber ich wusste, wenn wir uns hier träfen, würde ich mehr tun als das. Und ich glaube, das war dir auch klar.«

Er hatte eine Suite gebucht – einen Raum mit Sofas, Stühlen und Schreibtisch –, damit das große, einladende Hotelbett außer Sichtweite war. Er hoffte, dies würde helfen. Was nicht der Fall war. Er begehrte sie in diesem Moment so verzweifelt, dass er sich zusammenreißen musste, sie nicht gleich auf dem Boden zu nehmen.

Sie nickte und sah ihn an. Ihr Blick war offen und wich seinem nicht aus. Er sah die Liebe in ihren Augen – und das Verlangen.

»Nur einmal, ja?«, sagte sie ruhig. »Nur dieses eine Mal und dann nie mehr.«

Währenddessen stellte sie ihr Glas ab und begann, ihre Bluse aufzuknöpfen. Sie streifte sie ab und ließ sie zu Boden fallen. Sie hatte nichts darunter an. Dann zog sie Stiefel und Strümpfe aus, löste das Taillenband ihres Rocks und ließ ihn ebenfalls fallen.

Ohne sich ihrer Nacktheit oder der Narben auf ihrem Körper zu schämen, stand sie vor ihm, und er ging wie in Trance auf sie zu. Es war falsch, was er tat, das wusste er, und dass er einen hohen Preis für seine Sünden bezahlen würde. Die Erinnerungen an diese Nacht würden ihn für den Rest seines Lebens quälen.

Aber diesen Preis würde er bezahlen. Jeden Preis, wenn er nur mit ihr zusammen sein konnte. Er nahm sie nicht in die Arme. Noch nicht. Er wollte sie sehen, jeden Zentimeter von ihr. Also ließ er sich Zeit.

Er küsste sie sanft auf die Lippen. Dann auf den Hals. Er nahm ihre Hand, streckte ihren Arm aus und strich mit den Lippen über den muskulösen Bizeps, die Ellenbeuge, die Sehnen der Unterarme und die vernarbte Hand.

Er küsste ihre Kehle, und sein Mund glitt zu ihren Brüsten hinab. Sie beugte sich zurück, als er ihre harten Brustwarzen mit der Zunge und den Zähnen liebkoste.

Er drehte sie um, küsste sie auf den Nacken und strich ihren anmutigen Rücken hinab. Er zeichnete mit den Fingern jeden einzelnen Wirbel nach und küsste die Knochen ihrer Hüften. Dann kniete er sich nieder und drehte sie wieder zu sich um.

Er packte ihre Hinterbacken und riss sie heftig an sich. Er küsste den Ort zwischen ihren Beinen und berührte sie dort. Sie war weich, unendlich weich. Und warm und nass. Er spürte, wie sich ihre Finger in seine Schultern gruben, spürte, wie sie erschauerte, und hörte sie seinen Namen stöhnen.

Dieser Laut, wie sie seinen Namen stöhnte, machte ihn wahnsinnig vor Verlangen. Er wollte sie haben, ihren Körper und ihre Seele besitzen. Wollte hören, wie sie seinen Namen schrie. Danach hatte er sich schon so endlos lange gesehnt.

Er hob sie hoch und trug sie ins Schlafzimmer. In Sekundenschnelle war er selbst entkleidet. Und dann lag er auf ihr. Sie zog sein Gesicht an sich und küsste ihn. Dann schob sie ihn von sich herunter.

»Nein«, sagte sie mit heiserer Stimme und glitzernden grünen Augen. »Jetzt bin ich an der Reihe.«

Sie drückte ihn aufs Bett zurück und legte sich an seine Seite. Er packte ihre Hüften, wollte nichts als in ihr sein, aber erneut verweigerte sie es ihm. Sie nahm seine Handgelenke und drückte sie auf die Kissen. Dann küsste sie seinen Mund und biss in seine Unterlippe. Sie küsste seine Stirn und sein Kinn. Biss in seine Schulter. Küsste seine Brust und glitt mit der Zunge seinen Körper hinab. Biss ihn in die Hüfte, was ihn erschauern ließ. Immer tiefer glitt sie hinab und quälte ihn mit ihrem Mund. »Mein Gott«, stöhnte er.

Und dann küsste sie erneut seinen Mund, nahm ihn in sich auf und bewegte sich mit geschlossenen Augen gemeinsam mit ihm.

»Sag's mir, Willa«, stieß er keuchend hervor. »Sag's mir.«

Sie öffnete die Augen, und er sah, dass sie voller Tränen waren. »Ich liebe dich, Seamie. Ich liebe dich so sehr.«

Dann kam er. Heftig. Ihr völlig ausgeliefert. Überwältigt von Lust und Liebe und Kummer und Schmerz. Und dann kam sie auch. Als es vorbei war, hielt er sie fest. Er küsste sie und strich ihr eine Haarsträhne von der schweißnassen Wange.

Auf dem Nachttisch stand eine Vase mit betörend duftenden Rosen. Keine faden, geruchlosen Blüten aus dem Treibhaus. Sie stammten von einer wilden Hecke auf dem Land. Sie passten nicht in dieses Hotelzimmer, in diese graue Stadt. Genauso wenig wie Willa. Seamie nahm eine heraus und steckte sie ihr hinters Ohr. »Eine wilde Rose für meine Wildrose«, flüsterte er. Wieder strich er ihr das Haar aus dem Gesicht und fragte: »Warum bist du in mein Leben zurückgekehrt, Willa? Du hast es ruiniert. Mich ruiniert. Du bist das Beste, was mir je widerfahren ist, und zugleich das Schlechteste.«

»Ich sagte mir, nur dieses eine Mal«, antwortete sie. »Dasselbe habe ich dir gesagt. Aber das ist unmöglich, Seamie. Ich kann morgen früh nicht in dem Bewusstsein weggehen, dass ich dies nie mehr haben werde. Nie mehr so mit dir zusammen sein werde. Was sollen wir nur tun?«, fragte sie verzweifelt. Genau wie auf Lulus Party. »Was sollen wir bloß tun?«

»Uns lieben«, antwortete Seamie.

»Für wie lange?«, fragte sie und suchte seinen Blick.

Er nahm sie in die Arme und drückte sie an sich. »So lange wir können«, flüsterte er. »So lange wir können.«

31

Mit dem Schlüssel zur Suite von Max in der Hand, eilte Maud den Flur im dritten Stock des Coburg-Hotels entlang. Um ihn zu bekommen, hatte sie den Pagen mit einer hübschen Summe bestechen müssen. In der anderen Hand trug sie eine neue Reisetasche. Sie enthielt zwei Tickets nach Bombay, einen Kompass und einen Feldstecher. Im Herbst, wenn sie vom Besuch bei India in Point Reyes zurück wäre, würden sie sich auf die Reise machen. Bombay wäre natürlich nur die erste Station. Von dort aus ginge es nach Norden, nach Darjeeling, und dann nach Tibet. Zum Everest.

Es war ein Geburtstagsgeschenk für Max, das sie schon seit Ewigkeiten geplant hatte. Morgen würde er vierunddreißig werden, und wenn er heute nach Hause kam, sollte er das Geschenk vorfinden. Er war für ein paar Tage nach Schottland gefahren. »Eine Jagdeinladung bei Freunden, Liebling«, hatte er erklärt. »Nur für Männer, leider. Ich werde dich schrecklich vermissen.«

Maud lächelte, als sie die Tür aufsperrte, und stellte sich seinen Gesichtsausdruck vor, wenn er die Tasche öffnete. Der Everest faszinierte ihn. Ständig schwärmte er ihr mit solcher Leidenschaft davon vor, dass sie ziemlich eifersüchtig geworden wäre, wenn es sich statt um einen Berg um eine Frau gehandelt hätte. Schnell schloss sie die Tür und trat ein. In den luxuriösen Räumen war es dunkel und still, und ihre Schritte hallten auf dem Marmorboden wider.

Also ... wo soll ich das Geschenk nur hinstellen, fragte sie sich. Hier in die Diele? Nein, da könnte er darüber stolpern. Vielleicht auf den Wohnzimmertisch. Nein, auch nicht. Da könnte er es übersehen.

Sie beschloss, es aufs Bett zu legen. Dort würde er es sicher sehen. Sie ging ins Schlafzimmer und stellte die Tasche aufs Kopfkissen. Sie wirkte ein bisschen verloren dort, also entschied sie, ihm auch noch eine Nachricht zu hinterlassen. Sie setzte sich an den Schreibtisch, legte ihre Seidenhandschuhe neben sich auf die Schreibunterlage und schlüpfte aus ihrem Pelzmantel. Dann zog sie eine Schublade auf und suchte nach Papier und Stift. Einen Stift fand sie, aber kein Papier. Sie öffnete ein paar weitere Schubladen, aber nirgendwo gab es Papier. Frustriert hob sie die Schreibunterlage hoch, um nachzusehen, ob dort vielleicht ein paar Blätter lagen, aber nichts. Beim Hochheben hatte sie die Unterlage leicht zur Seite gekippt, und als sie sie wieder zurücklegte, bemerkte sie, dass etwas aus ihr herausgerutscht war – aus einem dünnen Schlitz, der fast unsichtbar in die untere Kante der Unterlage eingeritzt worden war.

Es sah aus wie die Ecke eines Fotos. Sie zog es heraus und hielt ein Schwarz-Weiß-Foto von einer nackten Frau in der Hand. »Ach, Max, du Schlingel«, sagte sie laut. Sie hatte keine Ahnung, dass er Pornografie sammelte.

Sie schüttelte die Schreibunterlage, und weitere Fotos rutschten heraus. Fünf im Ganzen. Eine ganze Sammlung. Maud sah sie an und erwartete irgendwelche schlüpfrigen, erotischen Aufnahmen, aber diese Bilder hatten nichts Verführerisches an sich. Sie waren grauenvoll. Abstoßend. Das Mädchen darauf wirkte betrunken oder von Drogen betäubt. Ihre Beine waren gespreizt. Die Arme über den Kopf gelegt. Und ihr Gesicht …

Ihr Gesicht. Maud schnappte nach Luft. Sie kannte es. Sie kannte diese Frau. »Mein Gott«, sagte sie laut. »Es ist Gladys. Gladys Bigelow.«

Sie kannte Gladys von den Treffen der Frauenrechtlerinnen. Sie war eine von Jennie Wilcotts Schülerinnen gewesen und jetzt die Sekretärin von Sir George Burgess. Wie kam das Mädchen auf diese grässlichen Fotos?

Maud durchwühlte die Schubladen, bis sie einen Brieföffner fand. Den schob sie in den Schlitz in der Schreibunterlage und weitete ihn ein bisschen. Es war noch etwas darin, das konnte sie sehen. Sie schob den Finger hinein und war auf ein weiteres scheußliches Foto gefasst. Stattdessen zog sie einen kleinen Packen zusammengefalteter Kohlepapiere heraus.

Sie hielt eines ins Licht. Sie brauchte ein paar Minuten, um die Spiegelschrift zu entziffern, dann stellte sie fest, dass sie den Durchschlag eines Briefs von George Burgess an Winston Churchill über den Erwerb von fünfzig Sopwith-Flugzeugen in der Hand hielt. Ein anderer war an Asquith gerichtet, in dem um weitere Mittel für etwas namens »Room 40« gebeten wurde.

Die furchtbaren Fotos von Gladys, die Durchschläge von heiklen Schreiben aus der Feder ihres Vorgesetzten – Maud zählte zwei und zwei zusammen und begriff, dass Gladys von Max erpresst wurde.

Es gab noch weitere Briefe von Burgess, aber sie las sie nicht. Sie nahm all ihren Mut zusammen und steckte noch einmal den Finger in die Unterlage und hatte Angst, was sie diesmal ans Licht ziehen würde.

Es war eine zusammengefaltete Blaupause, die offensichtlich ein Unterseeboot darstellte. Die Beschriftung war auf Deutsch. Sie fand noch weitere Durchschläge von Briefen, ebenfalls auf Deutsch. Sie waren an einen Mann adressiert, dessen Namen sie kannte – Bethmann Hollweg, der deutsche Reichskanzler.

Das Blut gefror ihr in den Adern, als sie den letzten Gegenstand aus der Schreibunterlage zog – eine weiße Karte, die Vorderseite bedruckt. Maud kannte sie – es war die Einladung auf den Landsitz der Familie Asquith. Sie hatte die gleiche bekommen, und vor etwa vierzehn Tagen waren sie gemeinsam hingefahren.

Sie drehte die Karte um. Auf der Rückseite standen Notizen – in der Handschrift von Max. Auf Deutsch. Maud konnte ein bisschen Deutsch, jedenfalls genug, um zu verstehen, was sie las. Der Name von Asquith, Namen französischer, belgischer, russischer und amerikanischer Diplomaten sowie Ortsnamen, Zeitpunkte und Daten.

Mit Entsetzen erinnerte sie sich an ihren ersten Abend auf dem Landsitz. Sie erinnerte sich, wie der Sekretär hereinkam und dem Premierminister mitteilte, dass er am Telefon verlangt werde. Asquith wollte den Anruf in seinem Arbeitszimmer entgegennehmen. Und nachdem er hinausgegangen war, fragte Max, wo das Arbeitszimmer sei.

Oben. Direkt über uns. Henry ist nur verärgert, hatte Margot geantwortet.

»Er ist ein Spion«, sagte Maud flüsternd. »Mein Gott, er ist ein deutscher Spion. Und hat meine Freundschaft mit Margot ausgenutzt, um an Asquith ranzukommen.«

Bei den Namen und Daten handelte es sich vermutlich um Treffen des Premiers mit ausländischen Diplomaten. Geheimtreffen wahrscheinlich, warum sonst hätte Max sie notieren sollen? Wenn sie nicht geheim gewesen wären, hätte man doch in der Zeitung darüber lesen können. Max musste in der Nacht in das Arbeitszimmer von Asquith geschlichen sein und in dessen Terminkalender und Papieren herumgeschnüffelt haben.

Aber warum hatte er eine Blaupause von einem deutschen U-Boot und Durchschläge von Briefen an den deutschen Reichskanzler, wenn er britische Informationen an die Deutschen weitergab?

Maud hatte keine Antwort darauf und im Moment auch keine Zeit, darüber nachzudenken. Mit zitternden Händen schob sie die Papiere zusammen und steckte das ganze Bündel in ihre Tasche. Sie musste sofort hier raus, weil sie nicht genau wusste, wann Max zurückkehrte. Er konnte jeden Moment im Coburg eintreffen. Außerdem beschloss sie, die Reisetasche wieder mitzunehmen, damit er keine Ahnung hätte, dass sie überhaupt hier gewesen war. Vor dem Hotel würde sie eine Droschke anhalten und den Kutscher bitten, sie zur Downing Street Nr. 10 zu fahren. Dort würde sie Asquith erklären, wo sie gewesen war, und ihm die Papiere geben. Er würde wissen, was damit zu tun wäre.

Maud rückte die Schreibunterlage wieder so hin, wie sie sie vorgefunden hatte, und überzeugte sich, dass alle Schubladen geschlossen waren. Sie stand auf, zog ihren Mantel an und wollte gerade die Reisetasche vom Bett nehmen, als ein Geräusch im Gang sie derart erschreckte, dass ihr fast die Luft wegblieb. Es war Max.

»Max, Liebling, hast du mich vielleicht erschreckt«, stieß sie hervor und legte die Hand auf die Brust.

Max lächelte, aber seine Augen waren kalt. »Was machst du hier, Maud?«, fragte er.

Maud hatte Todesangst, durfte sich aber nichts anmerken lassen. Sie musste sich ein bisschen verwirrt geben und daraus Vorteil schlagen. Es war ihre einzige Chance.

»Nun, wenn du es unbedingt wissen willst, ich wollte dich überraschen. Du hast doch morgen Geburtstag. Ich wollte dir gerade eine Nachricht schreiben, fand aber leider kein Papier.«

»Du wolltest mich überraschen?«

»Ja. Aber wie's aussieht, ist mir das völlig misslungen.« Sie deutete aufs Bett. »Da!«, sagte sie. »Na los, mach's schon auf.«

Max sah an ihr vorbei und lächelte. Diesmal aufrichtig, warm und gewinnend.

»Ich kann's gar nicht erwarten zu erfahren, was es ist«, antwortete er. »Aber lass uns doch richtig feiern. Warte … bleib, wo du bist. Ich hole uns eine Flasche Wein.«

Er verschwand in ein anderes Zimmer, und Maud atmete erleichtert auf. Kurz darauf hörte sie, wie er die Flasche entkorkte. Sie hatte ihn ausgetrickst, dessen war sie sich sicher. Warum sollte er ihr nicht glauben? Das Geschenk lag auf dem Kopfkissen. Gleich würde er es aufmachen und ihr danken, und sie würde vorschlagen, zum Essen auszugehen. Sobald sie unten in der Lobby wäre, würde sie sagen, sie habe etwas in seinem Zimmer vergessen, ob er so nett sein könnte, es zu holen. Sobald er fort war, würde sie fliehen.

»Hier«, sagte er und kam mit zwei Gläsern Rotwein zurück. Er reichte ihr eines. »Ein Pomerol 1894. Erst gestern Abend habe ich den gleichen getrunken. Ein wunderbarer Wein.«

Sie stieß mit ihm an. »Herzlichen Glückwunsch zum Geburtstag, Liebling«, sagte sie und küsste ihn sicherheitshalber. Um sich Mut anzutrinken, nahm sie einen großen Schluck und leckte sich über die Lippen. »Du hast recht. Er ist wirklich köstlich.«

»Freut mich, dass er dir schmeckt. Trink aus. Ich hab noch mehr.«

Sie trank noch einen Schluck und sagte: »Also los. Mach dein Geschenk auf.«

»Alles, was ich wirklich will, bist du«, antwortete er und setzte sich aufs Bett.

»Du hast mich doch schon«, erwiderte sie lachend und trank noch mehr Wein. Um ihre Nerven zu beruhigen. Damit er nicht sah, wie ihre Hände zitterten. »Los, mach dein Geschenk auf«, wiederholte sie und setzte sich neben ihn.

»Na schön, also gut.« Er griff nach der Tasche.

Während Maud zusah, wie er die Schließen öffnete, wurde ihr schwindlig. Sie sah plötzlich zwei Taschen auf seinem Schoß. Dann wieder nur eine. In ihrem Ohr war ein tiefer Brummton. Sie wandte sich von Max ab und starrte auf den Boden, um wieder einen klaren Kopf zu bekommen. Aber es funktionierte nicht. Der Schwindel nahm zu. War sie betrunken? Von einem Glas Wein?

»Max, Liebling ... ich fühle mich nicht besonders wohl«, sagte sie und stellte ihr Weinglas ab.

Sie sah ihn an. Er hatte die Tasche abgestellt und beobachtete sie.

Als sie aufstehen wollte, gaben ihre Beine nach, und sie fiel zu Boden. Sie schloss die Augen und versuchte, tief durchzuatmen. Als sie die Augen wieder öffnete, stand Max über sie gebeugt.

»Tut mir leid, Maud«, sagte er ruhig.

»Nein, Max«, antwortete sie, obwohl ihr das Sprechen schwerfiel. »Es ist ... meine Schuld. Zu viel Wein, denke ich. Kannst du ... kannst du mir helfen? Ich kann nicht ...«

»Kämpf nicht dagegen an. Es ist leichter, wenn du einfach loslässt.«

Loslassen? Was loslassen? Hatte sie das Weinglas nicht schon abgestellt?

Das Weinglas. Er hatte etwas in den Wein gemischt.

Erneut versuchte sie, sich hochzurappeln, aber ihre Arme und Beine fühlten sich an wie Blei. Der Raum drehte sich um sie. Ihre Sehkraft ließ nach.

»Max, bitte ...«, sagte sie und streckte die Hand aus.

Er blickte auf sie hinab, machte aber keine Anstalten, ihr zu helfen. Auf seinem Gesicht lag ein seltsamer Ausdruck. Maud konnte ihn zuerst nicht deuten, aber plötzlich begriff sie, was er ausdrückte. Es war Trauer.

»Lass los«, flüsterte er.

»O Gott«, flehte sie. »Hilfe ... bitte ... Hilfe ...«

32

»Entschuldigen Sie, Madam«, sagte Mr Foster und trat in Fionas Arbeitszimmer. »Es tut mir schrecklich leid, Sie zu stören. Ich habe geklopft.«

Fiona sah von den Plänen auf, die sie gerade studierte – Baupläne eines neuen Teesalons, der in Sidney gebaut werden sollte. Sie war so vertieft in sie gewesen, dass sie das Klopfen überhört hatte.

»Was ist denn jetzt wieder, Mr Foster?«, fragte sie. »Nein, lassen Sie mich raten … Katie hat einen Demonstrationszug zum Unterhaus angeführt, Rose hat eine Halskette genommen, ohne zu fragen, und jetzt heult sie, weil sie sie nicht mehr finden kann, und die Zwillinge sind vom Dach gesprungen.«

»Ich wünschte, es wäre so, Madam. Außer natürlich, dass die Zwillinge vom Dach gesprungen wären. Aber ich fürchte, es ist etwas Ernsteres.«

»Was ist passiert?«, fragte Fiona, sofort alarmiert. »Die Kinder … sind sie …?«

»Den Kindern geht es gut, Madam. Es ist Dr. Hatcher. Sie wirkt sehr erschüttert. Sie ist im Salon und würde Sie gern sprechen.«

Fiona sprang sofort auf und eilte an Foster vorbei die Treppe hinunter. Harriet Hatcher war nie erschüttert. Und auch kaum je besorgt. Sie ließ sich durch nichts aus der Fassung bringen – nicht von dem Blut und Eiter in ihrer Praxis, nicht von den Drohungen, die ihr bei den Wahlrechtsdemonstrationen entgegengeschleudert wurden, nicht einmal von der groben Behandlung, die sie nach den Verhaftungen erdulden musste. Wenn sie erschüttert war, dann musste wirklich etwas sehr Schlimmes passiert sein.

»Harriet?«, rief Fiona, als sie die Tür zum Salon öffnete. »Was ist los? Was ist passiert?«

Harriet saß aschfahl und zitternd auf einem Sofa. Ihre Augen waren gerötet vom Weinen. Fiona schloss rasch die Tür und setzte sich neben sie. »Was ist passiert?«, fragte sie erneut und nahm ihre Hand.

»Ach, Fiona. Ich habe ganz schreckliche Nachrichten. Maud ist tot, und die Polizei sagt, es sei Selbstmord gewesen.«

Fiona schüttelte ungläubig den Kopf. Sie hatte sich wohl verhört. »Das gibt's doch nicht. Weißt du, was du da sagst? Du sagst, dass Maud ... unsere Maud ... dass sie ...«

»Sich umgebracht hat«, antwortete Harriet. »Ich weiß, wie sich das anhört, Fiona. Ich kann's ja selbst nicht glauben, aber es ist wahr.«

»Woher weißt du das?«, fragte Fiona.

»Von einem Polizisten, der vor ein paar Stunden bei mir war. Er sagte, Maud sei heute Morgen von Mrs Rudge, ihrer Haushälterin, tot aufgefunden worden. Der Polizist hat Mrs Rudge befragt und sich Namen und Adressen von Mauds Familie und Freunden geben lassen. Alle werden vernommen. Wahrscheinlich kommen sie auch zu dir. Bei Max waren sie schon. Ihm geht's hundeelend.«

»Das kann ich mir vorstellen. Der arme Kerl«, antwortete Fiona noch immer erstarrt vor Schock.

»Er ist untröstlich und gibt sich die ganze Schuld.«

»Gibt sich die Schuld? Warum?«

»Offensichtlich hatten sie irgendeinen Streit, und er hat sich von ihr getrennt.«

»O nein.«

»O doch. Und es kommt noch schlimmer. Die Polizei glaubt, dass er der Letzte war, der sie lebend gesehen hat, also wird er heute noch mal von einem Inspector vernommen.«

»Ich kann's immer noch nicht glauben. Wie konnte Maud sich das Leben nehmen? Wie ... wie hat sie ...«

»Mit einer Überdosis«, antwortete Harriet. »Morphium. Sie hat es sich injiziert. Die Polizei fand zwei Ampullen und eine Spritze auf dem Nachttisch. Der Gerichtsarzt hat Einstiche in ihrem Arm entdeckt.«

»Ich wusste gar nicht, dass sie so was überhaupt kann.« Der Schock über Harriets Nachricht hatte ein wenig nachgelassen, und sie konnte wieder klarer denken. Daher versuchte Fiona jetzt, die Sache logisch anzugehen, um sich einen Reim darauf zu machen.

»Es ist nicht schwer, sich subkutan zu spritzen, Fiona. Dazu muss man kein Arzt sein. Das kann jeder«, sagte Harriet.

»Aber ich dachte, sie hätte das alles hinter sich, den Drogenmissbrauch, meine ich«, erwiderte Fiona. »Ich weiß, dass sie früher Opiumhöhlen besucht hat. In Limehouse. Vor Jahren. Und sie hat mit Opium versetzte Zigaretten geraucht. Aber eigentlich hatte sie damit doch aufgehört. Vielleicht gelegentlich noch mal die eine oder andere gepafft, aber die Ausflüge nach Limehouse gehörten eindeutig der Vergangenheit an. Dafür hatte India gesorgt. Sie war stocksauer, dass Maud dort hinging, und … ach, Harriet!«

Fionas Stimme brach ab, sie bedeckte das Gesicht mit den Händen und begann zu weinen. Jetzt, da sie sich wieder ein bisschen gefasst hatte, wurde ihr klar, dass sie jemanden informieren musste, der von Mauds Tod absolut am Boden zerstört wäre. Noch viel mehr als Harriet und sie selbst.

»Was ist, Fiona?«, fragte Harriet und legte den Arm um sie.

»Wie soll ich ihr das bloß beibringen, Harriet? Wie nur?«

»Wem?«

Fiona nahm die Hände herunter. »Wie soll ich India erklären, dass ihre Schwester tot ist?«

33

»Stört es Sie, wenn ich rauche?«, fragte Max den Mann, der ihm gegenübersaß.

»Nein, gar nicht«, antwortete Detective Inspector Arnold Barrett. »Hübsch hier«, fügte er hinzu und sah sich in dem weitläufigen, luxuriös eingerichteten Empfangszimmer um.

»Ja, es ist ganz bequem«, antwortete Max und lehnte sich in seinem Sessel zurück.

Sie befanden sich in der Hotelsuite von Max. Barrett war ein paar Minuten zuvor eingetroffen. Max hatte ihm Tee angeboten, was der Inspector dankbar annahm, dann setzten sie sich.

»Danke, dass Sie mich empfangen, Mr von Brandt«, sagte Barrett und zog Notizblock und Stift heraus. »Ich weiß, dass Sie einen sehr anstrengenden Tag hinter sich haben, und werde Ihre Zeit nicht länger als nötig in Anspruch nehmen.«

Max nickte.

»Also, laut Constable Gallagher, der Sie heute Morgen befragt hat, glauben Sie, Sie seien die letzte Person gewesen, die Miss Selwyn-Jones lebend gesehen hat«, begann Barrett.

»Ja, das glaube ich«, antwortete Max.

»Ich würde gern auf die Ereignisse zurückkommen, die zu dem Tod von Miss Selwyn-Jones führten. Der Hotelportier, ein gewisser William Frazier, gibt an, gesehen zu haben, wie Sie Miss Selwyn-Jones in eine Droschke halfen. Mr Frazier behauptet, Miss Selwyn-Jones habe betrunken gewirkt.«

»Ja, das ist korrekt. Maud war sehr betrunken.«

»Archie Ludd, der Droschkenfahrer, hat ausgesagt, Miss Selwyn-Jones habe während der Fahrt zu ihrer Wohnung geweint und gesagt, ich zitiere: ›Bitte, Max. Bitte tu das nicht.‹«

»Das ist ebenfalls korrekt.«

Barrett sah Max lange an. »Mit dieser Aussage tun Sie sich keinen Gefallen, Mr von Brandt. Sie tun sich nichts Gutes damit.«

»Für mich hat das Ganze nichts Gutes, Detective Inspector. Wie ich Constable Gallagher schon sagte, es war alles meine Schuld.«

Barrett ließ sich die Worte durch den Kopf gehen, dann setzte er die Befragung fort. »Gemäß der Aussage von Ludd bezahlten Sie ihn, nachdem Sie bei Miss Selwyn-Jones angekommen waren, halfen ihr dann aus der Kutsche und begleiteten sie ins Haus.«

»Ja.«

»Bei Constable Gallagher gaben Sie an, dass Sie anschließend Miss Selwyn-Jones in ihr Schlafzimmer getragen und aufs Bett gelegt hätten. Sie deckten sie zu und verließen die Wohnung durch die Eingangstür, die Sie hinter sich absperrten.«

»Ja. Maud hatte mir einen Schlüssel gegeben. Den ich heute Morgen Constable Gallagher ausgehändigt habe.«

»Auf dem Nachttisch wurde eine Nachricht in der Handschrift der Verstorbenen gefunden. Darin schreibt sie, dass sie über die Trennung von Max verzweifelt sei.«

Max nickte.

»Die Nachricht war schwer zu entziffern«, sagte Barrett. »Sie wirkte achtlos hingekritzelt, allerdings war Miss Selwyn-Jones, wie jedermann zu bestätigen scheint, betrunken. Dennoch konnten wir sie entziffern. Sie schreibt außerdem, dass es ihr leidtue, was sie vorhabe, aber sie könne ohne Sie nicht leben.«

Max rieb sich die Stirn mit einer Hand. Die andere, mit der er eine Zigarette hielt, zitterte leicht.

»Miss Selwyn-Jones wurde mit dem Gesicht nach unten in ihrem Bett gefunden. Um ihren Arm eine Aderpresse und zwei leere Morphiumampullen neben sich«, fuhr Barrett fort und beobachtete Max dabei genau.

»Es ist alles meine Schuld«, antwortete Max mit erstickter Stimme. »Wenn ich nicht gewesen wäre, wäre sie noch am Leben.«

»Was genau ist gestern Abend passiert, Mr von Brandt?«, fragte Barrett, ohne Max aus den Augen zu lassen. »Warum ging Miss Selwyn-Jones so betrunken von hier weg, dass sie kaum mehr stehen konnte? Warum hat sie sich umgebracht?«

Max senkte die Hand und wischte sich umständlich über die Augen. »Wir hatten einen Streit«, begann er. »Sie war hergekommen, um mir ein Geburtstagsgeschenk zu übergeben. Eine Reise nach Indien. Gemeinsam mit ihr.«

»Ein schönes Geschenk.«

»Ja, stimmt. Eine sehr liebevolle Geste. Aber es war zu viel.«

»Das Geschenk?«

»Nein, ihre Erwartungen.«

»Ich verstehe nicht.«

»Unsere Beziehung ... unsere Romanze, wenn Sie so wollen, war aus meiner Sicht nur auf kurze Dauer angelegt. Als Affäre zwischen zwei erwachsenen, ungebundenen Menschen. Ich dachte, Maud hätte das verstanden, was aber bedauerlicherweise nicht der Fall war. Sie wollte mehr von mir, und das konnte ich ihr nicht geben.«

»Warum nicht?«, fragte Barrett.

»Weil ich bestimmte Pflichten zu erfüllen habe. Familienpflichten. Maud war älter als ich. Sie war bereits einmal verheiratet gewesen ...«

»Nicht die Art Mädchen, die man seiner Mutter vorstellen möchte«, sagte Barrett.

»Nein, ganz und gar nicht. Ich hatte erst vor Kurzem eine Auseinandersetzung mit meinem Onkel, verstehen Sie. Er führt jetzt die Firma, die mein Großvater gegründet hat. Ich bin nach London gegangen, um mich abzulenken, aber ich weiß, dass ich eines Tages wieder zurückkehren, meinen Platz im Familienunternehmen einnehmen und eine passende Frau heiraten muss – eine respektable Frau aus einer angesehenen Familie, die mir viele Kinder schenken wird. Meine Mutter hat bereits ein paar Kandidatinnen für mich ausgewählt«, fügte Max mit einem bitteren Lächeln hinzu. »Maud wusste dies. Ich habe sie nie belogen. Ich war von Anfang an aufrichtig. Sie meinte, es mache ihr nichts aus, und eine Weile lang schien es auch so zu sein. Wir hatten eine sehr schöne Zeit miteinander, aber in letzter Zeit war sie unvernünftig geworden.«

»Wie das?«

»Sie begann, mich ständig zu drangsalieren. Sie wollte nicht, dass ich nach Deutschland zurückkehre. Ich sollte in London bleiben. Sie wollte mich heiraten. Sie sagte, ich bräuchte nicht zurückzugehen, um in die Firma einzutreten. Sie habe genügend Geld, um unser Leben auf sehr hohem Niveau zu finanzieren. Und das Geschenk brachte das Fass zum Überlaufen.«

»Warum?«

»Sie meinte, die Reise könnten unsere Flitterwochen sein. Ich weigerte mich, das zu akzeptieren, und sagte ihr, dass es aus sei zwischen uns. Daraufhin wurde sie sehr wütend. Sie schrie und tobte und begann zu trinken. Eine ganze Menge tatsächlich.«

»Sie sind ein seltsamer Zeitgenosse, Mr von Brandt. Viele Männer hätten doch nicht gezögert, eine reiche Frau zu heiraten. Eine Frau, deren Gesellschaft und erotische Reize ihnen gleichermaßen gefielen.«

»Sie haben ganz recht, Detective Inspector. Einige Männer hätten nicht gezögert. Man nennt sie Gigolos«, erwiderte Max kühl.

Barrett hob die Hand. »Schon gut, Mr von Brandt. Ich wollte Sie nicht beleidigen. Erzählen Sie weiter, was dann geschehen ist.«

»Maud wurde sehr betrunken. Ich wollte nicht mehr hören, was sie von sich gab, und hielt es für das Beste, sie nach Hause zu bringen. Was ich tat. Und den Rest wissen Sie.« Max schwieg ein paar Sekunden und fügte dann hinzu: »Sie sagte mir, dass ich es bereuen würde. Und sie hat recht behalten. Es tut mir leid. Sehr sogar. Ich hätte nicht Schluss machen sollen. Das hätte ich auch nicht getan, wenn ich gewusst hätte, wie labil sie war.«

»Haben Sie irgendeine Idee, woher sie das Morphium hatte? Es war sehr hoch konzentriert, höher, als es in Apotheken angeboten wird.«

»Nein. Ich wusste, dass sie Drogen nahm, ziemlich regelmäßig sogar, aber ich weiß nicht, wie sie sich den Stoff beschaffte.« Dann fragte er zögernd: »Detective Inspector Barrett?«

»Ja?«

»Ich weiß, dass sie manchmal mit Opium versetzte Zigaretten rauchte. Einmal sagte sie mir, die besorge sie sich an einem Ort namens Limehouse. Hilft Ihnen das weiter?«

Barrett lachte. »Mr von Brandt, in Limehouse gibt es Hunderte Orte, wo Miss Selwyn-Jones diese Zigaretten gekauft haben könnte. Und das Morphium auch.« Er schraubte die Kappe seines Füllers zu und schloss sein Notizbuch. »Danke, dass Sie mir so viel Zeit geschenkt haben, Mr von Brandt. Wir werden Sie nicht mehr belästigen.«

Barrett stand auf. Max ebenfalls. Er brachte Barrett zur Tür und öffnete sie.

»Also, wenn Sie Miss Selwyn-Jones geheiratet hätten, und sie wäre dann gestorben – eine reiche Frau wie sie –, hätten wir mehr Fragen gestellt«, sagte Barrett. »Aber wie die Dinge liegen, hatten Sie kein Motiv. Nicht das geringste. Miss Selwyn-Jones' Tod war Selbstmord, schlicht und einfach. Den Zeitungen wird das nicht gefallen. Die sind immer auf reißerische Geschichten aus, auf irgendein ruchloses Motiv, wie man es aus drittrangigen Kriminalromanen kennt, aber manchmal ist ein Todesfall eben nichts anderes, als wonach er aussieht – traurig und mitleiderregend. Mein Beileid für Sie, Mr von Brandt. Guten Tag.«

»Danke, Detective Inspector«, antwortete Max. »Guten Tag.«

Gerade als er die Tür schließen wollte, drehte sich Barrett noch einmal um und fragte: »Mr von Brandt?«

»Ja?«

»Noch ein Ratschlag ... wenn ich ihn mir erlauben darf.«

»Natürlich.«

»Seien Sie nicht so streng mit sich. Wenn Herzen zu brechen ein Kriminaldelikt wäre, wären alle Gefängnisse in London überfüllt.«

Max lächelte traurig. Detective Inspector Barrett tippte an seinen Hut und verschwand. Max schloss die Tür, goss sich ein Glas Wein ein und ließ sich in einen Sessel fallen. Die Dämmerung brach herein, aber er machte kein Licht an. Er starrte ins Kaminfeuer, und eine Träne lief ihm über die Wange, dann noch eine.

Dies waren keine vorgetäuschten Gefühle für den Polizeibeamten. Sein Schmerz war echt. Er hatte Maud sehr gerngehabt. Ihre Gesellschaft, ihren Humor und den Sex mit ihr genossen, und er vermisste sie. Sie hatte nicht verdient, was ihr geschehen war. Und er bereute es aufrichtig.

Aber er hatte keine andere Wahl gehabt. Gleich nach dem Öffnen der Tür wusste er, dass sie im Zimmer war. Er hatte ihr Parfüm gerochen. Er hatte gebetet, dass sie nur gekommen war, um ihn willkommen zu heißen, um ihn nackt im Bett zu erwarten. Aber es hatte ihm einen scharfen Stich versetzt vor Kummer und Wut, als er sich leise zum Schlafzimmer schlich und die Fotos und Dokumente auf dem Schreibtisch ausgebreitet sah. Er beobachtete, wie sie die Papiere in ihre Tasche steckte, und wusste, was sie damit vorhatte. Sie würde sie zur Polizei oder zu jemandem in der Regierung bringen. Zu Joe Bristow vielleicht. Oder zu Asquith persönlich. Und damit hätte sie sein kunstvoll aufgebautes Kartenhaus zum Einsturz gebracht.

Ihm war klar, was er tun musste, und er hatte es, ohne mit der Wimper zu zucken, getan. Für solche Fälle hatte er immer einen kleinen Vorrat an Drogen parat. Und dennoch hatte es ihm schrecklich wehgetan – weitaus mehr, als er vermutet hätte –, ihr Drogen einzuflößen, sie nach Hause zu bringen, sie mehrmals in die Armbeuge zu stechen und ihr zwei Ampullen Morphium in die Adern zu spritzen.

Während er dasaß und ins Feuer starrte, hörte er ein scharrendes Geräusch. Er hob den Kopf und sah zur Tür. Ein Umschlag war durch den Schlitz geschoben worden.

Weitere Anweisungen, dachte er und fragte sich, ob sie auf Deutsch oder Englisch wären. Aber egal, auf dem Umschlag wären weder Absender noch Briefmarke. Wie immer.

Ein paar Sekunden lang packte ihn unbändiger Zorn. Zitternd vor Wut, griff er nach einer Vase und schleuderte sie an die Wand. Sie zerbrach in tausend Stücke, und die Scherben stoben in alle Richtungen.

Maud bedeutete ihnen nichts. Sie war verzichtbar. Genau wie Hoffman und Bauer. Auch er selbst war austauschbar. Ihnen bedeutete niemand etwas.

»Ein Leben«, würden sie sagen. »Was ist ein Leben im Vergleich zu Millionen?«

Aber dieses eine Leben war ihm wichtig gewesen. Er hatte die Frau fast geliebt. Aber während er seine Wut wieder unter Kontrolle brachte, wurde ihm klar, dass seine Verbindung zu Maud und die Gefühle, die er sich für sie gestattet hatte, ein Fehler gewesen waren – den er niemals wiederholen durfte. Wenn er sich nicht mit ihr eingelassen hätte, wäre sie vermutlich nie in seine Suite gekommen und hätte nie herausgefunden, was sie nichts anging.

Max schob mit dem Fuß die Scherben zusammen und rief die Rezeption an, damit ein Zimmermädchen zum Aufräumen geschickt wurde. Dann ging er zur Tür, hob den Umschlag auf und las die Nachricht darin. Es war an der Zeit, sich wieder an die Arbeit zu machen.

Maud war tot. Das Herz war ihm schwer vor Trauer um sie. Aber das zählte nicht. Seine Tarnung war nicht aufgeflogen. Nur das zählte. Sonst nichts.

Liebe ist gefährlich, sagte er sich. Viel zu gefährlich. Diese Lektion hatte er bereits gelernt gehabt, aber sich dann gestattet, sich nicht daran zu halten.

Max ging zum Kamin hinüber. Während er die Nachricht und den Umschlag in die Flammen warf, schwor er sich, dies niemals mehr zu vergessen.

34

Seamie starrte aus dem Fenster des Hotelzimmers. Die Sonne stand tief im Westen. Vermutlich war es schon fünf. Er blickte auf die schräg einfallenden Strahlen, die Willas nackten Körper überfluteten, während sie dösend neben ihm lag. Dieses diffuse Licht war ihm inzwischen vertraut. Es war das traurige Licht der Untreue. Verheiratete Paare, zumindest die glücklich Verheirateten, kannten es nicht, denn die liebten sich im Dunkeln oder im klaren Morgenlicht.

Er zog Willa an sich und küsste sie aufs Haar. Sie murmelte verschlafen.

»Ich muss bald gehen, Liebste«, sagte er.

Willa blickte zu ihm auf. »Schon?«

Er nickte. Heute Abend fand in der Royal Geographical Society ein Dinner statt. Für Sponsoren. Man erwartete, dass er daran teilnahm, und Jennie ebenfalls. Er hatte ihr erklärt, dass er den ganzen Tag mit potenziellen Geldgebern sprechen müsse und sie sich direkt dort treffen würden. Er wollte vor ihr dort sein, damit sie keinen Grund hätte, ihn zu verdächtigen. Ständig sorgten er und Willa sich, sie könnte es herausfinden. Oder Albie.

»Zeig mir doch noch deine Fotos, bevor ich gehe«, bat er Willa.

»Ach ja. Die Fotos. Die habe ich ganz vergessen. Bei dir vergesse ich alles.«

Ihm ging es genauso. Er vergaß so viele Dinge, die er nicht hätte vergessen dürfen – dass er verheiratet war, dass seine Frau ihn liebte, dass sie schwanger war.

So kann es nicht weitergehen, dachte er, als er zusah, wie Willa in ihre Bluse schlüpfte. Sie beide wussten das. Aber er ertrug den Gedanken nicht, sie wieder loszulassen. Noch nicht.

Sie durchwühlte eine große Mappe, die sie mitgebracht hatte, und stieg dann mit einem Stapel Schwarz-Weiß-Fotos wieder ins Bett. Sie stammten vom Everest. Er hatte sie noch nicht zu Gesicht bekommen, weil er nicht bei ihrem Vortrag gewesen war. Aber er wollte unbedingt ihre Arbeit, den Everest und Rongbuk, ihren Wohnort, sehen. Deshalb hatte er sie gebeten, sie heute mitzubringen.

»Die werde ich für mein Buch verwenden«, erklärte sie und legte ihm den Stapel in den Schoß. »Der Text ist schon fertig. Die Royal Geographical Society hat einen Lektor engagiert, und in etwa drei Monaten geht das Buch in Druck.«

»Das ist großartig, Willa. Gratuliere!«, sagte Seamie. »Ich bin mir sicher, es wird ein durchschlagender Erfolg. Zeig mal her.« Er hielt das erste Bild hoch, und es verschlug ihm sofort die Sprache angesichts der Schönheit und Genauigkeit der Fotografie, angesichts der überwältigenden Majestät des Everest.

»Das ist der Nordhang«, erläuterte Willa. »Von der Spitze des Gletschers aufgenommen. Dort hab ich zwei Wochen kampiert. Und auf gutes Wetter gewartet. Aber es war immer bewölkt. Am letzten Tag, morgens, als ich gerade Tee kochte, rissen die Wolken plötzlich auf. Ich wusste, das würde nicht lange anhalten. Ich hatte nur etwa dreißig Sekunden. Gott sei Dank war die Kamera schon aufgebaut. Ich legte schnell eine Platte ein, und kurz bevor sich die Wolkendecke wieder schloss, drückte ich ab.«

»Es ist unglaublich«, bestätigte Seamie.

Er sah das nächste Bild an. Und die folgenden. Aufnahmen von dem Berg, dem Gletscher, den Wolken und von Rongbuk und seinen Bewohnern. Von Lhasa. Vom Südhang des Everest, von Nepal aus aufgenommen. Er sah die Straßen von Kathmandu. Straßenverkäufer und Priester. Händler, die über einen tückischen Pass zogen. Kinder, die mit scheuem Blick, aber leuchtenden Augen aus einem Zelteingang in die Kamera blickten.

Währenddessen erzählte ihm Willa allerlei Geschichten, wie es zu den Aufnahmen gekommen war. Was für Leute der lachende Priester oder die schöne Frau des Bürgermeisters waren. Und wie absolut heimtückisch der Zar-Gama-Pass war.

Er fragte sie nach dem Everest, und sie erklärte ihm, sie sei überzeugt, dass er über die Südflanke von Nepal aus leichter zu besteigen sei, aber die Nepalesen sähen es nicht gern, wenn westliche Ausländer auf ihrem Berg herumkletterten. Die Tibeter seien eine Spur aufgeschlossener. Jede ernsthafte Besteigung müsste also von Tibet aus starten und die Nordflanke angreifen.

»Kannst du dir das vorstellen?«, fragte Seamie. »Der Erste auf diesem Berg zu sein? Der Erste auf dem Everest? Jeder will, dass England diesen Sieg erringt.«

»Dann muss sich England aber beeilen«, antwortete Willa. »Die Franzosen und Deutschen wollen das Gleiche. Der Erfolg hängt von der Vorbereitung ab, nicht nur vom technischen Können. Auch vom Durchhaltevermögen. Man muss ein gutes Basislager aufbauen und danach eine Kette weiterer Lager. Die Hälfte der Gruppe übernimmt den Aufbau und die Proviantversorgung mithilfe von Sherpas. Danach steigen sie ab, bevor die Höhenkrankheit sie umbringt. Dann steigt die andere Hälfte auf – die besten Kletterer. Die besten und zähesten. Sie müssen unglaublich schnell auf- und genauso schnell wieder absteigen. Und Wind, Wetter und Temperatur müssen auch mitspielen.«

Sie deutete auf bestimmte Stellen am Nordhang, die sie für die Lager am besten geeignet hielt. Seamie hörte zu, nickte und stellte eine Menge Fragen. Seit der Expedition mit Amundsen hatte er keine solche Begeisterung mehr gespürt. Ein paar glückliche Momente lang war es wieder so wie damals in Afrika, als sie zusammen gereist, kampiert und den Aufstieg auf den Kilimandscharo geplant hatten. Sie waren eins.

Seamie sah sie an, als sie auf einen dunklen Fleck unterhalb eines Jochs deutete und meinte, sie wisse einfach nicht, ob es sich um einen Schatten oder um eine Felsspalte handle, und das Herz tat ihm weh vor Liebe für sie. Er sehnte sich nach ihrem Körper, wollte ständig mit ihr schlafen, aber noch mehr sehnte er sich nach dieser Seelenfreundschaft.

Er wandte sich ab, weil er das quälende Verlangen nach ihr nicht mehr aushielt, und nahm wieder das erste Foto in die Hand. »Er ist so wunderschön«, sagte er.

Willa schüttelte den Kopf. »Er ist mehr als das, Seamie. Meine Bilder werden ihm nicht gerecht. Sie fangen die Schönheit des Berges nicht ein. Ach, wenn du ihn bloß sehen könntest. Ich wünschte, ich könnte ihn dir zeigen. Ich wünschte, ich könnte dein Gesicht sehen, wenn du das erste Mal den Blick darauf wirfst. Ich wünschte ...«

Sie brach plötzlich ab.

»Was ist denn?«, fragte er.

»Das werden wir nie, oder? Den Everest gemeinsam sehen.«

Er wandte sich ab. Es wurde langsam dunkel. Er musste jetzt schleunigst gehen. Zur Royal Geographical Society, wo man ihn erwartete. Und dann nach Hause, wo er hingehörte.

Als spürte sie, was er fühlte und dachte, lehnte sich Willa an ihn. »Wir müssen damit aufhören«, sagte sie leise.

Er lachte traurig. »Das würde ich ja, Willa. Wenn ich nur wüsste, wie.«

35

»Das ist der Funke im Pulverfass«, rief Churchill erregt. »Ganz zweifellos.«

Stimmengewirr erhob sich und begeisterter Beifall brandete auf.

»Und wir können den Funken anfachen oder ersticken«, erwiderte Joe genauso vehement. »Wir sind im zwanzigsten Jahrhundert, nicht im Mittelalter. Wir müssen unsere Streitigkeiten am Verhandlungstisch beilegen, nicht auf dem Schlachtfeld austragen.«

»Hört, hört«, riefen einige Abgeordnete.

Joe saß in einem abgeschiedenen Raum im Reform Club, dem politischen Hauptquartier der Liberalen. Er mochte das altehrwürdige Gebäude mit seinen Marmor- und Spiegelverkleidungen, der palastartigen Galerie und dem großartigen Glasdach und nahm sich bei seinen Besuchen gewöhnlich Zeit, es zu bewundern. Er streifte durch die vielen Räume und Korridore, studierte die Porträts vergangener Whig-Politiker oder blätterte in den Bänden der großen Bibliothek.

Heute Abend jedoch war er dazu nicht in der Stimmung.

Vor ein paar Stunden war Erzherzog Franz Ferdinand, der österreichisch-ungarische Thronerbe, gemeinsam mit seiner Frau in Sarajevo erschossen worden. Der Mörder des kaiserlichen Paars war ein junger serbischer Nationalist namens Gavrilo Princip.

Die Nachricht vom Tod des Erzherzogs hatte sowohl das Unterwie das Oberhaus in helle Aufregung versetzt. Die Regierung hatte öffentlich verlautbart, mit Ruhe und Besonnenheit auf das unheilvolle Ereignis zu reagieren, und sich hinter den Kulissen bemüht, eine internationale Katastrophe zu verhindern. Österreich-Ungarn hatte von Serbien sofortige Vergeltung gefordert, und Deutschland tobte und versicherte, seinem Verbündeten zur Seite zu stehen. Außenminister Sir Edward Gray war umgehend auf eine höchst delikate diplomatische Mission geschickt worden.

Und jetzt um elf Uhr hatte sich der Premier mit Mitgliedern seines Kabinetts und einer kleinen Gruppe führender Politiker aller Parteien in den Reform Club begeben, um über das weitere Vorgehen gegenüber Österreich-Ungarn, Serbien und Deutschland zu beraten.

»Sarajevo ist genau der Anlass, auf den Deutschland gewartet hat«, donnerte Churchill, »und der Kaiser wird ihn nutzen. Er wird ihn zum Vorwand nehmen, um in Frankreich einzumarschieren und dabei Belgien zu überrennen. Wir müssen Deutschland sofort wissen lassen, und zwar mit aller Deutlichkeit, dass wir seine Einmischung in diese Angelegenheit nicht dulden werden.«

»Können wir damit nicht warten, bis sie uns erklären, dass sie sich einmischen wollen?«, fragte Joe, von Hohnrufen und Gelächter begleitet.

Winston wartete, bis sich der Lärm gelegt hatte, und erwiderte: »Der ehrenwerte Abgeordnete von Whitechapel ist leider blind. Er kann die fatalen Folgen eines Zögerns nicht sehen.«

»Nein, das kann ich nicht«, schoss Joe zurück. »Die Konsequenzen eines übereilten Handelns dagegen schon. Ich kann die Folgen hitzköpfiger Reaktionen sehr wohl absehen, wenn eigentlich Geduld und Langmut gefordert wären. Ich kann durchaus erkennen, welche Konsequenzen es hätte, Deutschland herauszufordern. Ich kann die Leichen Hunderttausender englischer Soldaten sehen.«

»Ach ja? Ich kann das nicht. Ich kann nur sehen, wie die Deutschen besiegt werden und Belgien verschont bleibt. Und wie französische Frauen und Kinder für unsere tapferen Jungs Blumen streuen.«

Joe versuchte, darauf zu antworten, aber seine Worte gingen in Jubelrufen unter. Er gab auf. Gegen Kriegsfieber war kein Kraut gewachsen. Er wandte sich an Asquith, der rechts von ihm saß. »Henry, Sie sehen doch, was da auf uns zukommt, oder? Sie müssen alles tun, was in Ihrer Macht steht, um gegen diese Bluthunde, diese Kriegstreiber anzugehen.«

Asquith schüttelte langsam den Kopf. »Ich kann vielleicht meine eigenen Hunde kontrollieren, Joe, sogar diesen hitzköpfigen Winston. Aber was ich nicht kontrollieren kann, ist die Meute jenseits des Kanals.«

»Dann glauben Sie, dass es unvermeidlich ist?«

»Ja, das glaube ich. Wir ziehen in den Krieg. Ganz Europa wird das tun. Es ist keine Frage mehr, ob, sondern nur noch, wann.«

»Das glaube ich nicht, Henry. Das kann ich nicht.«

Asquith seufzte tief. »Glauben Sie, was Sie wollen, Joe. Aber seien Sie froh, dass Ihre Söhne noch zu jung zum Kämpfen sind, und hoffen Sie, dass alles schnell vorbeigeht.«

36

Max trat aus dem Fahrstuhl in das Foyer des Coburg-Hotels hinaus. Er dankte dem Fahrstuhlführer, lächelte eine Frau an, die auf den Aufzug wartete, und ging zur Empfangstheke. Sein sonnengebräuntes, hübsches Gesicht wirkte glatt und unbeschwert.

Aber nur, weil er sich sehr bemühte.

Tatsächlich war er nervös und aufgewühlt. Seine Nerven lagen blank. Alles lief denkbar schlecht. Bauer, Hoffman, Maud ... und jetzt diese neue Katastrophe – Sarajevo.

Gerade hatte er in einem Stapel frisch gebügelter Hemden neue Anweisungen aus Berlin erhalten, von einem Zimmermädchen überbracht, das auf der Gehaltsliste des Kaisers stand. Sie wollten so viele Informationen wie möglich über britische Schiffe, Flugzeuge und Kanonen – und was konnte er beschaffen? Rein gar nichts.

Die Kurierkette war noch immer unterbrochen, und bevor er zwischen Gladys Bigelow und John Harris – Billy Maddens Mann – keine Verbindung herstellen konnte, gab es keine Möglichkeit, sie zu schließen. Was hatte sich dieser Irre in Sarajevo bloß gedacht? Was hatten er und seine Anarchistenkumpane sich erhofft? Die Welt in Brand zu stecken? Wenn das ihr Ziel war, dann hatten sie es wahrscheinlich erreicht.

In Gedanken verloren, sah Max die Frau, die mit gesenktem Kopf auf ihn zukam, erst, als es schon zu spät war. Er stieß mit ihr zusammen, schlug ihr den Hut herunter, und ihre Tasche fiel zu Boden.

»Mein Gott«, sagte er erschrocken. »Wie furchtbar tölpelhaft von mir. Es tut mir leid. Bitte lassen Sie mich Ihre Sachen aufheben.« Er bückte sich, hob ihren Hut und ihre Tasche auf und reichte sie ihr. »Noch einmal, bitte nehmen Sie ...« Verblüfft hielt er inne und trat einen Schritt zurück. »Willa Alden? Bist du das?«, fragte er.

Willa sah zu ihm auf. »Max? Max von Brandt?«

»Ja!«, erwiderte er aufgeregt. »Was für eine Freude, dich zu sehen.« Er umarmte sie, ließ sie dann los und sah sie kopfschüttelnd an. »Ich hätte dich kaum mehr wiedererkannt in deinem zivilisierten Aufzug.«

Willa lachte. »Ich erkenne mich selbst kaum wieder. Du siehst gut aus, Max. Was machst du in London? Das letzte Mal, als ich dich sah, warst du auf dem Weg nach Lhasa.«

»Ja, stimmt. Dort war ich auch. Und bekam sogar eine Audienz beim Dalai Lama, dank deines Einflusses.« Dann erzählte er von dem Zwist mit seinem Onkel und dass er nach London gekommen sei, um ein wenig Abstand von seiner Familie zu haben. »Du siehst auch sehr gut aus, Willa«, sagte er abschließend. »Was machst du hier? Ich hätte nicht gedacht, dass es irgendetwas gäbe, was dich von deinem Berg fortlocken könnte.«

Willa erzählte ihm von ihrem Vater.

»Das tut mir sehr leid«, sagte er und drückte ihre Hand.

»Danke, Max. Das ist sehr lieb von dir. Mir fällt es immer noch schwer, mich damit abzufinden, dass er tot ist.«

Sie redeten weiter, und während Max in ihre großen, ausdrucksvollen Augen blickte, überkamen ihn wieder die gleichen Gefühle wie damals im Himalaja. Er wollte sie in die Arme nehmen, gleich hier in der Eingangshalle, sie an sich drücken und ihr sagen, was er für sie empfand.

Hör auf. Sofort. Bevor es zu weit geht, sagte ihm eine innere Stimme. Es ist zu gefährlich. Das weißt du. Diese Frau, diese Gefühle … sind dein Untergang.

Er ignorierte diese Stimme. Als Willa sich von ihm verabschieden wollte, drängte er sie zu bleiben.

»Aber du hast mir doch noch gar nicht erzählt, was du hier machst«, sagte er. »Warum bist du im Coburg?«

»Ich … ich bin mit einer alten Freundin verabredet«, antwortete sie. »Zum Essen.«

Sie log, das merkte er. Plötzlich wirkte sie aufgeregt und nervös. Max wusste, womit ein Lügner sich verriet – zu schnelles Lachen, unruhiger Blick, lauter werdende Stimme –, und Willa zeigte alle drei Anzeichen.

»Trink zuerst ein Glas mit mir«, sagte Max. »Das musst du. Ich bestehe darauf. Und deine Freundin auch. Wo ist sie denn?«

»Das ... das kann ich nicht. Ich treffe sie in ihrem Zimmer, verstehst du, und ich bin ohnehin schon spät dran.«

»Ich verstehe. Aber du musst mir deine Adresse geben und mir erlauben, dich zum Essen einzuladen, während du in London bist.«

Willa sah ihn offen und abschätzend an. »Ich weiß nicht, ob das so eine gute Idee ist, Max.«

Max hob die Hand, um ihre Einwände abzuwehren. »Nur als zwei alte Bergkameraden, die sich erzählen, was inzwischen geschehen ist. Ich schwöre dir, ich habe keinerlei Hintergedanken«, fügte er freundlich lächelnd hinzu.

Sie erwiderte sein Lächeln. »Also gut, dann zum Abendessen. Ich freue mich darauf.«

»Morgen?«

»Morgen kann ich nicht. Da bin ich schon verabredet. Mit Tom Lawrence.«

»Ach ja. Der Archäologe. Ich habe von ihm gehört. Scheint ja ein ziemlich faszinierender Bursche zu sein. Wie wär's mit nächster Woche?«

Sie vereinbarten einen Tag – Montag – und einen Ort – Simpson's. Dann küsste er sie auf die Wange und brachte sie zum Fahrstuhl. Ihr Duft, die marmorne Glätte ihrer Wange erregten ihn. Wie machte sie das nur?

»Wiedersehen, Willa«, sagte er und bemühte sich, gelassen zu klingen. »Bis Montag.«

»Bis Montag«, erwiderte sie, dann schlossen sich die Aufzugtüren.

Er blieb stehen und beobachtete die Stockwerksanzeige, bis der Zeiger bei drei stoppte. Im gleichen Moment öffneten sich die Türen des zweiten Fahrstuhls. Die Fahrgäste stiegen aus, und Max sprang schnell hinein.

»Bitte warten Sie«, rief ein Mann von der anderen Seite der Eingangshalle.

»Beachten Sie ihn nicht«, sagte Max und gab dem Fahrstuhlführer eine Pfundnote. »Bringen Sie mich in den dritten Stock. Schnell.«

Der Mann gehorchte und brachte Max in Sekundenschnelle in das gewünschte Stockwerk. Max stieg leise aus, und die Türen schlossen sich geräuschlos hinter ihm. Rasch blickte er nach links und rechts und erspähte Willa, die einen langen Gang hinunterging. Damit sie ihn nicht sehen würde, falls sie sich umdrehte, drückte er sich an die Fahrstuhltüren. Aber sie drehte sich nicht um, sondern blieb etwa auf halber Länge des Korridors stehen und klopfte an eine Tür. Die Tür ging auf, und sie trat ein. Sobald Max hörte, dass sie ins Schloss gefallen war, lief er den Korridor hinunter.

Sie war hergekommen, um sich mit einem Mann zu treffen. Das spürte er. Warum sonst hätte sie sich so verhalten – so seltsam ausweichend. Eifersucht packte ihn. Ein dummes, kindisches Gefühl, das er zu verdrängen versuchte, aber es gelang ihm nicht. Er wollte sie für sich selbst haben und hasste den Gedanken, sie in den Armen eines anderen Mannes zu wissen, aber gleichzeitig musste er herausfinden, wer dieser andere war. Als er die Tür erreicht hatte, sah er schnell auf die Nummer und ging weiter. Zum Ende des Korridors und zur Feuertreppe.

Wieder im Foyer angekommen, rief er einen Pagen, der schon bei vielen Gelegenheiten reichlich Trinkgeld von ihm bekommen hatte. »Du musst mir einen Gefallen tun«, sagte er leise.

»Was immer Sie möchten, Mr von Brandt.«

»Find den Namen des Gastes in Zimmer 324 raus. Ich warte dort drüben.« Er deutete auf eine Sesselgruppe.

Der Page nickte. Ein paar Minuten später war er wieder zurück und flüsterte Max ins Ohr: »Es ist ein Mr O. Ryan, aber ich glaube, das ist ein falscher Name.«

»Ach ja?«

»Ja. Pete, mein Kumpel, hat dem Mann den Zimmerschlüssel gegeben. Und gesagt, dass er ihn sofort erkannt hat. Er heißt nicht Ryan.«

»Sondern?«

»Es ist dieser berühmte Entdecker. Der am Südpol war. Finnegan heißt er. Seamus Finnegan.«

37

»Ich könnte alle Beeren der Welt verdrücken«, sagte Josie und nahm sich eine weitere Erdbeere aus dem Korb und steckte sie in den Mund. »Verdammt, sind die gut.«

»Wenn du nicht aufhörst, haben wir nichts zum Tee«, erwiderte Jennie lachend. »Wir sind ja noch nicht mal aus dem Dorf hinaus. Warte doch, bis wir wieder im Cottage sind, bevor du weiterisst.«

Sie kamen gerade vom Dorfplatz, wo montags immer Markt war, und hatten frisch gepflückte Erdbeeren, einen Krug Sahne, Scones, ein großes Stück Cheddar- und Caerphilly-Käse, einen Laib Brot, geräucherte Forellen und ein Pfund Butter gekauft.

Jennie wusste, sie würde nur ein paar Bissen von dem Festmahl essen, weil sie sich inzwischen ständig übergeben musste. Josie dagegen würde sich darauf stürzen. Sie war nicht von Übelkeit geplagt und hatte fortwährend Hunger.

Jennie musterte Josie, während sie zum Cottage zurückkehrten. Josie war der Inbegriff der Gesundheit, mit ihren rosigen Wangen und strahlenden Augen. Und ihr Bauch wölbte sich bereits. Bei Jennie, die drei Wochen später niederkommen sollte, sah man noch nichts. Aber sie konnte es gar nicht erwarten, bis man es sah. Weil dann alles irgendwie realer wäre. Weil es ihr – und Seamie – beweisen würde, dass sich das Baby gesund entwickelte. Erst letzte Woche hatte sie Harriet Hatcher aufgesucht und sollte in ein paar Tagen wieder zu ihr kommen. Harriet sagte, sie habe den Herzschlag gehört, und alles schien soweit in Ordnung zu sein, dennoch erinnerte sie Jennie an die Schwierigkeit ihrer Schwangerschaft und warnte sie davor, sich allzu große Hoffnungen zu machen.

»Was machen wir heute?«, fragte Josie und schwang den Korb. »Blumen pflücken? Marmelade kochen? Genügend Beeren hätten wir ja. Ah, ich weiß es! Wir gehen zum Fluss und stecken die Zehen rein. Es ist schon furchtbar heiß, dabei ist's erst neun Uhr morgens.«

»Zum Fluss ... das ist eine tolle Idee«, antwortete Jennie. Es war heiß, viel zu heiß für Juni. Sie schwitzte stark. Ihr Gesicht war rot angelaufen. Im Fluss zu planschen wäre genau das Richtige, um sich abzukühlen. »Wir räumen bloß die Einkäufe weg, dann gehen wir.«

Jennie war gestern aus London gekommen. Ihr dritter Ausflug nach Binsey in zwei Monaten. Seamie hatte sie erneut vorgeschwindelt, sie brauche etwas Zeit für sich, um sich auszuruhen und zu entspannen. Er hatte nichts dagegen einzuwenden gehabt und keine weiteren Fragen gestellt.

Aber warum auch? In ihrer Abwesenheit konnte er mehr Zeit mit Willa verbringen.

Jennie wusste nicht, wo und wann er sie traf, weil er abends immer zu Hause war, aber dass er sie traf, spürte sie.

Er war jetzt immer beschäftigt und verbrachte die meiste Zeit in seinem Arbeitszimmer. Und selbst wenn er im gleichen Raum mit ihr war, wirkte er meilenweit entfernt. Trotzdem ging er liebevoll mit ihr um, kümmerte sich um ihr Wohlergehen, sorgte sich um das Baby und achtete darauf, dass sie sich nicht überanstrengte. Aber er küsste sie nicht mehr so oft. Nicht so wie früher. Und nachts im Bett schaltete er das Licht aus, drehte sich auf die Seite und schlief gleich ein. Seit Wochen hatten sie sich nicht mehr geliebt. Sie hatte ein paarmal versucht, sein Interesse zu wecken, aber er hatte gemeint, sie sollten es lieber lassen. Er wolle dem Baby nicht wehtun.

Zuweilen stellte sie sich Seamie und Willa zusammen vor – sie konnte nicht anders. Vor ihrem geistigen Auge sah sie die beiden gemeinsam im Bett, sah, wie er sie küsste und streichelte, und bei der Vorstellung wurde ihr schlecht. Es gab Tage, da war sie so verzweifelt, dass sie sich schwor, sie würde ihn zur Rede stellen. Ihn fragen, ob sie zusammen gewesen seien, ob er sie immer noch liebte.

Aber was würde sie machen, wenn er sagte, *ja, Jennie, so ist es?*

Und so spielte sie ihm vor, nichts zu wissen. Und sich selbst spielte sie vor, dass es ihr nichts ausmachte. Nicht zählte. Und sie hoffte und betete, dass es eines Tages tatsächlich so wäre, weil Willa London irgendwann verlassen und wieder in den Himalaja zurückkehren würde. Und Seamie zu ihr. In ihr Heim. Ihr Leben. Ihr Bett.

»Wir könnten fischen gehen«, sagte Josie plötzlich, als sie an einem kleinen Laden mit Sportgeräten vorbeikamen. »In der Garderobe hab ich eine Angel gesehen.«

Jennie lachte, dankbar für Josies Gesellschaft, für ihre Fröhlichkeit und für die Ablenkung von ihren eigenen düsteren Gedanken.

»Ja, das könnten wir«, sagte sie. »Wenn eine von uns was vom Angeln verstünde.«

»Wir bräuchten doch nichts als ein paar Würmer«, erwiderte Josie. »Und Haken. Die könnten wir uns gleich hier in dem Laden besorgen.«

»Und eine Angelschnur. Wahrscheinlich bräuchten wir irgendeine Angelschnur. Ich glaube …« Plötzlich rang Jennie nach Luft, als ein entsetzlicher Krampf sie schüttelte.

»Jennie? Was ist?«, fragte Josie.

»Nichts, ich …« Sie brach ab, als ein noch heftigerer Schmerz sie durchfuhr.

Sie machte ein paar Schritte und spürte dann etwas Warmes und Feuchtes zwischen den Beinen. Sie brauchte gar nicht hinzusehen, um zu wissen, dass es Blut war.

»O nein«, rief sie völlig verängstigt. »Bitte nicht.«

»Jennie?«, fragte Josie mit vor Sorge aufgerissenen Augen. »Was ist los?«

»Ich glaube, es ist das Baby … ich … ich blute«, stotterte Jennie hilflos und begann zu weinen.

»Komm«, sagte Josie und nahm ihren Arm. »Da gibt's einen Arzt am Dorfrand. Es ist gleich da vorn. Dr. Cobb heißt er. Ich hab das Schild gesehen, als ich hier ankam. Ich hab's mir gemerkt. Falls was passieren und ich jemanden brauchen sollte. Es ist nicht weit.«

»Nein!«, widersprach Jennie und schüttelte sie ab. »Ich gehe zu keinem Arzt.«

»Bist du verrückt? Du brauchst Hilfe. Und das Baby auch.«

»Ich gehe nicht hin. Er darf es nicht wissen. Niemand darf das.«

»Wer darf nichts wissen?«, fragte Josie. »Der Doktor?«

»Seamie. Mein Mann. Er darf's nicht wissen«, antwortete Jennie mit erhobener Stimme. Sie wurde hysterisch, konnte sich aber nicht beherrschen. »Wenn die Krämpfe nicht aufhören, wenn ich weiterblute«, rief sie außer sich, »dann verliere ich das Baby und ihn auch.«

Josie sah sie voller Mitgefühl und Verständnis an. »So steht es also zwischen euch, ja?«

»Ja, so steht es.« Eigentlich wollte sie Josie gar nichts von diesen Dingen erzählen, aber es sprudelte vor lauter Verzweiflung einfach aus ihr heraus. »Er hat jemanden ... eine andere Frau. Und ich hab nichts als dieses Baby. Das ist das Einzige, was ihn an mich bindet. Da bin ich mir sicher.«

Josie nickte. »Schon gut, Süße. Beruhig dich. Niemand verliert irgendwen.« Ihre Stimme klang tröstend, aber ihr Blick war hart und entschlossen. »Wir werden deinem Mann nichts davon erzählen, ja? Weil es nichts zu erzählen gibt. Aber jetzt gehen wir zu Dr. Cobb. Wenn du willst, dass diese Krämpfe aufhören, müssen wir zu ihm. Wir beide schauen nur kurz rein, er untersucht dich und gibt dir irgendwas, und eine halbe Stunde später ist alles wieder in bester Ordnung. Na komm ... bloß noch ein paar Schritte ... komm weiter, Süße.«

Josie nahm wieder ihren Arm, und Jennie ging weiter und hoffte, ihre Freundin hätte recht. Dass Dr. Cobb tatsächlich etwas tun könnte, um die Blutung zu stoppen, aber dann bekam sie erneut einen Krampf.

»O Gott«, stöhnte sie. »Es hat keinen Zweck, Josie. Ich verliere das Kind.«

»Jetzt hör mir zu«, ermahnte Josie sie streng. »Ich regle das für dich, Jennie, keine Sorge. Ich kümmere mich um dich. Ich kümmere mich um alles.«

»Wie denn, Josie?«, schluchzte Jennie. »Wie denn? Das kannst du nicht! Das kann niemand!«

»Doch. Ich schon. Ich müsste doch total bescheuert sein, wenn ich mir von den Schuften, mit denen ich die ganze Zeit zusammen war, nicht den einen oder anderen Trick abgeschaut hätte.«

»Ich ... ich verstehe nicht«, sagte Jennie.

»Das musst du auch nicht. Du musst dir bloß eines merken, wenn wir zu Dr. Cobb gehen, nur eine einzige Sache. Kannst du das für mich tun, Jennie? Kannst du das, Süße?«

»Ja«, antwortete Jennie. »Was denn?«

»Dass ich Jennie Finnegan heiße, und du Josie Meadows.«

38

»Harriet, meine Liebe«, begrüßte Max sie, als er in ihre Praxis trat.

»Du meine Güte, Max. Ist es schon Mittag?«, fragte Harriet Hatcher und blickte von einer Patientenakte auf, die sie schnell zuklappte. Ihr Gesichtsausdruck wirkte besorgt. »Setz dich doch bitte. Nimm einfach die Sachen vom Stuhl.«

Max legte eine Ausgabe des *Schlachtrufs* und ein Banner mit der Aufschrift STIMMRECHT FÜR FRAUEN auf eine Anrichte. »Wie läuft die Kampagne?«, fragte er und setzte sich.

»Na ja, durchwachsen«, antwortete Harriet. »Du hast doch sicher von den Nachwahlen in Cumbria gehört. Labour hat einen Sitz gewonnen, der lange von den Liberalen gehalten wurde. Also gibt's einen weiteren Abgeordneten, der unserer Sache wohlgesinnt ist, was natürlich großartig ist ...«

»Aber?«

»Es gibt immer ein Aber, nicht wahr?«, antwortete Harriet sarkastisch. »In diesem Fall ist es der plötzliche Ausbruch von Kriegsfieber bei der Regierung. Unsere Bewegung befürchtet, dass der Druck, das Wahlrecht für Frauen durchzusetzen, abnehmen und gegenüber militärischen Belangen ins Hintertreffen geraten wird.«

»Dann musst du gut gerüstet sein für den Kampf«, sagte Max. »Wo essen wir heute? Ich dachte ans Eastern.«

»Das ist ein bisschen weit weg, und ich habe nicht viel Zeit, da ich heute Nachmittag eine Menge Termine habe. Wie wär's mit etwas Näherem? Eine Straße weiter gibt es ein nettes Pub.«

Max heuchelte Interesse an ihrem Vorschlag und tat, als wäre er für alles zu haben, obwohl er im Moment nicht die geringste Lust verspürte, irgendwohin zum Essen zu gehen.

Der Konflikt zwischen Österreich-Ungarn und Serbien spitzte sich immer mehr zu, und der Kaiser hatte seine Bereitschaft signalisiert, sich ins Kampfgetümmel zu stürzen. Berlin erwartete wichtige Informationen von Max, doch er konnte nichts liefern, weil er immer noch keine Möglichkeit gefunden hatte, die Dokumente von Gladys Bigelow in die Nordsee zu schaffen.

Einmal hatte er riskiert, sich im Bus mit ihr zu treffen, um ihr zu sagen, dass sie weiterhin Durchschläge aus Burgess' Büro bringen, aber sie bei sich zu Hause aufbewahren sollte, bis sie weitere Instruktionen erhalte. Es gab Momente, da war er so verzweifelt, dass er fast wieder in seine alte Verkleidung geschlüpft wäre, in der er Gladys damals verführt hatte, und die Papiere selbst bei ihr abgeholt hätte. Aber das war natürlich ganz ausgeschlossen. Er durfte sich in der Nähe des Duffin's nie wieder in diesem Aufzug blicken lassen.

Er musste geduldig sein, so schwer es ihm auch fiel. Er hatte immer donnerstags mit Harriet gegessen, und daran durfte sich nichts ändern. Nach dem Desaster mit Bauer, Hoffman und Maud und für den Fall, dass man ihn inzwischen beschattete, musste sein Verhalten so vorhersagbar sein wie der englische Regen.

»Und natürlich gibt's noch immer das Café der Moskowitzes«, sagte Harriet. »Was hältst du davon, Max? Max?«

»Gute Idee, finde ich«, antwortete er schnell und hoffte, sie hatte nicht bemerkt, dass er mit den Gedanken ganz woanders gewesen war.

»Gut«, sagte Harriet. Sie legte die Akte, die sie gelesen hatte, auf einen Stapel mit anderen Akten. Er warf einen Blick auf den Namen der Akte – Jennie Finnegan. »Suzanne!«, rief sie.

Harriets Empfangssekretärin steckte den Kopf durch die Tür. Harriet reichte ihr den Aktenstapel. »Könnten Sie nach dem Lunch diese Akten ablegen? Aber nicht die drei oberen – von Mrs Finnegan, Mrs Erikson und Mrs O'Rourke. Die kommen in meine Aktentasche. Alle drei haben morgen einen Termin, und ich möchte heute Abend zu Hause noch mal meine Notizen durchgehen.« Suzanne nickte, nahm die Unterlagen und kehrte in ihr Büro zurück.

Max hatte das leichte Stirnrunzeln bemerkt, als Harriet Jennie Finnegans Akte las. Ihre Reaktion hatte sein Interesse geweckt. Irgendetwas in Jennie Finnegans Akte machte ihr Sorgen. Er erinnerte sich an das Zusammentreffen mit Willa im Coburg und an ihr Stelldichein mit Seamus Finnegan – Jennies Ehemann. Weshalb sorgte sich Harriet wohl um Jennie, und hatte dies irgendetwas mit den Vorgängen im Coburg zu tun? Er beschloss, Harriet vorsichtig auf den Zahn zu fühlen. Das Wissen um die Privatangelegenheiten anderer Leute erwies sich oft als äußerst nützlich.

»Mrs Finnegan ...«, begann er vorsichtig. »Ist das etwa die frühere Jennie Wilcott? Seit ihrer Hochzeit habe ich weder sie noch ihren Mann wiedergesehen. Was für eine hübsche Braut sie doch war. Und was für ein herrlicher Tag. Blauer Himmel. Blumen. Wir alle zusammen. Wer hätte gedacht, dass nur ein paar Wochen später ...« Er brach ab, schluckte schwer, dann nahm er eine Holzrassel von Harriets Schreibtisch und spielte damit herum.

Harriet griff über den Schreibtisch und legte die Hand auf die seine. »Du bist nicht schuld daran, Max. Das weißt du. Jeder weiß das.«

Er nickte. »Wir sollten von erfreulicheren Dingen sprechen.« Er hielt die Rassel hoch und klapperte lächelnd damit. »Zum Beispiel von Babys. Was ist schöner als ein Baby? Jennie und ihr Mann sind sicher schon ganz aufgeregt, so bald Nachwuchs zu kriegen. Wie geht es ihr? Hoffentlich gut?«

»Soweit ich weiß, ja«, antwortete Harriet leicht abwesend.

Was für eine seltsame Antwort, dachte Max, beschloss aber, nicht weiter nachzufragen. Harriet war eine entschiedene Verfechterin der Schweigepflicht. Er wollte nicht, dass sie sich bedrängt fühlte. Oder Verdacht schöpfte.

»Vielleicht sollten wir gehen«, sagte er. »Bevor es bei Moskowitz zu voll wird.«

»Ja, das sollten wir. Dort trinken wir ein Glas Wein und vergessen mal eine Stunde lang alle Sorgen und Kämpfe. Entschuldige mich einen Moment, ich mache mich bloß schnell noch frisch«, fügte Harriet hinzu und verschwand.

Sobald er hörte, wie die Toilettentür zufiel, eilte Max ins Büro von Harriets Sekretärin und hoffte, sie sei bereits zum Lunch gegangen.

Sie war tatsächlich schon weg und hatte alle Unterlagen auf dem Schreibtisch liegen gelassen. Jennie Finnegans Akte befand sich zuoberst. Max schlug sie auf und begann zu lesen.

Jennies Niederkunft sollte in etwas weniger als acht Monaten nach ihrer Hochzeit stattfinden. In acht statt der üblichen neun. Außerdem erfuhr er, dass sie als Kind einen schrecklichen Unfall hatte, bei dem mehrere Organe einschließlich der Gebärmutter beschädigt wurden. Es gab Skizzen von Jennies Narben und eine Zeichnung, die wohl einen missgebildeten Uterus darstellte. Eine Notiz besagte, dass sie sich zurzeit in ihrem Cottage in Binsey erholte.

Und schließlich las er, dass seine Cousine, Dr. Harriet Hatcher, nicht erwartete, dass Jennie das Kind austragen könne, dass sie ihre Patientin darüber aufgeklärt und ihr geraten habe, sich auf die Möglichkeit einer Fehlgeburt einzustellen.

Nachdem Max die Akte wieder zurückgelegt hatte und in Harriets Büro zurückgeeilt war, schöpfte er neue Hoffnung.

Er hatte so viele nützliche Details erfahren in den letzten Tagen – und bei allen stand Jennie Finnegan, Reverend Wilcotts Tochter, im Mittelpunkt. Sie war vor der Hochzeit schwanger geworden, würde wahrscheinlich das Kind nicht austragen können, und ihr Mann traf sich zu heimlichen Rendezvous mit Willa Alden im Coburg. Wie gesagt, die Privatangelegenheiten anderer Leute erwiesen sich wieder einmal als äußerst nützlich.

»Können wir?«, fragte Harriet, als sie wieder in ihr Büro kam.

»Ja, wir können«, antwortete er und stand auf.

Er half Harriet in den Mantel und machte ihr Komplimente über ihren hübschen, mit Seidenblumen verzierten Strohhut. Als sie vor die Tür traten, hatte es zu nieseln begonnen. Max spannte schnell seinen Regenschirm auf und nahm Harriets Arm.

»Natürlich«, seufzte sie. »Tristes Wetter, das zu unserer tristen Stimmung passt. Aber Kopf hoch, Max. Ich finde, wir sollten trotz der grauen Wolken versuchen, unseren Lunch zu genießen.«

»Ach, meine liebe Harriet«, antwortete Max lächelnd. »Ich genieße ihn bereits.«

39

Josie warf noch eine Schaufel Kohlen ins Feuer. Am Abend war es kühl geworden. Sie stocherte die Glut auf, bis die Flammen hell loderten, lehnte die Schaufel an die Wand und drehte sich zu ihrer Freundin um.

Jennie saß auf einem Stuhl in der Nähe. Ihre Augen waren trüb, ihr Gesicht grau. Sie weinte nicht mehr – immerhin etwas –, aber jetzt saß sie bewegungslos da und starrte stumm ins Feuer.

Das kleine Leben in ihr war heute Morgen gestorben. Und mit ihm Jennie, wie es Josie schien. Sie wirkte wie eine leere Hülle. Ohne jeglichen Lebensfunken.

Es tat Josie weh, sie so zu sehen. Jennie war wie eine Mutter zu ihr gewesen. Sie hatte ihr Lesen und Schreiben beigebracht. Und eine ordentliche Ausdrucksweise. Zumindest hatte sie das versucht. Sie hatte ihr Interesse für Musik und Singen unterstützt. Und wenn ihr Vater seinen Lohn vertrunken hatte und nichts mehr zum Lebensunterhalt übrig blieb, hatte Jennie ihr zu essen gegeben. Und wenn er aus dem Pub heimkam und ihre Mutter verprügelte, lief sie zu Jennie, die sie in ihrem Bett schlafen ließ.

Jennie hatte sie es zu verdanken, dass sie zur Bühne gekommen war. Sie hatte sie vor der Schinderei in den Fabriken von Wapping oder Whitechapel bewahrt und vor ein paar Wochen erneut gerettet, nachdem Madden sie geschwängert hatte. Es gab nichts, was Josie nicht für Jennie getan hätte – wenn Jennie sie nur ließe.

Josie holte tief Luft, zog einen Stuhl heran und setzte sich so dicht zu ihrer Freundin, dass ihre Knie sich berührten. Dann nahm sie ihre Hände und sagte: »Wir können das schaffen. Das weiß ich. Wir beide gemeinsam.«

Jennie schüttelte den Kopf. »Das klappt doch nie.«

»Doch. Wenn wir es wollen, schon. Wenn *du* es willst.«

Jennie erwiderte nichts, aber ihr Blick wanderte vom Feuer zu Josies Gesicht und wieder zum Kamin zurück. Was Josie für ein gutes Zeichen hielt.

Sie hatte einen Plan ausgeheckt – einen schlauen, perfekten Plan. Den hatte sie sich ausgedacht, als sie Jennie zu Dr. Cobb brachte, und weiter ausgefeilt, nachdem sie Jennie vom Arzt nach Hause und ins Bett gebracht hatte. Mit einer Kanne Tee hatte sie sich an den Küchentisch gesetzt und die ganze Sache noch einmal sorgfältig durchdacht und auf Schwachpunkte überprüft, genau so wie sie es bei Madden und seinen Kumpanen gesehen hatte, wenn sie eine neue Schandtat aushecken.

Nur dass es sich hier um keine Schandtat handelte. Bei diesem Plan würde niemand verletzt werden. Er hätte nur Positives zur Folge.

Jennie hatte ihr alles erzählt, nachdem sie, von Kummer und Laudanum benebelt, aus der Arztpraxis zurückgekommen waren. Von dem Unfall, der bedeutete, dass sie keine Kinder bekommen konnte. Wie sie Seamus Finnegan kennengelernt, sich in ihn verliebt und ihn geheiratet hatte, ohne ihm die Wahrheit über sich zu sagen. Und von Willa Alden.

Josie wusste, ihr Plan würde gleichzeitig Jennies wie ihre eigenen Probleme lösen, aber es war ihr noch nicht gelungen, ihre Freundin davon zu überzeugen. Schon einmal hatte sie versucht, es ihr zu erklären, aber Jennie wollte in ihrer Verzweiflung nichts davon hören. Jetzt beschloss Josie, es noch einmal zu versuchen.

»Den schwierigsten Teil haben wir schon hinter uns, der Rest ist ein Kinderspiel«, sagte sie. »Dr. Cobb hält dich für Josie Meadows. Er hat alles aufgeschrieben und säuberlich in einer Akte abgelegt.«

Josie hatte bei Dr. Cobb das Reden übernommen. Sie erklärte ihm, ihre Freundin Mrs Meadows sei eine Woche zu Besuch in ihrem Cottage und habe plötzlich starke Schmerzen bekommen.

Dr. Cobb brauchte nicht lange, um Jennies schlimmste Befürchtungen zu bestätigen – dass sie ihr Kind tatsächlich verlieren würde. Er untersuchte sie nur oberflächlich, gab ihr Laudanum und sagte ihr, sie müsse sich in den nächsten Stunden auf Krämpfe und Blutungen einstellen, wenn sich der Uterus entleere. Dies sei zwar unerfreulich, aber durchaus nichts Ungewöhnliches, und sie würde im Lauf des Jahres sicher wieder schwanger werden.

»Wir müssen nur genau so weitermachen wie bisher«, sagte Josie.

»Aber wie denn? Ich habe das Baby verloren. Selbst wenn ich keiner Menschenseele davon erzähle, wird es jeder sehen. Weil mein Bauch nicht wächst.«

»Doch, das wird er. Weil du dir ein Kissen unter den Rock stopfen wirst.«

Jennie schüttelte den Kopf. »Josie, das funktioniert doch nie.«

»Nein, hör mir zu! Es *wird* funktionieren. Wir machen so etwas die ganze Zeit im Varieté. Als Gag. Ein Mädchen geht Hand in Hand mit einem Wüstling links von der Bühne ab und tritt von rechts heulend und mit dickem Bauch wieder auf. Du fängst mit einem kleinen Kissen an, das du im Lauf der Monate gegen immer größere austauschst. Ich zeig dir, wie man's macht. Die einzige Schwierigkeit ist dein Mann. Wenn er was von dir will, musst du ihn abwehren. Du musst ihm sagen, dass du dich elend fühlst und dass es nicht gut fürs Baby ist. Anweisung vom Arzt.«

»Das wäre kein Problem«, antwortete Jennie bitter. »Mein Mann will nichts von mir.«

»Na schön. Dann wäre das geklärt. Du spielst die Nummer ein paar Monate, und wenn du eine Auszeit brauchst, kommst du hierher. In ein paar Monaten kommt mein Baby. Dr. Cobb bringt es zur Welt und stellt die Geburtsurkunde auf Finnegan aus. Überleg dir nur rechtzeitig einen Namen. Ich geb dir dann Bescheid, wenn's bei mir so weit ist. Du kommst sofort nach Binsey. Schreibst ein oder zwei Tage nicht nach Hause, dann rufst du deinen Mann vom Pub aus an und erzählst ihm, was passiert ist – dass du gestolpert und hingefallen bist, dass die Wehen eingesetzt hätten und das Baby ein bisschen früher als erwartet zur Welt gekommen ist. Wahrscheinlich dreht er völlig durch und sagt, dass er sofort nach Binsey kommen will, um dich abzuholen, aber du erklärst ihm, dass du dich prima fühlst und dass du ein Mädchen aus dem Dorf engagiert hättest, das dich nach London begleitet und dir mit dem Gepäck hilft.«

»Ein Mädchen aus dem Dorf? Was für ein Mädchen?«

»Ich natürlich«, sagte Josie. »Ich zieh mich wie eine Landpomeranze an, setz eine Haube auf und fahr mit dir nach London. Dein Mann hat mich nie kennengelernt, also weiß er nicht, wer ich bin. Möglicherweise hat er mich auf den *Zema*- Plakaten gesehen, aber da hab ich eine Perücke getragen und sonst praktisch nichts. Ich bin mir sicher, dass er mich nicht erkennt. Bevor du auflegst, sagst du ihm, wann der Zug in Paddington ankommt, und bittest ihn, dich abzuholen. Das wird er machen. Ich sag Hallo und Wiedersehen und tu so, als würde ich den Zug nach Binsey zurücknehmen, stattdessen steig ich in den Zug nach Süden und nehme dann die Fähre nach Calais.«

Josie schwieg eine Weile, um die Wirkung ihrer Worte abzuwarten, dann fügte sie hinzu: »Wenn dein Mann das Baby sieht, das er sich so sehr gewünscht hat, ist er glücklich und erinnert sich vielleicht wieder an seinen Treueschwur. Und dann hast du dein Kind und deinen Mann. Und ich verschwinde nach Paris, weit weg von Billy Madden, und weiß, dass mein Kind nicht in irgendeinem schrecklichen Waisenhaus aufwächst, sondern bei der Frau, die die beste Mutter auf der ganzen Welt sein wird.«

»Glaubst du, das könnte wirklich funktionieren?«, fragte Jennie flüsternd.

»Das glaube ich.«

»Und wenn das Baby weder nach mir noch nach Seamie kommt?«

»Wir sind beide blond, du und ich«, sagte Josie. »Und wir beide haben haselnussbraune Augen. Wenn das Baby also aussieht wie ich, gleicht es dir.«

»Das ist wahnsinnig riskant. Es könnte so viel schiefgehen.«

»Nein, Süße. Es könnte so viel gut gehen.«

Josie blickte Jennie in die Augen, und zum ersten Mal, seit sie den Markt verlassen hatten, sah sie ein Fünkchen Hoffnung darin aufleuchten – schwach und zögerlich zwar, aber dennoch. »Also?«, fragte sie erwartungsvoll und drückte Jennies Hand.

Jennie nickte und erwiderte den Händedruck.

40

»Gute Nacht, Mr Bristow. Gute Heimfahrt«, sagte Sir David Erskine, der Sergeant-at-Arms im Unterhaus, zu Joe.

»Ihnen auch eine gute Nacht«, antwortete Joe, als er durch die St. Stephen's Hall, zur Tür hinaus und in Richtung Cromwell Green rollte.

Die Luft war weich und mild, und am Himmel funkelten Millionen Sterne. Es war eine herrliche Sommernacht, eine Nacht, in der sich jeder glücklich schätzte zu leben. Doch Joe bemerkte nichts davon. Er kam gerade wieder aus einer späten Sitzung im Unterhaus. Heute Morgen hatte Österreich-Ungarn Serbien den Krieg erklärt. Da man das Schlimmste – den unmittelbar bevorstehenden Kriegseintritt Deutschlands – befürchtete, hielt Großbritannien ständigen diplomatischen Kontakt mit seinen Verbündeten Frankreich und Russland und versuchte, einen Plan zur Eindämmung des Konflikts auszuarbeiten. Außerdem hatte der Premierminister Feldmarschall Horatio Kitchener – ein Soldat und Staatsmann, der sich bereits in mehreren großen Schlachten ausgezeichnet hatte – zum Kriegsminister berufen.

Von ihm hatte Joe auch erfahren, dass er im Gegensatz zu vielen anderen nicht davon ausging, ein Krieg mit Deutschland könne schnell und siegreich enden. Im Gegenteil, er hatte die düstere und unpopuläre Prophezeiung gewagt, ein solcher Krieg würde mindestens drei Jahre dauern und enorme Opfer fordern – eine Prophezeiung, die Joe neuen Mut einflößte, gegen die Kriegstreiber im Unterhaus vorzugehen.

Aber seine Argumente zeigten keinerlei Wirkung, wie Joe feststellte. Kitchener persönlich war nach Joes Rede im Parlament zu ihm in den Speisesaal des Unterhauses gekommen. »Sparen Sie sich die Mühe, alter Junge«, riet er ihm. »Es ist völlig nutzlos, was ich sage. Selbst auf den

Herrgott würde niemand hören, wenn er die Geduld aufbrächte, sich ins Unterhaus zu setzen und Churchills endlose Redeflüsse über sich ergehen zu lassen. Sie werden ihren Krieg bekommen.«

Und zwar schon bald, meinte Kitchener. Vielleicht schon im darauffolgenden Herbst.

Ausgelaugt und entmutigt, fuhr Joe zu einer Reihe von Kutschen, die dort am Straßenrand warteten. Er wusste, Tom, sein Kutscher, wäre in der Nähe und würde Wasser für die Pferde holen oder sich mit anderen Kutschern unterhalten. Währenddessen entdeckte er ein Blumenmädchen, das Rosensträuße zu verkaufen versuchte. Es hatte wenig Glück.

Joe hielt an, um es zu beobachten. Er sah Leute, die achtlos an ihm vorbeigingen, taub für seine flehentlichen Bitten und blind für die Löcher in seinen Schuhen und seine eingefallenen Wangen. Es brach ihm fast das Herz. Denn er wusste, dass zur gleichen Zeit, während dieses Kind – sie konnte kaum älter als zehn Jahre sein – durch die dunklen Straßen von London lief, um ein paar Shilling zu verdienen, Männer, die in großen Häusern und Palästen aufgewachsen waren und alle Privilegien genossen, die Macht und Reichtum boten, ihre Armeen über Weltkarten schoben. Während das Mädchen zitternd seinen abgenutzten Schal um die mageren Schultern zog, gossen sie sich Portwein in Kristallgläser und zündeten sich Zigarren an.

Diese Männer dachten an Invasionen und Gebietseroberungen. Sie dachten an Siege und glänzende Orden, aber keinen Moment lang an den Kampf, den dieses Kind tagtäglich ums bloße Überleben ausfocht. Und sie dachten nicht daran, was aus diesem Kind oder anderen armen Kindern in England und Europa würde, wenn ihre Väter getötet, ihre Häuser zerstört, ihre Felder geplündert und ihre Tiere von fremden Truppen geraubt würden.

Für dieses Kind habe ich gekämpft, dachte Joe, und bin gescheitert.

Er hätte ihm gerne gesagt, dass er sich darum bemüht hatte. Aber es würde ihn für verrückt halten, wenn er es täte. Also fuhr er zu ihm hinüber und sagte, dass er alle seine Blumen kaufen wollte.

»Was? Alle?«, fragte es verblüfft.

»Ja«, antwortete Joe, und zu Tom gewandt, der inzwischen neben ihm aufgetaucht war, sagte er: »Tom, könnten Sie die bitte in die Kutsche legen?«

»Sofort, Sir«, antwortete Tom und nahm den schweren Korb des Mädchens.

Joe gab dem Kind mehr, als die Blumen kosteten. »Davon behältst du etwas für dich.«

»Danke, Sir. Oh, vielen Dank!«

»Gern geschehen«, antwortete Joe.

Tom gab dem Kind den leeren Korb zurück, und Joe sah ihm nach, wie es mit dem Geld in der Hand davoneilte.

»Das war sehr großherzig von Ihnen, Sir. Dem Kind zu helfen«, sagte Tom.

»Es hat ihm nicht geholfen«, erwiderte Joe. »In einem Jahr ist es wahrscheinlich noch schlechter dran als jetzt. Wenn sein Vater und seine Brüder an der Front sind. Männer verdienen viel mehr als Frauen. Es, seine Mutter und seine Schwestern werden sich mit kargen Fabriklöhnen und dem, was die Blumen abwerfen, durchbringen müssen. Die arme Kleine sollte in die Schule gehen und lesen und schreiben lernen, statt sich draußen auf der Straße rumzutreiben.«

»Sie können nicht alle Probleme lösen, Sir. Nicht einmal Sie können das. Zumindest nicht heute Nacht.«

Joe beobachtete das kleine Mädchen, wie es um eine Ecke bog und in der Dunkelheit verschwand. »Ach, Tom«, sagte Joe und schüttelte den Kopf. »Warum hab ich ›gern geschehen‹ zu ihr gesagt? Warum nicht, dass es mir leidtut.«

41

Max liebte Kirchen.

Kirchen waren ruhig und friedlich. Manchmal gab es wunderbare Kunst zu bestaunen und herrliche Chöre zu hören. Am besten aber gefiel ihm, dass Kirchen voller guter Menschen waren, und gute Menschen ließen sich leicht benutzen.

Er öffnete die Tür von St. Nicholas in Wapping, nahm den Hut ab und trat ein. Leise ging er durch den Vorraum ins Kirchenschiff. Die Kirche war leer, bis auf eine Person – eine junge blonde Frau. Gladys Bigelow hatte ihm versichert, dass diese Frau dort sein würde, weil sie jeden Mittwoch den Altar reinigte und frische Blumen brachte.

Im Moment jedoch füllte sie keine Vasen, sondern kniete mit gesenktem Kopf in einer Bank vor der Statue der Heiligen Jungfrau und betete. Er konnte ihren Bauch sehen, der runder wirkte. Wie interessant, dachte er. Letzte Woche, als er sie beim Wäscheaufhängen hinter ihrem Cottage in Binsey beobachtet hatte, war er noch flacher gewesen.

Max hatte beschlossen, sich in dem Dorf umzusehen, in dem sich Jennie gemäß Harriets Notizen aufhielt. Dort durfte er sich zwar die meiste Zeit nicht blicken lassen und verbarg sich tagsüber in dem Wäldchen hinter dem Cottage, dennoch war es ein sehr lohnender Ausflug gewesen.

Während er jetzt geduldig wartete, bis Jennie ihre Gebete beendet hatte, hörte er, wie sie aufschluchzte. Dann noch einmal. Sie weinte. Max war sich sicher, weshalb. Er war sich auch sicher, dass ihre Tränen sein gegenwärtiges Vorhaben erleichtern würden.

Mein Gott, dachte er, welches Unheil Liebe anrichtet. Welchen Schaden sie bewirkt. Bei Gladys Bigelow. Maud. Jennie. Seamie. Willa. Und bei ihm.

Selbst er war gegen die Zerstörungen durch die Liebe nicht gefeit, sosehr er sich auch bemühte. Er hatte mit Willa zu Abend gegessen. Sie war nett und freundlich gewesen, aber mehr auch nicht. Weil sie einen anderen liebte. Und er? Er hatte zwei Stunden neben ihr gesessen und wurde von seinen Gefühlen gepeinigt – die sie nicht erwiderte. Hinterher hatte er sich geschworen – wieder einmal –, sich nie mehr so von seinen Emotionen beherrschen zu lassen.

Er ging zu Jennie hinüber. »Mrs Finnegan?«, fragte er und berührte sie am Arm.

Jennie richtete sich schnell auf und wischte sich die Augen ab. »Mr von Brandt ... das ... das ist aber eine Überraschung«, stammelte sie.

»Entschuldigen Sie, Mrs Finnegan, ich wollte Sie nicht stören. Ich hab's zuerst im Pfarrhaus probiert, aber dort war niemand.« Er hielt einen Moment lang inne und fuhr dann zögernd fort: »Es tut mir leid, Sie so bekümmert zu sehen. Wenn ich mir die Frage erlauben darf, was bedrückt Sie denn so? Sagen Sie es mir. Vielleicht kann ich helfen?«

»Ach, nichts. Gar nichts, wirklich«, antwortete Jennie und rang sich ein Lächeln ab. »Es liegt an meinem Zustand, fürchte ich. Da neigt man leicht zu Stimmungsschwankungen und Tränen.«

Max blickte auf seinen Hut hinab, strich an der Krempe entlang und sagte: »Das glaube ich Ihnen nicht, Mrs Finnegan.« Dann blickte er wieder auf und fügte hinzu: »Ist es wegen Willa Alden?«

Jennie wurde blass. Sie sah aus, als müsste sie sich übergeben. »Willa?«, wiederholte sie, um Fassung bemüht. »Nein. Natürlich nicht. Warum fragen Sie das?«

Max setzte einen verlegenen Ausdruck auf. »Ach, nur so. Ich hab mich wahrscheinlich vertan. Bitte entschuldigen Sie.«

Aber Jennie ließ nicht locker. Genau wie er gehofft hatte, und schließlich gab er mit gespieltem Zögern zu: »Ich dachte, Sie wüssten es. Aber ich hätte nichts sagen sollen. Ich war mir bloß so sicher, dass dies der Grund ist, weshalb Sie weinen.«

»Mr von Brandt ... bitte«, stieß Jennie mit gepresster Stimme hervor. Sie rückte etwas beiseite, und er setzte sich. »Was wissen Sie über Willa Alden?«

»Ich weiß, dass Willa und Ihr Mann eine Affäre haben«, sagte Max. Jennie schwieg. Es war sehr still in der Kirche. Max konnte Hufgetrappel durchs offene Fenster hören, das Klappern von Pferdegeschirr und einen Kutscher, der jemanden anschrie, aus dem Weg zu gehen. »Es tut mir leid«, fügte er hinzu.

Jennie nickte, ließ den Kopf sinken und brach erneut in Tränen aus. Max tätschelte ihre Hand. Er wartete, bis sie sich wieder beruhigt hatte, dann sagte er: »Ich bin mir sicher, dass ich Ihnen helfen kann.«

»Wie?«, fragte Jennie kläglich.

»Ich kenne Miss Alden. Ich könnte möglicherweise auf sie einwirken, Ihren Mann nicht mehr zu treffen.«

Jennie lachte bitter. »Aber wird mein Mann aufhören, sie zu treffen?«

»Ich werde sie überzeugen, London zu verlassen.«

»Das will sie vielleicht nicht.«

»Ich denke, doch.«

Er wusste, dass sie es tun würde. Er hatte Willas Bruder bei Jennies Hochzeit kennengelernt. Albie war immer noch in London. Max würde es einrichten, ihm scheinbar zufällig über den Weg zu laufen, und dabei die Bemerkung fallen lassen, dass er seiner Schwester und seinem Freund Seamus im Coburg begegnet sei.

Jennie sah Max mit gepeinigtem Blick an. »Wenn Sie das tun würden, Mr von Brandt, wenn Sie Willa dazu bringen könnten, London zu verlassen, stünde ich für immer in Ihrer Schuld.« Sie wischte sich erneut die Augen ab und fügte dann, ganz so, als erinnerte sie sich wieder an ihre Manieren, hinzu: »Aber Sie sind heute doch sicher nicht hergekommen, um über meine Eheprobleme zu diskutieren.«

Max lächelte. »Nein. Ich bin hergekommen, um Sie um Ihre Hilfe zu bitten.«

»Ich kann mir nicht vorstellen, wie ich Ihnen helfen könnte, Mr von Brandt«, erwiderte Jennie überrascht.

»Es ist ganz einfach. Ich brauche Sie, um einige Informationen weiterzugeben. Äußerst wichtige Informationen. Wenn Sie sich entscheiden, mir zu helfen, gibt Ihnen Gladys Bigelow alle vierzehn Tage einen Umschlag mit Dokumenten. Und zwar bei den Treffen der Frauenrechtlerinnen. Die würden Sie dann immer mittwochs nach den Versammlungen in die Kirche bringen und nach unten in den Keller schaffen. Dort ist eine Statue des St. Nicholas. Sie ist zerbrochen. Sie müssten nichts weiter tun, als den Umschlag in den Kopf der Statue zu stecken.«

Jennies Gesichtsausdruck ging von Überraschung in Ärger über. »Sie halten mich wohl für einen kompletten Dummkopf, Mr von Brandt«, sagte sie.

»Ganz und gar nicht.«

»Ich weiß, wo Gladys arbeitet«, sagte Jennie. »Und für wen. Was wird in diesen Umschlägen sein? Geheime Informationen? Für Ihre Regierung?«

Max hatte diese Frage erwartet und sich darauf vorbereitet.

»Fälschungen werden in diesen Umschlägen sein, Mrs Finnegan. Falsche Reisepapiere, falsche Geschichten. Falsche Arbeitsverträge. Falsche Lebensläufe. Sie sollen an Dissidenten in Deutschland gehen – hochrangige Professoren, Wissenschaftler und Minister –, alles Pazifisten. Männer, die öffentlich die Militarisierung Deutschlands angeprangert haben. Wir müssen ihnen und ihren Familien helfen, aus Deutschland herauszukommen. Und zwar sofort. Bevor es zu spät ist. Wir haben bereits einige verloren. Ein Physiker, ein Professor an einer deutschen Universität, versuchte vor zwei Tagen, das Land zu verlassen. Seine Papiere wurden konfisziert. Seitdem hat man nichts mehr von ihm gehört. Letzte Woche wurden zwei Minister eingesperrt, weil sie sich gegen den Krieg geäußert haben. Wir tun unser Bestes, sie schnell herauszukriegen, aber manchmal sind wir nicht schnell genug.«

»Wer ist ›wir‹?«

»Der britische Geheimdienst. Ich bin ein Spion, Mrs Finnegan. Ein Doppelagent. Der Kaiser glaubt, ich arbeite für Deutschland. Aber das stimmt nicht. Ich arbeite für die andere Seite. Deutschland will einen Krieg anzetteln. Einen ungerechten Krieg. Und ich tue alles, was ich kann, um das zu verhindern.«

Jennie sah aus, als wäre sie unschlüssig. »Und Gladys ... macht bereitwillig dabei mit?«

»Ja. Aber Sie dürfen nie mit ihr darüber reden. Sie müssen einfach den Umschlag annehmen, den sie Ihnen gibt, und ihn dann in den Keller von St. Nicholas bringen. Alle werden beschattet. Auch Gladys.«

»Aber warum ich?«, fragte Jennie. »Konnten Sie denn niemand anderen finden?«

»Weil Sie – unglücklicherweise – perfekt für diese Aufgabe sind.«

»Das verstehe ich nicht.«

»Wir brauchen eine Freundin von Gladys Bigelow, die sie regelmäßig trifft. Wenn Gladys ihre Gewohnheiten plötzlich ändern würde – wenn sie plötzlich eine neue Person treffen und neue Orte aufsuchen würde –, würde das Verdacht erregen.«

»Wessen Verdacht?«

»Den meiner Kollegen. Sowohl deutscher wie britischer Spione. Doppelagenten sind überall. Es gibt britische Agenten, die genau jetzt im Moment Deutschland mit Geheimnissen füttern. Gegen Geld. Wenn die rauskriegen, was Gladys macht, sind die Leute, denen wir helfen wollen, verloren.«

»Gladys hat außer mir doch sicher noch andere Freunde.«

»Ja, natürlich, aber niemanden mit enger Bindung zu dieser Kirche. Es gibt ein Labyrinth von Tunneln unter Wapping, Mrs Finnegan. Und unter St. Nicholas. Die benutzt unser Mann beim Transport der Dokumente. Sie sehen also, Sie sind das ausschlaggebende Verbindungsglied. Natürlich dürfen Sie niemandem davon erzählen. Weder Ihrem Mann noch Ihrem Vater. Keinem. Je mehr Leute davon wissen, desto gefährlicher wird es für alle Beteiligten.«

»Ich kann das nicht tun, Mr von Brandt. Ich kann vor meinem Mann keine Geheimnisse haben«, antwortete Jennie entschieden und schüttelte den Kopf.

Max hatte eigentlich gedacht, er hätte sie schon. Doch leider war es nicht so. Aber egal, er würde sie schon kriegen. Obwohl er gehofft hatte, nicht zu diesem Mittel greifen zu müssen.

»Ich verstehe Ihre Zurückhaltung, Mrs Finnegan«, begann er und täuschte seine Ernsthaftigkeit nicht mehr vor. Seine Stimme klang jetzt ruhig und todernst. »Dann diskutieren wir mit Ihrem Ehemann darüber. Vielleicht würde er sich uns gern anschließen – uns allen –, Ihnen, mir und Miss Meadows in dem hübschen Cottage in Binsey. Letzte Woche bin ich mit dem Zug dort hingefahren. Was für ein hübsches kleines Dorf. Ich habe im King's Head gewohnt.«

Jennie riss die Augen auf. Ihre Hand fuhr zum Mund. »Nein«, sagte sie. »Hören Sie auf. Bitte, hören Sie auf.«

Aber Max hörte nicht auf. »Wenn wir uns allerdings dazu entschließen würden, müssten wir wahrscheinlich noch einiges mehr erklären. Etwa Miss Meadows Anwesenheit in Ihrem Cottage. Oder den Inhalt Ihrer Patientenakte, die ich vor ein paar Wochen in Harriet Hatchers Büro gelesen habe, als sie kurz den Raum verließ. Und wir müssten vielleicht auch erklären, was Sie da unter Ihren Röcken tragen. Ich glaube nicht, dass es ein Baby ist, Mrs Finnegan. Jedenfalls nicht mehr. Zumindest hat das Mrs Cobb zu Mrs Kerrigan, der Frau des Gastwirts, gesagt, als Mrs Kerrigan letzte Woche ihre Wäsche wusch. Die beiden dachten sicher, dass keiner zuhört, aber mein Fenster ging in den Hof hinaus. Mrs Cobb glaubt natürlich, Josie Meadows habe ihr Kind verloren. Was eine ungemein schlaue Idee war, wie ich zugeben muss. Sagen Sie mir, war es Ihre? Oder Josies?«

»Mein Gott«, stieß Jennie hervor. »Sie sind ein Monster. Ein echtes *Monster.*«

»Ihr Mann wird in etwa einer halben Stunde die Royal Geographical Society verlassen, schätze ich. Ich frage Sie noch einmal, Mrs Finnegan, werden Sie mir helfen? Oder soll ich ihm erzählen, was in Binsey tatsächlich vor sich geht?«

Jennie blickte zum Altar auf die Statue des Gekreuzigten, dann auf ihre Hand mit dem Ehering.

»Ich werde Ihnen helfen«, antwortete sie. »Möge Gott mir beistehen.«

»Danke, Mrs Finnegan. Bezüglich der anderen Sache, die wir besprochen haben, werde ich tun, was ich kann. Sofort. Guten Tag.«

»Guten Tag, Mr von Brandt«, antwortete Jennie steif.

Sobald Max die Kirche verlassen hatte, ging er schnell in Richtung Westen zu den Katharine-Docks, um eine Droschke zu nehmen, weil er sich in Wapping nicht sehen lassen durfte, und dachte über Sarajevo nach. Über die Entschlossenheit des Kaisers, einen Krieg anzufangen. Über die Bewaffnung auf beiden Seiten. Der Krieg würde kommen, dessen war er sich sicher. Er wusste, was Krieg bedeutete, und wünschte sich eine schnelle Entscheidungsschlacht mit möglichst wenig Opfern.

Er dachte an all die jungen deutschen Männer, die bereitwillig in den Kampf ziehen wollten, und an all die jungen Männer in England, Frankreich, Russland und Österreich, die bereit waren, das Gleiche zu tun. Sie hatten keine Ahnung, was ihnen bevorstand. Das hatten junge Männer nie. Sie hielten das Ganze für ein großes Abenteuer. Und das machte es für die alten Männer umso leichter, sie auf die Schlachtbank zu führen.

Als Max schließlich eine Droschke fand, fühlte er sich gut – besser als seit vielen Wochen. Endlich war es ihm gelungen, die Kurierkette nach Berlin wiederherzustellen, wenn auch im allerletzten Moment. Berlin wurde unruhig. Man misstraute ihm bereits, und das war nicht gut.

Gott sei Dank, dass es gute Menschen gab, dachte Max erneut, als er in die Droschke stieg. Gute Menschen waren liebevoll, freundlich und nachsichtig. Sie hatten die besten Absichten. Wie Jennie Finnegan. Sie wollte bloß ihre Ehe retten und ihrem Mann ein Kind schenken, damit er sie liebte. Max schloss die Augen. Er lehnte sich zurück und seufzte. Wie seltsam, dachte er, dass es immer die besten und nicht die schlechtesten Absichten waren, die die Leute ins Verderben führten.

42

»Madam, ich glaube ...«

Mr Foster konnte seinen Satz nicht beenden, denn Fiona war bereits aufgesprungen und aus dem Salon in die Diele gerannt.

Die Haustür stand offen. Der Fahrer und der Hilfsbutler trugen Gepäckstücke herein. Miss Simon, die Gouvernante, sperrte die aufgeregten Kinder weg. Inmitten des Durcheinanders stand eine erschöpft wirkende blonde Frau, die einen kleinen Jungen an der Hand und ein Baby auf dem Arm hielt. Ein zartes, blondes Mädchen mit großen grauen Augen stand neben ihr.

Wortlos lief Fiona auf sie zu. Sie legte einen Arm um die Frau, mit dem anderen zog sie das Mädchen und den kleinen Jungen an sich. Die blonde Frau erwiderte ihre Umarmung. Fiona spürte ihren stoßweisen Atem und wusste, wie sehr sie sich bemühte, nicht zu weinen. Aber ihr selbst liefen die Tränen übers Gesicht.

»Ach, India«, sagte sie und ließ sie los. »Ich bin so froh, dich zu sehen. Gott sei Dank, dass ihr alle gut angekommen seid.«

India Baxter nickte. Sie wollte etwas sagen, brach aber in Tränen aus. »Es tut mir so leid, Fiona. Ich habe mir geschworen, nicht mehr um Maud zu weinen. Wenigstens nicht vor den Kindern.«

Indias kleiner Sohn klammerte sich an seine Mutter, sah, dass sie weinte, und begann prompt, ebenfalls zu heulen. Das müde, schwitzende Baby tat es ihm gleich.

»Wahrscheinlich ist sie nass«, erklärte India müde. »Und hungrig. »Ich leg sie schnell trocken und dann ...«

»Nein, India, du setzt dich erst einmal. Miss Simon, wo ist Pillowy?«, fragte Fiona.

»Bin schon da, Madam!«, dröhnte eine laute Stimme.

Es war die Kinderschwester. Ihr richtiger Name lautete Mrs Pillower, aber Katie hatte sie als kleines Kind Pillowy getauft, weil sie sie an ein großes, weiches Kissen erinnerte.

»Ich hab gerade zwei Bäder eingelassen – eines für Miss Charlotte und eines für die Kleinen von Mrs Baxter«, sagte sie. »Ich bade sie, ziehe ihnen frische Sachen an, und dann gehen wir in die Küche, wo es was zu essen gibt.«

»Komm, Charlotte«, sagte Katie und nahm ihre Cousine an der Hand. Die beiden Mädchen waren ungefähr im gleichen Alter. »Du schläfst in meinem Zimmer. Ich zeige dir, wo es ist, dann kannst du dein Bad nehmen.«

Charlotte folgte ihrer Cousine, und Mrs Pillower bot dem sechsjährigen Wish die Hand an, aber der schüttelte den Kopf.

»Ich will nicht baden und hab auch keinen Hunger«, sagte er und versteckte sich hinter den Röcken seiner Mutter.

Mrs Pillower stützte die Arme auf die breiten Hüften und schüttelte traurig den Kopf. »Wirklich nicht? Wie schade! Die Köchin hat gerade einen köstlichen Beerenpudding gemacht. Mit einer Sahnehaube. Jetzt muss ich den ganz allein essen.«

»Nein, Pillowy, nicht!«, warf Patrick, einer von Fionas Zwillingen, ein. »Wir wollen auch was!«

»Und ich würde euch gern was abgeben, meine Süßen. Aber ich muss Master Aloysius baden und kann euch ja kaum allein in die Küche gehen lassen. Sonst reißt mir die Köchin den Kopf ab.«

»Ach, komm, Wish!«, sagte Patrick. »Geh doch baden. Das dauert bloß eine Minute, dann können wir alle Pudding essen!«

»Pudding! Pudding! Wir wollen Pudding!«, begann Michael, der andere Zwilling, zu rufen.

»Pudding«, sagte Wish feierlich und trat zögernd hinter seiner Mutter hervor. »Pudding!«, wiederholte er, bereits überzeugter.

»Das ist die richtige Einstellung«, antwortete Mrs Pillower. »Jetzt sag mir, möchtest du ein bisschen Zucker über deine Sahne gestreut haben? Ich jedenfalls schon. Das macht das Ganze ein bisschen knuspriger. Manchmal gebe ich auch ein paar frische Himbeeren drauf.«

»Ich mag Himbeeren«, meinte Wish schüchtern.

»Natürlich! Wer nicht? Nur Dummköpfe.« Mrs Pillower hielt inne und setzte eine besorgte Miene auf. »Aber du bist doch kein Dummkopf, oder?«, fragte sie Wish.

Der kleine Junge kicherte und schüttelte den Kopf.

»Hab ich auch nicht gedacht«, sagte Mrs Pillower. »Aber besser, man fragt nach. Man kann nicht vorsichtig genug sein heutzutage.« Behutsam nahm sie Elizabeth aus Indias Armen, und als sie anfing, unruhig zu werden, zog Mrs Pillower eine Rassel aus ihrer Tasche, woraufhin das Baby sofort wieder lächelte. »Ach, du bist ja patschnass«, seufzte Mrs Pillower. Dann wandte sie sich an India und fügte hinzu: »In einer Stunde bringe ich sie gewaschen, gefüttert und so gut wie neu zurück.«

India lächelte. »Danke, Mrs Pillower. Ich bin Ihnen sehr dankbar.«

Während Mrs Pillower mit Wish, Elizabeth, den Zwillingen und Charlotte nach oben ging, führte Fiona India in den Salon, wo bereits eine Kanne Tee, Scones und Kekse auf sie warteten.

»Mr Fosters Werk zweifellos«, sagte India, als sie auf den gedeckten Tisch blickte. »Wie geht es ihm?«

»Gut«, antwortete Fiona. »Er wird allmählich älter, wie wir alle. Der Hilfsbutler nimmt ihm die schwerere Arbeit ab, aber Mr Foster ist immer noch der Kapitän an Bord. Gott sei Dank. Es wäre das reinste Chaos ohne ihn.«

Die beiden Frauen setzten sich auf ein Sofa. India legte den Kopf an die Lehne, während Fiona Tee eingoss und ihrer Schwägerin eine Tasse reichte. »Der macht dich wieder munter. Sarah, die Zofe, packt deine Sachen aus. Wenn du dich ein bisschen ausgeruht hast, lässt sie dir ein Bad einlaufen.«

»Danke«, antwortete India. »Es ist schön, endlich hier zu sein, Fiona. Es gab Tage, da dachte ich, wir schaffen es nie. Zwei Wochen hat es von Kalifornien nach New York gedauert. Und dann noch mal drei von New York nach Southampton. Ich will nie mehr einen Zug, ein Schiff oder eine Droschke sehen. Zumindest nicht, bevor die Kinder erwachsen sind. Ich hatte keine Ahnung, dass Wish seekrank werden würde. Charlotte wurde es nicht. Wahrscheinlich weil sie ständig mit Sid auf dem Boot ist.«

»Wie geht's meinem Bruder?«, fragte Fiona.

India lächelte. »Glücklich und zufrieden. Im einen Moment bringt er ein Kalb zur Welt, im nächsten geht er fischen, um unser Abendessen zu besorgen. Ich habe nie jemanden gesehen, der sich so schnell in ein neues Leben einfindet. Es ist, als wäre er in Port Reyes geboren. Wir alle vermissen ihn natürlich. Seit Wochen sind wir nun schon getrennt, und es wird Monate dauern, bis wir wieder zurück nach Hause fahren.«

»Ich wünschte, er hätte mitkommen können«, sagte Fiona.

»Das wünschte er auch. Wir alle. Aber wegen seiner Vergangenheit ist er nicht sicher in London.«

Fiona nickte. Ihr Bruder war viele Jahre lang Teil der Londoner Unterwelt und einer der führenden Gangsterbosse im East End gewesen. Viele seiner früheren Bekannten waren tot, aber es lebten auch noch eine ganze Reihe – und die hatten ein gutes Gedächtnis.

Sie sah India an, die dünn und blass war und dunkle Ringe unter den Augen hatte. »Und wie geht's dir?«

India schüttelte den Kopf. »Ich weiß nicht, Fiona. Ich bin völlig durcheinander. Wahrscheinlich ist es immer noch der Schock. Maud ist vor fast sechs Wochen gestorben, aber es will mir einfach nach wie vor nicht in den Kopf. Für mich ergibt das alles keinen Sinn. Selbstmord, um Himmels willen! Das kann ich mir bei ihr einfach nicht vorstellen. Nicht bei Maud.«

»Aber wenn sie morphiumsüchtig war, ist sie vielleicht nicht ganz bei Sinnen gewesen«, wandte Fiona ein.

»Es ergibt trotzdem keinen Sinn«, entgegnete India. »Früher hat sie ziemlich regelmäßig Opium genommen, aber damit hatte sie Schluss gemacht. Zumindest fast. Vielleicht hat sie ab und zu noch eine mit Opium versetzte Zigarette geraucht, aber mehr nicht.«

»Vielleicht hat sie wieder angefangen«, gab Fiona zu bedenken. »Max von Brandt, der Mann, mit dem sie vor ihrem Tod zusammen war, scheint das zu glauben.«

»So muss es wohl gewesen sein«, sagte India. »Sie muss wieder angefangen haben, Drogen zu nehmen, und zwar mehr als je zuvor. Anders kann ich mir ihren Tod nicht erklären. Ich kann mir jedenfalls nicht vorstellen, dass sich Maud aus irgendeinem Grund das Leben genommen hat, am wenigsten wegen eines Mannes, wenn sie bei klarem Verstand gewesen wäre.«

India trank ihre Tasse aus. Fiona goss ihr nach.

»Sie hat alles mir hinterlassen«, sagte India. »Die Londoner Wohnung, das Anwesen in Oxford. Ich werde beides verkaufen müssen und auch das meiste ihrer persönlichen Sachen. Obwohl mir der Gedanke unerträglich ist. In ihr Haus zu gehen, und sie ist nicht da, ist einfach grauenvoll.«

»Denk jetzt nicht darüber nach. Ich habe bereits einen Makler kontaktiert, um dir zu helfen. Den kannst du in ein paar Tagen treffen, wenn du dich von der Reise erholt hast. Und ich helfe dir auch bei Mauds Sachen. Wenn du willst, begleite ich dich, wenn du sie aussortierst.«

»Wirklich? Aber das wäre zu viel verlangt. Ich habe dich schon mit den Kindern überfallen, obwohl ich wahrscheinlich in Mauds Haus hätte gehen sollen. Du hast doch schon ohne uns eine Menge um die Ohren.«

»Jetzt sei nicht albern, und kein Wort mehr darüber, in Mauds Haus zu ziehen. Joe und ich möchten dich bei uns haben, und unsere Kinder auch. Sie waren völlig aufgeregt, als sie hörten, dass ihr kommt.«

India starrte in ihre Teetasse. »Ich denke, ich gehe als Erstes zu ihrem Grab.«

»Ich begleite dich. Wir nehmen den Zug«, erwiderte Fiona. Maud war in Oxford beigesetzt worden. Auf einem kleinen Friedhof in der Nähe ihres Landsitzes.

India sah sie an, in ihren Augen stand plötzlich ein entschlossener Ausdruck. »Und ich werde zur Polizei gehen. Ich werde mir die Fotos des Gerichtsarztes zeigen lassen. Ich möchte mir selbst ein Bild machen. Die Einstiche in ihrem Arm sehen. Die blauen Flecken. Vielleicht hilft mir das, alles besser zu begreifen.«

Fiona erschauerte bei dem Gedanken. Warum sollten ein paar

Schwarz-Weiß-Fotos von Mauds leblosem Körper ihr irgendwelchen Trost spenden. Aus ihr sprach der namenlose Schmerz, der verzweifelt nach Antworten suchte.

Fiona legte den Arm um sie. »Ich weiß, dass du außer dir bist, India, aber bist du dir sicher, dass du dir das antun willst? Wäre es nicht besser, Maud so in Erinnerung zu behalten, wie sie war – schön, witzig und voller Leben?«

India lehnte den Kopf an Fiona und ließ ihrem Kummer freien Lauf.

»Voller Leben«, schluchzte sie. »Ja, das war meine Schwester. Mein Gott, Fiona, was ist nur passiert?«

43

Willa saß an einem Zweiertisch im Dorchester und nestelte an ihrer Serviette herum.

Der Teeraum mit seinen niedrigen Tischen, den Silbertabletts und tiefen Sesseln war Albies Idee gewesen. Sie wäre nie hierhergekommen. Aber auch das war seine Idee gewesen, außerhalb des Hauses ihrer Mutter gemeinsam Tee zu trinken.

»Warum, Albie? Warum können wir uns nicht im Salon unterhalten, um Himmels willen?«, fragte sie ihn am Morgen, als er das Treffen vorschlug.

»Wir müssen reden, Willa, und das ist leichter, wenn Mutter nicht in der Nähe ist«, war seine Antwort.

Damit hatte er recht. Sie verstanden sich immer noch nicht besonders gut, und ihr Schweigen oder ihre heftigen Auseinandersetzungen verstörten ihre Mutter.

Willa war erleichtert, dass ihr Bruder schließlich reden wollte, und hoffte, er würde sagen, was er zu sagen hatte, und die Sache wäre dann endlich erledigt. Seit der Beerdigung ihres Vaters mied er sie, weil sie zu spät gekommen war. Aber dafür konnte sie nichts. Auch sie hatte ihren Vater geliebt. Es war nicht ihre Absicht gewesen, ihn allein zu lassen während seiner Krankheit, und sobald sie von seinem Zustand erfahren hatte, hatte sie alles darangesetzt, so schnell wie möglich nach Hause zu kommen. Es war nicht ihre Schuld, dass Briefe nach Rongbuk so lange brauchten, vielleicht konnte sie das Albie am Ende doch noch begreiflich machen.

Willa sah erneut auf ihre Uhr. Albie war spät dran. Hoffentlich tauchte er bald auf. Sie war hinterher mit Seamie verabredet und wollte keine Minute ihrer kostbaren Zeit vergeuden. Sie würden sich heute Abend treffen und dann in ein paar Tagen in Schottland, und sie zählte bereits die Stunden bis dahin.

»Ich kann mir freinehmen, Willa. Eine ganze Woche lang«, hatte er vor ein paar Tagen zu ihr gesagt. »Komm mit nach Schottland. Zum Ben Nevis. Wir machen einen Kletterversuch.«

Er erklärte ihr, dass Jennie oft zum Ausruhen in ihr Cottage in Binsey fahre und dass sie nächste Woche wieder dorthin wolle. Jetzt sei August, und die Leute machten Ferien wie auch er. Er werde sagen, dass er nach Schottland zu einer Klettertour fahre. Das sei nichts Ungewöhnliches, weil er oft zum Wandern oder Klettern gehe.

Er würde ein Cottage in einer abgeschiedenen Gegend mieten. Sie würden getrennt anreisen, um keinen Verdacht zu erregen. Jeder von ihnen würde etwas Proviant einkaufen und sich erst in dem Cottage treffen. Sie hätten eine ganze Woche für sich. Sieben herrliche Tage. Sie würden wandern und klettern, gemeinsam essen und reden. Abends zusammen ins Bett gehen und am Morgen gemeinsam aufwachen.

»Bitte komm mit, Willa. Sag Ja«, bat er sie.

Sie hatte versucht abzulehnen. Sich bemüht, das Richtige zu tun, aber erneut versagt. Sie wollte bei ihm sein, und mehr als alles andere wollte sie gemeinsam mit ihm klettern. Und das würde sie auch tun.

Auf Seamies Rat hatte Willa einen Großteil ihrer Zeit damit verbracht, sich über künstliche Gliedmaßen zu informieren. Ihre Erkundigungen hatten sie schließlich zu Marcel und Charles Desoutter geführt, zwei Brüdern, die vor Kurzem das sogenannte Duraluminium-Bein, eine Prothese aus einer Leichtmetalllegierung, erfunden hatten. Es wog nur halb so viel wie ein Holzbein und hatte ein bewegliches Knie. Aber das Beste daran war das gepolsterte Fußgelenk, das sich wie bei einem echten Fuß abbiegen und bewegen ließ.

Willa hatte eine Prothese anprobiert und war so begeistert gewesen, dass sie sich sofort eine anpassen ließ, die sie mit dem Vorschuss von Clements Markham für ihr Everest-Buch bezahlte. Das neue Bein war mit dem alten nicht zu vergleichen. Dank seines Tragekomforts und seiner Leichtigkeit war sie am Abend weniger müde, sie hatte weniger Druckstellen, und seine Flexibilität vergrößerte ihren

Bewegungsspielraum beträchtlich. Sie hoffte sogar, damit wieder klettern zu können. Deshalb konnte sie es gar nicht erwarten, es am Ben Nevis auszuprobieren.

Willa sah auf ihre Uhr. Es war schon Viertel nach vier. Vielleicht war Albie bei der Arbeit aufgehalten worden und kam überhaupt nicht mehr. Sie würde ihm noch zehn Minuten geben. In der Zwischenzeit beschäftigte sie sich wieder mit ihrer Serviette. Sie hatte gerade einen Hasenkopf gefaltet, als eine Stimme sagte: »Hallo, Willa.«

Willa blickte auf. »Albie?«, fragte sie verwirrt.

Er sah erhitzt und ein wenig zerzaust aus. Wie ein Mann, der getrunken hatte, und tatsächlich hielt er zwei Gläser in den Händen. Eines stellte er vor ihr ab, dann setzte er sich ihr gegenüber und trank das andere in einem Zug aus.

»Albie, was machst du da?«, fragte sie.

»Trinken«, antwortete er.

»Das sehe ich. Aber warum?«

»Was hast du vor, Willa?«

»In welcher Hinsicht?«, fragte sie noch verwirrter.

»Hast du vor, zum Everest zurückzugehen?«

»Ich bin mir nicht sicher. Noch nicht. Warum …?«

»Weil ich finde, das solltest du. Die Beerdigung ist vorbei. Mutter kommt zurecht. Und ich finde, du solltest zurückgehen. So bald wie möglich.«

Willa war nun vollends verwirrt – von der Frage ihres Bruders, seinem Tonfall und dem Alkoholdunst, der ihn umwehte. Ihre Verwirrung schlug jäh in Ärger um.

»Albie, könntest du mir vielleicht erklären, was das soll? Mich derart anzufahren? Ich hab dir tausendmal erklärt, warum ich vor Vaters Tod nicht heimkommen konnte und …«

»Ich weiß Bescheid, Willa«, unterbrach er sie.

»Du weißt Bescheid? Was weißt du?«

»Was zum Teufel denkst du dir? Wegen Seamie.«

Willa hatte das Gefühl, sie hätte eine Ohrfeige bekommen. »Woher weißt du es?«, fragte sie kleinlaut.

»Ich hab's mir gedacht. Nachdem ich herausgefunden habe, dass du ins Coburg gehst. Und Seamie ebenfalls.«

»Wer hat dir das gesagt?«

»Das werde ich dir nicht sagen, also frag erst gar nicht.«

Willa bedrängte ihn, aber er rückte nicht damit heraus, von wem er es wusste. Und dann fiel es ihr wie Schuppen von den Augen. Wie konnte sie so dumm gewesen sein? »Es war Max von Brandt, nicht wahr?« Die beiden kannten sich schließlich.

Albie antwortete nicht sofort, aber Willa konnte an seinem Gesichtsausdruck ablesen, dass sie recht hatte.

»Ja. Also gut, er war's«, gab Albie zu. »Er hat es aber nicht absichtlich ausgeplaudert. Ich habe ihn zufällig auf der Straße getroffen, und er sagte mir, dass er dich in der Halle dieses Hotels getroffen hat, dass ihr zum Essen aus wart und dass es sehr nett gewesen sei. Und dass er Seamie ebenfalls im Coburg gesehen habe. Max mochte das vielleicht für einen Zufall halten, ich jedoch nicht. Eines Nachmittags habe ich in der Empfangshalle gewartet. Ich sah Seamie hereinkommen und den Aufzug in den dritten Stock nehmen. Zehn Minuten später bist du aufgetaucht. Und ebenfalls in den dritten Stock gefahren.«

Willa schwieg beschämt.

»Am Abend darauf ging ich zu Seamies Wohnung, um ihn zur Rede zu stellen. Er war nicht zu Hause. Nur Jennie. Sie war sehr bedrückt und hatte geweint. Ich setzte mich zu ihr, und wir unterhielten uns. Sie weiß ebenfalls Bescheid, Willa.«

»Aber das gibt's doch nicht. Sie kann es nicht wissen. Wir waren immer so vorsichtig.«

»Offensichtlich nicht vorsichtig genug«, entgegnete Albie. »Jennie ist außer sich. Sie isst und schläft nicht mehr richtig, was nicht gut für ihr Baby ist.« Er beugte sich vor, und seine Augen blitzten vor Zorn. »Hast du je daran gedacht, Willa? Hat einer von euch beiden je daran gedacht? Habt ihr je darüber nachgedacht, welches Leid ihr anderen Menschen zufügt? Jennie? Mir? Unserer Mutter, falls sie es erfahren sollte?«

»Hör auf, Albie. Bitte.«

»Nein, ich werde nicht aufhören. Offensichtlich hat keiner von euch beiden an die anderen gedacht. Du jedenfalls tust das nie. Hast es noch nie getan. Du hast immer nur getan, was dir gefallen hat. Egal, wer dadurch verletzt wird. Egal, wer sich sorgt, leidet oder übergangen wird. Das Einzige, was für dich zählt, ist die Herausforderung. Die Erste zu sein. Den Gipfel zu erreichen. Zu kriegen, was du willst. Oder anders gesagt, Eisberge, Berge und Menschen – ja sogar Menschen – sind nur Hindernisse, die bezwungen werden müssen.«

Willa gestand sich ein, dass Albie recht hatte. Die ganze Zeit war sie extrem selbstsüchtig gewesen. Sie hatte Seamie haben wollen, also hatte sie ihn sich genommen, ohne an die Frau zu denken, mit der er verheiratet war und die sein Kind erwartete. Scham und Reue überkamen sie jetzt.

»Ich wollte sie nicht verletzen, Albie. Dich genauso wenig. Ich liebe ihn einfach. Ich liebe ihn mehr als mein Leben und wollte mit ihm zusammen sein. O Gott«, flüsterte sie und bedeckte das Gesicht mit den Händen. »Was habe ich nur getan?«

Albie musste die Qual in ihrer Stimme gehört haben, denn er wurde etwas versöhnlicher. »Du musst Schluss machen damit, Willa. Jennie zuliebe. Seamie und dem Kind zuliebe. Und auch um deinetwillen. Es ist eine ganz und gar unmögliche Situation, siehst du das nicht ein?«

Willa senkte den Kopf und nickte. Tränen liefen ihr übers Gesicht. Plötzlich bekam sie Angst. Sie, die auf den Kilimandscharo gestiegen und fast gestorben war, die an die gefährlichsten Orte gereist war und sie für sich erobert hatte. Sie hatte Todesangst, weil sie jetzt wusste, was das Schlimmste war, das ihr zustoßen konnte – nicht ein Bein zu verlieren und nicht mehr klettern zu können –, sondern den Menschen aufzugeben, den sie am meisten liebte auf der Welt. Noch einmal.

»Was soll ich nur machen?«, fragte sie ihren Bruder, obwohl sie die Antwort bereits kannte.

»Du musst fort, Willa«, sagte er. »Du musst Seamie verlassen. Du musst aus London weg. Das ist das Einzige, was du machen kannst.«

44

Seamie goss sich noch ein Glas Wein ein. Das dritte. Hörte er nicht sofort auf, dann würde er betrunken sein, wenn Willa eintraf.

Er ging zum Fenster und ließ seinen Blick über die Dächer von London schweifen. Wo blieb sie nur? Sie hätte doch schon vor einer Stunde hier sein sollen. Jetzt war es schon sechs. Sie hatten so wenig Zeit miteinander, und er wollte keine Sekunde ihres Zusammenseins verpassen, ganz zu schweigen von einer Stunde.

Er hatte eine Überraschung für sie – einen Schlüssel für das Cottage am Ben Nevis. Erst heute Nachmittag war alles endgültig abgemacht worden, und der Makler hatte ihn ihm ausgehändigt. In ein paar Tagen würden sie nach Schottland fahren. Sieben gemeinsame Tage lagen vor ihnen. Sieben Tage Wandern und Klettern. Nachts den Sternenhimmel bestaunen und den Orion suchen. Am Feuer sitzen. Gemeinsam frühstücken. Lesen. Abwaschen. Sechs Nächte, um mit ihr zu schlafen, ohne auf die Uhr sehen zu müssen, und im Dunkeln neben ihr zu liegen und ihrem Atem zu lauschen.

Jennie wirkte unglücklich heute Morgen, als er ihr von seinem Vorhaben erzählte, den Ben Nevis zu besteigen. Fast schien es, als wollte sie Einwände machen, aber dann hatte sie sich ein Lächeln abgerungen und ihm eine schöne Reise gewünscht. Einen Moment lang hatte er sich gefragt, ob sie einen Verdacht hegte. Aber warum? Er und Willa waren doch immer so vorsichtig gewesen. Waren nie ein Risiko eingegangen.

Er sagte sich zwar, er sei albern, trotzdem ließ ihm irgendetwas keine Ruhe. Etwas, das er in ihren Augen gesehen hatte, als er sie in den Zug nach Oxford setzte. Kein Misstrauen, nein. Eher Traurigkeit. Eines Tages *müsste* Schluss damit sein, was er und Willa taten. Und vermutlich war dieser Tag nicht mehr in weiter Ferne. Aber noch nicht so bald, flehte er das Schicksal an. Bitte, noch nicht so bald.

Es klopfte an der Tür. Endlich, dachte er. Doch als er öffnete, stand ein Page dort, nicht Willa.

»Ein Brief für Sie, Sir«, sagte er und reichte ihm einen Umschlag. Es stand kein Name darauf, nur die Zimmernummer.

»Ein Brief? Wann ist der eingegangen?«, fragte er.

»Vor ein paar Minuten.«

»Wer hat ihn gebracht?«

»Das weiß ich nicht, Sir.«

Seamie gab dem Pagen ein Trinkgeld und schloss die Tür. Dann riss er den Umschlag auf und zog den Brief heraus. Es war Willas Handschrift.

Mein liebster Seamie,
ich kann nicht mehr so weitermachen. Es ist nicht richtig, und das war es nie. Jennie verdient etwas Besseres. Ebenso Dein Kind. Es tut mir leid, wieder nur eine Nachricht zu hinterlassen. Aber wenn ich jetzt hinaufginge und mich persönlich von Dir verabschiedete, würde ich wieder das Falsche tun. Ich liebe Dich, Seamie. Das habe ich immer getan und werde es immer tun. Wo immer du in dieser weiten Welt auch hingehen und was immer du tun wirst, vergiss das nicht.

Willa

»Nun, wie es aussieht, scheint der Tag gekommen zu sein«, sagte er laut. »Noch früher als bald.«

Er faltete den Brief zusammen, schob ihn in den Umschlag zurück und steckte ihn in die Brusttasche, nahe an seinem Herzen. Er war nicht wütend. Diesmal nicht. Er wusste, dass Willa recht hatte – dass sie den Mut gefunden hatte, das zu tun, wozu er nicht in der Lage war.

Er wusste auch, dass er versuchen musste, sie zu vergessen. Dass er zu seiner Frau zurückkehren und sich bemühen musste, sie wieder zu lieben. Ihr ein ordentlicher Ehemann und ihrem Kind ein guter Vater zu sein. Sie brauchte ihn. Er hatte ihr ein Versprechen gegeben, einen Schwur geleistet.

Vor langer Zeit hatte Willa ihr Bein verloren und gelernt, mit dem Verlust zu leben. Er hatte sein Herz verloren. Zum zweiten Mal nun. Und musste lernen, mit dem Verlust zu leben. Ohne sie – ohne die Frau, die seine Seelenverwandte war.

Er goss sich noch ein Glas Wein ein und ließ sich Zeit beim Trinken. Er musste zu keiner bestimmten Zeit zu Hause sein. Jennie war auf dem Land. Als er ausgetrunken hatte, nahm er seine Sachen und ließ auf dem Tisch ein paar Münzen für das Zimmermädchen zurück. Unten bezahlte er die Rechnung und gab dem Empfang Bescheid, dass er das Zimmer nicht mehr benötigte.

Die Dämmerung brach herein, als er das Hotel verließ. Der Türsteher fragte ihn, ob er eine Droschke wolle, was er verneinte. Es war ein milder Abend, er würde zu Fuß gehen. Er zog sein Jackett aus, hängte es über die Schulter und machte sich auf den Weg. Während er die dunklen Londoner Straßen entlanglief, sah er zum Himmel hinauf, aber kein Stern war zu sehen.

45

»Alles, was es heute Abend noch gibt, ist der Schlafwagen nach Edinburgh oder der Zug zur Fähre«, sagte der Mann am Fahrkartenschalter.

»Wann fährt der nächste?«, fragte Willa.

»Um zwanzig nach neun. Welchen nehmen Sie?«

»Ich ... ich weiß nicht. Was kostet eine Fahrkarte nach Edinburgh? Oder nach Calais?«

Der Schalterbeamte erklärte ihr geduldig die verschiedenen Fahrpreise, die davon abhingen, ob sie eine Kabine buchen und welche Klasse sie reisen wollte.

Wie betäubt und mit gebrochenem Herzen stand Willa am Fahrkartenschalter in King's Cross, zwei große Koffer neben sich. Sie hatte im Coburg die Nachricht für Seamie abgegeben, war dann mit einer Droschke nach Hause gefahren, hatte schnell gepackt, sich von ihrem Bruder und ihrer weinenden Mutter verabschiedet und versprochen, bald zu schreiben.

»Aber warum fährst du plötzlich so überstürzt ab?«, fragte ihre Mutter. »Du bist doch gerade erst gekommen.«

»Ach, Mutter, das stimmt doch nicht. Ich bin eine ganze Weile hier gewesen. Ich hab meine Vorträge gehalten, den Text für mein Buch abgeschlossen und eingereicht. Es ist Zeit, wieder zurück in den Himalaja zu gehen. Ich habe noch so viel zu tun. Ich muss an meine Arbeit zurück.«

»Aber wir sollten ein Abschiedsdinner geben. Du kannst doch nicht einfach so mir nichts, dir nichts verschwinden.«

»Ich muss, außerdem sind mir lange Abschiede verhasst. Ich werde schreiben. Versprochen. Und mit etwas Glück funktioniert die Post besser als bisher. Ach, bitte, wein doch nicht, Mum. Du machst es noch schwerer, als es ohnehin schon ist.«

Albie legte seiner Mutter die Hand auf die Schulter. »Wir dürfen nicht egoistisch sein, Mutter«, sagte er. »Wir müssen an Willa denken und sie wieder zu ihrem Berg zurücklassen.«

Aber Willa ging nicht zu ihrem Berg zurück. Noch nicht. Den Gedanken, dorthin zurückzukommen und wieder etwas vor Augen zu haben, das für sie unerreichbar war, ertrug sie nicht. Stattdessen würde sie nach Paris gehen. Oder nach Edinburgh. Und sich überlegen, was sie als Nächstes tun sollte. Wichtig war nur, zwischen sich und Seamie genügend Abstand zu bringen.

»Haben Sie sich schon entschieden, Miss?«, fragte der Fahrkartenverkäufer. »Wohin geht's?«

Sie wollte gerade Edinburgh sagen, als eine Stimme ihren Namen rief. Sie drehte sich um und sah Tom Lawrence auf sich zueilen. Er trug einen Leinenanzug und sah schneidig darin aus.

»Willa, ich dachte es mir doch, dass Sie es sind!«, rief er fröhlich. »Wie geht's Ihnen? Ich hoffe, Sie sind in meinem Zug zur Fähre nach Calais. Ich fahre ein paar Tage nach Paris und dann nach Italien.«

»Was machen Sie dort, Tom?«

»Zuerst geht's mit einem Dampfer in die Türkei und von dort aus durch den Bosporus nach Kairo. Das hoffe ich zumindest. Wenn die Deutschen ihn bis dahin nicht besetzt haben. Ich bin offiziell der Armee beigetreten, verstehen Sie. Ich arbeite unter General Murray im Büro für Arabische Angelegenheiten. Ich hoffe sehr, dass Sie auch meinen Zug nehmen. Ich würde unterwegs gern eine Tasse Tee mit Ihnen trinken. Und mehr über den Everest und Tibet hören.«

»Miss? Welchen Zug nehmen Sie?«, fragte der Fahrkartenverkäufer ungeduldig. »Es warten Leute hinter Ihnen.«

Willa hatte plötzlich eine Idee – eine verrückte, unmögliche Idee.

»Nehmen Sie mich mit, Tom«, sagte sie.

Lawrence sah sie verständnislos an. »Wie bitte?«

»Nehmen Sie mich mit nach Kairo. Ich will nicht nach Tibet zurück. Zumindest jetzt noch nicht. Ich möchte etwas anderes machen. Meine Reise bezahle ich selbst. Ich habe genug Geld. Und wenn ich erst einmal dort bin, würde ich gern für diese Behörde arbeiten, die Sie erwähnt haben – dieses Büro für Arabische Angelegenheiten.«

»Willa, das ist doch nicht Ihr Ernst. Das ist verdammt weit weg. Und ich kann Ihnen keine Anstellung garantieren, wenn wir dort sind.«

»Könnten Sie nichts für mich auftreiben? Ich kann Land vermessen. Karten zeichnen. Kamele reiten. Briefe tippen. Böden wischen. Abfallkörbe leeren. Irgendwas, Tom. Ich mache alles. Aber bitte, nehmen Sie mich mit.«

»Sie sind ein verdammt guter Landvermesser«, sagte Lawrence.

»Und auch ein guter Navigator. Ich bin mir sicher, im Büro für Arabische Angelegenheiten gibt es etwas, wo Sie sich nützlich machen können.« Er runzelte nachdenklich die Stirn. »Na ja, General Murray wird mir den Kopf abreißen, aber was soll's.« Er wandte sich an den Fahrkartenverkäufer und sagte: »Guten Abend, Sir. Zweimal nach Calais, bitte.«

46

Max saß in seinem Hotelzimmer und rauchte.

Er sollte heute Abend an einem Dinner im Haus der Familie Asquith teilnehmen. Der Premierminister würde natürlich nicht anwesend sein. Der war jetzt mit wichtigeren Dingen als Dinnerpartys beschäftigt. Aber viele andere würden da sein. Margot war eine glänzende Gastgeberin, und ihr Zirkel beschränkte sich nicht allein auf Politiker. Es würden Schriftsteller und Künstler da sein, Leute mit ausgezeichneten Kontakten. Ganz sicher könnte er nebenbei allerlei erfahren. Das war schließlich immer eines seiner Hauptanliegen gewesen.

Er musste sich bald auf den Weg machen, aber er wollte sich noch ein bisschen entspannen, seine Zigarre rauchen und den Moment genießen.

Die Kette war wieder intakt. Die Informationen, die für Berlin so wichtig waren, wurden wieder reibungslos übermittelt. Gerade noch rechtzeitig.

Gladys brachte die Kopien von allem, was in Burgess' Büro ein- und ausging, zu Jennie, und Jennie versteckte sie im Keller der Kirche ihres Vaters. Und ein neuer Mann, der von Brighton nach London gekommen war – Josef Fleischer, auch als Jack Flynn bekannt –, holte das Material alle zwei Wochen ab und brachte es durch die Tunnel zu Billy Maddens Mann, John Harris. Fleischer und Harris fuhren zweimal im Monat, am Fünfzehnten und Dreißigsten, mit den Dokumenten aus London zu einem Schiff auf der Nordsee hinaus.

Alle Verbindungsglieder waren verlässlich. John Harris machte, was Billy Madden ihm auftrug. Gladys machte, was er ihr sagte, ansonsten bekäme ihr Boss ein paar sehr unappetitliche Fotos zugeschickt, und Jennie ... nun, sie würde sich ebenfalls seinen Wünschen fügen, wenn sie nicht wollte, dass ihr Mann herausfand, dass sein

Kind, das zufällig in Binsey zur Welt kommen würde, in Wirklichkeit Billy Maddens Bastard war, wie Max vermutete.

Natürlich hing Jennies Fügsamkeit zum größten Teil von ihrem Mann ab. Sie wollte ihn für sich haben. Und er wollte Willa. Wenn er Jennie wegen Willa verließ, würde sie die Posse mit der vorgetäuschten Schwangerschaft vermutlich aufgeben, und er hätte kein Druckmittel mehr gegen sie. Also räumte er auch dieses Hindernis aus dem Weg, und zwar mit Albies Hilfe.

Willa Alden war fort. Niemand wusste, wohin, nicht einmal ihr Bruder.

»Willa hat London verlassen«, sagte Albie, als er ihn auf einer Party nach ihr fragte.

»Das kam aber ziemlich plötzlich, oder? Ist sie wieder zurück zum Himalaja gegangen?«

»Ich denke schon«, antwortete Albie. »Aber eigentlich weiß ich nicht, wohin sie gegangen ist. Irgendwann werden wir einen Brief von ihr erhalten. Aber vielleicht auch nicht. Willa lebt nach ihren eigenen Regeln.«

»In der Tat«, sagte Max jetzt zu sich selbst. Zweifellos würde Willa wieder auftauchen, an einem Ort, der genauso war wie sie – schön, einsam und wild.

Einen Moment lang wurde ihm das Herz schwer, und er wünschte sich verzweifelt, die Dinge hätten sich anders entwickelt. Willa und er wären andere Menschen gewesen, und sie hätte die Seine werden können. Sie war die einzige Frau, die er je geliebt hatte, und wie gern hätte er sein Leben an einem Ort wie Tibet mit ihr verbracht – weit weg von Europa und dessen Wahnsinn.

Er drückte seine Zigarre aus und stand auf. Dann strich er sein Revers glatt, zog die Manschetten gerade und verscheuchte die quälenden Gefühle. Es war acht Uhr, Zeit, sich auf den Weg zu machen. Margots Dinnerpartys begannen pünktlich.

Ein grimmiges Lächeln huschte über sein Gesicht, als er an Margot dachte. Er und die Frau des Premierministers standen sich neuerdings sehr nahe, weil die Trauer um Maud sie verband.

Nach der Beisetzung hatte Max es so eingerichtet, dass sie ihn im Salon von Mauds Landsitz allein antraf. Er starrte auf einen Rubinring in seiner Hand – einen Ring, den er erst kurz zuvor auf dem Kaminsims gefunden hatte.

»Max? Bist du das? Was machst du hier ganz allein?«, hatte sie gefragt.

»Sie hat mich einmal gebeten, sie zu heiraten, Margot. Hast du das gewusst? Sie nahm den Ring ab, steckte ihn mir an den kleinen Finger und sagte, nun seien wir verlobt.« Er lächelte traurig und fügte hinzu: »Dann versuchte sie, mir weiszumachen, das sei nur ein Scherz gewesen, und forderte den Ring zurück, aber ich wollte ihn nicht mehr hergeben. Ich hatte … ich hatte gehofft, eine Möglichkeit zu finden …« Seine Stimme brach, und er wischte sich über die Augen.

»Max, mein Lieber. Nicht doch«, sagte Margot und eilte zu ihm.

»Was mir so wehtut, was ich so unerträglich finde, ist, dass niemand die Wahrheit kennt.«

»Was ist die Wahrheit? Sag's mir.«

»Die Wahrheit ist, dass sie mir sehr viel bedeutet hat. Und wenn die Situation anders gewesen wäre, wenn ich keine Familienverpflichtungen hätte, hätte ich nie Schluss gemacht. Ich hätte sie geheiratet.«

Margot war vom Eingeständnis seiner Liebe so tief berührt gewesen, dass sie ihn seitdem ins Herz geschlossen hatte. Sie rief ihn ständig an, lud ihn zu allen möglichen Soireen ein und sorgte dafür, dass er nicht allein war. Jedes Wochenende und viele Abende während der Woche verbrachte er in den Häusern von Politikern, hohen Militärs und Ministern. Worüber sich Berlin sehr erfreut zeigte.

Die Tränen eines Mannes waren ein mächtiges Lockmittel für eine Frau, wie er wusste. Frauen konnten ihnen nicht widerstehen. Zeig einer Frau, dass du weinst, und sie glaubt, du gehörst ihr. Tatsächlich aber war es umgekehrt – sie gehörte dir, mit Haut und Haaren.

Die Abenddämmerung brach herein, als Max das Coburg verließ. Er wartete geduldig, während der Portier eine Droschke für ihn rief, und beobachtete mit Interesse, wie zwei weitere Angestellte den Union Jack einholten, der immer über dem Hotel flatterte.

Während die beiden sorgfältig und voller Respekt die Flagge zusammenfalteten, fragte er sich, ob sie auch in Zukunft über dem Coburg wehen würde. Und über dem Parlamentsgebäude. Und dem Buckingham-Palast. Und er fragte sich, ob eines Tages die kaiserlichen Truppen tatsächlich über die Pall Mall marschieren würden. Was Schlagkraft und Größe anging, konnte es im Moment niemand mit der kaiserlichen Armee und Marine aufnehmen. Der Kaiser hatte verkündet, dass er in ein oder zwei Wochen in Paris und kurz darauf in London sein könne. Max war nicht ganz so optimistisch.

Doch der Krieg würde bald beginnen – im Laufe weniger Tage, laut seinen Quellen –, ein Krieg, der sich über ganz Europa, wenn nicht die ganze Welt ausdehnen würde. Sarajevo war nur ein willkommener Anlass gewesen. Wenn das Attentat nicht passiert wäre, hätte der Kaiser einen anderen Grund gefunden.

Die Droschke fuhr vor. Max stieg ein und nannte dem Fahrer die Adresse. Dann lehnte er sich zurück und öffnete das Fenster. Er wollte die Luft schnuppern. Es war eine warme und auf eine fragile und flüchtige Weise schöne Nacht, wie es nur englische Sommernächte sein konnten.

Heute war schon der erste August, dachte Max. Der Sommer würde bald vorbei sein. Für lange Zeit.

Als die Kutsche am Hyde Park vorbeifuhr, an den prächtigen Bäumen, den üppig blühenden Blumen und den jungen Paaren, die ihren Abendspaziergang genossen, zog sich sein Herz zusammen. Plötzlich war er froh, dass Willa London verlassen hatte. Er hoffte, sie kletterte auf den Gipfel des Everest und blieb dort oben, weit entfernt von allem, was hier unten passieren würde. Er war auch froh, dass es für ihn im Moment niemanden gab – weder Frau noch Kind, dem seine Liebe galt.

Denn die Welt würde sich verändern. Plötzlich, gewaltsam und für immer.

Und die Liebe würde keinen Platz mehr darin finden.

47

Fiona legte bei der Geburtstagstorte für ihre Schwiegermutter letzte Hand an, warf einen Blick aus dem Wohnzimmerfenster ihres Anwesens in Greenwich und seufzte.

»Katie, Liebes«, sagte sie, »kannst du deine Brüder vom Baum runterholen? Und deiner kleinen Schwester sagen, aus meinem Ankleidezimmer zu verschwinden? Ich weiß, dass sie dort ist und alles mit Parfüm vollsprüht. Ich kann es riechen. Das ganze Haus stinkt schon danach. Die Torte hier wird wie Narcisse Noir schmecken.«

Katie legte den Arm um ihre Mutter und küsste sie auf die Wange. »Beruhige dich, Mum. Alles ist bestens. Nirgendwo stinkt es, und Großmutter hat keine Eile mit ihrem Kuchen. Sie hat gerade erst zu Abend gegessen und vergnügt sich prächtig im Moment. Tante India hat ihr Elizabeth zu halten gegeben, und du weißt doch, dass sie nichts glücklicher macht, als ein Baby auf dem Schoß zu haben.«

»Und dein Großvater? Geht's ihm gut?«, fragte Fiona besorgt.

»Er hat noch mehr Spaß als alle anderen. Wer, glaubst du, hat denn gewettet, die Zwillinge könnten nicht auf den Baum klettern?«, fragte Katie lachend. »Mach dir doch nicht so viele Sorgen, Mum. Komm mit raus und genieß die Party.«

Fiona lächelte. »Also gut«, antwortete sie und ging durch die großen Fenstertüren in den herrlichen Sommerabend hinaus.

Ihr Lächeln vertiefte sich, und ihre blauen Augen strahlten bei dem Anblick, der sich ihr bot. Ein riesiger Tisch, mit einem weißen Spitzentischtuch und Unmengen Teerosen aus ihrem Garten dekoriert, stand auf dem Rasen. Plaudernd und lachend, war ihre große, lärmende Familie darum versammelt. Fast alle zumindest.

Ihre Kinder. Ihr Bruder Seamie und seine Frau, die bald ihr erstes Kind bekommen würde. Joes Schwestern und Brüder mit ihren vielen Kindern. Rose und Peter Bristow, Joes Eltern. Und Fionas Schwägerin India mit ihren drei Kindern. Wenn nur ihr Bruder Sid auch hier sein könnte.

Alle waren versammelt, um Roses Geburtstag zu feiern, und bei ihrem Anblick spürte Fiona, wie ihr vor Liebe und Dankbarkeit das Herz aufging. Und sie, die so oft mit Gott gehadert hatte, schickte ein schnelles und inniges Dankgebet zum Himmel – danke für diese Menschen, danke für diesen unglaublichen Tag und danke, dass die Zwillinge nicht vom Baum gefallen sind.

Sie unterhielt sich eine Weile mit Rose, die völlig hingerissen war von Elizabeth, erlaubte den Zwillingen, Blindekuh zu spielen, bewunderte die neueste Ausgabe von Katies Zeitung, die ihre Tochter an fast alle Anwesenden verteilt hatte, und setzte sich dann, um mit India ein Glas Punsch zu trinken. In diesem Moment kam Sarah zu ihr und sagte: »Entschuldigen Sie, Madam. Das Geschirr vom Abendessen ist abgeräumt. Soll ich die Torte jetzt servieren?«

»Ja, Sarah, bringen Sie sie. Nein! Warten Sie einen Moment. Wo ist Mr Bristow? Er sollte auch dabei sein.«

Fiona stellte fest, dass sie Joe schon seit mindestens einer Stunde nicht mehr gesehen hatte.

»Hast du ihn gesehen, Ellen?«, fragte sie seine Schwester. Aber Ellen verneinte. Seit Beginn des Festes nicht mehr.

»Er muss in seinem Arbeitszimmer sein und arbeiten, wie immer«, sagte Fiona. »Ich hole ihn. Warten Sie bitte mit der Torte, Sarah, bis ich zurück bin.«

Fiona eilte ins Haus und in Joes Arbeitszimmer, aber dort war er nicht. Sie sah in ihrem Schlafzimmer nach, ob er sich kurz hingelegt hatte, aber auch dort war er nicht.

Als sie wieder nach unten ging und zufällig durch das große runde Fenster im zweiten Stock blickte, entdeckte sie ihn. Er saß in seinem Rollstuhl im Obstgarten. Allein.

»Was macht er bloß dort unten?«, fragte sie sich ein wenig verärgert. Das sah ihm wieder einmal ähnlich, sich davonzustehlen und seine Obstbäume zu bewundern, wenn der Geburtstagskuchen seiner Mutter aufgetragen werden sollte.

Sie eilte die Treppe hinab, über den Rasen und den kleinen Hügel hinunter, der zum Obstgarten führte. Joe hatte die Bäume vor Langem gepflanzt, Jahre bevor er und Fiona geheiratet hatten. In ein oder zwei Monaten würden sie und die Kinder Äpfel und Birnen pflücken können.

Joe saß am anderen Ende des Obstgartens, wo sich der Garten zur Themse hin öffnete. Er starrte auf das Wasser, das Gesicht in den klaren Abendhimmel erhoben. Es war fast acht Uhr. Das letzte Licht begann zu schwinden. Bald würden die ersten Sterne aufgehen. Fiona hätte Joe seinem Vergnügen überlassen, wenn sie nicht so wütend auf ihn gewesen wäre.

»Joe!«, rief sie laut und winkte ihm zu. Er musste sie gehört haben, antwortete aber nicht. Er drehte sich nicht einmal um.

Ärgerlich schürzte sie ihre Röcke und begann zu laufen. Als sie etwa zehn Meter entfernt von ihm war, rief sie ihn noch einmal.

»Joe Bristow! Hast du mich nicht gehört? Der Kuchen für deine Mutter wird gleich serviert, und …«

Joe drehte sich um, und sie bekam kein Wort mehr heraus. Auf seinem Gesicht lag ein Ausdruck tiefster Verzweiflung. Sie sah, dass er ein Stück Papier in den Händen hielt. Ein Telegramm, wie es schien.

»Joe, was ist? Was ist passiert?«, fragte sie bestürzt.

»Ach, Fee, bald wird sich alles ändern. Alles wird zu Ende gehen«, antwortete er leise.

»Was denn, Liebster? Was wird sich ändern?«

»Das hier. Unser Leben. Das der anderen. England. Europa. Alles. Es hat angefangen«, erklärte er. »Vor drei Tagen hat Deutschland Russland und Frankreich den Krieg erklärt.«

»Das weiß ich«, antwortete Fiona. »Das weiß die ganze Welt. Es stand in allen Zeitungen. Aber England ist davon nicht betroffen. Wir haben immer noch Hoffnung, Joe. Der Krieg findet nur auf dem Kontinent statt, und es besteht immer noch die Chance, ihn einzudämmen.«

Joe schüttelte den Kopf. »Die Deutschen sind heute Morgen in Belgien einmarschiert. In ein neutrales Land. All unsere diplomatischen Bemühungen sind fehlgeschlagen.« Er reichte ihr das Papier in seiner Hand. »Es ist von der Downing Street. Ein Bote hat es vor einer Stunde gebracht.«

»Asquith musste einen Boten schicken? Er hätte doch anrufen können.«

»Nein, in diesem Fall nicht.«

Fiona nahm das Papier entgegen.

Geheim, stand in der ersten Zeile.

3. August 1914, in der zweiten.

Und als sie die dritte Zeile las, wusste Fiona, dass Joe recht hatte, dass ihr Leben nie mehr so sein würde wie zuvor.

Heute Abend um 19:00 Uhr hat Großbritannien Deutschland den Krieg erklärt.

Zweiter Teil

*Februar 1918
Hedschas, Arabien*

48

Willa sprach laut und erregt auf den Mann ein, der neben den Eisenbahnschwellen kniete, und zeigte dabei nachdrücklich mit einer kleinen roten Stange auf ihn.

»Du weißt, wie sehr solche Bilder der Sache nützen können, Tom«, sagte sie. »Sie wecken das Interesse, bringen Unterstützung und Geld. Vor allem jetzt, beim geplanten Vorstoß nach Damaskus.«

»Ich will nichts mehr davon hören. Das ist viel zu gefährlich. Du bleibst mit dem Rest der Gruppe hinter den Dünen.«

»Ich kann das Bild doch nicht schießen, wenn ich hinter der verdammten Sanddüne stehe!«

»Hinter einer verdammten Sanddüne kannst du aber auch nicht erschossen werden«, antwortete Lawrence ungerührt. »Und hör bitte auf, mit dem Dynamit herumzufuchteln, und gib's mir.«

Willa gehorchte seufzend. »Ich schätze, du willst als Nächstes die Sprenggelatine?«, fragte sie.

»Ziemlich schwierig, einen Zug ohne sie in die Luft zu jagen«, antwortete Lawrence und legte das Dynamit vorsichtig zu einigen anderen Dynamitstangen in die Vertiefung, die er unter der Schwelle gegraben hatte. Sein Vorrat an Schießbaumwolle, sein bevorzugter Sprengstoff, war zur Neige gegangen.

Willa kauerte sich neben eine Holzkiste, nahm vorsichtig zwei Päckchen Sprenggelatine heraus und reichte sie ihm. Ein Fehlgriff, und sie wären beide in die Luft geflogen. Der Gedanke hätte sie schrecken können, aber sie hatte vor Langem gelernt, dass nur diejenigen den Tod fürchten, die etwas zu verlieren haben.

Lawrence verband die Sprenggelatine mit ein paar Drähten, die unter den Gleisen hervorlugten und im Sand zur nächsten Düne verliefen, dann brachte er die Ladung sorgfältig in Position. Willa assistierte ihm, reichte ihm Klemmzangen und Schraubenzieher, was immer er verlangte. Schweiß lief ihm übers Gesicht unter der unbarmherzigen arabischen Sonne. Seine blauen Augen, die ein weißer Turban noch betonte, waren auf die Arbeit gerichtet.

Sie befanden sich auf einem Kommandounternehmen, Lawrence und seine Männer. Nördlich von al-'Ula brachten sie Sprengladungen unter den Gleisen der Hedschas-Bahn an, einer Bahnverbindung zwischen Damaskus und Medina, die von den Türken gebaut worden war, um ihre arabischen Gebiete besser kontrollieren zu können. Ihr Auftrag bestand darin, einen Zug in die Luft zu sprengen, der türkische Soldaten, Kanonen und Gold transportierte, denn ein Schlag gegen die Türken wäre ein Schlag gegen Deutschland und Österreich-Ungarn, die Hauptverbündeten der Türkei. Und gleichzeitig ein Erfolg für die arabische Unabhängigkeitsbewegung, die ihre türkischen Unterdrücker abschütteln wollte.

Willa war dort, um das Kommandounternehmen zu dokumentieren, wie sie es schon viele Male getan hatte. Ihre Bilder und Kommentare, die sie davon lieferte, wurden mit einem Kurier nach Kairo gebracht, wo sie von General Allenby, Toms vorgesetztem Offizier, geprüft, dann an die Downing Street und von dort an die Presse weitergeleitet wurden.

Diesmal jedoch wollte Willa während der Aktion nicht hinter den Dünen in Deckung bleiben und lediglich die Vorarbeiten sowie das Ergebnis fotografieren. Sie hatte sich eine Bell & Howell, eine kleine Filmkamera, beschafft und wollte den gesamten Ablauf filmen.

Sie wollte die Siege festhalten, weil Siege Unterstützung einbrachten, aber es gab noch einen weiteren, genauso dringlichen Grund, die ganze Aktion zu dokumentieren – sie wollte dem Westen unbedingt die wilde Schönheit Arabiens und den verzweifelten Kampf seiner Bevölkerung um Unabhängigkeit nahebringen.

Große Teile Arabiens befanden sich – immer noch – unter Kontrolle des Osmanischen Reichs, was Großbritannien ändern wollte. Wenn sie den Eingeborenenstämmen halfen, das Joch der türkischen Herrschaft abzuwerfen, würden auch die Briten davon profitieren. Denn wenn türkische Truppen im Abwehrkampf gegen die arabische

Guerilla gebunden waren, konnten sie die geplante Sues-Offensive nicht starten und nicht erneut versuchen, den Kanal unter ihre Kontrolle zu bringen. Wenn darüber hinaus die Türken aus Arabien verjagt und die Araber ihre Verbündeten wären, würde dies für die Briten neue Zugangswege und größere Einflussmöglichkeiten im Mittleren Osten eröffnen.

Um dieses Ziel zu erreichen, hatten die Briten Verbindungen mit Hussein, dem Sharif von Mekka, und mit Faisal, seinem Sohn, aufgenommen. Faisal sollte die Revolte gegen die Türken anführen, und die Briten wollten sie finanzieren. Lawrence, der nach seinem Studium durch Arabien gereist war, Ausgrabungen gemacht und die Sprache und Sitten der Einwohner studiert hatte, wurde zu Faisals Ratgeber ernannt. Mit seiner Hilfe und dem Einsatz von Guerillataktiken hatten die Beduinenkämpfer bereits eine Reihe von Garnisonsstädten eingenommen. Sie waren auch in der Lage gewesen, türkische Truppen zu binden, indem sie Abschnitte der Hedschas-Bahn sprengten und die Türken so zwangen, sie ständig zu verteidigen.

Willa war nun seit drei Jahren in der Wüste und liebte dieses wilde, unberechenbare Land und seine wilden, unberechenbaren Bewohner. Sie liebte die stolzen, unerschütterlichen Beduinenmänner, die Stammesfrauen mit ihren blauen Kleidern, Schleiern und Juwelen, ihre Sprache und ihre Lieder. Sie liebte die scheuen, herumtollenden Kinder. Und sie liebte Tom Lawrence.

Wenn auch nicht so, wie sie Seamus Finnegan liebte. Seamie besaß ihr Herz und ihre Seele, und daran würde sich nie etwas ändern. Sie liebte ihn immer noch, obwohl sie wusste, dass sie nie mehr zusammen sein könnten. Der Schmerz dieser Gewissheit quälte sie jeden Tag, genauso wie die Reue, einen Mann geliebt zu haben, der einer anderen gehörte. Während der langen Überfahrt nach Kairo gab es Momente, in denen sie mit Pillen und einem Glas Wasser in der Hand in ihrer Kabine saß und sich das Leben nehmen wollte. Doch dazu war sie nicht imstande gewesen. Selbstmord war ein feiger Ausweg, fand sie. Sie litt zu Recht, sie verdiente es, für ihre Taten zu büßen.

Lawrence liebte sie als Freund und Bruder, denn das war er für sie. Damals, 1914, als sie Seamie verlassen und mit gebrochenem Herzen, schweren Schuldgefühlen und verzweifelt aus London weggegangen war, hatte Lawrence sie nach Kairo zur Geheimdienstabteilung des Arabischen Büros gebracht und ihr eine Stelle bei der Kartografie verschafft. Ihre Aufgabe bestand darin, alle neuen Erkenntnisse in die Karte der Arabischen Halbinsel einzutragen, sobald Informationen über türkische Bewegungen und Stellungen oder Nachrichten vonseiten verschiedener Stämme eingingen.

Der Posten, den Lawrence ihr verschafft hatte, war so wichtig und lenkte sie tagsüber so sehr ab, dass ihr keine Zeit blieb, um Erinnerungen nachzuhängen oder zu trauern. Lawrence hatte ihr geholfen zu vergessen – wenn auch nur während des Tages –, dass sie Seamie Finnegan für immer verloren hatte. Und das Opium, das sie in den dunklen Gassen von Kairo kaufte, half ihr bei Nacht. Und mehr wollte sie nicht – nur vergessen. Seamie und ihre gemeinsamen Erlebnisse vergessen. Vergessen, dass sie ihn überhaupt je geliebt hatte, denn ihre Liebe war nichts Gutes, sondern gefährlich und zerstörerisch. Für sie selbst und jeden in ihrer Umgebung.

Als Lawrence Kairo verlassen hatte, um in der Wüste mit arabischen Truppen unter Emir Faisals Kommando zu kämpfen, war Willa ihm gefolgt. Sie hatte ihre Stelle aufgegeben, ihr Haar abgeschnitten, Männerkleider angezogen, einen Turban aufgesetzt und war mit ihren Kameras auf einem Kamel losgeritten. Alle im Arabischen Büro waren der Ansicht, Tom würde dort draußen sein Leben verlieren. Vielleicht könnte er dafür sorgen, dass sie auch ihres verlor. In Ausübung der Pflicht für sein Vaterland zu sterben war ein ehrenvoller Tod, weitaus besser als Selbstmord.

Lawrence war wütend, als sie ihn in einem primitiven Lager in der Nähe von Medina einholte. General Allenby ebenfalls. Er ließ ihr ausrichten, dass sie sich weder in einem Lager mit Männern aufhalten noch als alleinstehende Frau in der Wüste unterwegs sein könne. Sie müsse nach Kairo zurück. Sowohl Lawrence wie Allenby setzten ihr zu.

Bis sie ihre Bilder sahen.

Bilder des blonden, blauäugigen Lawrence, der in seinem weißen arabischen Gewand mit einem goldenen Dolch im Gürtel umwerfend aussah, und Bilder des dunkelhaarigen, hübschen Faisal mit dem klugen, durchdringenden Blick. Bilder von Auda abu Taji, einem wilden Beduinen und Anführer des Howeitat-Stammes, der an der Seite von Lawrence kämpfte, und Bilder der trotzigen Wüstenkrieger. Bilder der Beduinenlager. Der roten Felsen des Wadi Rum, des Tals des Mondes. Der endlosen Dünen. Der schimmernden Fluten des Roten Meers.

»Also?«, hatte sie Allenby gefragt, als sie ihm einen Stapel der Fotos in Kairo auf den Schreibtisch warf.

Sie war unter dem Vorwand zurückgekehrt, sich seinen Befehlen zu fügen, aber in Wirklichkeit nur, um ihre Filme zu entwickeln.

Der General nahm eines nach dem anderen in die Hand und war beeindruckt, auch wenn er sich bemühte, dies nicht zu zeigen. Dennoch erkannte er die Möglichkeiten, die diese Bilder boten.

»Hm. Ja. Ganz nett«, sagte er.

»Die sind mehr als nett, Sir, und das wissen Sie auch. Denn sie werden die Phantasie der Menschen anregen. Ihre Sympathie gewinnen. Ihre Herzen. Weltweit wird jeder für Lawrence und die arabische Sache sein. Er wird zum Helden werden. Ich schreibe die Artikel dazu. Reportagen von der Wüstenfront.«

Allenby blickte mit gerunzelter Stirn aus dem Fenster und sagte nichts.

»Kann ich in die Wüste zurück?«, fragte Willa.

»Für den Moment ja«, antwortete er.

Das war 1915. Seitdem hatte sie Lawrence und seine Männer begleitet, sie fotografiert, über sie geschrieben, und ihre Berichte waren weltweit in allen großen Zeitungen veröffentlicht worden. Weil Allenby negative Reaktionen befürchtete, wenn eine Frau an der Seite von Soldaten ritt, zeichnete Willa ihre Artikel mit einem Pseudonym: Alden Williams.

Ihr war es zu verdanken, dass Tom Lawrence jetzt als Lawrence von

Arabien bekannt war. Jeder, der über ihn gelesen hatte, bewunderte ihn. Alle Frauen verliebten sich in ihn. Jeder Schuljunge wollte so sein wie er.

Entgegen allen Erwartungen hatten Lawrence und seine Beduinenkrieger eine Reihe erstaunlicher Siege über die viel stärkere türkische Armee errungen. Aber die endgültige Ausschaltung der Türken hing davon ab, ob die Araber nach Norden vorstoßen und Aqaba und danach den wichtigsten Ort überhaupt einnehmen konnten – Damaskus. Willa war Lawrence bis hierher gefolgt und würde ihm so lange folgen, bis der Kampf gewonnen und die Unabhängigkeit Arabiens erreicht war oder sie beide das Leben verloren.

Als sie ihn jetzt beobachtete, wie er die Zündladungen vorbereitete, griff sie erneut nach der Kamera.

»Willst du etwa filmen, wie ich mich in die Luft jage?«, fragte er.

»Lass es mich machen, Tom. Lass mich die ganze Aktion filmen«, sagte sie. »Die Ankunft des Zugs, die Explosion, die Hitze des Gefechts und den Sieg. Stell dir vor, was für ein tolles Material das wäre. Kairo schickt es nach London, London gibt es Pathé, und dann wird es in jeder Wochenschau auf der ganzen Welt zu sehen sein. Und Allenby kriegt mehr Gelder.«

»Wenn die Türken dich sehen, wissen sie, dass etwas im Busch ist. Sie werden den Zug stoppen, nach der Sprengladung suchen und sie unschädlich machen. Und dann werden sie uns suchen.«

»Sie werden mich nicht sehen. Ich warte den Countdown ab, und erst bei drei renne ich los. Ich brauche nicht mehr als drei Sekunden. Das weiß ich. Ich hab's ausprobiert. Auf drei springe ich raus, nicht früher. Niemand kann eine Lokomotive in drei Sekunden anhalten. Das weißt du.«

»Er hat recht, *Sidi*«, sagte jemand hinter ihr und benutzte eine sehr respektvolle Anredeform. »Sie sollten ihn das machen lassen. Wenn jemand es schafft, dann er. Er ist der tapferste Mann, den ich kenne.«

Es war Auda abu Taji. Auda nannte Willa »er«, weil er nicht glauben wollte, dass sie eine Frau war. Obwohl sie jahrelang gemeinsam durch die Wüste gezogen waren. Keine Frau könne so gut mit Kamelen umgehen oder so schießen. Keine Frau könne sich so gut orientieren.

»Ah, jetzt heißt es also *Sidi*, Auda?«, fragte Lawrence. »Das ist natürlich was anderes. Normalerweise brüllst du mich an wie einen Kameljungen.«

»Du musst ihn das machen lassen. Seine Bilder bringen mehr Geld ein, als wir von Kairo kriegen. Wir brauchen das Geld für den Vorstoß nach Damaskus. Meine Männer müssen essen.«

»Siege sind wichtig, Tom«, sagte Willa ruhig.

»Ja, Willa, das stimmt«, antwortete Lawrence.

»Ich meinte, für die Leute in der Heimat. Es hält ihre Moral hoch. Gibt ihnen Hoffnung. Sie sollen wissen, dass ihre Söhne, Brüder und Väter nicht umsonst gestorben sind.«

Lawrence sah sie besorgt und mit fragendem Blick an. »Was ist dir passiert?«, fragte er. »Was versuchst du zu vergessen? Oder wen?«

Willa wandte sich ab. »Ich weiß nicht, was du meinst.«

»Irgendwas muss dir passiert sein. Irgendwas Schreckliches. Warum sonst willst du solche Risiken eingehen? Keiner von uns ist so verrückt, aus der Deckung zu kommen, bevor die Ladung hochgegangen ist. Keiner außer dir.«

»Er ist ein Krieger, *Sidi*. Er ist mutig«, wandte Auda ein.

Lawrence schüttelte den Kopf. »Nein, Auda. Ein mutiger Mensch spürt die Angst und überwindet sie. Aber Willa Alden spürt keine Angst.«

»Lass es mich machen, Tom«, beharrte Willa eigensinnig.

Lawrence wandte den Blick von ihr ab und überlegte. »Auf drei raus«, sagte er schließlich. »Keine Zehntelsekunde früher.«

Willa nickte. Sie war aufgeregt. Nie hatte sie einen vollständigen Angriff gefilmt. »Wie viel Zeit haben wir noch?«, fragte sie.

»Nach meiner Berechnung noch eine halbe Stunde«, antwortete er. »Wie weit sind die Männer mit der Zündschnur?«

»Fast fertig«, antwortete Auda.

»Gut«, sagte Lawrence. »Wir müssen die Drähte jetzt nur noch mit den Kontakten verbinden. Und warten.«

Willa blickte auf die große Sanddüne. Unterhalb des Gipfels gruben Männer mit den Händen einen flachen Graben, die anderen legten Drähte hinein und tarnten sie mit Sand. Sie hielten sich dicht beieinander bei der Arbeit, damit nicht überall auf der Düne Fußabdrücke zurückblieben.

Lawrence fragte Auda, ob die Männer hinter der Düne, etwa hundert im Ganzen, bereit seien, als er plötzlich abrupt abbrach und die Hand aufs Gleis legte. Er hielt vollkommen still und schien mit seinem ganzen Körper zu lauschen.

Willa blickte den Schienenstrang hinunter, konnte aber nichts entdecken.

»Sie kommen«, sagte Lawrence knapp. »Auda, bring die Männer in Stellung. Willa, verwisch unsere Spuren. Ich kümmere mich um die Drähte. Los!«

Während Lawrence und Auda die Dynamitkisten nahmen und über die Düne eilten, steckte Willa die Kamera, die um ihren Hals hing, in das Gehäuse und nahm den Besen, der auf den Gleisen lag. Schnell kehrte sie Sand über das Loch, das Lawrence für das Dynamit gegraben hatte, dann lief sie die Düne hinauf und beseitigte alle Spuren ihrer Anwesenheit, wobei sie darauf achtete, die dicht unter der Oberfläche verlaufenden Drähte nicht zu berühren. Sie keuchte, als sie damit fertig war. Es fiel ihr schwer, sich mit der Prothese auf dem weichen Sandboden zu bewegen.

Sobald sie hinter der Düne war, warf sie den Besen weg, duckte sich, zog die Kamera heraus und begann zu drehen. Sie machte einen Schwenk über die unterhalb von ihr kauernden Männer mit den Gewehren im Anschlag, dann nahm sie Lawrence aufs Korn, der fieberhaft die Drähte mit dem Zündkasten verband. Sie sah die Anspannung in seinem Gesicht. Jetzt konnten sie den Zug hören. Er fuhr schnell.

Es gab keine Garantie, dass der Anschlag gelingen würde, das wussten sie alle. Vielleicht waren die Drähte schlecht angeschlossen oder die Sprenggelatine oder das Dynamit nicht in Ordnung. Vielleicht waren sie die tödlichen Risiken umsonst eingegangen.

Lawrence war mit dem Anschließen der Drähte fertig. Er hängte sein Gewehr über die Schulter, beugte den Kopf und lauschte. Sie konnten es nicht wagen, über die Düne zu spähen. Die Türken waren wachsam. Sicher hatten sie einen Beobachter und höchstwahrscheinlich einen Scharfschützen postiert. Lawrence würde mit dem Countdown beginnen, wenn er die Lokomotive vorbeifahren hörte. Wenn er bis eins zurückgezählt hätte, befänden sich die mittleren Waggons über der Dynamitladung. Dann würde er den Zünder niederdrücken. Es gäbe eine riesige Explosion. Wagen würden auseinandergerissen und die Trümmer von den Gleisen geschleudert. Dann würden Lawrence, Auda und die Männer mit den Waffen im Anschlag die Düne hinunterstürmen und den Angriff zu Ende bringen.

Jetzt warteten sie, die Nerven bis zum Zerreißen angespannt, während der Zug sich näherte. Lawrence hatte die Hand auf den Zündkasten gelegt.

»Zehn, neun, acht, sieben ...«, begann er.

Die Männer schlossen die Augen, holten tief Luft und beteten.

Willa robbte näher an den Scheitel der Düne und hielt die Kamera bereit. Bitte lass es klappen, sagte sie leise. Bitte. Für Lawrence. Für Arabien. Für diese ganze elende, kriegszerrissene Welt.

»... sechs, fünf, vier, drei ...«

Wie ein Rennpferd aus der Box schoss Willa über den Rand der Düne. Sie kniete nieder, richtete die Kamera auf den Gleisabschnitt mit der Sprengladung und filmte los. Eine Ewigkeit lang schien nichts zu geschehen. Sie sah den Zug ... ängstliche Gesichter an den Fenstern ... einen Mund, der vor Staunen aufging ... einen Gewehrlauf, der sich auf sie richtete ... und dann kam der Knall.

Danach ein blendender Blitz und ein schreckliches Geräusch, als die Explosion zwei Wagen auseinanderriss, drei weitere entgleisen ließ und vom Damm schleuderte. Willa selbst wurde von der Druckwelle in die Düne gedrückt. Nadelscharfer Sand bohrte sich in ihr Gesicht und ihre Hände. Metallteile regneten auf sie herab. Ein Stück verkohltes Holz traf ihren Arm, zerriss ihr Hemd und schürfte die Haut auf. Sie spürte es kaum. Sie war nur erleichtert, dass es die Kamera nicht getroffen hatte.

Dann folgten dicker, schwarzer Rauch und die Schreie der Verletzten. Hinter ihr ertönte ein Kampfruf, eine einzelne Stimme zuerst, dann fielen andere ein, und schließlich stürmten die Männer, aus allen Gewehrläufen feuernd, an ihr vorbei die Düne hinab.

Willa raste mit ihnen hinunter, stolperte auf dem nachgebenden Sand, fiel beinahe hin und richtete sich wieder auf, ohne einen Moment mit dem Drehen aufzuhören.

Sie hörte das Zischen der Kugeln und spürte den Einschlag eines Geschosses nahe an ihrem Fuß. Einem Mann neben ihr wurde der Kopf abgerissen. Blut spritzte auf ihre Wange. Aber sie rannte weiter, schwenkte die Kamera über den Zug, konzentrierte sich auf das Gefecht und hielt den Gesichtsausdruck eines Beduinen fest, der Allah dankte, dass seine Kugel ihr Ziel getroffen hatte.

Der Kampf tobte etwa eine Stunde lang. Dann war es vorbei. Der türkische Kommandant ergab sich. Seine Soldaten wurden gefangen genommen und Waffen erbeutet. Die übrig gebliebenen Waggons wurden in Brand gesetzt. Auda hatte acht Männer verloren. Die Türken weitaus mehr. Willa hatte alles auf Zelluloid und nur einmal innegehalten, als die Schießerei vorbei war, um eine neue Rolle einzulegen.

Lawrence sollte später sagen, dass es ein sehr harter Kampf gewesen sei und die Türken beinahe gewonnen hätten. Sie alle wussten, was das bedeutet hätte. Wenn sie verloren hätten, wären sie jetzt tot. Vielleicht hätte man Lawrence gefangen genommen, aber alle anderen vermutlich erschossen.

Willa war das gleichgültig. Sie hatte keine Angst gehabt, keine Sekunde lang. Sie spürte nur die finstere Entschlossenheit, Lawrence und seine Männer im Kampf zu filmen. Und ein paar Augenblicke lang die wilde Hoffnung, es gäbe keinen Schmerz mehr, keine Trauer, keine Schuld, nur noch Vergessen.

49

Commander Seamus Finnegan stand auf der Brücke seines Zerstörers, der *Hawk*, und sah durch sein Fernglas auf das glitzernde Wasser des südöstlichen Mittelmeers hinaus. Ein besorgter Ausdruck lag auf seinem Gesicht.

Sie befanden sich dort unten. Unter der ruhigen Oberfläche der blauen See glitten deutsche U-Boote dahin wie dunkle, stumme Haie. Er konnte sie spüren und würde sie aufstöbern.

Als er das Fernglas senkte, tauchte Lieutenant David Walker neben ihm auf. »Sie wollen uns rauslocken. Von der Küste weg«, sagte er.

»Das ist mir bewusst, Mr Walker«, antwortete Seamie. »Sonst können sie uns keinen Treffer verpassen. Wir allerdings auch nicht.«

»Unsere Befehle sind absolut klar. Sie lauten, dass wir an den Küste entlangpatrouillieren und nach deutschen Schiffen Ausschau halten sollen.«

»Unser Befehl, Mr Walker, lautet, den Krieg zu gewinnen«, erwiderte Seamie knapp. »Und ich und diese Besatzung, zu der Sie gehören, werden unser Bestes tun, ihn auszuführen. Ist das klar?«

»Absolut, Sir«, antwortete Walker gepresst.

Seamie hob wieder sein Fernglas und beendete das Gespräch. David Walker war ein Feigling, und Seamie konnte Feiglinge nicht ausstehen. Walker war ständig darum bemüht, die Angst um seine persönliche Sicherheit mit übertriebener Befehlstreue zu vertuschen. Während der vergangenen vier Monate hatte Seamie mehrmals versucht, ihn von der *Hawk* abberufen zu lassen, und beschloss jetzt, seine Anstrengungen in dieser Hinsicht zu verdoppeln.

Im Gegensatz zu Walker war Seamie ein hochdekorierter Fregattenkapitän. Er persönlich war für die Versenkung von drei deutschen Kriegsschiffen verantwortlich gewesen und als Mitglied der Besatzung verschiedener Dreadnoughts und Zerstörer für den Untergang weiterer acht. Das war ein eindrucksvoller Rekord, der nicht durch ängstliche Bedenken über die eigene Sicherheit erreicht worden war.

Einen Tag nachdem Großbritannien Deutschland den Krieg erklärt hatte, war er zur Royal Navy gegangen. Wegen seiner umfassenden Kenntnisse der Seefahrt und des Mutes, den er bei zwei Antarktisexpeditionen bewiesen hatte, wurde er gleich bei der Einschreibung zum zweiten Leutnant ernannt. Sein mutiges Verhalten in der mörderischen Schlacht von Gallipoli 1915, als die Alliierten vergeblich versuchten, durch die Dardanellen nach Istanbul vorzustoßen, sicherte ihm den Rang eines ersten Leutnants, und seine Tapferkeit in der Schlacht von Jütland vor der dänischen Küste, als sein Schiff zwei deutsche Zerstörer versenkte, machte ihn zum Commander.

Viele bezeichneten ihn als kühn, andere, wie Walker, nannten ihn tollkühn und verwegen – natürlich nur hinter seinem Rücken. Aber Seamie wusste, dass er nicht verwegen war. Er ging zwar Risiken ein, aber die ließen sich nicht vermeiden im Krieg, und diejenigen, die er einging, waren sorgfältig kalkuliert. Er kannte seine Mannschaft und was sie zu leisten vermochte, und er kannte sein Schiff – jeden Spanten und jede Schraube davon.

Die *Hawk* war kein riesiges Schlachtschiff und damit kein einfaches Ziel für U-Boote. Sie war leichter und schneller als die Dreadnoughts, für Patrouillenfahrten gebaut, um rasch in feindliche Häfen einzudringen, Minenleger zu jagen und U-Boote aufzustöbern. Ihr Bug war speziell verstärkt, um auftauchende Unterseeboote zu rammen. Ihr geringer Tiefgang machte es deren Torpedos schwer, sie zu treffen. Sie war mit Horchgeräten ausgerüstet, um U-Boote aufzuspüren, und mit Wasserbomben, um sie zu zerstören.

Seamie senkte sein Fernglas erneut und dachte nach. Sie befanden sich nur eine halbe Meile vor Haifa, einer Hafenstadt im westlichen Arabien. Sie konnten auf Sicherheit gehen, nördlich oder südlich entlang der Küste fahren und nach verdächtig aussehenden Schiffen Ausschau halten oder aufs offene Wasser hinaussteuern – ein gefährlicheres Unterfangen.

Die Deutschen verfügten über einen effektiven Nachrichtendienst und wussten nur allzu oft über die genaue Position britischer Schiffe im Mittelmeer Bescheid. Ganz so, als würde ein unsichtbarer Schachmeister seine Figuren ständig näher und näher an die *Hawk* und ihre Schwesterschiffe heranschieben. Seamie fragte sich oft, wo dieser Meister saß. In Berlin? In London? In Arabien? Höchstwahrscheinlich jedoch war dieser Mann hier. Ganz sicher sogar. Seamie und die anderen Kapitäne gaben selten Nachrichten über die Position ihrer Schiffe über Funk weiter, aus Angst, sie würden abgefangen werden. Dieser Jemand – oder seine Informanten – musste also in der Nähe sein, um so genau über ihre Bewegungen Bescheid zu wissen. Die Schiffe beobachten. Die Gespräche in den Hafenstädten, den Basars und den Offiziersmessen belauschen.

Dank ihres eigenen effektiven Geheimdienstes wussten auch Seamie und die Fregattenkapitäne der Alliierten oft, wo sich die Schiffe der Deutschen befanden, allerdings nicht deren U-Boote. Sie waren wesentlich schwieriger aufzuspüren – selbst wenn es gelang, deutsche Nachrichten abzuhören.

Seamie wusste genau, was es bedeutete, von einem U-Boot aufgespürt zu werden. Er hatte gesehen, welche Verheerung ein Torpedo anrichten konnte. Er hatte die Explosionen und Brände mitbekommen, die Schreie der sterbenden Männer gehört und geholfen, die zerfetzten und verkohlten Leichen zu bergen. Er und mit ihm die ganze Welt hatten vom Untergang der *Lusitania* gelesen, vom Tod der fast zwölfhundert zivilen Passagiere – eine so schändliche Tat, dass deshalb die Vereinigten Staaten, die ihre Söhne eigentlich nicht auf fremden Schlachtfeldern opfern wollten, in den Krieg eingetreten waren.

Aber er erlaubte sich nicht, über solche Konsequenzen nachzudenken. Er dachte nicht daran, dass er oder seine Männer sterben konnten. Er dachte nicht an die Frauen und Kinder, die seine Mannschaft in England zurückgelassen hatte. Er dachte nicht an sein eigenes Kind James, den kleinen Jungen, den er so liebte, oder an seine Frau Jennie, die er nicht liebte. Er dachte auch nicht an Willa, die Frau, der seine innigsten Gefühle galten. Er dachte nur an die Notwendigkeit, feindliche Matrosen ins Verderben zu schicken, bevor dieses Schicksal ihn und seine eigene Mannschaft traf.

»Mr Ellis«, sagte er jetzt zu seinem Steuermann, »Kurs 300.«

»Aye, aye, Sir«, antwortete Ellis.

»Offenes Wasser, Sir?«, fragte Walker.

»Ja, Mr Walker. Offenes Wasser.«

»Aber, Sir, der Bericht des Geheimdienstes hat besagt …«

Seamie wusste, welchen Bericht Walker meinte. Der englische Geheimdienst hatte Informationen erhalten, Deutschland habe die Anzahl der U-Boote im Mittelmeer erhöht, um die Schiffe der Alliierten zu vernichten und damit den Zugriff Großbritanniens auf die wichtigen Festungen von Port Said, Kairo, Jaffa und Haifa zu erschweren.

»Berichte sind nur Berichte«, erwiderte er. »Vielleicht wurden sie gestreut, um uns nahe an der Küste zu halten. Möglicherweise sind sie vollkommen falsch.«

»Sie könnten aber auch absolut richtig sein«, widersprach Walker.

Seamie schenkte dem Mann einen eisigen, vernichtenden Blick. »Kalte Füße, Mr Walker? Vielleicht sollten wir hierbleiben und Ihnen ein Paar warme Socken stricken, um sie zu wärmen.«

Walker wurde rot. »Nein, Sir. Natürlich nicht. Ich …«

Aber Seamie hatte sich bereits abgewandt.

»Volle Kraft voraus«, befahl er.

50

Fiona, in ein elegantes, cremefarbenes Seidenkostüm gekleidet, stand in einem reich geschmückten Raum des Buckingham-Palastes und hielt den Atem an, als Großbritanniens Souverän, König Georg V., seine Schreibfeder zückte.

Ein paar Sekunden lang überkam sie ein schwindelerregendes Gefühl, ob dies alles real war. Ein paar Sekunden lang konnte sie einfach nicht glauben, dass all dies tatsächlich passierte, dass sie mit Joe und Katie, dem Premierminister, Millicent Fawcett, Sylvia Pankhurst und anderen Führerinnen der Frauenrechtsbewegung hier stand und zusah, wie der König seine Zustimmung zum People Act von 1918, zum Vierten Reformgesetz, gab.

Joe, der neben ihr im Rollstuhl saß, nahm ihre Hand. Katie auf ihrer anderen Seite fragte flüsternd: »Alles in Ordnung, Mum?«

Sie nickte mit Tränen in den Augen. Sie hatte dafür gekämpft, sogar im Holloway-Gefängnis gesessen deswegen, und jetzt stand sie hier und sah zu, wie der König ein Gesetz unterzeichnete, das einem großen Teil der britischen Frauen das Wahlrecht gewährte.

Den Text des Gesetzes hatte sie viele Male gelesen und konnte ihn praktisch auswendig. Er verfügte, dass Frauen über dreißig, verheiratet oder unverheiratet, die bestimmten Besitzanforderungen genügten, an Parlamentswahlen teilnehmen durften. Ein weiteres Gesetz verfügte, dass Frauen über einundzwanzig sich fürs Parlament wählen lassen konnten.

Fiona wusste, das Gesetz war zustande gekommen, weil Millicent Fawcett und ihre Gruppe – zu der Fiona gehörte – während des ganzen Krieges nicht nachgelassen hatten, von der Regierung das Frauenwahlrecht zu fordern, und andererseits die Pankhursts und ihre Gruppierung ihre gewalttätigen Proteste eingestellt und die Kriegsanstrengungen unterstützt hatten. Gleichzeitig waren die jungen Frauen

Britanniens mit gutem Beispiel vorangegangen und hatten die Stellen der Männer nach deren Einberufung übernommen – vor allem in Munitionsfabriken.

Fiona wusste, dass sich die Frauen Großbritanniens diesen Tag hart erarbeitet hatten, und dennoch konnte sie es kaum begreifen. Es war ein stolzer, ein historischer Tag, und als der König sich über das Dokument beugte, hatte sie das Gefühl, ein Traum sei wahr geworden – dass sie im Alter von siebenundvierzig Jahren endlich das Wahlrecht erhielt und ihre Töchter es ebenfalls erhalten würden. Das Gesetz war noch mangelhaft, das war ihr klar – die Altersbeschränkung der Wahlberechtigten müsste noch geändert werden –, aber es war ein Anfang und ein glorioser Sieg nach dem langen und bitteren Kampf.

Während sie beobachtete, wie der König seine Unterschrift unter das Dokument setzte, rasten tausend Erinnerungen durch ihren Kopf. Einen Moment lang war sie keine Ehefrau und Mutter, keine erfolgreiche Teehändlerin, sondern ein siebzehnjähriges Mädchen, eine arme Teepackerin in Whitechapel, die versuchte, über die Runden zu kommen. Eine junge Frau, die sich nach dem Mord an ihrem Vater und ihrer Mutter auf der Flucht befand und ums Überleben kämpfte.

Sie erinnerte sich an ihre frühen Kämpfe – um sich und Seamie aus London herauszubringen, nach Amerika zu entkommen und dort ein Geschäft aufzubauen. Sie erinnerte sich, wie hart es war, ihren ersten Laden zu eröffnen – ein Geschäft, das sie gemeinsam mit ihrem Onkel Michael, dem Bruder ihres Vaters, betrieb und das ein Erfolg wurde. Sie erinnerte sich, wie sie um die Gesundheit und das Leben ihres ersten Mannes, Nicholas Soames, gekämpft hatte. Und darum, William Burton, den Mörder ihres Vaters, seiner gerechten Strafe zuzuführen.

Sie kämpfte auch um ihr eigenes Leben, nachdem William Burton gedroht hatte, sie zu töten, und diese Drohung in die Tat umzusetzen versuchte. Sie kämpfte um das Leben ihres Bruders Sid, als er fälschlich des Mordes an Gemma Dean, einer Ostlondoner Schauspielerin, angeklagt wurde. Sie kämpfte um Joes Leben, nachdem er beinahe einem Mordanschlag des Verbrechers Frankie Betts zum Opfer gefallen wäre.

Und sie setzte ihren Kampf fort, gemeinsam mit Joe. Sie hatten zwei Hospitäler gegründet – eines in Frankreich und eines in Oxfordshire auf Wickersham Hall, Mauds altem, weitläufigem Gutsbesitz, der jetzt India gehörte –, um dort verwundete britische Soldaten zu behandeln, und sie kämpften ständig um Spenden.

Auch Katie, inzwischen neunzehn, kämpfte. Sie studierte am Magdalen College Geschichte, wollte im kommenden Frühjahr ihren Abschluss machen und gleich danach den Elfenbeinturm Oxford gegen die wimmelnden Straßen von Whitechapel eintauschen. Sie plante, eine richtige Redaktion und Druckerei einzurichten für den *Schlachtruf*, die Labour-Zeitung, die sie vor vier Jahren gegründet hatte. Inzwischen hatte sie eine Auflage von zweitausend Exemplaren, die weiter anstieg. Obwohl sie ihr Studium noch nicht abgeschlossen hatte, gaben ihr führende Politiker routinemäßig Interviews, weil sie ihre Politik und Argumente der jungen Leserschaft dieses Blattes nahebringen wollten. Sie war mehrmals bei Wahlrechtsdemonstrationen verhaftet worden, hatte Prügel dafür einstecken müssen, und sogar das Fenster ihres Zimmers im College war von den Handlangern eines Fabrikbesitzers eingeworfen worden, dessen ausbeuterische Praktiken sie angeprangert hatte. Katie ließ sich jedoch nicht einschüchtern und tat diese Schäden als Begleiterscheinungen der Wirren in Politik und Journalismus ab.

Und dann gab es noch Charlie, Fionas ältesten Sohn. Er kämpfte inzwischen jeden Tag seines Lebens – an den Fronten in Frankreich. Vor zwei Jahren, im Alter von fünfzehn, hatte er sich zu den Waffen gemeldet. Seinen Eltern hatte er vorgetäuscht, mit ein paar Freunden auf einen Campingausflug zu fahren, sich aber stattdessen bei einem Rekrutierungsbüro gemeldet. Er hatte gelogen, was sein Alter betraf, war der Armee beigetreten und drei Tage später an die Somme geschickt worden. Fiona und Joe fanden dies durch eine Postkarte heraus, die er aus Dover geschickt hatte. Aber da war es schon zu spät. Er war bereits fort. Fiona wollte, dass er gefunden und zurückgebracht wurde, aber Joe meinte, das sei sinnlos. Selbst wenn man ihn fände und zurückbrächte, würde er bei der nächsten Gelegenheit wieder entwischen. Sie machte sich jetzt unablässig Sorgen um ihn und erschrak bei jedem unerwarteten Klopfen an der Tür, bei jedem Telegramm und jedem offiziell wirkenden Umschlag, der mit der Post eintraf.

Dreieinhalb Jahre waren nun vergangen seit jenem August 1914. Die fröhlich ausgelassene Stimmung, mit der die Kriegserklärung begrüßt wurde, schlug schnell ins Gegenteil um, als die ersten Nachrichten von schweren Kämpfen in Belgien und der tapferen Niederlage des Landes kamen. Diejenigen, die behauptet hatten, es gäbe ein paar kurze Entscheidungsschlachten, und danach würden die Deutschen geschlagen nach Hause humpeln, hatten sich schwer getäuscht. Die Deutschen waren durch Belgien nach Frankreich vorgestoßen, und das damit verbundene Gemetzel war unaussprechlich. Millionen, Soldaten und Zivilisten gleichermaßen, wurden getötet. Menschen, Städte, ganze Länder wurden ausgelöscht. Jeden Tag hoffte Fiona, es würde zu Ende gehen und ein entscheidender Sieg das Schicksal zugunsten der Alliierten wenden. Aber die Tage vergingen, ohne dass eine solche Nachricht eintraf.

Manchmal kam es ihr vor, als fände das Kämpfen nie ein Ende. Sie und Joe hatten es so weit gebracht im Leben und immer versucht, auch anderen Gutes zu tun – durch ihr karitatives Engagement, durch die Schulen im East End, die sie beide finanzierten, durch ihren Einsatz fürs Frauenstimmrecht. Und heute, einen kurzen, glänzenden Moment lang, schien es, als hätte sie endlich einen Kampf gewonnen – gemeinsam mit ihren Mitstreiterinnen. Dieses eine Mal hatten sie gewonnen. Die Gewissheit des Sieges im Heimatland gab ihr die Hoffnung, er könne auch im Ausland errungen werden. Amerika war inzwischen in den Krieg eingetreten. Mit seinen Soldaten, seinem Geld und seiner Macht aufseiten der Alliierten würde der Krieg bald zu Ende gehen. Das musste er. Bevor keine Männer mehr übrig waren, um ihn zu führen.

Der König hatte unterschrieben und hob die Feder. Es gab Applaus – höflichen Beifall von einigen, etwas heftigeren von anderen wie Fiona –, dann wurden Fotos gemacht und Tee, Gebäck und Champagner gereicht.

Joe wurde von einem anderen Parlamentarier in ein Gespräch verwickelt. Katie eilte los, um Lloyd George, den neuen Premierminister, um eine Stellungnahme zu bitten. Millicent und Sylvia gaben Interviews, und Fiona, von ihren Gefühlen überwältigt, zog sich kurz in eine Ecke zurück, um sich zu sammeln.

Sie nahm ihr Taschentuch heraus, tupfte die Augen ab und schnäuzte sich diskret, dann ging sie zu einem Fenster und starrte in den Februartag hinaus, bis sie glaubte, wieder Konversation machen zu können, ohne in Tränen auszubrechen. Gerade als sie sich umdrehen und sich der Gesellschaft des Königs wieder zuwenden wollte, spürte sie einen Arm um ihre Schulter. Es war Katie.

»Mum, alles in Ordnung mit dir?«, fragte sie.

»Ja, meine Süße.«

»Warum bist du dann nicht bei den anderen? Du solltest mit dem König und Mr Lloyd George anstoßen, statt schmollend in der Ecke zu stehen.«

Fiona lächelte. »Du hast vollkommen recht. Das werde ich. Ich hab mich bloß ein bisschen müde gefühlt, das ist alles. Wie es einem eben geht am Ende einer großen Sache.«

Katie hielt Fiona an beiden Schultern fest und sagte sichtlich erregt: »Aber Mum, das ist doch kein Ende. Ganz und gar nicht.«

»Nein?«, fragte Fiona und sah in das strahlende, hübsche Gesicht ihrer Tochter.

»Nein. Ich habe mich entschieden, für die Labour-Partei zu kandidieren. Ich kann's gar nicht erwarten, bis ich dreißig bin und in meiner eigenen Regierung sitze. Mr Lloyd George hat vielleicht deshalb das Wahlalter so hoch angesetzt, weil er uns Frauen im Moment nicht zu viel Einfluss in der Regierung geben will. Aber für Abgeordnete hat er es niedriger angesetzt. Ich kann zwar noch elf Jahre lang nicht wählen, aber ich kann kandidieren, sobald ich einundzwanzig bin – also schon in zwei Jahren. Und das werde ich auch. Sobald ich mit der

Universität fertig bin, beginne ich mit der Planung meiner Kampagne.«

»Ach, Katie«, sagte Fiona mit feuchten Augen. »Das ist eine ganz wundervolle Neuigkeit. Ich bin so aufgeregt. Und so stolz.«

»Danke, Mum. Das habe ich gehofft. Oh, schau! Der König spricht gerade mit niemandem. Ich bin gleich wieder zurück.«

»Der König? Katie, du wirst doch nicht ...« Aber es war schon zu spät. Katie ging zum Monarchen hinüber.

Fiona spürte, wie jemand ihre Hand drückte. Es war Joe. »Sieht aus, als wollte sie den alten König George in ein Gespräch verwickeln«, sagte er.

»Du denkst doch nicht, dass sie ihm die neueste Ausgabe des *Schlachtrufs* andreht?«, fragte Fiona. »Da sind Artikel von Ben Tillet, Ellen Rosen, Annie Besant und Millicent Fawcett drin. Von jedem Londoner Hitzkopf. Der kriegt einen Herzanfall.«

»Sie verhilft ihm bereits zu einem«, antwortete Joe, »und daran ist nicht ihre Zeitung schuld.«

Fiona lachte. Der König sah Katie an und winkte sie zu sich. Natürlich reagierte er so, dachte Fiona. Katie hatte diese Wirkung auf Männer. Mit ihrem schwarzen Haar, den blauen Augen und der schlanken Figur war sie eine Schönheit.

»Dann hast du gehört, was sie vorhat?«, fragte Joe.

»Ja, das habe ich. Du hast nicht zufällig etwas damit zu tun?«, fragte Fiona.

Joe schüttelte den Kopf. »Katie fällt ihre eigenen Entscheidungen. Sie hat ihren eigenen Kopf, wie du weißt.«

»Ja, das weiß ich.«

Joe lächelte verschmitzt. »Ich gebe allerdings zu, es freut mich, dass sie ins Familiengeschäft einsteigen will.«

»Politik ist das Familiengeschäft?«, fragte Fiona verwundert.

»Früher waren es Karren und Docks. Wer hätte das gedacht, Joe? Als wir noch Kinder waren, meine ich. Wer hätte sich das träumen lassen?«

Katie knickste vor dem König, dann richtete sie sich auf, straffte die Schultern und begann zu reden. Joe und Fiona konnten nicht hören, was sie sagte, sahen aber, wie der König nickte und sich lauschend zu ihr beugte.

»Armer Kerl«, sagte Joe. »Er hat keine Ahnung, worauf er sich eingelassen hat.«

Fiona schüttelte den Kopf. »Weißt du, vorhin dachte ich noch, es sei zu Ende. Ich dachte, der Kampf – zumindest einer – sei ausgestanden. Ich dachte …«

Joe wollte gerade antworten, aber seine Worte erstarben, als er und Fiona ungläubig zusahen, wie ihre Tochter ein Exemplar des *Schlachtrufs* aus der Tasche zog und es dem König überreichte.

»Ja, Fee? Was wolltest du sagen?«, fragte er, nachdem er die Sprache wiedergefunden hatte.

»Vergiss, was ich sagen wollte«, antwortete Fiona lachend. »Nichts ist vorbei. Nichts ist zu Ende. Mit unserer Katie im Getümmel fängt alles erst an.«

»Joe! Da sind Sie ja!«, rief eine vertraute Stimme. Fiona drehte sich um. David Lloyd George war neben Joe aufgetaucht. »Meine Verehrung, Mrs Bristow. Wie geht es Ihnen heute? Gut, nehme ich an. Ich muss Ihnen beiden sagen, Ihre Tochter ist wirklich ein Teufelsmädchen. Ich hatte gerade eine höchst anregende Unterhaltung mit ihr. Über ihre Zeitung. Sie hat mir ein Exemplar gegeben und mir das Versprechen abgenommen, sie zu abonnieren. Sie ist eine exzellente Verkäuferin und blitzgescheit!«

»Sie kommt ganz nach ihrer Mutter«, erwiderte Joe stolz.

»Außerdem hat sie erklärt, dass sie fürs Parlament kandidieren will, sobald sie einundzwanzig ist«, fuhr Lloyd George fort. Mit einem Lächeln in Joes Richtung fügte er hinzu: »Sie sollten auf Ihren Job aufpassen, alter Junge.«

Joe erwiderte das Lächeln. »Ach, Premierminister, ich finde, Sie sollten lieber auf *Ihren* aufpassen!«

51

»Es heißt, jetzt, nachdem die Yankees mitmachen, ist alles bald vorbei«, sagte Allie Beech.

»Ich hab gehört, das könnte schon dieses Jahr sein«, antwortete Lizzie Caldwell.

»Wäre das nicht herrlich? Wenn alle wieder zu Hause wären?«, fragte Jennie Finnegan.

»Ich erinnere mich, wie mein Ronnie sich eingeschrieben hat. Damals war alles noch ein großer Spaß. Die Jungs zogen los, um den Deutschen ein blaues Auge zu verpassen. In zwei, höchstens drei Monaten wären sie wieder daheim. Alles wäre bloß ein Spaziergang«, erzählte Peg McDonnell.

»Und jetzt haben wir März 1918, und es geht schon seit vier Jahren so«, wandte Nancy Barrett ein.

»Und Millionen Tote. Und genauso viele Schwerverletzte in den Hospitälern«, erwiderte Peg.

»Peg, meine Liebe, reich mir doch bitte mal die Teekanne«, warf Jennie ein, um das Gespräch über Tote und Verletzte zu beenden, bevor es richtig in Fahrt kam.

Sie saßen in der Küche ihres Vaters im Pfarrhaus von St. Nicholas. Nach Seamies Eintritt in die Marine war sie wieder hier eingezogen. Auf Seamies Wunsch. Er wollte nicht, dass sie mit einem Neugeborenen allein in ihrer Wohnung blieb. Seiner Meinung nach wäre es für sie, den Reverend und den kleinen James besser, während dieses langen und entsetzlichen Krieges zusammen zu sein.

Jennie legte das Strickzeug in den Schoß und goss sich eine Tasse Tee ein. Gemeinsam mit einem halben Dutzend Frauen der Gemeinde strickte sie Socken für die britischen Soldaten. Dafür trafen sie sich jeden Mittwochabend um sieben.

Die Strickgruppe war Jennies Idee gewesen. Sie kannte die Frauen in der Gemeinde ihres Vaters und wusste, dass sehr viele von ihnen litten. Sie fühlten sich einsam ohne ihre Männer und hatten Angst, sie nie mehr wiederzusehen. Sie zogen ihre Kinder allein auf, ohne ausreichend Geld und – wegen der U-Boot-Blockade, die keine Versorgungsschiffe nach Großbritannien durchließ – auch ohne genügend Nahrungsmittel. Durch die Lebensmittelrationierung waren alle abgemagert. Jennie sparte sich einen Teil ihrer eigenen Ration vom Mund ab, um für diese Abende eine Kanne Tee und ein paar Plätzchen beisteuern zu können. Doch das tat sie gern, denn das Leben der Frauen – und ihr eigenes – war schwer und unsicher, und es munterte alle auf, einen Abend zusammenzusitzen, zu reden und für die Soldaten an der Front Socken zu stricken, weil es ihnen das Gefühl vermittelte, wenigstens einen kleinen Beitrag zu leisten.

»Gladys, kann ich dir nachschenken?«, fragte Jennie die Frau, die rechts von ihr saß.

»Nein, danke«, antwortete Gladys Bigelow, ohne den Blick von ihrem Strickzeug zu heben.

Jennie stellte die Kanne auf dem Tisch ab und runzelte besorgt die Stirn. Gladys wohnte nicht mehr in der Gemeinde, aber Jennie hatte sie trotzdem eingeladen. Sie machte sich Sorgen um sie. Während die Kriegsjahre sich immer länger hinzogen, war Gladys zu einem Schatten ihrer selbst geworden. Das früher mollige, quirlige Mädchen war jetzt dünn und blass und verhielt sich äußerst reserviert. Jennie hatte sie mehrmals gefragt, was ihr fehle, aber Gladys lächelte immer nur matt und meinte, ihre Arbeit sei anstrengend.

»Sir George erfährt immer als Erster, wenn ein Schiff torpediert wurde und wie viele Männer umkamen«, erklärte sie. »Das geht nicht spurlos an ihm vorbei. An uns allen nicht. Aber ich darf mich nicht beklagen. Viele sind noch viel schlechter dran.«

Jennie hatte ihre Hand genommen und ihr leise zugeflüstert: »Zumindest ist es tröstlich für uns zu wissen, dass wir gemeinsam mit Mr von Brandt unseren Teil dazu beitragen, unschuldigen Menschen das Leben zu retten. Vielleicht tragen wir sogar zum schnelleren Ende dieses schrecklichen Krieges bei.«

Vielleicht hatte sie es sich bloß eingebildet, aber die ohnehin schon blasse Gladys war bei der Nennung von Mr von Brandts Namen noch bleicher geworden.

»Ja, Jennie«, antwortete sie und zog ihre Hand weg. »Das stimmt.«

Jennie hatte Max nie mehr erwähnt, aber weiterhin die Umschläge angenommen, die Gladys ihr nach den Treffen der Frauenrechtlerinnen gab. Genau wie Max von Brandt es vor dreieinhalb Jahren von ihr verlangt hatte.

Erst heute Abend, bevor die Frauen kamen und ihr Vater den kleinen James badete, war sie heimlich in den Keller der Kirche gestiegen und hatte den wöchentlichen Umschlag in den Kopf der zerbrochenen Statue des St. Nicholas gesteckt.

Sie hatte sich oft gefragt, ob der Mann, der ihn abholte, in ihrer Nähe war, wenn sie ihn hineinsteckte. Befand er sich im Tunnel und wartete, bis sie ging? Oder gar im Keller selbst und beobachtete sie? Der Gedanke ließ sie erschauern. Sie erledigte ihre Arbeit immer schnell, trödelte nie und war froh, wenn sie die Stufen wieder hinaufstieg und die Kellertür hinter sich schloss.

Nie hatte sie einen Umschlag geöffnet, kein einziges Mal, obwohl sie versucht gewesen war, es zu tun. Manchmal, während einer langen schlaflosen Nacht, fragte sie sich, ob Max ihr die Wahrheit gesagt, ob er wirklich nur friedenstiftende Absichten hatte. Sie erinnerte sich, wie er damals ihr Cottage in Binsey erwähnte und ihr vor Angst fast das Herz stehen blieb bei seiner hässlichen Drohung. Dann beschloss sie, den nächsten Umschlag zu öffnen, den Gladys ihr gab, um ein für alle Mal die Wahrheit herauszufinden.

Aber mit dem anbrechenden Tag gab sie ihren Entschluss wieder auf und sagte sich, dass sie den Umschlag nicht aufmachen durfte. Max von Brandt hatte ihr das verboten, und vermutlich hatte er seine Gründe dafür. Vielleicht wäre es ein Sicherheitsrisiko. Vielleicht würde der Umschlag nicht angenommen werden, wenn er geöffnet worden war. Vielleicht würde sie das Leben eines unschuldigen Menschen gefährden mit ihrer albernen Neugier.

All das redete sich Jennie ein, denn anzunehmen, dass Max ein anderer war als der, für den er sich ausgab, dass er sie womöglich benutzte, um Deutschland zu helfen und Britannien zu schaden, war für sie undenkbar. Und deshalb weigerte sie sich, das zu glauben. Im Lauf der vergangenen Jahre war sie sehr geschickt darin geworden, über schwierige Dinge nicht weiter nachzudenken.

»Ich hab gehört, dass viele Soldaten Grippe bekommen haben«, sagte Lizzie und lenkte Jennies Gedanken von Max und Gladys ab. »Diese neue ... die Spanische Grippe. Die soll schlimmer sein als alle anderen. Angeblich soll man innerhalb eines Tages daran sterben.«

»Als hätten wir nicht schon genug Sorgen«, seufzte Allie. »Jetzt auch noch das.«

»Allie, wie macht sich Sarah in der Sekretärinnenschule?«, fragte Jennie und versuchte erneut, das Gespräch von beklemmenden Themen abzulenken.

»Ach, sie ist total begeistert!«, antwortete Allie strahlend. »Ihr Lehrer sagt, sie sei die Klassenbeste und dass er sie für die Buchhaltung bei Thompson's empfehlen will, das ist eine Stiefelfabrik in Hackney.«

»Das freut mich aber!«, erwiderte Jennie, denn Sarah war eine ehemalige Schülerin von ihr.

»Sie war schon immer ein schlaues Mädchen, deine Sarah«, sagte Lizzie beifällig.

Während das Gespräch zu anderen Kindern überging, strickte Jennie einen Socken fertig. Sie wollte gerade mit einem neuen anfangen, als sie im Gang Kindergetrappel und ein Stimmchen »Mummy! Mummy!« rufen hörte.

Sie blickte auf und sah einen kleinen blonden Jungen mit haselnussbraunen Augen und rosigen Wangen in die Küche rennen – ihren Sohn James. Ein strahlendes Lächeln ließ ihr Gesicht aufleuchten. Sie spürte, wie ihr das Herz vor Liebe aufging, wie immer bei seinem Anblick.

»Darf ich ein Plätzchen haben, Mummy? Großvater hat gesagt, ich bekomme etwas Milch und Plätzchen, wenn ich artig darum bitte.«

Jennie hatte keine Gelegenheit zu antworten, weil die anderen ihr zuvorkamen.

»Natürlich bekommst du Milch und Plätzchen, mein Schätzchen!«, antwortete Peg.

»Komm her, und setz dich zu deiner Tante Liz, du kleiner Wonneproppen!«, rief Lizzie.

»Wartet, bis ihr an der Reihe seid. Ich darf ihn als Erste haben«, protestierte Nancy.

James ließ es kichernd zu, dass man ihn drückte, küsste, knuddelte und mit Plätzchen vollstopfte. Ihm war spielend gelungen, was Jennie nicht geschafft hatte – die Gedanken der Frauen vom Krieg, ihren abwesenden Männern und ihren Sorgen abzulenken.

»Sieh dir bloß die Farbe seines Haars an. Und diese Augen!«, rief Nancy aus. »Er ist doch das reinste Ebenbild seiner Mutter.«

Jennie zwang sich zu einem Lächeln. »Ja, das ist er«, sagte sie laut und fügte im Stillen hinzu: »Das seiner wirklichen Mutter, Josie Meadows.«

Jeder, der sie und den dreijährigen James ansah, hätte sie für Mutter und Kind gehalten. Beide hatten blondes Haar, braune Augen und eine Porzellanhaut. Doch bei näherem Hinsehen hätte man Unterschiede bemerkt.

Während die Frauen weiterschwatzten und großen Wirbel um ihn machten, musterte Jennie ihren Sohn und erkannte die Form von Josies Augen, die Form ihrer Nase und die Biegung ihres Mundes beim Lächeln. Und plötzlich erinnerte sie sich mit verblüffender Klarheit an den Tag, als der Brief aus Binsey eintraf – der Brief von Josie, in dem sie ihr mitteilte, dass sie das Baby bekommen, dass Dr. Cobb Geburtshilfe geleistet und Jennie Finnegans Name in die Geburtsurkunde eingetragen habe, denn als die hatte Josie sich ausgegeben. Als Dr. Cobb Josie fragte, wer der Vater sei, habe sie lächelnd geantwortet: »Mein Mann natürlich, Seamus Finnegan.«

Jennie, die immer noch eine Schwangerschaft vortäuschte, war noch am gleichen Tag nach Binsey gefahren. Dort hatte sie Josie getroffen und ihren Sohn – James – kennengelernt.

Josie hielt ihn fest und liebkoste ihn, aber sobald sie Jennie sah, legte sie ihr das Baby in den Arm. Dann zog sie ihre Jacke an.

»Du willst doch nicht etwa schon gehen?«, fragte Jennie überrascht. »Ich bin doch gerade erst angekommen. Du musst noch bleiben. Wenigstens noch einen oder zwei Tage. Außerdem hast du gesagt, du fährst mit nach London. Und gibst dich als ein Mädchen aus dem Dorf aus.«

Mit Tränen in den Augen schüttelte Josie den Kopf. »Tut mir leid, Jennie, das kann ich nicht. Es wird jede Sekunde schwerer für mich. Wenn ich nicht gleich gehe, schaffe ich es überhaupt nicht mehr.«

Jennie sah ihrer Freundin in die Augen und begriff, was es sie kostete, das Kind aufzugeben. »Ich kann das nicht«, sagte sie. »Ich kann ihn dir nicht wegnehmen. Er ist dein Baby.«

»Du musst ihn nehmen. Ich kann nicht hierbleiben. Das weißt du«, antwortete Josie. »Billy Madden vergisst und vergibt nicht. Er wird mich halb totprügeln und das Baby ins Waisenhaus stecken – und das auch nur, wenn er gerade gute Laune hat. Es ist das Beste, Jennie. Das Einzige.« Sie knöpfte ihre Jacke zu, setzte ihren Hut auf und nahm ihren Koffer. »Ich schreib dir. Unter falschem Namen. Sobald ich eine Wohnung habe und eingerichtet bin. Schreib mir zurück und sag mir, wie's ihm geht. Und schick ab und zu ein Bild, wenn du kannst.«

»Das werde ich. Er wird geliebt werden, Josie. Geliebt und umsorgt. Immer. Das verspreche ich.«

»Das weiß ich«, erwiderte Jennie. Sie küsste das Baby und Jennie, dann ging sie mit dem Koffer in der Hand hinaus, ohne sich noch einmal umzudrehen.

Jennie verbrachte eine seltsame, beängstigende und wundervolle Woche allein mit ihrem Sohn, dann nahm sie den Zug nach London zurück. Ihrem Vater, ihren Freunden und Seamie erzählte sie, das Baby sei ein bisschen früher gekommen. Man war etwas überrascht, und sie musste sich einigen Tadel anhören, weil sie so kurz vor der Niederkunft aufs Land gefahren war, aber hauptsächlich herrschte große Freude über das neue Leben in ihrer Mitte. Niemand verdächtigte sie, das Kind einer anderen Frau als ihr eigenes auszugeben – warum auch? Nur ihr Vater und Harriet wussten Bescheid über die Verletzungen durch den Unfall. Als gläubiger Mensch jedoch nahm der Reverend James' Geburt als ein weiteres göttliches Wunder hin. Harriet Hatcher, die Wissenschaftlerin, stellte ein größeres Problem dar. Jennie umging es dadurch, indem sie ihr erklärte, sie verbringe so viel Zeit in Binsey und habe deswegen entschieden, die notwendigen Untersuchungen vom dortigen Arzt, Dr. Cobb, vornehmen zu lassen. Harriet verstand dies und bat sie, zu ihr zurückzukommen, wenn das Baby geboren sei. Was Jennie nie tat und nie tun würde.

Die ganze Sache wäre viel schwieriger gewesen, wenn Seamie zu der Zeit in London gewesen wäre. Er hätte bemerkt, dass sich ihr Körper während der Schwangerschaft nicht veränderte und sie keine Milch in den Brüsten hatte, und vermutlich hätte er wissen wollen, warum. Allen Frauen in ihrer Umgebung, die fragten, ob sie James stille, erzählte sie, sie hätte zu wenig Milch und habe sich daher entschieden, ihn mit der Flasche aufzuziehen. Seamie hätte vielleicht auch nach Binsey fahren und Dr. Cobb für seinen Beistand danken wollen, aber er war Hunderte von Meilen entfernt auf einem britischen Kriegsschiff gewesen, als James zur Welt kam.

Jennie ließ ein Foto von dem Baby anfertigen und legte es einem Brief an Seamie bei, in dem sie ihm mitteilte, dass er Vater eines kräftigen Sohnes geworden sei. Sie hoffe, es sei ihm recht, wenn sie den Jungen nach ihm, James, genannt habe. Als er fast ein Jahr später Heimaturlaub bekam, hatte er sich sofort in das Kind verliebt, und Jennie musste ihm versprechen, ihm jeden Monat ein Foto von James zu schicken.

Und so hatte Josies verrückter Plan erstaunlicherweise funktioniert. Josie war sicher aus London weggekommen und arbeitete in Paris unter einem Künstlernamen als Tänzerin. Ihr Kind war sicher in Jennies Obhut. Und keiner vermutete etwas Böses.

Jennie hätte glücklich sein sollen. Sie hatte das Kind, das sie sich so verzweifelt gewünscht hatte. James war ihr Stolz und ihre Freude, ihr schöner, goldiger Junge. Und sie liebte ihn abgöttisch. Sie hatte einen stattlichen Ehemann, einen Kriegshelden, und sie wurde von Familie und Freunden geliebt.

Aber sie war nicht glücklich. Sie fühlte sich gequält und elend, denn ihr Glück war auf Lügen aufgebaut. Sie hatte Seamie angelogen, was ihre Fähigkeit anging, Kinder zu bekommen. Sie hatte ihm nichts von ihrer Fehlgeburt erzählt. Und sie hatte ihn erneut angelogen, indem sie James als ihr gemeinsames Kind ausgab. Und obwohl sie mit diesen Lügen durchgekommen war, wusste sie, dass Gott sie dafür bestrafte, weil Seamie, ihr geliebter Ehemann, sie nicht mehr liebte.

Das hatte er ihr zwar nie gesagt. Und er war gut zu ihr. Sorgte sich um sie. Unterschrieb alle Briefe mit »in Liebe«. Er tat sein Bestes, sie zu lieben, aber es gelang ihm nicht. In seinen Berührungen lag kein Begehren mehr. Wenn er sie ansah, war sein Blick freundlich, aber distanziert. Ihn umgaben eine Traurigkeit und Bedrücktheit, als wäre das Feuer, das einst so lodernd in ihm gebrannt, das ihn auf den Kilimandscharo und zum Südpol getrieben, das ihn kühn und wagemutig gemacht und seinen Forscherdrang beflügelt hatte, für immer erloschen.

Sie hatte den Brief von Willa gefunden, in dem sie ihm Lebewohl sagte. Er steckte zusammengeknüllt in einer seiner Jackentaschen. Und einen anderen, den er nach ihrer Abreise an sie angefangen hatte und der, in kleine Fetzen gerissen, im Papierkorb seines Arbeitszimmers lag. Darin sagte er ihr, dass sie recht getan habe zu gehen, dass sie stärker gewesen sei als er. Dass er die Untreue gegenüber seiner Frau bereue und den Rest seines Lebens ein guter Ehemann und Vater sein wolle. Aber dass sie, Willa, egal, was passieren, egal, wie viele Jahre vergehen und er sie vielleicht niemals mehr wiedersehen sollte, auf immer und ewig lieben würde. Sie sei sein Herz und seine Seele.

Jennie hatte geweint, als sie diese Worte las. Wegen ihrer beider Leid. Zu wissen, dass er bereute, was er getan hatte, dass er versuchen wollte, ein guter Ehemann zu sein, sogar auf Kosten seines eigenen Glücks, machte es nicht besser. Im Gegenteil, es machte alles nur noch trauriger und bitterer. Willa Alden – nicht sie, Jennie – war Seamie Finnegans Herz und Seele, und Willa hatte ihn verlassen. Und ihr Verlust, zum zweiten Mal in seinem Leben, ließ ihn am Boden zerstört zurück. Gab ihm das Gefühl größter Einsamkeit. Er war nur mehr eine leere Hülle.

»Komm mit, du kleines Äffchen«, sagte ihr Vater jetzt zu James. »Wir lassen die Damen ihre Arbeit machen. Unsere Jungs können ohne warme Socken nicht marschieren.«

James aß das Plätzchen auf und gab Jennie einen Gutenachtkuss. Sie drückte ihn an sich und sog seinen Duft ein. Er war jetzt alles, was sie noch hatte, das Beste und Schönste in ihrem Leben.

»Aua, Mumm! Du zerdrückst mich ja!«, kreischte er.

Die Frauen lachten. Jennie küsste ihn noch einmal auf die Wange und ließ ihn dann los. Sie sah zu, wie er an der Hand seines Großvaters aus der Küche ging, und ein paar Sekunden lang übermannten sie ihre Gefühle für ihn. Hoffentlich würde er nie herausfinden, was sie getan hatte. Und sie dafür hassen. Allein der Gedanke löste eine tiefe und schreckliche Angst in ihr aus. Sie schloss die Augen und legte die Hand an die Schläfe.

Lizzie bemerkte dies sofort. »Alles in Ordnung, Jennie?«, fragte sie.

Jennie öffnete die Augen wieder, nickte und lächelte. »Mir geht's gut. Ich bin nur ein bisschen müde, das ist alles.«

Peg grinste hinterhältig. »Vielleicht bist du wieder schwanger?«

»Peg McDonnell! Wie kannst du so was Gemeines sagen. Ihr Mann ist doch fort!«, tadelte Lizzie sie.

»Ach, jetzt hab dich nicht so, ja? Ich hab doch bloß gescherzt«, entgegnete Peg.

Jennie lächelte und gab vor, das Gekabbel der Frauen sei wahnsinnig lustig. Doch tief in ihrem Innern wusste sie, dass es keine Rolle spielte, ob Seamie hier war oder nicht, weil sie ohnehin nie ein Kind von ihm bekommen würde. Nie. Selbst wenn er noch mit ihr schlafen wollte, was nicht der Fall war, könnte sie ihm kein Kind schenken.

»Wenigstens schreibt Jennies Mann. Ich hab von meinem Ronnie seit einer Woche nichts mehr gehört«, sagte Peg, und ihre gewöhnlich laute, durchdringende Stimme klang plötzlich ganz leise. Nun, da James fort war, kehrten wieder die angstvollen Gedanken zurück.

Jennie glaubte, Tränen in ihren Augen schimmern zu sehen. Allie musste dies auch bemerkt haben. »Er hat nicht geschrieben«, sagte sie, »weil er dich wegen eines französischen Mädchens verlassen hat. Ihr Name ist Fifi LaBelle.«

Alle Frauen kreischten vor Lachen. Peg wischte sich über die Augen und machte ein finsteres Gesicht. Allie zwinkerte ihr zu und stieß sie mit dem Ellbogen in die Rippen, um ihre trübe Stimmung zu vertreiben. Allie wusste, dass Peg sich keine Sorgen machte, ihr Ronnie hätte sich mit einer Französin eingelassen. Sie machte sich Sorgen, er sei getötet worden.

»Fifi LaBelle hat Titten so groß wie Melonen und Federn im Haar, und sie trägt pinkfarbene Seidenschlüpfer mit Diamanten darauf«, fügte Allie hinzu.

»Ich hab nichts dagegen«, seufzte Peg. »Fifi kommt ihm sicher ganz recht. Der Kerl ist immer scharf. Keine Minute lässt er mich in Ruhe. Ach, ich vermisse ihn so sehr.«

Erneut gab es großes Gelächter, gefolgt von anzüglichen Bemerkungen. Jennie beobachtete und beneidete sie. Französische Mädchen waren nicht ihr Problem. Ihr Ehemann war in keine Französin verliebt. Er liebte ein englisches Mädchen, und zwar für immer.

52

Willa saß, die nackten Füße diskret verhüllt, auf einem weichen Teppich in einem *Bayt char* – einem schwarzen Beduinenzelt, das aus Ziegenhaar gewebt war. Das Zelt war riesig und reich mit edlen Teppichen und Behängen geschmückt – alles Zeichen von Macht und Reichtum seines Besitzers, die Willa jedoch kaum wahrnahm. Ihre Aufmerksamkeit galt allein dem Glas mit Minze gewürztem, süßem Tee in ihrer Hand. Fünf Tage lang war sie mit Lawrence und Auda durch die Wüste geritten und hatte nichts zu sich genommen außer Wasser, Datteln und getrocknetem Ziegenfleisch. Der Tee schmeckte so köstlich und tat ihr so gut, dass sie sich mühsam ermahnen musste, ihn langsam in kleinen Schlucken zu trinken, statt ihn gierig hinunterzustürzen, denn sie wusste genau, dass die Beduinen großen Wert auf gutes Benehmen legten und niemanden bewirteten, den sie für grob und ungehobelt hielten.

Lawrence hatte nach den Beni Sakhr, den Söhnen des Felsens, gesucht, einem Beduinenstamm, und ihrem Anführer Scheik Khalaf al Mor. Früher am Tag hatten sie sein Lager gefunden. Khalaf hatte einen Boten geschickt, um sie nach ihren Absichten zu fragen.

»*Salaam aleikum*«, sagte Lawrence zu dem Mann und verbeugte sich leicht, die Hand aufs Herz gelegt. »Friede sei mit dir.«

»*Wa aleikum salaam*«, antwortete der Mann. »Friede sei auch mit dir.« Dann sagte er ihnen, sein Name sei Fahed.

»Ich bringe Grüße von Faisal ibn Hussein«, fuhr Lawrence auf Arabisch fort. »Ich möchte mit deinem Scheik sprechen. Ihn um Rat und Hilfe in unserem Krieg gegen die Türken bitten. Ich bin Lawrence aus England. Das ist Auda abu Taji, ein Führer der Howeitat. Und das ist Willa Alden, meine Sekretärin.«

Fahed riss die Augen auf. Stirnrunzelnd sah er Willa von oben bis unten an. Willa hatte zwar nie einen Brief für Lawrence getippt, aber in der Kultur der Beduinen, wo Frauen vom öffentlichen Leben ausgeschlossen waren, war dies die akzeptabelste Erklärung für ihre Anwesenheit an seiner Seite und bot vielleicht die Möglichkeit, im Zelt des Scheiks Einlass zu bekommen, statt in die Frauenquartiere verbannt zu werden. Willa scherte sich einen Dreck darum, was der Scheik von ihr dachte. Sie interessierte bloß, Fotos von diesen bemerkenswerten Menschen, ihren Wohnzelten, ihrem Land, ihren Tieren und ihrem Alltag zu machen.

Fahed runzelte noch mehr die Stirn und sagte dann: »Ich werde diese Nachricht dem Scheik überbringen«, ohne weitere Versprechungen abzugeben. Er zeigte ihnen, wo sie ihre Kamele tränken und ausruhen lassen konnten, und ließ ihnen Wasser bringen, dann eilte er zum größten Zelt des Lagers zurück.

Eine halbe Stunde später kam er wieder. »Scheik Khalaf al Mor lässt euch ausrichten, dass er euch heute Abend in seinem Zelt empfängt.«

Lawrence verbeugte sich. »Bitte sag dem Scheik, dass dies eine große Ehre für uns ist.«

Fahed führte daraufhin Lawrence und Auda zu einem Zelt, wo sie sich waschen konnten, Willa zu einem anderen. Frische Kleider wurden angelegt. Es hätte sich nicht gehört, in staubiger Kleidung vor dem Scheik zu erscheinen. Willa war dankbar für das Bad. Es war erst April, aber die Tage waren schon heiß, und sie fühlte sich nach dem langen Ritt durch die Wüste schmutzig und verschwitzt. Während sie auf den Abend und die Einladung des Scheiks warteten, besprachen Lawrence und Auda, wie sie Khalaf al Mor am besten für ihre Sache gewinnen könnten, und Willa machte Fotos von den Frauen und Kindern des Stammes. Die Frauen verhielten sich scheu, aber die Kinder zeigten sich genauso neugierig auf Willa wie umgekehrt. Sie schoben ihre Ärmel hoch, um ihre Haut zu sehen, und zogen ihren Turban ab, um ihr Haar zu berühren. Sie betasteten ihr künstliches Bein und wollten dann sehen, wie es an ihrem Körper befestigt war. Sie nahmen ihr Gesicht zwischen die Hände, damit sie ihre grünen Augen besser betrachten konnten. Während sie sie berührten und inspizierten, lachte Willa und fragte sich, warum diese Wüstenkinder so anders waren als englische Kinder – allerdings, mit ihrem schüchternen Kichern, ihrer Neugier und dem verschmitzten Lächeln waren sie doch gar nicht so verschieden.

Willa fragte sie in ihrer Sprache, ob eines von ihnen von Khalaf al Mor sei. Sie verfielen in Schweigen und sahen sich an. Daraufhin wollte sie wissen, was los sei, ob sie sie beleidigt habe. Ein Junge von etwa zehn Jahren, Ali, erwiderte mit gedämpfter Stimme, die Kinder des Scheiks und ihre Mütter seien alle im Zelt der ersten Frau. Ihr ältestes Kind – der erstgeborene Sohn des Scheiks – sei sehr krank, und man erwarte nicht, dass er durchkomme. Die ganze Familie des Scheiks bete für ihn, flehe Allah an, sein Leben zu verschonen.

Willa war sehr besorgt, als sie dies hörte – um das Kind in erster Linie, aber auch wegen der Pläne von Lawrence. Wie konnte Khalaf al Mor ihnen Aufmerksamkeit schenken, geschweige denn ihnen mit Rat und Tat beistehen, wenn sein Kind im Sterben lag?

Bei Sonnenuntergang holte Fahed sie ab. Willa hatte Lawrence und Auda von der Krankheit des Kindes erzählt, was beide sehr besorgt machte. Dennoch gingen sie zu dritt mit Geschenken los – mit perlenverzierten Revolvern, Dolchen in kunstvoll gearbeiteten Scheiden, Kompassen in Messinggehäusen, wunderschönen Hundehalsbändern und Hauben mit goldenen Glöckchen für Jagdvögel –, denn Khalaf hielt Windhunde und Falken.

Man begrüßte und verbeugte sich, die Geschenke wurden dargeboten und freudig angenommen. Khalaf war einnehmend und charmant und ließ sich nicht anmerken, dass ihn etwas bedrückte, aber Willa erkannte die tiefe Besorgnis in seinen Augen. Sie wusste, dass der Stolz der Beduinen es nicht zuließ, seine persönlichen Nöte mit Fremden zu teilen.

Stattdessen äußerte er auf joviale Weise sein Interesse an Willas Gegenwart. »Ist dein Scheik Lawrence so arm, dass er sich keinen richtigen Sekretär leisten kann?«, fragte er scherzend. »Und sich mit einer Frau zufriedengeben muss?«

»Ah, *Sidi*! Mein Scheik ist sehr schlau, weil er mir nur die Hälfte von dem zahlt, was er einem Mann zahlen müsste, aber dafür die doppelte Leistung bekommt ... und zehnmal so viel Verstand!«, antwortete sie.

Darüber brach Khalaf in schallendes Gelächter aus, vergaß einen Moment lang seine Sorgen und bat Willa, sich neben ihn zu setzen. Lawrence wurde gebeten, zu seiner Rechten Platz zu nehmen, und Auda neben Lawrence. *Day'f Allah,* nannte Khalaf sie, »Gäste Gottes«. Fingerschalen wurden gebracht, dann ein köstlicher, mit Minze gewürzter Tee, den Willa gerade trank. Sie wusste, dass ein üppiges Mahl folgen würde. Das verlangte das Gesetz der Gastfreundschaft der Beduinen.

Anfänglich wurde über Alltägliches gesprochen – übers Wetter und Kamele hauptsächlich –, denn gleich den Zweck ihres Besuchs anzusprechen wäre unhöflich gewesen. Nach etwa einer Stunde wurde das Essen serviert.

Es gab Mansaf, ein Beduinengericht aus gekochtem Lamm in Joghurtsoße mit Baharat gewürzt – einer Mischung aus schwarzem Pfeffer, Piment, Zimt und Muskat –, das über offenem Feuer zubereitet, mit Pinienkernen und Mandeln bestreut und mit Reis auf einer großen gemeinschaftlichen Platte serviert wurde. Es war eines von Willas Lieblingsgerichten.

Da sie mit der Etikette der Beduinen vertraut war, wusch sie die Hände in einer Fingerschale und rollte ihren rechten Ärmel hoch. Nur die rechte Hand durfte zum Essen benutzt werden, niemals die linke, denn mit der wischte man sich das Hinterteil ab.

Jeder wusste, warum sie hier waren, aber man verhielt sich gemäß des Wüstensprichworts: »Es ist gut, die Wahrheit zu kennen, aber besser, über Palmen zu sprechen.«

»Al-hamdu illah«, sagte Khalaf – »Gott sei gedankt« –, und das Mahl begann. Willa befeuchtete eine Portion Mansaf mit Jamid, der Joghurtsoße, und formte dann alles zu einem kleinen Ball. Als sie diesen in den Mund schob, achtete sie darauf, dabei die Lippen nicht zu berühren oder etwas von dem Reis oder Fleisch fallen zu lassen. Außerdem achtete sie darauf, ihre Füße sorgfältig unter der Kleidung

verborgen zu halten, denn einem Araber die Fußsohlen entgegenzustrecken galt als Gipfel der Unhöflichkeit.

Nach dem Essen wurden Süßigkeiten serviert, und Khalaf ließ seine preisgekrönten Windhunde und seinen Lieblingsfalken hereinbringen, um sie bewundern zu lassen. Auda, ebenfalls ein Beduine, war sehr berührt von der Schönheit des Falken und bezeichnete ihn als ein höchst außergewöhnliches Tier. Lawrence erkundigte sich nach dem Stammbaum der Hunde. Und dann kam man endlich zum Grund ihres Besuchs.

»Faisal ibn Hussein hat uns gebeten, seine ehrerbietigen Grüße auszurichten und dich und deine Männer zu bitten, am Unabhängigkeitskampf Arabiens teilzunehmen«, sagte Lawrence. »Wir haben viertausend Männer, die willens sind, nach Norden zu marschieren und zuerst in Aqaba und dann in Damaskus die Türken anzugreifen. Ich brauche aber mehr. Ich brauche die Männer der Beni Sakhr.«

Khalaf antwortete nicht, sondern sah Auda lange und abschätzend an. »Und meine Howeitat-Brüder?«, fragte er schließlich. »Haben sie sich Faisal angeschlossen?«

»Das haben wir«, erwiderte Auda.

Willa hielt den Atem an, als sie Khalafs Reaktion abwartete. Audas Antwort konnte von Vorteil oder Nachteil sein. Oft herrschte extremes Misstrauen zwischen Beduinen. Allianzen zwischen verschiedenen Stämmen reichten oft Generationen zurück, aber ebenso Rivalitäten und Fehden.

Khalaf wollte gerade etwas erwidern, als ein langer, durchdringender Schrei durch die Zeltwände drang – der Klageruf einer Frau. Alle hörten ihn, aber niemand ging darauf ein, weil Khalaf al Mors steinerne Miene dies verwehrte.

Der Schrei erschütterte Willa im Innersten. Sie war sich sicher, dass er von der Frau des Scheiks stammte, der Mutter des schwer kranken Sohnes. Gerne wäre sie hinausgegangen, um der Frau mit dem sterbenden Kind beizustehen. Sie hatte westliche Medizin bei sich – Chinin, Akonit und Morphium. Das hatte sie immer bei sich. Wenn die ersten beiden Medikamente nicht geholfen hätten, würde das dritte zumindest die Schmerzen des Kindes lindern. Doch ohne die Erlaubnis des Scheiks durfte sie das Zelt nicht verlassen. Wenn sie ihn darum bitten würde, gewährte er die Bitte vielleicht – oder wäre ernsthaft beleidigt. Weil er ihre Bitte als Unterstellung auffassen könnte, seine eigenen Bemühungen bei der Pflege des Kindes seien nicht ausreichend. Wenn das passierte, wenn sie Khalaf in seinem eigenen Zelt, vor seinen Männern, beleidigte, würde er nie zustimmen, mit Lawrence und Faisal in den Kampf zu ziehen.

»Die Türken sind sehr mächtig«, sagte Khalaf jetzt, immer noch ausweichend. »Faisal mag ein paar Schlachten gewinnen, aber niemals den Krieg.«

»Das ist wahr, *Sidi* ... außer du hilfst uns«, erwiderte Lawrence.

»Warum sollten die Beduinen für Hussein kämpfen? Für die Engländer? Die Beduinen gehören weder zu Hussein noch den Engländern oder Türken. Wir gehören zu niemandem. Wir sind Söhne der Wüste.«

»Dann musst du für die Wüste kämpfen. Und die Türken vertreiben.«

»Was wird Faisal dafür geben?«

»Gold.«

»Und die Engländer?«

»Noch mehr Gold.«

»Warum?«

»Weil wir Interessen in Arabien haben«, erklärte Lawrence. »Wir müssen unsere persischen Ölfelder verteidigen und unseren Zugang nach Indien schützen. Und wir wollen die Kräfte der Türken und Deutschen binden, um sie an der Westfront zu schwächen.«

»Welche Garantien habe ich, dass unsere türkischen Herren verjagt werden und die Engländer nicht an ihre Stelle treten?«

»Du hast meine Garantie. Und die von Mr Lloyd George, Englands großem Scheik. England möchte nur Einfluss haben in der Region, nicht die Kontrolle.«

Khalaf nickte. »Und was ist mit ...«, begann er, wurde aber von einem weiteren Schrei unterbrochen. Er stand schnell auf, durchquerte das Zelt und heuchelte Interesse an seinem Falken im Käfig, um sein verzweifeltes Gesicht zu verbergen.

Zum Teufel mit diesen Männern und ihren Kriegen, dachte Willa ärgerlich. Sie konnte nicht mehr still sitzen. Also erhob sie sich und trat zu Khalaf.

»*Sidi*«, begann sie. »Ich habe Medizin bei mir – starke, gute Medizin. Erlaube mir bitte, zu deinem Sohn zu gehen.«

Khalaf sah sie an. Brennender Schmerz stand in seinen Augen. Er schüttelte den Kopf. »Es ist Allahs Wille«, sagte er leise.

Willa hatte diese Antwort erwartet. Es war die einzige, die er geben konnte. Sie verstand die Härte seines Lebens und das aller Beduinen. Der Tod war ihnen ein ständiger Begleiter. Sie starben an Krankheiten, an Kampfwunden oder im Kindbett. Wie oft hatte sie einen Beduinen gesehen, der einen in ein Leichentuch gewickelten Toten in die Wüste trug. Sie hatte diese Antwort erwartet, konnte sie aber trotzdem nicht akzeptieren.

»Großer Scheik«, sie verneigte untertänig den Kopf vor ihm, »ist es nicht auch Allahs Wille, dass ich heute Nacht hier bin? Er, der mit unendlicher Sorgfalt jede Feder dieses herrlichen Falken gezeichnet hat? Er, der den Spatzen fallen sieht. Weiß er nicht auch, dass ich hier bei dir bin? Hat er nicht auch das gewollt?«

Es war totenstill im Zelt. Langsam hob sie den Kopf und blickte Khalaf an. In dem Moment sah sie nicht den großen Scheik vor sich, sondern einen verzweifelten Vater.

Er nickte. »*Inshallah*«, flüsterte er. »Wenn Allah es will.«

Sie eilte zu Fahed. »Bitte«, sagte sie, »bring mich zu dem Kind.«

Willa verschlug es den Atem, als sie den Jungen sah. Er war so dehydriert, dass er wie ein alter Mann wirkte. Er glühte vor Fieber, war nicht bei Sinnen und litt unter großen Schmerzen wegen der heftigen Krämpfe, die seinen Körper schüttelten. Sie legte sanft die Hand auf seine Brust. Sein kleines Herz raste. Es war die Cholera. Dessen war sie sich sicher. Sie hatte genügend Fälle in Indien und Tibet gesehen, um die Symptome zu erkennen.

»Hilf ihm, bitte. Bitte. Allah in seiner Güte hat dich geschickt, um ihm zu helfen, das weiß ich. Bitte, hilf meinem Kind«, flehte die Mutter des Kindes. Ihr Name war Fatima. Sie schluchzte inzwischen so heftig, dass Willa sie kaum verstand.

»Ich versuche mein Bestes«, antwortete Willa. »Ich brauche Tee. Minztee. Gekühlt. Kannst du mir den bringen?«

Sie wusste, dass das Kind sofort Flüssigkeit brauchte. Seine Mutter hatte ihm Wasser gegeben, was Willa nicht gut fand. Schließlich wurde so die Cholera übertragen. Wahrscheinlich hatte er sich durch einen verseuchten Brunnen in der Gegend angesteckt. Oder im letzten Lager. Das ließ sich nicht sagen. Beduinen waren immer unterwegs und blieben nie länger als vierzehn Tage an einem Ort. Der Tee jedoch wäre sicher, weil er gekocht worden war. Außerdem würde sie ihm ein paar Tropfen Akonit-Tinktur einflößen. Von Akonit hatte sie im Osten erfahren. Dort wurde es gegen die Cholera eingesetzt. Es half, das Fieber zu senken und den rasenden Herzschlag zu verlangsamen.

Der Tee wurde gebracht, mit dem Medikament versetzt und verabreicht. Der Junge wehrte sich, aber Willa schaffte es, ihm trotzdem etwas einzuflößen. Ein paar Minuten später jedoch erbrach er alles wieder. Willa bat um mehr Tee und flößte ihm erneut eine kleine Menge ein. Wieder schüttelten Krämpfe den kleinen Körper, und wieder behielt er die Leben spendende Flüssigkeit nicht bei sich.

Willa veränderte ihre Taktik. Sie benutzte den Rest des Tees, um ihn zu waschen. Die Flüssigkeit, die auf seinem Körper verdunstete, und die kühlende Wirkung der Minze halfen, seine Temperatur zu senken, aber er war noch immer nicht bei Bewusstsein und stöhnte vor Schmerz. Nachdem sie ihn abgewaschen hatte, bat sie abermals um mehr Tee und flößte ihm erneut davon ein. Und wartete. Zwei Minuten. Vier. Zehn. Es folgten keine Krämpfe mehr. Kein Erbrechen. Hatte sein Körper beim ersten Einflößen doch etwas von dem Akonit aufgenommen? Willa hoffte es. Seinen Körper davon abzuhalten, jeden Tropfen Flüssigkeit, den sie ihm einflößte, wieder von sich zu geben, war ihre einzige Möglichkeit. Er war nur noch Haut und Knochen. Und atmete schwer. Sie legte den Finger unterhalb des

Ohrs an seinen Hals. Sein Puls flatterte. Er stand tatsächlich auf der Schwelle zum Tod. Sie würde hart kämpfen müssen, um ihn zurückzuholen.

»Könnte ich eine Kanne Kaffee haben?«, fragte sie Fatima.

Fatima sah sie mit aufgerissenen Augen an. »Kaffee? Ist der nicht zu stark? Hilft ihm der?«

»Nein, aber mir«, antwortete sie. »Es wird eine lange Nacht werden.«

Stunden vergingen, dann die Nacht und der folgende Tag. Willa weigerte sich zu schlafen. Immer und immer wieder hob sie den Kopf des Jungen, hielt das Glas mit dem Tee an seine Lippen und redete ihm gut zu. Immer wieder wusch sie seinen mageren Körper. Und irgendwie hielt das Kind, Daoud war sein Name, durch. Er machte die Augen nicht auf, sein Fieber sank nicht, aber der Durchfall ließ nach, und er hielt durch. Willa gab ihm eine weitere Dosis Akonit. Dann Chinin. Sie trank Kaffee, aß Fladenbrot und gebratene Ziege und wartete.

Während sie Wache hielten, unterhielt sie sich mit Fatima. Über den Scheik. Über die Wüste. Über Kamele und Ziegen. Über Lawrence. Über Willas Unfall. Über Fatimas Hochzeit. Über ihr Leben.

»Es ist Trauer in dir«, sagte Fatima, als es Morgen wurde nach der ersten Nacht. »Das sehe ich in deinen Augen.«

»Ich bin nicht traurig, nur müde«, erwiderte Willa.

»Warum hast du keinen Mann? Kein eigenes Kind?«

Als Willa nicht antwortete, hakte Fatima nach.

»Es gab einmal einen Mann. Ich liebte ihn sehr. Das tue ich immer noch. Aber er ist mit einer anderen zusammen«, antwortete sie schließlich.

Fatima schüttelte den Kopf. »Aber warum kann er nicht euch beide heiraten? Seiner ersten Frau müsste er natürlich mehr Schmuck geben. Und ein besseres Zelt. Das steht ihr zu. Aber du wärst seine zweite Frau, und das ist nicht so schlecht.«

Willa lächelte gequält. »Wo ich herkomme, geht das nicht«, erklärte sie. »In London dürfen Männer nur eine Frau haben, und es gibt keinen Platz, um ein Zelt aufzuschlagen.«

»Ich verstehe diese Engländer nicht.«

»Ich auch nicht«, sagte Willa.

Später, als es wieder Nacht wurde und Daoud noch immer die Augen geschlossen hielt, wandte sie sich erneut an Fatima. »Bist du oder die anderen Frauen der Beni Sakhr je unzufrieden mit eurem Schicksal? Sehnt ihr euch je nach etwas anderem?«

»Nein«, antwortete Fatima langsam, als hätte sie sich diese Frage zum ersten Mal überlegt. »Warum sollte ich? Das ist das Leben, das Allah für mich bestimmt hat. Das ist mein Schicksal. Bist du mit deinem Leben unzufrieden?«

»Nein, aber das ist doch der Kern der Sache, oder? Es gibt nichts, worüber ich unzufrieden sein könnte. Ich habe meine Freiheit.«

Fatima lachte schallend auf. »Glaubst du das?«

»Ja, das glaube ich. Was um alles in der Welt ist so komisch daran?«, fragte Willa.

»Du bist komisch. Du magst deine Freiheit haben, Willa Alden, aber du bist nicht frei«, erwiderte Fatima. »Du bist eine getriebene Kreatur. Von irgendetwas besessen. Wovon, weiß ich nicht. Aber was es auch ist, es verfolgt dich. Es treibt dich von zu Hause fort, lässt dich in der Wüste mit Verrückten wie Auda abu Taji und Scheik Lawrence Hirngespinsten nachjagen.«

»Man nennt es Krieg, Fatima. Ich kämpfe für mein Land. Es wird anders sein, wenn er vorbei ist. Dann gehe ich heim. Dann kaufe ich mir ein hübsches Haus auf dem Land, bin friedfertig und froh und nähe am Feuer.«

»Nein, das glaube ich nicht«, sagte Fatima.

»Aber ich dachte, das wolltest du!«, antwortete Willa tadelnd. »Ich dachte, ich sollte einen Mann finden und Kinder kriegen. Hast du mir das nicht letzte Nacht gesagt? Soll ich das nicht tun?«

»Doch, aber was ich will, hat keine Bedeutung. Es ist Allahs Wille, der zählt, und der hat noch viel Arbeit für dich, und Nähen gehört nicht dazu.«

Gerade als Willa erwidern wollte, was für eine unmögliche Frau Fatima sei, hörten sie ein schwaches, heiseres Stimmchen. »Mama?«

Es war Daoud. Er hatte die Augen geöffnet, sein Blick war klar. Er sah seine Mutter an, die gerade Tee einschenkte und das Glas und die Kanne fallen ließ. Sie eilte zu ihm und umarmte ihn.

»Ich bin durstig, Mama«, sagte er immer noch schwach und verwirrt.

Willa gab dem Kind wieder Tee, dann lief sie los, um seinen Vater zu suchen. Beide rannten in Fatimas Zelt zurück, und dann überließ Willa die Familie sich selbst. Aus irgendeinem Grund brachte sie der Anblick des grimmigen Beduinenscheiks, der am Bett seines Kindes saß und seine kleinen Hände küsste, zum Weinen.

»Er ist übern Berg«, sagte sie zu Lawrence. Dann taumelte sie zum Zelt von Khalafs sechster Frau – wo sie sich bei ihrer Ankunft gewaschen hatte –, sank auf ein paar Kissen und schlief volle fünfzehn Stunden durch.

Als sie aufwachte, saß Fatima lächelnd vor ihr. »Es geht ihm gut«, sagte sie.

Willa erwiderte ihr Lächeln und richtete sich auf. »Ich bin so froh, Fatima!«

»Khalaf wünscht, dich zu sehen, nachdem du gegessen hast. Aber ich wollte dich zuerst sehen«, sagte sie. Dann stand sie auf und kniete sich neben Willa nieder. Sie zog ein Halsband aus den Falten ihres Gewands und legte es ihr um den Hals, bevor Willa protestieren konnte.

»Khalaf hat es mir geschenkt, als Daoud geboren wurde. Ein Geschenk für die Frau, die seinen ersten Sohn geboren hat. Du hast meinem Kind das Leben wiedergeschenkt, Willa Alden. Jetzt bist auch du seine Mutter.«

Sprachlos blickte Willa auf die Kette hinab, die um ihren Hals hing. Sie bestand aus goldenen, mit Türkisen besetzten Medaillons, die von Perlenschnüren aus rotem Bernstein und Achat zusammengehalten wurden. Fatima hob die Kette an und schüttelte sie. Die Medaillons klingelten leise.

»Hörst du das? Das hält böse Geister ab.«

Die Halskette war sehr wertvoll. Willa wollte sie nicht annehmen, weil es ein zu großes Geschenk war. Aber das ging nicht. Ein Geschenk abzulehnen war eine schlimme Beleidigung für einen Beduinen.

Sie umarmte Fatima. »Danke«, sagte sie gerührt. »Ich werde sie immer tragen und an diejenige denken, die sie mir gegeben hat.«

Willa wusch sich, zog frische Kleider an und ging zu Khalaf al Mors Zelt. Der Scheik lächelte ihr entgegen. Sein Lächeln vertiefte sich noch, als er das Geschenk sah, das seine Frau ihr gegeben hatte. Er verbeugte sich vor ihr und dankte ihr für das Leben seines Sohnes.

Zwei Tage später und mit dem Versprechen, mit fünfhundert Mann und zweihundert Kamelen am Marsch auf Damaskus teilzunehmen, verabschiedeten sie sich von Khalaf. Vor ihnen lag ein langer Ritt in ihr Lager zurück.

»Ich wünschte, du könntest bei uns bleiben, Willa Alden«, sagte Khalaf, als er vor seinem Zelt stand und zusah, wie sie ihre Kamele bestiegen. »Ich muss dir sagen, ich habe versucht, dich Lawrence abzukaufen, aber er will sich nicht von dir trennen. Nicht einmal für zwanzigtausend Dinar. Ich kann es ihm nicht verübeln.«

»Zwanzigtausend Dinar?«, rief Auda. »Aber *ich* verüble es ihm. Mit zwanzigtausend Dinar könnten wir uns alle Waffen kaufen, die wir brauchen!« Trotzig reckte er das Kinn in Willas Richtung. »Ich hätte dich für fünf hergegeben«, fügte er hinzu. Dann schlug er mit der Peitsche auf den Rücken seines Kamels und ritt davon.

Lachend wünschten Willa und Lawrence dem Scheik ein letztes Mal Lebewohl und folgten Auda.

»Zwanzigtausend Dinar«, wiederholte Willa, als sie aus dem Lager der Beni Sakhr hinausritten. »Meine Güte, das ist eine Menge Geld. Und du hast es abgelehnt. Ich glaube wirklich, dass du mich magst, Tom. Ehrlich.«

»Nein, ganz und gar nicht«, antwortete Lawrence, und der Schalk blitzte in seinen Augen.

»Nein? Warum hast du mich dann nicht an Khalaf verkauft?«

»Weil ich warte, bis mir dreißigtausend geboten werden.«

53

Ben Cotton, einundzwanzig Jahre alt, aus Leeds und Patient in Wickersham Hall, einem Hospital für Kriegsversehrte, saß mit gefalteten Händen und gesenktem Kopf auf dem Rand seines Betts. Ein künstliches Bein, komplett mit beweglichem Kniegelenk, lag auf dem Boden neben ihm, wo er es kurz zuvor hingeworfen hatte.

Sid Baxter, der in der Tür von Bens Zimmer stand, in der einen Hand seinen Stock, in der anderen einen Stapel Kleider, blickte zuerst auf das künstliche Bein und dann auf Ben. Ein harter Brocken, der Junge, dachte er. Seit seiner Einlieferung hatte er kaum etwas gegessen, kaum gesprochen und sich geweigert, sein neues Bein zu tragen. Dr. Barnes, der Psychiater, hatte aufgegeben. Da er rein gar nichts bei ihm ausrichten konnte, hatte er Sid gebeten, einen Versuch zu machen.

»Ben Cotton?«, fragte Sid.

»Ja«, antwortete Ben, ohne aufzublicken.

»Ich bringe Kleider für dich. Ein Paar Hosen. Hemd und Krawatte. Und einen Pullover«, sagte Sid. Er bekam keine Antwort.

»Ich dachte, du könntest sie brauchen. Da ist ein Mädchen unten im Besuchsraum, das dich sehen möchte. Sie sagt, dass sie den ganzen Weg aus Leeds hergekommen ist. Sie wohnt in einem kleinen Gasthaus im Dorf, kann aber nicht mehr länger bleiben. Weil das ziemlich teuer für sie ist, verstehst du? Seit einer Woche ist sie jeden Tag hergekommen, in der Hoffnung, dich zu sehen. Ich schätze, du bist nicht runtergegangen, weil du außer diesem albernen Nachthemd nichts anzuziehen hast.«

»Ich hab Dr. Barnes gesagt, er soll sie heimschicken«, antwortete Ben.

»Wer ist sie denn?«

»Meine Verlobte.«

»Ziemlich unhöflich von dir, in deinem Zimmer zu bleiben, wenn sie den ganzen weiten Weg hergekommen ist, um dich zu besuchen, findest du nicht auch, Junge? Es ist ein herrlicher Junitag. Die Sonne scheint. Die Vögel singen. Warum gehst du nicht runter und setzt dich in den Garten?«

Ben hob den Kopf und blickte ihn an, und Sid sah den Zorn in seinen Augen.

»Ich soll also auf meinem guten Bein runterhüpfen und Hallo sagen, was? Vielleicht einen netten Spaziergang ums Gelände machen und ein Tässchen Tee trinken?«

Sid zuckte mit den Achseln. »Warum nicht?«

»Warum nicht? *Warum nicht?* Und wie komm ich runter? Wie kann ich mich vor ihr sehen lassen?«, fragte er sarkastisch und deutete auf sein fehlendes Bein. »Ich bin doch kein Mann mehr.«

»Ach nein?«, fragte Sid. »Wie das? Haben dir die Deutschen auch die Eier weggeschossen?«

Ben fiel die Kinnlade herunter.

»Muss wohl so sein. Sonst gibt's keine Erklärung, warum du hier oben jammernd in Selbstmitleid ertrinkst, statt runterzugehen und dieses hübsche Mädchen zu begrüßen.«

Ben zog ein finsteres Gesicht und wollte auf Sid losgehen, brach dann aber in Lachen aus. Das Lachen wurde immer lauter, immer hysterischer, bis es in heftiges Schluchzen überging. Sid hatte das schon öfter erlebt. Die Ärzte hier waren feine, gebildete Leute und redeten nicht so unverblümt mit den Männern, wie Sid es tat. Aber manchmal war Schonungslosigkeit genau das, was die Männer brauchten, um sie aus ihrem Schneckenhaus herauszulocken.

Sid setzte sich aufs Bett, tätschelte Bens Rücken und wartete geduldig, bis der Gefühlsausbruch abklang. »Bist du fertig?«, fragte er, nachdem der Junge sich beruhigt hatte.

Ben nickte und wischte sich mit dem Ärmel die Augen ab.

»Ich kenne deine Geschichte«, fuhr Sid fort. »Ich hab deine Akte gelesen. Du hast dich gleich am ersten Tag gemeldet und für dein Land gekämpft. Du warst drei Jahre an der französischen Front und hast dir eine ganze Reihe Tapferkeitsauszeichnungen verdient, bis dir eine deutsche Bombe das Bein weggerissen hat. Du wärst fast verblutet im Schlamm. Und dann fast an einer Infektion gestorben. Der Feldarzt, der dich wieder zusammengeflickt hat, hält es für ein Wunder, dass du überhaupt noch am Leben bist. ›Einer der zähesten, tapfersten Jungen, den ich je gesehen habe‹, schrieb er. Du bist ein Mann, Ben Cotton. Und selbst mit einem Bein noch mehr als die meisten mit zweien.«

Ben sagte nichts, aber Sid sah, wie sein Kiefer mahlte. Er griff nach unten, hob die Prothese auf und reichte sie Ben, in der Hoffnung, er würde sie nehmen. Das tat er. Und schnallte sie an.

»Ich kann nicht richtig damit gehen. Ich humple damit herum wie ein Tattergreis.«

»Du kannst *noch* nicht richtig damit gehen«, entgegnete Sid. »Das braucht ein bisschen Übung. Lass dir Zeit.«

»Was ist mit Ihrem Bein passiert?« fragte Ben. »Ich hab Sie hier schon gesehen. Sie humpeln. Ist das im Krieg passiert?«

»Nein, das war ein Stier. Und ein schlechter Arzt. Vor Jahren. In Denver, in einem Schlachthaus. Ein Stier ist auf mich losgegangen, und ich bin gestürzt. Der Doktor hat es schlecht gerichtet. Es ist nicht richtig zusammengewachsen. Meistens komme ich aber zurecht. Manchmal, wenn es mir wehtut, brauche ich einen Stock.«

»Sie sind verheiratet, nicht wahr?«, fragte Ben. »Mit der Ärztin?«

Sid hörte die Qual in seiner Stimme. »Das stimmt«, antwortete er. »Sie hat mich gemocht, bevor mein Bein kaputt war. Und hinterher auch.«

Ben nickte.

»Hier, die Kleider«, sagte Sid. »Die Ärzte lassen einen hier ständig in diesen lächerlichen Nachthemden rumrennen, was ich nicht verstehe. Kein Wunder, dass du dir nicht wie ein Mann vorkommst – ohne Hosen.«

Ben dankte ihm, griff nach den Kleidern und zog sie an. Dann stand er auf. Mit ein paar unbeholfenen Schritten ging er zur Tür und drehte sich mit geballten Fäusten um. »Ich hab Angst.«

»Das kann ich dir nicht verdenken, Junge. Frauen machen einem mehr Bammel als das ganze schaurige Kriegsarsenal der Deutschen.«

Ben lächelte tapfer. Dann straffte er die Schultern, drehte sich wieder um und humpelte davon.

Sid wartete ein paar Minuten, dann folgte er ihm nach unten und warf einen schnellen Blick in den Besucherraum. Das Mädchen, Amanda hieß sie, weinte und lachte gleichzeitig, und Sid konnte sehen, dass es Freudentränen waren.

Als Sid sich rasch wieder zurückzog, kam gerade Dr. Barnes in Hut und Mantel und mit der Aktentasche in der Hand vorbei. Auch er warf einen schnellen Blick in den Besucherraum und lächelte.

»Gut gemacht, Mr Baxter! Bravo!«, sagte er leise.

Sid lächelte. »Ich schätze, Ben wird bald ein bisschen mehr essen und reden. Vielleicht sich sogar bemühen, mit seinem neuen Bein zurechtzukommen. Erstaunlich, nicht, wie Frauen uns dazu bringen, uns wieder zusammenzureißen?«

»Erstaunlich ist vor allem der Effekt, den Sie auf die schweren Fälle haben«, antwortete Dr. Barnes lachend.

»Wahrscheinlich braucht es einen, der sich damit auskennt.«

Dr. Barnes erklärte Sid, dass er Dienstschluss habe, und fragte, ob er ebenfalls nach Hause gehe.

»Bald«, erwiderte Sid. »Aber ich dachte, ich sehe zuerst noch mal zu Stephen rein. Wenn Sie nichts dagegen haben.«

»Natürlich nicht. Irgendein Anzeichen von Leben bei ihm?«

»Vielleicht.«

»Wirklich?«, fragte Dr. Barnes interessiert.

»Kein Grund zur Aufregung, mein Freund. Ich sagte, *vielleicht*. Ich weiß es wirklich nicht. Ich dachte, ich hätte gestern was bemerkt, als ich ihn in die Ställe brachte. Ich habe erfahren, dass seine Angehörigen Bauern sind, verstehen Sie.«

»Wie haben Sie das erfahren? Stephen spricht doch nicht.«

»Ich habe seinem Vater geschrieben und ihn gebeten, mir so viel wie möglich von Stephens Leben zu erzählen. Von dem vor dem Krieg, meine ich.«

Dr. Barnes nickte beeindruckt.

»Wie auch immer«, fuhr Sid fort. »Mir kam die Idee, ihn an den Pferden und Kühen vorbeizuführen, und ich dachte – wie gesagt, vielleicht habe ich mir das auch bloß eingebildet –, aber ich fand, das Zittern sei ein bisschen besser geworden, und ich habe gesehen, wie er den Blick auf Hannibal, das große Zugpferd, gerichtet hat. Bloß einen Moment lang. Deshalb wollte ich ihn heute Abend noch einmal hinbringen. Wenn alle Tiere von den Feldern zurück sind und die Kühe gemolken werden.«

»Sie haben sehr unorthodoxe Methoden, aber bitte, um Himmels willen, bleiben Sie dabei. Gute Nacht, Sid.«

»Bis dann, Doc.«

Sid ging durch einen langen Flur zu einer Reihe von Räumen im hinteren Teil des Hospitals, zu Räumen mit gepolsterten Wänden und Matratzen statt Betten, zu Räumen für Männer, die an einer Kriegsneurose litten. Viele von ihnen hatten keine physischen Verletzungen, doch von allen Patienten in Wickersham Hall waren sie am meisten geschädigt und am schwersten zu behandeln.

Er erinnerte sich, dass er und India eigentlich gar keine Vorstellung davon hatten, was eine Kriegsneurose war, als sie das Hospital eröffneten. Sie hatten sich auf Amputierte eingestellt, auf schwere Verbrennungen, selbst auf Hirnverletzungen durch Kugeln oder Schrapnelleinschläge, aber auf die armen Kerle, die entweder zitternd und bebend zu ihnen kamen oder völlig apathisch im Rollstuhl saßen, waren sie nicht vorbereitet gewesen. Manche kamen mit fest zugekniffenen Augen, andere starrten ausdruckslos vor sich hin, manche hatten die Augen weit aufgerissen, als blickten sie noch immer auf das Gemetzel, das sie in den Wahnsinn getrieben hatte.

Dr. Barnes wollte, dass sie über ihre Erlebnisse auf dem Schlachtfeld sprachen und schilderten, was ihnen geschehen war, statt alles in sich hineinzufressen. Manchmal brachte das Sprechen Heilung, manchmal nicht. Sid beobachtete die Methoden des Arztes und war von dessen guten Absichten überzeugt, aber insgeheim fragte er sich, wie es den Männern helfen sollte, noch einmal die Hölle vor sich erstehen zu lassen, die sie durchlitten hatten.

»Wer möchte schon immer und immer wieder davon sprechen?«, fragte er India. »Möchten die Jungs nicht einfach bloß alles vergessen? Einen Baum anschauen oder einen Hund streicheln und nie mehr daran denken, dass sie je in einem Schützengraben lagen? Wenigstens bis sie etwas kräftiger geworden sind und mit den Erinnerungen umgehen können?«

»Hört sich an, als hättest du eine Idee?«

»Vielleicht«, antwortete Sid. »Vielleicht.«

Am nächsten Tag ging er zu Dr. Barnes und fragte, ob er die Männer auf einen Spaziergang um das Gelände mitnehmen dürfe. Die frische Luft könnte ihnen guttun. Dr. Barnes, der durch die Nöte seiner Patienten ohnehin überfordert und für jede Hilfe dankbar war, stimmte schnell zu.

Sid begann mit einem neunzehnjährigen Jungen namens Willie McVeigh, dessen ganze Einheit an der Somme aufgerieben worden war. Willie selbst war in die Seite geschossen worden und hatte zwei Tage neben seinen toten und sterbenden Kameraden auf dem Schlachtfeld gelegen, bevor ein Feldarzt ihn fand. Als er in Wickersham ankam, war sein Körper steif, und seine Augen waren so aufgerissen wie die eines verängstigten Pferdes.

Sid hatte ihn an diesem Aprilmorgen am Arm genommen, und gemeinsam waren sie um das Gelände von Wickersham Hall gewandert, um die ganzen einhundertzwanzig Hektar. Währenddessen deutete Sid auf die hervorsprießenden Narzissen und Tulpen. Er zeigte Willie die frischen Weidenblätter und die aufbrechenden Fliederblüten. Er forderte ihn auf, sich auf den frisch umgegrabenen Boden des Küchengartens zu setzen, und steckte seine verkrampften Hände in die fruchtbare, nasse Erde.

Fünf Wochen lang umrundeten sie so jeden Tag Wickersham, ohne erkennbare Wirkung. Aber Sid gab nicht auf, bis sich Willie nach zwei Monaten plötzlich bückte, eine Erdbeere pflückte, sie aß und fragte, ob er noch eine nehmen dürfe.

Sid gab ihm nicht nur eine, sondern einen ganzen Korb voll. Er hätte den ganzen Garten leer gepflückt, wenn der Junge ihn darum gebeten hätte. Während er zusah, wie Willie die Beeren aß, hätte er vor Freude Luftsprünge machen können.

Am nächsten Tag fragte er Henry, den Gärtner, ob ihm Willie beim Jäten helfen dürfe.

»Was ist, wenn er einen Anfall kriegt? Und meine Pflanzen zerstört?«, fragte Henry skeptisch.

»Das wird er nicht, Henry. Das weiß ich«, antwortete Sid.

Er wusste gar nichts. Tatsächlich erwartete er bis zu einem gewissen Grad, dass Willie auf *ihn* losgehen könnte, was aber nicht geschah. Sid saß auf einem Stuhl am Gartenrand und beobachtete Willie so aufmerksam wie eine junge Mutter, die zusieht, wie ihr Sprössling seine ersten Schritte macht. Und Willie machte seine Sache ganz wunderbar. Er hackte das Unkraut, häufelte sorgfältig die Erde um die Wurzeln der Pflanzen an und half Henry beim Ernten der Beeren.

Als ihm Henry am Ende des Tages sagte, wie gut er gearbeitet habe, erwiderte Willie bloß: »Mein Dad hat einen kleinen Garten gehabt. Da hab ich ihm immer geholfen.« So viel hatte er seit seiner Ankunft noch nicht gesprochen.

Es gab natürlich auch Rückschläge. Bei einem Gewitter verkroch sich Willie unter einer Bank, und Sid musste ihm zwei Stunden lang gut zureden, damit er wieder hervorkam. Die Fehlzündungen eines Motorrads ließen ihn vor Angst schreiend ins Haus rennen, und danach weigerte er sich volle drei Tage, es wieder zu verlassen. Aber inzwischen gab es mehr Fortschritte als Rückschläge. Bei Willie wie bei den anderen. Bei Stanley etwa, der gern Brotteig knetete, wie Sid feststellte, denn die gleichförmige Bewegung beruhigte ihn. Er half jetzt Mrs Culver, der Köchin, beim Backen. Und bei Miles, der ständig auf einem imaginären Klavier spielte, bis Sid ihm ein echtes besorgte, auf dem er jetzt Brahms, Chopin und Schubert für die anderen Patienten vortrug.

Aber nicht bei Stephen. Dem armen, verrückten Stephen, der vor sechs Monaten mit roten Striemen am Hals eingeliefert worden war, weil er versucht hatte, sich zu erhängen.

Stephen stellte Sids größte Herausforderung dar. Tagaus, tagein hatte er mit ihm gearbeitet und alles ausprobiert, was ihm nur eingefallen war. Als rein gar nichts fruchtete, war er auf die Idee gekommen, seinem Vater zu schreiben. Sein Vater hatte geantwortet und ihm vom Leben auf ihrem Bauernhof berichtet, von den Feldern und dem Vieh und von Bella, dem großen Arbeitspferd, einer widerspenstigen Kreatur, die sich nur von Stephen bändigen ließ.

Sofort war ihm Hannibal, der Ackergaul, eingefallen, ein riesiges, eigensinniges Tier, mit dem nur Henry umgehen konnte, und selbst der hatte Schwierigkeiten mit ihm. Sid hatte Henry gebeten, Hannibal am Abend ein wenig länger auf der Weide zu lassen, weil er draußen etwas fügsamer war als im Stall und Sid das Tier in umgänglicher Stimmung brauchte. Er plante, Hannibal mit Karotten an den Zaun zu locken und dann Stephens Hand auf seine Nüstern zu legen.

Als er zu Stephens Zimmer ging, holte er tief Luft, um sich zu beruhigen. Er war aufgeregt, wollte seine Erregung aber nicht auf Stephen oder Hannibal übertragen, um sie nicht zu ängstigen. Er glaubte, sein Plan könnte tatsächlich gelingen und das Tier einen Zugang zu Stephen herstellen. Allerdings konnte Hannibal, der Mistkerl, ihnen einen solchen Tritt versetzen, dass sie beide übers Gatter flogen.

Sid eilte über die Wiese zwischen dem Hospital und dem Haus, in dem er inzwischen wohnte – in Brambles, dem Cottage des Hausmeisters.

Es war dunkel. India würde ihn sicher schelten, weil er – wieder einmal – den Tee versäumt hatte. Er hatte sich nicht verspäten wollen, aber nach dem Durchbruch mit Stephen jedes Zeitgefühl verloren. Er war so aufgeregt und so glücklich, dass er es gar nicht erwarten konnte, India davon zu erzählen. Sie machte sich ebenfalls Sorgen um Stephen, erkundigte sich nach ihm und besuchte ihn fast jeden Tag selbst.

Als er sich dem Cottage näherte, sah er seine Frau durchs Küchenfenster. Sie saß am Tisch und las. Er blieb einen Moment stehen und beobachtete sie. Genau so hatte er einst vor ihrer Wohnung in

Bloomsbury gestanden. Bevor sie seine Frau geworden war, bevor sie ihre Kinder bekamen, bevor er sich hätte träumen lassen, je solches Glück mit ihr zu erleben.

Sie stützte beim Lesen den Kopf auf die eine Hand und blätterte mit der anderen die Seiten ihrer Zeitschrift um – sicher die *Lancet*, eine medizinische Fachzeitschrift. Als er sie kennenlernte, war sie eine frischgebackene Ärztin, eine Frau, die sich hingebungsvoll der Heilung ihrer Patienten widmete, und daran hatte sich nichts geändert. Außer dass sie im Lauf der Jahre noch passionierter geworden war.

Wickersham Hall war ihre Idee gewesen. Als die ersten Verwundeten zurückkehrten, hatte sie freiwillig deren Pflege am Barts Hospital übernommen, aber bald eingesehen, dass ein überfülltes städtisches Krankenhaus den Bedürfnissen von verwundeten Kriegsveteranen nicht gerecht werden konnte. Und ihm einen Brief geschrieben.

Mein lieber Sid,
heute hatte ich eine ganz großartige Idee. Ich möchte Wickersham Hall nicht mehr verkaufen. Ich möchte es in ein Hospital umwandeln – in ein Hospital für Kriegsversehrte. In einen Ort, wo sie beste Pflege bekommen und in Ruhe so lange bleiben können, bis sie wieder ganz hergestellt sind. Das wäre die Chance, einen traurigen, unglücklichen Ort in etwas Nützliches und Hoffnungsvolles zu verwandeln. Ich kann mir keine bessere Form denken, um das Andenken meiner Schwester zu ehren, und in meinem Herzen weiß ich, dass es das ist, was Maud gewollt hätte ...

Das war im Januar 1915. Sie waren seit Monaten getrennt gewesen. Nachdem sie die Nachricht von Mauds Tod erhalten hatte, waren India und die Kinder nach London gefahren, um herauszufinden, warum ihre Schwester sich das Leben genommen hatte, und um ihren Nachlass zu regeln. Maud hatte ihr gesamtes Vermögen India vererbt, und India, die keine Verwendung für Mauds Oxforder Anwesen hatte und sich in Mauds Londoner Haus nicht wohlfühlte, beschloss, beides zu verkaufen. Sie dachte, sie würde zwei, höchstens drei Monate in England bleiben und dann nach Kalifornien zurückkehren.

Aber dann brach der Krieg aus. India war es zwar gelungen, Mauds Londoner Haus zu veräußern, aber für Wickersham Hall einen Käufer zu finden war schwieriger. Die Leute waren ängstlich und verunsichert und zeigten wenig Interesse, große Landgüter zu erwerben.

Aufgrund der Kriegshandlungen und Blockaden waren Schiffsreisen gefährlich geworden. Kurz nachdem Großbritannien Deutschland den Krieg erklärt hatte, telegrafierte Sid an India, unter keinen Umständen mit den Kindern in die Vereinigten Staaten zurückzukehren – nicht bevor der Krieg vorbei sei. Wie alle anderen dachte auch Sid damals, er würde nur ein paar Monate, höchstens ein Jahr dauern, was nicht der Fall war. Die Deutschen hatten Belgien eingenommen, dann Frankreich, und es sah ganz danach aus, als würden Italien und Russland ebenfalls fallen. Einige Monate lang machte es den Eindruck, als könnte den Kaiser überhaupt nichts aufhalten. Sid befürchtete, er könnte auch England einnehmen und seine Frau und seine Kinder wären in London, wo er sie nicht beschützen konnte. Also übergab er die Ranch in die Hände eines zuverlässigen Verwalters und machte sich auf die lange Reise nach Southampton. India sagte er nichts von seinem Kommen, weil sie sich sonst nur Sorgen gemacht hätte. Eines Tages stand er einfach auf Joes und Fionas Türschwelle.

India war wütend auf ihn. »Hast du nicht gehört, dass deutsche U-Boote auch zivile Schiffe angreifen?«, fragte sie ihn aufgebracht, aber dann küsste und umarmte sie ihn und gestand ihm, wie froh sie sei, dass er da war.

Schon vor seiner Ankunft hatte sie Mauds Anwesen in ein Hospital umgewandelt und mit Personal ausgestattet. Sie war ja schon zuvor ziemlich vermögend gewesen, und zudem hatte ihr Maud ein großes Erbe hinterlassen. Auch Joe und Fiona trugen zum Unterhalt des Hospitals bei. Als India vorschlug, aus London fortzugehen, um in dem Hospital zu arbeiten, willigte Sid sofort ein. London war ohnehin kein guter Ort für ihn. Man hatte ihn zwar schon vor Langem von der Anklage freigesprochen, Gemma Dean, eine frühere Freundin, ermordet zu haben, aber das war nicht seine einzige Sorge, denn in der Londoner Unterwelt gab es zweifellos immer noch Leute, die sich an ihn erinnerten – und nicht unbedingt auf die freundlichste Weise. Je eher er die Stadt verließ, desto besser.

Als sie mit dem Zug nach Oxford fuhren, fragte er sich, womit er sich beschäftigen sollte, wenn India den ganzen Tag als Ärztin arbeitete. Bei seiner Ankunft in England hatte er sich überlegt, zur Armee zu gehen, aber dort hätte man ihn vermutlich nicht genommen – mit einem lahmen Bein und den Narben auf seinem Rücken, die ihm als jungem Mann im Zuchthaus mit der neunschwänzigen Katze beigebracht worden waren. Diese Narben wiesen ihn eindeutig als Zuchthäusler aus, und die Rekrutierungsoffiziere mochten ehemalige Häftlinge nicht besonders.

Doch Sid musste sich nicht lange überlegen, wie er sich nützlich machen konnte. Im Hospital wurde jede freie Hand gebraucht. Er half, den Gemüsegarten umzugraben, der in Zeiten der Rationierung für die Versorgung unbedingt notwendig war. Er half, Eierkisten, Mehlsäcke und Fleisch von Märkten und Bauernhöfen in die Küche zu transportieren. Er half, die geschundenen Körper der Soldaten, Matrosen und Flieger zu waschen, sie anzuziehen und zu füttern, und dabei redete er mit ihnen, um sie zu beruhigen und wieder aufzumuntern.

Junge Männer aus der Arbeiterklasse, die sich bei Gesprächen mit gebildeten Medizinern nicht wohlfühlten, hörten Sids Ostlondoner Dialekt, den er selbst nach Jahren im Ausland nicht verlernt hatte. Sie sahen seine rauen Arbeiterhände und erkannten ihn als einen der ihren. Sie vertrauten und öffneten sich ihm. Sie erzählten ihm von ihrem Leben, ihren Verwundungen und Ängsten – Dinge, die sie den Ärzten nicht anvertraut hätten.

Und zu seiner großen Überraschung stellte Sid fest, dass ihm das Reden und Zuhören gefiel und dass er sehr gut darin war. Sein früheres Leben in England hatte sich ums Nehmen gedreht – sei es Geld, Schmuck und viele andere Dinge, die ihm nicht gehörten. Jetzt ging es ums Geben, und das erschien ihm das Wertvollste, was er je getan hatte.

»Schon mal daran gedacht, Medizin zu studieren?«, fragte ihn India, als sie wieder einmal sah, welche Wunder er an einem geschundenen Körper oder einer gebrochenen Seele vollbrachte.

»Nein, das ist doch Kinderkram. Ich hab was Besseres zu tun«, antwortete er neckend. »Ich stell gerade eine Fußballmannschaft zusammen. Die Jungs sind verrückt danach. Damit krieg ich sie ins Freie, und sie bewegen sich. Entschuldige mich, mein Schatz.« Als er mit einem Klemmbrett in der Hand in die Turnhalle eilen wollte, die er in einem der Ställe eingerichtet hatte, hielt ihn India am Ärmel fest, zog ihn an sich und flüsterte ihm ins Ohr: »Du bist ein guter Mensch, Sid, und ich liebe dich.«

Er liebte sie auch. Mehr als sein Leben. Und jetzt, als er sie ansah, wie sie im warmen Licht der Küche saß, glaubte er, das Herz würde vor Liebe zerspringen.

Er ging ins Haus, zog im Vorraum Jacke und Stiefel aus und trat in die Küche.

Sie blickte lächelnd auf. »Da steht Kaninchenragout auf dem Herd. Mrs Culver hat es gemacht. Sie hat auch Kekse gebacken.«

»Hallo, mein Schatz. Wo sind die Kinder?«

»Im Bett natürlich. Es ist nach neun.«

»Wirklich? Ich hatte keine Ahnung.« Sid löffelte etwas Ragout auf einen Teller und erzählte ihr von Stephen.

Er hatte den Jungen auf die Weide zu Hannibal gebracht. Der hatte, widerspenstig wie immer, die Ohren angelegt und drohend aufgestampft, als Sid sich ihm näherte, doch bevor er zu schnauben, auszuschlagen oder sonstigen Unsinn zu machen begann, hatte er Stephen gesehen. Seine Pupillen weiteten sich, und er spitzte die Ohren. Sid wusste nicht, ob Pferde Neugier empfinden konnten, aber in dem Moment sah Hannibal genauso aus – neugierig.

Stephen hob den Blick nicht, nahm keinen direkten Kontakt mit Hannibal auf, und doch sah er ihn. Das wusste Sid, das fühlte er. Stephen nahm das Pferd auf andere Weise wahr – mit seinem Herzen, seiner Seele vielleicht. Sid hatte keine Ahnung. Er merkte nur, dass der Junge zum ersten Mal nach sechs Monaten nicht mehr zitterte.

Hannibal trottete zum Zaun hinüber, ohne Sid zu beachten, nur Stephen im Blick. Ein paar Sekunden lang hielt Sid den Atem an, so sicher war er, dass Hannibal sein großes Maul aufmachen und das Stück Karotte von dem Jungen annehmen würde. Doch das tat er nicht. Er schnüffelte an seinem Stiefel. Wieherte und schnaubte. Dann drückte er die großen, samtigen Nüstern an Stephens Wange. Einmal, zweimal, dreimal. Bis Stephen den Kopf hob und ihn an Hannibals Hals drückte.

Den Ausdruck auf dem Gesicht des Jungen in diesem Moment würde Sid sein ganzes Leben nicht vergessen. Diesen Ausdruck hatte er auf den Gesichtern von Männern gesehen, die Heimaturlaub hatten und ihre Frauen und Kinder umarmten, die sie seit Jahren nicht mehr gesehen hatten und von denen sie geglaubt hatten, sie womöglich überhaupt nie mehr wiederzusehen.

Stephen war zu jung, um Frau und Kinder zu haben, aber er hatte ein Pferd gehabt. Vor langer Zeit. In einem anderen, einem besseren Leben.

So blieben sie stehen, der Junge und das Pferd, ruhig und reglos, fünf, zehn Minuten lang, bis Stephen sagte: »Er sollte jetzt in den Stall. Es ist feucht heute Nacht.«

»Richtig. Ja. Das sollte er, Stephen. Sofort. Henry holt ihn«, antwortete Sid und bemühte sich, sich nichts anmerken zu lassen.

»Henry führte Hannibal in den Stall«, erzählte Sid seiner Frau, »und ich brachte Stephen in sein Zimmer zurück. Ich sagte ihm, dass wir das Pferd morgen Abend wieder besuchen würden. Er erwiderte nichts darauf, aber das Zittern fing nicht wieder an.«

»Das sind ja großartige Neuigkeiten!«, rief sie aus. »Ich freue mich wahnsinnig, das zu hören!«

»Wir haben noch einen weiten Weg vor uns«, fügte Sid hinzu. »Aber es ist ein Anfang.« Er setzte sich zu ihr. Dabei sah er, dass ihre Augen rot waren. »Kannst du das jetzt weglegen?«, fragte er. »Und für den Rest des Abends die Medizin vergessen?«

»Es ist nichts«, antwortete India. »Meine Augen sind bloß ein bisschen überanstrengt.«

Sid warf einen Blick auf die Zeitschrift vor ihr. »Die *Lancet*, nicht wahr?«

»Ja. Mit einem beunruhigenden Bericht über die neue Grippewelle – die Spanische Grippe. Es heißt, sie habe in Amerika schon Tausende Opfer gefordert und sei nach Europa übergeschwappt. Soldaten an allen europäischen Fronten seien schwer betroffen, und vermutlich ist sie jetzt auch schon in Schottland und einigen nördlichen englischen Städten ausgebrochen.«

»Ist sie schlimm?«, fragte Sid zwischen zwei Bissen Ragout.

»Ja, sehr«, antwortete India. »Sie beginnt wie eine typische Erkältung. Der Patient wird sehr krank, scheint sich zu erholen, aber dann verschlechtert sich sein Zustand. Es kann zu Blutungen aus Nase und Augen kommen, gefolgt von einer schweren Lungenentzündung. Und daran sterben die Leute schließlich auch. Aber seltsamerweise trifft es nicht die üblichen Opfer, also Babys und alte Menschen, sondern sie rafft junge, gesunde Männer und Frauen dahin. Die Vereinigten Staaten haben bereits Quarantäneanordnungen verfügt. Ich bete bloß, dass es das Hospital nicht trifft. Die Männer haben doch ohnehin schon so viel durchgemacht.«

Sie klappte die Zeitschrift zu, und Sid sah, dass etwas darunter lag. Es war ein Fotoalbum von Maud, mit Kinderbildern von ihr und India.

»Du hast nicht wegen des Artikels geweint, nicht wahr, Schatz?«, fragte er ruhig.

India blickte auf das Album hinab und schüttelte den Kopf. »Nein. Ich hätte es nicht herausnehmen sollen, aber ich konnte nicht anders. Heute ist – oder wäre ihr Geburtstag gewesen.«

Sid griff über den Tisch und drückte ihre Hand. »Es tut mir so leid«, sagte er. Sie nickte und erwiderte den Druck.

Er erinnerte sich, wie erschüttert India gewesen war, als der Brief mit der Todesnachricht eintraf. Sie weinte in seinen Armen und fragte schluchzend: »Warum, Sid? Warum?«, immer und immer wieder. Die

Todesursache, die der Gerichtsmediziner festgestellt hatte, konnte sie nicht akzeptieren. Sie konnte einfach nicht glauben, dass Maud sich das Leben genommen hatte. Maud doch nicht! Als sie in London ankam, ging sie sofort zu dem Detective Inspector, der den Todesfall untersucht hatte – einem gewissen Arnold Barrett –, und bat ihn um die Leichenfotos. Er versuchte, es ihr auszureden, aber sie ließ sich nicht davon abbringen. Sie nahm all ihren Mut zusammen und sah die Bilder als Ärztin, nicht als Schwester an.

Mit einem Vergrößerungsglas untersuchte sie die Einstichstellen in Mauds Armbeuge. Sie stammten ganz eindeutig von einer Spritze, sahen aber ausnahmslos frisch aus.

»Ja, natürlich stammen sie von einer Spritze«, sagte Barrett. »Aber eine Spritze enthält nur eine bestimmte Menge, und sie hat sich mehrmals injiziert, um sicherzugehen, dass die Dosis tödlich ist.«

»Aber ihr Geliebter, von Brandt ... hat ausgesagt, sie habe regelmäßig Morphium benutzt. Ein Süchtiger, der sich regelmäßig spritzt, hätte doch auch ältere Einstichmale. Aber es sind nur frische Einstiche zu sehen. Nirgendwo blaue Flecken. Keinerlei verkrustete Einstiche. Und außerdem, Detective Inspector, meine Schwester hasste Nadeln. Sie hasste Blut. Sie wäre fast ohnmächtig geworden bei der Abschlussfeier in meiner medizinischen Fakultät, weil sie dachte, es lagerten Leichen dort. Wie um alles in der Welt konnte sie sich dann ständig selbst Injektionen geben?«

»Die Sucht bringt ihre Opfer dazu, Dinge zu tun, zu denen weder sie sich selbst noch andere sie für fähig gehalten hätten«, antwortete Barrett. »Und hat Miss Selwyn-Jones in der Vergangenheit nicht Opiumhöhlen in Limehouse aufgesucht?«

»Zu einem früheren Zeitpunkt ihres Lebens, ja. Aber meine Schwester war nicht süchtig. Nicht zum Zeitpunkt ihres Todes. Sie wirkte auch nicht so abgemagert, wie es bei Süchtigen üblich ist. Niemand, der sie in den letzten Wochen ihres Lebens gesehen oder mit ihr gesprochen hat – außer von Brandt –, hat etwas beschrieben, was zu einer Drogenabhängigen passen würde.« India hielt einen Moment inne und fügte dann hinzu: »Ich möchte, dass Sie den Fall wieder aufnehmen, Detective Inspector. Meine Schwester hat sich nicht umgebracht. Dessen bin ich mir sicher. Was bedeutet, dass sie ermordet wurde.«

Barrett beugte sich vor und erklärte ihr mit freundlicher Stimme, dass er ihr diesen Wunsch unmöglich erfüllen könne.

»Ich fürchte, es gibt einfach nicht genügend Anhaltspunkte, um den Fall wieder aufzurollen«, erläuterte er. »Ich weiß, dass sie Ihre Schwester war und dass ihr Tod für Sie schwer hinzunehmen ist, aber wenn Sie heimgehen und nochmals darüber nachdenken, werden Sie merken, dass Ihr Verdacht … nun, ein bisschen abwegig ist.«

Daraufhin wurde India wütend.

»Hören Sie … hören Sie mir genau zu«, sagte der Inspector. »Denken Sie sorgfältig über meine Frage nach: Wer hätte Ihre Schwester ermorden sollen?«

»Wie steht's zum Beispiel mit diesem Max von Brandt?«, fragte India.

Barrett schüttelte den Kopf. »Wenn überhaupt, dann wäre es wohl eher umgekehrt gewesen und Miss Selwyn-Jones hätte ihn umbringen wollen. Ich habe von Brandt vernommen. Gleich am nächsten Tag. Ich mache diese Arbeit seit dreißig Jahren, und ich kann Ihnen versichern, er war aufrichtig betroffen. Darüber hinaus hat er ein Alibi für die fragliche Zeit. Er wurde gesehen, wie er gemeinsam mit ihr das Hotel verließ. Der Fahrer, der die beiden zum Haus Ihrer Schwester brachte, bestätigt von Brandts Aussage eindeutig. Niemals hat Mr von Brandt versucht, irgendetwas zu vertuschen. Geht so ein Mörder vor, der seine Spuren verwischen will, Doktor?«

Dem konnte India nichts entgegensetzen.

Er sah sie mit einem freundlichen Lächeln an und sagte: »Selbstmord ist eine sehr bittere Sache. Die Hinterbliebenen suchen immer nach einer anderen Erklärung. Aber ich bin überzeugt, dass Miss Selwyn-Jones Tod genau das war – ein Suizid.«

»Ich vermisse sie, Sid«, sagte India jetzt mit leiser Stimme. »Ich vermisse sie so sehr.«

Sid stand auf, nahm India in die Arme, drückte sie an sich und ließ sie weinen. Ihr Cousin Aloysius war vor einigen Jahren ermordet worden, und jetzt hatte sie auch ihre Schwester verloren. Sie waren die einzigen Familienmitglieder, denen sie nahegestanden hatte. Wenn er nur etwas für sie tun könnte, dachte Sid. Sie kam einfach nicht über Mauds Tod hinweg.

»Ich wünschte, ich könnte glauben, was Barrett gesagt hat, dann könnte ich loslassen. Aber so kann ich es nicht.«

Auch Sid wünschte sich, er könnte loslassen. Aber wie auch India konnte er sich nicht vorstellen, dass Maud sich umgebracht hatte. Andererseits hatte Barrett vielleicht doch recht. Vielleicht war sie wirklich süchtig geworden, und sie hatte sich nach dem Verlust ihres Liebhabers im Drogenwahn zu irrationalen Handlungen hinreißen lassen.

Wenn Maud jedoch süchtig war, hätte jemand sie mit Drogen versorgen müssen, dachte Sid. Einen Moment lang fragte er sich, ob es sein alter Kumpan Teddy Ko, der Drogenbaron aus dem East End, gewesen sein konnte. Sein Etablissement hatte Maud früher besucht. Bei Ko hatte Sid India zum ersten Mal gesehen, als sie versuchte, Maud und die anderen armen Teufel zu überzeugen, die Opiumhöhle zu verlassen.

Als er an diese unglückseligen, verräucherten Plätze zurückdachte, wusste er plötzlich, was er zu tun hatte. Er wusste, wie er seiner Frau helfen konnte. Er würde zu Ko gehen und ihn fragen, ob er oder jemand aus der Szene Maud Drogen verkauft hatte. Wenn Teddy etwas wusste, würde er es vielleicht ausplaudern. Oder auch nicht. Dennoch musste er es versuchen. Er wollte für India Antworten finden, damit sie sich mit dem Tod ihrer Schwester endlich abfinden konnte.

Er würde nach London gehen. Nicht gleich, da Stephen und die anderen Jungs ihn gerade jetzt so dringend brauchten, aber noch vor Ende des Sommers. Bislang hatte er sich aus gutem Grund von London ferngehalten, das wusste India, also müsste er sich eine Geschichte ausdenken, warum er plötzlich hinfahren wollte – vielleicht um Nachschub fürs Hospital zu beschaffen –, damit sie sich keine Sorgen machte. Er hatte zwar nicht die geringste Lust, dorthin zurückzukehren, aber für India würde er es tun.

Zurück ins East End. Zurück in die Vergangenheit. Zurück zum Schauplatz so vieler Verbrechen.

54

»Mach schnell, Willa, sonst knallt uns der Türke ab!«, rief Dan Harper über den Lärm der Propeller seines Doppeldeckers hinweg.

Willa hob den Daumen und signalisierte ihm, dass sie ihn verstanden hatte. Er hob ebenfalls den Daumen, dann schwenkte der Doppeldecker scharf nach rechts. Willa löste den Sicherheitsgurt, hob die Kamera, lehnte sich, so weit sie konnte, aus dem Sitz und begann zu filmen. Beduinenkämpfer hatten Lawrence über das türkische Lager in einem Tal westlich der Jabal-Ad-Duruz-Hügel informiert. Lawrence hatte keine Ahnung, ob das stimmte oder ob sie von den Türken bezahlt wurden, falsche Informationen zu streuen. Er schickte sofort einen Boten nach Amman, wo die Briten Truppen und zwei Flugzeuge stationiert hatten, und bat den Kommandeur um Luftaufklärung. Willa begleitete den Boten. Sie hatte noch nie Luftaufnahmen gemacht und hielt es für eine gute Gelegenheit, es einmal zu versuchen. Bei Lawrence bedurfte dies nur geringer Überzeugungsarbeit. Die Nachrichten der Beduinen machten ihm Sorgen, und er wusste, sie würde gutes Material zurückbringen. Das angebliche Lager befand sich nahe Damaskus. Hatten die Türken Wind von dem Plan bekommen, die Stadt einzunehmen? Zogen sie Truppen zu deren Verteidigung zusammen? Jetzt war Anfang August, und Lawrence hatte letzten Monat ohne große Schwierigkeiten Aqaba erobert, aber Damaskus, das massiv verteidigt wurde und das Lawrence noch vor Herbstanfang in britischer Hand haben wollte, war die weitaus härtere Nuss.

Willa sah, dass die Position des Lagers von den Beduinen korrekt beschrieben worden war – es lag etwa hundertfünfzig Meilen südöstlich von Damaskus in einem flachen Tal –, aber sie hatten seine Größe unterschätzt. Die Zelte erstreckten sich über eine Fläche von mindestens zwanzig Hektar. Soldaten machten militärische Übungen – mindestens tausend Mann. In einem riesigen Gehege befanden sich Unmengen von Ziegen und Schafen für die Verpflegung der Mannschaften. In einem anderen Kamele, die offenbar für Erkundungsritte eingesetzt wurden.

Glücklicherweise gab es keine Flugzeuge. Die Deutschen verfügten über weit weniger Maschinen in Afrika als die Briten. Daher war ihre Luftaufklärung schlechter als die der Briten und ihre Luftangriffe unregelmäßig. Doch es gab Kanonen: zwei große Flugabwehrgeschütze. Die Dan und sie sofort erspähten und wussten, dass ihnen nur wenige Minuten für ihr Vorhaben blieben, um dann schnell wieder abzuhauen. Die Türken wollten offensichtlich nicht, dass ihre Stellung entdeckt wurde, oder falls doch, die Entdecker nicht überlebten, um sie publik zu machen.

Als Willa durch den Sucher blickte, sah sie Soldaten zu den Geschützen rennen. Nur Sekunden später waren sie schussbereit auf sie gerichtet.

»Los, Dan!«, rief sie immer noch filmend. »Bloß schnell weg von hier!«

Dan hatte dies längst begriffen. Das Flugzeug, eine Sopwith Strutter, war schnell und gut manövrierbar. Er nahm Geschwindigkeit auf, stürzte plötzlich nach unten, schwenkte nach rechts, stieg wieder auf und flog in Zickzacklinien, um dem einsetzenden Geschützfeuer auszuweichen.

Willa hoffte, dass sie alles auf Zelluloid gebannt hatte.

Nur eine Minute später, obwohl es ihr wie eine Ewigkeit vorkam, schoss das Flugzeug über die ersten Hügel des Jabal Ad Duruz, außerhalb der Reichweite der Geschütze.

Dan stieß laute Freudenschreie aus, hob erneut den Daumen, und Willa lehnte sich erleichtert in ihren Sitz zurück. Sie hatten es geschafft. Sie hatte ihre Aufnahmen. Dan hatte sie lebend rausbekommen, und Lawrence würde die Informationen erhalten, die er so dringend brauchte.

Während Dan über die hügelige Landschaft flog, fragte sich Willa, was die türkischen Truppen dort wohl machten. Wenn sie Damaskus verteidigen sollten, warum wurden sie dann hier stationiert? Sie spürte, wie die Maschine plötzlich scharf nach links schwenkte, und wusste, dass sie jetzt Richtung Süden zum Lager flogen. Dan würde sie dort absetzen und dann nach Amman zurückkehren. Ihr Atem hatte sich gerade etwas beruhigt, als sie Dan plötzlich laut und mit Panik in der Stimme fluchen hörte.

»Was ist?«, rief sie.

»Ein Sandsturm!«, brüllte er zurück. »Wie aus dem Nichts! Ich geh runter!«

Zwei Minuten später traf der Sturm sie, schüttelte das Flugzeug heftig durch und trieb stechend scharfe Sandkörner vor sich her. Willa spürte sie im Gesicht. Ihre Brille schützte zwar ihre Augen, aber die Sicht wurde ihr versperrt. Der Sturm wirbelte so dichte Schwaden auf, dass sie die Hand vor den Augen nicht mehr sehen konnte.

Sie spürte, wie das Flugzeug stotternd an Höhe verlor. Während Dan versuchte, die Maschine unter Kontrolle zu bringen, hörte sie ihn immer wieder fluchen, und dann hörte sie gar nichts mehr – außer dem wütenden Heulen des Winds –, weil die Propeller ausgesetzt hatten.

»Sie sind blockiert!«, schrie Dan. »Sand ist reingekommen. Halt durch!«

»Wie hoch sind wir?«, rief Willa und schnallte ihren Sicherheitsgurt fester. Wenn sie im Gleitflug nach unten kämen, hätten sie vielleicht eine Chance.

Aber Dan antwortete nicht. Er konnte nicht. Er bemühte sich, das Flugzeug waagerecht zu halten, um es wie einen Segelflieger nach unten zu bringen. Willa bemerkte, wie die Maschine vom Wind gepackt wurde, in ein Luftloch fiel, sich wieder fing und erneut absackte.

Der Film, dachte sie. Die Kamera. Egal, was ihr passierte, dem Film durfte nichts geschehen. Sie legte die Kamera in den Schoß, beugte sich darüber und hoffte, sie beim Aufprall mit ihrem Körper zu schützen.

Sie hörte Schreie – wusste aber nicht, ob sie von ihr, von Dan oder vom Wind stammten. Dann folgte ein dröhnendes Geräusch, als das

Flugzeug nach unten rauschte. Es schlug hart auf dem Boden auf, und das Fahrgestell wurde abgerissen. Die Maschine schlitterte mit hoher Geschwindigkeit weiter, traf auf einen Felsen, überschlug sich und verlor Tragflächen und Propeller.

Willa spürte, wie sich der Doppeldecker nochmals überschlug. Sand und Felsbrocken prasselten auf sie nieder, Teile des Fluggestells schienen sie zu erdrücken. Der Gurt, der sie im Sitz hielt, drohte sie zu zerschneiden. Das Flugzeug überschlug sich noch ein paarmal und blieb dann auf der linken Seite liegen.

Willa spuckte den Sand aus dem Mund. »Dan«, rief sie heiser, bekam aber keine Antwort.

Wie betäubt und zitternd, kaum fassend, dass sie noch am Leben war, hob Willa den Kopf. Der Wind hatte sich gelegt, der Sandsturm war vorüber. Aber ihre Augen waren voller Sand – und Blut. Ihre Brille hatte sie verloren. Sie tastete nach der Kamera, doch sie war weg. Ihr war schwindlig, und sie holte ein paarmal tief Luft, um das Schwindelgefühl zu stoppen, als sie einen scharfen Geruch wahrnahm – Rauch. Das Flugzeug brannte.

»Dan ... Dan, bist du da?«, rief sie erneut, wenn auch schwächer. Und wieder bekam sie keine Antwort. Er muss rausgeschleudert worden sein, dachte sie.

Sie setzte sich auf, keuchte vor Schmerzen in ihrer Seite auf und versuchte hinauszuklettern. Was ihr aber nicht gelang. Bis ihr einfiel, dass sie angeschnallt war. Sie löste die Schnalle und kroch aus dem Sitz. Es war schwierig. Das Gurtzeug an ihrer Prothese war bei dem Absturz beschädigt worden, und sie konnte ihr Bein nicht kontrolliert bewegen. Als sie schließlich draußen war, drehte sie sich um, um Dan herauszuziehen – und schrie auf.

Dan Harper war bei dem Aufprall enthauptet worden.

Ihr blieb wenig Zeit, ihn zu betrauern, denn dicker, erstickender Rauch quoll aus dem Motor. Schwer schnaufend und stöhnend vor Schmerz, taumelte sie vom Flugzeug weg.

In dem Moment sah sie die Männer – vier Beduinen mit vermummten Gesichtern, um sich vor dem Sturm zu schützen. Sie standen etwa zehn Meter von ihr entfernt. Und starrten sie an. Sie mussten den Absturz beobachtet haben.

Sie unterhielten sich in einem Dialekt, den sie nicht verstand. Und schrien sie an. Auf Türkisch.

O Gott, dachte sie. O nein. Sie standen im Dienst der Osmanen. Aber wie auch immer, sie durften keinesfalls ihre Kamera finden. Denn sie würden sie ihren Auftraggebern bringen, die Türken würden sehen, was auf dem Film war, und wissen, dass die Engländer das Lager am Jabal Ad Duruz entdeckt hatten. Aber wo war die Kamera? Panisch blickte sie sich um und sah sie etwa auf halber Strecke zwischen sich und den Beduinen auf dem Boden liegen.

Willa wusste, dass sie nur ein paar Sekunden hatte. So schnell sie konnte, humpelte sie darauf zu, doch einer der Männer, der ihre Absicht bemerkt hatte, erreichte sie schneller. Die anderen umringten sie.

Willa saß in der Falle. Sie durften sie nicht erwischen, denn sie würden sie samt Kamera zu ihren Auftraggebern bringen, und sie wusste genau, wozu die Türken fähig waren. Sie hatten Lawrence einmal festgenommen, als er in Amman spionierte. Sie hatten ihn ins Gefängnis geworfen, ihn geschlagen und vergewaltigt.

Sie zog ihr rechtes Hosenbein hoch und griff nach dem Messer, das sie dort festgeschnallt hatte, aber der erste Mann versetzte ihr mit dem Handrücken einen Schlag, dass sich alles um sie drehte. Sie stürzte zu Boden, und das Messer glitt ihr aus der Hand. Sie versuchte, sich hochzurappeln, erneut danach zu greifen, aber der Mann packte sie an der Rückseite ihres Hemds und riss sie zurück. Sie spürte seine groben Hände, als er ihr Hemd aufriss. Ihr Fatimas Halsschmuck abriss.

Erneut wollte sie nach dem Messer greifen, aber ein zweiter Mann kickte es weg. Zwei andere ergriffen sie an den Armen und zerrten sie auf die Füße. Sie wehrte sich und kämpfte verzweifelt, in der Hoffnung, die Kerle genügend wütend zu machen, um sie zu töten. Sie stieß Beleidigungen aus, überhäufte sie mit Flüchen. Bettelte um den Tod.

Bis eine Faust, die ihre Schläfe traf, sie schließlich zum Schweigen brachte.

55

»Verdammt! Bist das wirklich *du*?«, brüllte Teddy Ko.

Teddy stand in der Tür seines Büros in Limehouse. Mit seinem Nadelstreifenanzug, dem dicken Goldring und den diamantenen Manschettenknöpfen sah er wie der Inbegriff eines Ganoven aus.

»Ich dacht, ich hör nicht richtig, als Mai mir sagte, Sid Malone will mich sprechen! Der verdammte Sid Malone! Ich dachte, du bist tot. Das Letzte, was ich über dich gehört hab, war, dass du mit dem Gesicht nach unten in der Themse treibst.«

Sid rang sich ein Lächeln ab. »Man darf eben nicht alles glauben, was man hört, Teddy.«

»Komm rein! Komm rein!«, sagte Teddy und winkte Sid in sein Büro. »Mai!«, rief er seiner Sekretärin zu. »Bring uns Whisky. Und Zigarren. Und zwar sofort!«

Ganz wie er leibt und lebt, unser Teddy, dachte Sid. Ein echter Charmeur.

Teddy setzte sich an seinen großen, mit Drachenbildern geschmückten Ebenholzschreibtisch und bedeutete Sid, auf dem Stuhl gegenüber von ihm Platz zu nehmen.

Während er das tat, sah sich Sid in dem großen, opulent ausgestatteten Raum um. An den Wänden hingen reich bestickte Zeremonialgewänder aus China, gekreuzte Schwerter mit juwelenbesetzten Griffen und handkolorierte Fotografien, die Peking zeigten. In den Ecken standen hohe blauweiße Vasen. Dicke Teppiche, ebenfalls mit Drachen verziert, bedeckten den Boden.

Sid erinnerte sich noch an die Zeit, als Teddy seine Geschäfte in einem Hinterzimmer einer seiner Wäschereien betrieb. Damals, als er Sid noch Schutzgeld zahlte. Als Sid noch der Boss war – der größte und am meisten gefürchtete Verbrecherkönig von London.

»Du hast es weit gebracht, Teddy«, sagte er.

Teddy schmunzelte, geschmeichelt von dem Kompliment. »Ich hab jetzt achtundfünfzig Wäschereien. In ganz London. Und eine große Importfirma – Porzellan, Möbel, Kunst, Seide, Sonnenschirme, die ganze Palette, alles direkt von Schanghai nach London importiert.« Er senkte die Stimme. »Das ist die legale Seite. Aber ich misch auch noch kräftig im Drogenhandel mit. Außerdem bin ich ins Prostitutionsgeschäft eingestiegen. Ich hab Bordelle im East und im West End. Dreiundzwanzig, mit steigender Tendenz.«

»Das ist ja großartig, Teddy«, erwiderte Sid. Zu einem »herzlichen Glückwunsch« konnte er sich dann doch nicht durchringen.

»Wie steht's mit dir? Wo bist du gewesen? Was hast du die ganze Zeit über so getrieben?«

»Das ist eine lange Geschichte«, antwortete Sid. »Ich war im Ausland.«

Teddy nickte wissend. »Ist dir wohl zu heiß geworden hier wegen der Bullen?«, fragte er. »Hast dich 'ne Weile aus dem Verkehr ziehen müssen? Na ja, aber die krummen Touren laufen in Dublin oder Glasgow oder wo immer du dich auch gerade rumtreibst, ganz sicher genauso gut.«

Sid lächelte. Ihm sollte es recht sein, wenn Teddy glaubte, er sei nirgendwo anders hingekommen. Er würde weder Teddy noch sonst jemandem aus seinem früheren Leben von seiner neuen Existenz und seinem neuen Nachnamen erzählen. Seine Frau, seine Kinder, Amerika – das alles war tabu für sie.

Teddys Sekretärin kam herein und stellte ein Silbertablett mit einer Flasche Scotch, einem Eiskübel, zwei Kristallgläsern und einem kleinen hölzernen Humidor auf den Tisch. Sie goss Whisky ein, schnitt die Zigarren ab, gab ihnen Feuer und huschte dann leise wieder hinaus. Sid hatte weder Lust auf Drinks noch auf Zigarren, aber es wäre unhöflich gewesen, das Angebot abzulehnen.

»Also, Sid«, begann Teddy und sah auf seine Uhr, »was kann ich für dich tun? Was führt dich zu mir? Geschäfte oder Vergnügen?«

»Weder noch«, antwortete Sid. »Ich bin hergekommen, weil ich einem Freund einen Gefallen tun will.«

Teddy paffte seine Zigarre und zog eine Augenbraue hoch. »Sprich weiter.«

»Vor ein paar Jahren, kurz vor Ausbruch des Krieges, hat sich eine frühere Kundin von dir, Maud Selwyn-Jones, mit einer Überdosis Morphium das Leben genommen.«

»Ich erinnere mich. Schad drum.«

»Hat sie es von dir bekommen?«

Teddy beugte sich vor. Sein Lächeln war verschwunden. »Vielleicht ja, vielleicht nein. Warum zum Teufel sollte ich dir das auf die Nase binden? Du bist schon lange weg von hier, Sid. Die Dinge haben sich geändert. Du bist nicht mehr der Boss. Wenn du was von mir willst, dann zahl dafür. Wie jeder andere auch.«

Sid hatte nichts anderes erwartet. Er griff in seine Jackentasche, zog einen Umschlag heraus und schob ihn über den Tisch.

Teddy öffnete den Umschlag, zählte den Inhalt – der sich auf einhundert Pfund belief – und sagte dann: »Ich hab Maud das Morphium nicht verkauft. Ich hab ihr überhaupt kaum mehr was verkauft. Sie ist schon seit Jahren nicht mehr in die Opiumhöhlen gekommen. Nachdem diese verdammte Doktorin, ihre Schwester oder wer das war, damals versucht hat, sie rauszuzerren. Diese elende Wichtigtuerin. Die mir unbedingt mein Geschäft kaputt machen wollte.«

Sids Kiefer spannten sich an, aber er sagte nichts. Eine Auseinandersetzung mit Teddy hätte nichts gebracht. »Hat sie denn deiner Meinung nach wie eine Süchtige ausgesehen?«, fragte er. »Das letzte Mal, als du sie gesehen hast?«

Teddy schüttelte den Kopf. »Nein. Sie war dünn, aber das war sie ja immer. Sie hat auch nicht total runter ausgesehen. Du weißt schon, kreidebleich, dunkle Ringe um die Augen und völlig durch den Wind. Ich kenn mich aus mit Süchtigen. Maud war keine.«

»Hast du damals irgendwas über die Sache gehört? Von jemand anderem in der Szene? Hat irgendjemand, den du kennst, Maud das Morphium verkauft?«

Teddy schüttelte den Kopf. »Nicht dass ich wüsste. Aber ich bin auch nicht rumgelaufen und hab nachgefragt.«

»Könntest du jetzt nachfragen?«

Teddy zuckte mit den Achseln. »Für hundert Mäuse kann ich 'ne Menge tun«, antwortete er. »Aber das Ganze ist über vier Jahre her. Ich weiß nicht, wie viel ich da noch rauskriegen kann. Warum ist das so wichtig für dich?«

»Ich wär dir sehr verbunden, Teddy, wenn du das tun könntest«, sagte Sid und drückte die Zigarre aus.

»Wie kann ich dich erreichen, wenn ich was erfahre?«, fragte Teddy.

»Ich melde mich bei dir.«

»Wann? Ich bin ein beschäftigter Mann.«

»Wie wär's, wenn wir uns genau hier wiedertreffen? In einem Monat. Am gleichen Tag. Im September.«

»Ich tu mein Bestes«, versprach Teddy.

Sid erhob sich.

»Du willst doch nicht schon gehen?«, fragte Teddy. »Du bist doch gerade erst gekommen. Ich führ dich rum und zeig dir alles.«

Sid bemerkte, dass Teddy dabei schon wieder auf die Uhr sah. Er sei ein beschäftigter Mann, hatte er behauptet. Zweifellos hatte er viel um die Ohren, aber seltsamerweise kam es Sid so vor, als wollte Teddy ihn hinhalten. Aber er wollte nicht bleiben. Es konnte ihm gar nicht schnell genug gehen, von hier wegzukommen, vom East End, von all den Erinnerungen und den Gespenstern der Vergangenheit.

Aber Teddy wollte nichts davon hören. Er müsse sich vorher zumindest noch das Lagerhaus ansehen. Sid willigte zögernd ein. Er wollte, dass ihm Teddy einen Gefallen tat, und wenn es dafür nötig sein sollte, sein Lagerhaus zu bewundern, dann würde er das eben tun.

Sie gingen aus dem Bürogebäude zu dem daran anschließenden vierstöckigen Lagerhaus. Als sie eintraten, hatte Sid das Gefühl, in einen riesigen, weitläufigen chinesischen Basar zu kommen. Ein wahres Sammelsurium aus großen, bunt bemalten Betten, Tischen mit Intarsien aus Perlmutt, Ebenholz und Elfenbein erwartete sie dort. Riesige blau glasierte Löwen- und Hundestatuen. Urnen, groß genug, um Bäume hineinzupflanzen. Vasen, Teekannen und Gongs. An den

Wänden lehnten aufgerollte Teppiche. In Regalen lagen Seiden- und Satinballen. In offenen Kisten Perlenhalsbänder und winzige Jadefiguren. Teddy griff in eine Kiste, zog einen kleinen, etwa sechs Zentimeter großen Buddha heraus und gab ihn Sid.

»Ein Glücksbringer«, sagte er augenzwinkernd.

»Danke, Teddy«, erwiderte Sid und steckte die Figur ein.

»Das hier wird dich interessieren. Das musst du dir ansehen«, sagte Teddy.

Er führte Sid in den zweiten Stock hinauf, wo sich Teekisten türmten. Teddy öffnete einen Kistendeckel, tauchte die Hände in den schwarzen Tee und zog einen massiven braunen Klumpen von der Größe einer Kanonenkugel heraus.

»Chinesisches Opium. Das reinste. Das beste. Es wird in Teekisten geliefert. Oder in Statuen gestopft. Oder in Teekannen und Möbel. Und geht über meine Wäschereien raus, portioniert und in braunes Papier gewickelt, als wär's ein Bündel Servietten oder Hemden. Die Bullen haben nicht die geringste Ahnung.«

»Du warst schon immer ein schlaues Kerlchen, Teddy. Mit allen Wassern gewaschen. Das muss man dir lassen.«

Teddy scherte sich einen Dreck um die Leute, die zu Sklaven der Droge wurden. Es kümmerte ihn nicht, ob sie sich das Zeug leisten konnten oder nicht. Ob ihnen – oder ihren Kindern – noch Geld für Kleider oder Essen blieb, wenn sie ihre Sucht finanzierten. Er verdiente sich eine goldene Nase mit dem Opiumhandel und wollte immer noch mehr verdienen. Das war das Einzige, was zählte. Sid wusste das, weil er früher genauso gewesen war wie Teddy, weil er das Gleiche getan hatte. Vor langer Zeit. In einem anderen Leben. Bevor er India kennenlernte.

Teddy streckte Sid den braunen Klumpen entgegen. »Willst du mal probieren? Ich lass uns von Mai eine Pfeife machen. Ich besorg uns auch ein paar Mädchen. Ganz wie in alten Zeiten.«

»Danke, Teddy, aber ich muss los.«

Draußen auf dem Gehsteig verabschiedete sich Sid. Teddy schüttelte seine Hand und sah dabei die Straße hinunter. »Ich hör mich um wegen der anderen Sache. Vielleicht krieg ich was raus. Heute in einem Monat, ja?«

»Alles klar«, erwiderte Sid. Er zog die Schultern hoch, als plötzlich ein Augustschauer einsetzte, und ging Richtung Westen davon. Er kam an ein paar kleinen, schäbigen Läden, einem Seilmacher und zwei schmuddeligen Pubs vorbei. An der Ecke spielten drei kleine, viel zu dünn angezogene Mädchen Seilhüpfen und sangen ein morbides Lied.

Ein kleiner Vogel namens Enza
Der saß an meinem Fensta
Ich macht's auf und ganz allein
Floh Enza zu mir herein

In Schottland war diese Influenza, die Spanische Grippe, bereits angekommen, hatte India gesagt. Sid schauderte bei dem Gedanken, was passierte, wenn die Epidemie das East End erreichte. Das Viertel mit den überfüllten Häusern und der schlechten Kanalisation wäre ein idealer Nährboden für diese Krankheit. Sie würde sich wie ein Flächenbrand ausbreiten.

Fünf Minuten später fand er eine Droschke und ließ sich zur Paddington Station bringen. Er war schon ein gutes Stück aus Limehouse heraus, als eine glänzende, schwarze Kutsche vor Teddys Büro hielt. Daher sah Sid die beiden Männer nicht, die daraus ausstiegen – einer trug die grobe Kleidung eines Flussschiffers, der andere einen schicken Anzug. Er zupfte an einem goldenen Ohrring und entblößte beim Lächeln einen Mund voller schwarzer, verfaulter Zähne.

56

»Hallo, Mai, meine Süße«, sagte Billy Madden. »Wo ist dein Boss?«
»In seinem Büro, Mr Madden«, antwortete Mai. »Er erwartet Sie. Was darf ich Ihnen bringen? Tee? Whisky?«

Billy legte die Hände auf Mais Schreibtisch und beugte sich mit einem scheußlichen Lächeln zu ihr hinüber. »Wie wär's mit dir selbst, kleine Lotusblüte? Splitternackt auf einem Bett da hinten. Ich wollt schon immer mal rausfinden, was es unter euren hübschen Seidenkleidern zu sehen gibt.«

Der Mann in Billys Begleitung wandte sich peinlich berührt ab. Mai wurde rot, ohne dass ihr das höfliche Lächeln entglitt. »Wenn Sie wünschen, Mr Madden, kann ich Ihnen ein Mädchen besorgen, wenn Sie mit Mr Ko fertig sind.«

Billys Lächeln verblasste, sein Blick wurde hart. »Ich hab dir gesagt, was ich will. Dich. Auf dem Rücken. Jetzt steh auf und zieh deinen Schlüpfer aus, du nutzloses ...«

Teddy hörte Billys laute Stimme und trat aus seinem Büro.

»Ach, verdammt, Billy, die willst du doch gar nicht«, sagte er beschwichtigend. »Die hat kleinere Titten als du selbst. Warum meinst du wohl, dass sie hier für mich tippt, statt in einem meiner Bordelle anzuschaffen?«

»Stimmt das?«, fragte Billy.

Er trat hinter die junge Frau, umschloss mit den Händen ihre kleinen Brüste und prüfte sie kennerhaft. Mai erstarrte. Sie schluckte, hielt den Blick starr geradeaus gerichtet und gab keinen Laut von sich.

Teddy wurde zornig. Er mochte Mai. Sie war ein nettes Mädchen, keine Schlampe. Leistete gute Arbeit für ihn. Das verdiente sie nicht. Aber Billy war der Boss. Er nahm sich, was er wollte. Wenn er Mai wollte, würde er sie nehmen, und es gab nichts, was Teddy oder sonst jemand dagegen tun könnte.

»Du hast recht, Teddy«, sagte Billy schließlich. »Da ist nicht genug dran, um mich glücklich zu machen. Tipp weiter, Süße.«

Mai nahm einen Bleistift. Teddy sah, wie ihre Hände zitterten, und fluchte insgeheim. Situationen wie diese kamen immer häufiger vor. Billy war ein Dreckskerl, das war nichts Neues, aber es wurde immer schlimmer mit ihm. Er belästigte Frauen. Verlor die Beherrschung. Fing grundlos Schlägereien an. Vor einem Monat hatte er einem Typen im Bark den Schädel eingeschlagen, weil er sich von ihm ausgelacht fühlte.

»Komm, trinkt ein Glas Whisky mit mir«, schlug Teddy vor. »Du und John, ihr beide. Und hinterher beschaff ich euch ein Mädchen, das die Mühe wert ist. Zwei Mädchen, wenn ihr wollt. Aus Schanghai. Die besorgen's euch, dass ihr um Gnade winselt. Aber jetzt kommt rein, ich hab was mit euch zu besprechen.«

»Und ich hab was mit dir zu besprechen, Edward«, erwiderte Billy, als er sich an Teddys Schreibtisch setzte. »Du hast zu wenig gelöhnt. Zwei Wochen hintereinander.« John, sein Handlanger, blieb neben ihm stehen.

»Ich hab nicht zu wenig bezahlt. Fünfundzwanzig Prozent, wie immer. Dein Anteil war geringer, weil ich weniger verkauft hab. Ich hab nicht genügend Ware gehabt. Gerade im Moment kommt in Millwall eine neue Ladung rein. Sobald ich die verkauft hab ...« »John hier«, unterbrach ihn Billy, »geht heut Abend mit raus und hilft beim Entladen der *Ning Hai*. Er und drei andere meiner Männer.«

»Heute Abend? Warum heute Abend? Sie soll morgen Nachmittag entladen werden«, erwiderte Teddy.

»Weil die nächste Flut um zwei Uhr morgens ist«, sagte John Harris.

»Und weil ich nicht will, dass du vorher irgendwas entlädst«, fuhr Billy fort und säuberte sich mit Teddys Brieföffner die Nägel. »John und die anderen holen die Kisten ab, bringen sie hierher ins Lagerhaus, machen sie auf und schauen nach, wie viel drin ist. Dann kann ich mir selbst ausrechnen, was du mir schuldest.«

»Du denkst, dass ich dich um deinen Anteil betrüge«, sagte Teddy.

Teddy brodelte bereits vor Wut. Billy mochte vielleicht der Boss sein, aber er nahm sich ein paar Freiheiten zu viel heraus. Beschuldigte ihn, Teddy, Geld zu unterschlagen, was eine Riesenunverschämtheit war. Teddy beschiss ihn natürlich, aber trotzdem – er konnte nicht einfach hier reinschneien, seine Sekretärin belästigen und ihn in seinem eigenen Haus wie einen Trottel behandeln.

»Ich behalt die Dinge bloß im Auge, das ist alles«, fügte Billy hinzu.

»Ach, wirklich? Weißt du was, Billy? Vielleicht solltest du lieber mal deine Augen aufmachen«, entgegnete Teddy aufgebracht.

Billy lehnte sich vor. »Wieso? Was meinst du damit?«

»Sid Malone ist wieder in der Stadt.«

Billy hielt mit dem Reinigen der Nägel inne. Er sah Teddy an, und der bemerkte zu seiner Zufriedenheit, dass Billy blass geworden war. Teddy wusste, dass es nur eine Sache gab, die Billy noch mehr hasste, als von einem anderen Ganoven um Geld geprellt zu werden: nämlich einen Ganoven, der ihm sein Gebiet abjagen wollte – ein Gebiet, das früher einmal Sid gehört hatte.

»Was hast du gesagt?«

»Ich sagte, dass Sid Malone wieder in der Stadt ist.«

»Jetzt weiß ich, wo all dein Stoff hingegangen ist, Teddy. Du hast dich selbst damit zugedröhnt.«

»Er ist hier gewesen. Genau hier in diesem Büro. Vor knapp zehn Minuten.«

»Sid Malone ist vor Jahren aus der Themse gefischt worden. Er ist tot.«

»Jetzt nicht mehr.«

»Bist du dir sicher, Teddy?«

»Ich bin mir sicher. Ich kenne ihn. Ich hab früher für ihn gearbeitet. Schon vergessen? Das war Sid Malone in meinem Büro, so sicher, wie ich hier stehe.«

Billy funkelte ihn böse an. Dann schlug er mit der Faust auf den Schreibtisch und stand auf. »Warum hast du mir das nicht gleich gesagt?«, schrie er.

»Das wollte ich ja«, schrie Teddy zurück. »Aber du bist zu beschäftigt gewesen, dich an meine Sekretärin ranzumachen und in mein Geschäft einzumischen! Ich hab sogar probiert, ihn hinzuhalten, bis du kommst. Aber er hat gesagt, dass er weiter muss.«

»Was zum Teufel hat er hier gemacht? Was hat er gewollt?«

»Er wollte Informationen über den Tod dieser Frau – dieser Selwyn-Jones. Dieser reichen Tante. Die sich vor ein paar Jahren mit einer Überdosis umgebracht hat. Er wollte wissen, ob ich ihr die Drogen verkauft hab.«

»Wieso wollte er das wissen?«

»Ich hab ihn gefragt. Er hat's mir nicht gesagt.«

»Hast du ihm von Stiles erzählt?«

Teddy schüttelte den Kopf.

Ein Mann namens Stiles hatte einige Tage vor Maud Selwyn-Jones' Tod eine ziemlich große Menge Morphium bei Teddy gekauft. Billy wusste davon. Er war derjenige gewesen, der Stiles zu Teddy geschickt hatte. Beide, Billy und Teddy, hatten sich damals gefragt, ob Stiles mit dem Tod der Frau etwas zu tun hatte.

»Wieso schnüffelt er in dieser Sache rum?«, fragte Billy. »Was geht ihn der Selbstmord von dieser Jones an?«

»Ich hab keine Ahnung«, antwortete Teddy. »Es ergibt keinen Sinn.«

Billy erwiderte darauf zuerst nichts, doch nach einer Weile sagte er: »Doch, das tut es. Sid Malone ist zurück und will sein altes Gebiet zurückhaben. Aber dafür muss er mich aus dem Weg räumen, also sucht er nach einer Möglichkeit, mich bei den Bullen in die Scheiße zu reiten. Das probiert er über dich. Er möchte, dass ich wegen dieser Selwyn-Jones eingebuchtet werde. Alles soll hübsch und sauber über die Bühne gehen. Keine Gewalt. Kein Blut. Zumindest am Anfang nicht.«

Billy zündete sich eine Zigarette an, während er redete, und ging dabei auf und ab. Teddy jedoch war sich nicht sicher, ob das zutraf. Sid Malone hatte sich jedenfalls nicht wie jemand benommen, der einen großen Bandenkrieg vom Zaun brechen will. Aber Teddy wusste auch, dass sich Billy Madden, hatte er sich erst einmal etwas in den Kopf gesetzt, nichts mehr ausreden ließ.

»Was hast du ihm überhaupt gesagt?«

»Ich hab gesagt, dass ich mich umhören will. Wir treffen uns nächsten Monat wieder. Genau hier.«

»Na schön. Gut gemacht, Teddy, mein Junge.«

»Was soll ich tun, wenn er wiederkommt? Ihm was stecken? Oder nichts sagen?«

»Du hältst ihn einfach hin, Teddy. Plauderst mit ihm.«

»Und du machst ihn kalt«, sagte Teddy.

Billy Madden schüttelte den Kopf. In seinen Augen lag dieser wahnsinnige Blick, den Teddy zu seinem Leidwesen nur allzu gut kannte.

»Nein«, erwiderte Billy. »Zuerst schlag ich ihn grün und blau. Prügel aus ihm raus, was er vorhat. Mit wem er arbeitet. Und dann blas ich ihm das Licht aus.«

57

Willa öffnete die Augen.

Die Welt, gleißend hell und sandfarben, drehte sich auf unerträgliche Weise unter ihr weg. Sie versuchte, sich zu bewegen, aber ein furchtbarer Schmerz, der ihr den Atem nahm, schoss ihr durch die Seite. Und sie konnte Arme und Beine nicht rühren.

Ein paar Sekunden lang fragte sie sich, ob sie tot war.

Sie schaffte es, den Kopf zu heben, wurde jedoch von einem so heftigen Schwindelgefühl gepackt, dass sie sich übergeben musste, aber es kam nichts heraus. Sie senkte den Kopf. Ihre Wange drückte gegen etwas Dickes und Weiches. Es schien sich zu bewegen. Sie schien sich zu bewegen.

»Wasser«, stöhnte sie und schloss die Augen. Ihre Kehle war ausgedörrt. Brannte höllisch. Ihre Lippen waren aufgesprungen. »Wasser, bitte ...«

Eine laute Stimme ertönte. Eine männliche Stimme. Es hörte sich nach einem Beduinen an, doch sie verstand die Worte nicht.

Erneut öffnete sie die Augen, und diesmal verschwamm ihr der Blick nicht. Sie sah Felsen und Sand vorbeigleiten. Das Bein eines Kamels. Und ihre eigenen Hände, die an den Gelenken mit einem Seil gefesselt waren und vor ihr nach unten hingen.

Ihr wurde klar, dass sie auf dem Rücken eines Kamels lag und am Sattel festgebunden war. Wie lange ging das schon so? Stunden? Tage?

Abermals versuchte sie, sich aufzurichten. Der Reiter musste die Bewegung bemerkt haben, denn er drehte sich um und schrie sie an. Er befahl ihr, damit aufzuhören und still zu liegen, aber sie verstand ihn nicht und hätte ihm ohnehin nicht gehorcht. Wie wahnsinnig vor Schmerz und Angst zappelte sie weiter und flehte um Wasser.

Den Kamelreiter machte dies zornig, denn ihre Bewegungen erschreckten sein Tier. Zum wiederholten Mal schrie er sie an, still zu liegen, dann schlug er sie auf die Stelle, die er am besten erreichen konnte – die linke Körperseite. Willa schrie vor Schmerz, als seine Schläge auf ihre gebrochenen Rippen niedergingen.

Der Schmerz erfüllte all ihre Sinne. Sie konnte nichts sehen, nichts hören, nichts fühlen außer seiner erstickenden Schwärze. Noch einmal schrie sie auf, dann war sie still.

58

»Na komm, Albie. Wie lauten die Nachrichten? Hat Lawrence Damaskus schon eingenommen? Wird er von den Deutschen und den Türken durch die Wüste gejagt?«, fragte Seamie. Er saß in Albies Büro in Haifa, das sich im selben Gebäude befand wie das Büro für Arabische Angelegenheiten.

»Ich könnte es dir sagen«, antwortete Albie, ohne von dem Dokument aufzublicken, das er gerade las – einem Telegramm aus dem Stapel, den seine Sekretärin soeben hereingebracht hatte. »Aber dann müsste ich dich töten.«

Seamie schüttelte den Kopf. »Ich kann's immer noch nicht fassen: Albie Alden, Jäger der Spione. Geheimdienstler. ›Room 40‹. Und dabei kalt wie eine Hundeschnauze. Nie hast du ein Sterbenswörtchen verlauten lassen.«

Albie sah Seamie über den Rand seiner Brille hinweg an. »Hör auf, mich zu bedrängen, und lass mich diese Telegramme lesen. Oder ich ruf die Wachen und lass dich wieder ins Hospital zurückschaffen. Wo du hingehörst. Ins Bett. Um dich zu erholen.«

»Scheiß drauf. Ich halt's nicht mehr aus. Ich werde noch verrückt im Hospital. Ich gehöre überhaupt nicht dort hin. Ich bin fit genug, um ein neues Kommando zu übernehmen, aber die verdammten Ärzte lassen mich nicht. Ich krieg ein neues Schiff, die *Exeter,* aber erst in fünf Wochen.«

»Fit? Hast du nicht vor Kurzem ein sechs Zentimeter langes Schrapnell abgekriegt? Zieh dein Hemd hoch. Na los, zieh es hoch …« Albie starrte auf Seamies Körper und schüttelte den Kopf. »Noch nicht mal die Verbände wurden abgenommen. Deine ganze rechte Seite ist noch bandagiert. Was ist eigentlich genau passiert? Du hast mir immer noch nicht die ganze Geschichte erzählt.«

»Mein Schiff, die *Hawk,* ein Zerstörer, hat sich mit einem deutschen Kanonenboot angelegt, etwa zwanzig Meilen westlich von hier.

Wir haben einen Treffer am Rumpf abgekriegt, direkt an der Wasserlinie. Und dann noch einen am Vorderdeck. Einen Splitter davon hab ich mir eingefangen.«

»Verdammter Mist.«

»Ja, da hast du recht«, antwortete Seamie bitter lächelnd. »Das Schrapnell hat meine Rippen und mein Herz verfehlt, aber mir ein Stück Fleisch aus der Seite gerissen. Glücklicherweise hatten wir die Position des Kanonenboots bestimmt und konnten sie, etwa fünfzehn Minuten bevor wir getroffen wurden, an eines unserer Schiffe funken. Sie kamen zu spät, um den Angriff zu stoppen, aber noch rechtzeitig, um uns zu retten.« Sein Lächeln verblasste. »Nun ja, jedenfalls die meisten von uns. Ich habe fünf Mann verloren.«

»Tut mir leid.«

Seamie nickte. »Mir auch. Man hat uns nach Haifa gebracht. Aber ich schwöre dir, wenn ich gewusst hätte, dass sie mich so lange im Hospital einsperren, wäre ich im Wasser geblieben. Ich sterbe vor Langeweile. Ich habe mich wahnsinnig gefreut, als ich hörte, dass du in Haifa bist. Ich kann's noch immer nicht glauben.«

»Wie hast du davon gehört? Eigentlich sollte mein Aufenthalt hier doch der Geheimhaltung unterliegen.«

»Rein zufällig. Ich habe mitbekommen, wie eine der Schwestern mit ihrer Freundin über dich gesprochen hat. Anscheinend warst du wegen irgendwelcher Magenprobleme dort.«

Albie zog eine Grimasse. »Ja. Die Ruhr. In Kairo eingefangen. Verdammt scheußliche Sache.«

»Wie auch immer, ich schätze, sie hat dir irgendeine Medizin gegeben und sich dann in dich verknallt. Gott weiß, warum. Als ich deinen Namen hörte, bat ich sie, dich zu beschreiben, und da wusste ich, dass du es warst. Es konnte ja nicht zwei schlaksige, vieräugige Supergehirne mit dem Namen Albie Alden geben.«

Albie lachte. »Kannst du mal zwei Minuten den Mund halten, damit ich diese Telegramme zu Ende lesen kann?«

»Ich tu mein Bestes«, erwiderte Seamie und nahm eine Mappe, mit der er sich in der mörderischen Augusthitze Luft zufächelte.

Eine halbe Stunde zuvor hatte er an Albies Tür geklopft. Sein alter Freund war ziemlich überrascht gewesen, ihn zu sehen. Er bat ihn herein, und Seamie erfuhr, dass Albie vor zwei Tagen in Haifa eingetroffen war. Unter dem Siegel der Verschwiegenheit erzählte er ihm, dass er von London, wo er seit 1914 für »Room 40«, eine Gruppe von Codeknackern im Dienst der Marine, gearbeitet hatte, nach Westarabien versetzt worden war, um dort Geheimdienst- und Spionagetätigkeiten zu leiten.

Seamie konnte kaum fassen, dass sein scheuer, stiller Freund zu diesen Leuten gehörte. Er erinnerte sich, wie erschöpft und angespannt Albie 1914 gewirkt hatte. Er dachte damals, dies sei auf die Krankheit seines Vaters und seine Überarbeitung zurückzuführen. Jetzt wusste er, dass Albie und ein Team brillanter Gelehrter der Universität Cambridge schon vor Ausbruch des Krieges fieberhaft daran arbeiteten, deutsche Geheiminformationen abzufangen und zu entschlüsseln. Er hatte Albie schon immer bewundert, aber jetzt noch viel mehr, seitdem er wusste, wie unbarmherzig er sich geschunden hatte – buchstäblich Tag und Nacht –, selbst nach dem Verlust seines geliebten Vaters.

Albie hatte inzwischen die Telegramme zu Ende gelesen, erhob sich und rief seine Sekretärin. Er bat sie, die Telegramme abzulegen, bevor sie ging, dann nahm er seine Aktentasche.

»Tut mir leid, dass ich so unaufmerksam war. Im Moment ist alles ein bisschen hektisch. Ich muss bloß noch ein paar Sachen für eine Besprechung morgen früh einpacken, dann können wir gehen«, sagte er und sah Seamie ernst an. »Es ist wirklich schön, dich zu sehen. Ehrlich.«

»Ja, ich freue mich ebenfalls, dich zu sehen, Alb. Haifa ... wer hätte das gedacht?«

Keiner von beiden sprach es aus, weil größere Gefühlsäußerungen nicht in ihrer Natur lagen, aber beide wussten, was ihre Worte in Wirklichkeit bedeuteten – dass sie eigentlich nicht mehr damit gerechnet hatten, sich jemals wiederzusehen.

Der Krieg hatte Millionen das Leben gekostet, einschließlich vieler ihrer Freunde – Männer, die sie seit ihrer Kindheit gekannt, mit denen sie zur Schule, zum Segeln und zum Wandern gegangen waren, mit denen sie Kletter- und Zechtouren gemacht hatten.

»Hast du von Everton gehört?«, fragte Seamie.

»Gefallen. An der Marne.«

»Erickson?«

»An der Somme.«

Seamie zählte noch ein weiteres Dutzend Namen auf. Albie erklärte ihm, dass zehn davon gefallen und die restlichen zwei verwundet worden seien.

»Und George?«, fragte Seamie zögernd, weil er sich vor der Antwort fürchtete.

»Mallory lebt noch. Zumindest habe ich das gehört.«

»Gott sei Dank«, erwiderte Seamie. »Irgendwann, wenn diese verdammte Sache vorbei ist, gehen wir wieder klettern, Alb. Wir alle zusammen. Auf den Ben Nevis. Oder den Snowdon.«

»Das wäre herrlich«, antwortete Albie wehmütig. »Wir könnten uns ein Cottage mieten. In Schottland oder Wales. Oder vielleicht im Lake District.«

»Egal, wo, solange ein gutes Pub in der Nähe ist.«

»O ja, für eine Platte mit Käsesandwiches und Branston-Pickles.«

»Du bist wirklich ein Irrer, Albie«, entgegnete Seamie lachend. »Frag irgendeinen Mann hier, was er vermisst, und er wird sagen, Frauen, Bier und Roastbeef mit Soße. Aber du wünschst dir Branston-Pickles.« Plötzlich wurde Seamie wieder ernst. »Das machen wir, Albie. Wir alle zusammen. Du und ich, George und …, na ja, vielleicht doch nicht alle von uns.« Er schwieg eine Weile und fügte dann hinzu: »Hast du … hast du irgendwas von ihr gehört?«

Albie seufzte. »Sehr wenig. Mutter hat Ende 1914 einen Brief bekommen – aus Kairo. 1915 ein paar weitere. Seither nicht mehr viel.«

»Kairo? Du meinst, sie ist im Mittleren Osten?«

»Ja. Sie ist mit Tom Lawrence hierhergekommen. Kannst du dir das vorstellen?«

»Ja, das kann ich.«

»Sie ist im September 1914 hier angekommen. Kurz nach Kriegsausbruch. Lawrence hat ihr einen Posten bei Allenby beschafft. Sie hat Karten gezeichnet. Ich habe einige davon gesehen. Sie sind verdammt gut. Dann hat sie die Stelle aufgegeben und Kairo verlassen. Genau zur selben Zeit, als Lawrence in die Wüste ging. Mutter hat sie geschrieben, sie reise weiter in den Osten. Das war das Letzte, was ich von ihr gehört habe. Wahrscheinlich ist sie nach Tibet zurück, aber ich habe keine Ahnung.«

Albies Gesichtsausdruck wirkte gequält.

»Ich hätte nicht nach ihr fragen sollen«, sagte Seamie. »Tut mir leid.«

Albie lächelte reumütig. »Schon gut, alter Junge.«

Mehr wurde nicht gesagt. Das war auch nicht nötig. Seamie wusste, wie schwierig Albies Beziehung zu seiner Schwester war. Ein Glück nur, dachte er, dass Albie nichts von seiner Liebschaft mit Willa kurz nach seiner Hochzeit mit Jennie mitbekommen hatte.

»Also, wenn ich nur diese Zahlen finden könnte ...« Albie durchwühlte einen Stapel Papiere auf seinem Schreibtisch.

»Albie, du hast mir noch nicht gesagt ... warum zum Teufel hat dich London überhaupt hierherversetzt? Warum nach Haifa? Bist du strafversetzt worden? Hast du was vermasselt? Einen Code nicht geknackt?«

Albie lachte bitter. »Ich wünschte, so wäre es. Dann würde ich Ferien machen. Mir einen hübschen Feldstecher kaufen und mir die Sehenswürdigkeiten anschauen.«

Seamie, der aufgestanden und zum Fenster gegangen war, drehte sich um, als er den grimmigen Unterton in der Stimme seines Freundes hörte.

»Was war es dann?«, fragte er.

Albie sah Seamie lange an und erwiderte dann ernst: »Ich sollte dir auch das nicht sagen, aber ich werde es tun, weil auch dein Leben davon abhängt und weil du mir vielleicht helfen könntest. Aber du musst die Information für dich behalten.«

»Natürlich.«

»Wir haben einen Maulwurf in London. Und der ist sehr effektiv. Irgendwo in der Admiralität.«

»Was?«, fragte Seamie. »Wie ist das möglich?«

»Wir wissen es nicht. Wir haben alles darangesetzt, ihn zu enttarnen, jedoch ohne Erfolg. Ich kann dir aber verraten, dass wir fast sicher sind, dass jemand Informationen über unsere Schiffe ans deutsche Oberkommando weitergeleitet hat, und zwar seit Jahren. Am Anfang des Krieges Geheiminformationen über Bauweise und Schlagkraft unserer Dreadnoughts. Und jetzt Informationen über deren Position. Im Atlantik. Und hier im Mittelmeer.«

Seamie lief ein kalter Schauer über den Rücken.

»Lange Zeit hat sich Deutschland keine allzu großen Sorgen über die Front im Osten gemacht. Aber jetzt, nachdem Lawrence solche Erfolge in der Wüste erzielt – nachdem es jetzt aussieht, als könnte er tatsächlich Damaskus einnehmen –, schenken sie der Sache mehr Aufmerksamkeit. Offensichtlich gehen Nachrichten von London zu einem Kontaktmann in Damaskus. Wir wissen nicht, wie. Oder zu wem. Aber wir wissen, warum. Die Deutschen und die Türken wollen die Stadt halten, koste es, was es wolle. Sie wollen sie mit allen Mitteln verteidigen, was bedeutet, dass sie mit Lawrence und seiner Einheit kurzen Prozess machen werden. Wenn das geschehen ist, wollen sie Aqaba zurückerobern und dann nach Kairo vorstoßen. Dafür brauchen sie natürlich mehr Bodentruppen, aber sie haben auch begonnen, ihre hiesigen Seestreitkräfte aufzustocken.«

»Mein Gott. Die *Hawk*«, sagte Seamie. »Meine Männer.«

Albie nickte. »Wir glauben nicht, dass dich dieses deutsche Kanonenboot zufällig aufgespürt hat. Sie wussten, wo du warst. Wir haben in den letzten drei Tagen noch zwei weitere Schiffe verloren. Eines an der Küste von Tripolis, das andere im Süden von Zypern. Die Admiralität will, dass damit Schluss ist. Sofort.«

»Aber wie?«, fragte Seamie. »Ihr habt den Maulwurf in London nicht finden können. Und er ist seit Jahren tätig.«

Albie nickte. »Captain Reginald Hall, der Leiter von ›Room 40‹, glaubt, wenn wir ihn selbst nicht schnappen können, dann vielleicht seinen Kontaktmann hier. Auch das dürfte nicht ganz leicht sein, zugegeben, aber ein großer Teil der Geheimnachrichten geht über Kairo, Jaffa und Haifa. Die Leute hier kriegen eine Menge mit. Ich hoffe, wir können genügend Informationen sammeln, um schließlich das Puzzle zusammenzusetzen. Wir bedienen uns vieler Quellen – Beduinenhändler, die zwischen Kairo und Damaskus unterwegs sind und Waren und Pakete befördern. Bordellbetreiber, deren Mädchen Europäer bedienen. Hotelbesitzer. Barmänner. Ich weiß nicht, von wem die Information kommen wird, aber ich verfolge jede Spur, auf die ich stoße. Wir müssen diesen Mann finden. Bevor es zu spät ist. Bevor er noch mehr Schaden anrichtet.«

»Wie kann ich helfen, Albie?«

»Halt die Ohren offen«, antwortete Albie. »Du glaubst gar nicht, was für Leute alle infrage kommen könnten. Es könnte dein Friseur oder der Kellner sein, der deinen Lunch serviert. Du weißt nie, wie nah du ihm vielleicht schon bist.«

»Entschuldigen Sie, Mr Alden …« Eine junge Frau stand in der Tür. Sie war klein und hübsch und trug eine weiße Bluse und einen grauen Rock. Ihr Haar war ordentlich zurückgekämmt.

»Ja, Florence?«

»Hier ist noch etwas, das gerade aus General Allenbys Büro eingetroffen ist. Geheim«, sagte sie und reichte ihm einen Umschlag.

»Danke, Florence. Das wäre dann alles. Bis morgen. Ich werde gegen zehn Uhr hier sein.«

»Alles klar. Gute Nacht, Sir.«

»Gute Nacht.«

»Ich werfe nur noch kurz einen Blick da rein, dann gehen wir. Nimm doch bitte unsere Jacken, ja?«, sagte Albie.

Als Albie den Umschlag öffnete und ein getipptes Memo herauszog, nahm Seamie ihre Jacketts vom Garderobenständer. Er war froh, dass sie endlich in die Offiziersmesse gingen. Ein kühler Gin Tonic war genau das, was er jetzt brauchte.

»Bist du fertig?«, fragte er Albie.

Aber Albie antwortete ihm nicht, sondern hielt mit einer Hand das Gesicht bedeckt.

»Albie?«, fragte Seamie alarmiert. »Albie, was ist?«

Albie reichte ihm, ohne ein Wort zu sagen, das Memo. Seamie überflog es schnell.

Ein britisches Flugzeug, das in den Hügeln des Jabal Ad Duruz einen Aufklärungsflug unternommen hatte, war vor vier Tagen in der Wüste abgestürzt. Der Pilot Dan Harper war bei dem Absturz umgekommen. Es hatte sich noch ein Passagier an Bord befunden – der Fotograf Alden Williams. Williams, der nicht am Absturzort gefunden wurde, konnte von Beduinenkriegern oder von türkischen Truppen entführt worden sein, die das Gebiet kontrollierten. Das Wrack wurde sorgfältig durchsucht, aber Williams' Kamera nicht gefunden. Alle Informationen, die Williams über Größe und Truppenstärke der Türken gesammelt haben könnte, waren verloren. Falls die Türken Williams in ihrer Gewalt hatten, könnten sie versuchen, geheime Informationen aus dem Gefangenen herauszupressen. Am Ende der Nachricht befand sich eine handschriftliche Notiz von General Allenby.

»Nein«, stieß Seamie hervor. »Gütiger Gott, nein.«

Lieber Alden,
da dieser Vorfall die Aufklärung betrifft und in Ihren Zuständigkeitsbereich fallen könnte, hier noch ein paar Einzelheiten.
Alden Williams, wie Sie vielleicht wissen, war der Fotograf bei der Einheit von Lawrence. Williams ist ein Pseudonym, um die Tatsache zu verschleiern, dass es sich bei dem Fotografen um eine Frau handelt. Die britische Öffentlichkeit würde höchstwahrscheinlich keine Frau auf dem Schlachtfeld akzeptieren. Genauso abstoßend fände sie die Vorstellung, dass eine britische Frau in türkische Gefangenschaft geriet, nachdem Ihnen bekannt sein dürfte, dass die Türken ihre Gefangenen mit größtmöglicher Grausamkeit behandeln. Bitte halten Sie mich mit allen Geheimnachrichten, die diese Sache betreffen, auf dem Laufenden. Alden Williams richtiger Name ist Willa Alden. Ist sie eine Verwandte von Ihnen?
Ich bitte Sie, diese Details vertraulich zu behandeln.

Beste Grüße,
Allenby

59

India runzelte die Stirn, lehnte sich in ihrem Stuhl zurück und sah Oberschwester Lindy Summers an. »Was ist mit dem Neuen? Dem blonden Jungen, der gestern eingeliefert wurde … Matthews? Irgendeine Veränderung seines Zustands?«

Lindy schüttelte den Kopf. »Nein, keine, Dr. Jones. Was gut und schlecht zugleich ist. Gut, weil ich immer noch überzeugt bin, dass er Bronchitis hat, nicht die Grippe, aber schlecht, weil er so schwach ist, dass ich mir Sorgen mache, ob er selbst eine Bronchitis überstehen würde.« Lindy fischte eine Akte aus dem Stapel, den sie gerade auf Indias Schreibtisch gelegt hatte, und reichte sie ihr. »Hier sind seine neuesten Werte. Ein anderer Patient, Abbott … macht mir ebenfalls Sorgen.«

»Der Große? Rotes Haar und Sommersprossen? Mit Gesichtsverbrennungen?«, fragte India.

»Genau der. Er hatte Fieber bei der Einlieferung und klagte über Kopfschmerzen. Jetzt hustet er. Und scheint Wasser in der Lunge zu haben.«

Indias Miene verdüsterte sich. »Wir müssen eine Quarantänestation einrichten für mögliche Grippepatienten. Und zwar sofort. Wir dürfen kein Risiko eingehen. Diese Männer sind so schwach, dass sie keine Chance haben, wenn sie sich infizieren. Rufen Sie das Personal zusammen, und weisen Sie die Leute an, sich gleich an die Arbeit zu machen und die Station im Dachboden einzurichten.«

»Im Dachboden?«, fragte Lindy unsicher.

»Wir hatten vier Neuzugänge heute Morgen, und morgen sollen weitere sieben kommen. Wir haben keinen Platz mehr. Der Dachboden ist voller Gerümpel, aber sauber. Natürlich ist das nicht ideal, aber die einzige Möglichkeit«, sagte India. Sie hatte schon vor Langem gelernt, dass es im Bereich der Medizin ideale Situationen nur in Lehrbüchern gab.

»Ja, Dr. Jones«, erwiderte Lindy. »Ich werde sofort alles veranlassen.«

In dem Moment ging Indias Bürotür auf, und Sid trat ein. Es war unüblich, dass er sie während des Tages besuchte. Oft war er mit seinen psychisch erkrankten Patienten so beschäftigt, dass sie und die Kinder von Glück sagen konnten, wenn sie ihn zum Abendessen sahen.

»Sid! Ich bin so froh, dass du da bist. Lindy und ich haben gerade über die Quarantänestation gesprochen und ...«

Sie brach ab. Denn als er sich setzte, bemerkte sie, dass sein Gesicht aschfahl war und seine Augen gerötet waren. Sie hatte ihren Mann nur ein einziges Mal weinen sehen. Vor langer Zeit. Und konnte sich nicht vorstellen, was ihn so außer Fassung gebracht hatte.

Dann packte sie ein entsetzlicher Gedanke. »Sid, die Kinder ...«, begann sie, während ihr vor Angst fast das Herz stehen blieb.

»Ihnen geht's gut. Allen«, antwortete er. »Lindy, würden Sie uns eine Minute entschuldigen?«

»Natürlich. Tut mir leid«, antwortete Lindy Summers und hastete hinaus.

India stand auf, ging um den Schreibtisch herum und setzte sich neben ihren Mann.

»Was ist los? Was ist passiert?«, fragte sie. »Geht's um Seamie? Hat sich sein Zustand verschlechtert?« India und der Rest der Familie wussten von der Zerstörung der *Hawk* und Seamies Verwundung, denn Jennie hatte ein Telegramm bekommen und sie informiert, aber die Verletzungen waren nicht lebensbedrohlich.

Sid versuchte, ihr zu antworten, brachte aber kein Wort über die Lippen.

»Du machst mir Angst«, sagte India.

Er schluckte schwer und versuchte es erneut. »Heute Morgen sind ein paar neue Patienten angekommen.«

»Ja, ich weiß. Vier.«

»Einer von ihnen hat eine schwere Kriegsneurose«, sagte Sid. »Tatsächlich der schlimmste Fall, den ich je gesehen habe. Er ist völlig verstört. Er zittert nur und starrt vor sich hin.« Er hielt inne und fügte dann betroffen hinzu: »India ... es ist Charlie. Mein Neffe. Der nach mir benannt ist. Und er erkennt mich nicht. Er erkennt mich nicht mal mehr.«

Es dauerte eine Weile, bis sie wirklich verstanden hatte, was er meinte. »Es tut mir so leid, Sid«, antwortete sie schließlich mit leiser Stimme und lehnte den Kopf an seinen. »Besteht denn gar keine Hoffnung? Überhaupt keine? Du kannst doch was tun, das weiß ich. Ich habe doch gesehen, was du bei den anderen Jungen bewirkt hast.«

Sid schüttelte den Kopf. »Komm mit«, sagte er und stand auf.

India folgte ihm nach unten. Er führte sie zum letzten Zimmer im Gang mit den psychisch kranken Männern. Sie blickte durch die offene Tür und sah einen jungen Mann auf dem Bett sitzen, dessen Körper grauenvoll zitterte. Er war bis aufs Skelett abgemagert, nur noch Haut und Knochen. Seine Augen waren geöffnet, aber der Blick war leer und tot.

India trat zu ihm, setzte sich neben ihn aufs Bett und untersuchte ihn kurz. Dabei redete sie mit ihm und versuchte, Kontakt zu ihm herzustellen, ihm eine Reaktion zu entlocken, ein vages Anzeichen des Erkennens. Aber ihre Anstrengungen waren vergebens. Er reagierte nicht. Auf gar nichts. Es war, als wäre sein gesamtes Innenleben – sein Herz, seine Seele, sein wacher Verstand und sein kluger Witz – aus ihm herausgerissen worden und nur eine leere Hülle zurückgeblieben.

»Er ist erst siebzehn, India«, sagte Sid. »Er ist doch erst siebzehn Jahre alt.«

Dann hörte India das unterdrückte Schluchzen ihres Mannes. Sie dachte daran, was sie als Nächstes tun müsste – Fiona und Joe anrufen und ihnen mitteilen, dass ihr geliebtes Kind bei ihr im Hospital war. Dass es verwundet war, nicht tot – aber so gut wie.

Und dann legte India, die seit Langem geübt darin war, sich das Leid ihrer Patienten nicht zu sehr zu Herzen zu nehmen, die Hände vors Gesicht und brach in Tränen aus.

60

»Steh auf!«, schrie der Mann auf Türkisch. »Steh auf und geh, oder ich schlag dich, dass dir Hören und »Sehen vergeht!«

Willa war auf die Seite in den Dreck gefallen. Ihre Beine funktionierten nicht. Nichts funktionierte. Ihr war schwindlig, sie fühlte sich desorientiert und konnte nicht klar sehen.

»Steh auf, hab ich gesagt!«, brüllte der Mann.

Sein Tritt in ihre Rippen ließ sie aufschreien, brachte sie aber nicht auf die Beine. Nichts vermochte das. Sie würde hier sterben. Im Dreck. In der mörderischen Hitze. Und es war ihr egal. Sie hatte die Unterhaltung zwischen den Beduinen und Türken mitbekommen und genug verstanden, um zu wissen, dass sie fünf Tage unterwegs gewesen waren. Nach fünf Tagen Wüstendurchquerung, die sie, über den Rücken eines Kamels geworfen, verbracht hatte, nach Nächten, in denen man sie wie ein Tier an einen Pfahl gebunden hatte, nach Hunger, Durst und unerträglichen Schmerzen wäre der Tod eine Gnade.

Ihre Kleider waren von all dem Schmutz, Blut und Erbrochenen völlig verkrustet. Und stanken nach Urin. Einer der Entführer wollte sie vor drei Nächten vergewaltigen, fühlte sich aber so abgestoßen von ihrem Zustand, dass er es angewidert aufgab.

Es zählte nicht mehr. Nichts zählte mehr. Bald würde alles vorbei sein. Sie schloss die Augen und wartete auf den Tod. Sie hatte keine Angst, sehnte ihn sogar herbei.

Aber die türkische Armee hatte andere Pläne.

Es gab noch mehr Geschrei, und Willa spürte, wie sie hochgerissen wurde. Sie öffnete die Augen und sah, wie ein Uniformierter den Beduinenkriegern, die sie gefangen hatten, eine kleine, schwere Lederbörse reichte. Dann hoben zwei Männer sie hoch und trugen sie in ein Steingebäude. Sie hatte den vagen Eindruck, dass sie sich in irgendeiner Garnisonsstadt befand. Aber in welcher? In Damaskus?

Ihre neuen Geiselnehmer zerrten und schleppten sie durch das Gebäude. Es ging durch einen Vorraum einen Flur entlang und eine Treppe hinab. Es war dunkel, und sie nahm immer wieder alles nur verschwommen wahr, aber sie war sich sicher, dass sie sich in einem Gefängnis befand.

Eine massive Holztür wurde geöffnet, und man warf sie in einen kleinen, düsteren Raum mit gestampftem Lehmboden. Einer der Männer ging weg und kam kurz darauf mit einem Krug Wasser zurück. Er schrie sie an. Sie dachte, er wollte, dass sie trank. Aber sie wollte nicht trinken. Sie hatte sich entschlossen zu sterben. Sie wehrte sich, versuchte, den Mann abzuschütteln, aber er war zu stark für sie. Er riss ihr den Mund auf, goss ihr Wasser hinein, dann hielt er ihn zu, damit sie es nicht ausspucken konnte. Nach einer Weile ließ er sie los, und sie sackte auf den Boden.

Ein Teller mit Essen wurde gebracht und auf den Boden gestellt. Dann wurde die Tür geschlossen und verriegelt. Es war vollkommen dunkel in der Zelle. Es gab kein Fenster, nicht den kleinsten Lichtstrahl.

Willa wusste nicht, wo sie war. Sie erinnerte sich nur, dass sie von Beduinen von der Absturzstelle entführt, viele Meilen transportiert und schließlich an die Türken verkauft worden war – die sie vermutlich für eine Spionin hielten und vernehmen wollten.

Sie fürchtete sich vor der Vernehmung, denn sie hatte allerhand Geschichten über die Methoden der Türken gehört und wusste, sie würden vor nichts zurückschrecken, um Informationen aus ihr herauszupressen. Sie schwor sich einen heiligen Eid, nichts zu verraten, ganz gleich, was sie ihr antun sollten. Am Ende würden sie aufgeben und sie töten, aber sie würde ihnen nichts verraten, weder über Lawrence noch über Damaskus.

Sie würde etwas brauchen, um die kommenden Qualen durchzustehen. Etwas, woran sie sich klammern konnte, um den Mut und die Kraft nicht zu verlieren, während sie sie blutig schlugen.

Das Bild eines Gesichts trat vor ihr geistiges Auge, ganz ohne ihr Zutun. Mit zitternder Hand zeichnete sie einen Buchstaben in den Lehm des Zellenbodens – den Buchstaben S.

61

»Seamie, das kannst du nicht machen. Das ist Wahnsinn. Absoluter Wahnsinn«, sagten. Albie.

Seamie, der gerade den Sattelgurt bei seinem Kamel festzurrte, antwortete nicht.

»Allenby schickt Männer raus, um sie zu suchen«, erklärte Albie.

»Was für Männer? Falls du es vergessen haben solltest, Albie, wir haben Krieg«, erwiderte Seamie. »Allenby wird keine wertvollen Truppen einsetzen, um eine einzelne Person zu suchen, noch dazu eine, die noch nicht einmal in der Wüste vermutet wird.«

»Aber du bist verwundet! Du kannst doch unmöglich mit deinen Verletzungen reiten. Und selbst wenn, weißt du nicht, was du machen sollst. Du weißt ja noch nicht mal, wo du suchen sollst!«

»Er weiß es«, antwortete Seamie und deutete auf einen Mann im Sattel eines zweiten Kamels, auf Abdul, seinen Beduinenführer.

Albie schüttelte den Kopf. »Ihr beide ... ganz allein in der Wüste. Innerhalb eines Tages habt ihr euch rettungslos verirrt. Und wofür, Seamie? Willas Flugzeug ist abgestürzt. Vermutlich wurde sie schlimm verletzt und lebt wahrscheinlich gar nicht mehr.«

Seamie seufzte. »So ist er, unser Albie, immer der unverbesserliche Optimist.«

»Was ist mit deinem Schiff? Du sollst doch in fünf Wochen das Kommando über ein neues Kriegsschiff übernehmen. Wie willst du denn die Hügel des Jabal Ad Duruz erreichen, die Gegend absuchen und rechtzeitig nach Haifa zurückkommen? Wenn du nicht am Tag deines Einsatzes an Deck bist, giltst du als Deserteur. Du weißt, was das britische Militär von Deserteuren hält. Du kommst vors Kriegsgericht und wirst erschossen.«

»Dann muss ich mich eben ein bisschen beeilen.«

Während Albie ihn scharf tadelte, überprüfte Seamie seine Satteltaschen, ob er seine Pistolen, genügend Munition, Medikamente und Verbandszeug und seinen Feldstecher eingepackt hatte. Dann kontrollierte er seine Wasser- und Essensvorräte. Gleich nachdem er Allenbys Memo gelesen hatte, beschloss er, Willa zu suchen. Die Nachricht hatte ihn zutiefst erschüttert. Der Gedanke, dass sie sich verletzt und verängstigt in den Händen grausamer, feindlicher Männer befand, war ihm unerträglich und trieb ihn fast in den Wahnsinn.

Statt mit Albie in die Offiziersmesse zum Essen zu gehen, verbrachte er fast die ganze Nacht damit, die Suchaktion vorzubereiten. Noch vor Sonnenuntergang fand er einen Führer, und gemeinsam mit ihm besorgte er sich Ausrüstung und Proviant. Dann schlief er ein paar Stunden, stand um vier Uhr früh auf und machte sich auf den Weg in Richtung der Stadttore. Dort traf er sich kurz nach fünf an der östlichen Mauer mit Abdul.

Albie, der von Anfang an gegen den Plan gewesen war, kam ebenfalls zu dem Treffpunkt und versuchte, Seamie das Vorhaben auszureden. Er zählte praktisch alle Argumente auf, die ihm einfielen – bis auf eines, das ihm das Wichtigste war. Eigentlich wollte er es nicht erwähnen, aber als er sah, dass seinen Freund nichts von dieser Dummheit abhielt, blieb ihm keine andere Wahl.

»Seamie …«, begann er jetzt zögernd.

»Ja?«, fragte Seamie und schloss eine seiner Satteltaschen.

»Was ist mit Jennie?«

Seamie hielt inne, starrte einen Moment vor sich hin und drehte sich dann zu Albie um. Albie hatte seine Affäre mit Willa nie angesprochen, sie nie auch nur mit einem Wort erwähnt. Jahrelang hatte Seamie geglaubt, Albie hätte keine Ahnung davon. Jetzt musste er einsehen, dass er sich getäuscht hatte. Aber er erkannte auch noch etwas anderes.

»Du bist es also gewesen, Albie?«, sagte er ruhig. »Du warst derjenige, der Willa aufgefordert hat abzureisen. London zu verlassen. Mich zu verlassen. Ich habe mich immer gefragt, ob sie von jemandem dazu gedrängt wurde. Willas Nachricht … ihre Entscheidung fortzugehen … kam so vollkommen überraschend.«

»Ich hatte keine andere Wahl, Seamie. Es war falsch. Für dich. Für Willa. Und für Jennie. Ich ging an diesem Abend in eure Wohnung. Du warst nicht da, nur Jennie. Sie wirkte völlig aufgelöst. Sie wusste Bescheid, Seamie. Und war schwanger mit deinem Sohn. Du und Willa, ihr beide seid die wichtigsten Menschen in meinem Leben. Wie konnte ich die Sache auf sich beruhen lassen? Wie konnte ich zulassen, dass sie dich und alle in deiner Umgebung zerstört?« Albie sah Seamie an. »Jetzt bist du wütend auf mich, oder?«

Das Geständnis versetzte Seamie einen Stich – und die Erkenntnis, dass er Jennie solchen Kummer bereitet hatte. »Nein, Albie, ich bin nicht wütend auf dich, sondern auf mich selbst. Ich hatte keine Ahnung, dass Jennie Bescheid wusste«, antwortete er traurig. »Ich dachte, es sei mir gelungen, es vor ihr geheim zu halten.«

»Es tut mir leid. Ich hätte den Mund halten sollen.«

»Nein, Albie. Ich bin derjenige, der einen Fehler gemacht hat. Und nicht nur einen. Es war ein Fehler, Jennie zu heiraten, und ein weiterer, mich abermals mit Willa einzulassen. Ich habe versucht, die Dinge wieder ins Lot zu bringen. Ich habe mein Bestes versucht, ein guter Ehemann und Vater zu sein. Und wenn dieser Krieg vorbei ist, werde ich es noch einmal versuchen.«

»Entspricht die Suche nach Willa deiner Vorstellung von einem guten Ehemann?«, fragte Albie.

»Um Himmels willen, Albie!«, erwiderte Seamie ärgerlich. »Ich reite doch nicht in die Wüste hinaus, um eine Liebesaffäre aufzuwärmen. Was soll ich deiner Meinung nach denn tun? Auf meinem Hintern sitzen bleiben, während sie in einem türkischen Gefängnis verrottet? Während die Wachen sie schlagen, hungern lassen ... oder ihr noch Schlimmeres antun?«

»Lawrence sucht nach ihr. Wenn sie noch lebt, findet er sie.«

Seamie lachte bitter. »Und riskiert damit, seine Position preiszugeben? Die Stärke seiner Truppen? Direkt vor einer Offensive? Das bezweifle ich. Lawrence ist durch und durch Soldat, Albie, und das weißt du. So gern er Willa vielleicht retten möchte, kann er nicht wegen einer Person das Leben von Tausenden aufs Spiel setzen.«

»Du darfst das nicht tun.«

»Was zum Teufel ist denn los mit dir, Albie? Willst du denn nicht, dass ich sie finde?«, fragte Seamie, bereute seine Worte jedoch sofort, als er den Schmerz auf Albies Gesicht sah.

»Natürlich möchte ich, dass sie gefunden wird, Seamie. Sie ist meine Schwester. Wir hatten zwar unsere Differenzen in den letzten Jahren, aber ich liebe sie sehr«, erwiderte Albie ruhig. »Aber ich glaube nicht, dass du sie finden kannst. Allenfalls ihre Leiche. Und das wollte ich mithilfe einheimischer Kontakte – mit Beduinenhändlern, türkischen Informanten und dergleichen – selbst tun. Ich wünschte, du würdest mir dabei helfen. Ich wünschte, du würdest hierbleiben und …« Er brach ab.

»Was?«

Albie sah Seamie an. »Ich habe Angst, dass es für dich das Ende bedeutet, dass dir die Sache den Rest gibt. Ich war eigentlich schon immer der Überzeugung, dass ihr beide euch gegenseitig umbringen werdet. Schon seit Langem. Damals als Kinder auf dem Boot meines Vaters. In Cambridge, als ihr irgendwelche Gebäude raufgeklettert seid. Auf dem Kilimandscharo seid ihr dann dem Ziel schon ziemlich nahegekommen. Und später in London dachte ich, ihr schafft es, indem ihr euch gegenseitig das Herz brecht. Was übrigens immer noch passieren kann. Es ist eine Art Wahn zwischen euch beiden. Ihr nennt es vermutlich Liebe. Es hat Willa in Afrika fast zerstört. Und dann noch einmal in England. Sie ist wahrscheinlich nicht mehr am Leben, Seamie. Ich weiß es, und du weißt es, aber du kannst das nicht akzeptieren. Und jetzt bist du entschlossen, dich auf dieser aussichtslosen Suche höchster Gefahr auszusetzen. Wenn du in Gefangenschaft gerätst, weißt du, was dir passiert …«

»Albie, ich habe keine Wahl. Siehst du das denn nicht ein? Sie ist mein Herz und meine Seele. Es besteht noch eine Chance, wenn auch nur eine sehr geringe, dass sie am Leben ist, und solange diese Hoffnung besteht, kann ich sie nicht aufgeben. Das kann ich einfach nicht.«

Albie seufzte. »Ich habe geahnt, dass ich dich nicht davon abbringen kann.« Er griff in seine Hosentasche und zog ein zusammengefaltetes Stück Papier heraus. »Das ist eine Karte der Region. Die neueste, die wir haben. Zerreiß sie, wenn du geschnappt wirst.«

Seamie nahm die Karte. Dann zog er Albie an sich und umarmte ihn fest.

»Ich komme zurück«, sagte er. »Mit ihr. Und du fängst in der Zwischenzeit ein paar Spione, ja? Damit mein nächstes Schiff nicht genauso hochgejagt wird wie mein letztes.«

Dann stieg Seamie auf sein Kamel und ritt mit Abdul davon. Währenddessen hörte Albie die Stimme des Muezzins aus dem Innern der Stadt, der die Gläubigen zum Gebet rief. Er war nicht religiös, aber die Schönheit und Emotionalität der Stimme berührten ihn jedes Mal tief. Und als die Sonne aufging und ihre Strahlen über die Dünen der Wüste warf, schickte er trotzdem ein schnelles Gebet zum Himmel.

Er bat Gott, Willa und Seamie zu beschützen, die beiden Menschen, die ihm so sehr am Herzen lagen. Er bat ihn, den beiden ihre wahnsinnige und rücksichtslose Liebe zu verzeihen, und dann bat er ihn um noch etwas – ihm selbst zu ersparen, jemals dergleichen erleben zu müssen.

62

Fiona blieb wie angewurzelt an den Türen von Wickersham Hall stehen – dem Hospital, das sie und Joe finanziell unterstützten und oft besuchten. Nie hätte sie gedacht, dass eines Tages ihr eigener Sohn als Patient hier sein würde.

Zusammen mit Joe und Sid war sie früh am Morgen mit dem Zug aus London hergekommen. Eine Kutsche hatte sie am Bahnhof abgeholt und hergebracht. Sie war ausgestiegen, hatte gewartet, bis Sid und der Kutscher Joes Rollstuhl abgeladen hatten, und war dann mit ihrem Mann und ihrem Bruder zum Eingang des Hospitals gegangen. Aber jetzt hatte sie das Gefühl, keinen Fuß mehr vor den anderen setzen zu können.

Sid war am Abend zuvor nach London gekommen, um Fiona, Joe und den Rest der Familie über den Zustand von Charlie zu informieren. Sie saßen alle gerade im Salon am Kamin. Als sie zu so später Stunde das Klopfen hörten, glaubte Fiona, das Herz würde ihr stehen bleiben. Sie sprang auf und wartete auf Mr Fosters Eintreten. Mit einem Sohn auf dem Schlachtfeld lebte sie in ständiger Angst vor schlimmen Nachrichten.

»Er ist *nicht* tot. O Gott sei Dank!«, sagte sie, als Sid in den Raum trat. »Dann schicken sie nämlich ein Telegramm, nicht den Onkel.«

»Niemand ist tot, Fiona«, antwortete Sid und schloss die Tür hinter sich.

»Aber du bringst keine guten Nachrichten, oder? Sonst wärst du nicht um diese Zeit den weiten Weg hergekommen?«, fragte sie und machte sich innerlich auf alles gefasst. »Was ist passiert?«

Sid bat sie, sich zuerst wieder zu setzen. Da wurde ihr klar, dass er tatsächlich Schlimmes mitzuteilen hätte. Man wurde immer genötigt, sich zu setzen, wenn es schlimme Nachrichten gab. Und so war es auch. Sie brach in Tränen aus, als er ihr von Charlie erzählte, und weinte die ganze Nacht hindurch. Eigentlich wollte sie sofort zum Hospital fahren, aber Sid war dagegen.

»Er ist gerade erst eingeliefert worden«, erklärte er. »Lass ihn sich ausruhen. Vielleicht beruhigt es ihn, sich an einem sicheren, ruhigen Ort auszuschlafen.«

Am nächsten Morgen waren sie zu dritt mit dem ersten Zug vom Bahnhof in Paddington abgefahren. Die kleineren Kinder wurden der Obhut von Mrs Pillower überlassen, Katie war in Oxford.

Jetzt blickte Fiona auf die großen Türen. Einst war sie hier in glücklicheren Tagen hindurchgegangen, als sie Maud besuchte. Es fühlte sich an, als wäre es Ewigkeiten her, wie in einem anderen Leben. Sie erinnerte sich an andere Hospitaltüren, durch die sie gegangen war. In ihrer Jugend. Als sie erst siebzehn war. Damals war sie hindurchgeeilt, um ihren verletzten Vater zu besuchen, kurz bevor er gestorben war.

Sie schüttelte den Kopf. »Nein. Ich kann nicht.«

Joe, im Rollstuhl neben ihr, nahm ihre Hand. »Du musst, mein Schatz. Charlie braucht dich.«

Fiona nickte. »Ja, du hast recht«, antwortete sie und lächelte ihn tapfer an. Dann gingen sie gemeinsam hinein.

India erwartete sie. Sie umarmte und küsste die beiden wortlos und führte sie mit Sid zu einem Patientenzimmer. Fiona sah auf den armen Jungen, der auf dem Bett saß. Er zitterte, war blass und dürr wie eine Vogelscheuche. Er starrte an die Wand. Verwirrt wandte sie sich wieder ab.

»Wo ist er denn? Wo ist Charlie?«, fragte sie.

Sid legte den Arm um sie. »Fee ... das ist Charlie.«

Fiona schlug die Hände vors Gesicht und stieß ein leises, tierhaftes Stöhnen aus. Dann holte sie ein paarmal tief Luft und ließ die Hände wieder sinken. »Das ist nicht wahr«, entfuhr es ihr. »Wie konnte das passieren? Wie nur? Wisst ihr das?«

»Wir wissen es, Fiona«, antwortete Sid zögernd. »India und ich haben gestern den medizinischen Bericht gelesen.«

»Erklär's mir.«

»Es war schon schlimm genug, ihn zu lesen, Fee«, sagte Sid. »Und möglicherweise ist es noch schlimmer, sich das Ganze anzuhören. Ich glaube nicht ...«

»Sag's ihr. Sag's uns. Wir müssen es wissen«, forderte Joe ihn auf.

Sid nickt und führte sie hinaus.

»Laut Bericht des Feldarztes«, begann er, »war Charlie vor dem letzten Angriff auf seine Einheit fünf Monate lang ununterbrochen in den Schützengräben an der Front. Er hat unter grauenvollen Bedingungen durchgehalten und sich immer tapfer gezeigt. Oft ist er während des Gefechts auf die feindlichen Linien losgestürmt. Und dann, eines Morgens, beim Angriff auf eine feindliche Stellung, sind unmittelbar hintereinander zwei Granaten dicht neben ihm eingeschlagen. Die Detonation hat ihn taub gemacht. Und seinen Freund, Eddie Easton, in Stücke gerissen. Charlie war mit Eddies Blut und Fleischfetzen besudelt.« Sid hielt inne, um sich selbst wieder zu fassen. »Tut mir leid«, sagte er und räusperte sich.

»Sprich weiter«, flüsterte Fiona, die Hände zu Fäusten geballt.

»Charlie hat den Verstand verloren«, fuhr Sid fort. »Er hörte nicht mehr auf zu schreien und versuchte ständig, das Blut und die Fleischfetzen von sich abzuschütteln. Er wollte in den Graben zurückrobben, aber sein Kommandeur ließ ihn nicht. Der Mann – Lieutenant Stevens – schrie Charlie an, wieder aufs Schlachtfeld zurückzugehen, aber Charlie konnte nicht. Stevens nannte ihn einen Feigling und drohte, ihn wegen Befehlsverweigerung erschießen zu lassen, wenn er nicht gehorchte. Charlie schrie und zitterte. Eine weitere Granate explodierte in seiner Nähe. Er rollte sich zusammen. Stevens packte ihn und zerrte ihn zur Frontlinie zurück. Er schleppte ihn ins Niemandsland und fesselte ihn an einen Baum. Dort ließ er ihn sieben Stunden lang schmoren. Er behauptete, das würde ihn wieder zur Räson bringen, einen Mann aus ihm machen. Als der Granatenbeschuss aufhörte und Stevens den Befehl gab, ihn aus der Gefahrenzone zu holen, war Charlie katatonisch. Die zwei Soldaten, die ihn losmachten, sagten aus, sie hätten keinen Satz mehr aus ihm herausbringen können. Sie trugen ihn zum Graben zurück. Stevens ging erneut auf ihn los, schrie ihn an, ohrfeigte ihn – was keinerlei Wirkung zeigte. Daraufhin erklärte er ihn für invalid.«

Als Sid geendet hatte, wandte sich Fiona an Joe, aber der hatte sich weggedreht. Sein Kopf war gebeugt. Er weinte. Dieser Mann, dieser gute, tapfere Mann, der nicht geweint hatte, als auf ihn geschossen wurde, der keine Träne vergossen hatte, als er seine Beine und fast sein Leben verlor, schluchzte.

Taumelnd ging Fiona in Charlies Zimmer zurück. Zögernd machte sie einen Schritt auf ihren Sohn zu. Dann noch einen, bis sie vor seinem Bett stand. Sie kniete sich nieder und streichelte zärtlich seinen Arm.

»Charlie? Charlie, mein Schatz? Ich bin's, deine Mum.«

Charlie gab keine Antwort. Er starrte an die Wand und zitterte weiterhin unkontrolliert. Fiona versuchte es noch einmal. Und immer wieder. Sie drückte seinen Arm. Streichelte seine Wange. Nahm seine zitternden Hände und küsste sie. Aber Charlie zeigte keinerlei Anzeichen, dass er wusste, wer sie war, wer er war oder ob er überhaupt etwas wahrnahm. Als sie es schließlich nicht mehr ertrug, legte sie den Kopf in den Schoß ihres Sohns und weinte. Sie dachte, sie hätte schon alles durchgemacht, was einem menschlichen Wesen widerfahren konnte. Aber jetzt stellte sie fest, dass das nicht zutraf, weil dieser Schmerz mit nichts vergleichbar war, was sie je erlebt hatte. Der Schmerz einer Mutter, die ihr geliebtes Kind völlig zerstört sah.

Und außerdem stellte sie fest, dass sie zum ersten Mal in ihrem Leben nicht weiterwusste. Sie wusste nicht, wie sie sich je wieder aufrappeln und weiterleben sollte. Sie wusste nicht, wie sie es schaffen sollte, auch nur den nächsten Atemzug zu machen.

63

Willa wartete auf den Tod.

Sie hatte ihn erhofft, ihn in den endlosen dunklen Tagen in ihrer Zelle erfleht. Aber der Tod kam nicht. Nur die Einsamkeit und mit ihr die Verzweiflung. Nur der Hunger und die eisige Kälte der Wüstennächte. Nur die Läuse und mit ihnen das Fieber. Aber der Tod kam nicht.

Sie lernte, anhand des Geräuschpegels und der Bewegung vor ihrer Zelle Tag und Nacht zu unterscheiden. Morgen war, wenn der Wärter von Zelle zu Zelle ging, eine kleine Klappe öffnete und zu den Gefangenen hineinsah, um zu prüfen, ob sie noch lebten.

Mittag war, wenn ihr die Wärter einen Krug frisches Wasser und die einzige Mahlzeit des Tages brachten und den Kübel ausleerten, der als Toilette diente.

Abend war, wenn es still wurde im Gefängnis.

Nacht war, wenn die Ratten hervorkrochen. Sie hatte gelernt, ihnen etwas Essen auf ihrem Teller übrig zu lassen und ihn in die Ecke zu schieben, damit sie sich untereinander darum stritten und sie in Ruhe ließen.

Jeden Tag ritzte sie mit einem Stein einen Strich in die Wand. Daher glaubte sie, seit dreizehn Tagen eingesperrt zu sein.

Die Wärter arbeiteten in festen Gruppen und redeten nur miteinander. Da sie die meiste Zeit stark fieberte, konnte sie nichts anderes tun, als stumm auf ihrer schmutzigen Pritsche zu liegen. Wenn sie es doch ab und zu schaffte, sich aufzusetzen oder ein paar Schritte zu gehen, versuchte sie, die Wärter in ein Gespräch zu verwickeln und herauszufinden, warum man sie festhielt und was man mit ihr vorhatte, aber sie sagten ihr nichts. Sie verstand jedoch ein bisschen Türkisch und entnahm den aufgeschnappten Gesprächsfetzen Worte wie »Lawrence«, »Damaskus« und »Deutsche«.

Es war immer noch August, dessen war sie sich sicher. War Lawrence schon so schnell in Damaskus einmarschiert? Oder hatten die Türken mithilfe der Deutschen die Stadt gehalten? Und wo war sie überhaupt? Und was würden die Türken mit ihr machen?

Zwei Wochen nach ihrer Einlieferung bekam Willa die Antwort. Der Wärter drehte seine übliche Morgenrunde, aber kurz darauf ging die Zellentür zum zweiten Mal auf. Der Wärter und zwei seiner Männer standen in der Türöffnung. Einer hielt eine Laterne. Der Wärter rümpfte die Nase wegen des Gestanks, dann schrie er Willa an aufzustehen. Sie konnte nicht. Das Fieber, das während ihrer Gefangenschaft immer wieder aufgeflammt war, war in der vergangenen Nacht gestiegen. Sie war schwach, nicht ganz bei Sinnen und besaß nicht die Kraft, sich auf den Beinen zu halten.

»Helft ihr auf«, befahl der Wärter seinen Leuten.

Einer fluchte leise. Er wolle sie nicht anfassen, sagte er. Sie sei schmutzig und krank. Der Wärter brüllte ihn an, und er tat schließlich das, was ihm befohlen wurde. Willa wurde aus der Zelle und durch einen langen Gang geschleppt. Das Tageslicht, das durch die Fenster einfiel, blendete sie. Doch ihre Augen hatten sich einigermaßen an das Licht gewöhnt, als sie an ihrem Bestimmungsort ankam – einem kleinen, gut beleuchteten Raum im hinteren Teil des Gefängnisses. In der Mitte des Raums stand ein Metallstuhl. Darunter war ein Abfluss. Bei dem Anblick krampfte sich Willas Magen zusammen.

Bitte, betete sie. Lass es schnell gehen. »Der Tod reitet ein schnelles Kamel«, sagte Auda immer. Willa hoffte inständig, dass er recht hatte.

Die Männer setzten sie auf den Stuhl und fesselten ihr die Hände auf den Rücken. Erst jetzt bemerkte sie, wie schmutzig sie war. Ihre Kleider waren zerfetzt, die Schuhe hatte man ihr schon vor Tagen weggenommen. Ihre Füße waren mit Schmutz verkrustet, eine rote Schramme verlief über ein Fußgelenk.

»Wie heißt du?«, fragte der Wärter auf Englisch.

»Little Bo Peep«, antwortete Willa. Während ihrer Gefangenschaft war sie schon mehrmals nach ihrem Namen gefragt worden, hatte sich aber immer standhaft geweigert, ihn zu verraten.

Der Wärter schlug ihr ins Gesicht. Heftig.

Es folgten weitere Fragen. Und weitere schlaue Antworten oder gar keine. Die Fragen wurden lauter. Und die Schläge gingen in Fausthiebe über. Willa spürte, wie ihr rechtes Auge anschwoll, sie schmeckte Blut im Mundwinkel, aber sie antwortete noch immer nicht. Sie dachte an Seamie. An den Kilimandscharo. An ihre gemeinsame Zeit in London. Und gab ihren Entführern nichts preis.

»Weißt du, was ich mit dir mache, du dreckige Schlampe?«, fragte der Wärter schließlich auf Englisch. »Ich ramm dir meinen großen, dicken Schwanz in den Arsch, dass du schreist. Und wenn ich fertig bin, sind meine Männer an der Reihe.«

Willa, deren Kopf jetzt auf der Brust hing, lachte. »Ach ja? Hoffentlich bist du erkältet und kannst nichts riechen.«

Der Wärter fluchte. Er wandte sich an seine Männer und vergaß, wieder Türkisch zu sprechen. »Ich rühr sie nicht an. Sie stinkt wie die Pest. Auf ihrem Kopf wimmelt's vor Läusen. Wahrscheinlich hat sie Typhus. Er ist doch jetzt da, oder? Holt ihn her. Soll er doch die Drecksarbeit machen. Soweit ich weiß, kann er das ja ganz gut.«

Typhus, dachte Willa benommen. Kommt mir gerade recht. Schade nur, dass ich nicht früher daran gestorben bin.

Sie fragte sich, wer dieser *er* war, von dem der Wärter gesprochen hatte, und ob sie lang genug bei Bewusstsein bleiben würde, um das herauszufinden. Die Tür ging auf, und jemand trat ein. Sie hörte barsche Worte. Es war ein Mann. Er sprach deutsch. Eine grobe Hand packte sie an den Haaren und riss ihren Kopf hoch.

»Um Gottes willen!«, rief der Mann aus, und seine Stimme klang merkwürdig vertraut.

Sie hörte ihn lachen, freudlos und bitter. Und dann sagte der Mann: »Das hätte ich mir denken können, dass du das bist. *Namaste*, Willa Alden. *Namaste*.«

64

Seamie starrte auf die Überreste der Sopwith Strutter. Wie Willa einen so furchtbaren Absturz überlebt haben sollte, konnte er sich nicht vorstellen. Sie musste verletzt worden sein. Schwer. Wie der Pilot. Dessen enthaupteter Körper saß noch immer im Cockpit und vertrocknete in der Wüstensonne.

»Was machen wir?«, fragte Abdul auf Englisch.

Ja, was machen?, dachte Seamie. Wenn ich das wüsste.

Sie hatten zwölf Tage gebraucht, um die Absturzstelle zu erreichen – zwölf anstrengende Tage in der gleißenden Wüstensonne. Da Seamie nur wenig Arabisch sprach und die Einheimischen kein Englisch, dachte Albie, es könnte vielleicht von Nutzen sein, wenn Seamie Fotos von Willa bei sich hätte. Also machten sie unterwegs in jedem Dorf halt und zeigten den Leuten die Bilder von ihr. Sie befragten Beduinen, Händler und Ziegenhirten und verloren dabei wertvolle Zeit, aber niemand hatte Willa gesehen. Keiner etwas gehört. Geschlafen hatten sie nur, wenn es zu dunkel war, um weiterzureiten, und waren im Morgengrauen wieder aufgestanden, um sich so schnell wie möglich wieder auf den Weg zu machen.

Die Absturzstelle hatten sie erst vor ein paar Minuten erreicht, und Seamie suchte aufmerksam die ganze Umgebung ab, ob es noch Spuren von Willas Entführern gab, aber der Wind hatte alle verweht.

Seamie drehte sich jetzt einmal um die eigene Achse und versuchte, sich ein Bild von den Bedingungen des Landes zu machen und sich vorzustellen, was mit Willa geschehen sein könnte. Wenn türkische Soldaten sie mitgenommen hatten, war sie wahrscheinlich in einem Militärgefängnis in einer Garnisonsstadt oder in einem Militärlager. Wenn sie von Beduinen entführt worden war, konnte sie überall sein.

Seamie nahm Albies Karte aus seiner Satteltasche. Auf der Karte waren bekannte türkische Wüstenlager verzeichnet, Wasserstellen, die Beduinen aufsuchten, und Siedlungen, die zu klein waren, um namentlich genannt zu sein.

Da er weder auf dem Ritt östlich von der Absturzstelle noch an dem Unfallort selbst etwas entdeckt hatte, beschloss er, als Nächstes in einem immer größer werdenden Radius um die Absturzstelle herumzureiten, um vielleicht doch noch irgendwelche Spuren zu finden.

Er war sich nur allzu bewusst, wie wenig Zeit ihm blieb, bevor er wieder in Haifa und auf seinem neuen Schiff sein musste, und welche Strecke er noch zurückzulegen hatte. Wie sollte er Willa in dieser gottverlassenen Gegend jemals finden?

Abdul, der bereits im Schatten seines Kamels döste, sah den Stoßtrupp nicht, der sich von Süden her näherte. Genauso wenig Seamie, der konzentriert Albies Karte studierte. Er bemerkte die Fremden erst, als eines ihrer Kamele brüllte, und da war es schon zu spät. Alle Männer bis auf einen waren bereits von ihren Reittieren abgesprungen und umringten sie. Sie trugen weiße Gewänder, Turbane und Dolche im Gürtel.

Abdul wachte mit einem Ruck auf und sprang auf die Füße. »Räuber. Sechs. Gar nicht gut«, sagte er.

»Das sehe ich auch«, erwiderte Seamie. »Was wollt ihr?«, fragte er die Männer. Aber er bekam keine Antwort.

Einer von ihnen ging zu Seamies Kamel, öffnete die Satteltasche und begann, darin herumzuwühlen.

»Hey! Was machst du da? Hände weg!«, rief Seamie ärgerlich.

Er machte eine Bewegung, um den Mann aufzuhalten, spürte aber sofort einen Dolch an seiner Kehle. Der Räuber zog eine Pistole, Munition und eine Fotografie von Willa heraus und reichte alles dem sechsten Mann, einem großen Beduinen, der immer noch im Sattel saß und der Anführer zu sein schien. Er inspizierte die Waffe, warf einen Blick auf das Foto, dann brüllte er Seamie an.

Abdul übersetzte, so gut er konnte. »Er fragt dich, warum du dieses Foto hast. Er fragt dich, wie du heißt.«

»Sag ihm, dass er mich am Arsch lecken kann!«, schrie Seamie.

»Sag ihm, dass er meine Sachen zurückgeben und mit seinem Diebesgesindel verschwinden soll.«

Abdul riss die Augen auf und schüttelte den Kopf.

»Sag's ihm!«, brüllte Seamie.

Auch der Beduine schrie Abdul an, bis dieser, vor Angst schlotternd, gehorchte. Der Beduine lauschte Abduls Worten, nickte, lachte und rief dann einem seiner Männer einen Befehl zu.

Seamie bekam nicht mit, wie der Mann eine Pistole aus seinem Gewand zog, ausholte und damit auf seinen Kopf einschlug.

65

»Ach, Großmutter! Ich bin so froh, dass du da bist!«, rief Katie und eilte im Haus ihrer Eltern in Mayfair die Treppe hinunter. »Komm mit nach oben, bitte«, sagte sie und zog sie am Arm.

»Mein Gott, Katie! Lass mich doch erst den Mantel ausziehen!«, erwiderte Rose Bristow außer Atem. Katie hatte sie vor einer Stunde angerufen und sehr aufgeregt geklungen. Woraufhin Rose sofort hergeeilt war. »Was ist denn los?«, fragte sie Katie. »Du hast am Telefon geredet wie ein Wasserfall, dass ich dich kaum verstanden habe.«

»Es geht um Mum. Sie hat kaum mehr was gegessen, seit sie und Dad aus dem Hospital zurückgekommen sind, und das war vor zwei Wochen! Sie schläft nicht. Spricht kaum. Liegt bloß zusammengerollt in ihrem Bett.«

Rose runzelte die Stirn. »Wo ist dein Vater?«

»Nach Wickersham Hall zurückgefahren. Um Charlie zu besuchen. Er hat mit ihr geredet. Sie festgehalten. Ihr Tee gebracht. Sie sogar angeschrien. Nichts hat geholfen. Dann hat er mich gebeten, nach Hause zu kommen. Aber alles, was ich mache, scheint auch nicht zu helfen, und ich habe wirklich alles probiert. Ich weiß nicht mehr weiter, Großmutter. Noch nie habe ich Mum in so einem Zustand gesehen. Noch nie«, sagte Katie und brach in Tränen aus.

Rose nahm ihre Enkelin in die Arme und beruhigte sie. »Scht, Katie. Das kriegen wir schon wieder hin. Deine Mum hat einen furchtbaren Schock erlitten. Sie braucht einfach Zeit, um wieder auf die Beine zu kommen, das ist alles. Geh runter und trink eine Tasse Tee, und ich geh zu ihr.«

Rose griff nach dem Geländer und stieg die Treppe hinauf. Sie hatte Charlie noch nicht besucht. Peter, ihr Mann, war stark erkältet, und wegen der schlimmen Grippe, die gerade grassierte, wollte sie ihn nicht allein lassen, für den Fall dass sich sein Zustand verschlimmerte. Aber Joe war zu ihr gekommen und hatte ihr erzählt, was geschehen war. Nie hatte sie ihren Sohn so am Boden zerstört gesehen.

Es gab viele schwere Schicksalsschläge, wie Rose sehr wohl wusste, aber nichts war schlimmer, als ein Kind zu verlieren oder zusehen zu müssen, wie das eigene Kind verletzt wurde und litt. Mutter oder Vater zu werden veränderte einen für immer, und zwar so grundlegend wie sonst nichts auf der Welt. Sei es Glück oder Unglück. Seien es Freundschaften oder Liebschaften.

Rose erinnerte sich an die Zeit, bevor sie Ehefrau und Mutter geworden war. Sie war schlank und zierlich gewesen, mit einem hübschen Gesicht und einer hübschen Figur. Mehrere junge Männer hatten ihr den Hof gemacht. Und sie hatte damals gebetet und sich alle möglichen albernen Dinge gewünscht: Bänder, dichtes Haar und rosige Wangen. Hübsche Kleider, einen gut aussehenden Ehemann, der sie ihr Nadelgeld ausgeben ließ.

Nachdem sie Mutter geworden war, betete sie nur noch um eines: dass niemals Unheil über ihre Kinder käme.

Schnaufend erreichte sie den Treppenabsatz und ging zu Fionas und Joes Schlafzimmer. Sie klopfte an, und als niemand antwortete, trat sie ein.

Ihre Schwiegertochter lag angezogen, den Rücken zur Tür gewandt, im Bett. Ihr Anblick versetzte Rose einen Stich. Sie wusste, dass Fiona als junges Mädchen ihre Mutter verloren hatte. Kate Finnegan war ihre beste Freundin gewesen. Sie lebten in der gleichen Straße, als sie frisch verheiratet waren. Um Kates und um Fionas willen hatte Rose all die Jahre versucht, ihrer Schwiegertochter die Mutter zu ersetzen.

»Was soll denn das, Fiona?«, fragte sie leise. »Den ganzen Tag im Bett rumzuliegen? Das ist doch nicht die Fiona, die ich kenne. Wie wär's, wenn du mal runterkämst? Und mit mir und Katie in der Küche eine Tasse Tee trinken würdest?«

Sie setzte sich aufs Bett und begann, Fionas Rücken zu streicheln. »Joe und Katie machen sich solche Sorgen um dich. Die Kleinen rennen ganz kopflos um die arme alte Mrs Pillower herum. Mr Foster weiß nicht mehr weiter. Und sogar die Hunde lassen die Köpfe hängen. Keiner weiß, was er tun soll, wenn du es ihnen nicht sagst. Du musst jetzt aufstehen.«

Rose hörte ein Schluchzen, dann noch eines. Fiona drehte sich um, und Rose sah ihr verschwollenes Gesicht und ihre verweinten Augen.

»Ich versuche ja aufzustehen, Rose«, erwiderte sie mit brüchiger Stimme. »Ich versuche es wirklich, aber wenn ich das tue, sehe ich nichts als die Gesichter der Männer im Hospital vor mir. All die jungen Männer, die jetzt aussehen wie alte Männer, nach dem, was man ihnen angetan hat. Und es ist ein neues Gesicht dabei – mein Charlie, der mich nicht mal mehr erkennt. Er ist wie tot, Rose.«

»Er ist aber nicht tot. Er ist in einem guten Krankenhaus in Oxford bei seinem Onkel Sid und seiner Tante India, wo er die beste Pflege kriegt. Es gibt keinen besseren Platz für ihn.«

Fiona schüttelte den Kopf. »Du hast ihn nicht gesehen. Meinen wunderbaren Jungen gibt es nicht mehr. Ein Fremder hat seinen Platz eingenommen. Ein Fremder mit erloschenen Augen, eine leere Hülle. Wie konnte er das nur tun, Rose? Dieser Lieutenant... Stevens ist sein Name. Wie konnte er Charlie das antun? Und ihm ist nichts passiert. Kein Disziplinarverfahren wurde gegen ihn eingeleitet. Aber er sollte im Gefängnis sitzen für das, was er getan hat. Charlie wird sich nie mehr davon erholen. Wie auch? Es ist ja nichts mehr von ihm übrig. Er hat nicht die geringste Chance.«

Rose ließ sie weinen. Ließ sie den Kummer und die Wut herausschreien, und als das Schluchzen in stumme Tränen übergegangen war, sagte Rose: »Hör zu, Fiona, hör mir gut zu. Wenn du glaubst, dass Stevens Charlie zerstört hat, dann ist es so. Und dann hast du recht – der arme Junge hat keine Chance mehr. Zumindest so lange nicht, wie du in diesem Bett bleibst und ihn aufgibst.«

Fiona wischte sich die Tränen ab. Zum ersten Mal seit Rose hereingekommen war, sah sie ihr in die Augen.

»Er ist immer noch da«, sagte Rose. »Er hat sich nur tief in sein Inneres zurückgezogen. An einen ruhigen, sicheren Platz. Wo ihn keine Granaten treffen können. Wo er seine toten Freunde nicht sehen muss. Du bist seine Mutter. Wenn jemand zu ihm durchdringen und ihn von dort wieder zurückholen kann, dann du. Aber du musst es versuchen. Ich kenne dich seit dem Tag deiner Geburt, Fiona. Du hast dein ganzes Leben lang gekämpft. Hör jetzt, um Himmels willen, nicht damit auf.«

»Aber ich weiß nicht, wie, Rose. Ich weiß nicht, was ich tun soll«, antwortete Fiona hilflos.

Rose lachte und drückte Fionas Hand. »Wissen wir je, was wir tun sollen, wir Mütter?«, fragte sie. »Wusste ich, was ich tun sollte, als Joe seinen ersten Keuchhustenanfall hatte? Hast du gewusst, was du tun sollst, als Charlie vom Baum fiel und sich den Arm brach? Nein. Man weiß nie, was man tun soll. Man findet es eben irgendwie heraus, weil man es muss. Wenn du es nicht tust, wer sonst?«

Fiona nickte.

»Alles, was du tun musst, mein Mädchen, ist, es zu probieren«, sagte Rose und tätschelte ihren Arm. »Ich weiß, dass du es für Charlie tun kannst. Ich weiß, dass du es kannst.«

Fiona setzte sich auf. »Kann ich das, Rose? Wirklich?«

»Ja, natürlich kannst du das. Du wirst ihn finden, Fiona. Das weiß ich. Du findest ihn und bringst ihn zu uns zurück.«

»Versprichst du mir das?«, fragte Fiona kleinlaut.

Rose dachte an ihren verstörten Enkelsohn. Sie dachte an den Horror, der ihm widerfahren war, als er das Blut seines toten Freundes von sich abwischen musste. Sie dachte, wie grausam er missbraucht worden war und wie Leute schon wegen geringerer Anlässe dem Wahnsinn verfallen waren.

Und dann dachte sie an die Frau, die neben ihr saß, an alles, was sie in ihrem Leben durchmachen musste, und dass ihre Verluste und ihr Kummer sie nicht bitter und grausam hatten werden lassen, sondern stärker, liebevoller und großzügiger.

»Das tue ich«, erwiderte Rose lächelnd. »Ich verspreche es.«

66

Seamie öffnete die Augen.

»Wo bin ich?«, murmelte er. »Was ist passiert?«

Er blinzelte ein paarmal, um klarer zu sehen, dann versuchte er, sich aufzusetzen und die hämmernden Schmerzen in seinem Kopf zu ignorieren. Stöhnend sank er wieder zurück.

Er blickte sich um und stellte fest, dass er in einem Zelt auf einem weichen Teppich lag. Wie er dort hingekommen war, wusste er nicht.

Ein paar Sekunden lang erinnerte er sich an gar nichts mehr, dann kehrte mit einem Schlag die Erinnerung zurück. Er war mit Abdul an der Absturzstelle gewesen, als sie überfallen wurden. Er hatte den Anführer der Räuber beschimpft. Einer der Männer hatte ihn vermutlich niedergeschlagen.

»Verdammter Mist«, sagte er. Dann rief er laut nach Abdul.

Eine Frau, offenbar von seinen Rufen aufgeschreckt, kam ins Zelt gelaufen und sah ihn an. Schnell verschwand sie wieder und rief jemandem etwas zu. Ein paar Minuten später kam Abdul ins Zelt geeilt.

»Wo sind die Kamele?«, fragte Seamie. »Und unsere Sachen?«

Bevor Abdul antworten konnte, trat ein anderer Mann ins Zelt. Seamie erkannte ihn, es war der Anführer der Bande. Hinter ihm eine Frau. Sie war in indigofarbene Gewänder gehüllt, und ein Schleier verbarg den unteren Teil ihres Gesichts.

»Das ist Khalaf al Mor«, erklärte Abdul mit gedämpfter Stimme, »der Scheik der Beni Sakhr. Die Frau ist Fatima, seine erste Ehefrau.«

»Und wenn er Georg V. wäre, wäre mir das auch egal. Sag ihm, er soll meine Sachen rausrücken«, knurrte Seamie.

Abdul ignorierte ihn. Khalaf al Mor hielt das Foto von Willa hoch und nickte Abdul zu.

»Der Scheik möchte wissen, woher du dieses Fotos hast«, sagte Abdul.

Dann hielt Khalaf eine Halskette hoch. Seamie konnte nicht wissen, dass es dieselbe war, die Fatima Willa geschenkt hatte und die ihr von den Entführern entrissen worden war.

»Der Scheik möchte ebenfalls wissen, was du über diese Halskette weißt«, fügte Abdul hinzu.

Seamie sah den Beduinen an. Warum interessierte er sich so für Willa? Schon an der Absturzstelle hatte er ihn nach dem Foto gefragt. Wusste er etwas über sie? Plötzlich dämmerte ihm, dass Khalaf al Mor ihm vielleicht helfen konnte. Zum ersten Mal seit Tagen keimte Hoffnung in ihm auf.

»Sag ihm, mein Name ist Seamus Finnegan, und ich bin britischer Marinekapitän. Ich weiß nichts über die Halskette, aber die Frau auf den Fotos ist meine Freundin Willa Alden. Sie war in dem abgestürzten Flugzeug draußen bei den Hügeln des Jabal Ad Duruz. Sag ihm, dass ich nach ihr suche und sie finden möchte.«

Fatima quasselte mit schriller Stimme auf Abdul ein. Offensichtlich wollte sie unbedingt wissen, was Seamie gerade gesagt hatte. Abdul übersetzte. Khalaf nickte, während er sprach, aber der misstrauische Ausdruck auf seinem Gesicht verschwand nicht. Fatima redete auf ihren Ehemann ein. Khalaf bedeutete ihr ungeduldig zu schweigen.

»Der Scheik möchte wissen, warum diese Frau nicht deine Ehefrau ist, wenn sie so wichtig für dich ist.«

»Weil ich bereits eine Frau habe«, erwiderte Seamie. »Daheim in England.«

Abdul übersetzte die Antwort. Fatima stieß einen lauten Schrei aus. Erneut keifte sie ihren Gatten an, bis er mit der Hand nach ihr schlug, dann sagte er etwas zu Abdul.

»Der Scheik meint, deine Erklärung ist wie ein zerbrochener Topf, der kein Wasser hält.«

»Was zum Teufel meint er damit?«, fragte Seamie.

»Weil ein Mann mehr als nur eine Frau haben kann«, antwortete Abdul.

»Aber nicht in England.«

Abdul übersetzte für Khalaf. Fatima hörte zu und begann erneut, aufgeregt auf ihren Mann einzureden. Khalaf brüllte sie an, woraufhin sie endlich schwieg. Dann wandte er sich wieder an Abdul.

»Der Scheik sagt, er habe von dieser Sitte schon gehört. Er gibt zu, dass sie Vorteile haben kann. Aber er möchte wissen, wie eine einzige Frau dir viele Söhne schenken kann. Ein Mann braucht mindestens zwanzig.«

»Also, ich habe keine zwanzig, aber einen«, antwortete Seamie. Er hielt eine Hand hoch zum Beweis, dass er keine Waffe ziehen wollte, und griff in seine Hosentasche, in der Hoffnung, dass seine Brieftasche noch da war. Sie war es. Er öffnete sie und zeigte Khalaf das Foto des kleinen James, der neben Jennie stand.

Khalaf lächelte, nickte und sprach mit Fatima. Abdul übersetzte, was sie miteinander beredeten. »Die Frau des Scheiks erklärt, dass alles genau so sei, wie Willa gesagt hat. Sie sagt, du bist der Mann, von dem sie gesprochen hat. Und du bist der Grund, weshalb sie keinen Mann und keine Kinder hat. Sie hat ihr erzählt, dass du in England schon eine hübsche Frau und einen kleinen Sohn hast. Sie bittet ihren Mann, dir zu helfen.«

Während Abdul sprach, betrat ein dunkeläugiger Junge das Zelt und berührte den Arm des Scheiks. Der Beduine lächelte bei seinem Anblick und legte den Arm um ihn. Dann packte er Abduls Arm und redete schnell auf ihn ein.

Abdul nickte und wandte sich an Seamie. »Khalaf al Mor möchte dir sagen, dass dies Daoud, sein erstgeborener Sohn, ist. Er möchte, dass du weißt, dass Willa Alden ihm das Leben gerettet hat.«

Seamie war plötzlich ganz aufgeregt. Jetzt war er sich sicher, dass Khalaf al Mor ihm helfen würde, Willa zu finden.

»Der Scheik möchte dir ebenfalls sagen, dass Willa Alden die Kette, die er dir gezeigt hat, von Fatima bekommen hat und dass sie bei einigen Howeitat-Räubern gefunden wurde, als sie sie in Umm al-Qittayn, einem kleinen Dorf am Fuß des Jabal Ad Duruz, verkaufen wollten. Einige der Männer des Scheiks waren dort und erkannten sie wieder. Sie fragten die Howeitat, woher sie sie hätten, aber sie sagten nur, sie hätten sie gefunden – aber nicht, wo und wie. Die Howeitat waren in der Überzahl, sonst hätten sie sie ihnen einfach abgenommen. Da dies nicht möglich war, kauften sie sie ihnen ab und brachten sie hierher zurück. Die Frau des Scheiks erkannte sie sofort als ihre eigene wieder.«

»Sprich weiter, Abdul. Erzähl mir den Rest«, bat Seamie.

»Khalaf als Mor sagt, diese Männer nennen sich Howeitat, aber sie gehören zu keinem Stamm, zu keinem Dorf. Sie sind als Räuber und Entführer bekannt. Sie haben schon oft Waffen, Informationen und manchmal auch Menschen an die Türken verkauft. Khalaf al Mor befürchtet, dass sie das auch mit Willa Alden gemacht haben.«

»Frag ihn, wo sie sind und wie ich sie finden kann«, bat Seamie.

Abdul übersetzte schnell, und Seamie erfuhr, dass die Räuber vermutlich ein paar Meilen südlich des Jabal Ad Duruz lebten und er sie bestechen müsste, um zu erfahren, was sie mit Willa gemacht hatten. Aber Khalaf mahnte zur Vorsicht, weil sie völlig unberechenbar seien. Sie seien misstrauisch und schnell beleidigt, und Seamie dürfe sich ihnen unter keinen Umständen allein nähern.

»Aber ich muss zu ihnen«, erwiderte Seamie. »Wie soll ich sonst herausfinden, ob sie Willa entführt haben?«

Khalaf erklärte, dass er ihm helfen werde. Er werde ihm zehn Männer mit Waffen und Kamelen geben und persönlich mitreiten, um Willa Alden aufzuspüren.

Seamie meinte, dass sie sofort aufbrechen müssten, und dankte dem Scheik tief berührt über dessen Großzügigkeit und Hilfsbereitschaft.

Der Scheik lächelte. »Das tue ich nicht für dich, mein Freund«, teilte er ihm durch Abdul mit. »Sondern weil Allah Willa Alden liebt. Und Khalaf al Mor ebenso.«

67

Willa öffnete die blutunterlaufenen, geschwollenen Augen.

Sie erwartete die Dunkelheit in ihrer Gefängniszelle, doch stattdessen sah sie Licht. Heller Sonnenschein fiel durch ein Fenster auf die sauberen Laken ihres Betts.

Sie betrachtete ihre Hand. Sie war ebenfalls sauber. Der verdreckte, zerrissene Ärmel ihres Kakihemds, das sie wochenlang getragen hatte, war weg. Stattdessen blickte sie auf einen Ärmel aus weißer Baumwolle.

Es ist eine Halluzination, dachte sie, von meiner Krankheit ausgelöst. Oder vielleicht träume ich. Vielleicht hat mich der Wärter schließlich bewusstlos geschlagen, und ich träume bloß, an einem sauberen Ort, in sauberen Kleidern, in einem sauberen Bett zu liegen. Sie wartete mit geöffneten Augen, dass die Halluzination aufhörte, der Traum endete und sie wieder in ihrer Zelle im Dunkeln wäre. Aber das geschah nicht.

»Wo bin ich?«, murmelte sie schließlich.

»Ah, Sie sind wach«, sagte plötzlich eine Stimme auf Deutsch. Eine Frauenstimme, die munter und sachlich klang.

Willa setzte sich auf, und der Schmerz in den gebrochenen Rippen ließ sie aufstöhnen. Sie drehte den Kopf und sah, dass die Frau links von ihr an einem kleinen Waschbecken stand. Sie war ganz in Weiß gekleidet, ihr Haar ordentlich unter eine weiße Haube gesteckt.

»Sie waren sehr krank«, sagte sie lächelnd. »Tatsächlich war ich mir zu einem bestimmten Zeitpunkt ziemlich sicher, wir würden Sie verlieren. Sie haben sich drei Rippen gebrochen, wissen Sie. Und gerade erst eine schwere Typhuserkrankung überstanden. Vor ein paar Nächten ist Ihr Fieber auf über einundvierzig Grad gestiegen.«

»Wer sind Sie?«, fragte Willa.

»Ich bin Ihre Krankenschwester«, antwortete die Frau.

»Aber wie …?«

»Reden Sie nicht so viel. Sie sind noch sehr schwach. Hier, nehmen Sie das«, sagte sie und legte eine kleine weiße Pille in Willas Hand und reichte ihr ein Glas Wasser.

»Was ist das?«, fragte Willa.

»Morphium. Gegen die Schmerzen. Nehmen Sie es bitte.«

Etwas in dem Tonfall der Schwester sagte Willa, dass sie keine andere Wahl hatte. Gehorsam schluckte sie die Pille.

»Sehr gut«, sagte die Frau. »Jetzt legen Sie sich zurück. Bei Morphium kann einem ein bisschen schwindlig werden. Vor allem in geschwächtem Zustand. Ich bin hier, wenn Sie etwas brauchen.«

Irgendetwas in Willa wollte aufbegehren, mehr Fragen stellen, einen Streit vom Zaun brechen, aber die Droge wirkte bereits, und sie fühlte sich köstlich warm und schläfrig, und der Schmerz in der Brust und alle anderen Schmerzen ließen nach. Es war stärker als das Opium, das sie rauchte, unendlich viel stärker. Also kämpfte sie nicht. Sondern blieb einfach liegen und hatte das Gefühl, auf einer weichen Wolke zu schweben.

Wie lange dieser Zustand andauerte, wusste sie nicht. Eine Stunde konnte vergangen sein oder nur eine Minute, als sie Schritte im Gang hörte. Sie klangen langsam und gemessen. Sie machten halt vor ihrer Tür, dann trat jemand ein.

Sie versuchte, die Augen zu öffnen, zu sehen, wer es war, aber sie fühlte sich so müde und schwach, dass ihr die Lider nicht gehorchten.

Sie spürte eine Hand, die ihr übers Haar und dann über die Wange strich. Eine Männerhand. Das wusste sie, weil die Person mit einer männlichen Stimme sprach. Mit einer vertrauten Stimme. Die sie schon einmal irgendwo gehört hatte, aber wo?

Und dann fiel es ihr ein – im Gefängnis. In dem Vernehmungsraum. Einen Moment lang packte sie Todesangst. Sie wollte aufstehen. Weglaufen. Aus diesem Zimmer entkommen. Aber das konnte sie nicht. Ihre Glieder fühlten sich an wie Blei.

»Scht«, sagte die Stimme. »Schon gut, Willa. Alles ist gut. Ich habe bloß ein paar Fragen an dich. Nur eine oder zwei. Und dann kannst du schlafen.« Die Stimme klang leise und beruhigend. Nicht verärgert wie damals.

»Wo ist Lawrence, Willa?«, fragte die Stimme. »Ich muss es wissen. Das ist sehr wichtig für mich. Und du hilfst mir dabei, ja? So, wie du mir damals auf dem Berg geholfen hast.«

Willa nickte. Sie wollte helfen. Sie wollte schlafen.

»Nein, nicht nicken. Beweg dich nicht. Du musst ruhig liegen. Dich ausruhen. Sag's mir einfach. Wo ist Lawrence?«

Willa schluckte. Ihr Mund fühlte sich plötzlich trocken an. Sie wollte ihm gerade antworten, ihm alles sagen, als sie plötzlich Lawrence vor sich sah. Er kauerte an einem Lagerfeuer in der Wüste. Auda war bei ihm. Er sah sie an und hob dann langsam den Finger an den Mund. Und sie wusste, sie musste die beiden beschützen. Sie durfte dem Mann nichts verraten.

»Müde …«, sagte sie und versuchte, den Nebel in ihrem Kopf zu klären, die Fragen des Mannes abzuwehren.

Die Hand an ihrer Wange packte sie jetzt am Kinn. Grob.

»Wo ist Lawrence?«, fragte die Stimme, nun nicht mehr freundlich.

Willa strengte sich an, einen klaren Gedanken zu fassen. Mit größter Mühe sammelte sie ihre letzten Kraftreserven, um mit einer guten Antwort aufzuwarten, die den Mann nicht wütend werden ließe.

»Karkemisch«, sagte sie. »Er ist bei Ausgrabungen in Karkemisch. Er hat dort einen Tempel gefunden …«

Karkemisch war die Hethitersiedlung, wo Lawrence vor dem Krieg als Archäologe gearbeitet hatte.

Der Mann ließ sie los. Er fluchte leise, dann sagte er: »Sie haben ihr zu viel gegeben. Durch die Drogen und das Fieber ist sie völlig durcheinander. Das nächste Mal ein bisschen weniger, bitte.«

Willa hörte, wie sich die Schritte entfernten und die Tür zufiel. Dann hörte sie nichts mehr.

68

»Das ist reiner Wahnsinn, nicht wahr, Mr Foster?«

»Nur, wenn es misslingt, Madam. Aber wenn es gelingt, ist es ein Geniestreich.«

Fiona saß im Zug nach Oxford gegenüber von ihrem Butler und nickte. »Sid sagte, einige von ihnen mögen Gartenarbeit. Charlie hat mir früher bei den Rosen geholfen. Erinnern Sie sich?«

»Durchaus«, antwortete Foster. »Vor allem erinnere ich mich, dass er beschloss, seinen eigenen Dünger herzustellen. Aus Gemüseabfällen, Fischköpfen und schal gewordenem Bier. Er hat ihn in der Küche zusammengebraut, ihn dann vergessen, und die Spülmagd ist aus Versehen darüber gestolpert.«

»Daran erinnere ich mich auch noch«, antwortete Fiona lachend. »Er hat das ganze Haus verpestet.«

»Das stimmt. Bei dem Gestank in der Küche kamen einem die Tränen. Die Köchin war so außer sich, dass sie gekündigt hat. Es bedurfte all meiner Überredungskünste, sie zum Bleiben zu bewegen.«

»Davon hatte ich ja keine Ahnung, Mr Foster. Danke.«

Sie blickte Mr Foster an und stellte fest, dass es so vieles gab, was sie nicht wusste, so viele Probleme, um die sie sich nicht kümmern musste, weil er immer zur Stelle war, alles regelte und ausbügelte und darauf achtete, dass sie sich mit den Sorgen der Haushaltsführung nicht belasten musste. Und das war wahrscheinlich immer so gewesen.

Er war nicht mehr der Jüngste, fast fünfundsechzig inzwischen, und sein Haar wurde grau, außerdem litt er an Arthritis in Knien und Händen. Vor fünf Jahren hatten Joe und sie einen Hilfsbutler – Kevin Richardson – eingestellt, der ihm die anstrengendsten Pflichten abnahm, aber Mr Foster führte nach wie vor das Kommando, und das wollte Fiona auch so. Sie konnte sich überhaupt nicht vorstellen, wie sie ohne ihn zurechtkommen sollte.

Sie und Joe waren immer gut zu Mr Foster gewesen. Er wurde für seine Dienste gut entlohnt und hatte eine geräumige Wohnung in ihrem Haus zu seiner Verfügung. Er wurde respektiert und geschätzt. Aber plötzlich, als sie ihm jetzt in dem ratternden Zug gegenübersaß, mit einem Korb voller Gartengeräte zwischen ihnen, dachte sie, dass das nicht gut genug war. Dass sie ihm nie gesagt hatte, wie viel er ihr bedeutete, wie sehr sie ihn schätzte.

Sie räusperte sich und beugte sich vor. »Mr Foster, ich …«, begann sie.

»Das ist nicht nötig, Madam. Es ist schon gut. Ich weiß«, unterbrach er sie.

»Wirklich?«, fragte Fiona. »Stimmt das?«

»Ja.«

Fiona nickte. Sie wusste, dass er größere Gefühlsbezeugungen nicht sonderlich mochte. Aber als sie schließlich den Mut und die Kraft aufgebracht hatte, um ins Hospital zurückzufahren und ihren Sohn zu besuchen, bat sie Mr Foster, sie zu begleiten. Nicht Joe. Denn in Begleitung von Joe, ihrem geliebten Mann, dem Vater ihres schwer geschädigten Kindes, hätte sie endlos geheult. Mit Mr Foster jedoch, der selbst in der Armee gewesen war, würde sie sich zusammenreißen und tun, was getan werden musste.

Und was getan werden musste, war Gartenarbeit, hatte sie entschieden. Maud hatte in ihrem Oxforder Anwesen einen Rosengarten unterhalten, in dem es einige schöne alte Duftsorten gab, aber die Anlage war nicht so gepflegt, wie sie es hätte sein sollen. Der Hospitalgärtner und seine Leute verwendeten ihre Anstrengungen hauptsächlich auf den Küchengarten, der der Versorgung der Patienten und des Personals diente.

Fiona hatte ihren Bruder Sid über die Fortschritte sprechen hören, die ihm bei einigen Männern mit Kriegsneurose gelungen waren, indem er sie zu Arbeiten rund um das Anwesen einsetzte. Charlie teilte die Liebe seines Vaters zu Blumen- und Gemüsegärten und war ihm früher immer hinterhergerannt, wenn Joe in seinem Rollstuhl die Apfel- und Birnbäume in Greenwich inspizierte. Und sie hoffte, die

Pflege von Mauds Rosen könnte ihm vielleicht helfen, wieder ins Leben zurückzufinden.

Der Zug fuhr jetzt etwas langsamer. Sie blickte hinaus und sah, dass sie sich dem Bahnhof näherten. »Wir sind gleich da, Mr Foster«, sagte sie. Aber Mr Foster war schon aufgestanden und nahm ihre Sachen.

»Eines dürfen Sie nicht vergessen, Madam«, sagte er, als er ihre Tasche und ihren Schirm aus dem Gepäcknetz holte.

»Ja?«, fragte Fiona. »Was denn?«

»Rom wurde auch nicht an einem Tag erbaut.«

»Nein, das werde ich nicht vergessen, Mr Foster.«

Sid erwartete sie am Bahnsteig.

»Wie geht's ihm?«, fragte Fiona ihren Bruder.

»Unverändert, fürchte ich. Und wie geht's dir?«

Ich mache mir Sorgen, dachte Fiona. Ich habe Angst, und ich bin wütend. Niedergeschlagen. Unsicher.

»Ich bin entschlossen«, antwortete sie.

Lächelnd erwiderte Sid: »So kenne ich dich.«

»Ich dachte, wir machen uns gleich an die Arbeit im Rosengarten«, sagte Fiona. »Können wir uns einen Schubkarren borgen?«

Kaum angekommen, zog Fiona ein altes Arbeitskleid an. Sid brachte ihnen einen Karren, Dünger und ein paar Gartengeräte und hatte auch an Sandwiches und Tee gedacht. Als Fiona fertig war, brachte er sie und Mr Foster in Charlies Zimmer.

Charlie saß auf seinem Bett, genauso wie Fiona ihn beim ersten Mal angetroffen hatte. Er zitterte immer noch und starrte mit leerem Blick vor sich hin. Schlagartig kam ihr Kummer zurück und drohte sie zu überwältigen, aber dann hörte sie Roses Stimme in sich, die ihr sagte, sie sei seine Mutter und müsse um ihn kämpfen. Und Mr Foster, direkt neben ihr, sagte: »Vergessen Sie Rom nicht, Madam.«

»Hallo, Charlie«, wandte sie sich mit fester Stimme an ihren Sohn. »Ich bin's, Mum. Ich hab Mr Foster mitgebracht. Ich dachte, wir machen heute einen Spaziergang. Gehen ein bisschen raus und arbeiten ein wenig im Garten. Es ist ein schöner Tag, weißt du, und es gibt

Rosen im hinteren Teil des Gartens. Der August geht zu Ende, die heißeste Zeit ist vorbei, also sollten ein paar der Stöcke wieder blühen. Wollen wir uns das ansehen? Dann komm. Wir gehen.«

Sid und Mr Foster stellten Charlie auf die Füße. Er schlotterte am ganzen Körper, und es dauerte einige Zeit, bis sie ihn aus dem Gebäude hinausgeschleppt hatten. Draußen halfen die beiden Männer Charlie bis zum Rosengarten. Fiona folgte ihnen mit dem Schubkarren.

»Charlie! Sieh dir das nur an!«, rief sie aus, als sie dort angekommen waren. Der Garten war zwar vernachlässigt, aber trotzdem noch prächtig. Rosen aller Größen, Formen und Farben überwucherten die Weidenzäune, die Trittsteine und andere Büsche.

»Die müssen alle beschnitten und gedüngt werden. Da, die Maiden's Blush hat Sternrußtau. Sehen Sie das, Mr Foster? Und diese Cecile Brunner's wächst völlig wild in alle Richtungen. Fangen wir mit dem Ausschneiden und Düngen an, und dann pflücken wir ein paar Dutzend Rosen. Die bringen wir ins Hospital und stellen sie in Vasen, Flaschen und Marmeladengläser, in alle Gefäße, die wir finden können, und verteilen sie in den Zimmern. Sollen wir das machen?«

Sid hielt das für eine gute Idee, weil die Zimmer tatsächlich ein bisschen Farbe vertragen könnten, dann entschuldigte er sich. Er müsse Stephen, einen seiner Jungs, in den Stall zu Hannibal bringen, weil Hannibal, der eigensinnige Mistkerl, ein Feld pflügen sollte und sich inzwischen nur noch von Stephen anschirren ließ.

Fiona und Mr Foster breiteten in der Nähe eines leuchtend pinkfarben blühenden Rosenbuschs eine Decke auf dem Boden aus, auf die sich Charlie setzte. Kurz darauf sprang ein Eichhörnchen, von ihrer Anwesenheit aufgescheucht, in diesen Busch, rüttelte die Blüten durch, und einige Tautropfen, die sich auf den Rosenblättern gesammelt hatten, regneten auf Charlie herab. Ein zartes Blütenblatt fiel auf seine Schulter und streifte dabei seine Wange – und in diesem Augenblick bemerkte Fiona eine winzige Regung. Der Blick ihres Sohnes zuckte in Richtung des Rosenblatts. Eine kaum wahrnehmbare Bewegung, nicht länger als der Bruchteil einer Sekunde. Aber einen

Moment lang flackerte ein winziger Lebensfunke in Charlies toten Augen auf.

Sie schaute Mr Foster an. Auch er hatte es gesehen. Das erkannte sie an seiner gespannten Miene. Schnell griff Fiona nach der Gartenschere und schnitt hoch oben im Busch eine Rose ab. Dann kniete sie sich nieder und legte sie ihrem Sohn in die zitternde Hand. Vorsichtig schloss sie seine Finger darum und hielt seine Hand fest.

»Ich bin stärker als Lieutenant Stevens, Charlie«, sagte sie. »Stärker als jede verdammte Granate. Stärker als alle bösen Gespenster in deinem Kopf. Ich habe dir einst das Leben geschenkt, der Krieg hat es dir genommen, aber ich werde es dir zurückgeben. Verstehst du mich, mein Junge?« Sie küsste ihn auf die Stirn. »Verstehst du mich? Ich weiß, dass du mich verstehst.«

Dann stand sie auf, nahm einen Rechen zur Hand und machte sich an die Arbeit.

69

Seamie blickte den Mann vor sich an. Sein Name war Aziz. Er trug einen roten Turban und ein rotes Gewand. Breitbeinig, die Arme vor der Brust verschränkt, stand er da und wollte von Seamie wissen, warum er ihn mit seinen Fragen und seiner Gegenwart beleidige.

Erst kurz zuvor war Seamie in Begleitung von Abdul, Khalaf und dessen Männern im Dorf angekommen. Von ein paar Händlern, die nach Haifa unterwegs waren, hatten sie erfahren, dass sie die Gesuchten hier antreffen würden. Sie hatten vier Tage gebraucht, um die kleine Siedlung zu finden.

Als sich Seamie auf seinem Kamel aufrichtete und umsah, fand er allerdings, dass man den Ort wohl kaum als Dorf bezeichnen konnte. Er bestand lediglich aus einigen Steinhütten, höchstens zwanzig, und ein paar schäbigen Tierpferchen.

Aziz war bei ihrer Ankunft aus einem der baufälligen Häuser getreten und hatte sie unwirsch angefahren. Einer von Khalafs Männern meinte, dies sei der Mann, dem er in Umm al-Qittayn das Halsband abgekauft habe.

»Ich möchte Informationen über die Frau«, sagte Seamie zu Aziz, der etwas Englisch sprach. »Über die Frau in dem Flugzeug. Die ihr entführt habt. Was habt ihr mit ihr gemacht?«

Aziz lachte, spuckte aus und schwieg.

Seamie griff hinter sich in seine Satteltasche und zog langsam, um zu beweisen, dass er nicht nach einer Waffe griff, einen Lederbeutel heraus. Er schüttelte ihn, sodass jeder die Münzen darin klingeln hören konnte.

»Zwanzig Guinee«, sagte er und sah Aziz in die Augen. »Die gehören dir. Wenn du mir sagst, wo sie ist.«

Aziz lachte erneut. Dann stieß er einen lauten, durchdringenden

Schrei aus, der dem eines Falken ähnelte, und plötzlich traten zwei Dutzend mit Gewehren bewaffnete Männer aus den Häusern.

»Die gehören mir, wenn ich's dir sage«, erwiderte er und deutete auf den Beutel. »Aber auch, wenn ich's dir nicht sage.«

70

Eine Minute? Eine Stunde? Einen Tag? Eine Woche?

Willa hatte keine Ahnung, wie lange sie geschlafen hatte. Als sie aufwachte, sah sie einen Mann neben ihrem Bett sitzen. Er war groß, sah gut aus und hatte silbrig blondes Haar, und sie fragte sich erneut, ob sie von Wahnvorstellungen geplagt wurde. Sie schloss die Augen, wartete ein paar Sekunden und öffnete sie wieder. Der Mann saß immer noch da.

»Max?«, fragte sie. »Max von Brandt?«

Der Mann nickte lächelnd. »Diesmal haben wir uns in der Wüste getroffen statt in London oder im Himalaja.« Er beugte sich vor und berührte mit dem Handrücken ihre Wange. »Du fühlst dich nicht mehr so heiß an. Und siehst auch besser aus. Aber das solltest du auch. Nachdem du vier Tage durchgeschlafen hast.«

»Also Max, ich bin ziemlich überrascht«, sagte Willa. Als sie versuchte, sich aufzusetzen, blieb ihr die Luft weg vor Schmerz.

»Sei vorsichtig, Willa. Deine Rippen sind noch nicht geheilt.«

»Was machst du hier? Was mache ich hier? Wo sind wir?«, fragte sie und versuchte, sich an ihrem Bettgitter hochzuziehen. Die Schmerzen waren grauenhaft. Schweißperlen traten auf ihre Oberlippe.

»Um deine letzte Frage als Erste zu beantworten – das ist ein Hospital. Für türkische und deutsche Truppen. In Damaskus. Du bist in Damaskus, weil du eine Spionin bist. Ich bin aus dem gleichen Grund hier.«

»Du ... bist ein Spion?«, fragte Willa.

»Ja, für den deutschen Geheimdienst. Ich war einige Zeit in London stationiert, dann in Paris. Jetzt in Damaskus. Die Lage hier ist kritisch, wie du sicher weißt.«

»Wie ich sicher weiß? Was weiß ich, Max?«, fragte Willa mit einem Anflug von Ärger in der Stimme.

Schnell hatte sie ihre Lage eingeschätzt: Ihre türkischen Kerkermeister hatten sie auf Anordnung von Max am Leben gelassen – obwohl er, bevor er sie im Vernehmungsraum sah, gar nicht genau wusste, wessen Leben er da schützte. Den Türken, die nur Befehlsempfänger waren, war es ziemlich gleichgültig, ob sie lebte oder starb, Max jedoch nicht. Er hatte früher einmal Gefühle für sie gehegt. Jetzt glaubte er, sie sei Spionin, aber wenn sie ihn vom Gegenteil überzeugte, ließ er sie vielleicht laufen.

Max beantwortete ihre Frage nicht sofort. Er sah sie eine Weile an, runzelte die Stirn und sagte schließlich: »Ich bin vollkommen aufrichtig zu dir, Willa. Im Gegenzug erwarte ich das Gleiche von dir ... Wo ist Lawrence, und wann plant er, Damaskus anzugreifen?«

Willa lachte. »Max, du hast da etwas völlig missverstanden. Ich bin keine Spionin. Ich bin Fotografin, wie du weißt. Ich brauchte Geld, also hab ich Pathé überredet, mir eine gewisse Summe vorzustrecken, um hierherzukommen, und dann habe ich General Allenby bekniet – ich bin mir sicher, du weißt, wer das ist –, mich Lawrence anschließen zu dürfen. Ich habe Fotos geknipst und auch ein paar Filme gedreht. Das alles geht nach London, wird überprüft und kommt dann in die Wochenschauen der Kinos in England und Amerika. Wohl kaum hochsensibles Spionagematerial, oder?«

Während des Sprechens hatte Willa ihre Lage verändert und damit die Schmerzen verstärkt. Sie brauchte dringend Morphium, um sie zu dämpfen.

»Hallo?«, rief sie laut und beugte sich vor. »Verdammt! Wo ist denn diese Schwester?«

»Sie kommt gleich«, antwortete Max.

Sein Lächeln war verschwunden, und in seiner Stimme schwang ein drohender Unterton mit. Und Willa wurde es plötzlich eiskalt bei dem Gedanken, dass Max die Schwester weggeschickt hatte und sie nur auf sein Geheiß zurückkommen würde.

»Hör mir zu, Willa. Hör mir genau zu«, sagte er. »Du steckst in großen Schwierigkeiten. Ich habe dich neulich vor der Folter bewahrt. Vermutlich auch vor Vergewaltigung. Aber ich kann dich nicht immer schützen. So viel Einfluss habe ich nicht. Im Wrack deines Flugzeugs wurde eine Filmkamera gefunden. Der Film zeigt ein türkisches Lager in den Hügeln des Jabal Ad Duruz.«

Willa erschrak. Sie hatte gehofft, der Film sei bei dem Absturz zerstört worden.

»Du und der Pilot, ihr seid sehr mutig gewesen«, fuhr Max fort. »Ihr seid ziemlich tief geflogen und habt verdammt gutes Material gedreht.«

Willa antwortete nicht. Max stand auf und beugte sich nahe zu ihr hinunter. »Ich kann dir helfen. Und ich will dir helfen. Aber du musst mir ebenfalls helfen. Ich habe dich vor diesen Tieren im Verhörraum bewahrt, und ich kann noch mehr tun, doch nur, wenn du mir auch etwas gibst. Ich brauche unbedingt Informationen über Lawrence.«

»Ich habe aber keine«, erwiderte Willa ungerührt. »Ja, du hast recht, ich war auf einer Aufklärungsmission, aber die ist missglückt, wie du weißt. Was Lawrence anbelangt, so weiht er mich nicht in seine Pläne ein. Nur Faisal und Auda.«

Max richtete sich auf. »Vielleicht brauchst du ein bisschen Zeit, um über meine Bitte nachzudenken.«

Er ging hinaus und rief zwei Krankenpfleger, die einen Rollstuhl hereinschoben.

»Wohin bringt man mich?«, fragte sie argwöhnisch.

»Auf eine kleine Besichtigungstour«, antwortete er.

Wortlos hoben die beiden Männer Willa aus dem Bett. Sie waren nicht besonders vorsichtig, und Willa schrie auf vor Schmerz.

Max entließ die Männer, dann schob er Willa aus dem Hospital hinaus. Die heißen, staubigen Straßen von Damaskus lagen vor ihr. Sie war noch nie in dieser Stadt gewesen und prägte sich genau ein, welchen Weg sie nahmen und an welchen Gebäuden sie vorbeikamen. Sie waren etwa fünf Minuten unterwegs, bogen zweimal links ab und kamen dann am Zielort an – dem Gefängnis.

Willa geriet in Panik, als sie es sah, und versuchte, aus dem Rollstuhl zu steigen, aber eine feste Hand auf ihrer Schulter drückte sie in den Sitz zurück.

»Keine Angst«, sagte Max. »Ich bringe dich nicht in die Zelle zurück.«

Er schob sie durchs Eingangstor, über einen kopfsteingepflasterten Innenhof, an mehreren Gebäuden vorbei bis zu einem von hohen Mauern umgebenen Hinterhof. Er war leer.

»Was ist das?«, fragte Willa. »Was machen wir hier?«

Bevor Max antworten konnte, marschierte eine Gruppe von acht Soldaten an ihnen vorbei. In ihrer Mitte ein gefesselter Beduine.

»Ein Howeitat«, erklärte Max. »Einer von Audas Männern, ein Spion.«

Während Willa zusah, schleppten die Soldaten den Beduinen zur gegenüberliegenden Mauer, banden ihm die Hände auf den Rücken und legten ihm eine Augenbinde an.

»Nein«, sagte Willa, der aufging, was sie vorhatten. »Bitte, Max. Nein.«

»Ich finde, du solltest das sehen«, erwiderte er.

Die Soldaten hoben die Gewehre, der Befehlshaber zückte seinen Säbel. Als er ihn senkte, gaben sie Feuer. Der Beduine fiel rückwärts gegen die Mauer, dann sackte er zuckend zu Boden. Blut breitete sich auf seinem weißen Gewand aus.

Wortlos schob Max Willa in ihr Krankenzimmer zurück und half ihr wieder ins Bett. Sie zitterte vor Schmerz, und ihr war übel. Max rief die Schwester und befahl ihr, Willa eine Pille zu geben. Die schluckte sie sofort, um die Schmerzen zu dämpfen, die Bilder der Hinrichtung zu verscheuchen, um dem Elend durch tiefen, bewusstlosen Schlaf zu entfliehen.

Als die Schwester fort war, schüttelte Max ihr Kissen auf. »Was du gerade gesehen hast, wird dein Schicksal sein. Ich kann das nicht verhindern. Außer du hilfst mir. Und sagst mir, was ich wissen muss.«

Dann legte er das frische Laken über ihre Beine. »Ich mag dich, Willa«, fuhr er fort. »Schon seit dem Tag, als ich dich kennenlernte, und ich möchte dich nicht vor einem Erschießungskommando sehen müssen.«

Er küsste sie auf die Wange, versprach, am nächsten Tag wiederzukommen, und ging. In der Tür blieb er noch einmal stehen und sagte: »Denk über meine Bitte nach, aber nicht allzu lange.«

71

Seamie hob die Feldflasche an den Mund und trank einen Schluck Wasser. Sein Körper schwankte, hob und senkte sich bei jedem schwerfälligen Schritt seines Kamels. Er starrte in die flirrend heiße Luft, die aus dem Sand aufstieg, in die scheinbar endlose Weite der Wüste. Inzwischen war er seit drei Wochen unterwegs.

»Traust du ihm?«, fragte er Khalaf al Mor, der neben ihm ritt.

»Nein«, antwortete Khalaf, »aber ich muss ihm nicht trauen. Ich weiß, dass er tun wird, was wir wollen. Wenn nicht, verliert er zu viel Gold.«

Aziz ritt etwa zwanzig Meter vor ihnen, von zwei seiner eigenen Männer flankiert. Sie ritten nach Norden, Richtung Damaskus, würden aber bei dem Lager von Lawrence haltmachen, um die Tiere zu tränken und ausruhen zu lassen. Niemand wusste, wo Lawrence sein jeweiliges Lager aufschlug, weil er häufig den Standort wechselte, aber Aziz behauptete zu wissen, wo sich er im Moment befand, nämlich auf dem Weg nach Damaskus. Er sagte, an dem Ort gebe es Schatten und einen Brunnen mit genügend frischem Wasser.

Seamie hoffte, dass Khalaf recht hatte, was Aziz betraf. Bis jetzt hatte er mit vielen Dingen recht behalten. Dass sie sich hier auf dem Weg nach Damaskus befanden und überhaupt noch am Leben waren, hatten sie allein Khalaf zu verdanken. Er war es gewesen, der Aziz und seine bewaffneten Banditen überzeugt hatte, sie nicht zu töten.

Nur Minuten nachdem Seamie und Khalaf in das Dorf eingeritten waren, um sich nach Willa zu erkundigen, hatten ihm Aziz und seine Männer das gesamte Gold abgenommen, mit dem er sich Informationen erkaufen wollte, und standen kurz davor, ihnen auch alles andere abzunehmen – einschließlich ihres Lebens. Bis Khalaf Aziz erklärte, es gebe noch viel mehr Gold, wenn er ihnen helfen würde.

»Verschone unser Leben, bring uns zu der Frau, und ich gebe dir doppelt so viel Gold bei unserer sicheren Rückkehr«, sagte er.

Sofort wurden die Waffen gesenkt. Man begrüßte sie freundlich, entschuldigte sich für das Missverständnis, und die Besucher wurden in Aziz' Haus zu einem Mahl eingeladen. Er erzählte ihnen, dass er den Absturz des britischen Flugzeugs beobachtet habe, zu dem Wrack geritten sei, um nach Beute zu suchen, dort Willa gefunden und nach Damaskus gebracht habe.

»Fast hätte ich's nicht getan«, erklärte Aziz. »Sie war schwer verletzt. Gut möglich, dass sie den Weg nicht überstanden hätte, und dann wäre die ganze Unternehmung, der weite Ritt völlig umsonst gewesen. Aber sie hat überlebt. Und ich hab zweitausend Dinar gekriegt. Also hat sich das Ganze, Allah sei Dank, doch noch gelohnt.«

Erzürnt über die grausame Gefühllosigkeit des Mannes, hätte Seamie fast ausgeholt und Aziz geschlagen, aber Khalaf hielt ihn zurück.

»Lass nicht zu, dass dein Zorn dich leitet«, flüsterte er ihm zu. »Du kannst nichts für Willa tun, wenn du tot bist.«

»Warum?«, fragte Seamie Aziz, obwohl es ihm schwerfiel, ruhig zu sprechen. »Warum hast du Willa an die Türken verkauft?«

Aziz sah ihn an, als wäre er ein Trottel. »Weil sie mehr zahlen als die Briten.«

Am Tag darauf machten sich Seamie und Khalaf in Begleitung von Aziz und zwei seiner Männer erneut auf den Weg. Inzwischen waren sie drei Tage unterwegs, aber immer noch drei Tagesritte von der Oase entfernt, wo das Lager sein sollte. Seamie war total erschöpft. Seine Wunde nässte und tat weh. Täglich wechselte er die Verbände, aber die Anstrengung und die ständige Erschütterung beim Reiten reizten die Wundnähte und verhinderten die Heilung. Und nach Damaskus zu kommen war nur ein Teil ihrer Mühen.

»Was willst du tun, wenn du die Stadt erreicht hast, ha?«, hatte Aziz ihn lachend gefragt. »Sie ganz allein angreifen? Du bist ein Narr, Seamus Finnegan, aber ich mag Narren. Weil es nicht schwer ist, ihnen ihr Geld abzunehmen.«

»Er wird uns nach Damaskus bringen«, sagte Khalaf al Mor jetzt und riss Seamie aus seinen Gedanken. »Die Frage ist, was machen wir, wenn wir dort sind.«

»Die Frage stelle ich mir selbst schon die ganze Zeit«, erwiderte Seamie. »Aber ich habe bis jetzt noch keine Antwort darauf.«

»Dann frag nicht dich. Frag Allah. Mit Allahs Hilfe ist alles möglich«, entgegnete Khalaf gelassen.

Richtig, dachte Seamie. Ich frage einfach Gott. Ich bitte ihn, mir zu helfen, die Frau zu finden, die ich liebe, die aber nicht meine angetraute Ehefrau ist. Die Frau, mit der ich meine Ehefrau betrogen und meinem besten Freund nichts als Kummer bereitet habe. Von der ich immer noch träume und nach der ich mich verzehre, obwohl ich weiß, dass ich das nicht sollte. Ganz sicher wird Gott das verstehen. Und übrigens, lieber Gott, wir sind nur ein versprengtes Häuflein gegen eine ganze türkische Garnison. Sieh doch mal zu, was du da tun kannst, alter Junge, ja?

»Vertrau auf Allah«, sagte Khalaf. »Vertrau auf Gott.«

Also gut, beschloss Seamie. Er würde auf Gott vertrauen. Immer noch besser als nichts.

72

Willa döste vor sich hin, als sie ein leises Klopfen hörte. Sie schlug die Augen auf und sah Max in der Tür stehen. Er lächelte und hielt die Arme auf dem Rücken.

»Darf ich eintreten?«, fragte er.

»Das ist dein Hospital, Max. Ich bin deine Gefangene. Du kannst doch tun, was du willst«, antwortete sie.

»Wie fühlst du dich?«, fragte er, ohne auf ihre spitze Bemerkung einzugehen. »Hast du immer noch Schmerzen?«

Sie nickte. »Du hast nicht zufällig eine Schmerztablette dabei? Die Rippen tun mir immer noch weh, und ich habe die Schwester seit Stunden nicht mehr gesehen.«

»Das könnte vielleicht helfen«, sagte er und zauberte eine Flasche Wein hinter dem Rücken hervor. Es war ein Château Lafite, Jahrgang 1907. In der anderen Hand hielt er zwei Weingläser. Er schenkte ein und reichte ihr ein Glas. »Ich habe ihn aus der Offiziersmesse stibitzt. Hoffentlich schmeckt er dir«, sagte er und setzte sich zu ihr aufs Bett.

Willas Hände zitterten, als sie das Glas entgegennahm. Sie begutachtete ihn misstrauisch und roch daran, was ihn zum Lachen brachte.

»Wenn ich dich umbringen wollte, gäbe es schnellere Methoden. Oder auch langsamere. Trink aus. Da ist nichts in deinem Glas außer Wein, ich schwör's.«

Willa nahm einen Schluck von dem schweren Bordeaux. Seit Jahren hatte sie nichts mehr dergleichen getrunken. Er schmeckte umwerfend köstlich. Nach Zivilisation und Glück. Nach all den schönen und friedlichen Nächten, die sie vergeudet hatte. Nach dem Leben vor dem Krieg.

»Der ist herrlich«, sagte sie. »Danke.«

»Ja, der ist wirklich gut, nicht? Ich bin froh, ihn hier zu trinken.

Mit dir. Und nicht mit irgendeinem alten Generalmajor in der Messe, der ständig in Erinnerungen an den Deutsch-Französischen Krieg schwelgt.«

Willa lächelte. Sie nahm noch einen Schluck, genoss das Gefühl, wie er durch ihren Körper floss, ihr Blut wärmte und Farbe auf ihre Wangen brachte. Einen Moment lang war es, als wären sie wieder in Tibet. Dort hatten sie zwar keinen Lafite, aber am Lagerfeuer gemeinsam Tee getrunken.

Max schenkte ihr nach. »Hast du über mein Angebot nachgedacht?«, fragte er.

Willa trank abermals einen Schluck. »Natürlich habe ich das. Aber was soll ich dazu sagen, Max? Was erwartest du von mir? Mein eigenes Land zu verraten? Könntest du das?«

Max lächelte wehmütig und schüttelte den Kopf. Willa befürchtete schon, er würde nach dem Erschießungskommando rufen, aber das tat er nicht.

»Schon erstaunlich«, sagte er, »dass wir beide zur selben Zeit hier gestrandet sind, nicht? Ich wäre versucht, das Schicksal zu nennen, wenn ich an Schicksal glauben würde.«

»Aber das tust du nicht.«

»Nein. Ich glaube, das Leben ist das, was man daraus macht«, erwiderte er und schenkte sich nach. »Ich möchte nicht hier sein, das steht fest. Ich bin nicht freiwillig an diesem schrecklichen Ort, in der Hitze, dem Staub und inmitten der Soldaten.« Er stellte die Flasche auf den Boden und sah sie an. »Ich möchte dorthin zurück, wo ich am glücklichsten war, Willa. Zum Everest. Ich spüre, dass dort meine wahre Heimat ist – im Himalaja. Und deine auch, wie du weißt. Das ist der Ort, wo wir beide hingehören.«

Willa sagte nichts. Sie starrte in ihr Weinglas.

»Lass uns dorthin zurückkehren. Gemeinsam«, sagte er leise.

Willa lachte bitter. »Ach ja, einfach in den nächsten Zug Richtung Osten hüpfen?«, fragte sie. »Bei dir hört sich das alles so einfach an.«

»Ich habe nie geheiratet, weißt du? Du hast mich für alle anderen Frauen verdorben.«

»Max, ich ...«, begann Willa, weil ihr nicht gefiel, welche Wendung das Gespräch genommen hatte. Weil sie es beenden wollte, bevor er sich zu weiteren Geständnissen hinreißen ließ.

»Nein, hör mich an. Tu wenigstens das für mich. Damals in Tibet, da wusste ich, dass du jemand anderen liebst. Aber Willa, wo ist er? Wo ist Seamus Finnegan in all den Jahren gewesen? Ich werd's dir sagen: nicht bei dir. Er ist mit einer anderen Frau verheiratet, und sie haben einen kleinen Sohn.«

Willa wandte sich ab und senkte den Kopf. Tränen brannten in ihren Augen.

»Ich sage das nicht, um dich zu verletzen«, fuhr Max fort. »Nur um dir die Realität vor Augen zu führen. Du vergeudest dein Leben, indem du dich nach etwas sehnst, was du nicht haben kannst.« Er griff nach ihrer Hand. »Du gehörst nicht zu Seamus Finnegan. Und du gehörst nicht hierher in diese Wüstenhölle. Dieser Krieg geht dich nichts an. Er geht keinen von uns etwas an.«

Max beugte sich näher zu ihr. »Um Himmels willen, Willa, sag mir einfach, was ich wissen muss, damit ich die Sache beenden und dich hier rausholen kann. Ich habe getan, was ich tun musste – habe dir Angst eingejagt und den Schergen gespielt. Jetzt werde ich dich beschützen. Für dich sorgen. Deutschland wird den Krieg gewinnen. Es dauert nicht mehr lange, bis alles vorbei ist. Ich heirate dich, wenn du willst, und bring dich dorthin zurück, wo du hingehörst, zum Everest.«

Den Kopf noch immer gebeugt, fragte Willa: »Meinst du das ehrlich, Max? Oder ist es bloß ein weiterer Trick?«

»Ich meine es ehrlich, Willa. Das schwöre ich. Ich gebe dir mein Wort.«

Willa hob den Kopf. Tränen strömten über ihre Wangen. »Du hast recht, Max. Ich hab diesen verdammten Krieg so satt. Ich habe die endlose Vergeudung und die Verluste satt. Bring mich zurück. Versprich's mir. Bring mich zum Everest zurück.« Sie lehnte die Stirn an seine, drückte die Lippen auf seinen Mund und küsste ihn heftig.

Er erwiderte ihren Kuss, leidenschaftlich, dann löste er sich mit einem wissenden Lächeln. »Überzeug mich, dass du es aufrichtig meinst, Willa. Sag mir, wo Lawrence ist. Wir wissen, dass die Briten Damaskus einnehmen wollen. Wie weit ist er schon nach Norden vorgerückt?«

»Bis Nablus«, antwortete Willa.

»Er ist so weit im Westen?«, fragte Max. »Warum?«

»Er besucht dort die Stämme. Versucht, Kämpfer zu rekrutieren.«

»Wie viele Männer hat er bei sich?«

»Nicht viele. Nur etwa tausend, und er hat Schwierigkeiten, weitere anzuwerben. Die Beduinen trauen Faisal nicht und fürchten die Türken.«

Max nickte nachdenklich. »Mit tausend werden wir leicht fertig. Was ist mit Dara? Wir haben Informationen, dass er den Ort einnehmen will, bevor er Damaskus erobert.«

Willa schüttelte den Kopf. »Lawrence interessiert Dara nicht.«

Max sah sie skeptisch an. »Es fällt mir schwer, das zu glauben, Dara ist ein wichtiger Ort auf der Hedschas-Linie. Die größte Stadt zwischen Amman und Damaskus. Ich bezweifle wirklich sehr, was du mir da erzählst.«

»Dessen bin ich mir sicher«, erwiderte Willa. »Genau deshalb geht Lawrence ja so vor. Aber wenn du darüber nachdenkst, ergibt es durchaus Sinn. Lawrence muss seine Truppen für den Angriff auf Damaskus schonen. Er kann es sich nicht leisten, Männer bei einem Kampf um Dara zu verlieren.«

»Was ist mit Allenby?«, fragte Max.

»General Allenby ist mit Sues voll ausgelastet. Seine Befehle lauten, es unter allen Umständen zu halten. Er hat wenig Vertrauen in die Fähigkeit von Lawrence, genügend Truppen für die Einnahme von Damaskus zu rekrutieren, und noch weniger Vertrauen setzt er in Faisal.«

Max kniff die Augen zusammen. »Wieso weißt du von Allenbys Plänen, obwohl du mit Lawrence in der Wüste warst?«

»Weil ich mit Lawrence, aber auch für Allenby gearbeitet habe«, antwortete sie. »Ich war in seinem Kairoer Büro, bevor ich in die Wüste ging – aber das ist dir vermutlich bekannt. Tatsächlich stammte die Idee, mich in die Wüste zu versetzen, von Allenby. Ich sollte Augen und Ohren für ihn offen halten. Ich hielt ihn über alle Aktionen von Lawrence auf dem Laufenden.«

»Wie denn? Du warst doch in der Wüste. Im absoluten Nirgendwo.«

Willa lächelte. »Vergiss das Flugzeug nicht. Ich habe mehr als nur eine Aufklärungsmission erledigt. Und jedes Mal, wenn ich oben war, habe ich dem Piloten Briefe für Allenby übergeben. Wir benutzten natürlich einen Code, aber ich habe jede Menge Nachrichten an ihn durchgegeben.«

Max nickte, und Willa sah, dass der misstrauische Ausdruck auf seinem Gesicht verschwand. »Danke«, sagte er. »Für die Informationen. Dass du mir vertraust. Und dass du mich wieder an die Zukunft glauben lässt. Wir werden diesen Ort verlassen, Willa. Das verspreche ich dir. Wir werden wieder zusammen sein.«

Er küsste sie erneut, zog sie an sich und umarmte sie. Willa keuchte. »Meine Rippen«, stieß sie hervor.

»Tut mir leid«, flüsterte er. »Ich habe mich hinreißen lassen und deine Verletzungen vergessen. Verzeih mir. Aber ich begehre dich so sehr, dass ich nicht nachgedacht habe. Jetzt rufe ich die Schwester, damit sie dir dein Morphium gibt.«

Er nahm die leere Flasche und die Gläser, küsste sie noch einmal zum Abschied und verschwand.

Willa sah ihm nach und legte lächelnd die Finger an die Lippen.

73

Sid klappte den Kragen hoch angesichts des scheußlichen Wetters und fragte sich, warum der Regen im East End immer noch unangenehmer und der Himmel immer noch grauer war als im übrigen London. Es war Sonntag, Anfang September. Ein paar dürftig gekleidete Leute, die im peitschenden Wind den Kopf gesenkt hielten, hasteten auf dem Gehsteig an ihm vorbei.

Sid wusste, wohin sie gingen – in Pubs, wo sie ihr Inneres mit Gin und ihr Äußeres am Kamin aufwärmen konnten. Oder, wenn sie kein Geld hatten, zurück in ihre engen, feuchten und armseligen Wohnungen. Wo es weder Wärme noch Freude oder Hoffnung gab. Er erinnerte sich nur allzu gut an diese elenden Unterkünfte.

Sid eilte weiter, weil er die Sache hinter sich bringen und das Viertel so schnell wie möglich wieder verlassen wollte, bis er vor Teddys Büro stand. Hoffentlich hatte Teddy in den vier Wochen seit ihrem letzten Treffen ein paar Informationen für ihn auftreiben können. Die Vorstellung, ein drittes Mal nach Limehouse kommen zu müssen, fand er alles andere als verlockend.

In der Diele schüttelte er seine nassen Kleider aus und nannte Teddys Sekretärin seinen Namen.

»Mr Ko erwartet Sie«, sagte sie und führte ihn in Teddys Büro. »Möchten Sie Tee, Mr Malone?«

»Gern, meine Liebe, danke«, antwortete Sid.

Er begrüßte Teddy, der an seinem Schreibtisch saß und auf Chinesisch ins Telefon brüllte, und nahm Platz. Teddy telefonierte noch ein paar Minuten weiter, dann knallte er den Hörer auf die Gabel.

»Tut mir leid, Sid«, sagte er. »Geschäftliche Probleme. Wie geht's dir?«

»Gut, Teddy. Und dir?«

»Sehr gut, sehr gut. Ich bin bloß gerade informiert worden, dass eines meiner Schiffe verschollen ist. Kein Mensch hat irgendwas gesehen oder gehört von dem Dampfer, und ich glaub, der verdammte Kasten ist mit einer halben Tonne Opium an Bord untergegangen.«

Sid reagierte mit einem Anteil nehmenden Lächeln darauf – das hoffte er zumindest. Es war typisch für Teddy, dass er sich um sein Opium, nicht um das Schiff und die Besatzung sorgte. Teddy quasselte weiter und redete von Geschäftsabschlüssen, und wieder beschlich Sid das seltsame Gefühl, dass Teddy Zeit schinden wollte. Warum? Hatte er es nicht geschafft, irgendetwas über Maud und das Morphium herauszufinden?

»Teddy«, unterbrach er ihn schließlich. »Wie steht's mit unserem Deal? Hast du was rausgefunden?«

Bevor Teddy antworten konnte, ging die Bürotür auf. Sid wandte sich um, in der Meinung, es sei Teddys Sekretärin mit dem Tee. Auf den er sich freute, weil er bis auf die Haut durchnässt war und gut und gern eine ganze Kanne von dem heißen Gebräu vertragen hätte.

Aber es war nicht Teddys Sekretärin. Sondern ein Gespenst aus früheren Tagen, das zurückgekommen war, um ihn zu verfolgen. Allerdings ein höchst lebendiges Gespenst, das von zwei knallharten Typen flankiert wurde.

»Na, ich seh wohl nicht recht. Wenn das nicht Sid Malone ist«, sagte Billy Madden. »Das nenn ich eine Überraschung. Ich dachte, du wärst tot, Sid. Ich war gerade in der Gegend und sagte mir, schau doch mal kurz bei Teddy rein – der freut sich immer so, wenn er mich sieht, stimmt's, Ted? Und jetzt bist ausgerechnet du da.«

Aber Billy wirkte überhaupt nicht überrascht, und Sid bezweifelte stark, dass dieser Besuch rein zufällig war. Teddy hatte Billy gesteckt, dass er ihn aufsuchen würde, und das gefiel Billy aus irgendeinem Grund nicht. Zum Teufel, dachte Sid. Einschließlich Teddy waren es vier gegen einen. Warum bloß hatte er das nicht vorausgesehen? Er würde sich äußerst vorsichtig verhalten müssen.

»Warum hast du uns so plötzlich verlassen, Sid? Ohne wenigstens eine Abschiedsparty zu geben?«, fragte Billy und nahm auf dem Stuhl neben ihm Platz. Seine Schläger blieben an der Tür stehen.

»Mir ist es ein bisschen zu heiß geworden, Billy. Musste einen schnellen Abgang machen«, antwortete Sid und bemühte sich, gelassen zu klingen.

»Ja, stimmt. Aber jetzt bist du zurück.«

»Ganz richtig.«

Billy nickte. Er lächelte. Dann beugte er sich vor und fragte: »Was willst du hier, verdammt?«

»Ein paar Informationen. Von Teddy.«

»Informationen willst du?«, zischte Billy. »Ich geb dir ein paar Informationen, Sid: Du hast einen verdammt großen Fehler gemacht, hierher zurückzukommen. Mit wem arbeitest du zusammen? Mit Fat Patsy Giovanna? Den Kenny-Brüdern? Mit wem?«

Also darum ging's – Billy dachte, er wollte sein früheres Gebiet zurück.

Sid hielt die Hände hoch. »Immer langsam mit den Pferden, Billy. Ich arbeite für überhaupt niemanden. Ich untersuche bloß einen Todesfall, einen Selbstmord, der vor ein paar Jahren passiert ist. Für einen Freund von mir. Das ist alles.«

»Und du glaubst, den Scheiß kauf ich dir ab? Glaubst du das wirklich, Sid? Echt?«

Während Madden tobte, warf Sid einen verstohlenen Blick auf Teddys Schreibtisch und suchte verzweifelt nach einem Gegenstand, der ihm nützlich sein könnte. Einem Briefbeschwerer, einem Papiermesser. Nur für den Fall. Billy Madden war immer schon ein bisschen irre gewesen, aber in den letzten Jahren musste er völlig durchgedreht sein. Seine Augen flackerten, und er schäumte förmlich beim Sprechen.

»Billy, ich schwör dir, ich will mein altes Gebiet nicht zurück. Du kannst es behalten. Mit all meinen Segenswünschen«, sagte er.

»Ach ja? Dann sag mir, was du hier machst! Was interessiert dich eine alte Tante, die sich vor Jahren umgebracht hat?«

Sid hätte Billy die Wahrheit sagen und sich retten können. Aber er tat es nicht. Niemals und unter keinen Umständen würde er Billy Madden verraten, dass er inzwischen eine Frau hatte, dass Maud de-

451

ren Schwester war und er bloß herausfinden wollte, ob sie wirklich Selbstmord begangen hatte, damit seine Frau ihren Frieden fand. Ganz egal, was ihm passieren sollte, er würde Billy Madden kein Sterbenswörtchen über India oder ihre gemeinsamen Kinder erzählen.

»Diese alte Tante war für jemanden sehr wichtig. Einen Freund von mir. Deshalb interessiere ich mich für sie.«

Billy schüttelte den Kopf. »Erledigt ihn«, sagte er.

Das hatte Sid erwartet. Blitzartig packte er einen Steinlöwen vom Schreibtisch und warf ihn Teddy an den Kopf. Er traf ihn so schwer an der Schläfe, dass er außer Gefecht gesetzt war. Dann drehte er sich um, um Billys Schergen ins Visier zu nehmen. Vor ihrem Boss hatte er keine Angst, der war ein Feigling, aber diese Typen waren ein anderes Kaliber. Wenn er hier lebendig rauskommen wollte, musste er irgendwie an ihnen vorbei. Er stürzte sich auf sie, teilte ein paar kräftige Hiebe aus, spaltete einem die Lippe und brach dem anderen die Nase, aber diese Kerle waren jünger, stärker und größer als er. Sie trafen ihn hart, und nach einem gut gezielten Schlag auf den Hinterkopf ging er zu Boden.

»Hebt ihn auf und raus mit ihm«, befahl Billy und sah verächtlich auf Sid hinab, der benommen, stöhnend und mit blutbeschmiertem Gesicht am Boden lag.

»Was habt ihr mit ihm vor?«, fragte Teddy. Er drückte ein Taschentuch auf die Wunde an seiner linken Schläfe. Der weiße Stoff färbte sich schnell rot, und sein Anzug war mit Blutflecken übersät.

Billy hatte sich etwas beruhigt. Sein Blick war klar, der Wahnsinn in seinen Augen verschwunden. Er nahm eine Zigarre aus der Box auf Teddys Schreibtisch, zündete sie an und warf das Streichholz achtlos auf den Boden.

»Ich bring ihn zur Werft und sperr ihn in den Keller, bis John zurückkommt. Der ist auf der Nordseetour, aber in ein paar Tagen wieder zurück. Sobald er da ist, soll er Malone rausbringen. Weit raus. Über Gravesend hinaus.«

»Tot oder lebendig?«, fragte Teddy.

»Wen interessiert das schon?«, erwiderte Madden. »John hängt ihm ein Gewicht ans Bein und schmeißt ihn über Bord, und wenn er beim Reinschmeißen nicht schon tot ist, wird er's bald danach sein.«

»Gott sei Dank, dass wir den endlich los sind«, sagte Teddy. »Der Dreckskerl hat mir fast den Schädel zertrümmert.«

»Ja, genau«, knurrte Billy. »Damals 1900 hat er alle reingelegt, aber das schafft er kein zweites Mal. Für ihn ist's jetzt aus. Diesmal wird Sid Malone tatsächlich in der Themse verrotten.«

74

Vor Willas Krankenhausfenster herrschte ohrenbetäubender Lärm. Männer schrien. Kamele brüllten, Motorräder knatterten vorbei. Eine Frau schimpfte laut auf jemanden ein. Automobile hupten schrill.

»Was um alles in der Welt ist denn da los?«, fragte Willa Schwester Anna, die gerade mit genervter Miene ins Zimmer gelaufen kam.

»Der sonntägliche Souk«, antwortete Schwester Anna und schloss das Fenster. »Mittwochs und sonntags ist Tiermarkt. Kamele, Pferde, Esel, Ziegen … Alle werden auf dem Weg zum Markt am Hospital vorbeigetrieben und dann noch mal, wenn sie mit ihren neuen Besitzern die Stadt wieder verlassen. Der Lärm, der Staub und der Dreck sind unbeschreiblich. Eine Störung für unsere Patienten und außerdem eine Gefahr für Leib und Leben. Gerade vorhin ist ein Kamel ausgebrochen und hat einen Gemüsekarren umgetrampelt. Zwei Leute wurden verletzt. Die Krankenhausverwaltung hat mehrmals mit den Stadtbehörden gesprochen, aber geändert hat sich nichts.«

»Kamele, sagen Sie? Ich würde mir gern eines kaufen und reiten gehen. Gleich auf der Stelle. Es ist so lange her, dass ich draußen war.«

»Kamelreiten? Mit gebrochenen Rippen?«, fragte Schwester Anna mit hochgezogenen Augenbrauen. »Es dauert wahrscheinlich noch eine Weile, bevor Sie dazu wieder imstande sind.«

»Wahrscheinlich haben Sie recht«, antwortete Willa. »Dann zeichne ich eben weiterhin Karten.«

Vor ihr lagen Papier, Stifte und Radiergummi auf einem schmalen Rolltisch, der ihr erlaubte, im Bett zu arbeiten, weil sie laut ärztlicher Anweisung noch nicht aufstehen durfte. Max hatte sie gebeten, eine Karte des Gebiets südlich von Damaskus anzufertigen und die Route einzuzeichnen, die Lawrence bei seinem Angriff auf die Stadt nehmen würde.

»Mr von Brandt ist sehr zufrieden mit Ihrer Arbeit. Ich habe zufällig mitbekommen, wie er Dr. Meyers gefragt hat, ob er vielleicht einen kleinen Ausflug mit Ihnen machen könnte«, sagte Schwester Anna. »Wäre das nicht herrlich?«

Willa lächelte. »Es freut mich, dass er zufrieden ist.« Dann entglitt ihr der Bleistift, sie versuchte, ihn aufzufangen, bevor er zu Boden fiel, und stöhnte auf bei der Anstrengung.

»Sind die Schmerzen immer noch so schlimm?«, fragte Schwester Anna und runzelte die Stirn.

Willa nickte.

»Das tut mir leid. Eine Frau mit so schweren Verletzungen und Typhus hätte nicht mal einen Tag, geschweige denn mehrere Wochen in eine Gefängniszelle gesperrt werden dürfen. Die Krankheit hat Sie offensichtlich sehr geschwächt.« Sie griff in die Kitteltasche und zog ein kleines Glasfläschchen heraus. »Hier, nehmen Sie eine Pille. Es ist zwar noch nicht ganz an der Zeit für die nächste Dosis, aber ich ertrag es einfach nicht, Sie leiden zu sehen.«

Willa nahm die Pille. Sie führte die Hand an den Mund und trank einen Schluck Wasser, verschüttete aber einen Teil, weil sie stark zitterte. Dann lehnte sie sich zurück und faltete die Hände im Schoß.

»Danke«, sagte sie und lächelte die Schwester erleichtert an.

»Ich finde, Sie sollten sich etwas ausruhen, sonst übertreiben Sie es noch«, erwiderte Schwester Anna. »Sie müssen wieder zu Kräften kommen und dürfen sich nicht überanstrengen. Mit Ihrer Arbeit können Sie später weitermachen.«

»Aber Mr von Brandts Karten ...«, protestierte Willa.

»Die können eine Weile warten. Und wenn Herr von Brandt irgendwelche Einwände hat, kann er sich ja an Dr. Meyers wenden.« Sie rollte den Tisch von Willas Bett weg, ging zum Fenster und ließ die Rollos herunter. »Schlafen Sie jetzt.«

Willa hatte die Augen bereits geschlossen und nickte dankbar. Schwester Anna verließ den abgedunkelten Raum, schloss die Tür hinter sich und sperrte sie ab – wie sie es immer tat.

Sobald das Schloss zugeschnappt war, öffnete Willa die Augen und setzte sich auf. Sie bewegte sich geschickter und sicherer als in der Gegenwart von Max und Schwester Anna. Lautlos stieg sie aus dem Bett und schlug die Matratze zurück. Sie nahm die Tablette, die die Schwester ihr gegeben hatte – sie hatte nur so getan, als hätte sie sie geschluckt –, und steckte sie in einen kleinen Schlitz im Matratzenbezug. Dann tastete sie den Bezug ab, um sich zu vergewissern, dass die anderen Tabletten, die sie dort versteckt hatte, noch da waren. Sie legte die Matratze zurück, stieg wieder ins Bett, strich die Laken und die Decke glatt, schloss die Augen und schlief ein.

Schwester Anna hatte recht. Sie musste wieder zu Kräften kommen, denn die würde sie brauchen. Max hatte mit Dr. Meyers über einen Ausflug gesprochen. Der würde wahrscheinlich weder heute noch morgen stattfinden, aber sicherlich bald. Sehr bald. Und wenn es so weit war, musste sie bereit sein.

75

»Bist du das, Liebster?«, rief India. Sie saß in der Küche des Cottages und hatte gehört, wie die Tür aufging. Seit über zwei Stunden wartete sie schon auf Sid.

»Leider nicht. Ich bin's bloß«, rief Fiona zurück.

India lachte. »Hast du Lust auf ein Würstchen?«

»Ich könnte schon eines vertragen. Ein ganzes Dutzend sogar«, erwiderte Fiona, als sie in die Küche trat. »Und Kartoffelpüree mit Zwiebelsoße. Gibt's das auch?«

»Genug, um eine ganze Armee zu füttern. Setz dich und greif zu«, antwortete India.

Sie stand vom Küchentisch auf, wo sie mindestens zwanzig britische Zeitungen gelesen hatte – einige waren ihr sogar aus Glasgow und Leeds geschickt worden –, und holte einen Teller, Besteck und eine Tasse Tee für ihre Schwägerin.

»Bleib sitzen, India«, sagte Fiona und rieb sich die Hände. »Ich kann mich selbst bedienen.« Sie küsste ihre Schwägerin auf die Wange, nahm ihr die Teetasse ab und setzte sich.

»Wie geht's Charlie heute?«, fragte India. »Irgendwelche Fortschritte?«

»Nein, leider keine«, antwortete Fiona und häufte sich einen Berg Kartoffelpüree auf den Teller. »Wir sind schon fast durch den ganzen Rosengarten durch, aber er ist völlig unverändert. Ich hatte mir eigentlich mehr erhofft, als ich damals dieses Aufleuchten in seinen Augen bemerkte. Aber es gibt keine Veränderung. Ich frage mich inzwischen schon, ob ich mir diese Reaktion bloß eingebildet habe.«

»Ganz sicherlich nicht. Er braucht eben Zeit. Es wird schon«, erwiderte India. »Bei einer Mutter wie dir und einem Onkel wie Sid hat er gar keine andere Wahl.«

Fiona lachte, aber India sah, wie müde sie war, nachdem sie den ganzen Tag mit Charlie verbracht hatte. Aus Sorge, Fiona würde sich mit dem Hin- und Herfahren überanstrengen, hatten Sid und sie ihr angeboten, bei ihnen zu wohnen – was sie gerne angenommen hatte. Mr Foster war nach London zurückgekehrt, sie selbst fuhr an den Wochenenden nach London und kam montags wieder nach Oxford. India freute sich über die Regelung, weil sie die Gesellschaft ihrer Schwägerin sehr genoss.

»Es ist so still hier. Sind die Kinder schon im Bett?«, fragte Fiona und tunkte ein Würstchen in die Soße.

»Seit einer halben Stunde. Eigentlich wollten sie auf Sid warten – er hat versprochen, ihnen aus London was mitzubringen –, aber es war schon halb neun, und sie konnten kaum mehr die Augen offen halten. Ich sagte ihnen, er würde ihnen noch einen Gutenachtkuss geben, wenn er heimkommt.«

»Wo ist er denn hingegangen?«, fragte Fiona.

»Nach London. Gestern Abend ist er fort und über Nacht geblieben. Er sollte eigentlich um halb sieben zurück sein. Ich weiß nicht, was ihn aufgehalten hat.«

»Nach London?«, fragte Fiona mit besorgtem Unterton. »Warum denn?«

»Dir gefällt das auch nicht, stimmt's?«, fragte India. »Ich habe ihn dringend gebeten, es nicht zu tun. Aber er meinte, er habe dort etwas Geschäftliches zu erledigen.«

»Was denn für Geschäfte?«

»Er sagte, er wolle mit jemandem über medizinischen Nachschub fürs Hospital verhandeln. Über Medikamente hauptsächlich.«

Fionas Miene entspannte sich. »Ah, dann geht's also nur ums Krankenhaus? Verzeih mir, India. Es war albern von mir. Ich mache mir eben Sorgen wegen seiner Vergangenheit.«

»Ich weiß.« India legte die Zeitungen zusammen. »Ich ja auch. Ich habe immer Angst, jemand aus seinem früheren Leben erkennt ihn in der Stadt, und es gibt Schwierigkeiten. Das ist vermutlich dumm von mir, aber ich kann einfach nicht anders.«

»Na ja, wahrscheinlich kommt er jeden Moment. Ich wette, er hat bloß seinen Zug verpasst.« Fiona deutete auf all die Zeitungen vor India. »Was hast du da? Ein bisschen leichte Lektüre, um dich abzulenken?«

India vermutete, sie wollte bloß das Thema wechseln. »Wohl kaum«, antwortete sie. »Ich versuche, die Ausbreitung der Spanischen Grippe in Großbritannien zu verfolgen. Sie hat sich inzwischen eindeutig hier festgesetzt. Die Anzahl der Infizierten in Glasgow, Edinburgh, Newcastle und York nimmt zu. In den Midlands und Wales bleibt sie konstant, und in Weymouth, Brighton und Dover gibt es erste Fälle. In einer ganzen Reihe der größeren Städte werden in den betroffenen Gebieten Desinfektionsmittel auf den Straßen versprüht.«

»Gibt es hier bei den Jungs auch schon irgendwelche Anzeichen dafür?«, fragte Fiona.

»Noch nicht, Gott sei Dank. Aber für alle Fälle haben wir eine Quarantänestation eingerichtet. Harriet hat mir geschrieben, dass es auch in London losgeht. Südlich des Flusses hauptsächlich. Ich wünschte, ich könnte Jennie überreden, die Stadt zu verlassen und hierherzukommen. Gemeinsam mit James.«

»Hast du mit ihr darüber gesprochen?«, fragte Fiona.

»Ich habe ihr letzte Woche geschrieben und sie eingeladen, aber sie hat mir geantwortet, sie könne ihren Vater nicht allein lassen, und der würde seine Gemeinde nie aufgeben. Sie meinte allerdings, in Wapping seien noch nicht viele Fälle aufgetaucht. Wenn sich das ändern sollte, schrieb sie, würde sie James zu mir schicken. Du musst auch aufpassen, Fiona, und die Kinder herbringen – zumindest die jüngeren –, wenn die Krankheitsfälle zunehmen.«

»Das werde ich ganz bestimmt. Das musst du mir nicht zweimal sagen. Dann wirst du uns alle unterbringen müssen, einschließlich Mr Foster.«

»Das wäre doch herrlich«, entgegnete sie lachend. »Ich finde, das Cottage hier braucht einen Butler. Ein bisschen mehr Schick und Noblesse könnte uns wirklich nicht schaden.«

Die beiden Frauen plauderten weiter, während Fiona aß. Als sie fertig war, spülte sie das Geschirr und entschuldigte sich dann. »Ich bin hundemüde. Ich gehe auf mein Zimmer, schreibe Joe noch einen Brief, und dann falle ich ins Bett. Danke fürs Abendessen, India. Es war köstlich.« Dann fügte sie neckisch hinzu: »Und was gibt's morgen Abend? Seeschnecken? Herzmuscheln?«

India lachte. Sie stammte aus einer reichen Familie, wo täglich edle Gerichte serviert worden waren, hatte sie Fiona einmal erzählt, aber da sie damals eine verwöhnte junge Dame war, hatte niemand erwartet, dass sie selbst kochen lernte. Erst nach ihrer Hochzeit hatte sie gelernt, in einer Küche zurechtzukommen, und Sid, ein Mann aus dem East End, mochte Hausmannskost. Sie konnte keine Steaks au poivre und keine pochierte Seezunge zubereiten, aber sie brachte eine ordentlich gebratene Wurst auf den Tisch, saftigen Rinderbraten und Nierenpastete und die besten Fish'n'Chips, die Fiona je gegessen hatte.

»Morgen mach ich dir Aal mit Püree«, erwiderte sie.

Fiona verzog das Gesicht. »Das isst mein Bruder doch nicht wirklich?«

»Ich fürchte schon.«

Fiona gab India einen Gutenachtkuss. »Es ist schon spät«, sagte sie. »Du solltest dir auch ein bisschen Schlaf gönnen. Er kommt sicher bald nach Hause. Mach dir keine Sorgen.«

India nickte. »Gute Nacht. Schlaf gut. Grüß Joe von mir.«

Sobald Fiona hinausgegangen war, verschwand Indias Lächeln. Sie griff in die Tasche ihrer Bluse und zog einen kleinen Buddha aus Jade heraus, den sie heute in einer von Sids Taschen gefunden hatte, als sie das Jackett aufhängen wollte. Sie konnte sich weder vorstellen, woher er ihn hatte, noch, was er damit machte. Sie sah ihn noch eine Weile an und steckte ihn dann zurück. Aus irgendeinem Grund löste er ein unangenehmes Gefühl, ja sogar Angst in ihr aus. Er wirkte wie ein böses Omen auf sie.

Um sich zu beschäftigen und von den angstvollen Gedanken abzulenken, stand India auf, räumte die Zeitungen beiseite, wischte das Spülbecken trocken und ging zur Hintertür, um das Tischtuch auszuschütteln.

Die Nachtluft war kalt, aber sie blieb ein paar Minuten stehen und starrte in die Dunkelheit, in der Hoffnung, Sid zu erspähen, wenn er die Auffahrt heraufkam. Und versuchte, Fionas Ratschlag zu folgen. Versuchte, sich keine Sorgen zu machen.

76

»O Max! Ich weiß gar nicht, was ich sagen soll! Es ist wunderschön, und du hättest das nicht tun sollen, aber ich finde es herrlich, dass du es getan hast«, rief Willa aus.

»Es freut mich, dass es dir gefällt«, antwortete Max strahlend. »Es war höchste Zeit, dass du mal was anderes zum Anziehen kriegst als ein Krankenhausnachthemd.«

Willa saß inmitten von pinkfarbenen Bändern und Seidenpapier im Bett. Max setzte sich neben sie. Er war mit einem Arm voller Schachteln in ihrem Zimmer aufgetaucht, die Kalbslederschuhe, Seidenstrümpfe, seidene Unterwäsche und ein wunderschön geschnittenes Sommerkleid enthielten – alles in einem zarten Elfenbeinton.

»Wie bist du so schnell nach Paris und wieder zurückgekommen? Vor zwei Tagen hab ich dich doch noch gesehen!«, neckte Willa ihn.

Max grinste. »Die Näherinnen hier sind ganz erstaunlich. Sie können alles kopieren. Und in ein paar Läden gibt's sehr feine Waren aus Europa.«

»Danke, Max. Wirklich. Du bist viel zu gut zu mir. Soll ich mich umziehen? Gehen wir wieder aus?«

Zwei Tage zuvor hatte Max sie mit einem Rollstuhl abgeholt und eine Stunde lang durch die Straßen von Damaskus gefahren. Sie gingen in den Souk, wo er ihr eine hübsche Kette kaufte, danach aßen sie in einem Café zu Mittag. Als Willa müde wurde, brachte Max sie ins Hospital zurück.

»So gern ich einen Ausflug mit dir machen würde«, erklärte er ihr, »kann ich das leider nicht. In einer Stunde treffe ich mich mit Jamal Pasha ...«

Willa kannte den Namen. Jamal Pasha war der türkische Gouverneur von Damaskus.

»... aber vielleicht erweist du mir die Ehre, heute Abend in meinem Quartier mit mir zu essen. Falls, und nur falls, du dich dazu in der Lage fühlst.«

»Ich wäre entzückt«, antwortete Willa.

»Wundervoll. Ich hole dich um acht Uhr ab.«

Willa blickte plötzlich auf das Kleid und wich seinem Blick aus.

»Stimmt etwas nicht? Ist acht zu spät?«, fragte er besorgt.

Willa lächelte wehmütig. »Nein, alles bestens. Es ist einfach nur schön, etwas zu haben, worauf man sich freuen kann. Es ist so lange her, dass ich so etwas hatte.«

Max legte einen Finger unter ihr Kinn und hob es an. »Du kannst dich auf den Rest deines ganzen Lebens freuen, Willa Alden«, sagte er und küsste sie. »Mit mir.«

Willa erwiderte seinen Kuss. Er nahm sie in die Arme, drückte sie an sich und ließ sie erst los, als auf dem Gang Schritte erklangen.

»Schwester Anna wird mich ausschimpfen«, flüsterte er. »Sie wird sagen, ich strenge dich zu sehr an.«

»Ich hoffe, dass du das machst. Mich anstrengen«, entgegnete sie flüsternd. »Später.«

Max tat so, als hätten ihn ihre Worte schockiert. Als Schwester Anna eintrat, sagte er: »Bis heute Abend, Miss Alden.«

»Bis heute Abend, Mr von Brandt.«

»Und wie geht's unserer Patientin heute?«, fragte Schwester Anna. Sie hatte gerade erst ihre Schicht angefangen.

»Sehr gut, Schwester Anna«, antwortete Willa, als Max den Raum verließ. »Mr von Brandt hat mich heute Abend zum Essen eingeladen.«

»Heute Abend?«, fragte die Schwester. »Sind Sie sich sicher, dass Sie das schaffen? Sie nehmen doch immer noch dreimal am Tag Morphium.«

»Ich schaffe das. Man darf den Schmerzen und der Schwäche nicht immer nachgeben. So gewinnt man doch keinen Krieg, oder? Außerdem haben Mr von Brandt und ich verschiedene Dinge zu besprechen, die den Krieg betreffen.«

»Ja, natürlich«, antwortete Schwester Anna. »Kann ich noch etwas für Sie tun? Brauchen Sie noch irgendetwas?«

Willa blickte auf ihre schönen neuen Kleider. »Ja, da gäbe es noch etwas. Ein Bad.«

Schwester Anna lächelte. »Ja, sicher. Ich lasse eines für Sie ein und hole Sie in einer Viertelstunde ab.«

Willa nickte, und die Schwester ging hinaus. Sobald sie draußen war, verschwand Willas Lächeln, und ein grimmiger, entschlossener Ausdruck trat auf ihr Gesicht.

So bald schon, dachte sie.

Sie hatte gehofft, sie hätte noch ein paar Tage Zeit. Ihre Rippen schmerzten nach wie vor, und die Nachwehen der Typhuserkrankung schwächten sie noch. Aber sie müsste beides überwinden, denn Max lud sie heute Abend zu sich nach Hause ein. Sobald sie dort wäre, hieße es, jetzt oder nie. Sie würde ihr Bestes tun, um so gut wie möglich auszusehen. Und sie hoffte inständig, dass er Wein servierte. Und zwar eine ganze Menge.

Plötzlich überfiel sie Angst. Ihr Plan war doch völlig aussichtslos. Mit größter Wahrscheinlichkeit würde das Ganze gründlich schiefgehen, und dann stünde sie mit verbundenen Augen im Gefängnishof und wartete auf das Erschießungskommando.

Sie dachte an Lawrence, der jahrelang Mühsal und Entbehrung in der Wüste ertragen hatte, um die Sache der arabischen Unabhängigkeit voranzutreiben. Sie dachte an Khalaf und Fatima und ihren kleinen Sohn. Sie dachte an Auda und die wilden, unbeugsamen Beduinen. Und sie hörte Audas Stimme in ihrem Kopf: »Denk nicht an deine Müdigkeit, deine Stärke entspricht immer der Kraft deines Willens.«

Willa schob die Hand unter die Matratze und tastete nach den versteckten Tabletten.

»Also, dann heute Abend«, flüsterte sie leise. »*Inshallah.*«

77

Willa war bereit.

Es war ein paar Minuten vor acht. Das Kleid von Max schmiegte sich wundervoll an ihren schlanken Körper und betonte ihren blassen Teint, ihr dunkles Haar und ihre leuchtend grünen Augen. Um den Hals trug sie die Kette, die Max ihr im Souk gekauft hatte. Eine der jüngeren Schwestern hatte ihr Haar zu einem lockeren, eleganten Knoten geschlungen und ihr eine Tube mit Lippenrouge geliehen.

»Du meine Güte, Willa«, sagte Max, als er sie abholte. »Du siehst wunderschön aus.«

Willa lächelte. Sie stand am Fußende ihres Bettes. Dr. Meyers hatte ihr eine neue Prothese beschafft anstelle der alten, die bei dem Absturz zerbrochen war. Sie passte ihr gut, und sie konnte relativ gut damit gehen – obwohl das niemand wusste außer ihr.

»Nun, vielen Dank, Max. Du siehst aber auch gut aus.«

Max verbeugte sich bei dem Kompliment. Willa machte langsam ein paar Schritte auf ihn zu und nahm seinen Arm.

Er runzelte die Stirn. »Ich hole dir einen Rollstuhl, ich habe unten einen gesehen.«

»Nicht nötig, Max«, protestierte sie. »Ich kann gehen. Das sollte ich auch.«

»Wir nehmen ihn nur für den Weg zu mir nach Hause. Sobald wir dort sind, kannst du so viel herumspazieren, wie du willst.«

Willa seufzte. »Wenn du darauf bestehst.«

Während Max sie durch die Stadt schob, machte Willa Bemerkungen über die Menge der Tiere in den Straßen und stellte viele Fragen. Wer in den prächtigen Steinhäusern lebe? Den weiß gekalkten? Den mit Kacheln verzierten? Wo Jamal Pasha wohne?

Währenddessen schob Max sie zu einer Reihe schöner, weiß gestrichener Häuser etwa eine halbe Meile vom Stadtplatz entfernt. Die bogenförmigen Fenster waren mit aufwendigen arabischen Mustern umrahmt, der leicht zurückversetzte Eingang mit blauen, grünen und orangefarbenen Kacheln verkleidet. Üppige rote Rosen rankten sich um die Säulen zu beiden Seiten der Tür, über der eine bleiverglaste Lampe warmes Licht verströmte.

»Max, das ist ja hinreißend!«, rief Willa aus.

»Freut mich, dass es dir gefällt. Ich habe es von einem reichen türkischen Händler gemietet, der nach Aleppo umgezogen ist.«

»Sind wir hier nahe am Souk?«, fragte Willa. »Ich fürchte, ich kann mich immer noch nicht ganz orientieren.«

»Der Souk ist etwa vier Straßen westlich von hier. Südwestlich, genauer gesagt.«

»Ah, das erklärt die vielen Tiere in den Straßen«, sagte Willa.

»Ja, sie werden sonntags und mittwochs dort verkauft. Aber die Händler bringen sie am Abend zuvor in die Stadt, weshalb gerade jetzt so viele unterwegs sind. Weil morgen Mittwoch ist.«

Das wusste Willa bereits von Schwester Anna. Der Tiermarkt am Mittwoch war auch der Grund gewesen, weshalb sie die Einladung am heutigen Abend angenommen hatte. Hätte er einen anderen Abend vorgeschlagen und wäre am nächsten Tag kein Tiermarkt gewesen, hätte sie sich entschuldigt und Müdigkeit vorgeschützt.

Max' Diener, ein großer Damaszener in besticktem Gewand und Seidenturban, begrüßte sie. Der Koch habe ein exquisites Mahl zubereitet, erklärte er, das in Kürze fertig sei.

»Zeigst du mir das Haus, bevor wir essen?«, fragte Willa, stand auf und hakte sich bei Max unter.

»Mit Vergnügen«, erwiderte er und führte sie von Raum zu Raum.

Sie begannen im Salon. Willa bestaunte die reichen Schnitzereien an Stühlen und Sofas, die alle mit schwerer Seide bezogen waren, und die persischen Teppiche am Boden.

»Hat dir der Händler das Haus möbliert vermietet?«, fragte sie.

Max nickte. »Er hat alles zurückgelassen. Möbel, Teppiche, Bücher und Küchengeräte. Sogar einige seiner Gewänder in einem Schrank.

Für den Fall, dass ich mich als Einheimischer verkleiden möchte, schätze ich.«

Im Billardzimmer lagen Zebrafelle am Boden, und an der Wand hingen Löwen- und Tigerköpfe. Es hingen auch Schwerter und Pistolen dort, viele davon mit edelsteinbesetzten Griffen.

»Spielzeug für Jungs«, sagte Willa und strich über einen prächtig verzierten Schwertgriff.

Max lachte. Er führte sie ins Arbeitszimmer, wo an den Wänden Regale mit in Leder gebundenen Büchern aufgereiht waren. Auf den Tischen stapelten sich weitere Bücher, Magazine und Zeitungen. Ein Paar Stiefel und Reitzeug lagen auf dem Teppich vor einem Sofa. Sein Schreibtisch war mit Karten und Schriftstücken bedeckt, von denen einige zu Boden gefallen waren. Willa warf im Vorbeigehen einen kurzen Blick darauf, dann drehte sie sich um und meinte: »Sehr schlampig, Max. Ich finde, du brauchst eine Ehefrau.«

Max ging zum Schreibtisch, schob die Schriftstücke zu einem Stapel zusammen, dessen Kopfseite er nach unten drehte.

»Hättest du da eine bestimmte Kandidatin im Sinn?«, fragte er und rollte die Karten auf.

»Lassen Sie mich mal überlegen. Vielleicht fällt mir eine ein.«

In dem Moment kam der Diener herein, verbeugte sich und verkündete, dass das Essen serviert sei.

»Hast du Hunger?«, fragte Max.

Willa stellte ein Buch ins Regal zurück, das sie sich angesehen hatte, und drehte sich zu ihm um.

»Wahnsinnig«, antwortete sie und nahm seinen Arm. »Hunger auf gutes Essen, guten Wein und gute Gesellschaft. Nach Jahren in der Wüste habe ich plötzlich das Gefühl, im Paradies gelandet zu sein.«

»Komm«, sagte Max und führte sie ins Esszimmer. »Lass uns nachsehen, was der Koch gezaubert hat.«

Das Esszimmer war üppig und romantisch dekoriert. Auf dem Tisch standen Silberleuchter mit brennenden Kerzen, die den Raum in ein sanftes Licht tauchten. Rosen verbreiteten ihren köstlichen Duft. Max setzte sie ans Ende des Esstischs – einer langen Tafel aus

Ebenholz mit Elfenbein-, Malachit- und Lapislazuli-Intarsien. Er selbst nahm an der Stirnseite Platz, damit sie nahe beieinandersaßen.

Als Willa ihre Serviette über den Schoß ausbreitete, schenkte er ihnen ein – wieder einen seltenen Bordeaux.

»Auf dich«, sagte er und hob sein Glas.

Willa schüttelte den Kopf. »Nein, Max, auf uns.«

Das Mahl begann mit Mezze – einer Reihe köstlicher Vorspeisen. Es gab Weinblätter mit Lammfleisch und Reis, Kichererbsenplätzchen und ein Gericht aus gebratenen Auberginen mit Sesampaste, Olivenöl und Knoblauch, von dem Willa gar nicht genug bekommen konnte.

»Das ist unglaublich köstlich, Max«, seufzte sie und ließ einen Bissen von den gefüllten Weinblättern auf der Zunge zergehen. »Ich habe noch nie ein so gutes Essen bekommen. Der Koch ist wahrhaft ein Genie.«

Max lehnte sich zurück und freute sich, wie sehr sie das Mahl genoss. Auf die Mezze folgte Fattoush, ein Bauernsalat aus geröstetem Brot, Gurken, Tomaten und Minze. Dann brachte der Diener Hühner-Kebab und Kibbeh – mit Minze gewürzte Fleischbällchen, mit Reis und Gewürzen gefüllt. Zum Fleisch gab es Reis mit gekochten Linsen und gebratenen Zwiebeln, ein Gericht aus gefülltem Kürbis und ein weiteres aus gewürzten Kartoffeln.

»Haben deine anderen Gäste abgesagt?«, fragte Willa nach einer Weile. »Dein Koch hat doch mindestens für zwanzig Leute gekocht!«

Max lachte. Er beugte sich vor und schenkte ihnen nach. »Das ist alles für dich, Willa. Ich möchte, dass du wieder gesund und kräftig und glücklich wirst.«

Während sie aßen, fragte Max sie über Lawrence aus, was für ein Mensch er sei. Willa erzählte ihm von seiner Tapferkeit, seiner Intelligenz und seinem ungeheuren Charisma.

»Wart ihr ein Liebespaar?«, fragte Max plötzlich.

Sie sah ihn über den Rand ihres Weinglases hinweg an und fragte dann neckisch: »Warum? Wärst du dann eifersüchtig? Das würde mir durchaus gefallen.«

»Ja, das wäre ich«, gab Max zu.

»Nein, wir waren kein Liebespaar«, erklärte sie. »Lawrence hat nur eine Geliebte – und das bin nicht ich.«

»Wen denn dann?«

»Arabien«, antwortete Willa.

Max nickte. »Nun«, erwiderte er schließlich. »Ich fürchte, Lawrence wird lernen müssen, ohne seine Geliebte auszukommen, weil sie ihm nicht mehr lange gehören wird.«

Willa zwang sich zu einem Lächeln und bat ihn, ihr noch ein Stück Kebab zu reichen. Sie wollte so viel in sich hineinstopfen, wie sie konnte, weil sie keine Ahnung hatte, wann sie wieder etwas zu essen bekäme.

»Lass uns nicht über Lawrence und den Krieg reden«, fuhr sie fort. »Nicht heute Abend. Reden wir lieber über den Everest.«

Max erklärte ihr, dass er sofort nach seinem Auftrag hier nach Deutschland zurückkehren und sie mitnehmen würde. Man würde ihn bis zum Ende des Krieges noch in Berlin benötigen, aber danach könnten sie wieder in den Himalaja. Sie unterhielten sich eine Weile über ihre Zukunftspläne, bis die Weinflasche leer war und die nächste gebracht wurde. Bis das Essgeschirr abgeräumt und eine Platte mit frischen Früchten, Datteln und Honiggebäck serviert wurde. Bis die Kerzen heruntergebrannt waren und Max die Dienerschaft fortschickte.

Während sie den Erinnerungen an Rongbuk nachhingen, griff Max plötzlich über den Tisch und legte seine Hand auf Willas. »Ich will dich, Willa Alden. Ich will dich schon den ganzen Abend. Schon auf dem Weg vom Hospital hierher. Schon während des Essens. Ich begehre dich so sehr, dass ich es nicht mehr aushalten kann.«

»Was ist mit dem Dessert?«, fragte Willa kokett und biss in eine Dattel. »Willst du keines?«

»Du bist das Dessert«, antwortete Max, stand auf, hob sie hoch und trug sie ins Schlafzimmer.

Dort knöpfte er ihr Kleid auf. Es glitt über ihren schlanken Körper auf den Boden hinab, wo es wie ein schimmernder Teich aus Seide ihre Füße umgab. Während sie in Unterhemd, Unterrock und Strümpfen dastand, zog er Jackett und Hemd aus. Dann streckte er sich auf seinem Bett aus und zog sie zu sich hinab. Er küsste ihren Mund, ihren Hals und ihren zarten Nacken. Sie vergrub die Hände in seinem dichten Haar und erwiderte seine Küsse. Er sah unglaublich gut aus, sein Körper war fest und glatt, sein Gesicht wie gemeißelt.

Ich hätte dich lieben können, Max, dachte sie, wenn alles anders gekommen wäre.

Sie erinnerte sich an seine warmen Hände, seine leidenschaftlichen Küsse am Everest. Sie erinnerte sich, wie er sich anfühlte und roch. Damals war er ihr Liebhaber gewesen. Jetzt war er ihr Feind. Das durfte sie nicht vergessen, keine Sekunde lang. Sonst würde es sie das Leben kosten – ihres und das vieler anderer.

Max löste die Schleife an ihrem Unterhemd und machte sich an den vorderen Knöpfen zu schaffen, aber sie hielt ihn auf.

»Was ist?«, fragte er.

»Ich ... ich habe Angst, Max.«

»Du? Angst? Wovor?«

»Ich habe Angst, dass du mich nicht mehr willst, wenn du mich siehst. Unter diesen schönen Sachen, die du mir geschenkt hast, bin ich nicht schön. Ich bin bloß Haut und Knochen und voller blauer Flecken. Ich sehe aus ... na ja, als käme ich aus dem Krieg.« Max lachte. Er stützte sich auf den Ellbogen ab und blickte in ihre Augen. »Als ich dich in Kathmandu zum ersten Mal sah, dachte ich, du seist die schönste Frau, die ich je gesehen habe. Das finde ich immer noch, Willa. Knochen und blaue Flecken sind mir egal. Lass mich dich anschauen.«

»Also gut«, erwiderte sie, zog sein Gesicht an sich und küsste ihn hungrig. »Aber zuerst noch etwas Wein.«

Max wollte aufstehen, aber sie hielt ihn zurück. »Nein, ich hole ihn. Du hast mich doch schon den ganzen Abend verwöhnt.«

Langsam humpelte sie aus dem Zimmer, doch kaum war sie außer Sichtweite von Max, hetzte sie davon. Das verführerische Lächeln auf ihrem Gesicht war verschwunden. Sie hatte nur Sekunden. So schnell sie konnte, hob sie ihren Unterrock, rollte den Rand ihrer Strümpfe herunter und zog ein kleines gefaltetes Briefchen heraus. Es enthielt weißes Pulver. Sie hatte am Nachmittag die Tabletten zwischen den Sohlen ihrer neuen Schuhe zermahlen, als sie angeblich schlief, und das Pulver in ein Stück Seidenpapier aus den Geschenkkartons von Max gegeben. Jetzt schüttete sie es in eines der Gläser, goss Wein darüber, rührte das Ganze mit dem Finger um und betete, dass es sich schnell auflöste. Dann füllte sie ein zweites Glas, merkte sich, in welchem die zermahlenen Tabletten waren, und trug beide ins Schlafzimmer zurück.

»Hier«, sagte sie und reichte ihm sein Glas. Er nahm einen Schluck, stellte das Glas auf den Boden und griff nach ihr. Einen Moment später hatte er ihr das Hemd und den Unterrock ausgezogen. Dann zog auch er sich vollständig aus.

Willa lächelte und liebkoste ihn dabei, geriet aber innerlich in Panik. Er musste mehr trinken als nur einen Schluck. Sie wusste nicht, wie stark die Mischung war oder wie schnell sie wirken würde, aber sie war sich sicher, wenn er statt bewusstlos nur leicht benommen wäre, würde er sich zusammenreimen, was sie getan hatte. Dann wäre alles vorbei.

Sie nahm sein Glas und reichte es ihm wieder. »Einen Toast, Max. Auf das Ende dieses Kriegs«, sagte sie und trank einen kleinen Schluck. Max tat es ihr gleich.

»Auf den Everest«, fügte sie hinzu und nahm einen weiteren Schluck. Max ebenfalls.

»Und auf uns«, sagte sie. »Auf unsere Zukunft. Die heute Nacht beginnt.« Daraufhin leerte sie ihr Glas, und Max das seine.

Sie nahm sein Glas und stellte es mit ihrem auf dem Boden ab. »Schlaf mit mir, Max, aber langsam. Ich möchte nicht, dass es schnell vorbeigeht«, flüsterte sie. »Ich möchte, dass wir uns heute Nacht Zeit lassen, um all die schlechten Erinnerungen zu vergessen und neue zu erschaffen. Gute.«

Sie schlang die Arme um seinen Hals. Er küsste sie abermals, dann ihre Brüste und ihren Bauch. Er küsste ihre Hüften und spreizte ihre Beine.

Willa stieß einen kleinen Seufzer aus, der hoffentlich lustvoll klang. Verzweifelt fragte sie sich, wie lange es dauerte, bis die Tabletten wirkten. Sie wollte das nicht tun.

»Mein Gott, ich will dich so sehr«, sagte Max plötzlich und war in ihr.

Willa keuchte laut auf, aber nicht vor Lust. Tränen brannten in ihren Augen. Was hast du falsch gemacht, fragte sie sich verzweifelt. Warum wirkt es nicht?

Sie biss sich auf die Lippen, als Max in sie stieß. Ihr Plan war missglückt. Sie würde in ihr Krankenzimmer zurückkehren müssen – wenn Max mit einigem Glück nicht herausfand, was sie getan hatte. Und sie müsste tagaus, tagein so tun, als betete sie ihn an. Sie müsste mit ihm essen und schlafen, während Faisal, Lawrence, Auda und ihre Soldaten ins Verderben liefen.

Und dann hielt Max plötzlich inne. Er lachte verlegen und strich sich über das verschwitzte Gesicht. »Der Wein. Er muss mir in den Kopf gestiegen sein.«

Willa lachte. »Ich bin auch beschwipst. Das ist herrlich, nicht?« Sie küsste ihn erneut. »Hör nicht auf, Max. Liebe mich. Jetzt. Ich will dich so sehr.«

Max rollte von ihr herunter. Er blinzelte ein paarmal, dann schloss er die Augen und schüttelte den Kopf.

Voller Angst, dass er ihr Spiel durchschaute, tat Willa so, als glaubte sie, er sei bloß ein wenig matt geworden. »Du kannst dich ausruhen«, flüsterte sie. »Jetzt bin ich an der Reihe.« Sie beugte sich über ihn, küsste ihn und strich über seine Brust. Er öffnete die Augen, streichelte ihren Busen, schloss sie dann schnell wieder und schlug die Hände vors Gesicht.

»Mein Kopf ... alles dreht sich.«

Willa küsste ihn erneut. Er schob sie von sich, setzte sich auf, und seinem Gesichtsausdruck war anzusehen, dass es ihm dämmerte. »Der Wein«, sagte er leicht lallend. »Du hast etwas in den Wein getan.« Mühsam schwang er die Beine aus dem Bett und versuchte aufzustehen, aber seine Beine gaben nach, und er fiel zu Boden. »Warum, Willa?«, keuchte er. Einmal noch stöhnte er auf. Dann rührte er sich nicht mehr.

Willa hatte solche Todesangst, dass sie kaum atmen konnte. Sie stieß ihn mit dem Fuß an, dann noch einmal, dann sprang sie aus dem Bett und zog sich schnell an. Ihre verletzten Rippen protestierten, aber sie ignorierte die Schmerzen.

Mit einem nervösen Blick auf Max nahm sie seine Kleider vom Boden und durchsuchte sie. In seinen Hosen war nichts, aber in seinem Jackett steckte eine Brieftasche. Sie nahm das Papiergeld und warf die Brieftasche auf den Boden.

Als Nächstes lief sie ins Billardzimmer und riss ein antikes Schwert und drei Pistolen von der Wand. Dann durchwühlte sie die Schränke und Kommoden nach Munition und fand schließlich welche. Danach eilte sie ins Arbeitszimmer und packte die Karten, die Max zuvor aufgerollt hatte. Ohne sie näher anzusehen, raffte sie einfach alle zusammen.

Sie war schon an der Eingangstür und fast aus dem Haus, als sie in einem Spiegel einen Blick auf sich erhaschte – eine Frau in einem eleganten Kleid, die Waffen und Karten an sich drückte. Wie weit würde sie in so einem Aufzug kommen? Wohl nicht sehr weit. Sie brauchte andere Kleider. Sie müsste ins Schlafzimmer zurück, obwohl sie keine Ahnung hatte, wie lange die Wirkung der Tabletten anhielt.

Das Herz klopfte ihr bis zum Hals, als sie durch die Schlafzimmertür spähte und Max sah. Er lag noch immer auf dem Boden.

Los, befahl sie sich. Jetzt. Beeil dich.

Sie legte die Waffen und Karten aufs Bett und lief zum Schrank. »Bitte, wo sind sie«, flüsterte sie. »Bitte.« Sie schob die Bügel mit Uniformen, Dinnerjacketts, Hemden und Hosen beiseite. Das war nicht, was sie wollte. »Komm, sie müssen doch irgendwo sein«, keuchte sie. Und dann entdeckte sie, wonach sie suchte – lange Gewänder, wie arabische Männer sie trugen. Sie packte ein blaues und ein weißes und zwei dazu passende Schals. Schnell streifte sie das blaue über ihr

Kleid und schlang den Schal um den Kopf. In den dunklen Gewändern würde sie auf den Straßen weniger auffallen.

Erneut warf sie einen Blick auf Max. Er hatte sich nicht gerührt. Alles in ihr drängte sie wegzulaufen, aber sie wusste, das konnte sie nicht. Noch nicht. Sie brauchte etwas, um das Schwert, die Pistolen und Karten zu verstauen. Satteltaschen wären gut gewesen, außerdem würde sie damit in einer Stadt, wo die meisten Leute immer noch auf Kamelen ritten, nicht verdächtig wirken, doch sie hatte keine Zeit, danach zu suchen. Max konnte jeden Moment aufwachen. Während sie überlegte, was sie tun sollte, fiel ihr Blick aufs Bett. Schnell griff sie nach einem Kissen, zog den Bezug ab und stopfte ihre Sachen hinein. Das Schwert ragte zwar heraus, aber daran ließ sich nichts ändern. Sie hatte sich ohnehin schon viel zu lange hier aufgehalten und sollte längst fort sein.

Gerade als sie mit ihrem Bündel hinauseilen wollte, schloss sich eine Hand von Max um ihr Fußgelenk. Sie schrie auf und versuchte, sich loszureißen, aber er zerrte so fest an ihrem Bein, dass sie das Gleichgewicht verlor und stürzte. Der Kissenbezug samt Inhalt fiel krachend neben ihr zu Boden.

»Morphium, nicht wahr?«, stöhnte Max heiser. »Du hättest mehr nehmen und mir den Rest geben sollen.«

Willa trat mit dem freien Bein nach ihm, aber er hielt es mit der anderen Hand fest und drückte es auf den Boden. Benommen rappelte er sich auf die Knie und kroch auf sie zu. Seine Hand umschloss ihren Arm. Er versuchte, sie auf die Füße zu zerren, aber Willa wehrte sich und trat abermals nach ihm. Sie musste sich befreien. Wenn nicht, wäre es um sie geschehen. Und um Lawrence ebenfalls.

Sein Griff wurde noch fester, und obwohl er unter Drogeneinfluss stand, kam sie nicht gegen ihn an. Erneut trat sie nach ihm und traf ihn mit dem Fuß in den Genitalien. Er brüllte auf vor Schmerz und gab ihr eine schallende Ohrfeige. Sie fiel auf den Boden zurück und schlug so hart mit dem Kopf auf, dass sie Sternchen sah. Ihre Hände fielen von ihm ab, und eine landete auf dem Kissenbezug.

Der Kissenbezug. Mit letzter Kraft griff sie hinein und ertastete einen Pistolenlauf. Sie war nicht geladen, aber das war auch nicht nötig. Max war inzwischen auf allen vieren und stöhnte laut. Willa zog die Pistole heraus, holte aus und schlug sie ihm gegen den Kopf.

Max brüllte auf. Schmerz und Wut verzerrten sein Gesicht. Er fasste sich an den Kopf. Das war alles, was Willa brauchte. Sie schlug erneut auf ihn ein. Und noch einmal. Bis er zu schreien, bis er zu stöhnen aufhörte, bis er gegen die Wand sackte und keinen Laut mehr von sich gab.

Willa warf die Pistole weg und holte kurz Luft. Hatte sie ihn getötet? O Gott, nein. Sie wollte ihn nicht töten. Sie wollte bloß weg von ihm.

»Max? Max!«, rief sie. Er gab keine Antwort. Ein paar Sekunden lang war sie wie gelähmt vor Entsetzen über ihre Tat.

Hau ab von hier, befahl ihr eine innere Stimme. Hau ab. *Sofort.*

Schluchzend schob sie ihn weg. Ihr Gesicht, ihre Hände und Gewänder waren mit seinem Blut bespritzt. Mühsam stand sie auf und taumelte ins Badezimmer. Schnell wusch sie sich das Blut von Gesicht und Händen, beschloss aber, sich nicht umzuziehen. Auf ihrem blauen Gewand wären die Flecken im Dunkeln nicht zu sehen.

Sie stolperte ins Schlafzimmer zurück, nahm den Kissenbezug und floh aus dem Haus.

78

»Südwesten«, murmelte sie, während sie durch die nächtlichen Straßen von Damaskus rannte. *Der Souk ist etwa vier Straßen westlich von uns, südwestlich, genauer gesagt,* hatte Max ihr erklärt.

In welcher Richtung war Südwesten? Sie hatte versucht, den gleichen Weg zu nehmen, auf dem sie gekommen waren, konnte sich aber nicht mehr an ihn erinnern. Als Max sie abholte, war es noch hell gewesen. Jetzt war es nach elf und pechschwarze Nacht. Es gab weder eine Straßenbeleuchtung, noch schien der Mond, und nachdem sie volle fünfzehn Minuten herumgerannt war, musste sie sich eingestehen, dass sie sich verlaufen hatte.

Sie blieb stehen, versuchte, sich zu orientieren, aber sie kannte die Stadt nicht. Ihr Herz hämmerte so stark, dass sie kaum Luft bekam. Panik ergriff sie.

Wahrscheinlich hatte sie gerade einen Mann getötet. Nicht irgendeinen Mann, sondern Max von Brandt, einen hochrangigen deutschen Offizier. Falls Max wirklich tot war, würde er innerhalb weniger Stunden gefunden werden, wenn die Dienerschaft zum Morgendienst erschien. Falls er aber noch lebte und sich bewegen konnte, würde er sich zu einem Nachbarhaus schleppen und Hilfe holen. Jeden Moment konnte Alarm geschlagen werden, und wenn das geschah, würde die ganze Stadt nach ihr suchen. Sie musste so schnell wie möglich aus Damaskus heraus.

Sie bekämpfte ihre Panik, sah nach rechts und links und überlegte, welche Richtung sie einschlagen sollte. Plötzlich ertönte über ihr ein Schrei. Sie blickte nach oben. Ein Vogel, den etwas aufgestört hatte, vielleicht eine Katze auf Raubzug, flatterte laut zwitschernd in den Nachthimmel hinauf. Und dann sah sie ihn – den nächtlichen Himmel, voller Sterne.

Fast hätte sie laut aufgelacht. Natürlich! Sie war wie gelähmt gewesen vor Schock, zu aufgewühlt, um klar denken zu können, sonst hätte sie als Erstes zu den Sternen geblickt, als sie aus dem Haus floh. An den Sternen konnte sie sich immer orientieren, wenn sie sich verlaufen hatte. Sie suchte den Polarstern, schätzte aufgrund seiner Position ein, wo Südwesten war, und hastete dann weiter. Zehn Minuten später erreichte sie den Souk.

Sie sah Laternenlicht unter weiß gekalkten Arkaden, roch Tiere, hörte die leisen Gespräche der Händler, die noch wach waren, und wusste, dass sie es geschafft hatte.

Mit gesenktem Kopf eilte sie weiter, bis sie die Kamelhändler fand. Die ersten, auf die sie traf, waren Howeitat. Das erkannte sie an ihrer Sprache und ihrer Kleidung. Ihre Kamele lagen auf dem Boden. Sie wandte sich an einen Mann, der mit abgewandtem Gesicht am Rand der Gruppe stand, Oliven aß und die Kerne ausspuckte.

»Ich brauche ein Kamel und Zaumzeug«, sagte sie in seiner Sprache. Dabei senkte sie die Stimme und hoffte, in ihrem Gewand und Turban als Mann durchzugehen.

Der Mann führte sie zu seinen Tieren und stieß sie an, damit sie aufstanden. Willa wählte eines aus. Der Mann schüttelte den Kopf und meinte bedauernd, dass dieses Kamel sein bestes und daher sehr teuer sei.

Willa zog das mit Edelsteinen besetzte Schwert aus dem Kissenbezug und bemerkte erst jetzt, dass Blut daran war. Der Kamelhändler bemerkte dies auch.

»Ich gebe dir dieses Schwert für das Kamel.«

Der Mann nahm das Schwert, inspizierte es und reichte es ihr wieder zurück. »Das ist eine Fälschung«, sagte er. »Sehr hübsch, aber eine Fälschung. Ich nehme es als Teilzahlung. Was hast du noch?«

»Es ist keine Fälschung. Wenn du es nicht nimmst, will es vielleicht ein anderer«, erwiderte Willa und steckte das Schwert wieder in den Kissenbezug.

»Vielleicht habe ich vorschnell gesprochen«, sagte der Mann.

»Gut. Aber mein Angebot steht nicht mehr«, entgegnete Willa. »Ich biete dir immer noch das Schwert, aber ich will einen Sattel, Proviant und einen Wasserbeutel dazu.«

Der Mann neigte den Kopf. »Einverstanden.«

Willa zog erneut das Schwert heraus. Als sie es ihm reichte, packte er sie grob am Handgelenk. Sie wagte nicht zu schreien, um keine Aufmerksamkeit zu erregen.

»Lass mich los«, zischte sie.

Aber das tat er nicht. Stattdessen schob er den Ärmel ihres Gewands hoch. »Deine Haut ist weiß wie Ziegenmilch, genau wie die des großen Scheiks Lawrence.« Dann schob er ihren Turban zurück. »Und du bist eine Frau.« Seine Stimme klang jetzt drohend. »Ich frage mich, ob du diejenige bist, die Lawrence sucht? Diejenige, die am Himmel geflogen ist? Was hast du getan, kleiner Vogel? Wie bist du an dieses Schwert gekommen? Warum ist Blut daran?«

Todesangst packte Willa. Der Mann war ein Händler. Er würde sie verkaufen, aber nicht an Lawrence. Der war zu weit weg. Er würde sie den Türken übergeben. Ihre einzige Chance bestand darin, ihn irgendwie zu überzeugen, dies nicht zu tun.

»Lass mich gehen, Howeitat«, begann sie. »Der Türke ist nicht dein Freund. Lass mich gehen, um Lawrence und Auda abu Taji zu helfen, dir und deinen Söhnen das Land zurückzugeben, das die Türken gestohlen haben. Das Land deiner Väter.«

Ein paar Sekunden lang entspannte sich sein Gesichtsausdruck, aber dann kniff er die Augen zusammen und sagte: »Lawrence kann nicht gewinnen. Er hat zu wenig Leute.«

»Er kann gewinnen. Er *wird* gewinnen. Wenn du mich gehen lässt.« Sie schüttelte den Kissenbezug. »Ich habe Informationen hier drin. Karten, die ich den Türken und Deutschen abgenommen habe. Sie werden Lawrence helfen, den besten Weg nach Damaskus zu finden. Ein großer Scheik aus Kairo, ein großer Krieger, wird Lawrence begleiten. Gemeinsam werden sie die Stadt erobern.«

Willa spürte, wie der Kamelhändler überlegte, sie abschätzte und sie schließlich losließ.

»Reit nach Süden. Das Lager von Lawrence ist jenseits der Hügel des Jabal Ad Duruz. Gleich nördlich von Azraq. Ein gutes Stück östlich von Minifir. Sechs Tage entfernt, fünf, wenn du schnell bist. Halt dich von den Eisenbahnschienen fern. Türkische Bataillone patrouillieren täglich dort. Sei auf der Hut.«

Erleichtert dankte Willa ihm. Sie ging auf das Kamel zu, das sie ausgewählt hatte, aber der Mann hielt sie zurück. »Das ist lahm. Nimm das hier. Sein Name ist Attayeh. Er ist jung und gesund«, erklärte er und führte sie zu einem größeren Tier. Der Händler sattelte das Kamel, gab Willa etwas zu essen und Wasserbeutel, wie sie gewünscht hatte, band den Kissenbezug an den Sattel und empfahl sie dem Schutz Allahs.

Kurz darauf ritt sie die Straße zum Bab-al-Jabiya-Tor entlang. Es war nicht weit vom Souk entfernt, und sie konnte das Licht der Laternen zu beiden Torseiten sehen. Willa betete, dass das Tor offen war. Wäre es schon geschlossen für die Nacht, wäre sie erledigt. Sie zog ihr Tuch tief in die Stirn.

Als sie näher kam, sah sie, dass es noch offen war. Und besser noch, es standen keine Wächter daneben. Ihr Herz machte einen Sprung. Sie spornte das Kamel zuerst zum Trott, dann zum Galopp an. Sie hatte nur eine einzige Chance, um in die Freiheit zu gelangen, und nichts und niemand würde sie jetzt noch aufhalten können.

Als sie noch etwa zwanzig Meter entfernt war, trat plötzlich eine Wache aus dem Steinhäuschen links von dem Tor. Der Mann sah sie und brüllte sofort, sie solle stehen bleiben. Eine andere Wache schloss sich ihm an. Beide Männer hatten Gewehre im Anschlag und zielten auf sie.

»Lasst die Tore offen!«, schrie sie mit so tiefer Stimme wie möglich auf Türkisch. »Jamal Pasha kommt! Jamal Pasha kommt! Er folgt in seinem Automobil! Ein Notfall! Er muss am Morgen in Beirut sein! Macht Platz für Jamal Pasha!«

Überrascht senkten die Wachen die Gewehre, traten zur Seite und versuchten, an Willa vorbei nach dem Wagen des Gouverneurs Ausschau zu halten. Ihre Verblüffung dauerte nur ein paar Sekunden, aber mehr brauchte sie nicht. Blitzschnell war sie an ihnen vorbei und ritt so schnell wie der Wind aus Damaskus hinaus.

Sie hörte Gewehrschüsse hinter sich und hoffte inständig, die Kugeln träfen weder ihr Kamel noch sie selbst. In der Reihenfolge. Sie selbst würde mit einer Schusswunde eine Weile durchhalten, ihr Kamel jedoch nicht. Doch keiner der Schüsse traf sie, und nach ein paar Minuten ging die feste Straße in weichen Wüstensand über. Aber Willa gönnte ihrem Kamel keine Pause, sie peitschte auf das Tier ein, feuerte es an und ritt in vollem Galopp weiter, aus Angst, die Wachen schickten ihr jemanden hinterher. Aber niemand verfolgte sie. Vielleicht konnten die Wachen um diese Stunde kein Automobil oder Kamel auftreiben, vielleicht wollten sie es auch gar nicht – damit niemand erfuhr, dass sie entgegen ihren Anweisungen jemanden durch das Tor hatten entwischen lassen.

Willa blickte ein paarmal zurück und fasste neuen Mut, als die Stadt hinter ihr immer kleiner wurde. Ihr Kamel galoppierte eine Düne hinauf, auf der anderen Seite wieder hinunter, und Damaskus war verschwunden. Sie jauchzte vor Freude, als sie mit wehendem Gewand in die Wüstennacht verschwand.

79

Sid roch Tee. Hörte Stimmen. Und Wasserrauschen.

Er hatte Angst. Wasser war gefährlich. Wasser bedeutete Tod. Er hatte sie reden hören – Madden und seine Schläger. Sie wollten ihn ins Wasser werfen, in den Fluss. Er würde ertrinken. Er würde India und seine Kinder nie mehr wiedersehen. Und sie würden nie erfahren, was mit ihm geschehen war.

Er versuchte, sich zu bewegen, aber jeder Versuch brachte entsetzlichen, brennenden Schmerz. Überall. Im Kopf. Den Eingeweiden. Den Knien. Am Rücken. Es fühlte sich an, als bestünde er nur aus Schmerz. Er schrie. Versuchte erneut aufzustehen, wenigstens die Augen zu öffnen, aber es gelang ihm nicht.

»Lass das, Sid. Es ist alles in Ordnung«, sagte eine der Stimmen.

Mit größter Anstrengung öffnete Sid die geschwollenen Augen. Er konnte nicht klar sehen, aber es war das Gesicht eines Mannes, das sich über ihn beugte. Und das einer Frau. Er kannte sie nicht.

»Er sieht uns, John«, sagte die Frau. »Aber ich glaube, er erkennt uns nicht. Sprich mit ihm, mein Lieber. Sag ihm, wer wir sind.«

»Sid? Sid, kannst du mich hören?«

Sid nickte.

»Nein, beweg dich nicht. Sonst fängt die Blutung wieder an. Lieg einfach still. Ich bin John. Das ist meine Frau Maggie. Ich habe früher für dich gearbeitet. Vor Jahren. Erinnerst du dich an uns?«

Sid hätte sich gern erinnert, aber der Schmerz ließ es nicht zu.

»Er erkennt uns nicht. Der arme Teufel weiß im Moment wahrscheinlich nicht mal mehr seinen eigenen Namen«, flüsterte Maggie ihrem Mann zu. »Du bist eines Abends in unsere Wohnung gekommen, Sid, mit einer Frau Doktor. Sie hat uns eine Menge Fragen gestellt. Was wir essen, was das kostet und was John verdient.«

Plötzlich erinnerte sich Sid. »Maggie Harris«, krächzte er durch seine gespaltene Lippe. »Maggie und John.«

»Ja! Ja, wir sind's«, erwiderte John.

Sids Gedanken wanderten ins Jahr 1900 zurück. In die Zeit, bevor er London verlassen, bevor er India geheiratet hatte. Sie war bei einer Labour-Versammlung gewesen und verhaftet worden. Er hatte sie aus dem Gefängnis geholt, aber ein Reporter verfolgte sie. Sie wollte mit dem Mann nicht sprechen, also hatte Sid ihr geholfen, ihn abzuhängen. Sie versteckten sich in den Tunnels unter Whitechapel und kamen schließlich im Blind Beggar wieder heraus, wo sie etwas aßen. Danach nahm er sie mit, um die Armen von Whitechapel kennenzulernen.

Eine der Wohnungen, die sie besuchten, gehörte John und Maggie Harris, die mit sechs Kindern in zwei feuchten, elenden Kammern lebten. Maggie und ihre Kinder – bis auf das jüngste, das unter dem Tisch schlief – arbeiteten bis spätnachts und klebten Streichholzschachteln zusammen. In dieser Nacht verliebte er sich in India.

»Wo bin ich?«, fragte Sid jetzt.

»Du bist im Laderaum von meinem Boot«, antwortete John.

»Wie bin ich hierhergekommen?« Sid erinnerte sich, dass er Teddy Ko etwas an den Kopf geworfen und Maddens Schlägern ein paar Fausthiebe versetzt hatte. An sonst nichts.

»Maddens Männer haben dich gebracht. Sie haben dich furchtbar zusammengeschlagen.«

Daran erinnerte er sich.

»Als du dann bewusstlos warst, haben sie dich in den Keller der Werft gesperrt. Da warst du vier Tage. Heute Morgen, gerade als ich von einem Job zurückgekommen bin, sagten sie, ich müsste noch was erledigen – irgendeine heiße Ware in Margate aufnehmen. Sie haben dich an Bord geschleppt, in den Laderaum geworfen, und dann hat mir Madden gesagt, ich soll ins offene Wasser rausfahren, bevor ich nach Margate komm, dir Gewichte anhängen und dich reinschmeißen. Ich hab's versprochen, werd's aber nicht tun. Ich hab dir hier ein Lager gemacht und dir auch ein bisschen Laudanum gegeben.«

»Warum? Warum machst du das?«, fragte Sid, der genau wusste, dass Madden John töten würde, wenn er herausfand, dass er nicht gehorcht hatte.

»Weil du immer für mich da gewesen bist, Sid. Jetzt bin ich an der Reihe, dir einen Gefallen zu tun. Außerdem kann ich den Dreckskerl Madden nicht ausstehen. Er schindet mich zu Tode und bezahlt mir nichts. Zwingt mich, Sachen zu machen, die ich nicht machen will. Ich mein, Diebstahl ist eine Sache, aber Leute umbringen ist was ganz anderes. Ich will weg, kann's aber nicht. Ich müsst weit fort, ich und meine Familie, aber ich hab kein Geld. Madden hat mir gedroht, mich und Maggie vor den Augen meiner Kinder umzubringen, wenn ich je auf den Gedanken käm abzuhauen.«

»Was willst du ihm sagen?«, fragte Sid, als er begriff, welch enormes Risiko John seinetwegen einging.

»Ich sag ihm natürlich, dass ich den Job erledigt hab«, antwortete John. »Er wird mir glauben. Warum auch nicht? Welchen Grund sollt er haben, mir nicht zu glauben? Ich fahr das Boot bis über Margate raus. Werf eine Ladung Müll vom Heck – Steinbrocken, alte Seile, kaputtes Werkzeug, alles in Segeltuch verpackt, falls einer zuschaut. Und wie ich Billy kenne, wird einer zuschauen. Dann mach ich mit meiner Arbeit weiter.«

»Und wie soll ich heimkommen?«, fragte Sid und krümmte sich vor Schmerz beim Reden.

»Das geht nicht gleich. Ich soll morgen, wenn es dunkel ist, nach Margate rausfahren. Aber die Ladung wird erst am folgenden Morgen aufgenommen. Wir schaffen dich sicher von Bord. Von dort aus musst du selbst zusehen, wie du heimkommst.«

Sid nickte.

John sah ihn skeptisch an, während Maggie ein Tuch auf seine Lippe drückte, die beim Sprechen wieder aufgeplatzt war. Sid spürte, wie ihm Blut übers Kinn lief. Er sah Johns sorgenvollen Blick.

»Du brauchst einen Arzt«, sagte John. »Dein Zustand ist bedenklich, Sid, aber du musst durchhalten. Hörst du?«

Sid nickte. Er sah alles nur verschwommen. Der Schmerz zog ihn nach unten. Er dachte an India. Sie war sicher außer sich vor Sorge. Er wünschte, er könnte ihr eine Nachricht zukommen lassen, aber dafür müsste er John sagen, wer und wo sie war, und das wollte er nicht – weder ihm noch sonst jemandem, der mit Madden zu tun hatte.

»Du hältst durch, Sid ...«

Johns Stimme wurde schwächer, sie klang wie von weit her. Sid hörte wieder das Wasser, das gegen den Bootsrumpf schlug. Es wollte ihn. Wollte in seine Nase, in seinen Mund eindringen. Ihn ertränken. Aber er würde sich wehren, kämpfen. Schon einmal, vor langer Zeit, hatte er im Wasser gelegen. Genau hier, im Fluss. Er wollte ein Ding drehen, aber die Sache war schiefgegangen. Er war vom Dock ins Wasser gestürzt und auf einen Pfeiler gefallen, der ihm die Seite aufschlitzte. Fast wäre er an der Verletzung gestorben. Damals glaubte er, sterben zu müssen. Was ihn nicht sonderlich scherte. Aber India hatte ihn gerettet. Sie hatte um sein Leben gekämpft.

Er sah sie vor sich, konzentrierte sich auf ihr schönes Gesicht, als der rasende Schmerz an seinem Körper zerrte und ihn nach unten zu ziehen drohte. Beim letzten Mal hatte er nichts, wofür es sich zu leben lohnte, niemanden, den er liebte.

Dieses Mal schon.

80

Willa lehnte sich an das warme Fell ihres Kamels, das sich endlich zu seiner dringend benötigten Rast niederlassen durfte. Sie hatte Attayeh erbarmungslos angetrieben, obwohl sie wusste, dass sie wohl nie bei Lawrence' Lager ankäme, wenn sie ihn zu sehr überforderte und er zusammenbrechen würde.

Auch sich selbst hatte sie nicht geschont und war seit ihrer Flucht aus Damaskus die ganze Nacht und den ganzen nächsten Tag ohne Pause durchgeritten. Inzwischen war es acht Uhr abends. Sie war erschöpft, und alle Knochen taten ihr weh, aber sie legte sich nicht schlafen. Stattdessen zog sie die Papiere und Karten aus dem Kissenbezug und studierte sie aufmerksam. Dabei wurde ihr klar, dass Max von Brandt sie genauso getäuscht hatte wie sie ihn.

Aus seinen Berichten ging hervor, dass er ihren Angaben über den Aufenthaltsort von Lawrence und über die Größe seiner Truppen keinen Glauben schenkte. Max zufolge befand sich Lawrence südlich der Hügel des Jabal Ad Duruz und würde von dort nach Norden vorstoßen, um Damaskus anzugreifen.

Außerdem fand Willa heraus, dass die Türken über ein zweites Lager zehn Meilen westlich in gerader Linie zu ihrem Stützpunkt am Jabal Ad Duruz verfügten, sodass zwei türkische Verbände Lawrence in die Zange nehmen würden, wenn er nach Norden durchstoßen wollte. Damit käme es unvermeidlich zu einem Blutbad unter den arabischen Truppen.

Lawrence hatte keine Ahnung von der Falle, die ihn erwartete, nicht einmal den leisesten Verdacht.

Willa stützte das Kinn aufs Knie und dachte nach. Max hatte auf einer der Karten eingezeichnet, wo er Lawrence vermutete – bei Salkhad. Das war ein gutes Stück nördlich von dem Ort, den der Kamelhändler angegeben hatte. Laut seinem Bericht stützte Max seine Informationen auf Spähtrupps der Beduinen. Aber waren diese Spähtrupps verlässlich? Standen sie wirklich im Dienst der Türken? Manche Beduinen waren extrem gerissen und dachten sich nichts dabei, erst Geld von Max und dann noch mehr Geld von Lawrence zu kassieren, um Max mit Fehlinformationen zu füttern. War der Händler, der ihr den Aufenthaltsort von Lawrence verraten hatte, vertrauenswürdig? Hatte Lawrence in der Zwischenzeit sein Lager womöglich verlegt? Die Wüste südlich des Jabal Ad Duruz war ein riesiges, menschenleeres Gebiet, und Lawrence konnte überall sein.

Aber Willa musste zu ihm, koste es, was es wolle. Sie musste ihn unbedingt vor der Falle warnen, in die er sonst nichts ahnend tappen würde. Sollte sie den Informationen von Max vertrauen und zu dem Ort reiten, den er auf seiner Karte eingezeichnet hatte? Oder sollte sie sich weiter südlich halten, wie der Händler es ihr geraten hatte?

»Wie weit ist es noch, Attayeh?«, fragte sie leise. Aber Attayeh wusste keine Antwort darauf.

Sie rollte die Karten wieder zusammen und steckte sie in den Kissenbezug. Gott sei Dank, dachte sie, hatte sie sie mitgenommen, denn ohne die Aufzeichnungen wäre sie absolut hilflos gewesen. Dann legte sie die Papiere und Berichte zurecht, die sie später lesen wollte. Sie war müde und brauchte Schlaf. Während sie die Papiere aufeinanderstapelte, fielen ein paar Seiten heraus. Sie hob sie auf, und dabei stach ihr eine Überschrift ins Auge.

Es war ein Hinrichtungsbefehl. Für sie. In einem Telegramm aus Berlin.

Das Blut gefror ihr in den Adern, als sie es las. Max wollte sie also gar nicht nach Deutschland oder zum Everest bringen, sondern in den Gefängnishof, um das Todesurteil vollstrecken zu lassen. Heute. Am Tag nach ihrem gemeinsamen Mahl. Nachdem er mit ihr geschlafen hatte.

Zum ersten Mal, seit sie ihn niedergeschlagen und möglicherweise getötet hatte, verspürte sie keine Reue bei dem Gedanken. Er hätte sie umbringen lassen. Heute.

Der Beduine, der ihr das Kamel verkauft und ihr Wasser und etwas von seinem eigenen Essen abgegeben hatte, hatte auch zwei Zigaretten und eine Schachtel Streichhölzer in ihre Satteltasche gesteckt. Sie nahm jetzt eine heraus, zündete sie mit zitternden Händen an und inhalierte tief.

Sie war noch Tage vom Lager entfernt – wo immer es auch sein mochte. Sie besaß kaum Nahrungsmittel und Wasser. Sie hatte wichtige militärische Informationen vom Schreibtisch eines deutschen Offiziers gestohlen, Informationen, die sehr wohl die Wende im Kampf um den Mittleren Osten herbeiführen konnten. Vermutlich hatte sie diesen Offizier getötet, und inzwischen war bestimmt ein Preis auf ihren Kopf ausgesetzt. Jeder Wüstenbandit würde sie jagen, wie auch die gesamte türkische Armee.

Gestern Nacht war sie dem Tod entronnen – aber für wie lange?

81

Sid zuckte zusammen, als Maggie einen warmen, feuchten Lappen auf seine Stirn drückte. Er saß mit nacktem Oberkörper an einem winzigen Tisch unter Deck und ließ Maggies Bemühungen, ihn zu säubern, klaglos über sich ergehen.

Es war fast zehn Uhr nachts, und John hatte gerade an einem verfallenen Lagerhaus in Margate festgemacht. Im Moment befand er sich oben an Deck und gab vor, die Leinen zu prüfen, obwohl er sich in Wirklichkeit umsah, ob vielleicht ein Wachmann oder einer von Maddens Leuten in der Nähe war. Sid wollte unbedingt vom Boot herunter und zu India und den Kindern nach Hause, weil er wusste, dass sie sicher schon ganz krank vor Sorge um ihn waren.

»Halt still, Sid«, schimpfte Maggie. »Du kannst doch nicht raus, wenn du überall voller Blut bist. Die Bullen wären schneller hinter dir her, als du bis drei zählen kannst. Das muss ich dir doch wohl nicht sagen. Hoffentlich kennst du aus deiner Londoner Zeit noch ein paar Tricks, wie man ihnen aus dem Weg geht.«

Sid lächelte gequält. »Ja, ein oder zwei, Maggie.« Es war schon schmerzhaft, bloß die Augen zu öffnen. Den Kopf zu drehen. Sich zu bücken, zu stehen oder einen Schritt zu gehen. Das Schlucken tat ihm weh, und als er vom Heck ins Wasser gepinkelt hatte, war Blut in seinem Urin gewesen.

»Deine Kleider sind bloß noch Fetzen«, sagte Maggie. »John hat dir ein paar alte Sachen von sich gebracht. Sobald du halbwegs sauber bist, kannst du sie anziehen.«

»Du und John, ihr beiden seid sehr gut zu mir, Maggie. Ich schulde euch was.«

Maggie schüttelte den Kopf. »Du schuldest uns gar nichts, Sid Malone. Wie oft hast du uns denn aus dem Dreck gezogen? Mit all den Jobs für John. Ohne dich wären wir manchmal fast verhungert.

Ich weiß nicht, wie ich die Kinder hätte durchbringen sollen ohne deine Hilfe.«

»Wie geht's deinen Kindern?«

Maggie antwortete nicht gleich. »Den kleineren geht's ganz gut«, sagte sie schließlich. »Es sind ja noch Kinder. Die älteren machen mir Sorgen. Mein ältestes Mädchen hat's auf der Lunge. Und die beiden Jungs … na ja, die sind halt Jungs. Laufen ziemlich aus dem Ruder. Aber wen wundert's bei dem, was sie zu sehen kriegen. Trotzdem hab ich mir früher Hoffnungen gemacht, dass sie's mal besser haben als wir. Leider hat Madden unseren Johnnie schon im Visier. Ich will nicht, dass sich unser Junge mit ihm einlässt, aber es ist schwer, ihn von dem Mistkerl fernzuhalten. Er gibt ihm Schnaps. Und verschafft ihm Weiber, wie ich hör. Und er kommt sich wahnsinnig wichtig vor. Dabei ist dieser Dreikäsehoch erst fünfzehn, Sid. Aber er weiß es ja nicht besser. Er wird's erst merken, wenn's zu spät ist.«

Sid sah die Sorgenfalten auf ihrer Stirn. »Kannst du ihn nicht wegschicken aus London?«, fragte er. »Schick ihn doch eine Weile zu Verwandten aufs Land.«

»Wir haben keine Verwandten auf dem Land. Die leben alle in London«, antwortete sie. »So verrückt sich das auch anhören mag, aber ich finde, es wär das Beste, er ginge zum Militär, sobald er sechzehn ist. Wenn dann noch Krieg ist. Er wär sicherer, wenn die Deutschen auf ihn schießen, als in der Nähe von diesem Madden.«

Plötzlich hörten sie Schritte auf dem Deck – von zwei Leuten. Dann Stimmen. Maggie legte den Finger an den Mund. Sid erstarrte.

»Alles in Ordnung, John?«, hörten sie einen Mann fragen. »Alles klar für heut Nacht?«

»Sicher, Bert. Alles bestens«, antwortete John.

»Ich geh dann wieder mal. Morgen früh übernimmt Harry. Er weiß Bescheid. Die Jungs sollten auch früh kommen. Madden hat mir gesagt, ich soll ihnen ausrichten, dass sie die Ware vor Tagesanbruch herbringen sollen.«

»Ich bin da, wenn sie kommen. Bis dann, Bert.«

»Bis dann, John. Schlaf gut.«

Kurz darauf wurden Johns Beine sichtbar, der die schmale Leiter herunterstieg, die vom Deck in den Laderaum führte.

»Die Luft ist rein«, sagte er und schloss die Luke über sich. »Das war bloß Bert, und der ist weg.« Dann sah er Sid an. »Also, einen Schönheitswettbewerb gewinnst du nicht mit diesem Gesicht, aber zumindest siehst du besser als vorher.«

»Ich hätte auch keinen gewonnen, bevor mich Madden in die Mangel genommen hat«, erwiderte Sid.

John setzte sich, griff in seine Jackentasche, zog etwas Geld heraus und legte es auf den Tisch. »Das sind zwei Shilling und sechs Pence. Mehr hab ich nicht zusammenkratzen können. Nimm's. Und sieh zu, dass du heimkommst.«

Sid war tief gerührt von der Großzügigkeit seines Freundes. Dieses Geld war vermutlich alles, was John besaß. Eigentlich wollte er es nicht annehmen, aber er hatte keine andere Wahl. Billys Schläger hatten seine Taschen geleert, bevor sie ihn in Johns Boot warfen.

»Danke«, sagte er. »Ich geb's dir zurück, das schwör ich.«

John nickte. Die Kleider für Sid lagen ebenfalls auf dem Tisch. Sid nahm das Hemd und zog es an. Die Ärmel waren zu kurz, worüber sie alle lachten, aber es war besser als sein altes. Hose und Jacke passten. John zeichnete eine grobe Skizze von Margate und beschrieb ihm, wie er am schnellsten aus der Stadt hinauskäme.

Nachdem dies geklärt war, schickte sich Sid zum Gehen an. Er dankte John und Maggie nochmals, aber sie wehrten seine Beteuerungen ab.

»Sid, bevor du gehst ... kann ich dich noch was fragen?«, sagte John.

Sid nickte.

»Warum bist du zu Teddy Ko zurückgegangen, um dich nach dieser Frau zu erkundigen – die sich umgebracht hat –, dieser Maud Selwyn-Jones? Willst du wirklich dein altes Gebiet zurück, oder warst du einfach nur total bescheuert an dem Tag?«

Sid zog eine Augenbraue hoch. »Weder noch, ich wollte bloß ein paar Informationen. Woher weißt du das überhaupt?« Er hatte John zwar erzählt, dass er bei Teddy Ko gewesen war, aber nicht, warum.

»Weil wir – Madden und ich – kurz nach deinem ersten Besuch bei Ko angekommen sind. Ich hab alles gehört, was Billy und Teddy besprochen haben. Jedenfalls genug, um zu wissen, dass du dich nach dieser Jones umhörst. Und genug, um zu merken, dass deine bloße Anwesenheit Billy fuchsteufelswild gemacht hat. Hast du eigentlich herausgefunden, was du wolltest?«

»Nein, hab ich nicht.«

John und Maggie tauschten ängstliche Blicke aus.

»Was ist?«, fragte Sid. »Wisst ihr was? Könnt ihr mir was sagen?«

»Ich weiß eine ganze Menge«, antwortete John. »Genug, um Billy Madden an den Galgen zu bringen. Was ich liebend gern täte. Aber mich auch. Was mir nicht so lieb wäre.«

Sid setzte sich wieder. »Erzähl's mir, John. Ich versprech dir, ich halt dich raus aus dem Scheiß.«

John holte tief Luft. »Vor Jahren, kurz vor dem Tod dieser Jones, hat ein Mann namens Peter Stiles bei Teddy Ko Morphium und eine Spritze gekauft. Ich war damals gerade bei Ko und hab die wöchentliche Zahlung für Billy abgeholt. Ich hab Stiles reinkommen sehen. Und hab gesehen, dass er einen kleinen braunen Beutel bekommen und dafür bezahlt hat. Als er fort war, hab ich Teddy gefragt, was es war, und er hat's mir gesagt.«

»Ich seh den Zusammenhang nicht«, entgegnete Sid. »Der Name Stiles sagt mir gar nichts. Er taucht in keinem Polizeibericht über Mauds Tod auf. Eine Menge Leute kaufen Drogen bei Teddy.«

»Hör zu«, erwiderte John. »Ich kannte Stiles. Im gleichen Jahr, aber einige Zeit vorher, ist er ins Bark gekommen, weil er Madden sprechen wollte. Das war 1914. Er hat verschiedene Dinge mit Madden vereinbart ...« John brach ab. Er wirkte gequält. Ganz offensichtlich fiel es ihm schwer, über Peter Stiles zu sprechen.

»Sprich weiter, John.«

»Zu diesen Abmachungen hat gehört, einen Kumpel von Stiles – einen Mann namens Hutchins – auf meinem Boot rauszubringen. Alle vierzehn Tage. In die Nordsee. Zu einer bestimmten Stelle, zu einem anderen Schiff. Stiles hat heiße Ware auf den Kontinent verschoben. Juwelen. Zumindest hat er das behauptet. Aber ich glaub nicht, dass es um Juwelen ging. Wir wurden immer von einem Schiff erwartet, und Hutchins hat dem Kapitän eine Schachtel übergegeben. Dieser Hutchins hat Englisch gesprochen wie du und ich. Aber der Kapitän auf dem anderen Schiff und die Besatzung – die haben Deutsch gesprochen.«

»Um Himmels willen, John«, stöhnte Sid. »Wie lange ging das? Wann hat es aufgehört?«

»Das ist es ja – es hat nicht aufgehört. Hutchins ist tot. Irgendein Kerl hat ihn 1914 umgebracht, aber ich fahr immer noch raus zu dem Schiff. Mit einem neuen Mann – Flynn. Ich will das nicht machen, Sid. Hab's nie machen wollen. Ich geb Geheiminformationen an die Deutschen weiter. Das weiß ich. Unsere Jungs sterben dort draußen, und ich helf den Deutschen, sie umzubringen. Ich will damit aufhören. Aber ich steck zu tief drin. Madden macht mich kalt. Und was passiert dann mit meinen Kindern?«, fragte er besorgt. Er wandte sich ab, aber Sid hatte die Angst in seinen Augen gesehen – und die kannte er. Dieselbe Angst hatte er früher auch gehabt.

»Madden ist ein Dreckskerl. Aber wir schalten ihn aus, John. Keine Sorge. Wir lassen uns was einfallen. Ich regle das irgendwie. Aber erzähl erst deine Geschichte zu Ende. Erzähl mir alles. Ich versteh immer noch nicht, was das mit dem Tod von Maud Selwyn-Jones zu tun hat.«

»Ihr Tod war eine Riesengeschichte. Alle Zeitungen waren voll davon. ERBIN BEGEHT SELBSTMORD, hießen die Schlagzeilen. Es gab Fotos von ihr. Die hab ich gesehen. Und ich hab sie erkannt. Weil ich sie schon mal gesehen hatte. Und Stiles auch. Zusammen. Bloß dass er damals nicht Stiles hieß.«

»Warte mal, John. Langsam. Ich komm nicht ganz mit«, sagte Sid.

»Wir haben uns ein Haus ausgeguckt, ich und ein paar andere von Maddens Leuten. Im West End. Es hat irgendeinem reichen Pinkel gehört und war von oben bis unten mit Silber, Gemälden und solchem Zeug vollgestopft. Den Bruch wollten wir an einem Wochenende machen, wenn er weg war. Eines Nachmittags sind wir dann hin – ich und ein anderer Typ – und haben uns als Inspektoren vom Gaswerk ausgegeben. Wir wollten uns mal umschauen – mal nachsehen, was im oberen Stockwerk so ist, und rauskriegen, wo die Türen und Fenster im Keller sind. Während wir in der Diele an einer Gaslampe rumgeschraubt haben, hab ich sie reinkommen sehen – diese Selwyn-Jones und Peter Stiles. Bloß dass sie ihn Max genannt und ihn der Dame des Hauses als Max von Brandt vorgestellt hat. Nach ihrem Tod hab ich diesen Max von Brandt mal genauer unter die Lupe genommen und rausgekriegt, dass er aus Deutschland ist. Er hat sich bloß als Stiles, als Engländer, ausgegeben, damit er Maddens Boot benutzen konnte. Danach hab ich ihn nie mehr gesehen – diesen Stiles. Und Billy hab ich nie gesteckt, dass er eigentlich von Brandt heißt. Aber diesen Flynn seh ich alle vierzehn Tage. Und was der den Deutschen gibt … sind sicher keine Diamantohrringe.«

Sid lehnte sich völlig fassungslos in seinem Stuhl zurück. Tausend Fragen schwirrten ihm durch den Kopf, dass er kaum wusste, welche er zuerst stellen sollte.

»John«, erwiderte er schließlich. »Ich glaub dir, was du mir erzählst – dass dieser Stiles oder von Brandt Dokumente an die Deutschen übergibt, aber daraus folgt doch nicht, dass er Maud umgebracht hat. Max von Brandts Alibi war absolut wasserdicht. Er wurde von jeglichem Verdacht freigesprochen, irgendetwas mit Mauds Tod zu tun zu haben. Der Polizeibericht besagt, dass sie sich selbst mit einer Überdosis Morphium getötet hat.«

»Ich weiß, was in den Berichten steht. Ich hab die Zeitungen gelesen«, antwortete John. »Aber seit wann haben die Bullen das letzte Wort bei irgendeiner Sache? Sind die denn plötzlich alle superschlau? Sie sagen, er hat's nicht getan. Na und? Ich sag, er war's.«

»Wie?«

John schüttelte den Kopf. »Ja, genau, da liegt der Hund begraben. Ich hab keine Ahnung. Vielleicht war er schnell und hat ihr die Injektion verabreicht, als er sie heimgebracht hat. Vielleicht hat er den Droschkenfahrer bestochen auszusagen, dass er bloß ein paar Minuten im Haus war, obwohl er viel länger drin gewesen ist. Vielleicht hat er einen Schlüssel gehabt und sich später in der Nacht wieder reingeschlichen. Vielleicht hat er gar keinen Schlüssel gebraucht. Vielleicht hat er nett und freundlich bei ihr angeklopft und so getan, als wollt er sich wieder vertragen, und sie hat ihn reingelassen. Wenn einer so was durchziehen kann, dann der. Der ist ein ganz ausgekochter Dreckskerl.«

»Aber wieso? Warum sollte er sie umbringen? Er hat doch mit ihr Schluss gemacht, nicht umgekehrt.«

John dachte eine Weile nach. »Vielleicht hat's gar nichts zu tun gehabt mit ihrer Liebesaffäre. Vielleicht hat sie irgendwas mitgekriegt. Oder irgendwas gesehen, was sie nicht hätte sehen sollen.«

»Ja, vielleicht hast du recht«, antwortete Sid langsam. »Da wäre noch eine Frage: Wo steckt Stiles oder Max von Brandt jetzt?«

»Keine Ahnung. Ich hab ihn seit Kriegsausbruch nicht mehr gesehen.«

»Aber du bringst Flynn das Zeug immer noch in die Nordsee raus?«

John nickte.

»Also wird Billy immer noch bezahlt«, schlussfolgerte Sid. »Sonst bekämst du ja auch keine Kohle. Er macht schließlich nichts aus Herzensgüte, unser Billy. Jemand schickt also immer noch Geld.« Sid dachte einen Moment lang nach. »Wie kommt Flynn an die Dokumente?«

»Ich weiß nicht. Er redet nicht viel. Er kommt einfach alle vierzehn Tage an Bord. Du kannst die Uhr danach stellen. Erst vergangene Woche hab ich ihn rausgefahren. Diesen Freitag kommt er nicht, aber am nächsten ist es wieder so weit.«

Sid holte tief Luft. »Also, John ... ich muss schon sagen ... das ist ein verdammter Schlamassel. Wir könnten zur Polizei gehen und alles zu Protokoll geben, was du über von Brandt, Flynn und Madden weißt. Vielleicht könnte man irgendeine Kronzeugenregelung für dich aushandeln. Aber was dann? Madden leugnet einfach alles. Es gibt keinerlei Beweise für das Ganze, oder? Es steht einfach Aussage gegen Aussage. Und die Bullen tun nichts, weil sie nichts in der Hand haben. Madden weiß, dass du ihn verpfiffen hast, und geht auf dich los. Das würde ich nicht gerade als eine schlaue Lösung bezeichnen.«

»Ich auch nicht«, warf Maggie ein.

»Wir wenden uns an die Regierung«, sagte Sid. »Erzählen ihnen von von Brandt und Flynn. Erklären ihnen, dass sie dich raushalten müssen. Sie schnappen Flynn auf der Werft mit den Dokumenten. Dann sitzt er in der Scheiße. Du sagst, dass du ihn nie gesehen hast. Dass du keine Ahnung hast, was er in der Werft macht. Damit bist du raus aus der Sache. Auf die Weise unterbinden wir, dass weitere Geheimnisse an die Deutschen übergeben werden, aber dann hat Billy dich immer noch am Wickel. Auch nicht gut.«

Sid stützte die Ellbogen auf, legte den Kopf auf die Hände und dachte intensiv nach. Ein paar Minuten später hob er den Kopf und fragte: »John, Maggie … wie würde euch eine Reise nach Schottland und danach eine noch längere nach Amerika gefallen?« »Was?«, fragte John.

»Hört zu, was ich euch jetzt sage, dürft ihr keiner Seele weitererzählen.«

John und Maggie nickten.

»Ich hab ein Anwesen. In Amerika. Es ist eine große Ranch in Kalifornien. Direkt an der Küste. Ich hab auch Familie. Sie sind direkt vor dem Krieg nach England gekommen und sitzen seitdem hier fest. Ich selbst bin rübergekommen, weil ich nicht wollte, dass sie die ganzen Jahre allein sind. Wenn dieser verdammte Krieg vorbei ist – falls er jemals vorbei ist –, gehen wir alle wieder zurück. Ich hab die Ranch meinem Verwalter übergeben. Das ist ein tüchtiger Mann, und ich glaube, dass er sich ordentlich darum kümmert, zumindest hoffe ich das. Aber ich suche immer nach fähigen Mitarbeitern. Wie wär's, wenn ihr nach Schottland gehen würdet, an einen ruhigen Ort auf dem Land, dort eine Weile bleibt und euch dann, wenn dieser ganze Unsinn vorbei ist, auf die Reise nach Kalifornien macht?«

Jetzt war John völlig verblüfft. »Aber wie, Sid? Wir haben doch kein Geld.«

»Aber ich. Ich bezahl's. Alles.«

»Das können wir nicht annehmen«, sagte Maggie und schüttelte den Kopf. »Das können wir nicht von dir verlangen.«

»Doch, das könnt ihr. Euch ist es zu verdanken, dass meine Frau heute Nacht nicht Witwe geworden ist. Dass meine Kinder noch ihren Vater haben. Dafür stehe ich für den Rest meines Lebens in eurer Schuld. Lasst mich mit dem Zurückzahlen anfangen.«

John und Maggie sahen sich an. Sid erkannte, dass er sie fast überzeugt hatte.

»Stellt euch vor ... Ihr wärt raus aus London, weg von Madden. In Sicherheit. Eure Kinder würden am schönsten Flecken der Erde aufwachsen, den ihr euch vorstellen könnt. Mit grünem Gras, blauem Himmel, direkt am Pazifischen Ozean. Ich würde euren Söhnen beibringen, wie man Rinder züchtet, statt dass sie lernen, anderen Leuten den Schädel einzuschlagen und zu stehlen. Eure Tochter hätte frische Luft. Sonnenschein. Na kommt schon, Maggie ... John ... was sagt ihr?«

Maggie nickte John zu, dann fragte John: »Kannst du das wirklich? Uns alle hier rausholen und nach Kalifornien bringen?«

»Das kann ich.«

»Also gut, dann. Ja. Wir gehen. Aber wie? Wann? Und was machen wir mit Flynn? Und Madden?«

»Ich weiß nicht. Noch nicht. Aber ich überleg mir was. Wir müssen Flynn schnappen, bevor du ihn wieder in die Nordsee rausfährst, dich von Madden loseisen und sicherstellen, dass keiner was merkt.«

»Das ist ziemlich viel auf einmal«, wandte John ein.

»Ja, das stimmt, aber wenn's einer schafft, euch alle aus London rauszuholen, dann ich. Ich bin ein Meister im Verschwinden. Ich bin schon dreimal in der Themse abgesoffen. Was ein bisschen mehr Überlegung braucht, ist, Flynn zu schnappen. Aber darüber zerbrechen wir uns später den Kopf«, sagte Sid, stand auf und strich das Geld auf dem Tisch ein. »Mein größtes Problem im Moment sind weder die Deutschen noch irgendwelche Spione oder Billy Madden, sondern wie ich mit zwei Shilling und sechs Pence von Margate nach Oxford kommen soll.«

82

Willa saß auf ihrem Kamel, beugte sich zur Seite und übergab sich. Sie hielt das Tier nicht an, wenn ihr übel wurde, sondern ließ es einfach weiterlaufen. Die Sonne, die erbarmungslos auf sie herabbrannte und die Wüstenluft zum Flimmern brachte, verschlimmerte ihren ohnehin schon elenden Zustand, und sie fühlte sich grauenhaft.

Aber sie wollte sich gar nicht genau klarmachen, wie sie sich fühlte, was die Übelkeit und die Krämpfe im Bauch und in den Beinen bedeuteten: klare Anzeichen von Cholera. Wenn sie sich dies eingestünde, würde sie darüber nachdenken und sich Sorgen machen. Und das konnte sie sich nicht leisten.

Gestern hatte sie an einem Brunnen haltgemacht. Er war alt und wurde nicht mehr genutzt, offensichtlich nicht grundlos. Das Wasser – oder was davon übrig war – wirkte trüb und roch modrig. Eigentlich wusste sie, dass sie es nicht trinken durfte, aber ihr blieb nichts anderes übrig. Der Wasserbeutel, den der Händler ihr gegeben hatte, war leer. Attayeh zeigte sich stur und ungehorsam, ein sicheres Zeichen, dass auch er dringend Wasser brauchte. Sie hatten beide getrunken, ein paar Stunden ausgeruht und sich dann wieder auf den Weg gemacht. Attayeh schien das Brunnenwasser nicht geschadet zu haben, im Gegensatz zu ihr.

Vor ein paar Stunden hatte sie noch einmal die Karte von Max studiert. Danach müsste sie bald zu einem kleinen Dorf kommen. Sie besaß auch noch das Geld und die beiden Pistolen, die sie Max gestohlen hatte, und hoffte, dafür Wasser und Medizin eintauschen zu können – falls ihr die Leute dort freundlich gesinnt waren und das Dorf kein Räubernest oder türkischer Außenposten war. Falls sie sich dort einen halben Tag ausruhen, sich etwas verarzten und Attayeh tränken konnte, könnte sie es in einem Tag zum Lager von Lawrence schaffen – falls es sich dort befand, wo Max annahm. Oder in zwei

Tagen, wenn es sich dort befand, wo der Kamelhändler meinte. Eine ziemlich lange Liste von Unwägbarkeiten, das war ihr klar.

Sie beugte sich erneut zur Seite, übergab sich heftig, und die Krämpfe trieben ihr die Tränen in die Augen. Als es vorbei war, spuckte sie in den Sand und wischte sich mit dem Ärmel den Mund ab.

Türkische Soldaten, räuberische Beduinen, die erbarmungslose Sonne, die Gefahr auszutrocknen, wenn sie nicht aufhörte, sich zu übergeben …

Willa fragte sich mutlos, welches Schicksal sie wohl als Erstes treffen würde.

83

»Seamie, das kannst du nicht machen. Das ist Wahnsinn. Das schaffst du nie. Damaskus ist mindestens fünf Tage entfernt von hier. Das heißt, du brauchst allein fünf Tage, um hinzukommen, und noch mal acht oder neun Tage für den Rückweg von Damaskus nach Haifa. Und dabei ist noch gar nicht eingerechnet, wie lange es dauert, um in der Stadt Erkundigungen über Willa einzuziehen, ohne dabei selbst erkannt zu werden. Du hast doch gesagt, dass du in acht Tagen wieder in Haifa sein musst. Was du vorhast, ist einfach nicht zu schaffen«, sagte Lawrence.

»Bist du dir sicher, dass es fünf Tagesritte nach Damaskus sind?«, fragte Seamie. »Ist die Strecke schon mal schneller zurückgelegt worden?«

»Vielleicht«, antwortete Lawrence, »aber von dort musst du schließlich doch wieder zurück Richtung Süden. Außer du willst unbedingt vors Kriegsgericht. Selbst wenn du es schaffen und Willa finden solltest, was dann? Glaubst du, die türkische Armee gestattet dir so einfach, mit ihr in den Sonnenuntergang zu reiten?«

Darauf wusste Seamie keine Antwort.

»Unser Angriff auf die Stadt ist nur eine Frage von wenigen Wochen. Wenn Willa in Damaskus ist, finde ich sie. Überlass es mir. Lass mich nach ihr suchen. Du musst nach Haifa zurück. Das ist deine einzige Möglichkeit«, sagte Lawrence.

Seamie gab sich geschlagen und nickte. Hier gab es nichts mehr, was er tun konnte.

Am Tag zuvor hatte er endlich das Lager von Lawrence erreicht, gemeinsam mit Khalaf, Aziz und ihren Männern – sein *neues* Lager. Beunruhigt durch Gerüchte über türkische Patrouillen, hatte er sein letztes Lager früher abgebrochen als beabsichtigt und war weiter nach Osten ausgewichen. Als Seamie und seine Kameraden das neue Lager fanden – dank der Auskunft eines durchreisenden Tuchhändlers –, wären sie nach all den Mühen fast erschossen worden. Ein Wächter hatte sie erspäht und war ihnen mit fünfzig bewaffneten Männern entgegengeritten. Sie wurden festgenommen und zum Lager gebracht. Lawrence erkannte Seamie und Khalaf sofort und umarmte sie herzlich. Ihre Tiere wurden versorgt und sie alle in seinem Zelt großzügig bewirtet. Dort lernten sie Auda kennen und erklärten, warum sie gekommen waren. Lawrence war erleichtert, dass Willa den Absturz überlebt, aber wütend auf Aziz, weil er sie an die Türken verkauft hatte.

»Du hättest sie mir bringen sollen!«, brüllte er ihn an.

Aziz zuckte daraufhin nur mit den Achseln. »Du hättest mich für die letzte Geisel besser bezahlen sollen.«

Seamie musste sich eingestehen, dass sein Versuch, Willa zu finden, gescheitert war. Morgen würde er nach Haifa zurückkehren, ohne die geringste Ahnung zu haben, wo sie sich befand oder ob sie überhaupt noch lebte. Natürlich war es vernünftig, was Lawrence gesagt hatte, aber die Rückkehr nach Haifa fiel ihm schwer. Er wollte nicht glauben, dass er den ganzen Weg hergeritten war, um dann einfach aufgeben zu müssen. Aber wenn er weitersuchte und zu spät nach Haifa kam, würde man ihn wegen Fahnenflucht anklagen.

»Ich werde mit Lawrence nach Damaskus gehen«, warf Khalaf ein. »Ich werde Willa Alden finden. Und wenn sie nicht dort ist, werde ich sie anderswo suchen. Ich gebe nicht auf, bis ich sie gefunden habe, und dann lasse ich es dich wissen.«

Seamie nickte. Ihm blieb nichts anderes übrig. Als er den beiden Männern dankte, hörten sie Rufe vor dem Zelt. Kurz darauf kam ein junger Mann, ein Howeitat, hereingelaufen und sagte, ein Flugzeug nähere sich aus dem Westen.

»Eines?«, fragte Lawrence knapp.

»Nur eines«, antwortete der junge Mann.

»Von uns oder von ihnen?«

»Von uns, *Sidi*.«

Lawrence erhob sich. Vor dem Zelt ließ er sich ein Fernglas geben und richtete es auf den Doppeldecker. Seamie verfolgte das Flugzeug mit seinem eigenen Fernstecher. Es hatte an Höhe verloren und beschrieb einen langen Bogen. Dann landete der Pilot die Maschine in der Nähe des Kamelpferchs, wo der Boden einigermaßen fest und eben war. Brüllend und spuckend, hießen die Tiere den Piloten und seinen einzigen Passagier willkommen, als diese aus ihren Sitzen kletterten.

»Ist das …«, begann Lawrence, die beiden Männer noch immer im Visier.

»Albie Alden«, sagte Seamie ruhig, obwohl Angst in ihm aufstieg. Er wusste, dass Albie seine Schwester für tot hielt. War er deshalb gekommen? Um ihnen zu sagen, dass sie die Suche abbrechen konnten? Dass er ihre Leiche gefunden hatte?

Wahrscheinlich hat es gar nichts mit Willa zu tun, sondern mit dem Angriff auf Damaskus, redete sich Seamie ein, um sich zu beruhigen.

Albie und der Pilot wurden, von bewaffneten Männern eskortiert, zum Zelt geführt. Lawrence begrüßte die beiden Männer, aber Albie, noch ganz staubig von dem Flug und außer Atem, unterbrach ihn.

»Sie hat es geschafft, lebend aus Damaskus zu fliehen«, keuchte er. »Und versucht, zu deinem Lager zu kommen, Tom. Du musst sie finden. Sofort. Sie hat Karten, die Größe und Stellungen der türkischen Truppen zwischen hier und Damaskus enthalten. Sie haben euch einen Hinterhalt gestellt. Ihr müsst sie suchen. Die Türken sind ihr auf den Fersen. Sie haben einen Preis auf ihren Kopf ausgesetzt. Jeder, der sie findet, hat den Befehl, die Karten sicherzustellen und sie nach Damaskus zurückzubringen.«

»Woher weißt du das?«, fragte Lawrence.

»Ein Kamelhändler in Damaskus schwört, dass er ihr in der Nacht, als sie aus der Stadt geflohen ist, ein Kamel und Proviant verkauft hat. Sie hatte es eilig und trug Männerkleider. Sie sagte ihm, sie stünde in Diensten des großen Scheiks Lawrence, und er hat ihr beschrieben, wo dein Lager ist. Nachdem sie aus der Stadt heraus war, erzählte er die Geschichte seinem Bruder, einem Gewürzhändler, der seine Geschäfte im Hinterland zwischen Damaskus und Haifa betreibt. Der Händler hat ein Bordell in Haifa besucht und es der Puffmutter erzählt, und die hat es an mich weitergegeben. Gegen Bezahlung natürlich. Aber ich traue ihren Informationen. Meine Kollegen meinen, sie seien nie falsch gewesen.«

»Wie lange ist es her, dass sie Damaskus verlassen hat?«, fragte Seamie.

»Ich bin mir nicht sicher. Vier Tage vielleicht«, antwortete Albie.

»Dann sollte sie jetzt schon ganz in der Nähe sein«, sagte Tom. »Sie kann sich ausgezeichnet orientieren. Sie würde sich nie verirren.«

»Das ist das Problem«, erwiderte Albie. »Der Händler, der ihr das Kamel verkauft hat, sagte ihr, wo sie dein Lager finden kann, Tom, aber du hast es inzwischen verlegt.«

»Verdammter Mist. Sie reitet zum alten Lager«, überlegte Seamie laut. »Und da ist nichts.« Er wandte sich an den Piloten. »Können Sie zu dem alten Lager rausfliegen?«, fragte er.

»Es ist etwa siebzig Meilen westlich von hier«, fügte Lawrence hinzu. »Haben Sie genügend Sprit?«

»Sprit ist nicht das Problem«, antwortete der Pilot. »Aber ich kenne die Gegend. Da sind überall nur Dünen. Ich kann nirgendwo landen. Wenn ich runtergehe, kann ich nicht mehr starten.«

»Dann machen Sie einen Aufklärungsflug«, schlug Seamie vor. »Ich begleite Sie. Wenn wir sie gefunden haben, drehen wir um, fliegen hierher zurück und schicken ihr sofort einen Trupp bewaffneter Reiter entgegen.«

»Also los«, erwiderte der Pilot und ging zu seiner Maschine zurück. Seamie folgte ihm auf den Fersen, aber Albie hielt ihn zurück.

»Was ist?«, fragte Seamie.

»Die Geschichte geht noch weiter. Nach Aussage des Kamelhändlers hat Willa einen hochrangigen deutschen Offizier getötet – einen gewissen Max von Brandt.«

»*Was*? Den Max, den wir aus London kennen? Den Kerl, der auf meiner Hochzeit war?«

»Ja. Ich glaube, er ist der Meisterspion, Seamie, hinter dem ich schon lange her bin. Ich glaube, er hat während seiner Zeit in London für die deutsche Regierung gearbeitet und einen Maulwurf in die Admiralität eingeschleust, und diese Quelle ist immer noch aktiv. Versorgt die Deutschen nach wie vor mit Informationen über den Standort unserer Schiffe.«

Seamie konnte nicht glauben, was er hörte. »Hast du Beweise dafür?«

»Noch nicht. Bloß einen starken Verdacht. Von Brandt war in London, als der Informationsfluss nach Berlin einsetzte. Jetzt ist er hier. Oder besser gesagt, er war hier. Das sind zu viele Zufälle auf einmal. Er war sehr wertvoll für die Deutschen, und sie sind sicher nicht glücklich darüber, was mit ihm passiert ist.« Albie hielt einen Moment inne und schluckte schwer. »Der Kamelhändler sagte, wenn die Türken sie nach Damaskus zurückbringen, wird sie erschossen. Finde sie, Seamie. Bitte. Bevor die anderen sie finden.«

84

»Da kommen sie«, sagte Willa und erstarrte im Sattel.

»Vergiss nicht, dass du stumm bist«, ermahnte Hussein sie.

»Das vergesse ich nicht. Und du vergiss nicht, wenn du das durchziehst ... wenn sie uns durchlassen ... gehört die Pistole dir«, erwiderte Willa.

Der junge Hussein grinste. Seine Augen blitzten. Er war erst fünfzehn. Das Ganze war ein Abenteuer für ihn, ein Spiel. Wenn er gut spielte, bekäme er einen Preis. Für Willa ging es um Leben und Tod.

Hussein spornte sein Kamel an. Willa folgte dicht hinter ihm auf Attayeh, der sich, nachdem er gefüttert und getränkt worden war, wieder fügsam zeigte. Was gut war, denn Willa musste ihn am kurzen Zügel halten, damit er nicht ausschlug oder eine der zweihundert Ziegen niedertrampelte, die sie umgaben. Doch wie sich herausstellte, zeigte Attayeh kein sonderliches Interesse an Ziegen.

Willa hatte früh am Morgen Husseins Dorf erreicht. Es lag am Rand einer Oase und hatte genügend Wasser für sie und ihr Kamel. Glücklicherweise war es weder ein Räubernest noch ein türkischer Außenposten, und mit dem Geld von Max konnte sie sich Lebensmittel und eine Flasche mit einem scheußlich bitteren Gebräu kaufen, das angeblich bei Magenproblemen half. Noch immer behielt sie nichts bei sich. Die Krankheit, was immer es sein mochte, setzte ihr schwer zu.

In dem Dorf lebten hauptsächlich Ziegenhirten, die ihre Tiere bei einer nahe liegenden Quelle weiden ließen. Hier wollte Willa einen Tag bleiben, sich ausruhen und wieder zu Kräften kommen. Nachdem sie gemeinsam mit Attayeh unter ein paar Dattelbäumen im Zentrum des Dorfes gedöst hatte, fragte sie einen älteren Mann, ob er wisse, wo das Lager von Scheik Lawrence sei. Der Mann schüttelte bedauernd den Kopf.

»Die anderen Besucher wollten das Gleiche wissen«, sagte er.

Willa stellten sich die Nackenhaare auf. »Welche anderen Besucher?«, fragte sie argwöhnisch.

»Die Soldaten, die durchkommen. Fast jeden Tag inzwischen. Die Türken.«

Willa sprang auf. »In welche Richtung reiten sie?«

»Überallhin«, antwortete der Mann und fuhr mit der Hand hin und her. »Sie suchen nach Lawrence und rasten hier wegen des Wassers.«

Willa geriet in Panik. Jeden Moment konnte eine türkische Patrouille hier eintreffen. Aus jeder Richtung. Schnell packte sie ihre Sachen zusammen, füllte ihren Wasserbeutel und sattelte ihr Kamel. Dabei sah sie sich um und suchte nervös den Horizont ab, ob irgendwo Staubwolken aufstiegen. Als sie aus dem Dorf hinausritt, sah sie zwei Jungen, die ihre Kamele sattelten – einer hatte etwa ihre Größe, der andere war kleiner. Um sie herum scharte sich eine Ziegenherde.

Beim Blick auf die beiden kam ihr eine Idee. Sie ritt zu ihnen hinüber und erklärte ihnen hastig, dass sie an einer türkischen Patrouille vorbei müsse.

»Tausch die Kleider mit mir«, sagte sie zu dem größeren Jungen, »und bleib hier in deinem Haus, während ich an deiner Stelle mit deinem Bruder wegreite. Wenn ich an der Patrouille vorbeikomme, gibt's eine Belohnung für euch beide. Wenn nicht, behaupte ich, ich hätte deinen jüngeren Bruder entführt und ihn gezwungen, mit mir wegzureiten.«

»Die Soldaten wissen doch, dass du keine von uns bist, sobald du den Mund aufmachst«, antwortete der Junge.

»Dann muss dein Bruder eben sagen, dass ich taubstumm bin. Und nicht richtig im Kopf.«

»Du darfst deine Augen nicht zeigen. Sie sind grün und nicht braun wie unsere.«

»Ich werde zu Boden blicken.«

Der ältere Junge schnaubte verächtlich. »Du bist eine Närrin. Das klappt nie. Du musst mit mir kommen. Du musst einen Schleier tragen. Ich werde sagen, dass du meine Schwester und stumm bist und dass ich dich zur Hochzeit in ein Dorf südlich der Quelle bringe und dass fünfzig der Ziegen deine Mitgift sind.«

Willa zwinkerte ihm zu. »Das ist ein großartiger Plan. Einfach brillant.«

»Stimmt. Aber ich hab noch nicht gesagt, dass ich's mache. Was gibt's als Belohnung?«

»Eine von diesen«, antwortete Willa und zeigte ihm eine der mit Edelsteinen besetzten Pistolen, die sie bei sich hatte. Er riss die Augen auf. Die Pistole war mehr wert, als er je in seinem ganzen Leben verdienen würde.

Die Jungen besprachen sich, dann schickte der ältere, Hussein, den jüngeren nach Hause, um Frauenkleider zu holen. Als er zurückkam, stellte Willa erfreut fest, dass zu den Kleidern auch ein Schleier gehörte mit einem schmalen, hinter einem Netz verborgenen Sehschlitz. Hussein war ein begabter Bursche. Wenn sie Lawrence je wiederfand, würde sie ihm von dem jungen Mann erzählen. Er wäre ein Gewinn für jede Armee. Schnell zog Willa die Kleider an. Sie hasste die Kopfbedeckung, hasste es, wie sie ihre Sicht und Bewegungsfreiheit einschränkte, dennoch war sie froh darum. Denn damit war sie eine Dorfbewohnerin geworden und als solche für alle, außer ihrer Familie, unsichtbar.

Sie ritten los. Nach etwa einer halben Stunde entdeckten sie eine Patrouille am Horizont.

»Bleib hinter mir«, sagte Hussein jetzt. »Halt den Kopf gebeugt. Wie es ein Mädchen aus dem Dorf tun würde.«

Willa gehorchte. Die türkischen Soldaten stoppten sie und fuhren Hussein grob an.

»He, du da!«, rief der Hauptmann. »Wo kommst du her, und wo willst du hin?«

Er sagte es ihnen und fügte hinzu, dass er seine Schwester ins Dorf ihres neuen Ehemanns bringe.

»Wie heißt du, Mädchen?«, herrschte der Hauptmann Willa an.

»Sie kann nicht antworten, sie ist stumm«, erklärte Hussein. »Deshalb hab ich so viele Ziegen dabei. Weil sie stumm ist, muss mein Vater fünfzig statt fünfundzwanzig Ziegen hergeben, um sie zu verheiraten.«

»Ach wirklich? Ihr bezahlt den Ehemann doppelt? Für eine Frau, die nicht sprechen kann? Das ist eine seltene und wunderbare Sache. Ich wünschte, mein Weib wäre auch stumm«, erwiderte der Hauptmann lachend. »Mein Junge, der Mann sollte *euch* was drauflegen!«

Durch die blökende Ziegenherde hindurch ritt der Hauptmann zu ihnen heran und umkreiste sie beide, ohne Willa aus den Augen zu lassen. Das Herz klopfte ihr bis zum Hals, als sie ihn durch den Schleier beobachtete. Warum ließ er sie nicht passieren? Husseins Geschichte klang doch vollkommen glaubwürdig.

Eine Sekunde später fand sie es heraus. Der Hauptmann holte mit seiner Reitgerte aus und versetzte ihr einen scharfen Hieb aufs Bein. Willa, die einen so gemeinen Trick erwartet hatte, war darauf vorbereitet. Ohne einen Laut von sich zu geben, sackte sie in ihrem Sattel zusammen, griff nach ihrem Bein und schaukelte hin und her, als hätte sie schreckliche Schmerzen. Obwohl es kein bisschen wehtat, weil der Hauptmann nur ihre Prothese getroffen hatte.

Zufrieden sagte der Hauptmann: »Vergib mir, mein Junge, aber ich musste deine Geschichte überprüfen. Es ist noch eine andere Frau in der Wüste unterwegs, und die ist nicht stumm. Eine Engländerin, sie gehört zu Lawrence und ist sehr gefährlich. Wenn dir eine solche Frau begegnen sollte, melde sie mir oder jedem anderen Mitglied der türkischen Armee umgehend.«

»Das werde ich, Herr«, antwortete Hussein. Willa befahl er, mit dem Schniefen aufzuhören und ihm zu folgen, dann trieb er sein Kamel zum Trab an. Eine halbe Stunde später, als sie außer Sichtweite der Patrouille waren, rief sie Hussein zu anzuhalten. Rasch zog sie die Kleider aus und warf sie ihm zu. Dann holte sie aus ihrer Satteltasche die Pistole, die sie ihm versprochen hatte, und übergab sie ihm ebenfalls.

»Danke, Hussein. Ich verdanke dir mein Leben, und viele andere verdanken dir ihres auch«, sagte sie und schlang einen Schal um den Kopf.

Hussein empfahl sie lächelnd dem Schutz Allahs und ritt nach Westen davon. Willa wandte Attayeh nach Süden. Bald wäre sie in Salkhad, wo Max Lawrence vermutete. Etwa noch einen Tagesritt entfernt. Wenn er nicht dort wäre, würde sie weiterreiten, weiter nach Süden. Sie war erschöpft, krank und hatte Schmerzen. Der Horizont verschwamm vor ihren Augen, aber sie hielt nicht an, zögerte nicht einmal.

»Noch einen Tag, Attayeh, alter Junge«, sagte sie laut und versuchte, die schrecklichen Bauchschmerzen zu ignorieren. »Wir müssen nichts tun, als noch einen Tag durchzuhalten.«

85

»Wo ist es?«, murmelte Willa. »Wo zum, Teufel ist das Lager?«

Im Sattel sitzend, drehte sie sich um, blickte in alle Richtungen, entdeckte aber nirgendwo ein Lager.

»Wo ist es?«, rief sie heiser. Wie zum Hohn hallten ihre Worte von den Dünen wider.

Sie hatte in Salkhad nach Lawrence' Lager gesucht, ein paar einheimische Jungen gefragt, aber die hatten von Lawrence nichts gehört und gesehen. Dann war sie nach Süden weitergeritten, wo er nach Aussage des Kamelhändlers sein sollte – nördlich von Azraq und östlich von Minifir. Und wieder hatte sie nichts gefunden. Vielleicht hatten sich beide, Max und der Händler, getäuscht. Oder sie hatte das Lager verfehlt, Anzeichen wie Kamelspuren oder Kameldung übersehen. Inzwischen hatte sie Mühe, allein den Kopf aufrecht zu halten, und sah auch nicht mehr klar. Nachzudenken fiel ihr ebenfalls schwer. Schon der Versuch tat weh. Zunehmend schwanden ihre Kräfte.

Plötzlich stolperte Attayeh, und Willa fiel fast aus dem Sattel. »Bleib sitzen, altes Mädchen«, sagte sie sich, obwohl ihre Stimme kaum mehr als ein Krächzen war. Ihre Kehle fühlte sich so trocken an wie Staub. Gestern hatte sie den letzten Rest ihres Wassers getrunken. Wann genau, wusste sie nicht mehr. Die letzten achtundvierzig Stunden hatte sie nicht mehr angehalten, sondern Attayeh erbarmungslos angetrieben. Ihr blieb keine andere Wahl. Der Tod war ihr auf den Fersen, dennoch musste sie Lawrence erreichen, bevor ihr die Krankheit den Garaus machte.

Es war ganz sicher Cholera. Manchmal erholten sich Leute davon. Wenn sie die richtige Medizin einnahmen und Ruhe hatten. Sie hatte beides nicht. Verzweifelt sehnte sie sich danach abzusteigen. Anzuhalten. Sich auszuruhen. Aber sie wusste, wenn sie dies täte, könnte sie nicht mehr aufsteigen. Sie würde sterben, wo sie gerade war, denn sie hätte nicht mehr die Kraft, in den Sattel zu klettern.

Attayeh war erschöpft und verwirrt und weinte. Willa wusste, dass Kamele Tränen weinten, wenn sie dehydriert waren, und Attayeh war zu lange und zu hart vorangetrieben worden. Willa wollte das Tier beruhigen, es trösten, ihm neuen Mut zusprechen, aber auch dazu hatte sie nicht mehr die Kraft. Sie hoffte, im Umkreis eines Dorfes oder Beduinenlagers zu sein, wo Attayeh die Nähe von Wasser und anderen Kamelen spürte und vielleicht von selbst dorthin liefe. Das hoffte sie inständig. Ihr blieb auch nichts mehr als diese Hoffnung, so vage und aussichtslos sie auch sein mochte.

Mit schlaff herunterhängendem Kopf ritt sie noch eine halbe Stunde weiter. Plötzlich brüllte das Kamel, blieb wie angewurzelt stehen und trabte dann in schnellerem Tempo weiter. Willa hob den Kopf. Sie spähte in die Ferne, hoffte, das Kamel hätte wie durch ein Wunder eine Oase oder eine kleine Siedlung entdeckt. Stattdessen sah sie Staub am Horizont. Einen Moment lang fragte sie sich, ob sie phantasiere. Wassermangel führte ja bekanntlich zu Halluzinationen. Blinzelnd versuchte sie es noch einmal. Es waren tatsächlich Staubwolken am Horizont, dessen war sie sich sicher. Sie beschattete die Augen und erkannte drei Reiter. Einer sprengte voran, aber auch die anderen kamen sehr schnell auf sie zu.

Bitte, betete sie, lass es keine türkischen Soldaten sein. Oder Räuber. Bitte. Ich habe diese Karten von so weit hergebracht, lass es gute Menschen sein. Auch wenn sie selbst Lawrence nie mehr wiedersähe, würden diese Reiter die Karten vielleicht an ihren Bestimmungsort bringen.

Nach einer Ewigkeit, wie ihr schien, traf der vorausspringende Reiter bei ihr ein. Willa sah, dass er ein weißes, mit Staub bedecktes und von Schweiß durchtränktes Gewand trug.

Es war ein realer Mann, dessen war sie sich sicher, weil er sie anschrie, aber sein Gesicht ... Sein Gesicht war eine Halluzination, ein Wahngebilde. Ein letztes Mal zeigte ihr fieberndes Hirn ihr den Menschen, den sie am liebsten sehen wollte – Seamie Finnegan.

»Willa, mein Gott«, sagte er. »Jetzt ist alles gut. Du bist in Sicherheit. Wir sind hier. Wir bringen dich ins Lager zurück.« In seiner Stimme schwang Angst mit, sie stand auch in seinen Augen.

Seine Stimme ... Sie klang sogar wie Seamies Stimme, dachte sie. Und er kennt meinen Namen. Er muss zu Lawrence' Leuten gehören. Oh, Gott sei Dank!

Sie versuchte, mit ihm zu sprechen, ihm zu antworten, bekam aber nichts heraus. Aus ihrer Kehle kam kein Laut. Ihre Stimme war weg. Mit Gesten verlangte sie nach Wasser. Der Mann gab ihr welches. Sie trank, dann keuchte sie, erneut von Krämpfen gepackt.

Als der Schmerz etwas nachließ, als sie wieder atmen konnte, krächzte sie ihre letzten Worte heraus. Sie schwankte jetzt im Sattel. In ihr war nichts mehr, kein Funken Kraft, kein Wille mehr. Sie war am Ende, aber es war in Ordnung. Jetzt konnte sie loslassen. Der Mann würde ihr helfen.

»Bitte ... Ich habe Karten ... Dokumente ... Gib sie Lawrence ... Sag ihm, Jabal Ad Duruz ist eine Falle ... Sag meiner Mutter, es tut mir leid ... Sag Seamus Finnegan, ich liebe ihn ...«

86

»Er ist tot, das weiß ich«, sagte India matt. »Das ist die einzige Erklärung. Er würde doch nicht einfach nur so zum Spaß ein paar Tage lang nicht heimkommen. Ihm ist etwas passiert. Etwas Furchtbares.«

Es war Sonntagmorgen. Fiona saß mit India und Jennie in der Küche. Sie hatte gerade für alle Frühstück gemacht und die Kinder zum Spielen nach draußen geschickt. Charlotte und Rose hatten Wish, Elizabeth, den kleinen James und Fionas jüngere Sprösslinge bei sich. Die beiden Frauen hatten ihre Kinder ganz bewusst mitgebracht, um die Kleinen von India zu beschäftigen und von den Sorgen über ihren vermissten Vater abzulenken. India erklärte ihnen immer wieder, ihr Dad habe geschäftlich in London zu tun, deshalb sei er nicht daheim, aber inzwischen war schon eine Woche vergangen, und sie konnte dieselbe Leier nicht ewig wiederholen.

Fiona griff über den Tisch und nahm Indias Hand. Sie hatte während der vergangenen Tage ihr Bestes getan, um ihre Schwägerin – und sich selbst – aufzumuntern, aber es wurde von Minute zu Minute schwieriger. India hatte natürlich recht, Sid würde nie einfach so verschwinden. Nie hätte er India auf diese Weise Sorgen bereitet. Fiona hatte Angst, obwohl sie sich weigerte, sich vorzustellen, dass ihm tatsächlich etwas Schlimmes zugestoßen sein könnte. Und dass daran womöglich jemand aus seiner Vergangenheit schuld war. Aber das Gefühl ließ sie nicht los.

»Joe wird jeden Moment hier sein«, sagte sie. »Er wird uns berichten, was er herausgefunden hat. Er hat einen der besten Privatdetektive von ganz London engagiert. Der Mann ist ganz sicher auf etwas gestoßen.«

India hob den Kopf und sah Fiona an. »Ja, aber worauf?«, fragte sie mit Tränen in den Augen. »Ich bin mir sicher, dass er etwas herausgefunden hat, aber ob ich das hören will, bin ich mir ganz und gar nicht sicher.«

Kurz darauf klopfte es an der Tür. Fiona lief hinaus, um zu öffnen. Es war Joe in seinem Rollstuhl, von Mr Foster begleitet.

»Hallo, mein Schatz«, sagte Fiona, küsste ihren Mann und begrüßte den Butler. »Was gibt's Neues?«

Joe schüttelte den Kopf. »Nichts Gutes, Fee.«

Fiona sank das Herz. Nicht Sid, dachte sie. Bitte. »Kommt rein. In die Küche«, erwiderte sie mit hohler Stimme. »Da sind India und Jennie. Das erspart dir, alles zweimal erzählen zu müssen.«

Joe begrüßte die beiden Frauen. Während Jennie für Joe und Mr Foster Tee eingoss, erkundigte sich Joe, wie India sich fühle.

»Nicht besonders gut, fürchte ich«, antwortete sie.

Die Angst in ihren Augen war so offenkundig, dass es Fiona wehtat, sie überhaupt anzusehen. Sid war Fionas Bruder, und sie liebte ihn, aber für India bedeutete er ihr Leben. Sie hatten schon so viel durchmachen müssen, und es war einfach nicht fair, dass sie ihn jetzt verlieren sollte.

»Was ist geschehen, Joe? Was hat der Detektiv herausgefunden?«, fragte Fiona.

»Wir wissen nicht, was passiert ist«, entgegnete Joe. »Der Detektiv – Kevin McDowell heißt er – hat herausgefunden, dass Sid das letzte Mal gesehen wurde, als er am Sonntag zu Teddy Kos Büro in Limehouse ging. Ko ist ein Importeur. Er betreibt Handel mit China.«

India erinnerte sich an den kleinen Buddha, den sie in Sids Tasche gefunden hatte. »Teddy Ko ...«, sagte sie langsam. »Ich kenne den Namen. Er ist auch Opiumhändler. Früher hab ich mal versucht, seinen Laden schließen zu lassen.«

»Er ist immer noch Opiumhändler. Der größte von London«, sagte Joe.

»Warum war Sid wohl dort?«, fragte India. »Was um alles in der Welt kann er von Teddy Ko gewollt haben?«

»Ich weiß es nicht. Ich weiß nur, dass er gesehen wurde, wie er zu Ko reinging, aber niemand hat ihn wieder rauskommen sehen«, antwortete Joe und zögerte fortzufahren. Das Zögern dauerte nur den Bruchteil einer Sekunde, aber es entging weder Fiona noch India.

»Was, Joe?«, fragte India voller Angst. »Was willst du damit sagen?«

Joe holte tief Luft. »Billy Madden und zwei seiner Handlanger wurden ebenfalls gesehen, als sie zu Ko reingingen. Etwa fünf Minuten nach Sid.«

India schüttelte den Kopf. Dieser Name war ihr ebenfalls bekannt. Ihnen allen. »Warum, Joe? Warum ist er dort hingegangen?«, fragte sie mit versagender Stimme und brach in Tränen aus.

Jennie trat zu ihr hin und legte den Arm um sie.

Fiona sah Joe an. »Billy Madden?«, fragte sie, ebenfalls mit Tränen in den Augen. »Was hatte Sid mit Leuten wie Billy Madden zu tun? Vor Jahren, ja. Aber warum jetzt? Er muss verrückt geworden sein, Joe. Ich versteh das nicht. Ich ...«

Sie wurde von einem lauten Türenschlagen unterbrochen. »Peter, bist du das?«, rief sie streng. »Geh bitte wieder raus! Und knall die Tür nicht zu! Das habe ich dir schon hundertmal gesagt!«

»Tut mir leid«, sagte eine Stimme.

Es war nicht Peter.

»Heiliger Himmel!«, rief Joe, als Sid in die Küche trat. »Wie siehst du denn aus?«

India sprang auf, lief zu ihm hin und schlang die Arme um seinen Hals. »Ich dachte, du wärst tot!«, schluchzte sie. »Ich dachte, ich würde dich nie wiedersehen!« Dann packte sie ihn an der Jacke und schüttelte ihn. »Warum bist du zu Teddy Ko gegangen? Und zu Billy Madden? Warum hast du das getan?«, schrie sie ihn an. »Sie hätten dich umbringen können. Und wie's aussieht, haben sie's auch fast geschafft!«

»India, woher weißt du das alles?«, fragte Sid verblüfft.

»Wir haben einen Detektiv angeheuert«, warf Joe ein.

»Mummy!«, rief Charlotte, die plötzlich mit Wish und den anderen Kindern in die Küche gekommen war. »War das Daddy, der gerade heimgekommen ist?« Ihr aufgeregtes Lächeln verblasste, als ihr Vater sich umdrehte. »Daddy? Was ist passiert?«, fragte sie ganz blass im Gesicht. Der kleine Wish fing zu heulen an. Sids Gesicht war stark geschwollen und von Schnitten und blutunterlaufenen Flecken entstellt.

»Entschuldigen Sie, Madam«, sagte Mr Foster leise zu Fiona. »Aber könnten Sie mir sagen, wo der Brandy aufbewahrt wird?«

»Im Schrank über der Spüle, Mr Foster«, antwortete Fiona und nahm die hysterisch gewordene India am Arm und führte sie zu einem Stuhl.

Während Sid seine Kinder beruhigte und ihnen erklärte, er habe einen kleinen Unfall gehabt, deshalb sehe er so schrecklich aus und sei nicht gleich nach Hause gekommen, aber jetzt sei er ja da, und Mummy würde sich um seine Verletzungen kümmern, führte Jennie die anderen Kinder wieder in den Garten hinaus. Mr Foster goss den Erwachsenen Brandy ein, dann machte er heiße Schokolade, legte Plätzchen auf einen Teller und bat Charlotte, ihm zu helfen, alles in den Garten hinauszutragen.

»Danke Ihnen, Mr Foster«, sagte Charlotte höflich. »Aber ich brauche weder Kakao noch Kekse. Was ich brauche, ist eine richtige Erklärung.«

»Ist schon gut«, warf Sid ein. »Sie ist jetzt alt genug, um Bescheid zu wissen, was vor sich geht. Sie kann bleiben.« Und zu seiner Tochter gewandt, fügte er hinzu: »Du musst eines Tages ohnehin die Wahrheit über mich und meine Vergangenheit erfahren. Also warum nicht jetzt gleich?«

Während Mr Foster hinausging, leerte India ihr Glas Brandy, und ihr Schluchzen verebbte. Auch Fiona, Joe und Jennie hatten ihre Gläser geleert. Sid setzte sich an den Tisch und kippte seines mit einem Schluck.

»Gewöhnlich kann man sich darauf verlassen, dass du wieder auftauchst«, sagte Joe. »Selbst unter den widrigsten Umständen. Aber diesmal hast du sogar mich in Angst und Schrecken versetzt. Was zum Teufel ist eigentlich passiert?«

Sid nahm die Flasche und schenkte allen nach.

»Ich werde euch alles erzählen«, antwortete er. »Jedes kleinste Detail. Aber trinkt das zuerst aus. Sonst glaubt ihr mir nicht.«

87

»Erinnerst du dich, Willa? An Mombasa? Erinnerst du dich an das türkisfarbene Meer? Und an das rosafarbene Kastell? Und an die weißen Häuser? Erinnerst du dich an unsere erste Nacht in dem Hotel? Sie hatten keine zwei Zimmer für uns. Wir mussten uns ein Bett teilen. Ich glaube, ich habe kein Auge zugetan. Ich blieb die ganze Nacht wach und lauschte deinem Atem. Du nicht. Du bist eingeschlafen und hast geschnarcht.«

Seamie sprach schnell.

Ich höre mich an wie ein Verrückter, dachte er. Nein, eher wie ein Händler.

Denn er versuchte, Willa die Idee zu verkaufen, bei ihm zu bleiben. In dieser Welt. Am Leben. Er erzählte ihr von ihrer gemeinsamen Kindheit. Von Segeltouren mit Albie und ihren Eltern. Von Kletterpartien auf den Snowdon und Ben Navis. Von Wanderungen durch den Lake District. Vom Kilimandscharo und ihrer gemeinsamen Zeit in Afrika. Er erinnerte sie an die Tiere in der Steppe, die Sonnenaufgänge, den unendlich weiten Himmel. Er sagte ihr, wie sehr ihm ihre Fotos vom Everest gefielen und dass er immer noch davon träumte, eines Tages mit ihr dort hinzugehen. Er versuchte, die schönsten Erinnerungen wachzurufen und all diejenigen Dinge in ihrem fiebernden Kopf heraufzubeschwören, die sie am meisten liebte. Er versuchte, sie zu überreden, nicht loszulassen, sondern bei ihm zu bleiben.

Sie war krank, so grauenvoll krank. Er hatte ihr Akonit und Opium gegeben. Es mit Chinin versucht. Nichts half. Nichts senkte das Fieber und linderte die Krämpfe, die ihren Körper schüttelten. Sie behielt nichts bei sich. Nicht einmal Wasser. Es war, als würde ihr geschundener Körper nach den jahrelangen Torturen, die sie ihm zugemutet hatte, den Funken auslöschen wollen, der in ihr glühte – ihren Willen, ihre Antriebskraft, ja ihre ganze Seele.

Er erzählte ihr von der Suche nach dem Südpol und wie die heulenden Stürme der Antarktis und das unablässige Ächzen des Eises einen Mann in den Wahnsinn treiben konnten. Er erzählte ihr von einer Welt ohne Farbe, einer Welt aus Weiß, und vom unendlichen Meer der Sterne bei Nacht.

Als ihm keine Abenteuer mehr einfielen, erzählte er ihr vom Rest seines Lebens. Von James, seinem Sohn, den er über alles liebte. Von dem kleinen Cottage in Binsey, wo der Junge geboren wurde. Von den Fehlern, die er gemacht hatte, den Dingen, die er bereute, und denen, die er nicht bereute. Er erzählte ihr von Haifa und dem Schiff, das dort auf ihn wartete, und dass er dorthin zurück müsse, sie aber nicht verlassen wolle.

Und dann hielt er plötzlich inne und ließ den Kopf sinken. Zwei ganze Tage lang hatte er sie gepflegt, bei ihr gewacht, ihren glühenden Körper gebadet, sie festgehalten, als sie zitterte, sich übergab und vor Schmerzen aufbäumte. Seit seiner Ankunft im Lager hatte er kaum geschlafen und war inzwischen so erschöpft, dass er selbst fast phantasierte. Er hatte vom Flugzeug aus nach ihr gesucht, sie aber nirgendwo entdeckt, dann war er vom Lager aus losgeritten, und am zweiten Tag hatte er sie gefunden.

»Bitte stirb nicht, Willa. Geh nicht«, flehte er sie an. »Lass mich nicht ohne dich in dieser Welt zurück. Allein zu wissen, dass du irgendwo auf diesem Planeten bist und etwas Kühnes und Tapferes tust, macht mich glücklich. Ich liebe dich, Willa. Ich habe nie aufgehört, dich zu lieben. Und werde nie aufhören.«

Er hob den Kopf und sah sie an, die inmitten dieser gottverlassenen Wüste, inmitten dieses gottverdammten Krieges in einem Zelt auf dem Boden lag und nur noch ein Schatten ihrer selbst war. Ja, er liebte sie, und sie liebte ihn, und ihre Liebe hatte ihnen nur Leid gebracht. War es überhaupt Liebe, fragte er sich jetzt. Oder bloß Wahnsinn?

»Ich liebe dich auch, Seamie«, sagte Willa und schlug plötzlich die Augen auf.

»Willa!«, rief Seamie aus und griff nach ihrer Hand. »Du bist wach?«

Sie schluckte, verzog das Gesicht und verlangte nach Wasser. Seamie holte welches, und sie setzte sich zum Trinken auf. Nachdem sie getrunken hatte, legte er sie vorsichtig wieder aufs Kissen zurück. Schweiß stand auf ihrer Stirn, und sie atmete flach und mühsam. Er sah, welche Anstrengung sie das Trinken gekostet hatte.

»Lawrence?«, fragte sie heiser.

»Ist auf dem Weg nach Damaskus mit Auda und seinen Kämpfern. Sie halten sich westlich und umgehen die Falle, die man ihnen gestellt hat. Das ist dein Verdienst.«

Willa lächelte. Sie sah ihn eine Weile an, nahm ihre ganze Kraft zusammen und sagte: »Du musst jetzt gehen.«

»Wie denn, Willa? Ich kann dich doch nicht hier zurücklassen ... Du stirbst ... Ich kann nicht ...«

»Ich bin fertig, Seamie«, antwortete sie. »Ich bin so müde ... so krank ... Ich bin am Ende.«

»Nein, Willa, sag so was nicht!«

»Ich ... ich hab dich ... reden hören. Über uns. James. Dein Schiff. Geh, oder du kommst vors Kriegsgericht und wirst erschossen.« Erneut schluckte sie und blickte ihn gequält an. »Willst du das deinem Sohn antun?«, fragte sie leise.

»Nein, aber ...«

Sie unterbrach ihn. »Wir müssen uns trennen, Seamie. Ein für alle Mal. Wir haben uns gegenseitig lange genug wehgetan. Und zu viele andere verletzt.« Tränen standen jetzt in ihren Augen. »Geh nach Haifa. Bleib am Leben. Bitte. Übersteh diesen verdammten Krieg, und kehr nach Hause zurück. Jennie ... und James ... sie brauchen dich ...«

Abrupt hörte sie zu sprechen auf, beugte sich zur Seite und erbrach sich in eine Messingschüssel neben ihrem Bett. Seamie hielt ihren Kopf und wischte ihr Gesicht ab. Als er sie erneut aufs Kissen bettete, spürte er, wie ihr Körper schlaff wurde.

»Nein!«, schrie er entsetzt auf, weil er glaubte, er hätte sie verloren. »Willa, nein!«

Schnell prüfte er ihre Atmung und ihren Puls. Sie lebte noch, war aber wieder bewusstlos geworden. Ihr Körper glühte förmlich. Er tauchte einen Lappen in eine Wasserschüssel und rieb sie damit ab.

»Geh nicht, Willa«, flüsterte er. »Bitte geh nicht.«

Während er im Zelt saß, inmitten des Gestanks und der Ausdünstungen der Kranken, und verzweifelt versuchte, ihren Körper zu kühlen, hörte er plötzlich Glöckchen klingeln und das Brüllen von Kamelen. Wer konnte das sein? Das Lager war praktisch verlassen. Lawrence, Auda und Khalaf waren am Morgen mit viertausend Mann abgerückt. Sie wollten nach Osten reiten, nicht nach Norden, sich dann nach Westen wenden und bei Scheik Saad mit Faisal zusammentreffen, um dann gemeinsam gegen Damaskus vorzustoßen. Nur ein paar Männer waren zum Schutz von Seamie und Willa zurückgeblieben. Seamie stand auf, trat vors Zelt und beschattete die Augen vor der Sonne. Was jetzt, fragte er sich, zu erschöpft, um Angst zu haben. Was zum Teufel geht hier vor?

Schnell erkannte er, dass es keine Türken waren. Merkwürdig, dachte er. Es war eine Gruppe von etwa fünfzig Beduinen. Einige Männer ritten voran, hinter ihnen folgte ein ungeordneter Haufen, ein paar weitere bildeten die Nachhut. Als sie bei ihm ankamen, stieg der Anführer, ein großer, zornig aussehender Mann, von seinem Kamel, ging auf Seamie zu und verbeugte sich.

»Ich bringe Fatima, die erste Frau von Khalaf al Mor, und ihre Begleiterinnen. Sie hat gehört, Willa Alden sei hier und brauche Hilfe. Du bringst sie zu Willa Alden. Und zwar sofort.«

Fatima und ihre Frauen, alle dicht verschleiert, traten vor. Als sie Seamie sah, schlug sie den Schleier zurück. »Du hast sie gefunden, Seamus Finnegan.«

Seamie verbeugte sich. »Ja. Mit deiner Hilfe.«

»Nicht mit meiner, mit Allahs Hilfe«, erwiderte sie. »Bring mich zu ihr.«

»Sie ist sehr krank, Fatima«, sagte er niedergeschlagen. »Ich habe alles versucht. Zwei Tage lang habe ich alles ausprobiert, was ich nur denken kann.«

»Ich habe Medizin. Wüstenkräuter. Die helfen vielleicht«, antwortete Fatima. »Und ich habe ihre Halskette. Diejenige, die ich ihr gegen böse Geister gegeben habe. Sie wird sie jetzt brauchen.«

Seamie führte Fatima in Willas Zelt. Fatima bemühte sich darum, sich nicht anmerken zu lassen, wie sehr sie der Anblick von Willas ausgemergeltem Körper entsetzte, was ihr aber nicht gelang.

»Ihr geht es sehr schlecht, nicht wahr?«, sagte Seamie.

»Du gehst in ein anderes Zelt und schläfst dich aus, oder ich habe zwei kranke Leute, die ich pflegen muss«, erwiderte sie streng und legte die Kette um Willas Hals.

»Ich kann nicht. Ich muss nach Haifa zurück.«

»Zuerst schläfst du. Und wenn auch nur ein paar Stunden, oder du kommst nie in Haifa an.«

Seamie war zu müde für einen Streit. »Danke, dass du gekommen bist. Bitte rette sie.«

»Ich werde tun, was ich kann, aber es liegt in Allahs Händen, Seamus Finnegan, nicht in meinen.«

Seamie nickte. »Sprich mit ihm. Allah erhört dich. Sag ihm, wenn er ein Leben will, kann er meines haben. Ein Leben für ein anderes Leben. Meines, nicht ihres. Sag ihm das, Fatima. Bitte ihn, Willa Alden am Leben zu lassen.«

88

»... und Jennie sammelt die Daten über die Anzahl alleinstehender Frauen unter dreißig in London, die wir für die Briefkampagne ans Unterhaus brauchen«, erklärte Katie Finnegan.

Aber Jennie hörte nicht zu. Sie saß zwar in Fionas Salon bei der Mittwochsversammlung der Frauenrechtlerinnen, war aber in Wirklichkeit ganz woanders. Katie sprach über die neueste Kampagne der Gruppe – die Absenkung der Altersgrenze beim Wahlrecht für Frauen –, Jennie jedoch befand sich im Geist wieder in Brambles und lauschte Sids schrecklicher Geschichte. Ihr wurde heiß und kalt, als er ihnen erzählte, warum er zu Teddy Ko gegangen war und was er über Maud und Max von Brandt erfahren hatte. Sie erinnerte sich, wie sie dort gesessen hatte, sich nicht zu rühren und kaum zu atmen wagte, als Sid erklärte, dass Max aller Wahrscheinlichkeit nach ein deutscher Spion und zugleich ein Mörder sei – Mauds Mörder. Sie erinnerte sich an den furchtbaren Schock, den India bei der Nachricht bekam. Und sie erinnerte sich an Joes Zorn.

»Wir müssen dem Premierminister davon berichten. Auf der Stelle«, sagte er. »Von Brandt hat London verlassen, aber dieser Flynn scheint immer noch Informationen weiterzugeben. Er muss geschnappt werden. Sofort. Bevor noch mehr von unseren Landsleuten das Leben verlieren.«

»Warte, Joe«, erwiderte Sid. »John Harris – der Mann, der mir das Leben gerettet hat – ist in die Sache verstrickt. Das ist zwar nie seine Absicht gewesen, aber ihm blieb nichts anderes übrig. Madden hat ihn bedroht. Ich habe versprochen, ihm zu helfen und ihn und seine Familie aus London rauszuholen. Wir können nichts gegen Flynn unternehmen, bevor wir nicht sichergestellt haben, dass John nicht im Gefängnis landet.«

»Aber wir können doch Flynn nicht länger auf freiem Fuß lassen«, widersprach Joe. »Er könnte jeden Moment untertauchen.«

»Uns bleiben noch ein paar Tage«, erwiderte Sid. »Heute ist Sonntag. John meinte, das nächste Treffen findet kommenden Freitag statt. Da müssen wir zuschlagen. Wir müssen Flynn im Besitz der Unterlagen schnappen, sonst haben wir nichts in der Hand – außer einen unschuldigen Mann, der zu Unrecht verdächtigt wird.«

Niemand hatte dabei Jennie beachtet. Niemand bemerkte, wie bleich sie plötzlich geworden war und wie sie am ganzen Körper zu zittern begann. Und seit diesem Moment schwankte sie so heftig zwischen Glauben und Leugnen hin und her, zwischen Todesangst und Verzweiflung, dass es sie fast zerriss.

Im einen Moment sagte sie sich, Sid habe sich getäuscht – Max war ein Friedenskämpfer, ganz so, wie er ihr beteuert hatte. Im nächsten, dass er genau die Verbrechen begangen hatte, deren Sid ihn bezichtigte. Aber aus welchem Grund sollte Harris lügen? Kein ehrenhafter Mann mit lauteren Absichten hätte sich mit Typen wie Billy Madden eingelassen. Hätte Morphium bei einem Drogenbaron gekauft, und kurz danach wäre die Geliebte dieses Mannes an einer Überdosis gestorben. Max von Brandt war ein deutscher Spion. Er hatte den Alliierten Schaden zugefügt, statt ihnen zu helfen. Er hatte Tausende britischer Soldaten in den Tod geschickt. Und sie, Jennie, hatte ihm dabei geholfen. Sie hatte Blut an den Händen, genau wie er.

Das Ausmaß des Ganzen war so furchtbar, dass sich Jennie nicht damit abfinden konnte. Also tat sie es nicht. Erneut redete sie sich ein, dass Sid völlig falsch lag. Genau wie John Harris. Und dass alles herauskommen würde, sobald dieser Flynn gefunden wäre. Er würde richtigstellen, wer Max wirklich war, was er in Wirklichkeit tat. Er würde alles aufklären.

»Glaubst du, du könntest diese Zahlen bis Anfang nächsten Monats beschaffen, Tante Jennie? Tante Jennie?«

Es war Katie.

»Oh! Tut mir leid, Katie. Ich weiß nicht, wo ich heute Abend bloß mit meinen Gedanken bin«, antwortete Jennie.

»Du siehst ein bisschen blass aus. Geht's dir gut?«

Lächelnd wischte Jennie ihre Sorge beiseite. »Mir geht's gut. Ich bin bloß ein bisschen müde.«

Katie stellte ihre Frage erneut, und Jennie versprach, die Zahlen im nächsten Monat bereitzuhaben. Katie dankte ihr und lächelte sie mitfühlend an. Sicherlich würde Katie ihre Müdigkeit auf die Angst zurückführen, die sie alle Sids wegen ausgestanden hatten.

Mit letzter Mühe zwang sie sich, zuzuhören und sich am Rest des Abends zu beteiligen, aber sie war froh, als alles vorüber war und sie nach Wapping zurückkehren konnte – zu James und ihrem Vater. Wie gewöhnlich ging sie mit Gladys Bigelow zur Haltestelle. Sie nahmen den gleichen Bus nach Osten, obwohl Jennie früher ausstieg als Gladys. Nachdem sie eingestiegen waren und sich gesetzt hatten, reichte Gladys ihr wortlos einen Umschlag, wie auch in den letzten drei Jahren.

Jennie wollte den Umschlag gerade in ihre Tasche stecken, als sie stattdessen Gladys' Hand ergriff.

»Was ist?«, fragte Gladys mit tonloser Stimme. »Was ist los?«

»Gladys, ich muss dich etwas fragen.«

Gladys riss die Augen auf und schüttelte den Kopf. »Nein, musst du nicht.«

»Doch. Ich muss über Max Bescheid wissen.«

Gladys riss ihre Hand los.

»Ich muss es wissen, Gladys«, beharrte Jennie. »Ich muss sichergehen, dass er der ist, als den er sich ausgegeben hat. Mir hat er gesagt, er sei ein Doppelagent. Dass er hilft, die Kriegsanstrengungen der Deutschen zu sabotieren. Ich muss wissen, was in diesen Umschlägen ist.«

Gladys schüttelte den Kopf. Sie begann zu lachen, aber ihr Lachen ging schnell in Tränen über. Sie wandte sich von Jennie ab und schwieg. Während sie Gladys beobachtete, erkannte Jennie mit niederschmetternder Klarheit, dass Sid recht hatte – Max war tatsächlich ein deutscher Spion.

»Gladys«, begann sie. »Wir müssen es jemandem sagen. Wir müssen ihm das Handwerk legen.«

Gladys drehte sich um, packte Jennies Arm. »Du hältst deinen Mund«, zischte sie. »Du sagst niemandem ein Wort. Verstanden? Du kennst ihn nicht. Du weißt nicht, wozu er fähig ist. Aber glaub mir, das willst du auch gar nicht wissen.«

»Gladys, du tust mir weh! Lass mich los!«, schrie Jennie.

Aber Gladys ließ sie nicht los. Sie drückte noch fester zu. »Du gibst weiterhin diesen Umschlag ab. Wie man es von dir erwartet. Eines Tages ist der Krieg vorbei, dann können wir das alles hinter uns lassen und nie mehr ein Wort darüber verlieren, nicht einmal mehr daran denken.«

Dann stand sie auf, setzte sich von Jennie weg und starrte aus dem Fenster in die Dunkelheit hinaus. So blieb sie sitzen, bis Jennie ausstieg.

Als Jennie von der Haltestelle nach Hause ging, fühlte sie sich beklommen. Sie wollte von Max nicht das Schlimmste annehmen, aber es wurde immer schwieriger, es nicht zu tun. Wenn er tatsächlich für die Deutschen arbeitete, musste sie das jemandem sagen. Das einzig Richtige, was sie tun konnte.

Aber dann fiel ihr wieder ein, was Gladys gesagt hatte: *Du weißt nicht, wozu er fähig ist. Aber glaub mir, das willst du auch gar nicht wissen.*

Jennie dachte an den Moment zurück, als er zu ihr ins Pfarrhaus gekommen war. Sie erinnerte sich, wie er ihr von seiner Mission berichtet und sie gebeten hatte, ihm zu helfen. Er war höflich und freundlich gewesen wie immer, doch als sie schwankte und ablehnen wollte, war sein Blick hart geworden, und er drohte, Seamie von Binsey zu erzählen.

Diese Erinnerung war jetzt wie ein Dolch in ihrem Herzen. Gerade hatte sie Josie Meadows einen Brief mit einem Foto von James geschickt. Und ihrer alten Freundin geschildert, was für ein wundervolles Kind James war, wie kräftig und gesund und wie sehr er geliebt wurde.

Sie hatte ihn an Josephine Lavallier adressiert – Josies Künstlernamen. Doch bei dem Gedanken, dass Max über Josie, über die Briefe und über James Bescheid wusste, packte sie namenlose Angst. Die Vorstellung, dass Seamie erfahren könnte, was sie getan hatte, und James eines Tages herausfände, dass sie und Seamie nicht seine leiblichen Eltern waren, war unerträglich.

Jennie kam beim Haus ihres Vaters an. Im Gang brannte Licht, aber der Rest des Hauses lag im Dunkeln. Ihr Vater und ihr Sohn schliefen schon. Ohne Mantel und Jacke auszuziehen, eilte sie direkt in die Küche.

Dort stellte sie den Wasserkessel auf, aber nicht, um Tee zu kochen, sondern um über dem Dampf den Umschlag zu öffnen.

Es war an der Zeit, ein für alle Mal herauszufinden, wer Max von Brandt wirklich war.

89

Im Licht einer kleinen Lampe saß Jennie am Küchentisch und starrte auf den braunen Umschlag vor sich. Im Haus war es still und außer dem Ticken der Uhr auf dem Kaminsims nichts zu hören. Eigentlich sollte sie den Umschlag in den Keller der Kirche zu seinem üblichen Versteck bringen. Stattdessen hatte sie ihn über Dampf geöffnet, aber den Inhalt noch nicht herausgenommen. Weil sie sich zu sehr fürchtete.

Es gäbe kein Zurück mehr, wenn sie gelesen hätte, was sich darin befand. Dann würde sie wissen, wer Max von Brandt tatsächlich war. Und wer sie in Wirklichkeit war. Ob sie ihm geholfen hatte, das Leben unschuldiger Deutscher zu retten, oder am Tod ihrer Landsleute mitschuldig war.

»Das hättest du schon vor Jahren tun sollen«, flüsterte sie. Aber es war leichter gewesen, es nicht zu tun. Leichter, die Augen vor der Wahrheit zu verschließen und zu glauben, sie tue Gutes. Leichter, sich mithilfe von Max ihrer Rivalin zu entledigen, als sich seine Feindschaft einzuhandeln und die Wahrheit über James' Identität ans Licht kommen zu lassen.

Als sie nach dem Umschlag griff, wurde ihr plötzlich übel. Sie lief zur Spüle und übergab sich. Als das krampfhafte Würgen nachließ, spülte sie den Mund aus, wischte sich das Gesicht ab und setzte sich wieder. Seitdem Sid mit den Neuigkeiten nach Brambles zurückgekehrt war, ging es ihr schlecht. Ihre Kopfschmerzen und das saure Gefühl im Magen waren jedoch schlimmer geworden, und jetzt fühlte sie sich auch noch fiebrig. Alles sicher eine Reaktion auf den Schock nach Sids Verdächtigungen gegen Max.

»Damit muss Schluss sein«, sagte sie zu sich selbst. »Sofort.«

Sie zog den Inhalt des Umschlags heraus und betete inständig, dass alles so wäre, wie Max es versichert hatte. Doch was sie sah, bestätigte ihr, dass dies keineswegs zutraf.

Der Umschlag enthielt Durchschläge von Briefen von Sir George Burgess an Winston Churchill, den Ersten Seelord, und an andere hochrangige Marineoffiziere, Kabinettsmitglieder und den Premierminister persönlich. Darin ging es um Informationen über die Verlegung britischer Schiffe, den Umfang ihrer Mannschaft, die Anzahl und Größe ihrer Kanonen und ihre Einsatzziele.

Jennie las die Namen der Schiffe: *Bellerophon, Monarch, Conqueror, Colossus* und *Exeter*. Einige waren im Atlantischen Ozean stationiert. Einige im Mittelmeer. Es gab Informationen über britische Ölfelder im Mittleren Osten, über deren Leistungsstärke und Sicherheit.

Aber es gab keinerlei Ausweispapiere. Keine Namen sicherer Unterkünfte in Deutschland oder Frankreich. Keine Kontaktadressen von Leuten in Großbritannien, die Wohnung und Arbeit für die Widerstandskämpfer bereitstellten, die aus Deutschland herausgeschmuggelt worden waren.

Es war alles eine Lüge.

Jennie stopfte die Durchschläge wieder in den Umschlag zurück und steckte ihn in ihre Handtasche. Sie ertrug seinen Anblick nicht. Dann verbarg sie ihr Gesicht in den Händen und stöhnte auf vor Entsetzen. Was hatte sie nur getan? Wie viele Informationen hatte sie an Berlin weitergegeben? Wie viele Männer hatte sie mit in den Tod befördert?

Sie war am Boden zerstört vor Schuldgefühlen und krank vor Reue. Natürlich sollte sie den Umschlag sofort zu Joe, ihrem Schwager, bringen. Er würde wissen, was damit zu tun wäre. Aber sie hatte auch Angst. Wenn sie Joe den Umschlag gab, würden die Behörden wissen wollen, woher er ihn hatte. Und ihm bliebe nichts anderes übrig, als es ihnen zu sagen. Würde man sie einsperren? Und was wäre mit ihrem Vater? Es war seine Kirche, die sie für die Übergabe der Dokumente genutzt hatte. Würde man ihn ebenfalls verhaften? Und wenn ja, was würde aus James werden?

Ihr Magen verkrampfte sich wieder, und sie versuchte, die Übelkeit niederzukämpfen, die ihre Eingeweide in Aufruhr versetzte. Im gleichen Moment kam ihr eine weitere schreckliche Erkenntnis – diese Schiffe, die in Burgess' Briefen erwähnt wurden, waren im Atlantik stationiert, aber auch im Mittelmeer.

Im Mittelmeer.

»Dort ist doch Seamie«, sagte sie laut.

Jennie kannte den Namen seines neuen Schiffes nicht. Das durfte er in seinen Briefen nicht mitteilen, aber sie wusste, dass er an Bord ginge, sobald seine Verletzungen nach dem Angriff auf die *Hawk* verheilt wären. Vielleicht war er schon an Bord und patrouillierte wieder an der arabischen Küste entlang. Und dank der Bemühungen von Max – und dank ihrer eigenen – während der letzten Jahre warteten vielleicht schon deutsche U-Boote auf ihn.

»O Gott«, rief sie aus. »O Seamie, nein.«

Plötzlich erkannte sie mit niederschmetternder Klarheit, was sie getan hatte: Sie hatte Max von Brandt geholfen, weil sie vermeiden wollte, dass er Seamie die Wahrheit über James erzählte, aber gerade durch den verzweifelten Versuch, den Mann zu halten, den sie liebte, hatte sie ihn vermutlich dem Untergang geweiht.

Sie beugte sich hinunter und nahm ihre Handtasche. Sie wusste, was sie zu tun hatte. Sie würde den Umschlag Joe bringen. Jetzt gleich. Burgess und die Admiralität mussten erfahren, dass die Deutschen alles wussten und die britischen Schiffe sich in größerer Gefahr befanden, als irgendjemand ahnte.

Als Jennie ihren Mantel anzog, wurde ihr wieder so schlecht, dass sie sich erneut übergeben musste. Danach blieb sie ein paar Minuten zitternd und nach Luft ringend am Spülstein stehen. Als sie wieder atmen konnte, öffnete sie die Augen und sah Blut in der Spüle.

Sie strich über die Lippen, aber ihre Finger waren sauber. Dann stellte sie fest, dass das Blut aus ihrer Nase kam. Sie zog ein Taschentuch heraus, um die Blutung zu stillen, aber sie wurde noch stärker. Während sie das Tuch ans Gesicht drückte, verschwamm der Raum plötzlich vor ihr.

»Mummy?«, fragte eine Stimme.

Jennie drehte sich um.

»Ich habe ein Geräusch gehört«, sagte James. »Mummy, deine Nase blutet.«

»James …« Sie nahm ihren Sohn nur ganz verschwommen wahr, und er wirkte wie weit entfernt.

»Was ist, Mummy? Was ist los?«

»James«, erwiderte Jennie, bevor ihre Beine nachgaben. »Lauf und hol Großvater …«

90

»Wo bin ich?«, fragte Jennie und blickte sich um. Sie lag in einem Bett, das nicht ihr eigenes war, in einem Nachthemd, das nicht ihr gehörte, in einem Raum, den sie nicht kannte, neben Leuten, die sie noch nie gesehen hatte.

Verängstigt setzte sie sich auf, schwang die Beine über den Bettrand, um aufzustehen, wurde aber von einem so starken Hustenanfall gepackt, dass sie atemlos wieder zurücksank.

»Mrs Finnegan!«, sagte eine Stimme. »Bitte bleiben Sie liegen. Sie müssen vermeiden, den Hustenreiz auszulösen.«

Jennie blickte auf und sah eine junge Frau, eine Krankenschwester, die sich über sie beugte. Sie trug eine weiße Baumwollmaske über dem Gesicht.

»Wo bin ich? Was ist passiert?«, fragte Jennie von Panik ergriffen.

»Sie sind im Krankenhaus, Mrs Finnegan. Auf der Quarantänestation. Sie sind sehr krank. Sie haben die Grippe. Die Spanische Grippe«, antwortete die Schwester.

»Die Grippe? Mein Gott!«, stieß Jennie aus und sackte auf ihr Kissen zurück.

Jetzt fiel es ihr wieder ein. Sie stand in der Küche ihres Vaters, vollkommen entsetzt darüber, was sie über Max von Brandt erfahren hatte. Sie erinnerte sich, dass sie sich erbrochen hatte, dass ihr schwindlig geworden und alles voller Blut war.

»Welcher Tag ist heute? Wie bin ich hergekommen?«, fragte sie. Dann kam ihr ein ganz beängstigender Gedanke. »Wo ist mein Sohn? Wo ist James?«

»Bitte beruhigen Sie sich, Madam. Alles ist gut«, antwortete die Schwester. »Heute ist Mittwoch. Ihr Vater hat sie gestern Nacht hergebracht. Er wollte bei Ihnen bleiben, aber das konnten wir natürlich nicht zulassen. Ich soll Ihnen ausrichten, dass eine Nachbarin, eine

Mrs Barnes, gestern Abend bei James geblieben ist. Und dass er den Jungen im Lauf des Tages zu Ihrer Schwägerin – einer Mrs Bristow – bringen wird.«

Jennie war erleichtert. James befand sich in guten Händen. Man würde gut für ihn sorgen.

»Ich bin übrigens Schwester Connors«, sagte die Krankenschwester. »Eine der Schwestern, die sich um Sie kümmern werden.«

Jennie nickte. »Sind meine Sachen hier?«, fragte sie. »Meine Handtasche?«

»Nein. Ihr Vater hat nichts mitgebracht. Brauchen Sie etwas? Kann ich Ihnen etwas besorgen?«

»Hören Sie«, erwiderte Jennie eindringlich. Es war ihr wieder eingefallen – ihr Entschluss, Max von Brandt aufzuhalten, die Übermittlung militärischer Geheimnisse nach Berlin zu stoppen. »Sie müssen meinen Schwager herholen. Joseph Bristow. Er ist Parlamentsabgeordneter. Etwas Schlimmes geht vor sich, und er muss sofort davon erfahren.«

»Er darf die Quarantänestation nicht betreten, fürchte ich«, widersprach Schwester Connors sanft.

»Ich muss ihm eine Nachricht zukommen lassen. Kann ich ihm schreiben?«

»Ich glaube nicht. Wir dürfen nichts weitergeben, das von Infizierten berührt wurde.«

»Was soll ich dann machen?«, fragte Jennie aufgewühlt.

»Ich kann nicht einfach Abgeordnete herbeizitieren, Mrs Finnegan. Wenn Sie mir vielleicht sagen könnten, worum es sich handelt«, antwortete Schwester Connors freundlich.

Jennie wollte das nicht, hatte aber keine andere Wahl. »Es gibt einen Spionagering in London. Durch ein Labyrinth von Tunneln unter der Themse schaffen sie Geheimnisse nach Berlin. Das weiß ich, weil ich ihnen geholfen habe. Können Sie jetzt bitte Mr Bristow holen? Er hat ein Telefon zu Hause und eines im Unterhaus. Haben Sie einen Apparat im Stationszimmer? Vielleicht könnte ich so mit ihm sprechen?«

»Einen Moment, Mrs Finnegan«, bat Schwester Connors.

Jennie beobachtete, wie sie in die Mitte des Raums zur Stationsschwester trat, die dort mit einem Klemmbrett stand und etwas aufschrieb. Schwester Connors dämpfte ihre Stimme, aber Jennie hörte jedes Wort, das sie sagte.

»Die neue Patientin – Mrs Finnegan – redet über Spione, Schwester Matthews, und behauptet, ihnen zu helfen. Ich glaube, sie phantasiert.«

Die Stationsschwester nickte. Dann trat sie an Jennies Bett und sah sie besorgt an. »Hallo, meine Liebe. Ich bin Schwester Matthews. Schwester Connors sagt mir, Sie seien ziemlich aufgeregt. Sie müssen sich beruhigen«, sagte sie eindringlich. »Sie sind sehr krank und brauchen Ruhe.«

»Sie denken wohl, ich sei nicht ganz richtig im Kopf«, erwiderte Jennie. »Ich schwöre Ihnen, das stimmt nicht. Mein Mann und unsere ganze Mittelmeerflotte sind in großer Gefahr. Ich muss sofort mit meinem Schwager sprechen.«

Schwester Matthews nickte. »Holen Sie bitte Dr. Howell«, sagte sie zu Schwester Connors.

Gott sei Dank, dachte Jennie. Der Doktor würde sie verstehen. Er würde Joe anrufen und ihm sagen, dass sie ihn sprechen musste.

Ein paar Minuten später erschien ein bärtiger Mann. Er wirkte angespannt und sorgenvoll. Ein Stethoskop hing um seinen Hals. Die Vorderseite seines weißen Kittels war mit getrockneten Blutflecken übersät. In der Hand hielt er eine Tasse.

Er stellte sich vor, und bevor Jennie ein Wort herausbringen konnte, sagte er: »Also wissen Sie, Mrs Finnegan. Was höre ich da über Spione? Sie dürfen sich über solche Dinge nicht den Kopf zerbrechen. Ihr Ehemann ist nicht in Gefahr, davon bin ich überzeugt. Wir haben selbst Agenten, wissen Sie, die alles daransetzen, feindliche Spione aufzuspüren. Das ist deren Job. Ihr Job ist es, gesund zu werden. Jetzt trinken Sie das bitte.«

Jennie sah die Tasse misstrauisch an. »Was ist das?«

»Medizin«, antwortete der Arzt.

Jennie schüttelte den Kopf. »Das ist ein Beruhigungsmittel, nicht wahr? Sie denken, ich spiele verrückt, aber das stimmt nicht. Sie müssen mir glauben, Dr. Howell. Sie müssen …«

»Mrs Finnegan«, unterbrach Dr. Howell sie, »wenn Sie die Medizin nicht freiwillig nehmen, muss ich zu anderen Mitteln greifen.«

»Nein! Ich muss mit Joseph Bristow sprechen! Bitte!«, flehte sie mit erhobener Stimme. Ihre Erregung löste einen weiteren Hustenreiz aus, der so schwer und quälend war, dass ihr wieder Blut aus der Nase lief.

Dr. Howell wischte ihr mit einem Tuch das Blut ab und zeigte es ihr. »Sie haben einen kleinen Sohn, nicht wahr? Und einen Mann. Was würden die sagen, wenn sie wüssten, dass Sie nicht alles daransetzen, um wieder gesund zu werden und zu ihnen heimzukommen? Was würden sie mir sagen, wenn ich das zuließe?«

Jennie begriff, dass Dr. Howell ihr nicht glaubte und Joe nicht holen lassen würde. Gleichzeitig begriff sie aber auch, was er ihr klarmachen wollte – dass sie tatsächlich schwer krank war und durchaus die Möglichkeit bestand, dass sie nicht mehr zu Mann und Sohn zurückkehren könnte … nie mehr.

Mit Tränen in den Augen nahm sie die Tasse aus Dr. Howells Hand und schluckte die bittere Flüssigkeit. Es dauerte nur Sekunden, bis die Wirkung einsetzte. Ihre Augen fielen zu, und sie hatte das Gefühl, nach unten gezogen zu werden, in einen tiefen, schweren Schlaf.

Das Letzte, was sie spürte, waren Schwester Connors' sanfte Hände, die ihr das Haar aus dem Gesicht strichen. Das Letzte, was sie hörte, war die Stimme der Schwester, die sagte: »Arme Frau. Ich bin mir sicher, das ganze verrückte Zeug, das sie von sich gibt, kommt allein von der Sorge um ihren Mann, der im Krieg ist.«

Schwester Matthews entgegnete: »Sie sollte sich Sorgen um sich selbst machen. Der Kampf, der ihr bevorsteht, ist genauso schlimm wie der unserer Jungs an der Front. Und ihre Chance, ihn zu gewinnen, kaum größer.«

91

»Hallo, Mum! Alles in Ordnung mit dir?«, fragte Gladys Bigelow beim Blick ins Wohnzimmer mit lauter Stimme, weil ihre Mutter ein bisschen schwerhörig war. Ihren Schirm hatte sie in den Schirmständer im Gang und ihre Einkaufstasche auf den Boden gestellt und jetzt knöpfte sie ihren tropfenden Regenmantel auf.

Mrs Bigelow, die an ihrem üblichen Platz am Fenster saß, lächelte matt. »Alles bestens, mein Schatz. Wie war dein Tag?«

»Grässlich. Ich bin froh, dass er vorbei ist.«

»Und ich bin froh, dass du zu Hause bist. So ein schauderhaftes Wetter. Schrecklich nass für September.«

»Wem sagst du das? Ich bin durchweicht bis auf die Knochen. Ich hab uns zum Abendessen ein paar schöne Schweinesteaks gekauft. Und eine Büchse Ananasringe für oben drauf. Und Erbsen. Vielleicht mache ich auch Püree. Ich weiß doch, wie gern du Schweinesteaks mit Püree magst.«

»Ach Gladys, das solltest du nicht tun müssen.«

»Was nicht tun müssen, Mum?«, fragte sie und zog ihren Regenmantel aus.

»Den ganzen Tag so hart arbeiten, dann heimkommen und für mich kochen. Das ist zu viel für dich«, erwiderte Mrs Bigelow und knetete ihr Taschentuch zwischen den Händen.

Gladys runzelte die Stirn. Sie hängte ihren Regenmantel an den Kleiderhaken neben der Tür, setzte sich neben ihre Mutter und hielt ihre zitternden Hände fest. »Was ist los, Mum? Bist du wieder deprimiert heute? Was ist passiert?«

Mrs Bigelow drehte den Kopf weg.

»Na komm schon. Heraus damit. Sag's mir.«

»Mrs Karcher ist heute vorbeigekommen. Sie hat mir Plätzchen gebracht, die sie gebacken hat …«

»Das ist doch sehr nett«, sagte Gladys.

»Ja, schon. Sie ist eine ganz reizende Person, Mrs Karcher. Sie hat mir erzählt, dass sich ihr mittleres Mädchen – Emily heißt sie – verlobt hat. Ihre Verlobter kämpft in Frankreich, aber er hat ihr einen Brief geschrieben und sie gefragt, ob sie ihn heiraten wolle, und dass es ihm leidtue, dass er keinen Ring in den Umschlag legen könne, aber sobald er heimkomme, kaufe er ihr einen.«

»Warum macht dich das traurig, Mum? Das ist doch eine schöne Geschichte.«

»Ja genau deswegen macht sie mich ja traurig. Du solltest auch solche Geschichten erzählen. Du solltest auch einen jungen Mann haben, der um deine Hand anhält. Aber du hast keinen. Weil dir das nicht möglich ist. Weil ich dir zur Last falle.«

»Ach, Mum, du dummes Ding. Ist dir deswegen zum Weinen zumute?«

»Ich bin nicht dumm, Gladys. Es ist nicht normal, dass ein junges Mädchen wie du seine Mutter versorgen muss. Du solltest einen Mann haben. Und eine eigene Wohnung. Und eines Tages Kinder.«

»Das werde ich, Mum. Eines Tages werde ich das haben.«

»Was ist denn aus diesem einen geworden, mit dem du dich getroffen hast ... diesem Peter? Seemann war er, oder?«

»Das habe ich dir doch gesagt, Mum. Er ist gefallen. Gleich zu Kriegsanfang.«

»Ja, stimmt, das hast du gesagt. Eine Schande ist das. Er scheint so ein netter Mensch gewesen zu sein. Und seitdem niemand mehr? In der ganzen Zeit?«

»Na ja, im Moment herrscht ja nicht gerade ein Überangebot an Männern. Mitten im Krieg und überhaupt, meine ich.«

»Wahrscheinlich hast du recht.«

»Warte nur, bis der Krieg vorbei ist und alle wieder daheim sind. Dann haben sie die Schützengräben, wo sie bloß mit Kerlen zusammengepfercht waren, so endgültig satt, dass alle unbedingt eine Frau finden wollen. Und wir ledigen Mädchen haben dann freie Auswahl«, sagte Gladys lächelnd, um ihre Mutter aufzumuntern.

»Ja, hoffentlich.«

»Ich weiß es. Also Schluss jetzt mit dem albernen Gerede. Du bist keine Last für mich. Ich komme gern heim und erzähle dir, wie mein Tag gewesen ist. Was sollte ich denn sonst tun, wenn ich dich nicht hätte? Mir einen Wellensittich zulegen? Ich kann die verdammter Viecher nicht ausstehen.«

»Gladys!«, rief Mrs Bigelow tadelnd. »Keine solchen Ausdrücke. Das ist nicht damenhaft.«

Aber Gladys sah, dass sie sich das Lachen verbiss. Sie küsste ihre Mutter auf die Wange und erklärte, dass sie jetzt Abendessen machen würde, weil es sonst Mitternacht wäre, bis sie was zu essen bekämen.

»Ist der Postbote gekommen heute?«, fragte sie auf dem Weg hinaus.

»Ja, er hat ein paar Briefe gebracht. Mrs Karcher hat sie auf den Küchentisch gelegt.

Gladys nahm ihre Einkäufe und ging in die Küche. Sie räumte die Lebensmittel in den Eisschrank, dann nahm sie ihre Schürze vom Haken und band sie um. Sie machte sich Sorgen um ihre Mutter. Sie war oft niedergeschlagen, aber die Tränenausbrüche und Angstzustände hatten in letzter Zeit zugenommen. Erst gestern hatte sie mit Dr. Morse darüber gesprochen, und der meinte, Niedergeschlagenheit sei bei Menschen, die ans Haus gefesselt seien, ganz üblich. Sie hatte auch gefragt, ob es Hoffnung gebe, dass sich die schwere Lähmung ihrer Mutter – Parkinson'sche Krankheit, nannte der Arzt sie – jemals bessern würde.

»Ich fürchte nicht, Miss Bigelow«, antwortete er. »Parkinson ist eine fortschreitende Krankheit. Sie führt zur Degeneration des zentralen Nervensystems. Die motorischen Fähigkeiten und das Sprechvermögen werden sich noch weiter verschlechtern. Darauf müssen Sie sich einstellen.«

Gladys wusste nicht, was sie machen sollte, wenn sich der Zustand ihrer Mutter noch weiter verschlechterte. Es war jetzt schon schwierig genug, sie zu versorgen. Sie wäre gern den ganzen Tag bei ihr zu Hause geblieben, aber das war nicht möglich. Sie musste arbeiten. Sie brauchten das Geld, das sie verdiente. Die Nachbarn kümmerten sich tagsüber rührend um sie, aber was würde geschehen, wenn sie gar nicht mehr laufen, nicht mehr sprechen und essen konnte?

Gladys seufzte. Darüber wollte sie jetzt nicht nachdenken. Nicht heute Abend. Jetzt würde sie das Abendessen kochen. Dann abspülen und ihre Mutter ins Bett bringen. Dann den Boden scheuern und ein paar Sachen waschen. Irgendwas, um sich zu beschäftigen und nicht zu viel nachzudenken.

Sie stellte Wasser auf und drehte lächelnd den Schalter ihres neuen Herds an. Den hatte sie erst letzte Woche gekauft, nachdem der alte schließlich den Geist aufgegeben hatte und der Mann bei Ginn's Haushaltsgeräten meinte, es wäre besser, einen neuen zu nehmen, als den alten zu reparieren. Also war sie seinem Rat gefolgt und hatte sich ein Luxusmodell geleistet. Den besten Herd im ganzen Laden, wie Mr Ginn betonte – aus cremefarbener Emaille mit ein paar grünen Verzierungen, vier Brennern, einem Grill und einem geräumigen Backofen. Es war ein Gasherd und so viel praktischer als der alte Kohleofen. Auf eine Sache müsse man aber achten, sagte Mr Ginn, und zwar, dass die Schalter nach Gebrauch immer ganz zugedreht seien.

»Andernfalls sterben Sie an Gasvergiftung, Gladys«, erklärte er, »und das wollen wir doch nicht. Schließlich sind Sie eine meiner besten Kundinnen!«

Das stimmte. Letztes Jahr hatte sie den Eisschrank bei ihm gekauft.

Nachdem die Kartoffeln kochten und die Erbsen auf dem Herd standen, deckte sie den Tisch. Dann öffnete sie die Post. Es gab eine Rechnung vom Gaswerk und ein Angebot von der Bank für Kriegsanleihen. Und einen weiteren Umschlag, klein und lederfarben, mit ihrem Namen und ihrer Adresse, aber ohne Absender. Er war in Camden Town abgestempelt und gestern aufgegeben worden. Verwundert machte sie ihn auf und stieß einen kleinen Schrei aus, als sie sah, was er enthielt.

»Gladys? Warst du das?«, rief ihre Mutter aus dem Wohnzimmer. »Alles in Ordnung?«

Gladys schluckte. »Ja, alles bestens, Mum!«, rief sie zurück. »Ich habe mich bloß am Topfhenkel verbrannt.«

»Sei vorsichtig, mein Schatz.«

»Ja, ja.«

Gladys starrte auf das hässliche Foto in ihrer Hand. Es zeigte sie. Max von Brandt hatte es vor fast vier Jahren in einer Pension in Wapping aufgenommen. Angewidert drehte sie es um. Doch auf der Rückseite stand nichts. Und es lag auch sonst nichts in dem Umschlag. Keine Nachricht. Aber das war nicht nötig. Es war eine Warnung. Irgendetwas war schiefgelaufen. Und die Person, die ihr das Foto schickte, teilte ihr mit, dass sie den Fehler lieber wieder geradebiegen sollte.

Aber was konnte schiefgelaufen sein? Es musste etwas mit Jennie Finnegan zu tun haben, dessen war sie sich sicher. Sofort fiel ihr der vergangene Abend wieder ein und das Gespräch im Bus nach der Versammlung mit den Frauenrechtlerinnen. Den ganzen Tag über hatte sie an nichts anderes denken können.

Jennie wollte sie über Max ausfragen. Sie wollte wissen, was in dem Umschlag war, den Gladys ihr gegeben hatte. Sie hatte sogar angedeutet, sich an die Behörden zu wenden. Hatte sie das getan? War sie tatsächlich so dämlich gewesen? Gladys hatte sie gewarnt. Ihr befohlen, den Umschlag nicht zu öffnen und ihn so abzuliefern wie immer, oder sie würde erleben, wozu Max von Brandt fähig war. Sicher hatte Jennie auf sie gehört.

Aber wenn Jennie auf sie gehört *hatte,* warum hatte man dann das Foto an sie geschickt?

Vielleicht, sagte ihr eine innere Stimme, hatte jemand sie belauscht. Schließlich waren noch andere Leute in dem Bus – eine Handvoll Männer. War es möglich, dass einer von ihnen für Max arbeitete und die Kuriere beschattete? Das war durchaus möglich, fand Gladys, während ihr ein kalter Schauer über den Rücken lief. Bei Max von Brandt war alles möglich.

Die Fotografie war eine Warnung – eine Warnung, Jennie Finnegan bei der Stange zu halten.

»Mein Gott, was soll ich tun?«, flüsterte Gladys verängstigt.

Wenn Jennie den Umschlag geöffnet und entdeckt hatte, was er wirklich enthielt, war sie sicher zu den Behörden gelaufen. Und dann würde man auf sie – Gladys – losgehen. Sie würde verhaftet, angeklagt und des Landesverrats für schuldig befunden werden. Wenn sie nicht an den Galgen käme, würde sie den Rest ihres Lebens im Zuchthaus verbringen.

Um das zu verhindern, musste sie Jennie Angst einjagen. Sie musste sie so einschüchtern, dass sie weiterhin die Umschläge überbrachte. Aber wie? Wahrscheinlich hatte Jennie wirklich nicht gewusst, dass sie deutschen Spionen half, britische Militärgeheimnisse nach Berlin zu schmuggeln. Jennie war unschuldig. Max hatte ihr eingeredet, er sei auf britischer Seite, und sie hatte ihm geglaubt. Aber aus irgendeinem Grund zweifelte sie jetzt an ihm. Und was sollte sie, Gladys, dagegen tun? Eine unschuldige Frau zwingen, ihr eigenes Land zu verraten? Selbst wenn sie eine Idee hätte, wie sie das anstellen sollte, hatte sie keine Lust dazu. Sie würde nicht jemand anderem das Gleiche antun, was Max ihr angetan hatte.

Genau wie beim ersten Mal, als Max ihr die Fotos zeigte, kam ihr jetzt erneut der Gedanke, sich umzubringen. Aber genau wie damals konnte sie sich dazu nicht durchringen, weil sie nicht wollte, dass ihre Mutter in ein Heim kam, wo niemand richtig für sie sorgte.

»Was soll ich bloß tun?«, flüsterte sie verzweifelt.

Mit mechanischen Bewegungen zerriss sie das Foto und warf die Fetzen in den Abfall. Dann öffnete sie die Dose mit den Ananasringen, nahm die Schweinesteaks aus dem Eisschrank, legte sie in eine Schüssel und goss den Saft aus der Dose darüber. Während sie marinierten, zerstampfte sie die Kartoffeln und gab Butter und Salz dazu. Anschließend zündete sie mit einem Streichholz den Grill an. Als das Gas zischend ausströmte und leuchtend orange aufflammte, kam ihr die Lösung.

Als die Steaks fertig waren, legte sie das Fleisch auf zwei Teller und dekorierte sie mit den Ananasringen. Dann stellte sie das Püree und die Erbsen auf den Tisch und schließlich den Tee in ihrer besten Kanne. Es sah alles sehr einladend aus. Ihrer Mutter würde es gefallen.

»Essen ist fertig, Mum!«, rief sie, als sie den Flur entlangging, um ihre Mutter zu holen. »Es sieht gut aus, muss ich sagen. Ich hoffe, du hast heute Abend richtig Appetit.«

Gladys half ihrer Mutter in die Küche und setzte sie auf einen Stuhl.

»Jetzt setz dich auch, Gladys«, sagte Mrs Bigelow. »Du musst dich auch mal ein bisschen ausruhen.«

»Das werde ich, Mum. Aber es zieht von irgendwoher. Ich mach bloß noch schnell das Fenster zu, damit wir uns nicht erkälten.«

Danach schob sie einen Teppich an die Unterkante der Hintertür. Kurz bevor sie sich setzte, drehte sie alle vier Flammen, den Backofen und den Grill an und tat so, als würde sie sie in Wirklichkeit abdrehen. Ihre Mutter mit ihrem schlechten Gehör würde von dem leisen Zischen nichts mitkriegen.

»Das ist wunderbar, Gladys!«, sagte Mrs Bigelow, als sie mit zitternden Händen das Fleisch zu schneiden versuchte. »Genau das Richtige, um an einem regnerischen Abend die Trübsal zu vertreiben.«

»Danke, Mum. Freut mich, dass es dir schmeckt.«

Mrs Bigelow musste den seltsam traurigen Unterton in Gladys' Stimme bemerkt haben, weil sie plötzlich aufblickte. »Alles in Ordnung mit dir, Gladys?«, fragte sie.

Gladys nickte lächelnd.

Ihre Tränen hatte sie schon abgewischt, bevor ihre Mutter sie entdecken konnte.

92

»Sollen wir noch mal einen Versuch wagen, Gentlemen?«, fragte Joe und fuhr im Rollstuhl in Sir George Burgess' Büro. Sid folgte ihm. »Und könnten die Feindseligkeiten für die Dauer der Besprechung ruhen?«

Sid nickte. Burgess stand hinter seinem Schreibtisch und nickte ebenfalls. »Bitte setzen Sie sich.«

Sid rückte einen der Stühle weg, um Platz für Joes Rollstuhl zu machen, bevor er sich setzte. Burgess goss Tee aus einer Silberkanne ein und verschüttete ein bisschen in Joes Untertasse.

»Entschuldigen Sie. Gewöhnlich macht das ein Mädchen für mich – Sie kennen Sie, Joe –, Gladys Bigelow, aber sie ist heute nicht zur Arbeit erschienen. Ganz und gar nicht ihre Art. Hoffentlich ist es nicht die Spanische Grippe. Ich habe gerade Haines, einen meiner Leute, hingeschickt, um nach dem Rechten zu sehen. Wie ich höre, hat es Ihre Schwägerin erwischt.«

»Ja, stimmt«, antwortete Joe. »Sie liegt im Krankenhaus.«

»Tut mir sehr leid, das zu hören.«

»Danke, Sir George«, sagte Joe und fuhr nach einer kurzen Pause fort: »Also gut, lassen Sie uns auf den Punkt kommen. Es gibt einen Meisterspion, Max von Brandt, an den wir nicht rankommen, wie es aussieht, und einen Kurier, Flynn, den wir schnappen können. Wir wissen, wo und wann wir zuschlagen müssen. Wen wir jedoch nicht haben, ist der Maulwurf. Diejenige Person in der Admiralität, die die Informationen an den Kurier weitergibt. Darüber sind wir uns einig, ja?«

Sid und Burgess stimmten zu.

»Gut«, seufzte Joe erleichtert. »Das ist ein Anfang.«

Vor zwei Tagen hatte er Sid in Burgess' Büro gebracht, um ihm zu berichten, was er über Max von Brandt und einen Mann namens

Flynn erfahren hatte. Ohne dessen Namen zu nennen, hatte ihm Sid auch von seinem Freund John berichtet.

Burgess wollte John sofort verhaften und verhören lassen und gleichzeitig Flynn schnappen. Sid erklärte ihm, dass man Flynn nicht sofort schnappen könne, weil er nur alle vierzehn Tage bei Johns Liegeplatz auftauche. Außerdem machte er ihm klar, dass er ein Verhör von John nicht zuließe, weil dies sein Leben gefährden könne. Er erklärte ihm Billy Maddens Rolle bei der Geschichte und dass er John und dessen Familie bedroht habe.

Burgess jedoch äußerte, dass ihn Madden mitsamt seinen Drohungen nicht interessierte, sondern dass er John wollte, und zwar sofort. Sid weigerte sich, John auszuliefern, und die Auseinandersetzung war in lautstarke Streitigkeiten übergegangen.

»Nur Gott allein weiß, wie viel Unheil dieser Spionagering angerichtet hat, für wie viele Tote er verantwortlich ist!«, schrie Burgess und schlug mit der Faust auf den Tisch. »Ich brauche den Namen Ihres Kontaktmanns, Sid. Ich befehle Ihnen, ihn mir zu nennen.«

»Sie tun was?«, fragte Sid und beugte sich vor. »Sie *befehlen* es mir?«

»Ganz richtig.«

Sid lachte. »Sie kriegen gar nichts von mir. Weder Namen, Daten noch Treffpunkte.«

»Ich könnte Sie festnehmen lassen. Das steht durchaus in meiner Macht.«

»Nur zu. Dann streite ich alles ab, was ich Ihnen gesagt habe. Und Sie stehen als noch größerer Trottel da als jetzt schon.«

»Jetzt hören Sie mir mal zu!«

»Nein, *Sie* hören mir zu. Sie haben überhaupt keine Ahnung, welches Elend meinen Freund zu seinen Taten getrieben hat«, entgegnete Sid. »Und ich lasse nicht zu, dass er deswegen dran glauben muss.«

»Was ist mit all den anderen Männern, die dran glauben mussten? In dieser Minute? Wegen eines Spionagerings, der in London operiert. Was ist mit ihnen?«, fragte Burgess.

Sid funkelte ihn wütend an. »Na schön, dann sollten wir uns hinsetzen und uns einen Plan ausdenken, oder?«

Und das hatten sie versucht, aber ohne Erfolg. Keiner war bereit, einen Millimeter nachzugeben. Sid wollte John und seine Familie nicht in Gefahr bringen, Burgess nicht garantieren, sie herauszuhalten. Sid war schließlich angewidert hinausgestürmt. Schließlich hatten er und Joe das Büro verlassen, ohne der Verhaftung von Max von Brandts Kontaktmann einen Schritt näher gekommen zu sein.

»Wir haben nichts erreicht, Joe«, sagte Sid hinterher. »Keinen feuchten Dreck!«

»Willkommen in der wunderbaren Welt der Politik, alter Junge«, erwiderte Joe nur.

Jetzt, zwei Tage später, hatten sie sich erneut in Burgess' Büro verabredet, um zu sehen, ob sie sich doch zu einer gemeinsamen Linie durchringen konnten. Allen war klar, dass sie sich heute nicht wieder ergebnislos trennen durften. Dafür stand zu viel auf dem Spiel.

»Also, meine Herren«, begann Burgess, »die Frage bleibt: Wie schnappen wir Flynn, ohne diesen Freund von Ihnen zu gefährden?«

Sid hatte die Frage erwartet. »Wir schnappen ihn nicht. Zumindest nicht jetzt sofort.«

Burgess zog die Augenbrauen hoch.

»Hören Sie«, fuhr Sid fort. »Wir wollen Flynn ja nicht allein. Er ist doch bloß ein winziges Rädchen im Getriebe. Wenn Sie ihn festnehmen, unterbrechen Sie die Kurierkette nach Berlin. Aber für wie lange? Von Brandt, ganz egal, wo er im Moment ist, bringt einen neuen Kurier ins Spiel. Vermutlich gibt es Dutzende dieser Typen in London, die bloß auf einen Wink von ihm warten. Wenn Sie den Nachrichtenfluss nach Deutschland stoppen wollen, müssen Sie rausfinden, wer der Mann in der Admiralität ist – und ihn gleichzeitig mit Flynn verhaften.«

»Sprechen Sie weiter«, antwortete Burgess interessiert.

Doch bevor Sid dazu kam, klopfte es an der Tür.

»Herein!«, brüllte Burgess.

Ein junger Mann eilte herein und schloss die Tür hinter sich.

»Mein Assistent William Haines«, stellte ihn Burgess vor. »Was gibt's, Haines?«

»Sir George«, stieß der junge Mann atemlos hervor, »es ist zu einer ziemlich bedeutsamen Wende gekommen bei der Sache, die wir besprochen haben, und ich …«

»Bei welcher Sache? Wir haben mehrere besprochen.«

»Nun, Sir, es handelt sich um eine ziemlich heikle Angelegenheit«, erwiderte Haines und warf einen Blick auf Joe und Sid.

»Sprechen Sie frei heraus, mein Junge«, befahl Burgess.

»Danke, Sir. Wir haben gerade aus Haifa die Nachricht erhalten, dass eine gewisse Person besonderen Interesses – Mr Max von Brandt – in Damaskus vermutlich getötet wurde. Von einer Person aus dem Umkreis von Lawrence. Einem jungen Mann namens Alden Williams.«

»Nun, das sind gute Nachrichten. Ein Agent weniger, um den man sich sorgen muss, aber unglücklicherweise treiben seine Handlanger in London immer noch ihr Unwesen. Danke, Haines«, fügte Burgess hinzu und gab ihm ein Zeichen wegzutreten.

»Da wäre noch etwas, Sir George«, sagte Haines.

»Ja? Was denn?«

»Die Frage, wo Miss Bigelow geblieben ist. Es tut mir leid, Ihnen mitteilen zu müssen, dass Gladys tot in ihrer Wohnung aufgefunden wurde.«

»Was?«, fragte Burgess schockiert. »Gladys ist *tot*?«

»Ja, Sir. Wir sind alle sehr betroffen, wenn ich das hinzufügen darf. Es war eine Gasvergiftung. Aufgrund ihres Arbeitsplatzes hat uns die Polizei sofort benachrichtigt. Die Presse hat auch schon Wind davon bekommen. Auf unsere Bitte hin hat die Polizei verbreitet, dass sie aus Versehen das Gas anließ. Sie hatte gerade einen neuen Herd gekauft, verstehen Sie? Aber die Polizei – und auch wir – vermuten, dass es in Wahrheit Selbstmord war.«

»Gütiger Gott! Wie kommen Sie darauf?«, fragte Burgess.

»Weil alle vier Flammen aufgedreht waren. Das passiert doch nicht aus Zufall. Und der Grill. Und der Backofen. Zudem war die Küchentür fest verschlossen und ein Teppich an die Unterkante geschoben.«

»Ich verstehe«, sagte Burgess.

»Miss Bigelows Mutter befand sich ebenfalls in der Küche. Sie ist auch an Gasvergiftung gestorben. Miss Bigelow hat keinen Abschiedsbrief hinterlassen, aber die zwei Beamten, die sie gefunden haben, haben das hier im Abfall entdeckt. Sie haben es wieder zusammengeklebt und uns gegeben«, erklärte Haines und reichte Burgess ein Foto.

»Verdammter Mist«, rief er aus. »Danke, Haines, das wäre alles im Moment«, fügte er hinzu und schob das Foto zu Joe und Sid hinüber.

»Jemand hat sie erpresst«, sagte Joe, als Haines die Tür hinter sich geschlossen hatte. »Sie sieht aus, als stünde sie unter Drogen. Oder wäre betrunken. Jemand hat ihr etwas verabreicht, dieses Foto gemacht und es dann benutzt, um sie unter Druck zu setzen – und geheime Unterlagen aus Ihrem Büro hinauszuschmuggeln. Ich wette hundert Pfund, dass es von Brandt war.«

»Wie's aussieht, haben wir den Maulwurf gefunden«, warf Sid ein.

»Früher, als wir dachten. Bloß dass es eine Frau ist. Und sie ist tot.«

Burgess schwieg einen Moment und schüttelte dann den Kopf. »Nein, das gibt's nicht. Es ist schlichtweg unmöglich, dass Gladys Bigelow die Dokumente an Flynn weitergegeben hat.«

»Wie können Sie da so sicher sein?«, fragte Joe.

»Weil wir sie beobachten ließen. Bei vielen Gelegenheiten.«

»Sie haben sie verdächtigt?«, fragte Sid.

»Keineswegs. Wenn es jemanden gab, dem ich vertraut habe, dann Gladys«, antwortete Burgess niedergeschlagen, »aber nach der Kriegserklärung haben wir jeden überwacht. Um absolut sicher zu sein. Ich bin überzeugt, dass sogar ich regelmäßig beschattet wurde. Zumindest hoffe ich das.«

Burgess machte eine Pause, um Tee nachzuschenken. »Ich habe den Bericht über Gladys selbst gelesen«, fuhr er fort. »Es gab nicht die geringste Veränderung in ihren Gewohnheiten. Sie besuchte ihre Strickgruppe und die Treffen der Frauenrechtlerinnen. Machte ihre Besorgungen bei Hansen's, kaufte ihre Kleider bei Guilford's. Am Sonntag brachte sie ihre Mutter in den Park. In ihrem Leben gab es keinen Mann. Es steht vollkommen außer Zweifel, dass Gladys Bigelow keine deutschen Spione in verräucherten Pubs, nachts am Flussufer oder sonst wo getroffen hat. Also wie zum Teufel gelangten die Dokumente aus ihren in Flynns Hände?«

»Sie glauben, dass eine andere Person beteiligt war?«, fragte Sid. »Jemand, der Gladys die Dokumente abnahm und Flynn übergab?«

»So muss es wohl gewesen sein«, erwiderte Burgess.

»Also sind wir nur einen kleinen Schritt weiter als vor zehn Minuten. Wir haben zwar den Maulwurf, müssen aber jetzt einen weiteren Kurier finden. Und wir haben keine Ahnung, wer das sein könnte«, überlegte Joe laut.

»Ja, das befürchte ich«, antwortete Burgess. »Und zudem befürchte ich, dass wir keine Zeit verlieren dürfen herauszufinden, wer es ist. Bei unserem ersten Gespräch, Sid, sagten Sie mir, Ihr Freund solle am Freitag wieder zu seiner Nordseetour auslaufen – also morgen. Flynn liest zweifellos Zeitung. Ihm wird nicht entgehen, dass Gladys Bigelow tot ist. Ohne sie kommt er nicht an sein Material und hat somit keinen Grund mehr, in London zu bleiben. Entweder taucht er ab oder verlässt England ganz. Wir verlieren ihn, aber wichtiger noch: Wir kommen nicht an die Informationen, die wir aus ihm hätten herausquetschen können.« Burgess blickte Sid an. »Wir müssen handeln. Es bleibt uns nichts anderes übrig. Ich bitte Sie um Ihre Hilfe. Ich befehle Ihnen nichts, sondern ich bitte Sie.«

Sid nickte. »Geben Sie mir ein paar Stunden. Ich lasse mir etwas einfallen. Geben Sie mir Zeit bis morgen früh.«

Burgess nickte. »Bis morgen früh.«

Es klopfte erneut. »Tut mir leid, Sie noch einmal zu stören, Sir George«, sagte Haines, »aber wir bekamen gerade eine dringende Nachricht für Mr Bristow. Von seiner Frau.«

»Worum geht's?«, fragte Joe alarmiert.

Haines las von einem Zettel in seiner Hand ab. »Mrs Bristow bittet Sie, sofort ins Whitechapel Hospital zu kommen. Der Zustand Ihrer Schwägerin ist äußerst kritisch. Man befürchtet das Schlimmste.« Haines blickte auf und sah Joe an. »Es tut mir außerordentlich leid, Sir.«

93

»Wie geht es ihr?«, fragte Joe Fiona, als Sid ihn in die Eingangshalle des Hospitals schob.

Fiona, deren Augen vom Weinen gerötet waren, schüttelte den Kopf.

»Es wird nicht mehr lange dauern«, sagte India. Auch sie hatte geweint. Die Schutzmaske der Quarantänestation hing lose um ihren Hals. »Im Lauf der letzten Stunden ist sie immer wieder bewusstlos geworden. Und sie hat nach dir gefragt, Joe.«

»Nach mir?«, fragte er verblüfft. »Warum?«

India holte tief Luft. »Sie meint, sie müsse dir etwas mitteilen – etwas im Zusammenhang mit Max von Brandt ... und der Admiralität.«

»*Was?*«, stieß Joe hervor. »Was weiß Jennie denn über Max von Brandt und die Admiralität?«

»Wir sind uns nicht sicher. Anfangs dachten die Schwestern und der Stationsarzt, sie rede im Delirium«, erklärte India. »Aber sie ließ nicht locker, und heute Nachmittag, als ich sie besuchen kam, ließ sie mich ihre Handtasche von zu Hause holen. Dort war ein Umschlag drin. Er enthält Durchschläge. Sie behauptet, sie stammten von Briefen, die Sir George Burgess an die Admiralität geschickt hat.«

»Mein Gott. Wie kam denn Jennie an die?«, fragte Joe.

»Ich weiß nicht. Sie hat es mir nicht gesagt. Die ganze Sache klingt verrückt, aber nach neulich Nacht, nach all den Dingen, die uns Sid über Max von Brandt erzählt hat, konnte ich nicht einfach darüber hinweggehen. Ich musste dich herholen.«

»Ich bin froh, dass du das getan hast, India. Kann ich zu ihr rein?«

»Normalerweise lässt das Hospital nur medizinisches Personal auf die Quarantänestation, aber ich habe Dr. Howell erklärt, dass Jennie wichtige Informationen für ein Mitglied der Regierung hat, und er hat dir zehn Minuten bewilligt. Reverend Wilcott ist auch bei ihr. Er ist nicht nur ihr Vater, sondern auch Pfarrer, und die haben besondere Vorrechte. Du musst dir das hier überziehen«, sagte sie und reichte Joe eine Maske. »Außerdem muss ich dir sagen, dass du ein großes Risiko eingehst. Wenn sich ein Erwachsener mit der Spanischen Grippe ansteckt, ist das oft tödlich.«

»Gehen wir«, sagte Joe, ohne zu zögern.

»Sid, Fiona, wir sind gleich wieder zurück«, sagte India.

»Bitte richte ihr unsere Grüße aus. Sag ihr, James geht's gut. Seine Cousins kümmern sich gut um ihn und …« Fiona konnte vor Kummer nicht mehr weitersprechen.

Sid legte den Arm um sie. »Los, geht schon«, sagte er ruhig zu India und Joe. »Beeilt euch.«

Sie nahmen den Fahrstuhl und standen kurz darauf vor der Quarantänestation im zweiten Stock. India band Joe die Maske über Mund und Nase, dann folgte er ihr durch die großen Doppeltüren.

Nach ein paar Schritten blieb er plötzlich stehen, weil er die schiere Menge der Kranken und ihr Elend nicht fassen konnte. Er sah eine Frau, die Blut hustete, und eine andere, die verzweifelt nach Luft schnappte. Und einen bis aufs Skelett abgemagerten Mann, der im Fieberwahn stöhnte.

»Wo ist sie?«, fragte er.

»Hier entlang«, antwortete India. »Alles in Ordnung mit dir?«

»Ja, sicher.«

»Dad?«, hörte er eine schwache Stimme fragen, als sie sich einem Bett in der Mitte des Saals näherten. »Dad, ist das Joe? Ich dachte, ich hätte ihn gehört. Bringst du ihn bitte zu mir?«

India blieb stehen, Joe ebenfalls. Er sah Jennie an, erkannte sie jedoch kaum wieder. Sie war furchtbar abgemagert, und ihre Haut hatte einen beängstigenden Blaustich. Sie atmete schwer. Ihre Augen waren geöffnet, doch ihr Blick war glasig und unstet. Er blickte den Reverend an, und der Schmerz, den er in seinen Augen sah, war niederschmetternd.

»Dad!«, sagte sie erneut, lauter diesmal.

»Ich bin hier, Jennie«, antwortete Reverend Wilcott und nahm schnell ihre Hand.

»Ich brauche meine Tasche«, sagte sie aufgeregt.

»Sie ist hier, Jennie. Bitte beruhige dich. Du darfst dir keine Sorgen machen wegen …«

»Bitte, Dad!«

»Also gut … ja, ja … Sie ist hier, genau hier«, sagte Reverend Wilcott und zog eine Stoffhandtasche unter dem Bett hervor. »Was brauchst du?«

»Da ist ein Umschlag. Gib ihn Joe, Dad. Versprich mir, dass du das tust. Gib ihm den Umschlag, und sag ihm, er soll sich das anschauen. Sag ihm …«

»Jennie, Liebling, Joe ist hier. Er ist hergekommen. Er steht direkt hier.«

Jennie versuchte, sich aufzusetzen, konnte es aber nicht. Ihr Vater nahm sie in die Arme und half ihr.

»Jennie, worum geht es?«, fragte Joe liebevoll und nahm ihre Hand.

Jennie hustete heftig. Blut tropfte aus ihrer Nase. Während ihr Vater es abwischte, sah er, welche Anstrengung es sie kostete zu sprechen, ja selbst zu atmen, und er wusste, sie kämpfte – nicht um ihr Leben, denn das war verloren, sondern um ein paar zusätzliche Minuten.

»Ich muss … ich muss dir etwas sagen. 1914 kam Max von Brandt zu mir …«

Also stimmt es, dachte Joe. Nein. Mein Gott, nein. Nicht du, Jennie.

»… er sagte mir, er sei ein Doppelagent und brauche Hilfe, um gefälschte Papiere nach Deutschland zu schmuggeln und deutsche Dissidenten aus dem Land zu bringen. Er sagte mir, ich würde einen Umschlag erhalten …«

»Von Gladys Bigelow«, unterbrach Joe sie.

Jennie nickte. »Woher weißt du das?«

»Gladys hat sich umgebracht. Wir glauben, dass sie erpresst wurde«, erklärte Joe. »Jennie, wir nehmen an, dass Max ebenfalls tot ist«, fügte er hinzu, in der Hoffnung, das wäre ein kleiner Trost für sie.

Jennie schloss die Augen. Tränen liefen ihr übers Gesicht. Es dauerte ein paar Sekunden, bevor sie fortfahren konnte.

»Er sagte mir, ich sollte den Umschlag im Keller der Kirche in die Statue des St. Nicholas stecken und dass ein Mann kommen würde, um ihn abzuholen. Er sagte mir, ich würde ihm helfen, unschuldige Menschen zu retten. Also hab ich's getan. Aber er hat gelogen. Letzte Woche habe ich den Umschlag geöffnet. Was ich schon vor Jahren hätte tun sollen.« Sie schob die Tasche Joe zu. »Er ist hier drin. Nimm ihn. Er ist ein Spion, und ich habe ihm geholfen. All die Jahre. Sie wissen Bescheid, Joe. Über Seamie. Über die Schiffe. Die Deutschen wissen Bescheid. Bitte hilf ihm ... hilf Seamie ...« Sie brach ab, schloss die Augen und sank gegen ihren Vater.

Joe öffnete den Umschlag. Das Blut gefror ihm in den Adern, als er die Durchschläge aus Burgess' Büro sah. Einen nach dem anderen hielt er ins Licht und las die Informationen über Schiffe – ihre Namen, die Namen der Kapitäne, die Größe ihrer Mannschaft, ihre Position.

»Jennie ...«, begann er.

»Nicht«, bat Reverend Wilcott weinend. »Sie hat nicht mehr die Kraft. Sehen Sie das nicht?«

Aber Jennie schlug die Augen wieder auf und sah Joe an.

»Wann solltest du den Umschlag in den Keller legen? An welchem Tag genau?«

»Am Mittwoch«, antwortete Jennie. »An dem Tag putze ich immer die Sakristei.«

»Holt ihn der Kurier – der Gehilfe von Max – immer am Mittwoch ab?«

»Das weiß ich nicht. Das hab ich nie überprüft. Jedes Mal, wenn ich mit einem neuen runterging, war der alte weg.«

»Danke, meine Liebe«, sagte Joe und drückte ihre Hand. »Wir kümmern uns darum, Jennie. Wir bringen alles wieder in Ordnung.«

Jennie lächelte Joe unter Tränen an. »Sorg für James«, flehte sie. »Versprich mir das. Sag ihm, dass ich ihn geliebt habe ... dass er immer mein wunderbarer Junge war, ganz egal, was passiert. Machst du das? Sagst du ihm das?«, fragte sie plötzlich ganz aufgeregt. »Bitte sag ihm, dass ...«

»Jennie, beruhige dich. Natürlich mache ich das. James geht's gut. Er ist bei seinen Cousins, und sie kümmern sich gut um ihn. Er lässt dich grüßen. Fiona und Sid auch.«

Jennie schloss die Augen. »Sag Seamie, dass ich ihn ebenfalls liebe und dass es mir leidtut«, murmelte sie.

»Ach, mein liebstes Kind, es gibt nichts, was dir leidtun müsste. Überhaupt nichts. Hörst du mich, Jennie? Hörst du mich?«, fragte Reverend Wilcott.

Aber es war zu spät. Jennie war tot. Der Reverend lehnte den Kopf an ihren und weinte. India trat zu ihm und legte die Hand auf seinen Rücken. Joe hielt noch immer den Umschlag in der Hand und zog sich leise zurück. Eine Schwester hielt ihn am Ausgang auf, nahm ihm die Maske ab und bat ihn, die Hände zu waschen. Dann machte er sich auf den Weg zu Fiona und Sid.

»Sie ist gestorben«, berichtete er ihnen.

Fiona schüttelte den Kopf. »James ist zu Hause bei Mr Foster und den Kindern. Wie soll ich ihm sagen, dass seine Mutter tot ist? Wie soll ich Seamie das sagen?« Sie tupfte sich die Tränen ab.

»Fiona, mein Schatz«, erwiderte Joe. »Es tut mir leid, aber ich muss jetzt gehen. Wenn ich nicht gleich Sir George informiere, könnte es sein, dass wir bald ein weiteres Familienmitglied betrauern – nämlich Seamie.«

»Was hat Jennie dir gesagt? Die Dinge, die du sie gefragt hast ... haben sie alle damit zu tun, was Sid uns neulich Nacht erzählt hat? Mit John Harris und Madden und Max von Brandt?«

»Ja, das ist richtig«, antwortete Joe. »Seamie ist in großer Gefahr. Und viele Männer mit ihm.«

»Geh jetzt«, erwiderte Fiona unter Tränen. »Und bitte halt diesen Flynn auf.«

Fiona wartete noch auf India, und Joe nahm Sid beiseite. Schnell erklärte er ihm, was er von Jennie erfahren hatte.

551

»Ich gehe zur Admiralität. Ich muss Burgess mitteilen, was ich gerade herausgefunden habe. Kommst du mit?«

»Geh du«, antwortete Sid. »Sag Burgess, was du weißt, aber gib mir den Umschlag.«

»Warum?«

»Es ist die einzige Chance, Flynn zu schnappen. Du hast gesagt, Jennie hat nicht gewusst, wann er den Umschlag abholt. Vielleicht immer mittwochs. Aber mit etwas Glück vielleicht auch heute – am Donnerstag. Wenn ja, müssen wir sicherstellen, dass er dort ist – genau wie immer –, oder er taucht ab. Wenn wir ganz großes Glück haben, hat er nichts über Gladys gelesen. Und über Jennie kann er noch nichts wissen. Also kommt er vielleicht heute, nimmt den Umschlag, macht sich nichts ahnend auf den Weg und taucht morgen Nacht pünktlich an der Werft auf. Der einzige Unterschied wird bloß sein, dass ich dort auf ihn warte. Und du wartest auch auf mich. Flussaufwärts. Mit einer Kutsche.«

Joe lächelte.

»Ich treff dich bei dir zu Hause«, fuhr Sid fort. »Morgen um fünf. Sag Burgess, dass er auch dort sein soll. Flussaufwärts, zusammen mit dir.«

»Ich halte die Kutsche bereit. Sonst noch was, was ich tun kann?«, fragte Joe und reichte Sid den Umschlag.

»Ja, eines noch.«

»Was?«

»Inständig hoffen, dass wir nicht zu spät kommen.«

94

»Er kommt nicht«, sagte Sid.

»Doch. Er ist nie pünktlich. Manchmal ist es zehn, manchmal elf, manchmal Mitternacht«, widersprach John Harris.

»Irgendwas hat ihn erschreckt.«

»Der Regen hat ihn aufgehalten. Es schüttet wie aus Kübeln, falls du's nicht bemerkt haben solltest.«

»Er hat was mitgekriegt. Das weiß ich. Das ist ein gewiefter Bursche. Er hat's geschafft, sich all die Jahre nicht erwischen zu lassen. Er ist gerissen und vorsichtig und riecht Scherereien wahrscheinlich schon zehn Meilen gegen den Wind. Er kommt nicht, das weiß ich.«

John warf seine Karten auf den Tisch. »Du bist ein richtiges altes Waschweib, Sid, weißt du das?«

Es war Freitagabend, fast elf. Sid und John spielten im Laderaum von Johns Frachtkahn, der bei Billy Maddens Werft festgemacht war. Aber Sids Gedanken waren nicht auf die Karten gerichtet. Dafür war er zu angespannt. John ging es nicht anders, er konnte es aber besser verbergen.

Sie warteten auf Flynn. Sid hatte den Umschlag von Jennie im Keller von St. Nicholas in die zerbrochene Statue des Heiligen gesteckt. Und zwar sofort, nachdem er das Krankenhaus verlassen hatte. Aber war das noch rechtzeitig genug gewesen?

Er hatte keine Ahnung, wann Flynn durch das Tunnellabyrinth kam, um ihn abzuholen. Was, wenn er schon da gewesen war? Wenn er von Gladys Bigelows Tod gehört hatte. Burgess' Büro hatte die Zeitungen gebeten, die Geschichte einen Tag zurückzuhalten, aber sie konnten Nachbarn und Freunde nicht vom Reden abhalten. Oder den Vermieter, den Obsthändler oder den Zeitungsmann an der Ecke.

So viel hing heute Nacht vom richtigen Zeitpunkt ab. Oder vom

Glück. Burgess brauchte Flynn. Er musste herausfinden, wie viel Berlin wusste. Sid brauchte ihn ebenfalls. Er musste herausfinden, in welchen Schwierigkeiten sein Bruder Seamie steckte. Und John brauchte ihn. Er wollte, dass Flynn auftauchte und auf den verdammten Kahn stieg. Er müsste so tun, als würde er wie üblich in die Nordsee fahren, damit er gute drei Tage Vorsprung hatte, bevor Madden herausfand, dass er für immer abgehauen war.

»Geh rauf und sieh nach, ob er …«, begann Sid, als sie es beide hörten – das Geräusch von Schritten am Dock. Sid erhob sich wortlos und stellte sich dicht an die Leiter, damit Flynn ihn nicht sehen würde, wenn er herunterkam. John hatte ihm gesagt, dass Flynn immer mit dem Gesicht zu den Sprossen herunterkletterte.

Sid sah ein Paar Stiefel, dann starke, schlanke Beine, eine Tasche, die an einem Schultergurt hing, und dann den Rest eines ziemlich großen Mannes. Bei seinem Anblick war er froh, dass er Joes Angebot einer Pistole nicht abgelehnt hatte.

Als Flynn die letzte Sprosse herunterstieg, trat Sid geräuschlos vor und drückte ihm den Lauf der Waffe an den Hinterkopf. Er spannte den Abzugshahn. Das Geräusch war nicht zu verkennen. Flynn erstarrte.

»Keinen Schritt weiter«, sagte Sid. »Hände hoch, damit ich sie sehen kann.«

Flynn gehorchte. Und dann, gerade als Sid die Handschellen um sein Gelenk zuschnappen lassen wollte, duckte sich Flynn weg, wirbelte herum und schlug ihm die Faust in den Magen.

Sid taumelte von der Leiter weg, drückte die Hand auf den Bauch und versuchte, Luft zu holen, während Flynn schon nach oben kletterte.

Nein!, rief Sid tonlos und schwankte zur Leiter. Aber John war schneller. Wie der Blitz schoss er die Leiter hinauf, schlang den Arm um Flynns Hals, packte seine Haare und schlug den Kopf des Mannes gegen eine Sprosse.

Flynn schrie auf vor Schmerz. Er ließ die Leiter los, verlor das Gleichgewicht und stürzte ab. Gemeinsam mit John. Beide fielen krachend zu Boden. John gönnte Flynn jedoch keine Zeit, sich zu erholen. Er war zwar nicht ansatzweise so groß wie sein Gegner, aber äußerst flink. Er setzte sich auf ihn und drosch wie ein Wilder auf sein Gesicht ein. Flynn holte ebenfalls aus und versuchte, ihn abzuwerfen. John wich einigen seiner Schläge aus, andere steckte er ein, aber sie bremsten ihn nicht. Er wurde nicht einmal langsamer. Er kämpfte um sein Leben – und das seiner Familie.

In der Zwischenzeit war Sid wieder zu Atem gekommen und hob die Handschellen auf. Flynn, der bereits übel zugerichtet war und blutete, konnte gegen zwei Männer nichts ausrichten. In Windeseile fesselten sie ihm die Hände auf den Rücken, knebelten ihn und banden seine Fußgelenke zusammen.

»Gut gemacht«, sagte Sid zu John, als sie mit ihm fertig waren. Sid atmete schwer. John blutete. Aber sie waren glücklich.

»Einen Moment lang hab ich gedacht, wir hätten ihn verloren«, sagte John.

»Ich auch. Ich …«

»John!«, brüllte eine Stimme von oben. »John Harris!«

Sid und John erstarrten. Sie kannten die Stimme. Es war die von Billy Madden.

»John! Bist du da unten?«

»Geh rauf!«, zischte Sid. »Tu so, als würdest du auf Flynn warten.«

»Bin schon da, Billy!«, rief John zurück.

Flynns Augen folgten ihm. Sid nahm ein langes, scharfes Messer, das John zum Durchtrennen der Leinen benutzte. Schweigend beugte er sich über Flynn.

»Ein Laut von dir, und ich geh rauf und knall Madden ab. Dann komm ich wieder runter. Aber dich werd ich nicht abknallen, sondern dir den Hals durchschneiden. Von einem Ohr zum anderen. Ganz langsam.«

Flynn riss die Augen auf und nickte.

»Wo ist Flynn?«, fragte Billy, als John an Deck war.

»Er ist noch nicht aufgetaucht«, antwortete John.

Billy fluchte. »Der Dreckskerl schuldet mir noch Geld. Oder besser gesagt, sein Auftraggeber. Jeden Monat hab ich einen Umschlag gekriegt, gewissenhaft und pünktlich. Diesen Monat hab ich nichts bekommen. Sag ihm ...«

»Billy! Na komm schon, Süßer!«, rief eine Frauenstimme von weiter weg. »Du hast gesagt, wir gehen ins Casbah, nicht zu 'ner ollen Werft!«

»Halt's Maul, blöde Schlampe!«, rief Billy. »Oder ich schmeiß dich ins Wasser!«

»Billiiie!«, jammerte die Frau.

»Wenn die nicht aufpasst, kannst du gleich noch 'ne Leiche in Margate reinschmeißen«, sagte Billy düster. »Jedenfalls, wenn Flynn auftaucht, sag ihm, dass ich ihn sprechen will. Sobald er den Fuß an Land setzt. Ich bin schließlich kein Wohltätigkeitsverein.«

»Gut, Billy, ich richt's ihm aus.«

»Wann bist du zurück?«

»In drei oder vier Tagen, wie üblich. Beim Rausfahren sollte gutes Wetter sein. Auf dem Rückweg gibt's vielleicht Sturm. Das könnte uns aufhalten.«

»Komm bei mir vorbei, wenn du fertig bist. Ich hab einen neuen Job für dich. Gemälde diesmal. Aus einem großen Herrenhaus in Exeter. Die müssen in den Süden.«

»Mach ich.«

Sid hörte zwar Schritte auf dem Dock und erwartete, dass John sofort wieder unter Deck kam, aber das dauerte gut und gern zehn nervenaufreibende Minuten.

»Himmel, Mann, wo warst du denn so lang?«

»Nachsehen, ob Billy wirklich fort ist.«

»Und? Ist er?«

»Ja. Ich hab ihn beobachtet. Hab gewartet, bis er und sein Flittchen wieder in die Kutsche gestiegen sind.«

»Los, brechen wir ebenfalls auf«, sagte Sid.

Das brauchte er John kein zweites Mal zu sagen. Der hatte die Leinen bereits losgemacht. Kurz darauf hatte er den Motor angeworfen, und sie fuhren los. Um ein Uhr mussten sie in Millwall sein, und wie es aussah, würden sie es auch schaffen. Etwa eine halbe Stunde später legten sie längsseits an einem kleinen Steg hinter dem Wellington, einem Gasthaus am Fluss, an.

Zu ihrer großen Erleichterung warteten Maggie Harris und ihre Kinder dort schon auf sie. Nacheinander holte John seine Familie an Bord und sah sich dabei ängstlich um.

Am Morgen war Sid zu Johns und Maggies Wohnung gegangen und hatte Maggie fünfhundert Pfund gegeben – eine so große Summe wollte Maggie zuerst gar nicht annehmen – sowie ein Stück Papier mit zwei Adressen darauf, eine in Inverness und eine in Point Reyes.

»Ihr geht zuerst nach Inverness«, erklärte er ihr. »Zu Smython's. Der Makler dort – Alastair Brown – hat ein kleines Haus für euch. Die Miete ist schon bezahlt. Wenn der Krieg vorbei ist und man den Atlantik wieder überqueren kann, könnt ihr das Boot verkaufen, nach New York fahren und von dort nach Kalifornien. Dort werde ich auf euch warten. Ich hoffe, ihr mögt Rinder. Ich hab vierhundert Stück davon.«

Maggie war daraufhin in Tränen ausgebrochen, und Sid musste warten, bis sie sich wieder beruhigt hatte, um ihr den Rest des Plans zu erklären. Er musste aufpassen, dass sie genau zuhörte und verstand, was er sagte, denn es durfte kein Fehler passieren.

Nachdem sie ihre Tränen getrocknet hatte, sagte er ihr, dass sie und die Kinder am Spätnachmittag ihre Wohnung verlassen sollten, aber nichts mitnehmen durften, außer was sie auf dem Leib trugen. Dann müssten sie nach Millwall in das Wellington-Pub gehen, dort das Zimmer beziehen, das er unter falschem Namen für sie gemietet hatte, und dort bleiben.

»Und ihr«, sagte er zu den drei älteren Kindern, »ihr geht nacheinander von zu Hause weg. Als würdet ihr einen Freund besuchen oder einen Botengang machen. Maggie, du nimmst die anderen und deinen Korb, als wolltest du zum Markt. Keine Koffer, verstanden? Es darf nicht so aussehen, als wolltet ihr abreisen. Madden hat im ganzen East End Augen und Ohren.«

Maggie sagte, sie habe verstanden. Die Kinder nickten.

»Gut. Im Wellington bleibt ihr in eurem Zimmer. Kurz vor ein Uhr morgens geht ihr zum Dock hinter dem Pub und wartet dort. Und zwar so leise wie möglich. John und ich holen euch dort ab. Verratet keinem Menschen ein Sterbenswörtchen von der Sache.«

Sobald Johns Kinder unter Deck und ermahnt worden waren, den auf dem Boden liegenden Mann nicht zu beachten, stieß Sid ab, John warf die Maschine wieder an, und sie fuhren weiter. Es dauerte nur eine Viertelstunde, bis sie an ihrem nächsten Zielort ankamen, einer Werft in Millwall. BRISTOW stand in großen weißen Lettern auf einem der alten Backsteingebäude. Zwei Männer erwarteten sie auf dem Dock – einer saß in einem Rollstuhl, der andere lief, eine Zigarre rauchend, auf und ab.

Burgess blieb stehen, als er das Boot sah, und ging zum Rand des Docks, um die Leine zu fangen, die Sid ihm zuwarf. Nachdem das Boot vertäut war, ging Sid unter Deck, durchschnitt die Fesseln an Flynns Beinen und befahl ihm, die Leiter hinaufzuklettern. Sid schob ihn von unten, da er immer noch Handschellen trug, und John zog von oben. Gemeinsam schafften sie ihn vom Boot aufs Dock hinaus.

»George, Joe«, sagte Sid, »darf ich euch Jack Flynn vorstellen.«

Sir George schüttelte verblüfft den Kopf. »Hol mich der Teufel«, stieß er hervor. »Sie haben's wirklich geschafft.«

»Passt auf ihn auf«, warnte Sid und befahl Flynn, sich auf den Boden zu setzen. »Der ist so glitschig wie ein Aal.«

Dann drehte er sich zu John um. »Geht jetzt«, sagte er leise. »Lasst London hinter euch. Und euer altes Leben.«

John nickte. »Sid, ich ... ich weiß nicht, wie ich dir danken soll.«

»Dir hab ich's zu verdanken, dass ich meine Kinder aufwachsen sehen kann. Mehr Dank brauch ich nicht. Geh jetzt. Je schneller du von Billy Madden wegkommst, umso besser.«

»Ich seh dich wieder, Sid«, erwiderte John. »Eines Tages.«

»Ganz sicher, John«, antwortete Sid lächelnd.

Sid machte die Leine los und warf sie John zu. Als das Boot ablegte, winkte er ihm nach. Er hoffte, dass er John wiedersähe, sehr sogar. Er wollte, dass alles gut wurde für John und dessen Familie, aber es gab keine Garantien. Es dauerte lange, sein altes Leben abzuschütteln. Wer wüsste das besser als er.

Sid winkte ein letztes Mal und drehte sich dann um. »Ein Problem wäre gelöst. Jetzt lasst uns Mr Flynn hier wegschaffen.«

Sie stellten Flynn auf die Füße. Halb zerrten und halb trugen sie ihn zum Lagerhaus. Joe folgte ihnen im Rollstuhl.

»Haben Sie das Telegramm abschicken können?«, fragte Sid Burgess. Seitdem er den Inhalt von Jennies Umschlag mit all den Informationen über die Schiffe im Mittelmeer gelesen hatte, war er ganz krank vor Sorge um Seamie. Doch beim Verlassen der Quarantänestation hatte Joe ihm versprochen, Sir George Warnungen an das Marinekommando im Mittleren Osten und zu den Schiffen selbst senden zu lassen.

»Das haben wir getan«, sagte Burgess, »aber es ist ein langer und mühsamer Weg, eine Nachricht von London in den Mittleren Osten zu schicken. Wir haben an unsere Büros in Haifa telegrafiert und an die *Exeter* selbst, aber immer noch keine Bestätigung erhalten. In ein oder zwei Tagen aber hoffen wir, sie zu bekommen.«

»Gott sei Dank«, sagte Sid. »Das erleichtert mich. Wirklich!«

Gerade als Sid und Burgess mit ihrem Gefangenen die Lagerhalle betraten, wurden sie durch Rufe von einem einlaufenden Boot aufgehalten.

»Jack Flynn!«, rief eine männliche Stimme. »Hier ist Superintendent Stevens von Scotland Yard. Sie sind verhaftet. Geben Sie sofort auf!«

»Verdammter Mist!«, brüllte Sid, als ihn der Lichtstrahl eines Scheinwerfers blendete.

»Stehen bleiben! Ihr alle!«, ertönte die Stimme erneut. »Ergreift sie!«

Sie hörten Schritte auf dem Dock – viele Schritte. Innerhalb von Sekunden waren er, Joe und Sir George von Polizisten umringt.

»Wer sind Sie? Was machen Sie hier? Was soll das Ganze?«, stieß Burgess hervor.

»Ich bin Superintendent Stevens«, antwortete ein großer Mann in

Uniform. »Ich bin hier, um Jack Flynn zu verhaften, wegen des Verdachts auf Hehlerei. Sie nehme ich ebenfalls mit zum Verhör.«

»Sie tun nichts dergleichen!«, widersprach Burgess und versperrte Stevens den Weg zu Flynn.

Stevens schob ihn vorsichtig, aber bestimmt zur Seite. »Ihr Name, Sir?«, fragte er Burgess, als er Flynn am Arm packte und zu sich zog.

»Sie *wissen* nicht, wer ich bin, Sie verdammter Idiot? Ich bin Sir George Burgess, Zweiter Seelord! Wenn Sie mich noch einmal anrühren, sorge ich persönlich dafür, dass Sie zum einfachen Polizisten degradiert werden. Und in einem gottverlassenen Nest in Cheshire auf Streife gehen. Übergeben Sie mir diesen Mann. Das ist ein deutscher Spion.«

Stevens nickte kurz seinen Männern zu, und einen Augenblick später hatte der Polizist Burgess, Joe und Sid Handschellen angelegt.

»Sie machen einen Fehler, Superintendent«, sagte Joe.

Stevens drehte sich um. »Ach, wirklich? Und wer sind Sie?«

»Joe Bristow, Parlamentsabgeordneter für Hackney. Sir George hat recht, was Flynn betrifft – er ist ein deutscher Informant. Ich kann das beweisen. Er hat einen Umschlag bei sich. Der enthält Durchschläge von Briefen von Sir George, die aus seinem Büro gestohlen wurden. In den Briefen stehen Geheiminformationen über die Position britischer Schiffe – Informationen, die Flynn auf dem Seeweg nach Berlin bringen lässt. Öffnen Sie ihn. Dann sehen Sie es selbst.«

Mit skeptischem Blick ging Stevens zu Flynn und zog einen Umschlag aus der Brusttasche des Mannes.

Sid, der die Luft angehalten hatte, stieß sie erleichtert wieder aus. Es war derselbe Umschlag, den Joe von Jennie erhalten hatte. Er erkannte ihn. Jetzt würde Stevens sehen, dass sie die Wahrheit sagten. Er würde sie freilassen, ihnen erlauben, Flynn mitzunehmen, damit Burgess und der Geheimdienst ihn verhören konnten.

Stevens öffnete den Umschlag. Er blickte hinein, lächelte und kippte den Inhalt – Diamanten, Rubine und Smaragde – in seine Hand. Ein paar seiner Leute traten vor, um sie genauer zu begutachten.

»Sie blicken auf Steine im Wert von etwa fünfzigtausend Pfund, meine Herren«, sagte er. »Von einem Juwelier in Brighton gestohlen und auf dem Weg nach Amsterdam.« Mit einem düsteren Blick in Joes Richtung fügte er hinzu: »Ich weiß nicht, wer die drei sind oder was sie mitten in der Nacht mit Jack Flynn zu schaffen haben, aber ich werde sie verhaften und es herausfinden. Was ich jedoch weiß, ist, dass Flynn ein berüchtigter Hehler ist. Wir beobachten ihn schon seit einiger Zeit, haben ihn aber nie im Besitz der Ware schnappen können. Nicht bis heute Nacht, was, Jack?«, sagte Stevens mit einem Zwinkern in Flynns Richtung. Vorsichtig legte er die Juwelen in den Umschlag zurück. »Ich wünschte bloß, ich hätte auch den Bootsmann geschnappt. Den Typen, der Flynn geholfen hat, die Ware nach Holland zu schaffen. Aber er war zu schnell. Entweder hätten wir ihn verfolgt oder Flynn geschnappt. Bringt sie weg, Jungs. Alle zusammen.«

Die drei Männer wurden aufs Deck des Boots verfrachtet. Joes Rollstuhl wurde gesichert, damit er nicht wegrollte, während das Boot umdrehte und zurück flussaufwärts fuhr. Flynn wurde unter Deck gebracht. Sid sah ihn an, als er an ihm vorbeigeführt wurde, und er hätte schwören können, dass ein Anflug von einem Lächeln über sein Gesicht huschte.

»Das ist wirklich lächerlich. Eine absolut irrwitzige Farce!«, zischte Burgess. »Es war der derselbe Umschlag, der von Jennie Finnegan stammte. Absolut derselbe. Dessen bin ich mir sicher. Auf der Lasche war sogar noch der schwarze Fleck, an den ich mich genau erinnere. Was zum Teufel ist da passiert?«

»Jemand hat Flynn gewarnt«, sagte Sid. »Ihm gesteckt, dass man ihn schnappen will. Leute, die nicht wollten, dass er als Spion verhaftet wird. Sie sind auch an den Umschlag gekommen. Haben die Papiere gegen die Steine ausgetauscht. Und ihm befohlen, wie üblich auf die Tour zu gehen. Das ist alles sehr besorgniserregend, aber das wirklich Schlimme an der Sache ist, dass jemand mächtig genug ist, Scotland Yard dazu zu bringen, bei der Farce mitzuspielen.«

Alle schweigen eine Weile, dann sagte Burgess: »Aber warum? Warum hat man ihm nicht einfach gesagt abzuhauen? Aus London zu verschwinden? Abzutauchen? Wozu das Ganze, ihn als Hehler festzunehmen? Und uns gleich mit? Ich bin mir sicher, sie halten uns zehn Minuten fest und lassen uns dann wieder laufen.« »Weil dieser Jemand zeigen will, dass wir falsch liegen. Um uns lächerlich zu machen. Um unsere Theorien über Max von Brandt, Jack Flynn und Gladys Bigelow vom Tisch zu wischen. Um alles wie totalen Blödsinn aussehen zu lassen«, antwortete Sid.

»Aber wer sollte das tun? Wer weiß denn sonst noch Bescheid?«, fragte Burgess. »Wem haben Sie davon erzählt?«

»Niemandem«, sagte Joe.

»Ich auch nicht«, antwortete Sid. »Außer uns dreien wusste keiner etwas. Außer Sie haben geplaudert, Sir George.«

»Ich habe Churchill informiert. Und Asquith«, erwiderte Burgess. »Es kann nur eines bedeuten ...«

»Dass Churchill für den Kaiser arbeitet«, warf Sid trocken ein. »Und Asquith auch.«

Joe lachte, aber sein Blick wurde hart, und er fügte mit grimmiger Stimme hinzu: »Es bedeutet, dass Max von Brandt doch noch lebt. Ganz zweifellos. Weil jemand – jemand ziemlich weit oben – sich sehr bemüht, ihn zu schützen.«

95

Willa hörte eine Frau leise singen. Das Lied hatte sie schon einmal gehört, abe sie erinnerte sich nicht mehr daran, wann und wo. Sanfte Hände tupften ihre Stirn, ihre Wangen und ihren Hals ab. Ihr Körper fühlte sich kühl an. Das schreckliche Brennen war vorbei. Sie fühlte sich leicht, so leicht wie eine Wüstenbrise. Sie glaubte, im klaren Wasser einer Oase zu schweben, mit Seamie neben sich. Hier wollte sie für immer bleiben. An diesem wunderbaren Ort. Mit Seamie. Und dennoch konnte sie das nicht, weil etwas nicht in Ordnung war. Weil sie sich an etwas erinnern, etwas tun musste.

Sie setzte sich keuchend auf und öffnete die Augen. »Lawrence«, krächzte sie heiser. »Die Karten ... ich muss zu Lawrence ...« Schwindel packte sie bei der abrupten Bewegung. Sie stöhnte.

»Langsam, Willa Alden«, sagte eine Frauenstimme. »Leg dich wieder hin.«

Willa blickte in die Richtung, aus der die Stimme gekommen war. Eine Beduinenfrau stand dort und wrang ein Tuch über einem Becken aus. Lächelnd drehte sie sich um. Willa kannte das Gesicht.

»Fatima?«, fragte sie ungläubig. »Bist du das?«

»Ja.«

»Fatima, ich muss zu Lawrence. Ich muss ihm die Karten zeigen. Ich muss los.«

Fatima eilte an ihr Lager und bettete Willa wieder auf ihr Kissen. »Alles ist gut. Jetzt leg dich hin.«

»Aber da ist eine Falle. Die Türken erwarten Lawrence!«

»Lawrence ist in Sicherheit. Faisal, Auda, Khalaf al Mor, alle sind in Sicherheit. Erinnerst du dich nicht?«

»Nein. Ich ... ich erinnere mich an gar nichts mehr. Alles ist so verschwommen. Wo sind sie?«

»In Damaskus natürlich.«

Willa sah sie verständnislos an.

Fatima lächelte. »Sie haben die Stadt erobert, Willa. Damaskus ist in Händen der Briten und der Araber, endlich gehört es wieder den Arabern. Allah sei gepriesen!«

Willa schloss die Augen. Sie stieß einen Freudenschrei aus, dann lachte sie laut auf und musste schließlich husten.

»Beruhige dich bitte«, tadelte Fatima sie. »Du warst sehr krank. Du hattest Cholera. Wir haben um dein Leben gebangt. Mehr als einmal. Du bist noch nicht außer Gefahr und brauchst noch viele Tage Ruhe.«

»Sag mir, was passiert ist, Fatima. Ich erinnere mich nur noch, dass ich in einem Dorf mit Ziegenherden war, und dann an nichts mehr.«

»Du bist fast den ganzen Weg zu Lawrence' Lager geritten«, erklärte Fatima, »aber es war sein altes Lager. Lawrence' Leute haben dich gefunden, obwohl du schon halb tot warst, also wundert es mich nicht, dass du dich an nichts erinnerst. Du hast von Karten geredet. Daher hat Lawrence deine Satteltaschen durchsucht, als man dich hierherbrachte. Er hat alles gefunden, was du ihm mitgebracht hast. Er hat gesehen, wo sich die Türken versteckt hielten, und die Falle, die sie ihm stellen wollten.«

»Was hat er gemacht?«

»Er ist ihr ausgewichen! Beni Sakhr, Howeitat, Rwala – alle sind mitgeritten. Sie sind der Gefahr entkommen. Der englische Scheik Allenby ist in Damaskus zu ihnen gestoßen, und gemeinsam haben sie die Stadt eingenommen.«

»Sie haben es also geschafft, Fatima«, flüsterte Willa.

»Ja, das haben sie. Deinetwegen, Willa Alden. Wenn du die Karten nicht gebracht hättest, wären sie den Türken direkt in die Arme gelaufen und vernichtet worden.«

»Woher weißt du das alles?«, fragte Willa.

»Khalaf al Mor hat einen Boten aus Damaskus geschickt. Hier, trink das. Du brauchst jetzt Wasser.«

Fatima half ihr, sich etwas aufzurichten, und hielt ihr das Glas an den Mund.

Willa bedankte sich.

»Nicht der Rede wert«, antwortete Fatima, »das bisschen Wasser.«

»Ich wollte mich bedanken, weil du mein Leben gerettet hast, Fatima. Die meisten Leute sterben an der Cholera. Ich verdanke dir mein Leben.«

»O nein. Nicht mir«, erwiderte Fatima. »Ich habe sehr wenig getan. Der Dank gebührt jemand anderem.«

»Wirklich? Wem?«

»Seamus Finnegan.«

Willa glaubte wieder zu halluzinieren. »Was hast du gesagt?«

»Seamus Finnegan. Er war in Haifa, als er hörte, was dir passiert ist. Offensichtlich war auch dein Bruder in Haifa und hat erfahren, dass dein Flugzeug in der Wüste abgestürzt ist.« Sie erklärte ihr, wie Seamie nach ihr gesucht und sie schließlich gefunden hatte. »Er hat dich hierhergebracht und irgendwie, nur Allah weiß, wie, verhindert, dass du gestorben bist. Ich bin erst gekommen, als das Schlimmste schon vorbei war.«

Seamie hier bei ihr. In der Wüste. Sie konnte es nicht fassen. Es war so unwirklich, dass ihr erneut schwindlig wurde. Sie spürte unendliche Liebe und Dankbarkeit für diesen Mann, den ihr das Schicksal immer und immer wieder zurückbrachte, den für sich zu behalten es ihr dennoch nicht erlaubte.

»Ich *dachte*, er sei hier, Fatima. Die ganze Zeit während meiner Krankheit dachte ich, er sei hier. Ich hörte ihn reden … mit Gott, glaube ich. Nein, mit dir. Er hat dich gebeten, mit Gott zu handeln. Mein Leben zu verschonen und stattdessen seines zu nehmen. Aber als ich aufwachte, wusste ich nicht, ob ich alles bloß geträumt hatte.«

»Das hast du nicht. Er war tatsächlich hier.«

»Wo ist er jetzt? Könntest du ihn bitten herzukommen, Fatima? Ich würde gern mit ihm sprechen.«

Fatima sah sie traurig an. »Das kann ich nicht. Er hat das Lager verlassen. Er ist fort.«

»Aber warum? Warum ist er weggegangen, ohne sich zu verabschieden?«, fragte Willa verzweifelt.

»Er musste nach Haifa zurück. Das Kommando eines Schiffes übernehmen«, antwortete Fatima.

»Ja, jetzt erinnere ich mich. Er sagte mir, dass er gehen muss«, seufzte Willa erschöpft. »Langsam kommt alles wieder, aber immer nur bruchstückweise.«

»Er hat einen Brief für dich zurückgelassen«, sagte Fatima. Sie ging zu einem kleinen Tisch, auf dem das Wasserbecken stand, und nahm ein zusammengefaltetes Stück Papier, das daneben lag.

Willa öffnete es mit zitternden Händen.

Meine liebste Willa,
es tut mir leid, dich zu verlassen, bevor du aufgewacht bist, aber ich weiß, dass du unter Fatimas Fürsorge jetzt wieder gesund werden wirst.
Ich hoffe, du verstehst, dass ich keine andere Wahl hatte, als fortzugehen. Ich muss das Kommando der Exeter *übernehmen und so schnell wie möglich nach Haifa zurück.*
Vielleicht sehe ich dich eines Tages wieder, und du kannst mir ausführlich erzählen, wie du es geschafft hast, so krank und erschöpft mit Karten des deutschen Oberkommandos allein durch die Wüste zu reiten. Ich bin mir sicher, es ist eine Wahnsinnsgeschichte. Wie das meiste, was du tust.
Pass auf dich auf, Willa. Bitte. Ich habe keine Ahnung, wie nahe du diesmal dran warst. Näher, glaube ich, als damals bei dem Absturz am Kili. Hör auf, dich zu bestrafen. Um meinetwillen, wenn schon nicht um deinetwillen. Wir haben Fehler gemacht. Und bezahlen dafür. Aber ich weiß nicht, ob ich weitermachen könnte, wenn dir etwas zustoßen sollte. Ich weiß nicht, was ich tun würde, wenn du nicht ständig in meinem Herzen wärst, wenn ich in den Nachthimmel blicke, das Meer rieche, auf den Gipfel eines Bergs, einer Eiswand oder einer riesigen Sanddüne klettere – bloß um zu sehen, was jenseits davon ist.
Ich liebe dich, Willa, ob das nun gut oder schlecht ist, ich liebe dich. Das habe ich immer getan und werde es immer tun. Nimm mir das nie weg.

Dein Seamie

Willa faltete den Brief wieder zusammen. Sie wünschte, sie könnte weinen. Weinen würde helfen. Aber sie konnte nicht. Der Schmerz, den sie fühlte, war zu groß für Tränen.

Fatima nahm den Brief und legte ihn auf den Tisch zurück. »Der Brief hat dir Kummer bereitet. Das sehe ich. Wenn ich das gewusst hätte, hätte ich ihn dir nicht gegeben. Du musst Allah um Hilfe bitten. Er erhört dich. Er beantwortet unsere Gebete. Er hat die meinen beantwortet. Und wird auch deine beantworten. Und Seamus Finnegans auch.«

Willa lächelte müde. Sie war sich ziemlich sicher, dass Gott Fatima zuhörte, aber nicht ihr. Und sie glaubte auch nicht, dass er Seamie zuhörte.

Wieder dachte sie daran, wie Seamus Fatima angefleht hatte, Gott zu bitten, ihr nicht das Leben zu nehmen. Er sagte, er würde sein eigenes dafür geben, wenn Gott sie verschone.

Bei der Erinnerung überlief sie ein kalter Schauer. Warum hatte er das gesagt? Das hätte er nicht tun sollen.

Inständig hoffte sie, dass Fatima sich täuschte – und Gott Seamie nicht erhörte.

96

»Rapport, Mr Walker?«, fragte Seamie seinen Lieutenant.

»Alles in Ordnung, Sir. Wir haben den ganzen Morgen nichts gesehen. Nicht mal ein Fischerboot.«

»Seltsam«, erwiderte Seamie. »Commander Giddings war sich sicher, er hätte etwas beobachtet. Genau in der Gegend, in der wir jetzt sind. Er war davon überzeugt, es sei ein deutsches Kanonenboot. Er sagte, er sei ihm gefolgt, aber es sei entwischt.«

»Sie müssen bemerkt haben, dass sie entdeckt worden sind. Wahrscheinlich haben sie sich davongemacht«, sagte Walker.

Seamie blickte auf die glänzende blaue See hinaus und nickte. »Kann sein. Halten Sie mich auf dem Laufenden, Mr Walker?«

»Natürlich, Sir.«

»Setzen Sie Kurs auf Nordnordost, Mr Ellis«, befahl Seamie. »Sagen Sie den Schützen, ihre Stellung einzunehmen. Ich würde mich gern an der nordöstlichen Küste der Insel umsehen.«

»Aye, aye, Sir«, erwiderte der Steuermann.

Seamie und seine Mannschaft patrouillierten entlang der Küste von Zypern. Kurz bevor sie ausgelaufen waren – vor etwa vierundzwanzig Stunden –, war Peter Giddings, Commander eines Schiffs, das gerade nach Haifa zurückgekehrt war, an Bord gekommen, um Seamie zu informieren, dass er bei der Bucht von Famagusta ein deutsches Kanonenboot gesehen habe. Es sei ihm gefolgt, aber dann um die nordöstliche Spitze der Insel verschwunden. Wenn er mehr Kohle gehabt hätte, meinte Giddings, hätte er es gejagt. Er schärfte Seamie ein, die Augen offen zu halten.

»Ich befürchte, es fungiert als Köder«, sagte Giddings. »Vielleicht hoffen sie, uns um die Spitze herumzulocken, wo andere deutsche Kanonenboote auf der Lauer liegen.«

Seamie dankte ihm für die Information, und kurz darauf verließ die *Exeter* den Hafen. Fast wäre sie nicht ausgelaufen. Zumindest nicht mit Seamie an Bord.

Er hatte es in letzter Minute geschafft. Um Punkt acht Uhr morgens sollte er das Kommando übernehmen. Aber er hatte erst um sechs die Stadt erreicht. Auf seinem Kamel ritt er zu Albies Haus und hämmerte wie wild gegen die Tür. Als Albie öffnete, übergab er ihm erschöpft die Zügel des Tiers, rannte nach oben, badete und rasierte sich in Windeseile. Glücklicherweise hatte er daran gedacht, seine Uniform bei Albie zu lassen. Um sieben war er angezogen, rannte die Treppe wieder hinunter und berichtete Albie, dass seine Schwester am Leben, wenn auch nicht ganz wohlauf sei. Er erklärte ihm kurz, was passiert war, wo er sie finden könne, und riet ihm, sein Kamel zu nehmen, um sie nach Haifa zu bringen. Dann schüttete er schnell eine Tasse Tee hinunter, schob sich ein Stück Toast in den Mund und eilte zur Tür hinaus. Exakt um zwölf Minuten vor acht war er auf seinem Schiff.

Die wenigen Stunden seit dem Auslaufen waren ziemlich ereignislos vergangen, aber jetzt, als die *Exeter* Kurs nach Nordosten nahm, fühlte sich Seamie beklommen. Er fragte sich, ob sich das Kanonenboot wirklich davongemacht hatte oder ob Giddings Vermutung zutraf, dass es ihn in eine Falle locken wollte. Es war größte Vorsicht geboten.

Als er die Brücke verlassen wollte, um die Geschütze zu inspizieren, knisterte das Funkgerät plötzlich. Er drehte sich um. Sie waren zu weit vom Hafen entfernt, um Nachrichten vom Marinekommando in Haifa zu empfangen. Es musste sich um eine Meldung von einem anderen Schiff handeln, das ihnen dringlich etwas mitteilen wollte. Liddell, der Funker, setzte die Kopfhörer auf und begann, an Knöpfen zu drehen. Eilig schrieb er die Morsezeichen mit. Ein- oder zweimal hielt er inne und bat um Wiederholung, und zwei Minuten später beendete er den Funkkontakt. Er nahm die Kopfhörer herunter und stand auf. Seamie sah, dass seine gewöhnlich roten Backen blass geworden waren.

»Sir, wir haben gerade eine Nachricht vom Commander der *Harrier* erhalten, die sich im Moment südöstlich von uns befindet, etwa auf halber Distanz zwischen uns und Haifa. Da uns das Marinekommando nicht erreichen kann, hat es die *Harrier* gebeten, folgende Nachricht aus London zu übermitteln, von Sir George Burgess persönlich.«

»Lesen Sie sie vor«, befahl Seamie knapp.

»Man erteilt uns den Befehl, unsere jetzige Position sofort zu verlassen und nach Haifa zurückzukehren.«

»*Was*? Wir sind doch gerade erst hier angekommen?«

»Der Geheimdienst hat bestätigte Berichte, dass ein deutscher Flottenverband in den Südosten des Mittelmeers eingedrungen ist und sich vor der östlichen Küste von Zypern vereinigt, ein Verband von …«

»Flottenverband. Was denn für ein Flottenverband? Hier ist doch weit und breit kein einziges verdammtes Schiff zu sehen!«, rief Seamie. »Das ist doch Wahnsinn! Wir können jetzt nicht umkehren!«

»Ich bitte um Entschuldigung, Sir«, erwiderte Liddell. »Erlauben Sie mir eine Richtigstellung.« »Keine Flotte von Kriegsschiffen … eine Flotte von U-Booten.«

Plötzlich herrschte auf der Brücke absolutes Schweigen.

»Mr Ellis«, sagte Seamie schließlich, »volle Kraft zurück. Sofort. Setzen Sie Kurs auf …«

Er kam nicht mehr dazu, seinen Satz zu beenden. Der erste Torpedo traf die *Exeter* am Bug. Der zweite an der Breitseite. Flammen schossen hoch, und zehn Minuten später sank sie auf den Grund der blauen See.

DRITTER TEIL

*Dezember 1918
London*

97

»Hey, Miss!«, rief ein Betrunkener aus der Menge. »Wenn ich dein Mann wär, würd ich dir deinen Tee vergiften!«

»Und wenn ich deine Frau wär, würd ich ihn trinken!«, rief Katie Bristow lachend zurück.

Die Menge in der vollen Markthalle brach in schallendes Gelächter aus. Gerade hatte sie allen Anwesenden bewiesen, dass sie eine von ihnen war – derb, streitlustig und schlagfertig.

Joe, der bislang mit geballten Fäusten, verkniffenem Mund und grimmiger Miene in seinem Rollstuhl gesessen hatte, musste ebenfalls lachen. Er hätte dem Typen, der seine Tochter so unflätig angebrüllt hatte, zwar am liebsten eine Ohrfeige verpasst, aber Katie wäre stocksauer gewesen, wenn er sich auch nur auf einen Wortwechsel mit ihm eingelassen hätte. Sie hatte ihm verboten, sich bei ihren Reden einzumischen, egal, wie wüst und ungebärdig sich ihre Zuhörer auch verhalten mochten.

»Hör zu, Dad, du darfst nicht mitkommen, wenn du jedes Mal in Rage gerätst, sobald irgendjemand sein Maul aufreißt. Wie sieht das denn aus? Als bräuchte ich meinen Vater, wenn's hart auf hart geht. Das kommt nicht gut an – weder bei Sams Kampagne noch in Zukunft bei meinen eigenen. Also, wenn du kommen willst, dann sei still.«

Das hatte Joe versprochen, weil er nicht ausgeschlossen werden wollte. Weil er kein einziges Wort seiner Tochter verpassen wollte. Sie war eine umwerfende Rednerin – gewitzt und mitreißend. Aber es fiel ihm schwer, ruhig zu bleiben. Er hatte schon viele Wahlkämpfe durchgestanden – für sich und andere Labour-Kandidaten – und wusste genau, zu welchen Unflätigkeiten eine Menschenmenge fähig sein konnte. Aber nichts in seiner gesamten Laufbahn als Politiker kam den Obszönitäten gleich, die Katie an den Kopf geschleudert wurden.

Die Parlamentswahlen waren für den 10. Dezember angesetzt worden, und Katie, die dank ihrer Zeitung und der Unterstützung durch die Gewerkschaften in Ostlondon bekannt war, nutzte ihre Weihnachtsferien, um für Samuel Wilson, den Kandidaten der Labour-Partei, Wahlkampf zu machen. Er bewarb sich um den Sitz von Tower Hamlets, der auch Limehouse einschloss, und dort befanden sie sich im Moment.

Sofort nachdem sie begonnen hatte, sich öffentlich für Wilson einzusetzen, gingen die Zeitungen auf sie los und bezeichneten sie als unweiblich und widernatürlich. Einige Leute, die sie auf Wilsons Seite zu ziehen hoffte, bedachten sie mit noch schlimmeren Ausdrücken. Erwachsene Männer pfiffen sie aus und brüllten Dinge dazwischen, die eher in eine Kaschemme als in eine Versammlungshalle gepasst hätten und bei denen die meisten Frauen – und sogar einige Männer – vor Scham vom Podium geflüchtet wären.

Aber nicht seine Katie. Sie wartete einfach mit gefalteten Händen ab, bis ihre Widersacher geendet hatten, und gab es ihnen doppelt so grob zurück.

»Ach Katie«, hatte Fiona gejammert, nachdem sie die erste Rede ihrer Tochter gehört hatte. »Diese Männer waren wirklich grässlich. Verletzt dich das denn nicht?«

»Das lass ich nicht an mich heran, Mum«, erwiderte Katie. »Das darf ich nicht. Eines Tages werde ich für mich selbst Wahlkampf machen, und dann wird's noch schlimmer. Jetzt kann ich lernen, mit der Menge umzugehen. Das ist eine gute Schule, um Erfahrungen zu sammeln.«

Während Joe Katie weiter zuhörte, wies jemand im Publikum darauf hin, dass ihr Platz als Frau im Haus sei.

»Ich bin vollkommen Ihrer Meinung«, erwiderte Katie und lächelte hinterhältig. »Genau deswegen bin ich hier, verstehen Sie. Weil ich eines Tages im Haus sein will – im Unterhaus.«

Es gab erneut Gelächter, und sie stimmte ein, aber dann wurde sie ernst.

»Ja, ich bin eine Frau«, fuhr sie plötzlich mit stahlharter Stimme fort. »Und sehr stolz darauf. Der Krieg ist jetzt vorbei. Genau wie die Feiern zum Waffenstillstand. Aber lasst uns nicht vergessen, dass es die Frauen waren, die ihr Zuhause zusammenhielten, während die Männer fort waren. Es waren Frauen, die in Munitionsfabriken schufteten, am Abend heimkamen und aus den kargen Rationen ein Essen auf den Tisch brachten. Es waren Frauen, die vier harte Jahre die Familien dieses Landes am Leben erhielten. Und deshalb bin ich stolz, aber so stolz ich darauf auch bin, ich stehe heute nicht vor Ihnen und bitte Sie, für meinen Kandidaten zu stimmen, weil ich eine Frau bin, sondern ich bitte Sie, für Sam Wilson zu stimmen, weil ich Mitglied der Labour-Partei bin, genau wie er.«

Jubelrufe brachen aus – zum ersten Mal an diesem Abend.

»Ihr Frauen dort draußen – euer Land hat euch in Zeiten der Not gerufen, und ihr seid diesem Ruf gefolgt«, rief Katie erregt. »Ihr habt gearbeitet, euch aufgeopfert und viel entbehrt, aber nie gewusst, ob ihr eure Söhne, Brüder und Ehemänner je wiedersieht. Einige von euch bekamen Telegramme, in denen stand, dass ihr sie nie mehr wiederseht. Und wer ist jetzt für euch da? In eurer Zeit der Not?«

Eine Gruppe Frauen vorn in der Halle applaudierte frenetisch.

»Ihr Männer – ihr habt um diesen elenden Krieg nicht gebeten, ihn aber dennoch bekommen«, fuhr Katie fort. »Ihr habt die wahre Hölle durchgemacht an den Ufern der Somme und der Marne. Im Atlantischen Ozean. Im Mittelmeer. Hunderttausende … nein, *Millionen* eurer Kameraden sind gefallen, die trauernde Mütter, Väter, Ehefrauen und Kinder zurücklassen. Viele sind verwundet zurückgekehrt, unfähig zu arbeiten und oft zu geschädigt, um sich je wieder in die Gesellschaft einzugliedern. Ihr habt für uns gekämpft – und wer kämpft jetzt für euch?«

Ein neuer Ruf wurde laut – keine Buhrufe, keine Beleidigungen, nur ein Wort: »Labour! Labour! Labour!«

Katie dämpfte diese Stimmen nicht, sondern ließ sie ihren Schlachtruf singen, bis die Balken der Markthalle erzitterten.

Erst als sich die Menge wieder beruhigt hatte, fuhr sie fort: »Meine

Damen und Herren, wir sind nicht mehr dieselben Menschen wie vor vier Jahren. Wir leben jetzt in einer veränderten Welt, in einer Welt, die der Krieg verändert hat, und deshalb können wir die Politik der alten Welt nicht mehr akzeptieren. Geben Sie Sam Wilson eine Chance, geben Sie der Labour-Partei eine Chance, um Sie in dieser neuen Welt zu vertreten. Sie haben gekämpft, gearbeitet, ertragen ... Jetzt ist die Labour-Partei an der Reihe. Lassen Sie Sam kämpfen. Lassen Sie ihn kämpfen für bessere Jobs für die Heimkehrer und für bessere Pensionen für die Familien derjenigen, die nicht mehr heimkamen. Lassen Sie ihn kämpfen für mehr Krankenhäuser für die Verwundeten, für mehr Schulen für die Kinder unserer tapferen Soldaten und Seeleute. Bürger von Limehouse, lasst Sam Wilson für *euch* kämpfen.«

Jubel brandete auf. Hüte wurden in die Luft geworfen. An die fünfhundert Stimmen riefen: »Wilson! Wilson! Wilson!«

Joe sah seine Tochter an, die mit hocherhobenem Kopf, geröteten Wangen und funkelnden blauen Augen auf dem Podium stand – und platzte fast vor Stolz. Er kannte nicht viele einundzwanzigjährige Mädchen, die an der Universität exzellente Noten schrieben, ihre eigene Zeitung herausbrachten und in den Ferien für einen zukünftigen Abgeordneten Wahlkampf führten.

»Der Apfel fällt nicht weit vom Stamm, wie's aussieht«, sagte ein Mann neben ihm.

Joe drehte sich um. Die Stimme war ihm wohlbekannt. »Na, wenn das nicht James Devlin ist«, sagte er.

James Devlin war Journalist und Herausgeber des *Clarion,* einer Ostlondoner Zeitung. Katie ließ ihr Blatt, den *Schlachtruf,* bei ihm drucken.

»Sie ist ein mutiges Mädchen, Joe. Das muss man ihr lassen. Ich habe Männer – erfahrene Politiker – den Schwanz einziehen und davonlaufen sehen, wenn sie vor einer solchen Meute standen.«

»Sie ist die tapferste Frau, die mir je untergekommen ist. Abgesehen von ihrer Mutter natürlich.«

»Sie hat die Menge hier richtig eingeschätzt«, erwiderte Devlin bewundernd. »Als sie den Leuten sagte, wie sehr der Krieg die Dinge verändert hat. Und nicht zum Besseren. Aber nicht jeder Kandidat stellt sich hin und rückt damit heraus. Die Waffenstillstandsfeiern sind einen Monat her, aber viele schlagen immer noch die Trommel und schwafeln von Ruhm und Ehre und solchem Zeug. Der Tod ist nicht sonderlich ruhmreich, oder?«

Joe schüttelte den Kopf. Devlin hatte recht. Der Krieg war vorbei, wofür die zerrüttete Welt dankbar war, aber er hatte die Dinge für immer verändert. Nichts war mehr so wie zuvor. Keine Familie war verschont geblieben. Die seine jedenfalls hatte es schwer getroffen. Der arme Charlie litt immer noch an der Kriegsneurose. Seine Heilung ging quälend langsam voran. Jennie war tot. Und Maud. Und Seamie. Sein Schiff war im Mittelmeer untergegangen, seine Leiche war nie gefunden worden. So konnte er nicht einmal begraben werden. Sein kleiner Sohn, fast vier inzwischen, war jetzt eine Waise. Er und Fiona hatten ihn zwar sofort aufgenommen und liebten ihn, als wäre er ihr eigenes Kind, aber er hatte sonst niemanden mehr. Jennies Vater, Reverend Wilcott, war kurz nach seiner Tochter an der Spanischen Grippe gestorben. Der Mann, der für Mauds Tod, Jennies quälende Gewissensbisse und vermutlich auch für Seamies Untergang verantwortlich war – Max von Brandt –, weilte angeblich auch nicht mehr unter den Lebenden. Aber Joe glaubte das nicht. Niemand war in der Lage gewesen, die Berichte aus Damaskus zu bestätigen oder zu widerlegen, und er bezweifelte, ob dies je möglich wäre.

India und Sid waren nach Kalifornien zurückgekehrt. Die Familie Harris, die das Kriegsende in Inverness abgewartet hatte, war ihnen gefolgt. Das Hospital in Wickersham Hall nahm immer noch Veteranen auf und kümmerte sich um ihre Rehabilitation. India hatte ihre Nachfolgerin, Dr. Allison Reade, die von Harriet Hatcher empfohlen worden war, sorgfältig ausgewählt, und India und Sid finanzierten gemeinsam mit Joe und Fiona das Hospital auch weiterhin.

»Finden Sie denn noch Zeit, um für Ihren eigenen Sitz Wahlkampf zu machen?«, fragte Devlin.

»Kaum noch«, antwortete Joe. Er war zum Parteiführer ernannt worden und reiste im ganzen Land umher, um in Wahlkreisen weit entfernt von London Kandidaten zu unterstützen.

»Nun, sehen Sie mal zu, dass Sie ihn nicht verlieren«, warnte ihn Devlin. »Diesmal sieht es nicht so aus, als würde die Labour-Partei Stimmen zugewinnen. Davon hab ich mich selbst überzeugt. Bei Versammlungen in ganz London.«

»Ich denke, das Beste, was wir erhoffen können, ist, dass wir ein paar Stimmen dazugewinnen, aber die Liberalen die Wahl gewinnen«, erwiderte Joe. »Es wird noch einige Jahre dauern, bis wir einen von uns in der Downing Street Nummer 10 sehen. Möglicherweise nicht mehr zu meiner Zeit, aber zu Katies hoffentlich. Vielleicht halte ich aber lange genug durch, um das noch zu erleben.«

»Dann mischen Sie also noch ein paar Jahre mit?«, fragte Devlin. »Kein hübscher, friedlicher Ruhestand für Sie?«

»Wenn ich Gelegenheit dazu hätte, wär das prima, James«, antwortete Joe.

»Warum denn nicht? Der Krieg ist vorbei, schon vergessen?«, scherzte Devlin.

»Hab ich nicht, aber ich frage mich manchmal, ob der Krieg – derjenige, den wir seit jeher tagtäglich ausfechten – jemals vorbei sein wird. Es ist hart und ermüdend für die Knochen.«

»Ja, das stimmt. Vor allem für alte Knochen. Wie die unserigen.«

Joe lachte. Er war jetzt dreiundfünfzig, und obwohl es Tage gab, an denen er sein Alter spürte und am liebsten mit einer Kanne Tee und den Morgenzeitungen im Bett geblieben wäre, gab es andere, da fühlte er sich der Sache der Sozialreformen genauso leidenschaftlich verpflichtet wie schon sein ganzes Leben lang. Tatsächlich sogar noch mehr als früher. Denn inzwischen war er nicht nur Parteichef geworden, sondern hatte zudem die Leitung verschiedener Regierungsausschüsse übernommen, die sich um Veteranen, Bildung und Arbeitslose kümmerten. Fiona war zwar nicht einverstanden gewesen, dass er sich in seinem Alter noch zusätzliche Arbeit aufbürdete. Ob er sich denn keine Briefmarkensammlung zulegen und ein friedliches Leben führen könne, fragte sie. Aber Joe wusste, dass er das nicht konnte, weil es keinen Frieden gab.

Der Schmerz über Charlies Schicksal war der Beweis, dass es nie welchen geben würde. Jedenfalls nicht für ihn. Die Vorstellung von Frieden und Behaglichkeit löste sich jedes Mal in Luft auf, wenn er seinen Sohn und all die anderen armen, verstümmelten jungen Männer sah, die immer noch in Wickersham Hall lebten und vermutlich für immer dort bleiben mussten, weil es für sie keinen Platz in der Gesellschaft gab. Das gleiche Gefühl hatte er, wenn er durch die Armenviertel im Londoner East End, in Liverpool, Leeds, Glasgow und Manchester fuhr und sah, dass sich dort auch nach dem Krieg nichts geändert hatte.

»Wie steht's mit Ihnen, Dev?«, fragte Joe. »Sie sind doch auch kein junger Hüpfer mehr. Haben Sie vor, in nächster Zeit aufzugeben und die Schreibmaschine gegen eine Angelausrüstung einzutauschen?«

Devlin schnaubte verächtlich. »Und die Nachrichten in London der Fleet Street überlassen? Bestimmt nicht. Irgendjemand muss doch noch die Wahrheit schreiben.«

Joe lächelte. James Devlin hatte auf seine Weise auch für das Gute gekämpft. Er liebte zwar reißerische und blutrünstige Geschichten, weil sie Auflage machten, aber er hatte auch zahllose Reportagen über gefährliche Arbeitsbedingungen in Dockanlagen und Fabriken und über drohende Gesundheitsgefahren aufgrund der beengten Wohnverhältnisse in den Armenvierteln veröffentlicht. Auf seine Weise hatte Devlin genauso viel getan wie Joe, um die Aufmerksamkeit der Öffentlichkeit auf die grauenvollen Entbehrungen der Armen zu lenken, und Joe wusste, dass es ein ausgeprägtes Gefühl für soziale Gerechtigkeit war, das James Devlin jeden Morgen an den Schreibtisch trieb.

»Wissen Sie was«, sagte Joe und streckte die Hand aus, »wenn wir unseren Krieg gewonnen haben – denjenigen, der immer noch tobt –, dann kümmern wir uns um den Frieden. Vorher nicht. Abgemacht?«

»Einverstanden«, antwortete er lächelnd und schüttelte Joes Hand. Erneut brach im vorderen Teil der Markthalle Jubel aus. Joe und

Devlin drehten sich um und sahen, dass einige der Zuhörer die Bühne gestürmt hatten und Sam Wilson nach Beendigung seiner Rede auf die Schultern hoben. Danach ergriffen sie Katie, hoben sie ebenfalls hoch und marschierten durch die Halle auf die Straße hinaus, wo eine noch größere Menge jubelte.

»Dürfte ein interessanter Wahlkampf werden«, sagte Devlin, während Sam und Katie die Straße hinunter verschwanden. Er verlagerte das Gewicht von einem Fuß auf den anderen und stöhnte leise auf. »Arthritis«, erklärte er und schüttelte den Kopf. »Macht mir inzwischen mehr Ärger als je zuvor. Ich muss sagen, ich bin froh, dass jetzt die Jungen den Kampf ausfechten.« Er schob seinen Hut zurück. »Aber ich möchte ihn nicht verpassen.«

»Ich auch nicht, Dev«, erwiderte Joe lächelnd. »Nicht um alles in der Welt.«

98

»Halten Sie still, Oscar«, sagte Willa. »Nur noch ein paar Sekunden, dann dürfen Sie aufstehen. Versprochen. Das unglaubliche Licht hält nicht mehr lange an, weil im Dezember die Tage viel zu kurz sind. Sehen Sie doch mal aus dem Fenster.«

Oscar Carlyle, ein Musiker, schloss die Hände um seine Trompete, drehte sich um und blickte hinaus.

»Das ist ... perfekt!«, sagte Willa.

Seine Augen gingen weit auf, genau wie sie erwartet hatte. Um seinen Mund spielte ein Lächeln. Das Licht der untergehenden Sonne, das durch die riesigen Fenster in Willas Atelier einströmte, bewirkte diesen Effekt bei Leuten. Es faszinierte sie. Verzauberte sie. Es machte sie lockerer, und sie öffneten sich für ein paar Sekunden, gerade lang genug, damit sie das atemlose Staunen, den Ausdruck der Verwunderung auf ihrem Gesicht einfangen konnte. Gerade lang genug, damit sie ihnen einen winzigen Teil ihrer Seele entreißen und für immer auf Film bannen konnte.

»Sonnenuntergang über Paris. Was für ein unglaublicher Anblick«, sagte Oscar mit seinem harten Brooklyner Akzent. »Wie schaffen Sie es, hier überhaupt zu arbeiten? Ich würde den ganzen Tag nur aus dem Fenster starren.«

»Nicht sprechen!«, tadelte Willa. »Sie ruinieren ja alles.«

Sie schoss ein Foto nach dem anderen und arbeitete in den verbleibenden paar Minuten, die das Licht ihr noch gönnte, so schnell sie konnte. Sie wollte etwas Magisches einfangen in dieser Sitzung, etwas Außergewöhnliches.

Die Aufnahmen waren vom *Life*-Magazin in Auftrag gegeben worden. Es brachte einen Artikel über Oscar, einen jungen Avantgarde-Komponisten, und wollte für die Bilder einen ebenso avantgardistischen Fotografen.

Vor einem Monat war der Krieg zu Ende gegangen, und die Menschen fingen an, sich aufzurappeln und den Staub von den Kleidern zu klopfen. Man sehnte sich nach Neuigkeiten, die nicht nur Tod und Krankheit und Zerstörung betrafen. Erst kürzlich hatte Willa Aufträge für Porträts des Dichters James Joyce und des temperamentvollen spanischen Malers Pablo Picasso erledigt.

Als die Redakteure von *Life* hörten, dass Oscar von seinem Wohnort in Rom nach Paris kommen würde, um hier aufzutreten, schrieben sie sofort an Willa, um die Sitzung zu vereinbaren. Sie war erst seit zwei Monaten in Paris – seit Anfang November – und hatte sich bereits einen Namen gemacht.

Nach ungefähr dreißig weiteren Fotos versank die Sonne hinter den Dächern der Stadt, und Willa legte ihre Kamera weg. »Das war's. Schluss für heute.«

»Gott sei Dank«, antwortete Oscar, stand auf und streckte sich.

»Ich schätze, es sind ein paar gute Einstellungen dabei. Sie haben ein erstaunliches Gesicht. Sensibel und ausdrucksstark. Der Traum eines jeden Fotografen.«

»Hoffentlich sorgt mein hübsches Gesicht dafür, dass ein paar Musiksäle ausverkauft sind. Mein Agent ist nicht so überzeugt davon«, antwortete Oscar lächelnd.

»Machen Sie es sich auf dem Diwan bequem«, sagte Willa. »Ich bin gleich wieder da.«

»Das Letzte, was ich jetzt möchte, ist, mich schon wieder zu setzen«, erwiderte Oscar und ging zu der Wand, wo verschiedene Fotos angeheftet waren. »Ich würde mir viel lieber Ihre Arbeit ansehen. Schon seit ich hier hereingekommen bin, wollte ich mich ein bisschen umschauen.«

Willa lebte und arbeitete in einem ehemaligen Hutmacher-Atelier am Montparnasse, in das sie erst vor zwei Wochen von einer Wohnung umgezogen war. Das Atelier befand sich im obersten Stock eines heruntergekommenen Gebäudes, bot aber wesentlich mehr Platz als ihre alte Wohnung und war zudem hell und ziemlich billig.

»Ganz wie Sie wollen«, sagte sie.

Sie brachte ihre Kamera in die Dunkelkammer – ein kleines Abteil, das sie mithilfe schwarzer Tücher um das einzige Wasserbecken geschaffen hatte – und legte sie vorsichtig auf die Arbeitsplatte. Den Film würde sie später entwickeln, wenn sie allein war. Neben dem Becken lagen eine Spritze, ein Gummiband, das als Aderpresse diente, und ein Fläschchen mit Morphium. Auch damit würde sie sich später beschäftigen. Wenn der Film entwickelt war. Wenn sie wieder zurück war von den Ausflügen in die Nachtcafés, die sie mit ihrer Freundin Josie besuchte. Wenn es nichts mehr zu tun und keine Ablenkung mehr gab und sie wieder ganz allein wäre mit ihren Gespenstern und ihrem Schmerz.

Das Morphium hatte sie nach ihrer Ankunft in Paris von einem Arzt bekommen, dem sie erklärte, dass sie die Schmerzen in ihrem amputierten Bein unter Kontrolle bringen müsse. Was bis zu einem gewissen Grad auch stimmte. Das Bein machte ihr allerdings fast gar keine Beschwerden mehr, ganz im Gegensatz zu manchen anderen Dingen. Wenn inzwischen auch Frieden herrschte, für sie gab es keinen Frieden, und es würde nie welchen geben.

Willa nahm eine halb geleerte Weinflasche vom Regal, zog den Korken heraus und füllte zwei Gläser. »Prost«, sagte sie, als sie aus der Dunkelkammer zurückkam. »Danke, dass Sie sich so wunderbar fotografieren ließen.«

Oscar schien sie nicht zu hören. Er betrachtete die Fotos an den Wänden. Sie reichte ihm eines der Gläser. »Ich war übrigens in Ihrem Konzert in der Oper vor zwei Tagen. Ich fand es großartig. Woran arbeiten Sie gerade?«

»An einer neuen Symphonie. Einer neuen musikalischen Sprache für eine neue Welt«, antwortete er gedankenverloren.

»Ist das alles?«, fragte Willa scherzend und trank einen Schluck.

Oscar lachte. »Ich höre mich wie ein Verrückter an, nicht wahr?«, fragte er und drehte sich zu ihr um. »Tut mir leid, aber ich war abgelenkt. Kein Wunder! Das hier ist ja unglaublich«, sagte er und deutete auf einen Schwarz-Weiß-Akt.

Willa warf ebenfalls einen Blick darauf. Es war ein Selbstporträt. Sie hatte es vor zwei Wochen aufgenommen und gemeinsam mit ein paar anderen Fotografien in einer hiesigen Galerie ausgestellt. Es trug den Titel *Odalisque* und zeigte sie vollkommen nackt auf dem Bett sitzend, ohne Prothese und ohne die Schrammen und Narben ihres Körpers zu verbergen. Den Blick hatte sie nicht schamhaft abgewandt, stattdessen starrte sie herausfordernd in die Kamera. Das Foto wurde von der bürgerlichen Presse als »schockierend kühn« und »subversiv« bezeichnet, fortschrittlichere Kritiker schrieben ihm eine »bestechende Symbolik« zu, nannten es »verstörend« und »eine moderne, vom Krieg beschädigte Odaliske für unsere moderne, vom Krieg zerrissene Welt«.

»Hatten Sie keine Angst? So nackt? So verletzlich?«, fragte Oscar.

»Nein«, antwortete Willa. »Wovor soll ich mich noch fürchten? Ich habe jede Menge Narben, mir fehlen Körperteile. Geht's uns nicht allen so nach den vergangenen vier Jahren?«

Oscar lächelte traurig. »Ja, das ist wahr.«

Er ging von einem Foto zum nächsten. Manche waren gerahmt, manche nur an die Wand gepinnt, die meisten jedoch mit Wäscheklammern an einer Leine befestigt, die von einem Ende des Raums zum andern reichte.

»So etwas habe ich noch nie gesehen«, sagte er leise.

»Nein«, erwiderte Willa. »Das haben die meisten Leute nicht. Darum geht es wahrscheinlich.«

Willas Aufnahmen waren keine hübschen Bilder von Kindern, Parks und Pariser Bürgern beim Sonntagsspaziergang. Es waren Fotos von Prostituierten und Zuhältern. Von verkrüppelten Soldaten, die auf den Straßen bettelten. Von einem Betrunkenen in der Gosse. Einem dürren, schmutzigen Mädchen, das für ein paar Sous vor einem Lokal sang. Die Bilder waren hässlich, grob, roh und absolut fesselnd.

Sie zeigten die Seele eines kriegsmüden Volks, und sie zeigten ihre eigene Seele, denn Willa legte ihre ganzen Gefühle, all ihren Schmerz und ihre Leidenschaft in diese Bilder. Ihre Kunst war der einzige Trost, der ihr blieb, die einzige Möglichkeit, das Unaussprechliche auszudrücken – die Trauer und den Zorn, den sie spürte, weil sie den großen Krieg und seine Schrecken überlebt hatte, obwohl sie sich wünschte, das Gegenteil wäre der Fall.

»Es sind so viele. Schlafen Sie denn nie?«

»Nicht, wenn ich es vermeiden kann«, antwortete Willa. »Ich setze mich jetzt, auch wenn Sie es nicht tun. Ich bin todmüde«, fügte sie hinzu und ließ sich auf ein abgewetztes Ledersofa fallen.

Oscar setzte sich auf einen ramponierten Sessel, und Willa schenkte nach.

»Was ist Ihnen passiert? Während des Krieges, meine ich«, fragte er und sah sie interessiert an.

»Ich war mit Lawrence unterwegs, in der Wüste. Ich habe ihn und seine Männer fotografiert.«

»Das klingt aufregend.«

»War es auch.«

»Was ist sonst noch passiert? Irgendetwas muss geschehen sein. Die Fotos ...« Er brach ab, als sein Blick auf weitere Abzüge fiel, die sich auf dem Tisch zwischen ihnen stapelten. »Sie müssen einen großen Kummer erlitten haben, um ihn so genau bei anderen zu erkennen.«

Ein trauriges Lächeln huschte über ihr Gesicht. Sie starrte in ihr Weinglas. »Ich habe den Menschen verloren, den ich auf der Welt am meisten liebte. Er war Fregattenkapitän. Sein Schiff wurde im Mittelmeer versenkt.«

»Das tut mir sehr leid«, erwiderte Oscar sichtlich bewegt.

Willa nickte. »Mir auch.«

Plötzlich fiel ihr der Tag wieder ein, an dem sie von Seamies Tod erfuhr. Sie erholte sich gerade von der Cholera, lag im Bett und aß etwas Suppe, als Fatima aufgeregt plappernd in ihr Zelt kam.

»Willa, du hast einen Gast«, sagte sie. »Er ist groß und hübsch und sagt, er kennt dich.«

Willa stellte ihre Suppenschale ab. War es Seamie? War er zurückgekommen? Ihr Herz begann zu rasen.

Die Zeltklappe wurde zurückgeschlagen, und ihr Bruder trat ein. Sein Gesicht war gebräunt. Er trug eine Uniform. Er nahm die Mütze ab und hielt sie in den Händen.

»Hallo, Willa«, begrüßte er sie. »Ich bin hier, um dich nach Haifa zurückzubringen. Damit du bei mir bleibst. In einem Haus. Einem recht hübschen. Wenn du Lust dazu hast.«

»Albie? Meine Güte, das ist eine Überraschung! Ich dachte ... ich dachte, dass ...«

»Du dachtest, es sei Seamie«, sagte er und senkte schnell den Blick.

»Ja, stimmt«, antwortete sie verlegen. »Aber ich freue mich, dich zu sehen, Albie. Wirklich. Setz dich.«

Albie setzte sich auf das Kissen neben ihrem Bett und küsste sie auf die Wange. »Es ist schön, dich zu sehen, Willa. Es ist ja Ewigkeiten her, nicht? Ich habe alles von deinen Heldentaten erfahren. Wie geht's dir?«

»Viel besser. Tatsächlich werde ich jeden Tag kräftiger. Ich kann jetzt Essen und Trinken bei mir behalten. Das hört sich vielleicht nicht weltbewegend an, aber glaub mir, es ist ein großer Fortschritt.«

Albie lachte, doch seine Augen blieben ernst. Willa kannte ihren Bruder gut. Ihre Beziehung war nicht die beste gewesen, und sie hatten sich jahrelang nicht mehr gesehen, aber dennoch kannte sie ihn. Und sie fühlte, wenn etwas nicht stimmte.

»Albie, was ist los?«, fragte sie.

»Ach, Willa, ich fürchte, ich habe sehr schlechte Nachrichten.«

Willa ergriff seine Hand. »Ist es Mutter? Ja? Albie, was ist mit ihr?«

»Es geht nicht um Mutter. Ich habe erst letzte Woche einen Brief von ihr bekommen. Ihr geht es gut und ...« Plötzlich brach er ab, und Willa sah, dass er schluckte. »Es geht um Seamie«, sagte er schließlich.

Willa schüttelte den Kopf. »Nein. Nein, Albie. Bitte.«

»Es tut mir leid.«

»Wann? Wie?«

»Vor ein paar Tagen. Vor der Küste von Zypern. Sein Schiff bekam eine Breitseite von einem deutschen U-Boot. Es geriet in Brand und sank. Es wurden keine Überlebenden gefunden.«

Willa stöhnte auf. Sie hatte das Gefühl, ihr würde das Herz herausgerissen. Er war tot. Seamie war tot. Die Qual war jenseits des Erträglichen.

Während sie weinte, erinnerte sie sich, was Seamie gesagt hatte, als er sie pflegte. Wie er Fatima gebeten hatte, für sie zu beten. Damals hatte sie seine Stimme in ihren Fieberträumen gehört und hörte sie immer noch – in ihren Albträumen.

Sprich mit ihm, Fatima. Er hört auf dich. Sag ihm, wenn er ein Leben fordert, kann er meines haben. Ein Leben für ein anderes. Meines, nicht ihres. Sag ihm das, Fatima. Sag ihm, Willa am Leben zu lassen.

Gott hatte Fatima erhört. Und ihn genommen.

»Und Sie sind aus der Wüste direkt hierhergekommen? Nach Paris?«, fragte Oscar jetzt und riss sie aus den traurigen Erinnerungen.

»Nein«, antwortete Willa und schüttelte den Kopf. »Ich blieb ein paar Tage bei meinem Bruder. Er war in Haifa stationiert. Dann ging ich nach England zurück. Ich wohnte bei meiner Mutter in London, aber London war grau, bedrückend und voller Gespenster. Wohin ich auch blickte, überall fehlte jemand. Auch dort blieb ich nur ein paar Tage und fuhr dann hierher, wo die Gespenster zumindest anderen Leuten gehören, nicht mir.«

Sie sagte Oscar nicht, wie unglücklich ihre Mutter über ihre Abreise nach Paris war und dass sie Albie nachgeschickt hatte, um sie nach Hause zu holen, nachdem er aus Haifa zurück war. Er kam in ihre Wohnung, warf einen Blick auf sie und sagte: »Du willst dich wohl immer noch umbringen, was? Diesmal eben mit einer Nadel.« Und kehrte ohne sie nach London zurück.

Oscar nahm einen Abzug, der eine Schauspielerin beim Abschminken zeigte. Willa hatte das Foto geschossen, als die Frau in den Spiegel in ihrer Garderobe blickte. Ihr Haar war zu Löckchen gesteckt, und ihre enormen Brüste sprengten fast das enge schwarze Korsett. Während sie weiße Abschminke auftrug, wirkte ihr Ausdruck prüfend und angespannt, als hoffte sie, der Spiegel könnte ihr verraten, wer sie sei.

»Josephine Lavallier, *L'Ange de l'Amour*«, sagte Oscar.

»Sie kennen sie?«, fragte Willa.

»Ich denke, das tut ganz Paris. Dank diesem Foto, wo sie auf der Bühne des Bobino steht und außer einem Paar Flügel praktisch nichts trägt. Ich habe es vor ein paar Tagen im La Rotonde an der Wand hängen sehen. Haben Sie das auch gemacht?«

Willa nickte. »Das Foto wurde in einer hiesigen Tageszeitung veröffentlicht. Der Herausgeber war außer sich, dass so etwas auf einer Pariser Bühne gestattet sei. Seitdem ist Josies Show ständig ausverkauft«, erzählte sie lachend. »Die Show ist tatsächlich ziemlich gewagt. Haben Sie sie gesehen?«

Oscar verneinte, und Willa meinte, das müsse er unbedingt. »Wir gehen heute Abend hin. Ich nehme Sie mit. Haben Sie Zeit?« Oscar bejahte. Dann sei es abgemacht, sagte Willa. Zuerst würden sie im La Rotonde noch etwas essen.

»Ich dachte, Sie hätten gesagt, die Show sei ständig ausverkauft. Kriegen wir denn noch Karten?«

»Josie bringt uns rein«, erklärte Willa. »Wir sind ziemlich eng befreundet, Josie und ich. Wir kommen sehr gut miteinander aus. Tatsächlich haben wir einen Pakt geschlossen – keiner von uns darf über die Vergangenheit sprechen. Es gibt keine Vergangenheit, wenn wir zusammen sind, nur die Gegenwart. Wir sprechen weder über den Krieg noch über das, was wir verloren haben. Wir reden über Malerei, das Theater, was es zum Dinner gab, wen wir gesehen und was wir getragen haben. Das ist alles. Sie kommt eigentlich aus England. Wussten Sie das?«

»Nein, ich hielt sie für so französisch wie Zwiebelsuppe.«

Willa lachte. »Sie lässt mich hinter der Bühne fotografieren, sie selbst und ihre Kolleginnen. Ich nehme alles auf. Den Bühnenmanager. Die kleinen Gauner. Die Mädchen in ihren Kostümen. Die Romanzen und die Streitigkeiten. Als Gegenleistung bekommt sie Abzüge von mir.«

Willa sah das Bild an, das Oscar in der Hand hielt, und lächelte. Sie war ziemlich stolz darauf. »Josie ist eine faszinierende Künstlerin. Obwohl sie Engländerin ist, verkörpert sie Paris, einen Ort, der zwar angeschlagen, aber nicht zerstört ist. Einen Ort, der immer noch schön, immer noch aufmüpfig ist.«

Willa blickte noch eine Weile auf das Bild und meinte dann, sie sollten aufbrechen. Man holte Mäntel und Hüte. Auf dem Weg zur Tür stach Oscar ein weiteres Foto ins Auge. Es zeigte einen jungen Mann auf einem Berggipfel, und man hatte den Eindruck, die ganze Welt liege ihm zu Füßen.

»Wo wurde das aufgenommen?«, fragte er.

»Auf dem Kilimandscharo. Auf dem Mawenzi-Gipfel.«

»Das ist er, nicht wahr? Der Kapitän?«

»Ja. Es wurde aufgenommen, kurz nachdem wir den Gipfel erreicht hatten. Und kurz bevor ich abstürzte. Und mein Bein zerschmetterte.«

Willa erzählte ihm die Geschichte.

»Mein Gott«, rief er aus, nachdem sie geendet hatte. »Können Sie denn noch klettern?«

»Nur noch kleine Hügel hinauf«, antwortete sie und berührte das Foto zärtlich. »Ich habe das Klettern mehr geliebt als alles andere, abgesehen von Seamie. Wir hatten so viele Pläne. Wir wären auf jeden Berg der Welt gestiegen. Wir haben darüber gesprochen, was einen guten Bergsteiger ausmacht. Und uns entschieden, dass es Sehnsucht ist – der überwältigende Wunsch, der Erste zu sein, den Blick auf etwas zu werfen, was noch keiner zuvor gesehen hat.« Wehmütig lächelnd, fügte sie hinzu: »Das war vor vielen Jahren, bevor ich mein Bein verlor. Und Seamie sein Leben. Aber ich denke immer noch daran – an den Kilimandscharo, den Everest, an alle anderen Berge. Und in meinen Träumen besteige ich sie. Mit ihm.«

Der traurige Unterton in ihrer Stimme entging Oscar nicht. »Es ist schrecklich, nicht wahr?«, sagte er ruhig, als Willa die Tür für ihn öffnete.

»Was denn?«, fragte sie, als sie den Schlüssel aus der Tasche zog.

»Was uns antreibt«, antwortete Oscar, während er die Treppe hinabstieg. »Die ständige Suche. Wir sind Gefangene, wir beide. Ich ein Gefangener der Musik, Sie einer der Berge. Und keiner von uns wird je frei sein.«

»Vielleicht wird Freiheit überschätzt«, erwiderte Willa und sperrte ab. »Was wären wir denn ohne unsere Suche? Ich ohne meine Berge. Und Sie ohne Ihre Musik.«

Oscar blieb auf einem Treppenabsatz stehen und blickte zu ihr hinauf.

»Glücklich«, sagte er. Dann drehte er sich um und ging weiter.

Willa lachte wehmütig und folgte ihm.

99

Er würde sterben. Das wusste er jetzt. Er hatte drei Tage nichts gegessen. Zwei Tage nichts getrunken. Es gab keine Nahrung und kein Wasser mehr und keine Hoffnung, sich noch etwas zu beschaffen.

Die Wachen waren fort. Zwei Tage nach dem Waffenstillstand, als sie hörten, der Krieg sei vorbei, waren sie abgezogen. Nachrichten verbreiteten sich langsam in der Wüste. Sie hatten die Kamele, die Ziegen, die Waffen, die Lebensmittel und Wasservorräte gepackt, waren abgehauen und hatten ihre Gefangenen – zweiundsiebzig britische Überlebende der U-Boot-Angriffe im Mittelmeer – sich selbst überlassen. Mitten in der Wüste.

Wenigstens hatten sie die Zellen geöffnet. Weshalb die Männer rausgehen konnten – zumindest diejenigen, die dazu in der Lage waren –, um das Gefangenenlager und den Bestand an Vorräten zu erkunden.

Das hatte nicht lange gedauert. Das Gefängnis war nicht mehr als eine Reihe von Steinhütten – die Überreste eines kleinen Dorfs, schätzten die Männer –, die durch Metallgitter vor den Fenstern und Vorhängeschlösser an den Türen in Zellen verwandelt worden waren. Es gab keine Toiletten, keine Waschbecken, keine Betten. Bloß ein paar Lumpen auf dem Boden, um darauf zu schlafen. Zu essen hatten sie verdorbenen Abfall bekommen. Die Temperaturen stiegen während des Tages auf vierzig und sanken in der Nacht oft unter zehn Grad.

Von den sieben Kameraden, die mit ihm den U-Boot-Angriff überlebt hatten, waren in der ersten Woche drei an ihren Verletzungen gestorben. Walker war vor drei Tagen verhungert. Liddell letzte Nacht. Benjamin hielt noch durch, aber vermutlich nicht länger als bis zum Abend.

Und Ellis, nun ... er wusste nicht, ob Ellis noch lebte. Er war vor neun Tagen mit zwei anderen Männern losmarschiert und hatte geschworen, es bis nach Damaskus zu schaffen. Aber es lagen mehr als einhundertfünfzig Meilen Hitze und Sand zwischen diesem gottverlassenen Ort und der Stadt, und er und seine Kameraden waren krank, geschwächt und unterernährt. Höchstwahrscheinlich war einer nach dem anderen tot umgefallen.

Was bedeutete, dass niemand auf britischer Seite wusste, dass sich er, Benjamin und die anderen Gefangenen überhaupt hier befanden.

Vor drei Monaten hatten ihn die Deutschen aus dem Meer gefischt, wo er, an ein Stück Holz geklammert, im Wasser trieb. Seine Kleider waren zerfetzt, Blut lief ihm aus Mund und Nase. An seinem Hinterkopf klaffte eine große Wunde, und seine ganze rechte Körperhälfte, bis zum Bein hinab, war verbrannt.

»Sie waren fast tot, als man Sie rauszog«, sagte Ellis, sein Steuermann. »Sie haben phantasiert. Waren völlig weggetreten. Wussten nicht mal mehr Ihren Namen.«

Bir Güzel nannten ihn die türkischen Wachen – »der Schöne«. Was ein Scherz war, denn mit seinem blutunterlaufenen, verschwollenen Gesicht war er alles andere als schön.

Als es ihm besser ging und er die Augen aufmachen und sprechen konnte, erklärte ihm Ellis, dass er tagelang bewusstlos gewesen sei. Sie hatten ihn gepflegt – Ellis und die anderen – und ihn am Leben erhalten.

Als er damals zu sich kam, konnte er sich an gar nichts mehr erinnern. Doch langsam, Stück für Stück, kehrte die Erinnerung zurück: die Meldung von dem anderen Schiff. Das deutsche U-Boot. Die Torpedos. Auf welch schreckliche Weise seine übrige Mannschaft gestorben war. Der Lärm, das Feuer, die Schreie. Und dann die entsetzliche Stille, als das Schiff unterging.

Von den Wachen erfuhren sie wenig. Sie hatten keine Ahnung vom Sieg der Alliierten, bis zu dem Tag, als sie aus ihren Zellen herausgelassen und informiert wurden, der Krieg sei vorbei und sie könnten gehen. Die Wachen deuteten nach Süden, dort liege Damaskus, das jetzt in den Händen der Briten sei, und dass sie fünf Tage bräuchten, um dort hinzukommen. Auf einem Kamel. Wenn sie eines auftreiben könnten. Dann waren sie davongeritten. Einer hatte sich umgedreht und Ellis einen Kompass zugeworfen.

In dieser Nacht, nachdem sie gesehen hatten, wie wenig Essen und Wasser ihnen geblieben war, berieten sie sich und entschieden, einen Trupp nach Süden in die Stadt zu schicken. Die drei Stärksten sollten sich aufmachen. Vielleicht schafften sie es bis nach Damaskus und brachten Hilfe, bevor es für die Zurückgebliebenen zu spät war.

Die Brandwunden an seinem Bein waren nicht verheilt, und er konnte nicht laufen. Er konnte kaum sitzen. Ganz zu schweigen davon, nach Damaskus zu marschieren. Während der vergangenen elf Tage hatte er praktisch nur in seiner Zelle gelegen und das wenige gegessen und getrunken, was die anderen ihm gaben. Bis sie ihm schließlich nichts mehr geben konnten.

Es waren gute Menschen, seine Mitgefangenen, und er hoffte, sie überlebten. Für ihn war es zu spät, aber er hoffte inständig, dass sie gerettet würden.

Er schloss die Augen, fiel in tiefen Schlaf und wünschte sich, nicht mehr daraus zu erwachen, um nicht erneut schrecklichen Durst und quälende Schmerzen erdulden zu müssen. Er träumte von seinem kleinen Sohn. Und der Mutter des Jungen. Und von einer dunkelhaarigen Frau mit grünen Augen. Sie stand am Fuß eines Bergs und lächelte ihn an. Sie war schön. Sie war eine Rose, seine Wildrose. Er würde sie jetzt gehen lassen – den Schmerz, den Kummer und das Leiden loslassen, alles loslassen. Aber eines Tages würde er sie wiederfinden. Das wusste er. Nicht in diesem Leben, aber im nächsten.

Er war bereit zu sterben, der Tod machte ihm keine Angst, aber die Männerstimmen, die ihn laut und eindringlich wieder ins Leben rissen.

»Heiliger Himmel! Da liegt ein Toter drin! Und dort noch einer!«

Er hörte, wie jemand gegen seine Tür trat, die wegen der Hitze tagsüber meistens geschlossen blieb.

»Der hier lebt auch nicht mehr, Sergeant«, hörte er eine zweite Stimme. »Warten Sie! Nein ... er atmet! Er lebt noch!«

Er öffnete die Augen und sah einen Soldaten über sich stehen, einen britischen Soldaten. Er sah, wie er sich hinkniete, dann spürte er Wasser auf seinen Lippen, trank gierig und hielt die Feldflasche mit zitternden Händen fest.

»Ja, so ist's gut, aber jetzt ist genug. Langsamer, sonst wird Ihnen schlecht. Es gibt noch mehr, wenn Sie wollen. Wie heißen Sie, Sir?«

»Finnegan«, antwortete er und blinzelte in das grelle Wüstenlicht, das in seine Zelle strömte. »Commander Seamus Finnegan.«

100

»Hier, James, mein Schatz, gib Charlie einen und Stephen den anderen«, sagte Fiona und reichte ihrem Neffen zwei Christbaumanhänger, die sie aus einem Karton genommen hatte. Es war Weihnachtsabend, und sie, Joe und ihre Kinder feierten gemeinsam mit den Männern im Veteranenhospital von Wickersham Hall.

James nahm ihr vorsichtig die Anhänger ab, dann ging er zu einem jungen Mann hinüber, der beim Christbaum stand. »Hier, Stephen«, sagte er und reichte ihm einen Schneemann. »Häng ihn hoch hinauf. Nein, nicht da. Höher. Wo noch nichts hängt.«

Dann ging James zu Charlie hinüber, der auf einem Sofa saß und vor sich hin starrte. Er legte ihm den anderen Anhänger in die Hand, aber Charlie machte keine Anstalten, aufzustehen und ihn an den Baum zu hängen. James, der zu klein war, um Charlies Krankheit oder die Tragödie des Siebzehnjährigen zu verstehen, wurde einfach ungeduldig mit ihm. »Jetzt komm schon, Charlie«, drängelte er. »Du musst auch einen Teil beitragen, weißt du. Das sagt Opa immer. Er sagt, wir müssen alle unseren Teil beitragen und dürfen uns nicht drücken.« Als Charlie sich immer noch nicht rührte, zog James ihn an der Hand. »Jetzt komm schon, und häng deinen Anhänger neben den von Stephen.«

»Ein richtiger kleiner General ist er«, bemerkte Joe mit zärtlichem Ton.

Fiona blickte auf die beiden Cousins, der eine groß und der andere so klein, und nickte lächelnd. Es war das Einfachste der Welt – Weihnachtsschmuck an den Baum zu hängen –, aber Charlie dabei zu beobachten machte sie unendlich glücklich. Er machte Fortschritte – langsam, aber stetig.

In den Monaten nach seiner Rückkehr von der Front hatte sein Zittern nachgelassen, er hatte gelernt, wieder selbst zu essen, und konnte inzwischen bei einfachen Arbeiten mithelfen. Aber er schlief immer noch schlecht und sprach so gut wie kein Wort.

Im Oktober hatten sie ihn mit nach Hause genommen, in der Hoffnung, seine alte Umgebung würde ihm helfen, sich wieder zu öffnen. Aber es war mühsam. Die jüngeren Kinder waren entsetzt über seinen Anblick, und das tägliche Zusammenleben mit ihm erwies sich als äußerst anstrengend. Er hatte Schwierigkeiten, zu essen und zu schlafen, und litt unter Albträumen. Widerstrebend hatten sich Joe und Fiona entschieden, ihn wieder nach Wickersham Hall zurückzubringen, weil er sich dort besser erholte. Es war ruhiger dort, weil alles nach festen Vorgaben ablief. Routine schien tröstlich auf ihn zu wirken.

Fiona und Joe ließen europäische Spezialisten ins Hospital kommen, einen nach dem anderen. Keiner hatte Charlie helfen können. Während einer der Visiten hatte der Arzt, ein Mann aus Prag, erklärt, dass Charlie hoffnungslos geistesgestört sei und dass er bei ihm nur eines helfen könne, nämlich eine Schocktherapie – eine neue Behandlungsmethode, die er selbst erfunden habe. Dabei würde ihm eine hohe Dosis einer stimulierenden Droge verabreicht, deren Namen Fiona nicht einmal aussprechen konnte. Die würde einen schweren Krampfanfall bei ihm auslösen.

»Dabei handelt es sich einen Anfall, der das ganze Gehirn betrifft«, erklärte der Doktor. »Ich hoffe, durch Auslösung des Anfalls die geschädigten Gehirnbahnen wieder neu zu ordnen. Keine Angst, Mrs Bristow. Er wird gut angeschnallt sein. Die Lederbänder und Schließen funktionieren sehr gut, und der Patient wird kaum blaue Flecken oder Schürfwunden davontragen.« Und mit einem fröhlichen Lächeln fügte er hinzu: »Und der Arzt sogar noch weniger!«

Wütend hatte Fiona ihm erklärt, er solle zurück nach Prag und aus ihren Augen verschwinden. Dann nahm sie die Hand ihres unglücklichen Sohnes und führte ihn aus dem Raum in den Obstgarten hinaus. Sie half ihm, sich ins Gras zu setzen, damit er sich selbst nicht verletzte, und ging ein paar Birnen pflücken für die Köchin. Sie hatte nur ihre Schere, keinen Korb mitgenommen, also gab sie Charlie die Früchte in die Hand und vergaß in ihrer Aufregung, dass er zitterte und gar nichts festhalten konnte. Als sie sich wieder umdrehte, hatte er zu zittern aufgehört. Nicht ganz, aber fast. Er hielt eine der Birnen hoch und sah sie an. Er hob sie an die Nase und atmete ihren Duft ein. Und dann sah er sie an. Zum ersten Mal, seit er heimgekommen war, sah er sie wirklich an und lächelte. »Danke, Mum«, sagte er deutlich.

Fiona hätte fast Freudenschreie ausgestoßen. Sie umarmte und küsste ihn. Daraufhin ließ er wieder den Kopf hängen und wandte sich ab, wie immer, wenn ihm jemand zu nahe kam. Aber seitdem hatte er Fortschritte gemacht, er sprach ab und zu und suchte Augenkontakt. Es war ein langsames Erwachen, eine langsame Rückkehr zu ihnen. Doch Fiona war überzeugt, dass sie eines Tages ihren Sohn wieder zurückbekäme.

Am nächsten Tag, wieder in London, übergab sie die Leitung ihres Teehandels ihrem Stellvertreter Stuart Bryce. Sie erteilte ihm absolute Vollmachten und verabschiedete sich innerhalb weniger Stunden von einem Unternehmen, das sie während ihres ganzen Lebens aufgebaut und geleitet hatte.

»Bist du dir sicher, Fee?«, fragte Joe, als sie ihm von ihrem Entschluss berichtete.

»Das bin ich«, antwortete sie, ohne zu zweifeln, ohne Tränen und ohne einen Moment zu zögern. Ihr Tee-Imperium war ihr wichtig und ans Herz gewachsen, aber nichts auf der Welt liebte sie mehr als ihre Kinder. Ihr Sohn Charlie brauchte sie jetzt dringend, wie auch ihr kleiner Neffe James.

Sie verbrachte so viel Zeit wie möglich in Wickersham Hall, nahm James immer mit dorthin, und manchmal wohnten auch die Zwillinge bei ihnen in Brambles. Gemeinsam mit Charlie und den Kindern erledigte sie die Arbeit, die der Gärtner nicht schaffte. Sie gruben um, pflanzten und beschnitten und bereiteten die Pflanzen und Bäume für den Winter vor. Sie setzten zweihundert Krokuszwiebeln. Dreihundert Tulpen. Fünfhundert Narzissen.

Der Herbst war gekommen und mit ihm die Hoffnung, dass der Krieg bald vorbei sein würde, weil die Amerikaner inzwischen aufseiten der Alliierten kämpften. Mit ihnen trat die Wende ein. Der Kaiser konnte nicht mehr davon ausgehen, noch lange durchzuhalten. Tag für Tag nahm Fionas Hoffnung zu – die Hoffnung auf ein schnelles Ende der Kämpfe und die Hoffnung auf die sichere und schnelle Rückkehr ihres Bruders Seamie.

Und dann kam der schreckliche Tag, an dem Joe unerwartet in Brambles auftauchte und Fiona sofort wusste, was geschehen war. Sie brauchte das Telegramm in seiner Hand nicht zu lesen, sie konnte es in seinen Augen sehen.

»Es tut mir leid, Fiona. Es tut mir so leid.«

Charlie war der Erste gewesen, der zu ihr trat, der Erste, der sie in die Arme nahm. »Ruhig, ruhig, Mum«, sagte er, als sie vor Schmerz und Trauer auf einen Stuhl sank und in verzweifelte Klagen ausbrach. Um sich. Und um James, der innerhalb weniger Wochen seine Eltern verloren hatte. »Ruhig, ruhig«, flüsterte Charlie ihr zu, genau wie sie ihm zugeflüstert hatte, als er nicht essen und nicht schlafen konnte. Wenn die Erinnerungen ihn übermannten.

Auch Sid hatte getrauert. Zutiefst. Der Verlust seines Bruders hatte seine Entscheidung, nach Amerika zurückzukehren, noch beschleunigt. An einen Ort, der keine Erinnerung an Seamie barg. India hatte eine andere Ärztin angestellt, die ihre Pflichten übernahm: Dr. Reade. Sie übergab das Hospital in ihre Obhut, dann waren sie, Sid und die Kinder zuerst nach Southampton und von dort aus nach Amerika weitergereist. Sie waren sicher in New York angekommen und schließlich in Kalifornien, in Point Reyes, an dem Ort, den sie so sehr liebten. Fiona vermisste sie schrecklich, aber sie verstand ihren Wunsch, dort ihr Leben weiterzuführen.

Ein paar Wochen später trafen Seamies Habseligkeiten ein. Ihn selbst konnte sie nicht beerdigen – es gab keine Leiche –, also stellte sie auf dem Familiengrab in Whitechapel einen weiteren Stein neben den von Jennie, und dann pflanzten Charlie und sie gelbe Rosen zwischen die beiden Gräber. Gelb zum Gedenken. Nie würde sie ihren geliebten Bruder vergessen. Er war jetzt bei ihren Eltern, bei ihrer kleinen Schwester Eileen und bei seiner Frau Jennie.

Wann immer sie zu dem Familiengrab ging, bat sie ihre Eltern, Seamie, die arme, ruhelose Seele, zu umarmen. Glück war ihm nicht beschieden gewesen. Einmal, vor Jahren, schien es, als hätte er wenigstens ein bisschen davon gefunden, als er Jennie heiratete. Aber selbst damals umgab ihn eine gewisse Trauer und Ruhelosigkeit. Fiona wusste, dass er Willa Alden bei der Beerdigung ihres Vaters wiedergesehen hatte, und sie vermutete, dass er trotz der Heirat mit Jennie nie über Willa hinweggekommen war. Sie verstand den Schmerz, der davon herrührte. Beinahe hätte sie einmal das Gleiche getan. Vor langer Zeit in New York, als sie dachte, Joe für immer verloren zu haben, hätte sie fast einen anderen Mann geheiratet, den sie zu lieben glaubte – William McClane. Wenn sie das getan hätte, hätte sie die Hoffnung auf wahre Liebe für immer verloren. Sie ertrug es kaum, sich dies vorzustellen – ein Leben ohne Joe –, und das Herz tat ihr weh bei dem Gedanken an ihren Bruder, dem ein Leben mit Willa, seiner wahren Liebe, nicht vergönnt gewesen war.

Fiona musterte jetzt den Christbaum. James hatte mindestens acht Männer, inklusive Joe, darum versammelt und reichte ihnen immer noch Schmuck und Kugeln. Es schien den Patienten gutzutun, einen Baum in ihrer Mitte zu haben, Platten aufs Grammofon zu legen und Glühwein und heiße Schokolade zu trinken. Für die meisten war es wieder das erste richtige Weihnachten nach vier Jahren.

Fiona freute sich über die Aufmunterung, die die Feiertage für die Veteranen und ihre eigene Familie brachten. Anfang des Monats hatte Joe den zermürbenden Wahlkampf um seinen Sitz für Hackney gewonnen. Der Premierminister musste abtreten, aber Joe kehrte zurück. Tatsächlich war er von David Lloyd George, dem neuen Premier, zum Arbeitsminister ernannt worden. Sam Wilson – für den sich Katie so vehement eingesetzt hatte – gewann seinen Sitz, und die Labour-Partei als Ganzes verzeichnete einen großen Stimmenzuwachs. Es war ein schwerer Kampf gewesen, und Joe und Katie waren erschöpft. Ein paar Tage Ruhe würden ihnen ebenfalls guttun.

»Komm, James, du nimmst das hier und hängst es auf«, sagte Fiona und nahm einen weiteren Anhänger aus dem Karton. »Du hast all die

Burschen den Schmuck aufhängen lassen, jetzt ist es an der Zeit, dass du selbst welchen aufhängst.«

»Das ist ja ein Engel, Tante Fee.« James bewunderte die hübsche Porzellanfigur.

»Ja, das stimmt«, sagte Fiona.

»Meine Mummy ist auch ein Engel«, erwiderte der kleine Junge. »Mein Daddy auch. Sie sind jetzt im Himmel.«

Fiona hatte Mühe, ihre Stimme zu kontrollieren. »Ja, mein Liebling, das sind sie.«

Fiona beobachtete, wie James den Engel an den Baum hängte. Sie dachte daran, dass Seamie im gleichen Alter war wie James, als sie ihre Eltern verloren. Sie hatte ihn aufgezogen. Jetzt würde sie seinen Sohn aufziehen.

Nachdem James seinen Engel aufgehängt hatte, kam er zu ihr zurück und sagte: »Ich hab Hunger, Tante Fee. Stephen hat die ganzen Minzplätzchen aufgegessen.« Sprach's und lief aus dem Gemeinschaftsraum in Richtung Küche.

»James? Komm zurück! Wo läufst du denn hin?«, rief Fiona ihm nach. »Sicher zu Mrs Culver, um ihr wieder Plätzchen abzubetteln«, sagte sie seufzend. »Charlie, Schatz, du kannst gern noch den Baum weiter schmücken, wenn du magst. Ich muss James hinterher.«

Charlie nickte.

Immer auf der Suche und immer unterwegs, unser James, dachte Fiona, als sie ihm nacheilte. Genau wie Seamie, als er klein war. Im Gegensatz zu James bezweifelte sie sehr, dass ihr Bruder im Himmel war. Der Himmel konnte ihn nicht festhalten. Er war am Südpol, am Nordpol oder auf dem Everest. Aber wo er auch sein mochte, sie hoffte, dass er endlich seinen Frieden gefunden hatte.

»Da bist du ja!«, rief sie aus, als sie ihren Neffen eingeholt hatte. Er saß auf dem Arbeitstisch der Köchin, neben Katie, die das Layout für die nächste Ausgabe des *Schlachtrufs* zusammensetzte und eine Tasse Tee trank. Er sah der Köchin zu, die den Teig für Fleischpasteten ausrollte. »Ich hoffe, du störst Mrs Culver nicht«, sagte Fiona zu ihm.

»Er stört überhaupt nicht«, antwortete Mrs Culver. »Ich hab ihn sehr gern bei mir, nicht wahr, kleiner Mann?«

James nickte. Sein Mund war voller Plätzchen. Mrs Culver hatte zwei weitere Platten für den Gemeinschaftsraum vorbereitet.

»Lassen Sie ihn hier, Mrs Bristow. Mir macht das nichts aus. Er kann mir beim Teigausrollen helfen.«

»Sind Sie sich sicher, Mrs Culver?«

»Absolut.«

»Also gut«, sagte Fiona. »Ich würde sehr gern den Baum fertig schmücken.« Sie strich James übers Haar, nahm die Platte mit Minzplätzchen und ging hinaus. Als sie an den Fenstern vorbeikam, blickte sie hinaus und sah einen älteren, verkniffen aussehenden Mann, der einen der Patienten begleitete.

»Wer ist das denn? Ich glaube, den habe ich noch nie gesehen.«

Katie sah von ihrer Zeitung auf und folgte Fionas Blick. »Das ist Billy Madden«, antwortete sie. »*Der* Billy Madden.«

Fiona starrte wie vom Donner gerührt auf ihn. »Woher weißt du das, Katie?«

»Ich verbringe viel Zeit in Limehouse. Er auch«, antwortete Katie trocken.

»Billy Madden ... *hier*?«, fragte Fiona. »Warum?«

Sie erinnerte sich sehr gut, dass Billy Madden ihren Bruder Sid hatte umbringen wollen.

»Er besucht seinen Sohn. Seinen jüngsten. Der Junge ist erst letzte Woche eingeliefert worden«, erklärte Mrs Culver.

»Peter Madden«, sagte Fiona. Sie hatte seinen Namen auf der Liste der ankommenden Patienten gesehen, aber nie daran gedacht, dass er Billys Sohn sein könnte.

»Ja, das ist er. Billys zwei ältere Söhne sind an der Somme gefallen, hab ich gehört. Der hier hat einen Kopfschuss. Dr. Barnes hält ihn für einen aussichtslosen Fall. Er wird nicht mehr gesund«, erläuterte Mrs Culver.

»Ich kenne Peter«, sagte James. »Er ist neu. Er ist sehr still.«

Während sie zusah, wie der Mann mit hängenden Schultern und

verzweifeltem Gesichtsausdruck an der Seite seines schweigenden, dahinschlurfenden Sohns vorbeiging, empfand Fiona fast Mitleid mit ihm. Fast.

»Ich habe so schreckliche Dinge über ihn gehört«, warf Mrs Culver ein und sah ebenfalls aus dem Fenster, »aber die sind kaum zu glauben. Ich meine, sehen Sie ihn doch an ... Er sieht doch nicht aus wie ein furchterregender Verbrecher, oder? Eher so, als wär ihm das Herz rausgerissen worden.«

»Wem ist das Herz rausgerissen worden? Wer ist ein Verbrecher?«, fragte James neugierig.

Fiona, die immer noch Madden anstarrte, lief ein kalter Schauer über den Rücken.

»Tante Fee? Wer ist ein Verbrecher?«, fragte James erneut. »Dieser Mann da draußen? Ist das Peters Daddy? Er sieht nicht wie ein Verbrecher aus. Bloß traurig.«

»Niemand ist ein Verbrecher, James«, antwortete Fiona. »Iss dein Minzplätzchen, Schatz«, fügte sie, Madden nicht aus den Augen lassend, hinzu.

Madden, der seinen Sohn am Arm hielt, deutete auf etwas und lächelte. Fiona blickte in die Richtung, in die er zeigte. Es war ein großer Falke, der über einem Feld kreiste.

Mrs Culver hielt Madden für einen gebrochenen Mann, aber sie war sich nicht so sicher. Männer wie er änderten sich nicht wirklich. Das wusste sie aus eigener Erfahrung. Sie gaben ihre Gewalttätigkeit nicht auf. Sie blieb in ihnen wie eine eingerollte Viper.

Plötzlich hörte Fiona, wie eine Tür aufgerissen und wieder zugeschlagen wurde, und als Nächstes sah sie James über den Rasen laufen. Zu Billy Madden. Er hatte etwas in der Hand.

»James!«, rief sie, stellte die Platte mit den Plätzchen ab und lief ihm nach. »James, komm zurück!«, rief sie erneut, als sie draußen war.

Aber James war bereits an Billy Maddens Seite und zupfte ihn am Jackett. Madden drehte sich um, und James reichte ihm etwas. Ein Plätzchen, wie Fiona beim Näherkommen sah. Auch Peter gab er eines.

»Fröhliche Weihnachten«, sagte er.

Madden kniete sich mit dem Plätzchen in der Hand zu dem Jungen nieder. Sein Gesicht war kreidebleich geworden. Als hätte er ein Gespenst gesehen. Während Fiona zusah, streckte er die Hand aus und griff nach James' Hand.

»William?«, fragte er. »Sohn, bist du das?«

Seine Stimme klang gequält. Seine Augen waren weit aufgerissen, und sein Blick bohrte sich in den Jungen. Er machte ihm Angst.

»Lassen Sie mich los«, hörte Fiona James sagen, während er versuchte, sich loszureißen.

Keuchend kam Fiona schließlich bei den dreien an. »Lassen Sie ihn los«, stieß sie heftig hervor. »Sofort.«

Als käme er plötzlich wieder zu sich, ließ Madden von dem Jungen ab. Er blickte zu Fiona auf. »Es ... es tut mir leid, Madam«, sagte er verwirrt. »Ich wollte dem Kind keine Angst einjagen. Oder Ihnen. Es ist nur ... Es war bloß ein ziemlicher Schock. Verstehen Sie, der Junge sieht genau so aus wie mein ältester Sohn William, als er ein Kind war. Wie aus dem Gesicht geschnitten. Es ist ... richtig unheimlich.« Er schluckte schwer und fügte hinzu: »William ist in Frankreich gefallen, Madam. Letztes Jahr.«

»Das tut mir sehr leid«, erwiderte Fiona. »Ich sehe, Sie gehen mit Peter spazieren. Wir wollen Sie nicht stören. Komm jetzt, James.«

Fiona nahm James' Hand, und gemeinsam gingen sie in die Küche zurück. Sie spürte, dass Maddens Blick ihnen folgte.

»Worum ging's denn, Mum?«, fragte Katie, als Fiona mit James in die Küche trat.

»Lauf doch bitte in den Gemeinschaftsraum, und sieh nach, ob mit deinem Cousin alles in Ordnung ist«, bat Fiona James.

»Ich bin mir nicht sicher, was das zu bedeuten hatte«, sagte Fiona zu Katie, als er fort war. »Aber ich möchte nicht, dass James noch mal in die Nähe dieses Mannes kommt. Sie achten darauf, dass er im Haus bleibt, Mrs Culver. Wenn er noch einmal herkommen sollte«, bat sie, denn plötzlich und ganz unerklärlicherweise befiel sie Angst um den Jungen.

»Das werde ich, Mrs Bristow. Aber Sie haben von Billy Madden nichts zu befürchten. Er war schon dreimal hier und immer der perfekte Gentleman.«

Fiona nickte und griff erneut nach der Platte mit den Plätzchen. Du bist töricht, tadelte sie sich. Und dennoch, obwohl sie nicht erklären konnte, warum, sperrte sie die Küchentür ab, bevor sie in den Gemeinschaftsraum ging.

101

»Sie machen wohl Witze, Mr Simmonds?«, brüllte Admiral Harris in seinem Büro herum. Die Tür stand offen, und Seamie, der auf einer Bank vor dem Büro des Admirals saß, konnte alles mit anhören. »Weil ich im Moment nämlich versuche, vier Kriegsschiffe, drei Kanonenboote, acht U-Boote und zweihundert Seeleute vom Mittelmeer in den Atlantik zu verlegen, und keine Zeit für Scherze habe.«

»Ich versichere Ihnen, Sir, ich mache ganz eindeutig keine Scherze«, erwiderte Simmonds, der Sekretär des Admirals.

Seamie, in einer Armeeuniform, die ihm einer der Männer aus der Einheit seiner Retter geliehen hatte, war erst kurz zuvor in Mr Simmonds Büro im Hauptquartier der Königlichen Marine in Haifa aufgetaucht und hatte ihm seine Geschichte erzählt.

Jetzt hörte er zu, wie der Admiral sagte: »Ich würde gern wissen, Mr Simmonds, wie. Wie genau ist das passiert?«

»Ich weiß es nicht, Sir. Die Armee hatte offensichtlich die Finger im Spiel. Eine Einheit, die westlich von Hama stationiert ist. Obwohl ich finde, dass es am besten wäre, wenn Commander Finnegan Ihnen die Details selbst erklären würde.«

»Wo ist er jetzt?«

»Direkt vor der Tür, Sir.«

»Dann bringen Sie ihn doch, um Himmels willen, rein, Mann!«

Mr Simmonds steckte den Kopf durch die Tür und bedeutete Seamie, ihm zu folgen. Langsam und steif trat Seamie in Admiral Harris' Büro und salutierte. Der Admiral starrte ihn an, blinzelte und erwiderte den Salut.

»Ich will verdammt sein«, sagte er leise. Und dann, wesentlich lauter: »Nehmen Sie Platz, mein Junge! Wo zum Teufel sind Sie gewesen?«

»Das ist eine ziemlich lange Geschichte, Sir. Bevor ich die erzähle, möchte ich Ihnen mitteilen, dass Steuermann Ellis und Seekadett Benjamin ebenfalls am Leben sind, wenn auch nicht in bester Verfassung. Sie werden von Hama nach Damaskus gebracht, sobald sie dazu in der Lage sind. Dürfte ich fragen, Sir, ob Sie Nachricht von anderen Überlebenden der *Exeter* haben?«

»Leider nicht. Sie und jetzt Ellis und Benjamin sind die Einzigen, von denen ich weiß.«

Seamie nickte nur. Entgegen aller Wahrscheinlichkeit hatte er gehofft, dass es irgendwie mehr geschafft hätten. Dass die Deutschen sie verfehlt und sie von britischen Rettungsbooten aufgenommen oder in Zypern an Land gespült worden wären.

»Die *Brighton* hat Ihren Notruf empfangen«, sagte der Admiral. »Sie ist etwa eine Stunde nach dem Untergang der *Exeter* in Famagusta eingetroffen und hat sich bemüht, das ganze Gebiet abzusuchen. Aber ein Sturm kam auf, und es gab hohen Wellengang. Sie konnte keine Überlebenden finden und wusste nicht, dass ein deutsches Schiff welche aufgenommen hatte.« Der Admiral machte eine Pause und fügte dann hinzu: »Ich kann mir vorstellen, dass Sie sich die Schuld für das Ganze geben. Aber das brauchen Sie nicht. Sie konnten unmöglich von dem U-Boot wissen.«

»Dennoch gebe ich mir die Schuld dafür«, erwiderte Seamie.

Der Admiral lehnte sich zurück. »Natürlich tun Sie das, mein Junge. Ich hatte nie einen Kapitän unter meinem Kommando, dem es anders gegangen wäre. Aber der Schmerz lässt nach. Mit der Zeit.«

Seamie nickte. Er glaubte es nicht. Er bezweifelte sogar, dass der Admiral es glaubte.

»Sie haben wohl die Marine gegen die Armee eingetauscht, was?«, fragte der Admiral mit Blick auf Seamies Uniform, um die Stimmung etwas aufzulockern.

Seamie lächelte. Während Mr Simmonds mit einer Teekanne und ein paar Keksen hereineilte, erzählte er Admiral Harris, was an Bord der *Exeter* geschehen war, welche Verwundungen er abbekommen hatte und wie er und die anderen von einem deutschen Schiff aus dem Wasser gefischt und an die Türken übergeben worden waren, die sie in ein grauenvolles Gefängnis in der Wüste geworfen hatten. Er erzählte ihm, dass sich Ellis und zwei andere Männer auf den Weg nach Damaskus gemacht hätten, aber fälschlicherweise nach Osten marschiert und in Hama gelandet seien. Was sich allerdings als großes Glück erwiesen habe, denn sie hätten ja kaum den Marsch bis Hama überlebt und wären wohl nie bis Damaskus gekommen. In Hama seien sie zufällig auf die Armeekasernen gestoßen und hätten den Kommandeur über das Gefangenenlager informiert. Der habe umgehend zwanzig Mann auf Kamelen mit Proviant und Medikamenten losgeschickt. Für einige der Gefangenen seien sie zwar zu spät gekommen, aber vielen hätten sie noch das Leben retten können.

»Unglaublich«, sagte der Admiral. »Absolut erstaunlich. Und die Verbrennungen ... sie heilen?«

»Allmählich. Ich wurde gut gepflegt in Hama, kann mich aber immer noch nicht so bewegen, wie ich gern möchte«, antwortete Seamie.

»Wir lassen Sie von einem hiesigen Arzt untersuchen. Und wir telegrafieren Ihrer Familie, um ihnen die wunderbare Nachricht mitzuteilen.« Er machte eine kurze Pause. »Commander Finnegan ... Seamus ...«, begann er zögernd wieder, »bevor ich das tue, habe ich leider eine ziemlich schlechte Nachricht für Sie.«

Seamie wappnete sich innerlich. Er hatte von der schrecklichen Grippe-Epidemie und dem Unheil gehört, das sie zu Hause angerichtet hatte.

»Nicht mein Sohn. Bitte.«

Der Admiral schüttelte den Kopf. »Es betrifft nicht Ihren Sohn. Sondern Ihre Frau, fürchte ich. Mrs Finnegan litt an der Spanischen Grippe. Sie ist im letzten Herbst gestorben.«

Seamie griff nach der Schreibtischkante, um sich abzustützen. In seinem Kopf drehte sich alles. Jennie war krank geworden und gestorben? Ein paar Sekunden lang packte ihn Panik bei dem Gedanken, was aus James geworden war. Dann machte er sich klar, dass seine Familie in London lebte und James bei Fiona und Joe wäre. Ganz sicher sogar. Diese Gewissheit half ihm, die Panik zu dämpfen, aber nicht den Schmerz, der ihn überkam. Oder die Schuldgefühle. Er hatte ein besserer Ehemann für sie sein wollen. Sich geschworen, er würde sich bessern, wenn er nach Hause käme. Der Mann zu sein, den sie wirklich verdiente. Aber jetzt war es zu spät. Er würde nie mehr die Chance dazu haben.

»Es tut mir so leid, Mr Finnegan. Ich bin mir sicher, Sie möchten jetzt ein bisschen allein sein. Vor zwei Tagen ist ein anderer Offizier nach England zurückgekehrt. Seine Räume wurden gereinigt und für den nächsten Bewohner hergerichtet. Ich lasse Sie von Mr Simmonds hinbringen. Und ich werde alles in meiner Macht Stehende tun, damit Sie so schnell wie möglich nach London zurückkehren können.«

»Danke, Sir«, erwiderte Seamie leise. »Eigentlich will ich gar nicht zurück. Ich wünsche mir fast, ich könnte hierbleiben. Wenn mein Sohn nicht wäre, würde ich das auch tun.«

»Ich glaube, mit diesem Wunsch sind Sie in guter Gesellschaft«, antwortete der Admiral. »Die meisten Männer in diesem Haus würden lieber hierbleiben. Einschließlich ich selbst. Es ist in vieler Hinsicht einfacher, als nach Hause zurückzukehren zu all den Gräbern und all dem Schmerz. Und dennoch müssen wir es. Ihr Sohn hat seine Mutter verloren. Er braucht jetzt seinen Vater mehr denn je.«

Der Admiral erhob sich. Seamie ebenfalls. »Es ist Zeit, Sie jetzt in Ihre Unterkunft zu bringen. Sie haben einen schweren Schock erlitten. Sie sollten sich ausruhen. Ich lasse Ihnen richtige Kleidung, etwas Essen und eine gute Flasche Wein bringen.«

»Das weiß ich sehr zu schätzen, Sir«, entgegnete Seamie.

Der Admiral legte ihm begütigend die Hand auf die Schulter. »Es ist schwer, die Menschen zu verlieren, die man liebt, mein Junge. Vor allem eine geliebte Ehefrau. Es ist sogar das verdammt Schwerste auf der Welt.«

Seamie nickte. Die gut gemeinten Worte des Admirals verursachten ihm mehr Kummer, als der Mann sich je vorstellen konnte.

Wenn ich sie nur geliebt hätte, dachte er. Wenn ich es nur getan hätte.

102

»Komm, Willa, lass uns gehen«, sagte Josie Meadows und legte sich ihre Fuchsstola um die Schultern. »Ich frier mir hier sonst noch den Arsch ab in der Kälte.«

»Wir können nicht gehen. Wir sind doch gerade erst gekommen«, antwortete Willa und öffnete ihre Kamera, um den vollgeknipsten Film herauszunehmen. »Das werden wundervolle Bilder.«

»Und ich werd langsam nervös«, erwiderte Josie und sah sich unglücklich um.

»Sie werden dir nichts tun. Wenn überhaupt, haben sie Angst, dass du ihnen was tust. Trink noch ein Glas Wein, Jo. Entspann dich«, riet Willa ihr und hielt die Kamera näher an die Kerze auf einem winzigen Tisch in der Ecke des knallbunten Zelts, in dem sie saßen.

Es war ein Zigeunerzelt, das in einem verwilderten, abgeschiedenen Winkel des Bois de Boulogne stand. Willa hatte das Zelt und seine Bewohner entdeckt, als sie vor zwei Wochen durch den Park gestreift war und Prostituierte und Vagabunden geknipst hatte.

Von den Zigeunern war sie sofort angetan gewesen. Ihre strenge Schönheit faszinierte sie. Alles an ihnen schien förmlich nach einem Foto zu schreien – die dunklen Augen einer alten Frau mit dem gehetzten Blick, der Schimmer eines Ohrrings vor schwarzem Haar, das Aufblitzen eines Lächelns, plötzlich und unerwartet, das ebenso schnell wieder verschwand. Die Art, wie ein junger Mann zärtlich eine verbeulte Trompete im Arm hielt, als hielte er ein Kind, das Staunen auf Kindergesichtern, wenn ein Fremder auftauchte, und die Furcht in den Mienen ihrer Eltern.

Willa hatte versucht, sie auf der Stelle abzulichten, aber sie waren scheu, abergläubisch und argwöhnisch – immer auf der Hut – und ließen es nicht zu. Sie hatten Angst vor der Polizei. Vor Soldaten. Vor gewöhnlichen Bürgern, die sie nicht mochten und forttreiben wollten und gelegentlich mitten in der Nacht mit Knüppeln bewaffnet kamen und gewalttätig wurden.

Doch entschlossen, sie für sich einzunehmen, hatte Willa sie jeden Tag besucht und brachte kleine Geschenke mit – ein paar Laib Brot, einen Korb Äpfel, Kaffee, warme Pullover für die Kinder. Sie wollte ihnen zeigen, dass sie es gut mit ihnen meinte, dass sie weder die Polizei benachrichtigen noch eine Bande aufgebrachter Bürger gegen sie hetzen würde. Und Schritt für Schritt wurden sie aufgeschlossener. Einige der Männer redeten mit ihr. Eine der Frauen machte ihr eine Tasse starken Kaffee. Einige Kinder baten, ihre Kamera anschauen zu dürfen.

Und schließlich wurde sie in ihr Zelt eingeladen. Es stand ein Stück weit entfernt von den Wohnwagen, tiefer im Wald. Dort sangen und tanzten sie. Dort konnte man hingehen, wenn man bekannt mit ihnen war. Man konnte eine Flasche Wein, etwas Käse und Brot kaufen und ihnen zuhören, wenn sie ihre Geschichten in Form von Liedern erzählten.

Sie hatte Josie von ihnen erzählt und angekündigt, dass sie heute hingehen und sie fotografieren wolle. Josie fand das aufregend und bat, sie begleiten zu dürfen.

Jetzt war sie allerdings ziemlich nervös. »Sie machen mir Angst«, wiederholte sie.

»Ich habe dir doch schon erklärt, dass sie dir nichts tun«, antwortete Willa ungeduldig und legte eine neue Filmrolle in die Kamera. Es war mühsam heute Abend. Die Zigeuner hatten ihr zwar erlaubt, sie zu fotografieren, machten aber immer noch Schwierigkeiten und hatten Scheu vor der Kamera. Das Licht im Zelt – nur Laternen und Kerzen – war sehr schlecht. Und jetzt musste sie sich auch noch mit Josies Ängsten abgeben. »Was glaubst du denn, was sie mit dir vorhaben? Dich entführen? An ihren König verkaufen?«, fragte sie.

»Die haben Zauberkräfte. Der dort drüben zum Beispiel, der mit den vielen Messern. Der hat diesen Blick.«

»Wovon redest du da, um Himmels willen?«

»Er kann Dinge sehen. Direkt in einen Menschen hineinsehen.

Das weiß ich. Ich spüre immer, wenn jemand diesen Blick hat. Meine Mum hatte den auch. Damit ist nicht zu spaßen. Lass uns abhauen.«

»Ich hätte nicht gedacht, dass *l'Ange d'Amour*, die Frau, die *tout Paris* jeden Abend außer Montag alles zeigt, was ihr Gott geschenkt hat, sich vor irgendetwas fürchten würde, schon gar nicht vor ein paar Zigeunern.«

»Ja, genau, *l'Ange d'Amour* heißt ›Engel der Liebe‹. Nicht ›Engel saublöder Kunststückchen, bei denen man todsicher umkommt‹.«

Willa zog ein Fläschchen aus der Hosentasche, nahm zwei Pillen heraus und spülte sie mit einem Schluck Wein hinunter.

»Was ist das?«, fragte Josie.

»Schmerztabletten.«

»Helfen sie?«

»Nein.«

»Tut dein Bein noch weh?«, fragte Josie besorgt.

»Mit meinem Bein ist alles in Ordnung.«

Josie sah sie lange an. »War denn die Dosis, die du dir in deiner Dunkelkammer verabreicht hast, bevor wir gegangen sind, nicht genug? Ach, schau mich nicht so entsetzt an. Ich weiß, was du dort drinnen machst. Jedenfalls nicht bloß Fotos entwickeln.«

»Alles Morphium der Welt ist nicht genug, Jo«, antwortete Willa.

»Da hast du verdammt recht«, erwiderte Josie seufzend. »Auch aller Wein, alle Männer, alles Geld, alle Juwelen und Klamotten nicht. Mach weiter, Willa. Los, mach deine Bilder. Was ist schon der Tod einer kleinen Revuetänzerin, wenn's um die ganz große Kunst geht?«

Willa lachte und küsste Josie auf die Wange. Josie war die Einzige, die sie verstand. Selbst Oscar Carlyle, der seit Kurzem ihr Liebhaber war, tat dies nicht.

Morphium verbannte die Schmerzen nicht, sondern dämpfte sie nur. Nur eines verbannte sie – Fotografieren. Wenn sie in die Linse blickte, sich auf ein Motiv konzentrierte, vergaß sie alles andere. Sogar sich selbst.

Als sie den Film in der Kamera weiterspulte, verließen die beiden Musiker, die sie geknipst hatte, ein Geiger und ein Sänger, die Bühne.

Ein Mädchen, jung, üppig und spärlich bekleidet, trat an ihre Stelle. Sie stand vor der hölzernen Kulisse, stemmte die Hände in die Hüften und spreizte die Beine.

Während Willa und Josie zusahen, trat der Mann, der Josies Meinung nach den besonderen Blick hatte, nach vorn. Er hielt ein halbes Dutzend Dolche in der Hand. Ein Junge stellte einen Korb neben ihm ab, der weitere Messer enthielt. Ein anderer Mann, klein und drahtig, sprang auf die Bühne und verkündete, dass nun der Famose Antoine, der sensationelle Messerwerfer, auftreten werde. Denjenigen im Publikum, die kein Blut sehen könnten, riet er, das Zelt zu verlassen. Dann sprang er schnell wieder herunter.

Willa zog rasch ein paar Francs aus der Tasche, trat zu Antoine und bot sie ihm an, in der Hoffnung, er ließe sich dann fotografieren. Antoine sah zuerst das Geld und dann sie an. Er schüttelte den Kopf, und als sie sich enttäuscht abwenden wollte, deutete er auf sie und machte ein Zeichen auf die Bühne.

Zuerst verstand sie nicht, doch als sie in seine dunklen Augen blickte, von denen Josie überzeugt war, sie könnten ins Innere eines Menschen sehen, begriff sie. »Also gut. Ja«, sagte sie.

»Was?«, fragte Josie laut. »Was soll das? Was hat er gesagt? Willa … du wirst doch nicht … das kann nicht dein Ernst sein. Hast du den Verstand verloren?«

Willa legte den Finger auf die Lippen.

»Nicht, Willa! Bitte!«, flehte Josie. »Er hat getrunken! Ich hab's gesehen!«

Aber Willa war bereits auf der Bühne.

»Ich schau nicht hin«, stöhnte Josie. »Das ist mir zu viel.« Sie legte die Hände aufs Gesicht und spähte durch die gespreizten Finger.

Der Mann brüllte das Mädchen auf der Bühne an, und sie hüpfte schnell herunter. Willa nahm ihren Platz ein. Sie stellte sich vor die Kulisse und spreizte die Beine genau wie das Mädchen, aber statt die Hände in die Hüfte zu stemmen, hob sie ihre Kamera – eine kleine Kodak-Taschenkamera. Die hatte sie heute Abend mitgenommen, weil sie unauffällig war und eine kurze Verschlusszeit hatte.

Willa richtete sich auf und nickte dem Mann knapp zu. Ein erregtes Murmeln ging durch die Menge. Willa achtete nicht darauf. Jede Faser ihres Körpers war auf Antoine konzentriert und wartete auf den Blick oder die Bewegung, die den ersten Wurf ankündigte. Ein Trommelwirbel ertönte. Antoine machte einen Schritt vorwärts und spuckte auf den Boden. Dann holte er tief Luft und warf das erste Messer. Es landete mit einem scharfen Zischen nur wenige Zentimeter neben Willas rechtem Fußgelenk. Applaus brandete auf und ein paar erschreckte Seufzer. Willa hörte sie nicht einmal. Sie hatte abgedrückt, aber hatte sie den Wurf eingefangen? Sie zog die Kamera auf und bereitete sich auf den nächsten vor.

Ein Messer landete zu ihrer Linken. Zu ihrer Rechten. Josie schrie, aber Willa hörte sie nicht. Leute klatschten, brüllten, stöhnten. Und der Mann machte weiter. Noch schneller jetzt. Ein Messer heftete ihre Hose an das Holz. Josie kreischte. Willa bewegte sich nicht. Zuckte nicht einmal. Sie knipste und spulte, so schnell sie konnte, vorwärts, versuchte, das Gesicht des Mannes einzufangen, wenn er zielte und das Messer auf sie zugeschossen kam, die Zuschauer im Hintergrund, die Gesichter im Kerzenlicht und von Schatten verdeckt. Sie hielt nicht einmal inne, senkte nicht einmal die Kamera, verlor nicht einmal die Nerven. Unablässig kamen die Messer angeschossen, krochen entlang ihrer Beine hinauf. Zu ihrem Torso, ihren Schultern, ihrem Hals hinauf. Und schließlich zu ihrem Kopf.

»Aufhören! Aufhören, Sie bringen sie um!«, schrie Josie.

Der Zigeuner warf seine letzten Messer im Schnellfeuertempo. Sie bildeten einen Kranz um Willas Kopf. Er machte eine Pause und warf sein allerletztes. Es schlug dicht neben Willas linkem Ohr ein. Dann verbeugte er sich unter tosendem Applaus und Bravorufen und zeigte mit weit ausholender Geste auf Willa. Auch sie verbeugte sich, und der Jubel schwoll sogar noch mehr an.

Ihre Wangen waren gerötet, ihr Herz hämmerte. Sie war sich sicher, dass sie etwas eingefangen hatte. Vielleicht etwas Sensationelles. Alle waren aufgeregt und glücklich. Bis auf Josie. Die war außer sich.

Jetzt, nachdem es vorbei war, sprang sie auf, trat vor den Messerwerfer und kanzelte ihn keifend ab.

Ihre Strafpredigt dauerte gute zwei Minuten und brachte den Zigeuner wie das Publikum zum Lachen. Willa wollte ihrer Freundin beistehen, musste aber feststellen, dass sie an mehreren Stellen festhaftete. Die Assistentin des Messerwerfers kam ihr zu Hilfe und zog zwei Messer aus dem Stoff ihrer Hose.

Willa sprang von der Bühne, lief zu Josie hinüber und sah gerade noch, wie deren elegant behandschuhter Finger auf die Brust des Zigeuners klopfte, während sie wütend schrie: »Das war wirklich ein ganz mieser Trick! Du hättest sie umbringen können!«

Und gerade noch rechtzeitig, um die Erwiderung des Zigeuners zu hören: »Nein. Überhaupt nicht. Wie kann ich was umbringen, was schon tot ist?«

103

»Commander Finnegan! Commander Finnegan, sehen Sie bitte hier her!«, rief einer der Fotografen.

Seamie ging zum Haus seiner Schwester und drehte sich um. Ein Dutzend Blitzlichter flammten auf und blendeten ihn.

»Commander Finnegan! Wie fühlt es sich an, wieder zu Hause zu sein?«

»Wundervoll, danke«, erwiderte Seamie benommen. »Ich bin sehr froh, wieder in London zu sein.«

Das hatte Seamie nicht erwartet. Er hatte sich auf eine ruhige Ankunft in Mayfair eingestellt, aber sobald er aus der Kutsche gestiegen war, wurde er von Fotografen und Reportern umringt. Schnell bahnte er sich den Weg durch die Menge und stieg die Treppe hinauf. Gerade als er klopfen wollte, ging die Tür auf.

Joe in seinem Rollstuhl saß vor ihm. »Komm rein, Junge. Schnell. Bevor dich die Meute bei lebendigem Leib auffrisst.«

Immer noch brüllten sie ihm Fragen hinterher.

»Commander Finnegan! Wie war der Angriff auf Ihr Schiff?«

»Commander Finnegan! Wann haben Sie erfahren, dass Ihre Frau tot ist?«

»Commander Finnegan! Stimmt es, dass Sie eine Araberin geheiratet haben?«

»Das ist jetzt genug für heute, Jungs«, rief Joe. »Commander Finnegan ist erschöpft nach der langen Reise.«

»Mr Bristow! Wann haben Sie erfahren, dass Ihr Schwager noch lebt?«

»Hat Commander Finnegan seinen Sohn schon gesehen?«

»Wie hat Mrs Bristow reagiert?«

»Wirklich nervtötend, das Journalistenpack«, sagte Joe, als er ins Haus zurückrollte und die Tür hinter sich zuschlug.

In der Diele hatte Fiona ihren Bruder bereits in die Arme geschlossen.

»Wir dachten, du seist tot, Seamie. Ich kann's kaum glauben, dass du zu uns zurückgekommen bist«, sagte sie unter Tränen.

»Ist ja gut, Fee. Ist ja gut«, erwiderte Seamie und drückte sie an sich. Admiral Harris hatte Fiona und Joe im Januar telegrafiert. Jetzt war es schon fast Ende März. Die Ärzte in Damaskus hatten ihn nicht reisen lassen wollen, bevor seine Verbrennungen nicht einigermaßen verheilt waren. Das hatte einen Monat gedauert und die Überfahrt nach England weitere sechs Wochen. Die lange Wartezeit war ihnen allen schwergefallen.

Nachdem Fiona ihn endlich loslassen konnte, umarmte ihn Peter. Dann Katie und die Zwillinge. Alle waren hier, um ihn zu begrüßen, außer Rose und James.

»Wie geht's James?«, fragte Seamie.

»Er ist ein bisschen aufgeregt«, antwortete Fiona.

»Das kann ich mir vorstellen«, sagte Seamie.

James war natürlich aufgeregt, wenn nicht sogar regelrecht verängstigt. Erst vor Kurzem hatte er seine Mutter verloren. Und seinen Vater – wie ihm gesagt worden war. Aber jetzt kehrte sein Vater – ein Mann, den er kaum kannte – in sein Leben zurück. Seamie hatte James nur ein paarmal als Baby gesehen, und er bezweifelte stark, dass sich das Kind, das jetzt vier war, noch an ihn erinnerte. Er wusste, dass er für den Jungen ein Fremder war.

»Möchte er mich denn sehen?«, fragte Seamie.

»Ja, doch. Im Moment ist er mit Rose oben. Ich dachte, es wäre besser, ihn erst herunterzuholen, wenn wir uns alle etwas beruhigt haben. Vor allem ich. Wir haben ihm von dir erzählt. Er ist ziemlich beeindruckt und möchte alles über die *Exeter* hören. Und wie du den Angriff überlebt hast. Soll ich ihn holen?«

»Ja, bitte«, erwiderte Seamie.

Fiona schickte ein Dienstmädchen nach oben, um Rose und den Jungen zu holen, und bat alle anderen in den Salon. Als sie sich gesetzt hatten, kam Rose mit dem kleinen James an der Hand herein.

Seamie schmolz das Herz beim Anblick seines Sohnes. Er hatte Jennie oft geneckt, dass er der Sohn des Milchmanns sein müsse, weil er keinerlei Ähnlichkeit mit den Finnegans hatte. Er war blond, hatte haselnussbraune Augen wie seine Mutter. Und war genauso hübsch wie sie.

James ließ Roses Hand los und lief zu Fiona.

»Ist das wirklich mein Daddy, Tante Fee?«, hörte ihn Seamie flüstern.

»Ja, das ist er«, antwortete Fiona. »Möchtest du ihm Hallo sagen?«

James nickte. Schüchtern kam er zu ihm herübergetapst und streckte ihm mannhaft die Hand entgegen. Seamie bemerkte, wie tapfer er war, und dieser Mut rührte ihn. Er nahm die kleine Hand in die seine und schüttelte sie.

»Hallo, James«, begrüßte er ihn.

»Hallo, Sir«, erwiderte James, sah seinen Vater unsicher an und fügte dann hinzu: »Mein Onkel Joe ist Angeordneter im Parlament.«

»Ist er das? Dann muss ich aber aufpassen, dass ich mich ordentlich benehme«, scherzte Seamie.

»Bist du ein verdammter Tory?«, fragte James vorsichtig. »Die verdammten Torys machen ihn nämlich sehr wütend.«

Fiona sah Joe an. »Ich hab dir doch gesagt, nicht so rumzubrüllen! Weil die Kinder dich hören können!«, flüsterte sie tadelnd. Joe verdrehte die Augen.

»Ich verstehe«, erwiderte Seamie und verbiss sich das Lachen. »Also, ich bin auch ein Labour-Mann, deshalb hoffe ich, hier keine Schwierigkeiten zu kriegen.«

»Bist du gekommen, weil du mich von hier wegholen willst?«, fragte James plötzlich traurig.

Seamie sah die Angst in seinen Augen. Der arme kleine Kerl, dachte er. Er hat so viel durchmachen müssen.

»Nein, James«, antwortete er liebevoll. »Im Gegenteil, ich habe mich eher gefragt, ob ich ein bisschen bei euch bleiben darf. Bei dir und deiner Tante Fiona und deinem Onkel Joe. Das würde ich nämlich sehr gerne. Aber nur, wenn es dir recht ist.«

Ein Strahlen erhellte James' kleines Gesicht, und er drehte sich zu Fiona um. »Darf er, Tante Fee? Kann er bei uns bleiben?«

»Natürlich«, versicherte Fiona ihm. »Wir werden ein Bett für ihn beziehen.«

James lächelte. »Ich hab eine Eisenbahn zu Weihnachten bekommen«, erklärte er Seamie. »Möchtest du sie sehen?«

»Das würde ich sehr gerne.«

»Dann komm mit«, sagte James und nahm seine Hand.

Seamie folgte ihm. Und zum ersten Mal seit Monaten, seit dem Moment, als die *Exeter* untergegangen war, war er froh.

Froh, überlebt zu haben.

Froh, wieder daheim zu sein.

Froh über das Einzige in seinem Leben, das er richtig gemacht hatte. Froh über den kleinen James.

104

Willa streckte sich träge im Bett aus und setzte sich auf. Es war drei Uhr morgens. Bald würde sie aufstehen und ein paar Abzüge machen. Sie war hellwach und voller Energie. Sex hatte immer diese Wirkung auf sie.

Sie blickte zu Oscar hinüber, ihrem hübschen amerikanischen Liebhaber. Er lag der Länge nach ausgestreckt in den zerwühlten Laken und schlief.

Liebhaber, dachte sie, als sie sich abwandte und aus ihrem riesigen Fenster in den Nachthimmel blickte. Was für eine seltsame Bezeichnung für ihn.

Sie liebte Oscar nicht, genauso wenig wie die anderen Männer, mit denen sie seit ihrer Ankunft in Paris zusammen gewesen war. Sie wünschte, sie könnte es.

»Ich liebe dich, Willa.«

Sie hatte nur einen Mann geliebt und wusste tief in ihrem Innern, dass sie zwar ab und zu ihren Körper verschenken würde, aber niemals ihr Herz. Das konnte sie gar nicht. Weil sie es Seamie geschenkt hatte, und Seamie war tot.

»Ich liebe dich, Willa.«

Trauer und Schmerz überkamen sie – schwarz und erstickend. Sie ertrug nicht, dass er fort war. Sie wusste nicht, wie sie in einer Welt weiterleben sollte, in der es ihn nicht mehr gab. In ihren Gedanken sprach sie mit ihm. Staunte über Sonnenaufgänge mit ihm. Erzählte ihm von ihrer Arbeit. Von ihrem Wunsch, eines Tages zum Everest zurückzukehren. Und in ihren Gedanken antwortete er ihr. Wie konnte er fort sein?

Willa spürte eine Hand auf dem Rücken. Erschreckt fuhr sie zusammen. »Wo bist du, Willa? Wo bist du gewesen?«, fragte Oscar.

Willa drehte sich lächelnd um. »Nirgendwo. Ich bin hier.«

»Ich sagte, ich liebe dich. Fünfzehnmal.«

Willa beugte sich hinab und küsste ihn. Ohne etwas zu erwidern.

»Ich bin halb verhungert. Gibt's was zu essen in dieser Bude?«

»Ein bisschen Schokolade, denke ich. Und Orangen«, antwortete Willa.

Oscar stand auf. Er war jung – erst fünfundzwanzig. Mit einem herrlichen Körper, gebräunt und muskulös. Vor mehr als drei Monaten, nachdem sie ihn für *Life* fotografiert hatte, waren sie ausgegangen und hatten viel Spaß gehabt. Und danach waren sie im Bett gelandet. Er war nett, klug und witzig. Etwas Warmes, woran sie sich nachts schmiegen konnte. In vierzehn Tagen müsste er wieder nach Rom zurück. Sie würde ihn vermissen, wenn er fortging.

Er griff nach ihrem Seidenkimono und schlüpfte hinein.

»Du siehst sehr attraktiv aus, Madame Butterfly«, sagte sie.

Er nahm ein Magazin, hielt es wie einen Fächer vors Gesicht und trippelte wie eine Geisha durch den Raum, um die Schale mit den Orangen zu holen, was sie zum Lachen brachte.

Er legte die Orangen aufs Bett, fand eine halbe Tafel Schokolade und eine weitere Flasche Wein. Eine hatten sie bereits geleert.

»Es ist kalt hier«, bemerkte er und schlang den Kimono um sich. Dann ging er auf bloßen Füßen zu dem kleinen Eisenofen am anderen Ende des Raums und legte ein paar Stück Kohle nach. Auf dem Weg zurück zum Bett blieb er plötzlich stehen, um eine Reihe neuer Abzüge auf dem Arbeitstisch anzusehen.

Schweigend betrachtete er sie eine Weile und schüttelte schließlich den Kopf. »Verdammt, Willa.«

Willa wusste, was er sich ansah – eine Bilderserie, die sie vor zwei Tagen in einem Bordell gemacht hatte. Die Fotos zeigten die Prostituierten an ihrem freien Tag. Sie wuschen ihre Bett- und Unterwäsche, sie kochten, aßen und lachten. Kümmerten sich um ihre Kinder. Sie zeigten sie als menschliche Wesen.

»Die sind erstaunlich. Absolut umwerfend. Die Kritiker werden ausflippen.«

»Positiv oder negativ?«, fragte Willa und lächelte über seinen Brooklyner Akzent.

»Sowohl als auch«, antwortete er und stieg wieder ins Bett. »Du bist vollkommen furchtlos, Willa. Aber nicht, weil du mutig bist. Sondern weil es dich einen Dreck schert, was dir passiert. Dir ist es scheißegal, ob Nutten, Zigeuner, Bullen oder Kritiker auf dich einprügeln.« Er warf einen Blick auf die Orangen und runzelte die Stirn, dann biss er ein Stück von der Schokolade ab. »Hast du sonst noch was zu essen hier?«

»Ich glaube nicht.«

»Kein Wunder, dass du so dünn bist«, erwiderte er und schob ihr ein Stück Schokolade in den Mund. »Komm heute Abend zu mir. Ich brate dir ein Steak.«

»Hört sich gut an. Ich denke, ich komme.«

Oscar schenkte Wein nach, und Willa griff nach dem Fläschchen mit den Pillen auf dem Nachttisch. Sie wollte zwei nehmen, ganz diskret, um den Schmerz abzumildern, der mit den Erinnerungen an Seamie zurückgekehrt war. Aber Oscar bemerkte es und fragte: »Schon wieder diese Pillen?«

»Ich brauche sie. Gegen die Schmerzen.«

»Welche Schmerzen? Wo?«, fragte er.

»In meinem Bein.«

Oscar schüttelte den Kopf. »Nein, da sitzt der Schmerz nicht.« Er ließ seine Hand über ihre Brust gleiten und drückte sie auf ihr Herz. »Er sitzt hier.«

Willa wandte sich ab. Sie wollte nicht darüber reden.

Vorsichtig und liebevoll legte Oscar die Hand an ihr Kinn und drehte ihr Gesicht zu sich. »Sieh mich an, Willa. Warum bist du so deprimiert? So dünn und so traurig.« Er nahm ihren Arm und küsste ihre Armbeuge. »Warum sehen deine Arme aus wie Nadelkissen? Warum schluckst du all diese Pillen?«

»Oscar, nicht ...«, wehrte sie ab.

»Weil du jemanden verloren hast? Im Krieg? Ja, ich weiß. Ich habe das Foto gesehen, das du von ihm gemacht hast. Das an der Wand hängt. Aber hör zu, ich sage dir was: Jeder hat jemanden verloren.« Er schwieg eine Weile, dann fügte er hinzu: »Aber du hast mich und ich habe dich gefunden, und das sollte doch auch etwas bedeuten. Das könnte es, wenn du es zulassen würdest.«

Oscar schob den Rest der Schokolade in den Mund, dann nahm er das Silberpapier, zwirbelte es zu einem Ring und setzte ein Papierkügelchen als Diamant darauf. Schließlich nahm er Willas Hand, steckte ihr den Ring an den Finger und sagte: »Heirate mich, Willa.«

»Lass das, du Dummkopf.«

»Ich meine es todernst. Heirate mich.«

Willa schüttelte den Kopf.

»Komm schon, Willa. Werd meine Frau. Ich hol dich raus aus diesem Loch. Nehm dich mit nach Rom. Beschaff dir irgendwo ein hübsches Haus. Mit einer Heizung. Du kriegst einen Garten. Und eine Küche. Ich kauf dir eine Schürze. Und ein Porzellanservice ...«

Willa brach in Lachen aus.

»... und einen Staubsauger.« Er senkte die Stimme. »Ich meine es ernst. Wir können Kinder haben. Und Toast am Morgen. Und abends Diners. Richtige. Wie ganz normale Leute.«

»Das hört sich gut an, Oscar. Wirklich«, erwiderte Willa leise. Der Gedanke, dass er sie mochte und ihr all dies geben wollte, diese guten und realen Dingen, berührte sie zutiefst.

»Das *ist* gut. Wird es sein. Mach es. Lass dein Gespenst auf dem Friedhof zurück, wo es hingehört, Willa.«

Sie wusste, er war ein guter Mensch. Ein talentierter Musiker. Und schön wie ein Gott. Die meisten Frauen hätten gemordet, um so einen Mann für sich zu gewinnen.

»Komm doch, Willa. Heirate mich«, wiederholte er und zog sie an sich. »Ich liebe dich. Wahnsinnig. Was sagst du? Ich werf dir eine Rettungsleine zu. Sei doch nicht blöd. Ergreif sie.«

Vielleicht hatte er recht und sie unrecht. Vielleicht gab es ja eine Chance für sie. Für sie beide. Aber ganz egal, wie sehr sie sich auch bemüht hatte, sie konnte Seamie nicht vergessen – andererseits hatte sie aber auch nie etwas so Verrücktes und Närrisches probiert. Vielleicht konnte sie ja eine glückliche Ehe führen. In einem Haus. Mit einem Staubsauger. Vielleicht konnte sie das ja. Zumindest verdankte sie Oscar eines – dass er sie genügend liebte, um den Versuch zu wagen.

»Also gut«, antwortete sie. »Warum nicht? Ja. Ich heirate dich.«

105

»Entschuldigen Sie, Premierminister«, sagte Amanda Downes, David Lloyd Georges Sekretärin, »aber Sie und das Kabinett sollten sich jetzt nach unten begeben für die Fotos mit der deutschen Handelsdelegation.«

Lloyd George, der nach den letzten Wahlen Asquith abgelöst hatte und gerade seinen Finanzminister Andrew Bonar Law wegen des geplanten Haushaltsbudgets in die Mangel nahm, hielt inne. »Danke, Amanda«, sagte er. Dann drehte er sich zu Archibald Graham, seinem Handelsminister, um. »Erklären Sie mir doch noch mal, Archie, warum wir bei diesem Affenzirkus mitmachen. Das war doch Ihre Idee, oder? Worum geht es eigentlich?«

»Um die Wiederaufnahme der Handelsbeziehungen mit Deutschland. Die Aufhebung der Embargos. Die Vergabe von Krediten. Die Abschaffung von Zöllen«, antwortete Graham.

»Um normale Geschäftsbeziehungen«, warf Joe Bristow mit einem bitteren Unterton ein.

»Genau. Sie wollen unseren Tee. Wir ihre Motorräder«, sagte Graham.

»Aber das kann nicht umgesetzt werden, bevor wir nicht diesen kleinen Vorfall vergessen«, erwiderte Joe.

Graham zog eine Augenbraue hoch. »Welchen kleinen Vorfall?«

»Den Krieg.«

»Ich würde es zwar nicht so ausdrücken«, erwiderte Graham, »aber ja, das ist korrekt.«

Lloyd George seufzte. Er stand auf und nahm seine Krawatte vom Schreibtisch, die er vor einiger Zeit dort hingeworfen hatte. »Ich nehme an, es ist Presse zugegen?«, fragte er und band die Krawatte um.

»Eine ganze Menge, wie ich gehört habe«, entgegnete Graham und erhob sich gemeinsam mit den anderen Herren von dem großen Mahagonitisch. Joe schob seinen Rollstuhl zurück.

»Der Kaiser fängt einen Krieg an, bringt Millionen Menschen um und will uns dann Motorräder verkaufen«, stellte er empört fest. »Ich will dabei nicht mitmachen.«

»Was wir wollen und was wir müssen, sind zwei Paar Schuhe«, antwortete Graham herablassend. »In der Politik muss man manchmal Kompromisse schließen. Sie waren lange genug im Unterhaus, um das zu wissen. Dieser Kompromiss dient einem höheren Zweck.«

»Tatsächlich?«, fragte Joe.

»Der Handel wird angekurbelt. Und Handel schafft Arbeitsplätze. Die die Männer, die für dieses Land gekämpft haben und heimgekehrt sind, ganz dringend brauchen. Wir treiben Handel mit dem Feind, um uns einen Vorteil zu sichern.«

Mit einem tiefen Seufzen erwiderte Lloyd George: »Sie haben natürlich recht, Archie.«

»Ja, das habe ich gewöhnlich«, erklärte Graham gelassen. »Und nun, Gentlemen, lassen Sie uns bitte der Presse gegenüber ein Bild der Einheit abgeben. Lächeln und freundliche Worte wären hilfreich.«

Joe, der zur Tür gerollt war, drehte seinen Rollstuhl um und blockierte den Durchgang. »Ein einheitliches Bild?«, fragte er und schüttelte bedauernd den Kopf. »Ich weiß nicht, Archie. Ich muss Ihnen sagen, dass sich das im East End sehr schwer verkaufen lassen wird.«

»Ah, jetzt kommen wir zum Kern der Sache. Es wundert mich, dass Sie erst jetzt damit rausrücken«, gab Graham süffisant zurück.

»Ich werde etwas brauchen, was ich meinen Wählern mitbringen kann.«

»Haben Sie irgendeine Vorstellung, was das sein könnte?«

»Zufälligerweise, ja.«

»Das dachte ich mir.«

»Ich will drei neue Fabriken. Eine in meinem Wahlkreis von

Hackney. Eine in Whitechapel und eine in Limehouse. Wenn uns die Deutschen Motorräder verkaufen wollen, können sie die auch da bauen, verdammt noch mal.« Er schwieg einen Moment und fügte dann hinzu: »In der Politik müssen wir manchmal Kompromisse machen, Archie. Sie waren doch lang genug im Unterhaus, um das zu wissen.«

Graham verschränkte die Arme vor der Brust. »Zwei Fabriken. Und die können Sie verdammt noch mal hinstellen, wo Sie wollen.«

»Abgemacht«, sagte Joe und schenkte dem Mann ein strahlendes Lächeln.

»Wären die Gentlemen dann fertig?«, fragte der Premier.

»Ja, wären wir«, antwortete Joe und machte den Weg frei, um Lloyd George passieren zu lassen.

Gefolgt von seinen Ministern, ging der Premier ins Foyer der Downing Street. Dort begrüßte er steif den Leiter der deutschen Handelsdelegation, Wilhelm von Berg, während sich seine Minister unter die Delegierten mischten. Die Konversation blieb unterkühlt. Beide Seiten kamen zusammen, weil sie es mussten, nicht weil sie es wünschten.

Joe sprach mit einem Kohlebaron aus dem Ruhrgebiet, einem Ökonomen aus Berlin und einem Fabrikanten für Landwirtschaftsgeräte. Die Atmosphäre blieb angespannt, und Joe wünschte sich, er wäre draußen bei der Meute der wartenden Journalisten und Fotografen.

»Glückwunsch zu Ihrer Wiederwahl, Mr Bristow«, sagte eine Stimme hinter ihm in makellosem Englisch. Joe drehte sich um. Ein großer, blonder Mann stand in seiner Nähe, und Joe erkannte ihn auf Anhieb. Sein Haar war kürzer als bei ihrer letzten Begegnung, und über seine linke Gesichtshälfte verlief eine hässliche Narbe, trotzdem hatte er sich während der vergangenen vier Jahre kaum verändert.

»Max von Brandt«, stellte sich der Mann vor. »Vielleicht erinnern Sie sich. Wir haben uns vor dem Krieg kennengelernt. Im Holloway-Gefängnis. Sie hatten mich in Ihr Haus eingeladen. Zur Hochzeit Ihres Schwagers.«

»Ja«, erwiderte Joe eisig. »Das habe ich.«

»Ich freue mich, Sie wiederzusehen«, fuhr Max fort, »diesmal in meiner Rolle als Delegierter der Handelskommission.«

Joe packte eine unglaubliche Wut beim Anblick des Mannes, die er nur mit größter Mühe beherrschen konnte. Aber er vertrat hier die Angelegenheiten des britischen Volkes, nicht seine eigenen. Was er dem Kerl eigentlich an den Kopf werfen wollte, musste warten. Er zwang sich, höflich und aufmerksam zuzuhören, während Max und zwei andere Herren zu ihm traten und ihm gratulierten.

»Gentlemen, hier entlang, wenn ich bitten darf ...«, hörte Joe Archie Graham sagen.

Sie wurden nach draußen vor den Sitz des Premierministers geführt. Horden von Journalisten, die sich hinter der Absperrung drängten, bombardierten sie mit Fragen.

»Kommt einem eher vor, als stünde man vor einem Erschießungskommando«, bemerkte Graham, der neben Joe stand.

»Ich schätze, das Erschießungskommando würde uns nicht so hart rannehmen wie diese Meute hier«, antwortete Joe.

Es wurde verkündet, dass der Premier, das Kabinett und die deutschen Gäste zuerst für Fotos und dann für Fragen zur Verfügung stünden. Joe blickte auf das Heer von Presseleuten und entdeckte seine Tochter in der Menge. Sie hatte ihren Notizblock gezückt und schrieb wie wild. In ihrer Begleitung befand sich ein Fotograf. Joe sah stirnrunzelnd zu ihr hinüber. Es waren keine Semesterferien mehr, und sie sollte eigentlich in der Universität statt hier sein. Fiona wäre sicher verärgert, wenn sie davon erfuhr, und es gäbe Streit. Joe war stolz auf Katies journalistische Interessen, aber ihr Blatt sorgte zuweilen auch für eine Menge Schwierigkeiten.

Nachdem die Fotografen ihre Bilder im Kasten hatten, begannen die Fragen. Reporter schrien durcheinander, unterbrachen sich gegenseitig und verlangten Antworten. Vor allem wollte man wissen, warum die Regierung mit Großbritanniens ehemaligem Feind Handelsgespräche führe.

Graham ergriff als Erster das Wort und erklärte, dass erneuerte Handelsverbindungen dazu beitragen würden, die britische Wirtschaft zu stärken. Dann folgte der Premierminister, der den Edelmut des Siegers einforderte, und danach waren die Deutschen an der Reihe. Max von Brandt, ihr Sprecher, trat vor. Behutsam und überzeugend trug er die Absichten seiner Delegation vor und unterstrich die Vorteile, die sich daraus für Großbritannien und Deutschland gleichermaßen ergäben. Er sprach ungefähr zehn Minuten und beendete seine Rede mit den Worten: »Natürlich werden wir unsere Pläne bei den Treffen mit unseren britischen Amtskollegen im Lauf der nächsten Wochen noch genauer erläutern, aber wir wissen es zu schätzen, dass wir unsere Vorstellungen hier vor Ihnen darlegen durften. Die Fleet Street war uns bislang nicht gewogen, was nicht verwunderlich ist, aber ich möchte Ihnen versichern, dass es meine und die aufrichtige Hoffnung des deutschen Volkes ist – nach Beendigung der Feindseligkeiten zwischen uns –, gemeinsam für Frieden und Wohlstand und zum Wohl unserer beiden Nationen zusammenzuarbeiten. Ich danke Ihnen, Gentlemen.«

Währenddessen saß Joe starr lächelnd in seinem Rollstuhl und kochte innerlich vor Zorn. Die Gegenwart dieses Menschen war ein grausamer Hohn für ihn. Es war einfach unglaublich, dass dieser Mann, der seiner Familie und zahllosen anderen so viel Schaden zugefügt hatte, lächelnd hier stehen und von besseren Tagen reden konnte, als wäre nichts geschehen.

Nach ein paar weiteren Fragen verabschiedete sich der Premier mit einem kurzen Winken von den Vertretern der Presse und ging in seinen Regierungssitz zurück.

»Mr von Brandt«, sagte Joe, als die deutschen und britischen Politiker ihm folgten. »Dürfte ich Sie einen Moment sprechen?«

Max blieb stehen und drehte sich mit fragender Miene um.

»Hier drinnen«, bat Joe und deutete auf ein Empfangszimmer neben dem Foyer.

Max folgte Joe. Sobald sie in dem Raum waren, schloss Joe die Tür.

»Berlin hätte jemand anderen schicken sollen. Irgendjemanden, aber nicht Sie.«

»Es tut mir leid, dass Sie das so empfinden, Mr Bristow. Ich hoffe, meine Arbeit hat nichts zu wünschen übrig gelassen?«

»Ich weiß, wer Sie sind. Und was Sie sind. Maud Selwyn-Jones ist durch Ihre Hand gestorben, nicht wahr? Warum? Weil sie etwas gesehen hat, was sie nicht hätte sehen sollen. Gladys Bigelow hat sich umgebracht, weil Sie sie erpresst haben. Jennie Finnegan sank ins Grab, gepeinigt von Schuldgefühlen, weil sie Ihnen, einem deutschen Spion, geholfen hat. Ihr Ehemann wurde fast getötet aufgrund der Informationen, die Ihr Spionagering nach Berlin weitergegeben hat. Aber ich schätze, im Krieg und in der Liebe ist alles erlaubt, ist es nicht so?«

Max schüttelte den Kopf und lächelte Joe verwundert an. »Ich fürchte, ich habe keine Ahnung, wovon Sie sprechen, Mr Bristow. Aber bevor Sie den Ruf eines Mannes zerstören, indem Sie ihn der Spionage und des Mordes bezichtigen, sollten Sie besser Beweise vorlegen. Stichhaltige Beweise. Die britischen Gesetze hinsichtlich Verleumdung sind ziemlich streng, soweit ich weiß.«

Max hatte natürlich recht. Joe konnte ihm nichts nachweisen. Er selbst glaubte Jennie Finnegans und John Harris' Aussagen, aber andere würden das nicht tun. Und er erinnerte sich auch, was mit Jack Flynn passiert war, als sie ihn wegen Spionage festnehmen lassen wollten.

»Sie skrupelloser Mistkerl«, erwiderte Joe. »Ich würde Ihren Kopf an die Wand nageln, wenn ich aus diesem Rollstuhl aufstehen könnte.«

»Dann kann ich ja von Glück reden, dass Sie das nicht können. Wenn ich Ihnen einen Rat geben darf. Die Dinge sind nicht immer so, wie sie scheinen, Mr Bristow, vor allem in der Politik nicht. Der Krieg ist vorbei. Das hat die ganze Welt akzeptiert. Ich rate Ihnen dringend, das auch zu tun. Guten Tag.«

Mit einem eisigen Lächeln ging Max hinaus und schlug die Tür hinter sich zu. Joe starrte ihm nach, wohl wissend, dass er ihm nichts anhaben konnte. Wohl wissend, dass er nur Theorien und Berichte aus zweiter Hand aufzubieten hatte. Und dass ein heimtückischer, gefährlicher Mann erneut durch die Straßen von London streifte und er ihn nicht aufhalten konnte. Wenn er es nur könnte. Wenn es nur eine Möglichkeit gäbe, *irgendeine*, um der Welt zu zeigen, wer Max von Brandt wirklich war.

»Verdammt«, sagte Joe laut. Er nahm einen Briefbeschwerer und schleuderte ihn gegen die Tür. Er zerbrach in tausend nutzlose Scherben.

106

Willa lag ausgestreckt auf ihrem Bett und träumte. Sie war in einen tiefen, narkotischen Schlaf gefallen. Neben dem Bett befanden sich ein Gummiband und eine Spritze. Ein dünner Blutfaden rann aus ihrer rechten Armbeuge.

Sie träumte, sie stünde auf einem Bahnsteig, ganz allein. Es war dunkel und spätnachts. Ein kalter Wind heulte. Es war ein gefährlicher Ort. Sie wusste, sie musste weg von hier, hatte aber keine Ahnung, wie sie das anstellen sollte. Es gab keine Hinweisschilder, keine Türen und Treppen, keinen Ausgang.

Der Schmerz war heute Nacht sehr schlimm gewesen – das wusste sie noch. Früher am Abend war sie an der Seine entlanggegangen. Sie wollte Wein, Brot und Käse kaufen. Ein Mann war auf sie zugekommen. Er sah gut aus, war groß gewachsen und hatte rotes Haar, und für den Bruchteil einer Sekunde setzte ihr Herzschlag aus, weil sie dachte, er sei es: Seamie. Aber natürlich stimmte das nicht. Seamie war tot.

Danach fühlte sie sich vollkommen niedergeschlagen und entsetzlich allein. Die Gewissheit, dass sie sein Gesicht nie mehr wiedersehen würde, war unerträglich. Sie eilte in ihre Wohnung zurück, warf die Einkäufe auf den Tisch, band die Aderpresse um den Arm und spritzte sich Morphium. Nichts konnte sie retten. Weder ihre Arbeit noch Oscar. Er war ein guter Mann, aber sie liebte ihn nicht. Konnte ihn nicht lieben. Etwas in ihr war mit Seamies Tod gestorben – ihr Herz. Jetzt wollte sie, dass auch der Rest von ihr starb.

Im Traum fuhr ein Zug ein und stieß eine Dampfwolke aus. Sie war so froh. Der Wind war noch kälter geworden, die Dunkelheit noch bedrohlicher. Sie wollte unbedingt einsteigen. Graue, ausdruckslose Gesichter starrten sie durch die Fenster an, aber sie machten ihr keine Angst. Seamie ist in diesem Zug, dachte sie. Das weiß ich. Mehr als alles andere wollte sie sein Gesicht wiedersehen, seine Stimme hören, ihn berühren. Sie stieg in den Zug und suchte nach ihm, konnte ihn jedoch nicht finden. Sie hastete von einem Waggon zum nächsten. »Wo ist er?«, fragte sie laut. »Wo?« Rennend rief sie seinen Namen. Aber er war nicht da.

»Willa!«

Sie blieb stehen und drehte sich um. War er das? Er musste es sein. Aber wo war er?

»Seamie!«, rief sie. »Seamie, wo bist du?«

»Willa. Komm, setz dich auf ...«

Sie spürte plötzlich einen Schmerz, scharf und brennend. Jemand schlug ihr ins Gesicht. Tat ihr weh. Immer und immer wieder.

»Hör auf!«, schrie sie. »Lass mich los!«

»Du bist bei Bewusstsein, Gott sei Dank. Willa, mach die Augen auf.«

Sie versuchte es. Aber es war so schwer.

Jemand riss sie hoch. Ein Glas wurde an ihre Lippen gedrückt. Die Stimme drängte sie zu trinken. Willa trank, dann zwang sie sich, die Augen zu öffnen. Josie beugte sich über sie. Sie sah verängstigt aus. Und trug ein zauberhaftes Kleid.

»Du siehst so hübsch aus. Gehst du aus?«, fragte Willa murmelnd.

»Das wollte ich«, erwiderte Josie knapp. »Wir wollten uns zum Dinner treffen. Mit Oscar. Erinnerst du dich? Wie viel Morphium hast du dir gespritzt?«

»Nicht genug offensichtlich«, antwortete Willa.

»Los jetzt. Steh auf«, befahl Josie. »Trink einen starken Kaffee, lauf ein bisschen auf und ab, damit du wieder zu dir kommst.«

Während Josie versuchte, sie aus dem Bett zu kriegen, hörte sie eine andere Stimme – eine männliche Stimme. »Verdammt, Willa«, sagte Oscar. Er sah tief betrübt aus.

»Es tut mir leid«, flüsterte Willa.

»Wie konntest du das tun?«, fragte er.

»Ach, Oscar«, antwortete sie mit brüchiger Stimme. »Wie denn nicht?«

107

Billy Madden nahm sein Glas Whisky – das fünfte während der letzten Stunde – und stürzte es hinunter. Auf dem Tisch vor ihm, neben der Flasche, stand ein Foto seiner drei Söhne. Es war kurz vor ihrer Einschiffung nach Frankreich aufgenommen worden. Alle drei trugen Uniform.

»Ich kann's immer noch nicht glauben, Bennie«, sagte er. »William und Tommy tot. Und Peter im Hospital. Kann nicht sprechen. Kaum gehen. Und zittert so schlimm, dass er keinen Löffel, keinen Stift, nicht mal seinen eigenen verdammten Schwanz halten kann. Alles müssen die Schwestern für ihn machen.«

Bennie Deen, einer von Billys schweren Jungs, saß ihm gegenüber an einem Tisch im Bark und las Zeitung. Es war vier Uhr nachmittags. Im Pub war es ruhig. Es gab kaum andere Gäste. Bennie senkte die Zeitung und sagte: »Du hast ihm einen guten Platz besorgt, Boss. Den besten überhaupt. Da wird's ihm bald besser gehen. Hat nicht dieser Doktor, dieser Barnes, gesagt, dass sie sogar bei den schlimmsten Fällen Fortschritte machen?«

»Besser? Was wird besser? Vielleicht kann er eines Tages wieder selber laufen. Oder selber essen. Aber er kommt nie mehr da raus. Er stirbt da drin. Er wird nie ein selbstständiges Leben führen, keine Frau, keine Kinder haben, rein gar nichts. Da könnt er doch genauso gut gleich tot sein.«

Billy goss sich erneut Whisky ein. »Am schlimmsten ist es für meine Frau. Sie tut nichts mehr. Redet nicht. Isst nicht. Hockt bloß in der Küche und starrt aus dem Fenster. Als würd sie warten, dass alle drei heimkommen.«

»Kann sie denn keine mehr kriegen?«

»Keine was mehr kriegen?«

»Kinder?«

»Nein, du Idiot, kann sie nicht. Sie ist alt. Vierzig, einundvierzig ... keine Ahnung. Und selbst wenn, Kinder sind doch keine Socken. Wenn du einen verlierst, kannst du dir nicht einfach einen neuen kaufen. Mann, lies deinen Witzteil weiter, und lass mich in Frieden.«

In dem Moment ging die Tür des Barkentine auf, und eine junge, gut gekleidete Frau trat ein. Sie hatte einen Stapel Zeitungen bei sich.

»Ist Mr Madden hier?«, fragte sie den Barkeeper. Der Mann wollte gerade verneinen, als sie Billy an seinem üblichen Platz am Fenster entdeckte. »Ah! Da ist er ja!«

»Mr Madden, darf ich mich einen Moment zu Ihnen setzen?«, fragte sie und ging auf seinen Tisch zu. »Mein Name ist Katie Bristow. Ich bin Redakteurin und Herausgeberin des *Schlachtrufs,* und ich arbeite für Sam Wilson, Ihren hiesigen Abgeordneten.«

»Ist mir egal, wer du bist, Mädchen, du bist hier nicht willkommen«, antwortete Billy. »Das ist kein Pub für Damen.«

»Mr Madden, Sam Wilson möchte Sie in einer Angelegenheit von großer Wichtigkeit sprechen«, erwiderte Katie.

»Warum kommt er dann nicht selber her?«, brummte Madden.

Katie runzelte die Stirn, blickte zu Boden und dann wieder zu Billy. »Nur unter uns, Mr Madden, ich glaube, er hat Angst. Nicht jeder kommt gern in diesen Teil von Limehouse.«

»Ach ja? Und warum hast du dann keine Angst, du freche Göre?«

»Weil ich Sie mit Ihrem Sohn Peter gesehen habe. In Wickersham Hall. An Weihnachten. Sie haben Minzplätzchen gegessen und wirkten nicht sonderlich Furcht einflößend.«

Billy lehnte sich in einem Stuhl zurück, total perplex, dass dieses Mädchen von Peter wusste, aber noch mehr, dass sie den Mumm hatte, so direkt und unumwunden mit ihm zu reden.

»Mein Bruder Charlie ist ebenfalls Patient in Wickersham Hall, verstehen Sie. Er kam mit einer schweren Kriegsneurose aus Frankreich zurück. Das Hospital wurde von Mitgliedern meiner Familie gegründet, und sie finanzieren seinen Unterhalt auch weiterhin. Ich gehe so oft zu Besuch dorthin, wie ich kann. Was nicht ganz leicht ist, mit meinem Studium, der Zeitung und meiner Arbeit für Mr Wilson. Aber im Dezember war ich dort und habe Sie beide gesehen – Sie und Peter.«

»Was willst du?«, fragte Madden schroff. Er redete nicht gern mit Fremden über seinen Sohn.

»Die Regierung verhandelt mit den Deutschen über die Ansiedlung von zwei Motorradfabriken in London. Ein möglicher Standort wäre Limehouse, aber es gibt Konkurrenten. Andere Abgeordnete sind gegen uns. Sie möchten die Fabriken lieber in ihrem Wahlkreis haben. Sam Wilson hält nächsten Samstag eine Kundgebung ab, um den hiesigen Standort zu unterstützen. Er möchte gern, dass Sie kommen.«

Bennie brach in Lachen aus. »Vielleicht kannst du das Banner tragen, Boss. Und Anstecker verteilen.«

Madden lachte ebenfalls. »Du machst wohl Scherze. Du willst, dass *ich* zu einer Kundgebung komme … für die Deutschen? Die gleichen Leute, die den Krieg angefangen haben, in dem zwei Söhne von mir gefallen und der dritte schwer geschädigt worden ist?«

»Es ist keine Kundgebung für die Deutschen«, erklärte Katie. »Es ist ein Aufruf an die Regierung, eine deutsche Fabrik hier in Limehouse statt an einem anderen Ort anzusiedeln. Weil die Leute in Limehouse dringend Arbeit brauchen, Mr Madden. Es ist eine der ärmsten Gegenden in London, ja sogar im ganzen Vereinigten Königreich. Die Lebenserwartung hier gehört zu der niedrigsten im Land, und alles andere – Kindersterblichkeit, Arbeitslosigkeit, Kriminalität, Unterernährung – ist extrem hoch. Sie sind ein mächtiger Mann in Limehouse, Mr Madden …«

»Wie wahr!«, warf Bennie ein.

»… und wenn die Leute sehen, dass Sie daran teilnehmen, tun sie es auch, und wir brauchen eine Menge Teilnehmer, wenn wir die Regierung überzeugen wollen, die Fabrik hier zu bauen.«

Madden hatte langsam genug von dieser Göre und ihrem nervtötenden Gequatsche. »Du bist an den falschen Mann geraten«, antwortete er. »Kundgebungen gehören nicht zu meinem Arbeitsgebiet.«

Doch Katie ließ sich nicht abwimmeln. »Ich weiß, was Ihr Arbeitsgebiet ist. Aber muss das so bleiben? Ich habe Sie mit Ihrem Sohn gesehen, Mr Madden«, erwiderte sie ruhig. »Sie waren freundlich und besorgt. Sie waren ...«

Jetzt hatte Billy endgültig genug. Gespräche über seinen Sohn machten ihn hilflos, und Hilflosigkeit machte ihn wütend.

»Mein Sohn geht dich gar nichts an, verdammt. Raus hier. Auf der Stelle!«, schrie er.

Katie blinzelte, wich jedoch nicht zurück. »Darf ich Ihnen eine Ausgabe meiner Zeitung hierlassen? Sie enthält einen Artikel über die Fabrik. Vielleicht können Sie einmal einen Blick hineinwerfen.«

Billy konnte sich jetzt kaum mehr beherrschen. »Wenn ich Ja sag, haust du dann endlich ab?«, fragte er.

»Sofort.«

»Also gut. Lass deine verdammte Zeitung hier. Bennie kann sich ja die Bilder anschauen.«

»Auf Wiedersehen, Mr Madden, und vielen Dank«, sagte Katie, als sie eine Ausgabe des *Schlachtrufs* auf den Tisch legte.

Madden starrte, ohne zu antworten, auf den Fluss hinaus.

»Verdammte Frechheit«, sagte er, als sie fort war. »Wilson kann sich seine blöde Fabrik in den Arsch schieben. Ich will mit den verdammten Deutschen nichts zu tun haben.« Er deutete auf Katies Zeitung. »Nimm das Schmierblatt und verbrenn's«, befahl er Bennie. Dann schenkte er sich einen weiteren Drink ein, starrte erneut aufs Wasser hinaus und dachte an Peter, wie er früher einmal gewesen war.

Bennie griff nach dem *Schlachtruf,* und während er damit zum Kamin ging, überflog er den Leitartikel. Es gab auch Bilder zum Text, Fotos des Premierministers, seines Kabinetts und der deutschen Handelsdelegation. Plötzlich blieb er abrupt stehen und starrte auf eines der Fotos.

»He, Boss«, sagte er und ging zu Madden zurück. »Schau dir das an ... Ist das nicht der Kerl, der früher immer hierhergekommen ist? Der Typ, der ein Boot von dir gemietet hat, um seinen Mann in die Nordsee rauszubringen? Den Namen weiß ich nicht mehr, aber ich könnt schwören, dass er es ist.«

»Was willst du denn jetzt schon wieder?«, fragte Madden verärgert.

Bennie legte die Zeitung vor ihn auf den Tisch. »Da«, er deutete auf das Bild. »Max von Brandt, Sprecher der Deutschen Handelsdelegation, steht da. Siehst du ihn? Den Zweiten von links?«

Billy warf einen Blick auf das Bild. Der Whisky hatte zwar seine Sinne benebelt, aber trotzdem erkannte er den Mann. »Du hast recht. Das ist er. Ohne jeden Zweifel«, gab er schließlich zu. »Peter Stiles hat er sich genannt. Hier steht allerdings, sein Name ist von Brandt. Aber egal, der Dreckskerl hat mich einen guten Bootsmann gekostet. John ist verschwunden, direkt nachdem die Bullen diesen Flynn hochgenommen haben. Wenn mir Harris je wieder unterkommt, mach ich ihn kalt dafür, dass er abgehauen ist.«

Billy las weiter, und beim Lesen verflüchtigte sich der Whiskynebel. »Bennie, hör dir das an. Hier steht, dass von Brandt Offizier in der deutschen Armee und ein guter Kumpel vom Kaiser war, dass er jetzt ein hohes Tier in der Regierung ist und dass ihn der neue Präsident Friedrich Ebert extra ausgewählt hat, um in London gut Wetter zu machen.«

»Ja? Und?«

»Und? *Und?*«, fragte Billy wütend. »Er hat uns angelogen! Ist hier ins Bark hergekommen, und sein Englisch hat sich angehört wie das meiner Großmutter. Er hat so getan, als wär er einer von uns. Aber das war gelogen, Bennie. Er war ein *Deutscher*, Bennie. Ein Offizier der Deutschen. Kumpel vom Kaiser … steht schwarz auf weiß hier!«

»Und?«

»Also, ich verwett meine Eier, dass sein Mann keine Juwelen in die Nordsee rausgeschafft hat!«

»Du … du denkst doch nicht, dass er ein Spion war, Boss?«, fragte Bennie verhalten.

»Nein, du dummes Arschloch, ich *weiß*, dass er einer war!« Ungläubig schüttelte er den Kopf. »Die ganze Zeit, Bennie … die ganze Zeit hab ich gedacht, er ist irgendein Gauner, der heiße Ware verschiebt. Aber so war's nicht. Und ich, Bennie? Was hab ich getan? Ich hab dem verdammten Max von Brandt geholfen, Geheimnisse an die

Deutschen zu liefern. Ich hab einem dreckigen Spion geholfen. Der Teufel soll mich holen! Nein ... *ihn* soll er holen!«

Billy stand auf, packte die Whiskyflasche und schleuderte sie durch den Raum. Fast hätte sie den Barkeeper getroffen, als sie den Spiegel hinter ihm zertrümmerte.

»Nur die Ruhe, Boss«, sagte Bennie.

Aber es war zu spät. Der Tisch, an dem Billy saß, wurde umgestoßen. Dann alle anderen Tische. Bilder gingen zu Bruch. Auch Fenster. Stühle flogen an die Wand. Billy tobte und fluchte, vollkommen außer sich. Sein wahnsinniges Wüten hörte erst auf, als es nichts mehr zu zertrümmern gab.

»Ich wette, er war's, der meine Jungs umgebracht hat«, stieß er schließlich keuchend und mit flackerndem Blick hervor. »Er ist schuld, Bennie. Max von Brandt ist schuld, dass William und Tommy tot sind und Peter nicht mehr richtig im Kopf ist.«

»Du musst dich beruhigen, Boss. Das ist nicht gut.«

»Ah, ich beruhig mich schon, Bennie. Zumindest so lange, bis ich diesen von Brandt gefunden hab.«

»Billy, sei doch vernünftig. Von Brandt ist ein Mann in der Regierung. Er ist mit Leuten wie dem Premierminister zusammen.

Wir kommen doch noch nicht mal in seine Nähe.«

»Aber ich bin doch vernünftig«, antwortete Billy, und seine Augen sprühten vor Zorn. »Tatsächlich hab ich mir schon alles genau überlegt. Sein Vater soll genauso trauern wie ich. Ich werd dem Mann beibringen, wie es sich anfühlt, einen Sohn zu verlieren.«

»Das meinst du doch nicht wirklich. Wir können doch nicht ...«

»Doch, Bennie, wir können«, widersprach Billy. »Und wir werden es auch. Es muss eine Möglichkeit geben. Und ich finde eine, und wenn ich die gefunden hab, ist Max von Brandt ein toter Mann.«

108

Max goss sich eine Tasse starken Kaffee ein und setzte sich an den Schreibtisch seiner Hotelsuite. Es war erst halb drei, aber er war bereits hundemüde. Nach den vielen Konferenzen in Westminster und all den Interviews mit Londoner Tageszeitungen war er regelrecht ausgelaugt.

Am Abend sollte er bei einem Dinner des Außenministers erscheinen – eine Einladung, die sicher bis spät in die Nacht dauern würde, und davor musste er noch Dutzende Telefonate erledigen und einen Stapel Berichte durchlesen. Gerade als er zum Hörer griff, klopfte es an der Tür.

»Ein Telegramm für Mr von Brandt«, rief eine Stimme.

»Einen Moment bitte«, rief Max zurück.

Er stand auf, durchquerte den Raum und öffnete die Tür. Noch bevor er etwas herausbekam, stürzten sich zwei Männer auf ihn. Der Erste, ein breitschultriger Riese, schlug ihm die Faust ins Gesicht, und er ging zu Boden.

Der Zweite schloss schnell die Tür und sperrte sie ab. »Setz ihn auf den Stuhl, Bennie«, befahl der Erste. »Dort drüben. Fessel ihn.«

Max, noch ganz benommen von dem Schlag und aus der Wunde blutend, die er davongetragen hatte, spürte, wie er hochgerissen und weggezerrt wurde. Er versuchte, nach dem Messer in seiner Tasche zu greifen, aber bevor ihm das gelang, wurde er auf einen Stuhl geschleudert und mit einem Stück Seil gefesselt.

»Gut gemacht, mein Junge«, sagte der zweite Mann. »So schnell geht der jetzt nirgendwo mehr hin. Stimmt's, Mr Stiles?«

Max wand sich in seinen Fesseln und blickte gerade in dem Moment auf, als Billys Faust auf ihn zugeschossen kam. Der Schlag riss eine weitere Wunde in sein Gesicht, diesmal in Höhe der Wangenknochen. Blut spritzte an die Wand hinter ihm.

Nachdem der Schmerz etwas nachgelassen hatte und er wieder richtig sehen und sprechen konnte, sagte er: »Hallo, Billy. Wie schön, Sie wiederzusehen.«

»Halt's Maul, du Dreckskerl. Du Hurensohn. Du dreckiger Spion.«

»Billy, ich weiß nicht ...«

»Schnauze!«, schrie Billy.

Er zog eine Pistole heraus und zielte auf Max.

»Du hast sie umgebracht!«, brüllte er. »Du hast meine Jungen William und Tommy umgebracht. Und Peter für den Rest seines Lebens ins Irrenhaus geschickt.«

Max begriff, dass er in großer Gefahr war. Billy war noch nie ganz richtig im Kopf gewesen, aber jetzt schien er vollkommen wahnsinnig geworden zu sein. Seine Augen waren dunkel und funkelten vor Zorn. Spucke sprühte beim Sprechen aus seinem Mund. Er zitterte und schwitzte.

»Billy, hören Sie zu ... Ich hab Ihren Söhnen nichts getan. Das schwöre ich.«

»Hör ihn dir an, Bennie, ja? Hör dir seine Lügen an. Du *hast* sie getötet. Ich hab dich gesehen, von Brandt. Ich hab dein Bild in der Zeitung gesehen. Der deutsche Präsident selbst hat dich hergeschickt. Für wie blöd hältst du mich eigentlich? Du bist nicht Peter Stiles. Du bist kein Engländer. Und es war keine heiße Ware, die du auf die Nordsee rausgeschickt hast. Du und der Kaiser, der elende Mistkerl, wart wie Pech und Schwefel. Ihr habt hier Informationen gestohlen, du und deine Kumpane, und sie nach Deutschland weitergegeben. Du hast dem Kaiser gesagt, wo meine Jungs sind, und er hat seine Granaten auf sie abgeworfen. Du hast sie umgebracht, so wahr, wie ich hier steh, und jetzt bring ich dich um.«

Madden hob erneut die Waffe, und Max wusste, dass ihm nur noch Sekunden blieben, sein Leben zu retten.

»Es wäre ein schrecklicher Fehler, mich zu töten, Billy«, sagte er.

»Das glaub ich nicht«, antwortete Madden und drückte ihm den Lauf seiner Waffe an den Kopf.

»Du hast noch einen Sohn.«

»Red keinen Scheiß, hab ich nicht«, erwiderte Madden und spannte den Abzug.

»Josie Meadows«, sagte Max. »Sie war doch schwanger, als sie dich sitzen ließ? Schwanger mit deinem Kind. Nimm die Waffe runter, Billy, und ich sag dir, wo sie ist.«

109

»Daddy?«, sagte James.

Seamie lächelte. Es gefiel ihm, wenn sein Sohn ihn so nannte. Noch in hundert Jahren würde er nicht müde werden, dieses Wort von ihm zu hören.

»Ja, James?«

»Erzähl mir wieder von Lawrence. Und von Auda und Faisal. Erzähl mir von der Wüste.«

Seamie, der in dem Cottage in Binsey auf einem alten quietschenden Sofa am Kamin saß, fragte: »Müsstest du nicht schon längst im Bett sein, Junge?«

»Nur noch eine Geschichte. Bitte, Daddy.«

Seamie lächelte. Er hätte ihm auch noch zwanzig erzählt.

»Hast du dein Gesicht gewaschen?«

»Ja.«

»Die Zähne geputzt?«

»Ja.«

»Also, dann setz dich zu mir.« Seamie klopfte auf das Kissen neben sich.

James, im Pyjama, hielt Wellie, seinen Teddybären, an sich gedrückt und kletterte aufs Sofa.

Sie waren in Jennies altes Cottage gekommen, das jetzt Seamie gehörte, um hier gemeinsam eine Woche zu verbringen, nur sie beide allein. Während der letzten Wochen im Haus seiner Schwester hatten sie sich besser kennengelernt. James war anfangs sehr zurückhaltend gewesen, hatte sich aber zunehmend aufgeschlossener gezeigt und inzwischen sogar begonnen, ihn Daddy zu nennen. Als Seamie ihn fragte, ob er Lust hätte, das Cottage in Binsey zu besuchen und ein paar Winterwanderungen durch die Cotswolds zu machen, war James sofort Feuer und Flamme gewesen.

Seamie war zu einem Geschäft in der Jermyn Street mit ihm gegangen und hatte eine große Sache daraus gemacht, ihn mit Wanderstiefeln, Gamaschen, Wanderstock, wasserdichten Handschuhen und einer warmen Mütze auszustatten. Vor drei Tagen waren sie im Cottage angekommen und genossen es, selbst zu kochen, zu wandern, in Pubs zu essen, zu reden und am Feuer zu sitzen. Seamie hoffte, eines Tages auf richtige Klettertouren mit James zu gehen, aber seine Verwundungen waren noch immer nicht ganz ausgeheilt.

»Wenn du Lawrence nur ein einziges Mal hättest sehen können, dann hättest du dir gewünscht, es wäre der Moment gewesen, als er loszog, um Damaskus zu erobern.«

»Warum, Daddy?«

»Hör zu, dann erzähl ich's dir«, antwortete Seamie. »Lawrence stand kurz davor, den größten Feldzug seines Lebens zu wagen, ein Feldzug, der das Schicksal vieler Nationen und ihrer Bewohner verändern würde. Er wollte eine Wüstenstadt erobern, die von türkischen Truppen verteidigt wurde. Wenn er Erfolg haben sollte, wäre dies ein tödlicher Schlag gegen die Feinde Englands gewesen, und er hätte nichts weniger erreicht als die Befreiung von ganz Arabien …«

Seamie beschrieb dem völlig faszinierten James, wie es im Lager von Lawrence kurz vor dem Marsch nach Damaskus zuging. Er erzählte ihm von den laut brüllenden Kamelen und den Tausenden Furcht einflößenden Beduinenkriegern. Er erzählte ihm von Lawrence, der gemeinsam mit Faisal und Auda an der Spitze der arabischen Aufständischen ritt. Er schilderte ihm den Anblick der drei Männer in ihren Gewändern mit ihren Gewehren auf dem Rücken – den königlichen Faisal, den kriegerischen Auda mit dem scharf geschnittenen Gesicht und durchdringenden Adlerblick und Lawrence in seiner weißen Robe, einerseits so englisch mit seinen blauen Augen, und doch ein Sohn Arabiens, der in diesem Moment zur Wüste und deren Bewohnern zu gehören schien.

Er berichtete ihm, dass es Stunden gedauert habe, bis alle Soldaten abgezogen waren. Von den Staubwolken in ihrem Schlepptau und dass es aussah, als bewegte sich ein Meer aus Männern auf Damaskus zu.

Und dann fragte James: »Aber Daddy, was hast du dort gemacht?«
»Wo? In dem Lager?«
»In der Wüste. Du als Kapitän, meine ich. Da ist doch kein Ozean in der Wüste.«
»Da hast du recht, James. Gut beobachtet.«
James lächelte stolz.
»Ich suchte eine Freundin in der Wüste. Diese Freundin hatte sehr hart auf der Seite von Major Lawrence gekämpft, war von der türkischen Armee gefangen genommen worden, konnte aber entkommen.«
»Hast du sie gefunden?«
»Ja, das habe ich. Und brachte sie ins Lager zurück.«
James rümpfte die Nase. »Ein Mädchen ist deine Freundin gewesen?«

Seamie lachte. »Ja, das stimmt«, antwortete er mit einem wehmütigen Unterton in der Stimme. Er fragte sich, was aus Willa geworden war. Seit er sie in Fatimas Obhut zurückgelassen hatte, hatte er nichts mehr von ihr gehört. Nur wenige Tage nach seinem Abschied von ihr war sein Schiff angegriffen worden. Albie, der wieder in Cambridge war und an den er geschrieben hatte, sagte, sie sei nun in Paris. Er habe aber momentan keine Adresse von ihr. Er habe einmal versucht, sie nach Hause zu holen, aber der Versuch sei missglückt und sie hätten seitdem keinen Kontakt mehr. Er gab Seamie ihre letzte Anschrift, aber sein Brief war ungeöffnet an ihn zurückgeschickt worden. Er fragte sich, ob sie von seinem Tod gehört und inzwischen erfahren hatte, dass er noch lebte. Bald würde er nach Paris fahren. Sobald er und James sich ein wenig eingerichtet hatten. Aber noch nicht gleich. Er war erst vor Kurzem wieder ins Leben des Jungen zurückgekehrt und durfte ihn nicht gleich wieder verlassen.

»Sie muss aber eine gute Freundin gewesen sein, wenn du in der ganzen Wüste nach ihr gesucht hast.«

»Sie war tatsächlich eine gute Freundin. Auch wenn sie ein Mädchen war«, erwiderte Seamie verschwörerisch.

»Mummy war auch ein Mädchen. Hast du deine Freundin so geliebt wie Mummy?«

Seamie zögerte einen Moment, weil der alte Schmerz wieder aufflammte. Als er an die Fehler dachte, die er begangen hatte, an den Betrug. An das Leid, die Reue, die Schuld und den Verlust. Wie um alles in der Welt sollte er dies je jemandem erklären, ganz zu schweigen einem kleinen Jungen?

»Weißt du was, James?«, sagte er schließlich. »Das ist eine Geschichte für einen anderen Abend. Jetzt ab ins Bett mit dir. Es ist schon spät.«

»Na gut«, antwortete James und küsste Seamie auf die Wange. »Ich hab dich lieb, Daddy.«

Seamie war verblüfft. So etwas hatte James noch nie gesagt. Er lehnte den Kopf an den seines Sohnes und flüsterte: »Ich dich auch, James.«

Eng aneinandergeschmiegt saßen sie da und sahen ins Feuer. Seamie vergaß, James ins Bett zu schicken, und vergaß alle schmerzlichen Gedanken und quälenden Erinnerungen.

Zum ersten Mal seit langer Zeit dachte er nicht an die Vergangenheit, nicht an alles, was er verloren hatte, sondern nur an die Gegenwart und daran, was er besaß. Und dass dies so viel mehr war, als er verdiente. Und er betete, dass er es niemals verlieren möge.

110

»Das ist doch gelogen!«, schrie Billy. »Das denkst du dir nur aus, um deine Haut zu retten.«

»Nein, ich habe nicht gelogen. Binden Sie mich los, und ich erzähl Ihnen mehr«, erwiderte Max, in der Hoffnung, Billy von der Wahrheit zu überzeugen. In der Hoffnung, sein Leben zu retten.

»Vielleicht sollt ich dir stattdessen die Scheiße aus dem Leib prügeln. Das ist auch eine Möglichkeit, mehr aus dir rauszukriegen.«

»Ich hoffe, Sie haben gute Nerven. Oder besser gesagt, Ihr Schläger hier. Ich kann Prügel einstecken, Billy. Bei meiner Arbeit ist das eine entscheidende Voraussetzung. Aber wenn ihr zu stark zuschlagt, bringt ihr mich möglicherweise um. Das wäre bedauerlich. Weil ich einer der beiden Leute bin, die wissen, dass Sie einen Sohn haben. Josie weiß auch, wo der Junge ist. Aber Sie haben keine Ahnung, wo Josie ist, stimmt's? Töten Sie mich, und Sie werden es nie erfahren.«

Billy starrte Max nachdenklich an, dann sagte er: »Bind ihn los, Bennie.«

Sobald die Fesseln abgenommen waren, stand Max auf. »Als Erstes geht der«, sagte er und deutete auf Bennie, »und dann entladen Sie die Pistole und geben mir die Patronen.«

Billy gehorchte.

Als Bennie auf dem Weg in die Hotelhalle war und die Patronen sicher in Max' Tasche, sagte Max: »Hören Sie genau zu, ich erzähle das bloß einmal. Und dann verschwinden Sie hier.«

Billy nickte.

»Sie ist in Paris. Ich habe sie im Auge behalten. Sie ist Schauspielerin. Sie tritt unter dem Namen Josephine Lavallier im Bobino am Montparnasse auf. Sie hat sich 1914 vor Ihnen versteckt, ein Kind bekommen – einen Jungen – und ihn weggegeben. Dann hat sie England verlassen und ist nach Frankreich gegangen.«

»Ihn weggegeben? An wen? Ist er hier in London? Oder in einem Waisenhaus?«

»Sie hat ihn einer Frau gegeben. Die Frau ist gestorben. Dem Jungen geht es gut. Er lebt beim Ehemann der Frau – einem Mann, den er für seinen Vater hält.«

»Welcher Frau? Hör auf mit dem Scheiß, und sag mir, wie der Mann heißt!«

»Tut mir leid, Billy, aber das ist nicht möglich, fürchte ich. Dieser Teil der Information erkauft mir ein bisschen Zeit. Das ist mein Pfand gegen einen weiteren Nachmittag wie diesen. Solange ich weiß, wo Ihr Sohn ist, können Sie mich nicht umbringen.«

»Ich kann dich immer noch kaltmachen, von Brandt. Ich wart bloß, bis ich dieses Miststück Josie und den Namen von den Leuten hab, denen sie meinen Jungen gegeben hat. Dann komm ich zurück und mach dich fertig. Schnapp dich irgendwann nachts, wenn du's am wenigsten vermutest.«

»Das glaube ich kaum. Bis Sie in Paris sind, Josie aufstöbern und wieder nach London kommen, bin ich längst in Berlin. Ich rate Ihnen, mich nicht zu verfolgen. In dieser Stadt habe ich viele Freunde.«

Ohne ein weiteres Wort verließ Billy Madden das Zimmer und knallte die Tür hinter sich zu. Max sperrte ab. Er ging in den Wohnbereich zurück, hob das Seil vom Boden auf und steckte es in seine Aktentasche, um es später wegzuwerfen. Dann holte er einen Waschlappen aus dem Badezimmer und wischte das Blut von der Wand.

Als Nächstes kümmerte er sich um sein Gesicht. Lloyd George, Bonar Law und den anderen bei der Einladung heute Abend würde er sagen, er sei auf der Straße in eine Rauferei mit einem Mann geraten, der seinen Sohn in Frankreich verloren habe und einen Deutschen dafür büßen lassen wollte, irgendeinen Deutschen. Was von der Wahrheit gar nicht so weit entfernt war.

Nachdem er sich gesäubert hatte, goss er sich ein Glas Whisky ein, um seine Nerven zu beruhigen. Schließlich hätte er fast eine Kugel in den Kopf bekommen. Während er sein Glas leerte, kam ihm der Gedanke, dass es wahrscheinlich klug wäre, Billy Madden zu töten. Sofort. Heute Abend. Aber das war nicht möglich. Madden hatte immer mindestens einen seiner Schläger bei sich, wenn nicht mehr. Zudem war er selbst inzwischen zu bekannt, um sich inkognito durch London zu bewegen, und selbst wenn er sich irgendwie verkleidet hätte, wusste er nicht, woher er die Zeit hätte nehmen sollen, um Madden zu verfolgen. Seine Abende waren mit Dinnerpartys ausgefüllt. Er musste jetzt die Rolle des kultivierten Diplomaten spielen und konnte sich nicht mehr auf heimliche Streifzüge durchs zwielichtige East End begeben.

Er müsste die Sache auf sich beruhen lassen. Er hatte keine andere Wahl. Obwohl ihn kurzfristig ein leises Unbehagen beschlich, weil er Madden von Josie erzählt und damit möglicherweise sowohl sie als auch ihren Sohn in Gefahr gebracht hatte. In seinem momentanen Zustand war Madden vermutlich wahnsinnig genug, um tatsächlich nach Paris zu fahren.

Was würde Madden tun, wenn er Josie dort fand? Sie wahrscheinlich wegen des Kindes ausquetschen. Sie möglicherweise vermöbeln. Vielleicht verriet sie ihm, wo der Junge war, vielleicht auch nicht, aber selbst wenn, wäre Madden wirklich wahnsinnig genug, einem Mann wie Seamus Finnegan das Kind wegzunehmen? Der Mann war ein Held. Er hatte die schlimmsten Attacken der deutschen Marine überlebt. Er würde jeden töten, der versuchte, seinen Sohn zu entführen. Und selbst wenn es Madden gelänge, des Jungen habhaft zu werden, und die Zeitungen davon Wind bekämen, würde das ganze Land nach ihm suchen.

Nein, entschied Max, Billy Madden war im Moment über den Tod seiner Söhne verstört. Sobald er sich wieder ein bisschen beruhigt hätte, würde er den Irrsinn des Ganzen einsehen und die Finger davon lassen. Ganz sicher sogar.

Max trank seinen Whisky aus und beschloss, den Vorfall zu vergessen. Er hatte anderes zu tun, als sich mit einem Irren aus dem East End herumzuärgern. Das meiste, was er erledigen sollte, war noch nicht getan. Er hatte seine Telefonate noch nicht geführt und die Berichte noch nicht gelesen. Und jetzt musste er sich schleunigst baden und anziehen, wenn er noch rechtzeitig zu dem Dinner erscheinen wollte.

Und danach hatte er noch eine andere Verabredung. Eine sehr private. Hier in seiner Suite. Zu ziemlich später Stunde.

Max von Brandt war aus einem ganz bestimmten Grund zum Leiter der Handels- und Finanzdelegation ernannt worden, aber nicht etwa deshalb, weil er dem deutschen Präsidenten so nahestand, egal, was die Zeitungen auch schreiben mochten. Er hatte noch andere Verpflichtungen in London, für die die Wirtschaftsdelegation nur Tarnung war. Er verfolgte weitaus wichtigere Ziele als den Verkauf von Motorrädern.

Er musste eine neue Verbindungskette erschaffen.

111

»*Bonjour*, Willa!«, rief die Bäckerin, als Willa den Laden betrat.

»*Bonjour*, Adelaide. *Ça va?*«, erwiderte Willa.

»*Oui, ça va! Et toi?*«

»*Je suis bien, merci, mais j'ai faim. Un croissant, s'il vous plaît, et aussi une baguette.*«

Während die Bäckerin Willas Einkäufe einpackte, erklärte sie ihr, dass sie zu dünn sei und nie einen Mann finden werde, weil kein Mann einen Besenstiel umarmen wolle. Daher werde sie ihr statt einem zwei Croissants einpacken, und sie müsse ihr versprechen, beide zu essen.

Willa zwang sich zu lächeln und versprach es. Sie bezahlte und ging langsam zu ihrer Wohnung zurück. Sie hatte keinen Grund zur Eile. Niemand erwartete sie. Als sie in ihrer Wohnung war, legte sie die Tüten auf den Tisch und setzte Wasser für Kaffee auf. Sie hängte ihren Mantel an einen Haken, und da sie immer noch fror, schlüpfte sie in die Wolljacke, die Oscar an der Garderobe neben der Tür zurückgelassen hatte. Sie war warm und von guter Qualität. Ich sollte sie ihm wirklich zurückgeben, dachte sie. Das werde ich auch. Wenn ich ihn je wiedersehe.

Oscar hatte entschieden, dass ein hübsches Haus mit Porzellanservice und Staubsauger nicht die richtige Antwort auf Willas Probleme war – und er genauso wenig. Sie hatten sich ein paar Tage nach ihrer Überdosis getrennt, und er war nach Rom zurückgekehrt. Willa konnte es ihm nicht verdenken. Sie war ihm nicht böse. Sie hielt es ja mit sich selbst nicht aus. Warum sollte er es mit ihr aushalten?

Das Wasser kochte. Sie mahlte Kaffeebohnen, gab das Pulver in die Kanne und goss Wasser darüber. Dann goss sie Milch in eine Schale, gab den Kaffee dazu und trug die Schale zum Tisch. Morgendlicher Sonnenschein fiel durch die Fenster. Sie drehte ihren Stuhl so, dass er ihr den Rücken wärmte. Dann verbarg sie ihr Gesicht in den Händen und weinte.

So geschah es inzwischen jeden Tag. Die Traurigkeit erdrückte sie so sehr, dass sie sich kaum mehr bewegen konnte. Sie aß fast nichts mehr und schlief und arbeitete auch nicht mehr. Sie wünschte, Josie und Oscar hätten sie nicht gefunden, und sie wäre an der Überdosis gestorben. Dann wäre sie jetzt bei Seamie statt in der quälenden Einsamkeit hier.

Sie schob das Frühstück beiseite und griff nach den Pillen. Injizierbares Morphium hatte sie keines mehr. Die Pillen waren zwar weniger stark, aber alles, was sie noch besaß.

Während sie drei schluckte, klopfte es an der Tür. »Wer ist da?«, rief sie.

»Deine Tante Edwina! Lass mich rein!«

»Tante Eddie?«, fragte Willa ungläubig. Sie eilte zur Tür und öffnete sie. Ihre Tante stand dort in Reisemantel und Hut, mit einem Koffer in der Hand.

»O Gott«, rief sie entsetzt, als ihr Blick auf Willa fiel. »Der Mann hatte recht. Du siehst wirklich wie ein Wrack aus. Darf ich reinkommen?«

»Natürlich, Tante Eddie«, antwortete Willa und nahm ihr den Koffer ab. »Welcher Mann? Was hat er gesagt? Warum bist du hier?«

»Was ist denn das für eine Begrüßung?«, fragte Eddie ungehalten. »Nachdem ich den ganzen Weg hierhergekommen bin.«

»Tut mir leid, Eddie«, erwiderte Willa und umarmte sie. »Ich freue mich, dass du hier bist, ehrlich. Ich bin bloß durcheinander, das ist alles. Wegen dieses Mannes, den du erwähnt hast.«

»Irgendein Mann hat an Albie geschrieben«, erklärte Eddie, als sie ihren Mantel ablegte. »Er hatte seine Adresse von alten Briefen, die er in deiner Wohnung fand. Er meinte, du seist in ziemlich schlechter Verfassung und dass Albie dich abholen solle. Da Albie dies aber schon mal vergeblich versucht hat, beschloss ich, dich aufzusuchen. Ich bin hier, um dich nach Hause zu bringen, Willa.«

»Warte mal, Tante Eddie ... wie heißt dieser Mann?«, fragte Willa verwundert.

»Oscar soundso. Ich weiß nicht mehr. Er sagte, er würde dich kennen und sich Sorgen um dich machen, könne dir aber offensichtlich nicht helfen. Seiner Meinung nach solltest du nicht länger allein bleiben. Ist das Kaffee, was ich hier rieche?«

»Ja«, antwortete Willa. »Ich bring dir eine Tasse.« Also steckte Oscar hinter der Sache. Er hatte aus Sorge um sie an ihre Familie geschrieben. Dass er das getan hatte, nach allem, was passiert war, rührte sie derart, dass ihr fast wieder die Tränen kamen.

»Aber es gibt noch einen anderen Grund für meinen Besuch«, sagte Eddie.

Willa, die gerade Milch in den Kaffee ihrer Tante rührte, drehte sich alarmiert um.

»Schau nicht so verängstigt. Deiner Mutter und deinem Bruder geht es gut. Ich habe Neuigkeiten für dich. Gute Neuigkeiten, dennoch ziemlich schockierend. Ich finde, du solltest dich setzen. Komm her.« Sie klopfte auf den freien Platz neben sich auf dem Sofa.

Willa setzte sich und reichte ihrer Tante den Kaffee. »Ich muss sagen, das hört sich alles ziemlich seltsam an, Tante Eddie. Was denn für Neuigkeiten? Was ist passiert? Hättest du nicht einfach schreiben können, statt die weite Reise von Cambridge nach Paris zu machen?«

Eddie antwortete nicht. Sie beugte sich über ihren Koffer, zog eine Zeitung heraus und reichte sie Willa. Willa sah, dass es sich um eine Ausgabe der Londoner *Times* handelte, die schon mehrere Wochen alt war.

»Lies!«, sagte Eddie.

Die Schlagzeile berichtete von der Rückgabe des Elsass an Frankreich, von Wiederaufbauprojekten des Gebiets an der Marne und vom Besuch des belgischen Königs in Paris. Willa überflog die Artikel oberflächlich und nippte dabei an ihrem Kaffee. »Wonach soll ich denn suchen?«, fragte sie.

Dann sah sie das Foto am unteren Ende der Seite, und die Kaffeetasse entglitt ihr, fiel auf den Tisch und zerschellte am Boden. Willa hörte den Knall nicht. Sah das Chaos auf dem Boden nicht. Sie sah nur Seamies Gesicht.

»Mein Gott, Eddie ... das gibt's doch nicht«, flüsterte sie.

BRITISCHER FREGATTENKAPITÄN VON DEN TOTEN AUFERSTANDEN, hieß die Überschrift. »Seamus Finnegan, Commander der *Exeter*«, stand unter dem Foto.

Willa fuhr mit zitternden Fingern über das Bild. Dann las sie den Artikel und erfuhr, was mit Seamie nach dem Angriff auf sein Schiff passiert war. Sie musste lachen und weinen zugleich. Sie las weiter und erfuhr, dass er vor einem Monat in London angekommen war und plane, bei seiner Schwester und deren Mann zu wohnen. In deren Haus sei er wieder mit seinem Sohn vereint, der bei seinen Verwandten lebe. Entsetzt erfuhr Willa, dass der Junge deshalb nicht bei seiner Mutter sei, weil diese an der Grippe gestorben war. Commander Finnegan habe der Presse gesagt, er werde bald mit seinem Sohn in ein Cottage in den Cotswolds ziehen.

»Ich kann's nicht glauben. Ich kann es einfach nicht glauben«, wiederholte Willa immer wieder. »Er lebt, Eddie.«

»Ich weiß. Wundervoll, nicht wahr? Ich wollte, dass du es von mir erfährst. Ich hoffte, ich wäre schneller in Paris als irgendwelche Londoner Zeitungen. Oscar meinte, du seist in einem sehr labilen Zustand und war sich nicht sicher, wie du reagieren würdest.«

Erregt stand Willa auf. Sie weinte erneut, aber diesmal waren es Freudentränen. Seamie lebte. Er war noch immer auf dieser Welt.

»Weißt du, wo Seamie steckt?«, fragte Eddie.

»Die Zeitung schreibt, er würde in ein Cottage in den Cotswolds ziehen. Ich glaube, es ist in Binsey. Das hat er einmal erwähnt. Es gehörte seiner Frau. Vielleicht kannst du ihn dort besuchen nach unserer Rückkehr.«

Das Lächeln auf Willas Gesicht verblasste. Sie schüttelte den Kopf. »Nein, Tante Eddie, das kann ich nicht.«

»Warum nicht?«

Willa schwieg einen Moment, dann gestand sie: »Weil ich damals in der Wüste, nachdem Seamie mich gefunden und in Lawrence' Lager zurückgebracht hat, zu ihm sagte, dass wir voneinander lassen müssten. Um uns und den Menschen in unserer Umgebung nicht länger wehzutun. Es war gut, was wir hatten. Und was wir taten. Vor dem Krieg.« Sie blickte auf ihre Hände hinab. »Vielleicht weißt du nichts davon. Vielleicht aber doch.«

Eddie nickte. »Ich wusste nichts. Jetzt allerdings schon.«

»Ja, nun«, fuhr Willa fort, »es ist bitter und verhängnisvoll, jemanden zu lieben, den man nicht lieben sollte, und es hat nichts als Kummer gebracht.«

»Seine Frau ist gestorben, Willa«, wandte Eddie vorsichtig ein. »Er ist jetzt Witwer.«

»Was soll ich denn tun, Tante Eddie? Mich wie ein Geier auf ihn stürzen? Das tue ich nicht. Es wurden zu viele Fehler gemacht, zu viele Sünden begangen. Jennie hätte etwas Besseres verdient. Auch Albie. Sogar Seamie. Nein, ich bleibe hier. Wir haben uns aus einem bestimmten Grund getrennt, und daran hat sich nichts geändert – wir sind nicht gut füreinander. In Afrika nicht. Vor dem Krieg in London nicht. Und auch jetzt nicht. Das weiß ich.«

Eddie seufzte tief auf. Willa nahm ihre Hand. »Ich freue mich, dass du gekommen bist. Ich weiß, dass du es aus Sorge um mich getan hast, und ich liebe dich dafür, Tante Eddie, aber ich kann nicht zurück nach England. Ich kann nicht. Es ist einfach zu schmerzhaft.«

Eddie nickte. »Ich verstehe dich, Willa. Keine Ahnung, was ich deiner Mutter sagen werde, aber ich verstehe dich.«

Willa küsste sie. »Danke. Du fährst doch nicht gleich zurück, oder? Bleibst du noch ein bisschen?«

»Ich denke schon. Ein bisschen Ferien und gutes französisches Essen wären nicht schlecht.« Sie runzelte die Stirn und fügte hinzu: »Deine Hände zittern, Willa. Das spüre ich. Du warst schon schlecht beieinander, als ich ankam, und ich habe alles noch schlimmer gemacht, fürchte ich.«

Willa schüttelte den Kopf. »Du hast nichts dergleichen getan. Ich bin so froh, so unendlich erleichtert, dass er lebt. Er ist mein Herz und meine Seele, und zu wissen, dass er nicht gestorben ist, dass er …« Sie brach ab, als ihr wieder Tränen zu kommen drohten. Sie bemühte sich um Fassung und sagte dann: »Ich glaube, ich brauche jetzt frische Luft und mache einen Spaziergang.«

»Das ist eine gute Idee. Ein Spaziergang macht den Kopf wieder frei. Ich gieß mir noch etwas Kaffee ein, während du fort bist, und später kannst du mich vielleicht am Montparnasse herumführen«, antwortete Eddie.

Willa küsste ihre Tante erneut, nahm ihren Mantel und lief schnell auf die Straße hinunter. Hut und Schal und auch alles andere hatte sie vergessen, bis auf die unglaubliche Nachricht, dass Seamus Finnegan lebte.

112

»Josie!«, rief Willa und klopfte an die Wohnungstür ihrer Freundin. »Jo, ich bin's, Willa! Mach auf!«

Sie klopfte schon seit einer Minute, aber Josie hatte immer noch nicht geöffnet. Willa war überzeugt, dass sie um diese Zeit noch zu Hause war, weil sie gewöhnlich bis Mittag schlief.

Willa wollte sie unbedingt sehen. Josie war ihre beste Freundin, und sie musste ihr von Seamie erzählen und sich bei ihr ausweinen.

»Komm schon, Josie, du faules Stück! Steh auf und lass mich rein!«, rief Willa erneut und hämmerte gegen die Tür.

Aber immer noch keine Antwort. »Das ist seltsam«, sagte Willa. Sie drehte den Türknauf. Und das war ebenfalls seltsam. Die Tür ging auf. »Jo?«, rief sie erneut, inzwischen besorgt.

Es war dunkel in der Diele. Sie brauchte einen Moment, bis sich ihre Augen an die Dunkelheit gewöhnt hatten, dann ging sie hinein und stellte fest, dass hier etwas ganz und gar nicht in Ordnung war. Alles war völlig durcheinander. Bilder waren von der Wand gerissen. Vasen und Statuen lagen zerbrochen am Boden. Vorhänge zerfetzt. Kissen aufgeschlitzt. Die Seidenpolster aufgeschnitten. Füllmaterial quoll aus Stühlen und Sofas.

»Josie?«, rief sie plötzlich angstvoll und hörte ein Geräusch wie ein Stöhnen aus dem Schlafzimmer. Schnell lief sie dorthin, und bei dem Anblick, der sich ihr dort bot, schrie sie auf.

Josie lag auf dem Bett. Ihr Gesicht war so übel zugerichtet, dass es kaum mehr erkennbar war. Blut tropfte auf die Vorderseite ihres Kleids und aufs Bettzeug.

»Josie ... mein Gott ...«, rief Willa und lief zu ihrer Freundin hin.

Josie streckte die Hand aus nach ihr. »Ich hab nichts gesagt, Willa«, schluchzte sie. »Ich hab's ihm nicht gesagt.«

»Wem gesagt? Wer hat dir das angetan?«, fragte Willa, nahm ihre blutüberströmte Hand und kniete sich neben ihr nieder. »Nein, sprich nicht. Beweg dich nicht. Tu gar nichts. Ich hol Hilfe.«

»Nein!«, stöhnte Josie.

»Du brauchst einen Arzt!«, widersprach Willa.

»Dafür ist keine Zeit. Hör zu, Willa, bitte ... ich hab einen Sohn«, stieß Josie mühsam hervor.

»*Was?*«

»Einen kleinen Jungen. Daheim in England. James. Ich war früher mit einem Ganoven zusammen ... Billy Madden. Er hat mich geschwängert, dann wollte er, dass ich's wegmachen lasse. Das konnte ich nicht. Ich hab das Baby bekommen. Und es meiner Freundin Jennie gegeben. Sie war früher meine Lehrerin. Sie hat ihr Baby verloren. Ihr Mann hat sie nicht geliebt, und sie dachte, er liebt sie, wenn sie ihm ein Kind schenkt, aber das konnte sie nicht, weil sie einen Unfall hatte. Ich bin weg aus London und hab mich in ihrem Cottage versteckt. In den Cotswolds ...« Josie hielt einen Moment inne, schloss die Augen und atmete schwer.

Willa spürte, wie sie ein eisiger Schauer überlief. Seamies verstorbene Frau hieß Jennie. Sie hatte ein Cottage in den Cotswolds gehabt. Der Name ihres Sohnes war James. James war vier Jahre alt. Nein, dachte sie, das kann nicht sein. Das ist bloß ein Zufall.

Josie öffnete wieder ihre Augen, und Willa sah den Schmerz, der darin stand.

»Josie, sprich nicht«, sagte sie. »Lass mich einen Arzt holen. *Bitte.*«

»Dafür ist keine Zeit«, antwortete Josie. Sie stöhnte erneut auf. »Ich hab mich bei dem Doktor, der das Baby entbunden hat, als Jennie ausgegeben, damit auf der Geburtsurkunde die richtigen Namen eingetragen wurden. Am Tag nach der Geburt hab ich das Kind Jennie gegeben und bin nach Paris gefahren. Jennie hat ihren Mann angelogen ... sie hat so getan, als wär sie schwanger, und ihm dann vorgemacht, sie hätte das Baby bekommen. Ich hab sie gebeten, mir ab und zu zu schreiben ... mir ein Bild zu schicken ... o Gott ...« Josies Worte gingen in qualvolles Wimmern über.

»Josie, bitte, du musst mich Hilfe holen lassen.«

Josie schüttelte den Kopf. »Jemand hat Billy von dem Jungen erzählt, und jetzt will er ihn haben. Er ist total wahnsinnig geworden, Willa. Ich dachte, er bringt mich um. Er sagte, er hat seine Söhne im Krieg verloren und will sich jetzt James holen. Er wollte Jennies Namen aus mir rauspressen und den ihres Ehemanns, aber ich hab nichts verraten, deshalb hat er mich so zugerichtet. Er fährt nach England zurück und wird James irgendwie aufstöbern und ihn entführen«, schluchzte Josie. Tränen quollen aus ihren Augen. »Lass das nicht zu, Willa. Lass nicht zu, dass er sich James schnappt.«

»Beruhige dich, Josie, bitte ...«

»Ich hab die Briefe versteckt«, stieß sie hervor, inzwischen hysterisch. »Diejenigen, die mir Jennie geschickt hat. Billy hat die ganze Wohnung auseinandergenommen, aber sie nicht gefunden. Sie sind in meiner Schmuckschatulle. Nimm sie. Da steht Jennies Adresse drauf. Sag ihr, was passiert ist. Es ist auch Geld drin. Nimm es, Willa. Fahr zu ihr. Warn sie. Schnell.«

»Wo, Josie? Wo ist deine Schmuckschatulle?«, fragte Willa. Sie würde sie finden. Das würde Josie beruhigen.

»Im Wohnzimmer.«

Willa lief in den anderen Raum und suchte in dem Chaos nach der Schatulle. Sie fand sie neben dem Fenster, aber sie war leer. Der Schmuck war auf den Boden gekippt worden. Es waren keine Briefe darin, kein Geld, nichts.

»Verdammt!«, zischte Willa. »Wo sind sie?« Sie versuchte, die Schatulle auseinanderzureißen. Sie riss das Futter, die Schubladen und Fächer heraus, fand aber nichts. Sie hob die Schatulle hoch und schleuderte sie zu Boden. Einmal, zweimal. Beim dritten Mal zersplitterte der Boden. Sie brach die Teile auseinander, und da waren sie – ein Stapel Briefe, ordentlich mit einer Schleife zusammengebunden, und ein kleiner Lederbeutel mit aufgerollten Franc- und Pfundnoten.

Willa zog einen Brief heraus und schaute auf die Rückseite, voller Angst, was sie darauf lesen würde. »O nein. O Gott«, stammelte sie. Die Absenderadresse war in London. Willa kannte sie. Es war Seamies frühere Adresse. Auch den Namen kannte sie. Finnegan. J. Finnegan.

Jennie war gestorben, aber davon wusste Josie nichts. Und Jennie war mit Seamie verheiratet gewesen. Und ihr Sohn ... James ... ist der Junge, hinter dem Madden her ist. Und Seamie hatte keine Ahnung davon.

»Hast du sie gefunden?«, fragte Josie mit schwacher Stimme, als Willa ins Schlafzimmer zurückkam.

»Ja«, antwortete Willa und legte die Briefe und das Geld auf Josies Nachttisch.

»Du musst sie warnen. Versprich's mir!«

Willa brachte es nichts übers Herz, Josie zu sagen, dass ihre Freundin nicht mehr lebte. »Ich verspreche es, Jo. Ich schwöre es. Ich unternehme etwas. Ich rufe sie an oder schicke ihr ein Telegramm. Gleich. Aber vorher muss ich mich um dich kümmern.«

Auf Josies Kleidern und dem Bett war eine Menge Blut. Zu viel Blut.

»Was soll ich bloß machen? Was zum Teufel soll ich bloß tun?«, murmelte sie vor sich hin. Dann blitzte ein Bild vor ihrem geistigen Auge auf – ihr Pillenfläschchen. Sie hatte drei Morphiumpillen genommen. Kein Wunder, dass sie nicht klar denken konnte. »Los, Willa, reiß dich zusammen«, ermahnte sie sich selbst laut. »Denk nach.«

Zwei Sekunden später war sie draußen auf dem Treppenabsatz und hämmerte gegen die Tür des Nachbarn. Ein Mann öffnete. Schnell informierte sie ihn, dass ihre Freundin überfallen und schwer verletzt worden sei und dass sie einen Arzt brauche. Der Mann sagte, im obersten Stockwerk wohne ein Arzt, und lief hinauf, um ihn zu holen. Kurz darauf war er an Josies Bett. Ihr Angreifer habe ihr eine Vene am Kinn verletzt, erklärte er Willa, daher komme das meiste Blut. Er würde sie veröden und dann die schlimmsten Wunden im Gesicht nähen.

»Sie erholt sich wieder«, beruhigte er Willa. »Aber sie hätte verbluten können, wenn ich nicht rechtzeitig gekommen wäre.«

Während sich der Arzt an die Arbeit machte, eilte Willa in Josies Wohnzimmer zurück. Das Telefon lag auf dem Boden. Sie betete, dass es noch funktionierte. Sie legte den Hörer auf, nahm ihn gleich wieder ab und rief die Vermittlung an. Fast im selben Moment hörte sie die Stimme einer Frau und bat sie, eine Verbindung zu dem Teilnehmer herzustellen, den sie auf dem Briefumschlag gelesen hatte. Aber das ging nicht. Die Nummer sei aufgegeben worden. Sie bat um eine Verbindung zu Miss Edwina Alden, in Highgate House, Carlton Way in Cambridge.

Nach ein paar Minuten meldete sich in der knisternden Leitung eine fern klingende männliche Stimme: »Highgate House. Hallo?«

»Albie?«, rief Willa. »O Gott sei Dank!«

Es folgte eine Pause. »Willa? Bist du das?«

»Ja, ich bin's, Albie. Ich brauche deine Hilfe. Du musst unbedingt Seamie erreichen. Sein Sohn James ist in großer Gefahr. Er ist nicht sein leiblicher Sohn. Der Junge wurde Jennie von einer anderen Frau überlassen – von Josie Meadows. Sein echter Vater ist Billy Madden, ein Gauner. Aus London. Er ist hinter dem Jungen her, Albie. Er war hier in Paris und hat Josie zusammengeschlagen ...«

»Willa«, unterbrach Albie sie.

»Albie, sag nichts. Hör mir einfach zu.«

»Nein, ich höre dir nicht zu. Nicht mehr. Du bist ja völlig von Sinnen. Und wir beide wissen, warum.«

»Albie, ich *bin* bei Sinnen. Das alles stimmt. Du musst Seamie anrufen und ihm Bescheid geben. Sofort!«

»Tante Eddie ist doch bei dir. Bitte gib ihr den Hörer.«

»Das kann ich nicht. Sie ist in meiner Wohnung. Ich bin in der Wohnung meiner Freundin. Albie, du musst mir zuhören.« Willas Stimme zitterte bedrohlich. Sie musste sich beruhigen, aber es wollte ihr einfach nicht gelingen.

»Das ist erbärmlich«, sagte Albie. »Ich ertrag es nicht, dich anzuhören. Ruf mich nicht mehr an, Willa. Nicht in so einem Zustand. Nicht bevor du die Drogen aufgegeben hast.«

»Albie, nein! Warte! Leg nicht auf!«

»Beantworte mir nur eine Frage: Hast du heute etwas genommen?«

Sie wollte ihm nicht antworten. »Ja, aber, Albie, ich ...«, stieß sie schließlich hervor.

»Das dachte ich mir.« Es folgte ein lautes Klicken, dann war die Verbindung unterbrochen.

»Er hält mich für eine durchgedrehte Irre«, sagte Willa laut.

Natürlich. Als er damals nach Paris kam, um sie nach Hause zu holen, sah er auf den ersten Blick, dass sie süchtig war. Und jetzt hatte sie ihn aus heiterem Himmel angerufen und eine wirre Geschichte erzählt.

Panik ergriff sie. Wenn sie Seamie nicht erreichen und Albie ihr nicht helfen würde, wer dann?

»Denk nach, Willa, denk nach«, sagte sie sich. Wieder rief sie die Vermittlung an und bat um eine Verbindung mit Westminster, in der Hoffnung, Joe Bristow an den Apparat zu kriegen. Diesmal legte die Vermittlung auf.

Inzwischen vollkommen außer sich, fiel ihr plötzlich das Cottage ein – in Binsey. In dem Zeitungsartikel hatte Seamie gesagt, er wolle in das Cottage in den Cotswolds ziehen. Das musste in Binsey sein.

Ein paar Sekunden später bat sie die Vermittlung, eine Verbindung mit dem Teilnehmer Seamus Finnegan in Binsey herzustellen, aber wieder hatte sie kein Glück. Die Frau sagte, sie habe keinen Eintrag mit diesem Namen.

»Gibt es *irgendjemanden* in Binsey mit einem Telefonanschluss?«, fragte Willa. »Eine Kirche, einen Laden, ein Pub?«

Die Frau von der Vermittlung antwortete, es gebe ein Gasthaus, und stellte die Verbindung her.

»King's Head. Was kann ich für Sie tun?«, meldete sich eine weibliche Stimme.

»Hallo. Ja«, sagte Willa. »Kennen Sie vielleicht einen Commander Seamus Finnegan?«

Es folgte eine kurze Pause, dann erwiderte die Frau ärgerlich: »Schon wieder die Presse? Ich hab Ihnen doch schon tausendmal gesagt, den armen Mann in Ruhe zu lassen!«

»Ich bin nicht von der Presse. Ich bin eine Freundin von Mr Finnegan.«

»Das können Sie weismachen, wem Sie wollen. Mir nicht«, erwiderte die Frau und legte auf.

Schweigend stand Willa in Josies Wohnung mit dem Hörer in der Hand. Sie wusste nicht, wen sie noch anrufen konnte. Wie sie Seamie erreichen und ihn warnen konnte. Sie wusste nur, dass Billy Madden auf dem Weg zurück nach England war. Um James Finnegan zu finden. Und er würde vor nichts zurückschrecken, um ihn zu schnappen. Ihre zusammengeschlagene Freundin im Nebenraum war Beweis genug.

Und plötzlich wusste Willa, was sie tun musste.

Sie lief in Josies Schlafzimmer und kniete sich neben ihr Bett. »Es tut mir leid, Jo. Es tut mir furchtbar leid, was dir passiert ist. Und es tut mir leid, dich so zurückzulassen, aber ich muss fort. Nach England zurück. Um Seamie – James' Vater – zu finden und ihm zu sagen, was geschehen ist. Ich sorge dafür, dass Billy Madden aufgehalten wird. Das verspreche ich dir.«

»Nimm das Geld, Willa, und nimm die nächste Fähre. Beeil dich.«

»Das werde ich, Josie. Und ich lasse dich nicht allein zurück. Meine Tante Eddie ist gerade angekommen. Sie wollte mich eigentlich nach Hause holen. Ich schicke sie zu dir. Sie wird sich um dich kümmern.«

Willa küsste ihre Freundin auf die Stirn. Dann nahm sie das Bündel Briefe und das Geld vom Nachttisch und stopfte alles in ihre Hosentasche.

»Auf Wiedersehen, Jo«, sagte sie, lief aus Josies Wohnung hinaus und auf die Straße.

113

»Ich kann's nicht glauben«, sagte Willa. »Ich kann's einfach nicht glauben, verdammt!«

Sie hatte es in vierundzwanzig Stunden von Paris über Calais nach Dover geschafft. Vom Hafen zum Bahnhof hatte sie eine Droschke genommen und den Kutscher während der ganzen Fahrt beschworen, doch schneller zu fahren, um dann festzustellen, dass sie den Zug nach London um sechs Minuten verpasst hatte. Um sechs verdammte Minuten! Und der nächste ging erst in fünf Stunden.

Sie hatte aber keine fünf Stunden Zeit, um sie hier mit Däumchendrehen zu vergeuden. Seamie und James hatten keine fünf Stunden. Weiß Gott, wo Billy Madden inzwischen war. Die Angst nagte an ihr, er könnte inzwischen schon in London sein und nach ihnen suchen. Sie kämpfte sie nieder und erinnerte sich, dass ihre Freundin weder Jennies noch Seamies Namen herausgerückt hatte. Ohne deren Namen konnte er James nicht aufspüren, und es blieb noch Zeit. Aber dann fiel ihr ein, dass es jemanden gab, der Madden von Josie erzählt hatte – wusste diese Person auch, wo sich der Junge im Moment befand?

Es musste eine andere Möglichkeit geben, nach London zur Paddington Station zu kommen, wo sie einen Zug in die Cotswolds nehmen konnte. Vielleicht gab es einen Bus oder eine Droschke, die sie wenigstens ein Stück weit mitnehmen konnte. Während sie auf den Bahnhofsvorplatz hinausging und überlegte, wie diese andere Möglichkeit aussehen könnte, entdeckte sie einen Lieferjungen auf einem Motorrad mit einer Holzkiste auf dem Rücksitz. Gerade hatte er ein Bündel Zeitungen bei einem Zeitungsladen abgeworfen und wollte nun weiterfahren.

»Hey, warte!«, rief sie. »Warte einen Moment!«

Der Junge drehte sich um. Winkend lief sie auf ihn zu. Er sah sie fragend an und deutete auf sich.

»Ja, du!«, rief sie. »Wie viel willst du für das Motorrad?«, fragte sie atemlos, als sie bei ihm angekommen war.

»Kommt darauf an, wo ich hinfahren soll. Für hiesige Lieferungen rechne ich nach Meilen ab. Für Fahrten nach Canterbury oder andere Städte in der Umgebung nehme ich eine Pauschale.«

»Ich will das Motorrad nicht mieten. Ich will es kaufen. Wie viel?«

»Es steht nicht zum Verkauf, Miss. Ich verdiene meinen Lebensunterhalt damit.«

»Ich geb dir zwanzig Pfund«, erwiderte Willa und griff nach ihrer Brieftasche in ihrer Mappe.

Der Junge kniff die Augen zusammen. »Sie sind doch nicht etwa auf der Flucht, oder?«

»Nein. Aber es geht um einen ganz dringenden Notfall«, antwortete Willa und zog eine Zwanzig-Pfund-Note heraus. »Verkaufst du mir das Motorrad oder nicht?«

Der Junge nickte. »Sind Sie schon mal mit einem gefahren?«, fragte er.

Willa bejahte. In Kairo war sie oft Motorrad gefahren.

»Der Tank ist halb voll«, sagte der Junge, nahm seine Brille ab und reichte sie ihr. »Tanken sollten Sie bei Broughton's. Daran kommen Sie auf dem Weg aus der Stadt vorbei. Etwa fünfundzwanzig Meilen weiter gibt's noch eine Tankstelle, aber die ist öfter zu als offen.«

»Danke«, sagte Willa.

Sie legte ihre Tasche in die Kiste, ließ den Motor an und fuhr los. Ein paar Minuten später war sie an der Tankstelle und bat den Besitzer, die Maschine aufzutanken. Während sie wartete, ging sie auf und ab, stampfte mit den Füßen auf und versuchte, einen klaren Kopf zu bekommen. Die Übelkeit und die Kopfschmerzen abzuschütteln, die ihr zusetzten. Seit vierundzwanzig Stunden hatte sie kein Morphium mehr genommen, und die Entzugserscheinungen machten sich bemerkbar. Auf der Fähre hatte sie zu schlafen versucht und gehofft, sich damit Linderung zu verschaffen, aber es funktionierte nicht. Wenn überhaupt, war es nur noch schlimmer geworden. Jedes Mal, wenn sie die Augen schloss, sah sie Josies zerschlagenes Gesicht vor sich.

Von Josies Wohnung war sie direkt nach Hause gerannt und hatte Tante Eddie berichtet, was passiert war. Ihre Tante ließ sich nicht leicht aus der Fassung bringen, aber das hatte sie dennoch schockiert. Als Willa sie fragte, ob sie sich um Josie kümmern könne, sprang Eddie sofort auf, zog ihren Mantel an und bat um die Adresse. Sie war schon halb zur Tür hinaus, als Willa sie am Arm packte.

»Tante Eddie, nachdem du Josie versorgt hast, würdest du bitte Albie anrufen und ihm sagen, was geschehen ist? Es gibt ein Telefon in Josies Wohnung. Ich hab ihn bereits angerufen. Er wollte mir aber nicht zuhören, weil er mich für völlig durchgedreht hält. Aber dich wird er anhören.«

»Ich rufe ihn an, sobald ich dafür gesorgt habe, dass es deiner Freundin gut geht. Beeil dich, Willa. Los, geh«, antwortete sie.

Willa zog schnell einen warmen Pullover, ein Paar feste Stiefel und einen dicken Mantel an. Dann steckte sie Josies Geld und die Briefe in ihre Tasche, eilte zum Bahnhof und erreichte den Zug um halb fünf nach Calais. Dort angekommen, war die Fähre nach Dover schon ausgebucht, also buchte sie eine Überfahrt mit der Nachtfähre. Jetzt war es früher Morgen, etwa acht Uhr.

Bei der Rückkehr in ihre Wohnung am Tag zuvor hatte sie überlegt, zur Polizei zu gehen, die Sache mit Josie anzuzeigen und ihnen zu sagen, dass derselbe Mann, der sie zusammengeschlagen habe, jetzt versuche, ein Kind zu entführen. Aber dann dachte sie: Und wenn sie mir nicht glauben? Und schlimmer noch, wenn sie es tun? Dann halten sie mich fest und stellen mir tausend Fragen. Als Erstes würden sie den Überfall auf Josie untersuchen, statt sich um ein Kind in England zu kümmern. Ich würde auf dem Revier sitzen und den Tatort beschreiben, während Madden schon halb über dem Kanal wäre.

Sich an die Pariser Polizei zu wenden hätte also niemandem geholfen – weder James noch Josie. Was sie tun musste, war, Seamie zu warnen, dass Billy Madden sich seinen Sohn schnappen wollte. Nachdem sie Albie nicht überzeugen konnte, das zu tun, auch Joe Bristow und die Gastwirtin in Binsey nicht, müsste sie es eben selbst tun.

»Alles erledigt, Miss«, sagte der Tankwart. »Kurz vor London müssen Sie noch mal tanken.«

Er nannte ihr den Namen einer Stadt mit einer Tankstelle und einem guten Pub, falls sie Lust auf eine Pause und ein warmes Essen hätte. Willa dankte ihm. Sie setzte die Brille auf, startete die Maschine und raste aus Dover hinaus.

Als sie die Stadt hinter sich gelassen hatte, beschloss sie, beim nächsten Halt noch einmal Albie anzurufen – falls sie ein Telefon fand. Vielleicht hatte Eddie ihn in der Zwischenzeit erreicht. Und vielleicht konnte sie – Willa – ihn diesmal davon überzeugen, zu Seamie und James zu fahren und die beiden vor Unheil zu bewahren.

Nur für den Fall, dass sie sich täuschte. Nur für den Fall, dass Billy Madden schon viel näher bei Binsey war, als sie hoffte.

114

Albie hörte das Telefon bis in die Garage klingeln. Er nahm seine Einkäufe aus dem Wagen und lief zum Haus. Es regnete in Strömen, und er wurde auf den paar Metern zwischen Garage und Hintertür klitschnass.

»Ja? Ja? Sprechen Sie lauter, bitte, ich höre schlecht!«, sagte Mrs Lapham, die Putzfrau seiner Tante, die zweimal pro Woche kam. »Will? Will wer?«, rief sie.

Das musste Willa sein. Albie stellte den Korb ab und ging zum Telefon hinüber, das auf einem kleinen runden Tisch stand.

»Ich übernehme jetzt, Mrs Lapham. Danke Ihnen!«, rief er mit erhobener Stimme.

Mrs Lapham zuckte zusammen. »Oh, Albie, mein Lieber! Sie haben mich vielleicht erschreckt. Da ist jemand am Apparat.«

»Ja, das habe ich mitbekommen«, rief Albie.

Mrs Lapham gab ihm den Hörer und ging wieder an ihre Arbeit. Albie hielt den Hörer an die Brust, wartete, bis sie außer Hörweite war, bis ihm einfiel, dass sie das sowieso war.

»Ich dachte, ich hätte dir gesagt, dich erst wieder zu melden, wenn du kein Morphium mehr nimmst.«

»Ich *habe* damit aufgehört. Seit über vierundzwanzig Stunden habe ich nichts mehr genommen, und das bringt mich fast um. Es fühlt sich an, als würde mein Kopf explodieren«, antwortete Willa.

Albie hörte Windrauschen und ein Geräusch wie Regenprasseln. Es knisterte in der Leitung, ein paar Sekunden lang brach die Verbindung ab, dann war sie wieder da. »Wo bist du?«, fragte er.

»An einer Tankstelle westlich von London.«

»*Was?* Was zum Teufel machst du da?«

»Hat dich Tante Eddie angerufen?«

Albie sah sich um, ob eine Nachricht dalag. »Nein, ich glaube nicht. Aber ich war die meiste Zeit nicht zu Hause. Warum?«

Albie hörte Willa stöhnen. »Ich versuche, nach Binsey zu kommen. Zu Seamie.«

»Willa, sag mir sofort, wo du bist. Ich schicke jemanden, der dich abholt«, antwortete er streng.

»Jemanden mit einem großen Netz? Und einer Jacke mit Gurten am Rücken?«, zischte Willa. »Albie, ich komme gerade von meiner besten Freundin, die fast zu Tode geprügelt wurde. Ich versuche einen anderen Freund vor noch viel Schlimmerem zu bewahren. Ich bin seit Stunden unterwegs – die meiste Zeit bei strömendem Regen auf einem klapprigen Motorrad. Ich stehe weder unter Drogeneinfluss, noch bin ich verrückt. Der Wahnsinn treibt einen vielleicht eine Weile lang an. Aber doch nicht so, dass man in vierundzwanzig Stunden von Paris nach Oxford kommt. Um das zu schaffen, muss man schon bei klarem Verstand sein. Und das bin ich. Das schwöre ich dir. Ich habe furchtbare Angst, ja. Und stehe unter Schock. Aber ich bin völlig klar im Kopf.« Sie hielt inne, um Atem zu holen. »Es geht um Leben oder Tod, Albie. Um Seamies Leben und das seines Sohnes. Ruf das Gasthaus in Binsey an. Das King's Head. Bitte sie, Seamie ans Telefon zu holen. Vielleicht können sie einen Burschen ins Cottage schicken, und er kann schnell in das Pub rüberkommen und dich zurückrufen. Wenn er das tut, erklär ihm, was ich dir gestern gesagt habe. Bitte, Albie. Tu es für mich, und ich werde dich nie mehr um etwas bitten. Ich bin auf dem Weg, habe aber noch eine ziemliche Strecke vor mir. Bitte, bitte, mach das.«

»Ja, gut. Ich ruf das Pub an«, antwortete Albie, sehr besorgt inzwischen. »Aber beruhige dich, Willa.«

Wieder ertönte ein Knistern in der Leitung, dann brach die Verbindung ab. Albie legte auf und stellte das Telefon auf den Tisch zurück. Er holte tief Luft und überlegte, was er tun sollte.

Selbst ohne Morphium war Willa stets unbesonnen und unberechenbar gewesen und schon als junges Mädchen auf Berge geklettert, die viele Männer abgeschreckt hätten. Sie war leichtsinnig und zuweilen sogar rücksichtslos. Rücksichtslos bei der Verfolgung ihrer Wünsche, rücksichtslos anderen gegenüber, wenn dies nötig war, um ihr

Ziel zu erreichen. Aber vor allem rücksichtslos gegenüber sich selbst. In einer Hinsicht jedoch war sie stets fest und unerschütterlich geblieben, ganz egal, was es sie kosten mochte: in ihrer Liebe zu Seamus Finnegan. Und genau dieses Gefühl war es, dachte Albie jetzt, das sie schließlich zur Strecke gebracht hatte. Zuerst die Nachricht von seinem Tod und dann zu erfahren, dass er noch lebte, musste ein Schock gewesen sein. Ein furchtbarer Schock.

Ein paar Sekunden später nahm er den Hörer wieder ab. »Binsey bei Oxford, bitte«, sagte er der Vermittlung. »Den Gasthof King's Head.«

Es dauerte ein paar Minuten, bis die Verbindung hergestellt war. Schließlich meldete sich eine männliche Stimme. »Guten Tag. King's Head. Mr Peters am Apparat.«

»Hallo, mein Name ist Albie Alden. Ich bin ein Freund von Commander Finnegan. Ich müsste ihn sprechen.«

»Ah! Sie haben Glück! Er ist gerade da – Commander Finnegan und sein Sohn. Sie essen hier. Ich hole ihn.«

Seamie kam an den Apparat. Er war überrascht, freute sich aber, Albies Stimme zu hören. Albie erwiderte, dass auch er sich freue und dass es ihm leidtue, ihn beim Essen zu stören, aber er habe leider etwas sehr Unangenehmes mit ihm zu besprechen.

Am Ende des Gesprächs sagte Albie, er hoffe, Seamie würde ihn bald mit James in Cambridge besuchen. Seamie versprach, dass er sich darauf verlassen könne.

Albie verabschiedete sich. Seamie und seinem Sohn ging es gut. Niemand war zusammengeschlagen, ermordet oder entführt worden. Ganz im Gegenteil. Sie hatten gerade ein gutes Essen in dem Pub genossen und würden anschließend gemütlich nach Hause spazieren.

»Ich hätte es mir denken können«, murmelte Albie vor sich hin. »Das Ganze ist ein totaler Blödsinn. Nichts weiter als eines von Willas Hirngespinsten. Warum höre ich ihr überhaupt zu? Wenn jemand verrückt ist, dann ich, weil ich ihre Anrufe annehme.«

Er blickte aus dem Fenster. Noch immer goss es in Strömen. Es war kalt und begann zu dämmern. Kein guter Zeitpunkt für einen

Ausflug, aber blieb ihm eine andere Wahl? Seine verrückte Schwester war drauf und dran, seinen besten Freund zu überfallen. Das war Seamie nicht zuzumuten. Niemandem eigentlich. Er würde sie abholen, hierherbringen und von einem Arzt untersuchen lassen. Höchste Zeit, dass dies jemand machte.

»Albie, mein Lieber, haben Sie aufgelegt?«, rief Mrs Lapham vom Spülbecken.

»Ja, habe ich!«, rief Albie zurück.

»Oh, gut! Bevor ich's vergesse, Ihre Tante Edwina hat angerufen ...«

Albie stöhnte auf. Eddie hätte Willa nach Hause bringen und ihr nicht erlauben sollen auszubüxen. Er konnte sich lebhaft vorstellen, was sie ihm sagen wollte, und hatte nicht die geringste Lust, sich das anzuhören. Nicht im Moment. Schließlich hatte er schon eine Irre am Hals, um die er sich heute Abend kümmern musste, und brauchte keine zweite.

»... und möchte, dass Sie sie zurückrufen. Hier ist die Nummer«, sagte Mrs Lapham und zog einen Zettel aus der Schürzentasche.

»Danke«, erwiderte Albie.

Mrs Lapham machte sich wieder an ihre Arbeit.

Albie steckte den Zettel ein und sagte sehr laut: »Mrs Lapham, ich bin dann eine Weile weg. Mit dem Wagen. Wenn Sie fertig sind, sperren Sie bitte hinter sich ab.«

»Natürlich«, antwortete Mrs Lapham, ohne vom Polieren aufzublicken. »Wohin gehen Sie denn, Albie, mein Lieber?«

»Wildgänse jagen.«

»Wildgans?«, fragte Mrs Lapham. »Seltsamer Ort. Nie gehört. Hübscher Name aber! Viel Spaß, Albie. Und vergessen Sie Ihre Gummistiefel nicht.«

115

Willa fuhr mit dem Motorrad einen langen Pfad entlang, der zu Seamies Cottage führte. Zumindest hoffte sie das. Vorausgesetzt, die Beschreibung stimmte, die Mr Peters im Pub ihr gegeben hatte.

Inzwischen war es dunkel, und der Pfad vom Regen aufgeweicht und voller Schlaglöcher. Mit letzter Kraft schaffte sie es, das Motorrad in der Spur zu halten, ohne zu schlittern oder im Graben zu landen. Sie war bis auf die Haut durchnässt, total erschöpft und durchgefroren. Aber vor allem hatte sie Angst – Angst, dass sie zu spät kam und Billy Madden es irgendwie vor ihr geschafft haben könnte.

»Das ist nicht möglich«, sagte sie sich immer und immer wieder. »Er kennt Jennies Namen nicht. Er hat die Adresse ihres Cottages nicht.«

Ein paar Minuten später kam ein kleines Haus in Sicht. Sie fuhr darauf zu und stellte den Motor ab. Als sie abstieg, ging die Tür des Cottages auf, und Seamie trat heraus. In einer Hand hielt er eine Laterne, mit der anderen schützte er die Augen vor dem Regen. Er spähte in die Nacht hinaus, konnte sie aber nicht gleich erkennen.

Sein Anblick versetzte ihr einen Stich – vor Liebe. Immer noch. Für immer. Sie nahm die Brille ab und wischte sich den Schmutz aus dem Gesicht.

»Hallo, Willa«, rief er in den Regen hinaus. »Komm rein.«

Auf dem Weg zum Cottage blieb sie plötzlich wie angewurzelt stehen.

»Seamie … woher weißt du, dass ich es bin?«

»Albie hat mich angerufen.«

Erleichterung überkam sie. »O Gott sei Dank!«, rief sie aus und ging auf ihn zu. »Dann weißt du also …«

»Ja. Er hat mir alles erzählt«, antwortete Seamie.

Er zog sie an sich und drückte die Lippen an ihre Wange. Sie schmolz dahin in seiner Umarmung, lechzte geradezu danach, seine Wärme zu spüren und seinen Duft einzuatmen – des Mannes, den sie ihr ganzes Leben lang geliebt hatte, der von den Toten zu ihr zurückgekehrt war.

»Ich dachte, du wärst gestorben«, sagte sie und kämpfte gegen die Tränen an. »Ich dachte, ich würde dich nie mehr wiedersehen.« Sie zog ihn an sich und küsste ihn innig. So wäre sie am liebsten stehen geblieben, in seiner Umarmung. Aber sie wusste, das war nicht möglich, denn Billy Madden war ihnen vielleicht schon auf der Spur.

»Seamie, wir müssen ...«, begann sie.

»Ich weiß. Das werden wir. Komm jetzt rein, bevor du dir den Tod holst.«

Bildete sie sich das nur ein, oder klang seine Stimme traurig? Er sollte alarmiert sein, dachte sie. Keinesfalls traurig.

»Ist James bei dir?«, fragte Willa besorgt. »Geht's ihm gut?«

»Was? Ja. Ja, ihm geht's gut. Er ist gerade ins Bett gegangen.«

»Ins *Bett*? Seamie, du musst ihn aufwecken. Ihr müsst fort von hier. Jetzt gleich. Albie hat dir vielleicht einiges erzählt, aber es steckt noch viel mehr dahinter. Ich erklär's dir später, auf dem Weg, aber jetzt musst du ein paar Sachen packen und mit nach Cambridge kommen. In Eddies Haus. Dort bist du sicher ...«

»Willa, komm rein. Du kannst in dem nassen Zeug nicht weiterfahren. Ich hol dir ein Glas Brandy.«

Willa schüttelte den Kopf. Irgendetwas stimmte nicht. Das war doch keine angemessene Reaktion. Einen Moment lang fragte sie sich, ob etwas nicht in Ordnung war mit ihm. Begriff er nicht, in welcher Gefahr er und James schwebten?

»Es ist keine Zeit für einen Brandy«, antwortete sie knapp. »Hast du einen Wagen?«

»Ja, aber ...«

»Wo ist er? Ich starte ihn.«

Seamie starrte sie an. Sein Blick wanderte über ihr schmales Gesicht, über ihren dünnen Körper bis hin zu ihren blau gefrorenen Händen. Plötzlich traten Tränen in seine Augen.

»Ach, Willa, was ist nur passiert mit dir?«, fragte er. »Komm rein. Bitte. Du musst dich ausruhen.«

»Seamie, um Himmels willen! Du und James, ihr seid in Gefahr. In großer Gefahr.«

»Willa ... ich weiß.«

»Wirklich?«

»Ich weiß Bescheid über das Morphium und deine Sucht«, erwiderte er. »Albie hat mich heute Nachmittag im Pub angerufen, als ich mit James dort aß. Er hat mir alles über dich und Paris erzählt. Über Oscar Carlyle und dass du dich eines Nachts fast umgebracht hättest.«

In diesem Moment begriff Willa, warum Seamie so traurig aussah. Warum James schlief. Warum nichts gepackt war. Sie begriff, was ihr Bruder getan hatte. Er hatte Seamie nichts von Madden erzählt, obwohl sie ihn inständig darum gebeten hatte. Stattdessen hatte er ihm erzählt, dass sie morphiumsüchtig und völlig durchgedreht sei und irgendwelchen Blödsinn von Verbrechern phantasiere.

»Albie hat dir also alles erzählt, was?«, fragte sie ärgerlich. »Was hat er dir denn erzählt? Dass ich süchtig bin? Also, der kann mich mal. Und du mich auch! Ich habe den Mawenzi überlebt, den Everest und Damaskus. Ich hab's überlebt, dich zu verlieren. Immer und immer wieder. Aber jetzt hat mir ein bisschen Morphium so sehr den Verstand benebelt, dass ich Geschichten über Kriminelle und vertauschte Kinder erfinde und in strömendem Regen in Rekordzeit von Paris nach Binsey hetze, aus reiner Lust und Tollerei.«

»Was? Willa, was redest du denn da? Was für Kriminelle? Was für Kinder? Albie hat davon nichts erwähnt.«

Willa öffnete die Kiste auf ihrem Rücksitz, nahm ihre Tasche heraus und ging entschlossen an Seamie vorbei ins Haus bis zur Küche, die zugleich als Wohnzimmer diente. Seamie folgte ihr.

»Ich wollte es dir schonender beibringen, Seamie, wirklich«, sagte sie. »Ich wollte, dass du es von Albie oder von mir erfährst. Aber nachdem ich ja offensichtlich einen Sprung in der Schüssel habe, kannst du es jetzt selbst rausfinden.«

Sie zog die Briefe aus der Tasche und reichte sie ihm. »Lies schnell«, fügte sie hinzu. »Sobald du fertig bist, verschwinden wir. Und setz dich. Das wird nötig sein.«

116

Seamie nahm vage wahr, dass Willa den Brandy gefunden hatte. Sie goss zwei Gläser ein und stellte sie auf den Tisch. Dann setzte sie sich und wartete, bis er zu Ende gelesen hatte.

Etwa zwanzig Minuten später blickte er auf und sah sie unsicher an. »Willa, ich verstehe das nicht. Wer ist Josie Meadows? Woher kannte Jennie sie? Woher kennst du sie?«

»Ich habe Josie vor ein paar Monaten in Paris kennengelernt. Wir wurden Freundinnen. Sie ist im East End aufgewachsen, wo sie in Jennies Schule ging. Daher kannten sie sich. Später ist sie in Londoner Varietés aufgetreten, und dort hat sie Billy Madden kennengelernt.«

»Aber was bedeuten diese Briefe?«, fragte Seamie, obwohl er es tief in seinem Innern schon wusste.

Willa trank einen Schluck Brandy. »Sie bedeuten, dass James nicht dein Sohn ist.«

»Aber wie ... Jennie hat doch ein Baby bekommen ... in Binsey ...«, stotterte er und hatte das Gefühl, als hätte man ihm den Boden unter den Füßen weggezogen.

»Jennie hat das Baby verloren. Ziemlich zu Beginn der Schwangerschaft. Sie konnte kein Kind austragen, sagte mir Josie. Dafür gab es irgendeinen Grund. Einen Un...«

»Einen Unfall«, sagte Seamie wie benommen. »Sie wurde als Kind von einer Kutsche überfahren und schwer verletzt.«

Plötzlich ergab auf niederschmetternde Weise alles Sinn für ihn. Jennies Ablehnung, während der Schwangerschaft mit ihm zu schlafen, nicht einmal berühren durfte er sie. Ihre ständigen Ausflüge nach Binsey. Das Telegramm, in dem sie mitteilte, dass sie das Baby dort bekommen habe und dass es ihnen beiden gut gehe. Mein Gott, wie konnte er so blind gewesen sein? So dumm?

»Josie sagte, Jennie habe nach der Fehlgeburt vorgetäuscht, immer noch schwanger zu sein. Josie, die tatsächlich schwanger war, hat ihr Kind – James – in Binsey zur Welt gebracht. Sie gab sich dem Arzt gegenüber als Jennie aus, damit die richtigen Namen auf die Geburtsurkunde kamen. Dann hat sie James Jennie überlassen. Er ist nicht euer Sohn.« Sie schüttelte den Kopf. »Nein, so meine ich das nicht. Er *ist* dein Sohn. Aber nicht dein Fleisch und Blut. Seine Eltern sind Josie Meadows und Billy Madden.«

Seamie erinnerte sich an den Namen. Er wusste, dass Billy Madden ein übler Schurke war und versucht hatte, Sid umzubringen. »Hat Madden von James gewusst?«, fragte er Willa.

»Er wusste nicht, dass James geboren wurde. Josie sagte, er wollte, dass sie das Kind abtreiben ließ, aber sie war nicht einverstanden damit und ist hierher nach Binsey geflohen, wo sie bis zur Geburt des Babys blieb. Dann ging sie nach Paris.«

»Aber jetzt weiß er es«, sagte Seamie.

»Ja. Irgendwie hat er herausgefunden, dass er der Vater von James ist. Und er will ihn haben. Josie behauptet, er sei verrückt geworden. Er hat zu ihr gesagt, dass seine Söhne im Krieg gefallen seien und er jetzt seinen anderen Sohn haben wolle – James.«

Willa schwieg eine Weile, bevor sie erschöpft fortfuhr: »Er hat sie fast totgeschlagen, Seamie. Ich habe gesehen, wie er sie zugerichtet hat. Um Informationen über James aus ihr rauszuprügeln, aber sie hat nichts verraten.«

»Also weiß er nicht, wem Josie den Jungen gegeben hat. Er weiß nichts von Binsey oder dass er jetzt bei mir ist.«

»Ich habe keine Ahnung, was Madden weiß. Jemand hat ihm von James erzählt. Ich weiß nicht, wer. Josie auch nicht. Ich mache mir aber Sorgen, dass dieser Jemand auch über Jennie, Binsey und dich Bescheid weiß. Ich befürchte, dass Madden zu dieser Person zurück ist und mehr Informationen aus ihr herausgeholt hat. Ich befürchte – nein, tatsächlich habe ich Todesangst –, dass er herausgefunden hat, wo ihr seid. Deshalb möchte ich, dass ihr das Cottage verlasst. Sofort.«

»Willa, James schläft. Es ist spät. Ich kann ihn doch nicht in den

Wagen verfrachten und einfach so auf Eddies und Albies Türschwelle auftauchen. Madden ist sicherlich nicht so schnell an neue Informationen herangekommen. Und selbst wenn, würde er nicht sofort hierherkommen und sich James schnappen ...«

Willa stand so abrupt auf, dass ihr Stuhl nach hinten umkippte. »Um Himmels willen, Seamie, genau *das* wird er tun! Du hast Josie nicht gesehen. Aber ich! Ich habe gesehen, was er ihr angetan hat. Sie wird nie mehr die Gleiche sein. Wird nie mehr auftreten können«, rief sie erregt. »*Deswegen* bin ich den ganzen Weg aus Paris hergekommen. Nicht weil ich verrückt bin. Nicht weil ich drogensüchtig bin. Sondern weil ich gesehen habe, wozu Billy Madden fähig ist. Ihr müsst fort von hier. Ganz egal, wie spät es ist. Ihr müsst nach Cambridge, und zwar sofort. Bis Madden gefunden und unschädlich gemacht ist, musst du James verstecken.«

»Also gut, Willa, ich ...«, begann Seamie, als ihn eine schläfrige Stimme unterbrach.

»Daddy? Daddy, alles in Ordnung? Ich habe Stimmen gehört.«

James trat im Pyjama in die Küche.

»Hallo, mein Junge«, sagte Seamie. »Tut mir leid, dass wir dich aufgeweckt haben. Es ist alles in Ordnung. Alles bestens. Ich habe mich bloß mit meiner Freundin unterhalten. James, darf ich dir Miss Alden vorstellen. Willa, das ist mein Sohn James.«

»Freut mich, Sie kennenzulernen, Miss Alden«, sagte James. »Sind Sie die Freundin meines Vaters aus der Wüste? Die mit Major Lawrence geritten ist?«

»Die bin ich, James. Und ich freue mich sehr, dich kennenzulernen. Bitte entschuldige meinen Aufzug. Ich bin auf dem Motorrad durch den Regen gefahren. Und ziemlich nass geworden«, erwiderte Willa lächelnd.

Seamie sah Willa an, während sie sprach. Sie wirkte so ausgezehrt, so müde. Sie war bis auf die Haut durchnässt und zitterte wie Espenlaub, entweder aus Angst, aus Erschöpfung oder vor Kälte – er wusste es nicht. Sie hatte Todesangst, sorgte sich um ihre Freundin und war dennoch hierhergeeilt. Hatte sich irgendwie ein Motorrad beschafft und war stundenlang durch Regen und Matsch gefahren, um nach Binsey zu kommen. Seinetwegen und James' wegen. Jetzt schien sie jeden Moment zusammenzubrechen, dennoch lächelte sie, sprach mit sanfter Stimme und tat ihr Bestes, den kleinen Jungen nicht zu verängstigen.

»James«, sagte er unvermittelt, »wir machen einen Ausflug. Wir beide und Miss Alden. Sei doch bitte ein guter Junge, geh in dein Zimmer, und zieh dir warme Sachen an.«

»Ist es nicht ein bisschen spät für einen Ausflug?«

»Ja, schon, aber ich mach dir ein gemütliches Bett auf dem Rücksitz, wir packen ein paar Kekse ein, und es wird ein richtiges Abenteuer. Würde dir das gefallen?«

James nickte und tappte in sein Zimmer zurück.

»Zieh dir einen Pullover an!«, rief ihm Seamie nach.

»Er ist Josie wie aus dem Gesicht geschnitten«, sagte Willa leise, sobald der Junge draußen war.

»Er ist mein Sohn, Willa. Es ist mir völlig egal, wer ihn gezeugt, wer ihn ausgetragen und wer ihn wem gegeben hat. Er ist *mein* Sohn.«

»Das weiß ich, Seamie. Das weiß ich. Deshalb bin ich ja hier«, antwortete Willa. »Wir müssen los. Möchtest du ein paar Sachen einpacken?«

»Ja«, antwortete Seamie. »Mach ich.« Er drehte sich um und ging steifbeinig aus der Küche.

»Was ist mit dir passiert?«, fragte Willa und folgte ihm.

»Verbrennungen. Auf der ganzen rechten Körperseite. Die habe ich mir zugezogen, als mein Schiff torpediert wurde.«

»Wir sind schon ein tolles Paar, nicht wahr? Man bräuchte uns bloß zusammenzunähen, dann ergäben wir vielleicht ein gut funktionierendes menschliches Wesen«, bemerkte sie ironisch.

Seamie holte seine Sachen, Willa ging in James' Zimmer, fand einen Koffer und packte ein paar Kleidungsstücke für ihn zusammen. Als sie fertig war, brachte sie den Koffer zur Eingangstür.

James und Seamie waren schon bereit. James drückte seinen Teddybären an sich. »Darf Wellie auch mitkommen?«, fragte er.

»Natürlich darf er das«, antwortete Seamie. »Nicht mal im Traum würde ich daran denken, Wellie zurückzulassen.«

»Vergiss die Kekse nicht.«

»Bestimmt nicht. Wir nehmen die ganze Dose mit.«

»Und Tee? Können wir Tee in einer Flasche mitnehmen, Daddy? Mit viel Milch?«

»Wir haben keine Zeit, Tee zu machen, James, aber wir trinken auf ...«

Seamie wurde durch ein scharrendes Geräusch unterbrochen. Alle hatten es gleichzeitig gehört und wandten sich zur Tür um. Der Türknauf drehte sich, zuerst nach rechts, dann nach links. Dann rüttelte jemand daran. Seamie wusste, dass die Tür nicht aufgehen würde, weil er sie zugesperrt hatte, nachdem Willa eingetreten war. Er wusste aber auch, dass die Angeln verrostet waren und dass ihnen vermutlich nur ein paar Sekunden blieben.

Seamie ergriff James' Hand und zog ihn zum Kinderzimmer. Schnell machte er das Fenster auf. »Hör zu, James, und tu genau, was ich sage. Du sperrst deine Tür ab, kletterst aus dem Fenster und läufst ins Dorf. Zum King's Head. Sag Mr Peters, dein Vater braucht Hilfe. Er soll den Polizisten schicken.«

»Aber Daddy ...«

»Stell dir vor, ich bin Major Lawrence. Und du Auda, und dass du Hilfe von Khalaf al Mor holen musst. Die Türken haben das Lager umringt. Pass auf, dass sie dich nicht entdecken.«

James' Gesicht leuchtete auf. Er salutierte.

Seamie erwiderte den militärischen Gruß. »Beeil dich, James. Sperr hinter mir ab! Jetzt geh!«

Er schloss die Tür und hörte, wie James von innen den Riegel vorschob. Über dem Kamin hing ein alter Säbel, hoffentlich konnte er den noch rechtzeitig holen. Er lief in die Küche zurück und sah, dass Willa verzweifelt versuchte, das Sofa vor den Eingang zu rücken. Er griff über den Kaminsims und riss den Säbel von der Wand. In dem Moment, in dem seine Hand den Griff umschloss, wurde die Tür eingetreten.

117

»Runter damit. Sofort. Oder ich knall sie ab«, rief Billy Madden.

Innerhalb von Sekunden hatte er die Tür eingetreten und den Raum durchquert. Willa blieb keine Zeit zu entkommen. Er packte sie mit einer Hand an den Haaren und drückte ihr mit der anderen eine Pistole an die Schläfe.

Seamie senkte den Säbel, legte ihn aber nicht weg.

»Lass ihn fallen, verdammt!«, brüllte Madden und riss Willas Kopf grob zurück. Sie schrie auf vor Schmerz. Seamie gehorchte. »Eine Bewegung, und sie ist tot«, sagte Madden. Dann wandte er sich an seinen Begleiter. »Bennie, hol den Jungen.«

»Nein!«, rief Seamie.

Willa konnte nicht genau sehen, was geschah, aber offensichtlich gab es ein Handgemenge. Sie hörte das scheußliche Geräusch von knickenden Knochen, wie jemand zu Boden sackte und Seamies Stöhnen. Als Nächstes hörte sie Bennies Schritte. Er probierte die Klinke, dann trat er die Tür ein.

»Hören Sie auf«, sagte sie mit erstickter Stimme. »Bitte …«

»Halt's Maul«, brummte Madden und zog noch fester an ihren Haaren. Er hatte ihren Kopf so weit zurückgerissen, dass sie kaum mehr atmen konnte.

Bennie kam in den Raum zurück. »Der Junge ist nicht da, Boss«, sagte er.

»Was?«, schrie Madden.

»Er ist nicht da. Er ist fort. Das Fenster steht offen. Er muss rausgeklettert sein.«

»Wo ist er?«, brüllte Madden Willa an. Er ließ ihre Haare los, schleuderte sie gegen die Wand und würgte sie so heftig, dass sie glaubte, er würde ihr die Luftröhre abdrücken. »Bennie, lauf ihm nach!«, brüllte er, als Willa nicht antwortete.

Bennie hastete aus der Tür, und Willa sah, dass er ebenfalls eine Pistole trug. Madden wandte sich wieder zu ihr. »Ich bring dich um, das schwöre ich. Und dann mach ich ihn kalt«, sagte er und zielte mit seiner Pistole auf Seamie. »Wo ist der Junge?« Inzwischen würgte er sie so gnadenlos, dass sie nach Luft keuchte. Sie zerrte an seiner Hand. Trat nach ihm. »Wo ist der Junge?«, fragte er erneut, als sie sich schließlich nicht mehr wehrte. Er wartete eine Ewigkeit, wie es schien, und drückte ihr langsam die Luft ab. Die Minuten vergingen, aber Willa antwortete nicht. »Ich frag dich jetzt ein letztes Mal«, sagte er. Dann hob er die Pistole, drückte ihr den Lauf ins Gesicht und spannte den Abzug.

»Ruhig, Billy, das ist nicht nötig«, sagte eine Stimme – eine Stimme aus Willas Albträumen. »Wir haben das doch besprochen. Kein Blut. Weder im Cottage noch draußen. Wir wollen nicht, dass die Polizei auf falsche Gedanken kommt. Das würde alles verderben.«

Nein, das ist er nicht, dachte Willa. Unmöglich. Das ist ein Wahngebilde. Wegen des Sauerstoffmangels. Oder Albie hat doch recht. Und ich bin tatsächlich verrückt. Endgültig übergeschnappt.

Madden lockerte den Würgegriff etwas, und sie bekam wieder Luft. Sie blickte nach links zur Tür und sah einen großen, blonden Mann. Über eine Gesichtshälfte verlief eine Narbe. Die hatte sie ihm beigebracht.

»*Namaste*, Willa Alden«, sagte Max von Brandt und verbeugte sich leicht. »So sieht man sich wieder.«

118

»Aber ich hab dich doch getötet«, keuchte Willa verblüfft, unfähig, ihren Augen zu trauen. »In Damaskus.«

»Fast«, antwortete Max. »Aber nicht ganz. Ich würde dir raten, das nächste Mal gründlicher vorzugehen, aber ich fürchte, es wird kein nächstes Mal geben.«

Madden, der Willa immer noch an der Gurgel gepackt hielt, schwang die Pistole herum und zielte auf Max. »Wieso bist du aus dem Wagen ausgestiegen? Keine Bewegung! Nur die geringste Bewegung, von Brandt, und ich knall dich ab!«

»Ruhig, Billy«, wiederholte Max, als würde er einem wilden Tier gut zureden. »Sie und Bennie haben Waffen, nicht ich. Richtig?« Langsam hob er die Hände, um Madden zu zeigen, dass er unbewaffnet war.

»Wo ist Bennie?«

»Bennie ist draußen. Er hat mir gesagt, ich soll Sie holen. Er hat den Jungen. Er liegt gefesselt im Wagen. Fertig zur Abfahrt.«

»Nein«, sagte Seamie benommen und versuchte aufzustehen. »Ihr lasst ihn frei …« Blut tropfte aus einer Wunde an seiner Lippe. Willa sah die Angst in seinen Augen. Sie versuchte, von Madden loszukommen. Er drückte sie mit dem Rücken gegen die Wand.

»Max, du Mistkerl!«, schrie sie. »Wie kannst du das tun? James ist ein Kind! Ein unschuldiges Kind. Und du lieferst ihn einem Verbrecher aus. Einem Mörder!«

Madden schlug ihr die Pistole ins Gesicht. Zu Max sagte er: »Du kennst sie?«

»Sehr gut sogar«, antwortete Max. Er hatte zwei Seile bei sich.

»Ich schlag vor, wir machen die beiden kalt. Jetzt gleich«, sagte Madden.

»Nein«, widersprach Max.

Als Seamie sich, noch immer benommen, hochzurappeln versuchte, presste ihm Max einen Fuß in den Rücken, ergriff seine Hände und fesselte sie. Dann fesselte er Willas Hände.

»Ich habe Ihnen doch schon erklärt, Billy«, sagte er, als er fertig war, »hier muss alles sauber und ordentlich bleiben, sonst sucht jeder Polizist im Land nach dem Jungen. Erinnern Sie sich, Billy? Erinnern Sie sich, was ich Ihnen gesagt habe?«

Billy nickte. Willa warf einen verstohlenen Blick auf ihn. Seine Augen wirkten dunkel und leer. So sieht Wahnsinn aus, dachte sie. Er hätte sie beide getötet, ohne auch nur mit der Wimper zu zucken, wenn Max ihn nicht aufgehalten hätte. Aber warum hatte er das getan? Sie sollte es bald herausfinden.

»Ein Mantel am Flussufer – von Commander Finnegan«, sagte Max zu Billy. »Ein Wanderstock. Feldstecher. Eingebrochenes Eis. Es wird aussehen, als hätten Commander Finnegan und sein Sohn eine Winterwanderung gemacht. Als sei James zu weit aufs Eis hinausgelaufen. Und eingebrochen. Sein Vater versuchte, ihn zu retten, was ihm nicht gelang. Er war zu schwach aufgrund seiner Verletzungen. Beide ertranken ...«

»Nein!«, rief Willa und unterbrach Max. »Das wird nicht funktionieren. Mein Bruder ... meine Tante ... sie wissen Bescheid ...«

Ein harter Schlag von Max brachte sie zum Schweigen. Billys Blick flackerte unsicher zwischen Willa und Max hin und her, aber Max fuhr mit ruhiger und gemessener Stimme fort, völlig unbeeindruckt von Willas Einwand: »Achten Sie gar nicht auf sie, Billy. Sie ist die schlaueste Lügnerin, die mir je untergekommen ist, und mir sind einige begegnet. Es *wird* funktionieren. Es wird furchtbar tragisch aussehen, Billy, vor allem wenn man bedenkt, was Mr Finnegan schon alles durchgemacht hat. Seine Leiche wird man flussabwärts finden. Im Frühling. Den armen James leider nicht. Man wird sagen, dass ihn die Strömung fortgerissen hat, doch in Wirklichkeit lebt er dann bei seinem neuen Vater. Seinem echten Vater. Und ich bin wieder wohlbehalten in Berlin zurück, weil ich meinen Teil der Abmachung eingehalten habe – Ihnen zu helfen, ihn zu erwischen.« Max machte eine

Pause. Er suchte Billys Blick. »Das ist der Plan, richtig, Billy? Und an den müssen wir uns halten. So stellen wir sicher, dass Sie James nicht nur in die Finger bekommen, sondern ihn auch behalten können.«

Max ging im Raum umher, während er redete. Er rückte das Sofa an seinen Platz zurück, stellte einen umgekippten Beistelltisch wieder auf und fegte die Holzsplitter zusammen, die neben der Tür am Boden lagen.

»Richtig. Stimmt. Alles sauber, alles ordentlich. Kein Durcheinander, keine Spuren«, stimmte Billy ihm zu.

»Gut«, sagte Max. »Jetzt schaffen wir Finnegan raus. Einen Schlag auf den Kopf, und dann ab mit ihm ins Wasser.«

»Das kannst du doch nicht tun, Max«, flehte Willa.

»Und was ist mit ihr?«, fragte Billy und drückte ihr die Pistole wieder an den Kopf.

Max lächelte. »Keine Sorge. Sie ist mein Problem, um sie kümmere ich mich selbst. Tatsächlich ist das ein Problem, dessen Lösung mir großen Spaß macht. Los, Billy, gehen wir.«

Er packte Seamies Jacke und Wanderstock, hievte Seamie vom Boden hoch und zerrte ihn zum Haus hinaus. Madden folgte mit Willa und schloss die Tür hinter sich.

»Wir müssen uns beeilen«, sagte Max. »Wir waren ohnehin schon zu lange hier.«

Draußen sah Willa ein Automobil. Es war ein gutes Stück weiter oben an der Einfahrt abgestellt. Vermutlich, damit sie und Seamie es nicht heranfahren hörten. Beim Blick darauf wusste Willa, dass die Fahrt damit die letzte ihres Lebens wäre. Verzweifelt suchte sie nach einer Möglichkeit, um James zu retten, sie alle zu retten – aber es gab keine. Max und Madden brachten sie zum Fluss. Sie und Seamie waren gefesselt. Zudem in der Minderzahl. Madden hatte eine Waffe und Bennie auch. Es gab nichts, was sie tun konnte.

»Ich bring die hier zum Wagen«, sagte Madden. »Du erledigst Finnegan.«

»Nein, Billy«, widersprach Max. »Bring sie zum Wasser. Ich möchte, dass sie es sieht. Sie hat mich fast umgebracht. Ihretwegen habe ich einen Monat im Krankenhaus gelegen. Ich möchte, dass sie zusieht, wie er ertrinkt.«

Madden spähte zum Wagen, runzelte die Stirn und zögerte. »Wo ist der verdammte Ben…«, begann er.

»Das schulden Sie mir, Billy«, sagte Max knapp. »Ich habe Ihnen den Jungen beschafft. Ohne mich hätten Sie nie von ihm erfahren.«

»Na schön«, erwiderte Billy. »Aber mach schnell. Wie du gesagt hast, wir waren ohnehin schon zu lang hier.«

Es war vorbei. Das wusste Willa jetzt.

Sie hatte ihr Bestes getan, um James zu retten, aber sie hatte versagt. Und jetzt würden sie für ihr Versagen bezahlen, sie beide, sie und Seamie. Mit ihrem Leben.

119

»Los, geh schon, verdammt!«, rief Madden und schubste Willa vor sich her in Richtung Fluss.» Wo ist eigentlich dieser verfluchte Bennie?«

»Ich habe Ihnen doch gesagt, im Wagen mit dem Jungen«, erwiderte Max. Er packte Seamie noch fester. »Machen Sie keine Dummheiten«, warnte er ihn.

Seamie gab keine Antwort. Er blickte starr vor sich hin, an Willa und Madden vorbei. Er sah auf den Fluss und suchte nach einem Ausweg. Der Schlag auf den Kopf hatte ihn benommen gemacht, aber inzwischen konnte er wieder klar denken. Er könnte von Brandt ausschalten, wenn er die Hände freibekäme. Aber selbst wenn, Madden hielt eine Pistole auf Willa gerichtet. Und Bennie, der ebenfalls bewaffnet war, saß im Wagen mit James.

Sie waren jetzt nur noch wenige Schritte vom Ufer entfernt. Seamie versuchte, seine Fesseln zu lockern.

»Bitte«, flehte er. »Tun Sie das nicht. Tun Sie ihr das nicht an. Und meinem Sohn.«

Max antwortete nicht. Seine Augen waren auf Willa fixiert, die mit Madden zu kämpfen begonnen hatte. Der Griff, mit dem er Seamie festhielt, war eisern.

»Keine Bewegung«, sagte er ruhig. »Keine Bewegung, oder ich erschieß sie.«

Willa trat mit dem Fuß nach Madden, geriet dabei jedoch ins Stolpern. Er schlug brutal auf sie ein, sodass sie rückwärtstaumelte und zu Boden stürzte.

»Du Miststück!«, schrie Billy. »Ich knall dich ab, verdammt!« Er hob seine Waffe und zielte auf Willa.

»Nein!«, rief Seamie.

Sie alle hörten den Schuss.

Ruckartig schnellte Billys Kopf nach oben. Seamie wirbelte herum. Beide blickten auf Max, beide sahen den metallischen Schimmer in seiner Hand, beide sahen die rauchende silberne Pistole darin.

120

Willa spürte Blut auf Gesicht und Hals. Sein süßlich metallischer Geruch breitete sicht in der feuchten Nachtluft aus.

Max hatte auf sie geschossen. Nicht Madden, sondern Max. Sie hatte gesehen, wie er die Pistole gehoben und abgedrückt hatte. Aber sie spürte keinen Schmerz. Sie war dem Tod schon mehrmals nahe gekommen, und der Schmerz war furchtbar gewesen. Jetzt spürte sie überhaupt nichts. Fühlt es sich so an, wenn man tatsächlich stirbt, fragte sie sich. Sie sah auf ihre Brust hinab und suchte das Einschussloch. Auf ihrer Jacke war Blut verspritzt, aber sonst nichts. Hatte er sie in den Hals getroffen? In den Kopf?

»Es ist alles in Ordnung, Willa«, sagte Max. »Dir fehlt nichts.«

Willa lag noch immer am Boden und bemerkte, dass Madden nicht mehr über ihr stand, sie nicht mehr anschrie. Wo war er? Sie setzte sich auf und sah, dass er neben ihr lag. Mit leblosem Blick. In seiner Stirn klaffte ein dunkles, feuchtes Loch.

Sie drehte sich um und blickte zu Max auf. Er löste die Fesseln an ihren Händen, dann nahm er die Waffe aus der Hand des Toten und steckte sie in den Gürtel.

»Wo ist James?«, rief Seamie. »Wo ist mein Sohn?«

»Ich weiß nicht, Mr Finnegan«, antwortete Max.

»Sie sagten, er sei im Wagen!«

»Ich habe gelogen. Drehen Sie sich um. Ich nehme Ihnen die Fesseln ab.«

Sobald Seamie frei war, rannte er zu Maddens Wagen und rief nach James. Willa rappelte sich hoch und eilte ihm nach.

Sie sah, wie er alle Türen aufriss. »Er ist nicht da«, schrie er. »O Gott ... wo ist er?«

»Schau in den Kofferraum«, schlug Willa vor.

Seamie riss den Deckel des Kofferraums hoch, und Willa schrie auf. Bennie, mit einem klaffenden Schnitt durch die Kehle, lag darin.

»James!«, rief Seamie und drehte sich wie wild im Kreis. »James, wo bist du?«

Willa wollte gerade den Deckel wieder zuwerfen, als Max, der plötzlich neben ihr stand, sie bat, ihn offenzulassen. Sie drehte sich um und sah, dass er Madden den ganzen Weg vom Fluss heraufgeschleppt hatte.

»Ich ... ich verstehe nicht«, sagte sie. Für sie ergab nichts mehr Sinn. Überhaupt nichts mehr. Sie hatte das Gefühl, in einem schrecklichen Albtraum zu sein, aus dem sie nicht aufwachen konnte.

Während sie noch versuchte, sich einen Reim auf die Vorgänge zu machen, warf Max Maddens Leiche in den Kofferraum und klappte den Deckel zu.

»James!«, rief Seamie wieder und wieder. Sein verzweifelter Ruf schallte durch den Wald.

»Wir müssen Commander Finnegan helfen, seinen Sohn zu suchen«, sagte Max zu ihr.

»Seinem Sohn geht's gut«, ertönte plötzlich eine Stimme. Langsam schälte sich eine männliche Gestalt aus der Dunkelheit, in der Hand ein Gewehr, das auf Max gerichtet war. »Ich weiß, wo er ist, und er ist in Sicherheit.«

Der ziemlich zerzaust aussehende Mann war Albie.

121

»James ist in der Nähe, Seamie. Er ist in guten Händen«, wiederholte Albie, sein Gewehr immer noch auf Max gerichtet. »Albie, was machst du hier? Wie bist du hierhergekommen?«, fragte Willa.

»Mit dem Wagen. Nachdem du angerufen hast, dachte ich, ich sollte nach Binsey fahren und dich nach Cambridge zurückbringen«, antwortete Albie. »Ich habe Eddies Wagen genommen, aber ein paar Meilen vor dem Dorf ging mir der Sprit aus. Ich hab's am Straßenrand stehen lassen und bin den Rest des Wegs zu Fuß gelaufen. In der Einfahrt bin ich auf James gestoßen – buchstäblich. Er hatte große Angst, konnte mir aber erzählen, was passiert war. Ich brachte ihn zu Nachbarn, der Familie Wallace. Mr Wallace und James sind ins Dorf gegangen, um die Polizei zu holen. Sie werden in Kürze hier sein.«

»Haben Sie das Gewehr auch vom Nachbarn geliehen?«, fragte Max mit einem Blick auf die Waffe.

»Mr von Brandt«, antwortete Albie, »ich bin schon lange hinter Ihnen her, aber nicht im Traum hätte ich daran gedacht, Sie in Binsey anzutreffen. Ich würde gern wissen, was Sie hier tun?«

»Das ist eine lange Geschichte, Mr Alden«, erwiderte Max.

»Macht nichts. Wir haben alle Zeit der Welt.«

Max erzählte ihnen von Billy Maddens erstem Besuch in seinem Hotel und warum er Billy über James informieren musste, um sein eigenes Leben zu retten.

»Ich hätte nie gedacht, dass er Josie Meadows tatsächlich aufspüren würde«, schloss er. »Ich dachte, er sei aus Gram über den Tod seiner Söhne zwar ziemlich außer sich, aber dass sich das im Laufe von ein paar Tagen wieder geben würde. Heute Abend allerdings hat er mir einen zweiten Besuch abgestattet, als ich vor dem Hotel aus einer Kutsche stieg. Er wartete mit einer Waffe an der Tür auf mich und zwang mich, in seinen Wagen zu steigen. Er sagte mir, er sei in Paris gewesen und habe Josie gefunden, aber sie wollte ihm weder den Namen des Jungen verraten noch, wo er lebte. Dann drohte er, mich zu töten, wenn ich ihn nicht zu dem Jungen brächte. Also tat ich es und überlegte mir auf der Fahrt, wie ich ihn töten könnte, denn mir war klar, dass er nie Ruhe geben würde. Nicht bevor er James hätte. Und das wollte ich nicht. Ich wollte nicht die Entführung eines unschuldigen Kindes auf mein Gewissen laden. Ich wusste, ich könnte Bennie ausschalten, wenn es mir gelänge, die beiden zu trennen. James aus dem Fenster klettern zu lassen war eine große Hilfe. Bennie lief ihm nach. Ich sah ihn losrennen. Und dann ging ich Bennie nach. Ich schaffte es, ihm die Waffe abzunehmen und ihn mit dem Klappmesser zu töten, das Billy in meiner Hosentasche übersehen hatte, und warf ihn in den Kofferraum.«

»Aber Max, woher kanntest du Billy Madden überhaupt? Und Josie Meadows? Und Binsey?«, fragte Willa.

»Mr von Brandt weiß eine Menge Dinge, Willa«, warf Albie ein. »Zu viele. Er war schon vor dem Krieg Chef eines Spionagerings in London. Daher kennt er Madden. Er hat eines von Maddens Booten benutzt, um geheime Marineinformationen in die Nordsee zu schaffen. Er wird uns erzählen, was er weiß. Bis ins Kleinste. Hände hoch, Mr von Brandt. Sie sind verhaftet.«

»Nein, das bin ich nicht.«

»Ich habe eine Waffe. Und keinerlei Skrupel, sie zu benutzen«, sagte Albie drohend.

»Sie werden mich nicht erschießen, Mr Alden«, erwiderte Max mit einem leicht gelangweilten Unterton in der Stimme. »Das können Sie gar nicht. Das Gewehr ist uralt. Der Abzug ist verrostet. Und Sie halten es nicht richtig. Vermutlich ist es nicht einmal geladen. Und selbst wenn, ich habe zwei Pistolen und bin der bessere Schütze. Ich erschieße Sie zuerst.«

Albie weigerte sich dennoch, die Waffe zu senken.

»Mr Alden, zwei Premierminister wären ziemlich verärgert über Sie, wenn Sie mich erschießen würden. Mr Asquith, der mich während des Krieges geschützt hat. Und Lloyd George, der noch immer seine schützende Hand über mich hält. Sie haben recht, Mr Alden ... ich bin ein Spion. Aber ich arbeite nicht für Deutschland. Das habe ich nie getan.«

»Mein Gott. Das ... das heißt ja ...«, stotterte Albie, als ihm die Tragweite des Geständnisses aufging.

»Dass Sie ein Doppelagent sind«, sagte Seamie. »Zur Hölle mit Ihnen!«

Max lächelte bedauernd. »Ja, Commander Finnegan, das ist es tatsächlich – die reinste Hölle.«

122

»Wann war das, Max?«, fragte Willa. »Wann hast du die Seiten gewechselt? Wann bist du Doppelagent geworden?«

»Ich habe nie die Seiten gewechselt. Ich war schon immer ein Doppelagent«, antwortete Max. »Ich bin ein hochrangiges Mitglied des britischen Geheimdienstes, und zwar bereits seit einiger Zeit. Ich hatte die Anzeichen des drohenden Unheils schon lange gesehen. Ich sah, dass der Kaiser ein Verrückter war, der nur einen Vorwand suchte, um einen Krieg vom Zaun zu brechen. Wenn es nicht Sarajevo gewesen wäre, dann eben etwas anderes. Ich wollte alles in meiner Macht Stehende tun, um ihn aufzuhalten, um den Krieg zu verhindern.«

Willa schüttelte ungläubig den Kopf. »Aber wie? Wie hast du das geschafft?«, fragte sie. »Mir schien es in Damaskus ziemlich klar zu sein, auf welcher Seite du stehst. Jedenfalls nicht aufseiten der Alliierten. Ich wäre nie auf den Gedanken gekommen, dass du ein Doppelagent bist.«

»Es war schwierig«, gab Max zu, »aber ich musste eine Rolle spielen, und die spielte ich eben. Als Erstes musste ich Berlin überzeugen, dass ich loyal zum Kaiser stand. Das war relativ leicht. Ich hatte eine ausgezeichnete militärische Laufbahn hinter mir und wurde danach Mitglied des deutschen Geheimdienstes. Sie fanden heraus, dass ich Verwandte in London hatte, und wollten das ausnutzen. Also ließen sie mich mit meinem Onkel – einem Industriellen und Leiter unseres Familienunternehmens, der zudem als großer Unterstützer des Kaisers galt – einen Streit inszenieren. In einem Restaurant entzweiten wir uns in aller Öffentlichkeit, wegen meiner Unzufriedenheit über die Politik des Kaisers. Ein paar Tage später kam ich, von meinem Onkel verbannt, in London an. Aufgrund meiner Familienverbindungen hier und weil ich mich öffentlich kritisch über den Kaiser geäußert hatte, wurde ich überall freundlich empfangen.«

»Sie waren über jeden Verdacht erhaben und konnten so leicht einen Spionagering aufbauen, was genau den Absichten Berlins entsprach«, warf Albie ein.

»Ja, das stimmt. Sobald ich nach London kam, begann ich damit. Ich musste Berlin mit Informationen füttern. Mit wichtigen Informationen. Ständig. Wenn ich das nicht getan hätte, wäre ich selbst unter Verdacht geraten – daher die Dokumente in den Umschlägen, die Gladys und Jennie übermittelten. Aber ich lieferte London weitaus mehr als Berlin. Niemand wusste über mich Bescheid außer Asquith. Weder Sie. Noch Burgess. Nicht einmal Churchill. Das durften sie nicht, weil es viel zu gefährlich gewesen wäre. Asquith spielte seine Rolle ganz ausgezeichnet, muss ich sagen. Er lud mich sogar zusammen mit anderen deutschen Agenten, die in ständigem Austausch mit Berlin standen – wie er wusste –, auf seinen Landsitz ein, damit diese zurückmeldeten, dass ich meine Arbeit erledigte. Erst vor zwei Tagen bestätigte mir Asquith persönlich, dass es mir zu verdanken gewesen sei, dass die Alliierten den Krieg gewonnen hätten. Obwohl ich die Ehre vermutlich mit der Spanischen Grippe teilen muss. Sie hat mehr deutsche und österreichische als alliierte Soldaten hinweggerafft.«

»Wegen Ihrer Londoner Machenschaften sind Menschen zu Tode gekommen«, sagte Seamie verärgert.

Max' Blick wurde hart. »Ja, das stimmt«, gab er zu. »Sobald ich hier war, musste ich für die anderen deutschen Spione unbedingt glaubwürdig erscheinen. Das bedeutete grausame, sogar brutale Taten. Ich bedaure den Tod von Maud Selwyn-Jones. Auch den von Gladys Bigelow. Und ich bedaure alles Leid, das ich Jennie Finnegan zugefügt habe. Aber das war der Preis für meine Arbeit, ein sehr hoher Preis, zugegeben.«

»Jennie Finnegan war meine Frau. *Meine Frau*«, schrie Seamie. »Es ging Sie nichts an … Sie hatten kein Recht …«

»Ja, sie war Ihre Frau. Und all die deutschen Seeleute, die Sie auf den Grund des Mittelmeers geschickt haben, Commander Finnegan, was waren die? Ich werde es Ihnen sagen. Jeder von ihnen war der Sohn einer Mutter. Und vermutlich der Ehemann einer Frau oder Vater eines Kindes. Jennie hat gelitten, ja. Maud und Gladys sind tot – durch meine Hand. Aber wie viele mehr wurden durch mich gerettet? Wie viele wurden verschont, weil ich oder andere meinesgleichen geholfen haben, den Krieg zu verkürzen? Hunderttausende? Millionen? Opfern wir viele für einen? Oder einen für viele? Das ist eine Frage, die ich nicht beantworten kann, und die mich immer verfolgen wird.«

In der Ferne tauchten plötzlich zwischen den Bäumen Lichter auf.

»Der Constable zweifellos. Mit Mr Walker und James. Wie es aussieht, sind sie noch ein ganzes Stück entfernt, aber trotzdem, ich muss jetzt gehen«, sagte Max. »Wenn sie ankommen, sagen Sie ihnen bitte, dass Madden und sein Komplize ins Cottage einbrechen und es ausrauben wollten. Sie, Commander Finnegan, hätten sie mit einer Pistole erschossen, die Sie im Haus hatten.« Er zog Maddens Waffe aus dem Gürtel und reichte sie Seamie. »Jetzt haben Sie die Gelegenheit«, fügte er ruhig hinzu. »Ergreifen Sie sie, wenn Sie meinen, es zu müssen.«

Seamie schüttelte den Kopf. »Der Krieg ist vorbei.«

»Leben Sie wohl, Commander Finnegan.« Max streckte die Hand aus, aber Seamie ignorierte sie.

»Leben Sie wohl, Mr von Brandt. Danke, dass Sie meinen Sohn gerettet haben.« Dann wandte Seamie sich ab und ging zum Cottage zurück. Albie folgte ihm.

Willa, die immer noch zu fassungslos und zu erschöpft war, um sich zu bewegen, blieb zurück.

»Tut mir sehr leid, dass ich dich vorhin geschlagen habe. Im Cottage«, sagte Max. »Vergib mir, ich hatte keine andere Wahl. Ich musste dich zum Schweigen bringen. Wenn du noch mehr ausgeplaudert hättest, was dein Bruder und deine Tante wissen, hättest du Billy Angst eingejagt, und er hätte dich und Commander Finnegan vielleicht auf der Stelle getötet.«

»Ach, kein Sorge Max«, entgegnete Willa bitter. »Ich trag dir nichts nach. Weder das hier noch alles andere.«

Max blickte zu Boden. »Was hast du jetzt vor?«, fragte er.

»Ich weiß nicht. Endlich diese Klamotten ausziehen. Schlafen.

Dann gehe ich wahrscheinlich nach Paris zurück«, antwortete sie matt.

»Warum? Damit du den Job zu Ende bringen kannst?«, fragte er.

»Welchen Job?«

»Dich langsam, aber sicher umzubringen. Das hast du doch immer versucht. Auf dem Everest. In der Wüste. Und jetzt offensichtlich mit einer Nadel. Ach, schau nicht so überrascht. Ich erkenne doch einen Süchtigen, wenn ich ihn sehe. Du musst damit aufhören, Willa.«

»Das ist ja ein seltsamer Gefühlswandel, Max. Ich dachte, du wolltest meinen Tod. In Damaskus wolltest du mich persönlich umbringen. Ich habe den Befehl gesehen. Aus Berlin. Er lag bei den Karten, die ich von deinem Schreibtisch mitgenommen habe.«

Max schüttelte den Kopf. »Ich befolge die meisten Befehle, aber nicht alle. Ich hätte dich nie getötet. Dich nicht. Ich hätte Berlin hingehalten. Ihnen vorgemacht, du hättest noch mehr wertvolle Informationen. Ich hätte dich vielleicht eine Weile eingesperrt, aber dich nie erschießen lassen. Das hätte ich nicht gekonnt. Das wäre so gewesen, als hätte ich mich selbst getötet.« Er schwieg einen Moment und fügte dann wehmütig hinzu: »Den besten Teil von mir, meine ich.«

Jetzt senkte Willa den Blick.

»Hör auf, Willa. Ein für alle Mal. Du bist hier. Seamie ist hier. Ihr wolltet doch immer zusammen sein. Du solltest jetzt bei ihm bleiben.«

Willa lachte. »Nach allem, was passiert ist? Was ich seiner Frau angetan habe?«

»Was du getan hast? Was hat Seamie denn getan, als er sich ständig im Coburg mit dir traf? Was hat Jennie getan, als sie ihn wegen seines Sohnes belog? Was habe ich euch angetan, Willa? Dir in Damaskus ... Jennie ... Dutzenden von Menschen.« Er machte eine Pause. »Denk an den Jungen. James wäre jetzt wahrscheinlich nicht bei seinem Vater, wenn du nicht gewesen wärst. Seamie wäre vermutlich tot. Ich bezweifle sehr, dass sich alles so entwickelt hätte, wenn du nicht hier gewesen wärst. Denk darüber nach, und vielleicht hilft es dir, die Sache eines Tages etwas abgeklärter zu sehen.«

Willa sah ihn. Tränen stiegen ihr in die Augen.

»Sei nicht dumm, Willa. Nimm alle Liebe, die du kriegen kannst in dieser elenden Welt. Es ist wenig genug. Ergreif sie mit beiden Händen. Um deinetwillen. Um Seamies willen. Und dem Jungen zuliebe.«

Max nahm sie in die Arme, drückte sie an sich und küsste sie auf den Mund. Dann ließ er sie los. Es war Zeit zu gehen.

»Leb wohl, Willa.«

»Leb wohl, Max.«

Er öffnete die Fahrertür des Autos und blickte zum Himmel hinauf, um sich zu orientieren, wie er auf die Hauptstraße zurückkäme. Dabei entdeckte er etwas, was ihn zum Lächeln brachte.

»Willa!«, rief er ihr zu, da sie schon zum Cottage zurückging, und dachte an ihren Anblick in Rongbuk. Vor langer Zeit. Wie sie auf einem Felsen saß und in den Himmel starrte.

Willa drehte sich um. »Was ist?«, fragte sie müde.

»Schau!«, antwortete er und deutete nach oben.

Sie folgte seinem Blick, und Max sah Tränen auf ihren Wangen schimmern. Hoch über ihnen spannte der Schütze seinen Bogen. Und in der überwältigenden, endlosen Nacht blitzte der Orion.

Epilog

Kenia, September 1919

Willa beobachtete Seamie und James, wie sie durchs Gras liefen und versuchten, einen Drachen steigen zu lassen, den sie aus Zeitungspapier gebastelt hatten.

Sie saß auf der Veranda eines Bungalows. Das Haus war etwa zwanzig Jahre alt und stand inmitten eines schönen Gartens. Rosen rankten sich um die Veranda, die gerade in voller Blüte standen.

»Wildrosen«, erklärte Arthur Wayland ihr, der Mann, der ihnen das Haus verkauft hatte. »Von einer Hecke in England und den ganzen weiten Weg bis hierhergebracht. Es waren die Lieblingsblumen meiner Frau, und sie ertrug es nicht, sie zurückzulassen. Sie haben sich hier prächtig entwickelt.«

Erst letzte Woche hatten sie den Bungalow und die achtzig Hektar Land gekauft, die dazugehörten. Mr Wayland ging nach vierzig Jahren in Afrika nach England zurück. Seine Frau war gestorben. Seine beiden Söhne lebten in London. Es war an der Zeit für ihn, nach Hause zurückzukehren.

Willa hatte sich sofort in das Haus verliebt. Es war nach Westen ausgerichtet und bot einen spektakulären Blick auf den Kilimandscharo. Endlich hatten sie ein Heim und mussten nach zwei Monaten auf Schiffen, in Zügen, Hotels und Zelten nicht mehr aus dem Koffer leben.

Während sie Seamie und James beobachtete, fiel ihr auf, wie langsam sich Seamie bewegte. Die Narben von den Verbrennungen machten ihm immer noch zu schaffen. Auch Willas Bein tat noch weh. Das war auch der Grund, weshalb sie sich gesetzt hatte und nicht beim Drachenfliegen mitmachte. Sie musste sich erst noch an die neue Prothese gewöhnen, die sie kurz vor ihrer Abreise aus England gekauft hatte. Sie war leichter und verschaffte ihr einen größeren Bewegungsradius als jedes künstliche Bein zuvor. Dennoch musste sie lernen, ihre Gangart daran anzupassen und sich mit Schmerzen und wunden Stellen abzufinden. Die Prothesenhersteller hatten bei der Entwicklung künstlicher Arme und Beine große Fortschritte gemacht. Das war auch nötig gewesen, denn Tausende waren mit fehlenden Gliedmaßen von der Front heimgekehrt. Sie mussten wieder in die Lage versetzt werden, sich zu bewegen, zu arbeiten, ihre Kinder im Arm zu halten.

Wir haben alle Narben davongetragen. Wir sind alle beschädigt, dachte Willa, als sie ihr Knie massierte. Einige der Wunden waren äußerlich, andere gingen weitaus tiefer. Es gab Tage, an denen James nach wie vor um seine tote Mutter weinte. Und Nächte, in denen er aufwachte und schrie, dass böse Männer ihn holen wollten.

Auch Seamie hatte seine dunklen Stunden. Die Nachwehen von Billy Maddens Besuch in Binsey waren sehr schwer für ihn gewesen. Er musste sich mit Jennies Lügen abfinden und sich klar werden, warum sie ihn belogen hatte. Manchmal sei er wütend, sagte er, aber meistens zutiefst deprimiert, weil er sie enttäuscht hatte. Und traurig, weil sie so verzweifelt an seiner Liebe festgehalten hatte, dass sie ihn belog und ihm das Kind einer anderen Frau unterschob. Und dass diesen Betrug schließlich Josie Meadows hatte büßen müssen.

Auch Willa hatte ihre Zweifel und Ängste – so schwerwiegende zum Teil, dass sie wieder zur Spritze greifen wollte, was sie dann aber doch nicht tat. Sie hatte große Zweifel, dass sie und Seamie es je schaffen könnten. Und sie hatte Angst, dass zu viel passiert war, dass die Fehler der Vergangenheit sie stets aufs Neue einholen würden, dass ihre Liebe für alle Zeiten unter einem schlechten Stern stünde.

Nachdem Max damals weggefahren war, war sie ins Cottage gegangen und auf einen Stuhl gesunken. Ein paar Minuten später traf der Constable mit Mr Wallace und James ein. Seamie erklärte ihnen die Geschehnisse und übernahm die Version, die Max vorgeschlagen hatte. Dann dankte er beiden Männern, verabschiedete sich und brachte James zu Bett. Albie fachte das Kaminfeuer neu an, belegte eine Platte mit Käse, Pickles, Schinken und Brot und holte den Brandy heraus.

Sie tranken, aßen, redeten stundenlang und schliefen dann ein – Albie in einem Sessel, Willa in einem anderen und Seamie auf dem Sofa. So waren sie seit Jahren nicht mehr zusammen gewesen, seit ihrer Teenagerzeit nicht mehr. Am Morgen beschlossen sie, Joe und Fiona zu informieren, was passiert war, auch Sid und India, aber sonst niemanden. Jemand anderem davon zu erzählen, einschließlich der Polizei, hätte für James nachteilig sein können. Seamie würde seinem Sohn eines Tages die Wahrheit sagen. Wenn er älter wäre.

Am nächsten Morgen bot Albie an, Willa mit nach Cambridge zu nehmen.

Seamie antwortete für sie. »Nein«, sagte er. »Bleib, Willa. Bitte.«

»Bist du dir sicher?«, fragte sie ihn. Er und James hatten so viel durchgemacht und brauchten vielleicht etwas Zeit für sich. Sie liebte ihn und wollte bei ihm sein, hatte aber keine Ahnung, ob er genauso empfand – nach allem, was vorgefallen war.

»Bitte«, bekräftigte er seinen Wunsch erneut. Und so war sie geblieben.

Sie redeten – nicht über ihre Gefühle, nicht über Jennie und Max oder andere Geschehnisse in der Vergangenheit, sondern darüber, wie es ihnen in letzter Zeit ergangen war. Seamie erzählte ihr von dem Kriegsgefangenenlager und dass er nach dem Krieg eigentlich gar nicht mehr nach England zurückkehren wollte. Dass er nicht wusste, was er sich vornehmen sollte. Was er überhaupt mit sich anfangen und wie er James aufziehen sollte. Willa erzählte ihm von ihrem Leben in Paris, den Fotografien und dass sie dorthin zurückgegangen sei, weil sie es in London unerträglich fand.

Sie waren beide erschöpft und von den Ereignissen erschüttert, vor allem bei dem Gedanken, dass alles noch viel schlimmer hätte kommen können. Sie lebten sehr ruhig – machten Spaziergänge mit James oder besuchten den Dorfmarkt. Sie unternahmen Ausflüge in die Umgebung oder aßen im King's Head. Bereiteten ihr Frühstück zu. Lasen. Spielten mit James.

Seamie berührte und küsste sie nicht, was sie verstand. Er trauerte. War wütend. Oder von Schuldgefühlen gepeinigt. Auch sie berührte ihn nicht, aus Angst, abgewiesen zu werden.

Es verging eine Woche, ein Monat, und Willa stellte fest, dass sie nicht wusste, was sie tun sollte. Ob sie bleiben oder gehen sollte. Sie hätte gern gewusst, wie Seamie empfand, wagte aber nicht, ihn zu fragen. Zum ersten Mal in ihrem Leben hatte sie Angst. Doch es war ihr lieber, nichts zu wissen und zu hoffen, als sicher zu sein, dass er nicht die gleichen Gefühle für sie hegte wie sie für ihn. Die Gewissheit zu haben, dass er sie nicht mehr liebte.

Und dann eines Nachts wischte er plötzlich all ihre Zweifel vom Tisch.

»Ich will das nicht«, sagte er auf einmal, als sie am Feuer saßen.

Willa erschrak. Sie dachte, er meinte sie. Ihre Beziehung. Sie hatte gehofft, sie hätten noch eine Chance, aber andererseits, wie denn? Es gab zu viele Verletzungen. Zu viel Schmerz. Sie war nicht überrascht, aber am Boden zerstört.

Aber sie täuschte sich.

»Ich will nicht mehr hier in Binsey bleiben«, sagte er. »Ich ertrag es nicht mehr. Ich habe versucht, es zu mögen. Um James willen. Weil er das Land liebt. Und um deinetwillen natürlich, weil du London nicht magst. Aber ich hasse es hier. Ich hasse dieses Cottage. Es wohnen zu viele Gespenster der Vergangenheit hier. Aber ich will auch nicht mehr in England bleiben. Sondern dahin zurückgehen, wo alles begonnen hat schiefzugehen, und es wieder geradebiegen. Ich möchte neu anfangen. Mit dir und James. In Afrika.«

Willa war sprachlos.

»Du hältst das wohl für eine schlechte Idee?«, fragte Seamie enttäuscht.

»Nein, tue ich nicht. Im Gegenteil, ich finde, es ist eine ganz großartige Idee. Wann könnten wir denn weg?«

»Sobald du mich geheiratet hast.«

»Seamie, ich …«

»Sag Ja, Willa. Sag Ja oder geh nach Paris zurück«, unterbrach er sie schroff. »Wenn du wieder davonlaufen willst, mach's gleich. Bevor dich James genauso sehr liebt wie ich. Ich kann den Schlag wegstecken. Er nicht. Er hat schon zu viel durchgemacht.«

»Ja«, sagte Willa.

Seamie sah sie lange und eindringlich an. Dann nahm er ihre Hand, zog sie hoch und führte sie ins Schlafzimmer. Dort liebten sie sich im Dunkeln, schliefen ein und wachten im Morgenlicht gemeinsam auf.

Seamie fuhr sie am nächsten Morgen nach Oxford, wo sie den Zug nach Paris nahm, um dort ihre Sachen zu packen und ins Haus ihrer Mutter schicken zu lassen. Anschließend ging er zu einem Juwelier und kaufte zwei Ringe. Drei Wochen später wurden sie in London in Willas Elternhaus getraut. Albie führte die Braut zum Altar. Mrs Alden richtete einen schönen Empfang für sie aus, an dem Fiona und Joe teilnahmen. Und Charlie, der seine Sprache inzwischen wiedergefunden, und Katie, die gerade ihren Abschluss in Oxford gemacht hatte und sich für die Labour-Partei um den Sitz von Southwark bewarb, und alle übrigen Kinder.

Am Tag nach ihrer Hochzeit schlenderten Seamie und Willa mit James die Gangway des Dampfers hinauf, der sie nach Ostafrika brachte. In Mombasa heuerten sie Träger an, genau wie Jahre zuvor, und begaben sich auf eine lange, geruhsame Reise, damit James Afrika kennenlernte. Und dann beschlossen sie, sich hier in Kenia, in der Nähe des Kilimandscharo, niederzulassen.

Der Schmerz in Willas Knie hatte nachgelassen. Sie hoffte, er würde mit der Zeit völlig verschwinden, wenn sich ihr Körper an das neue Bein gewöhnt hatte. Sie stand auf, schattete die Augen mit den Händen ab und lächelte ihren Mann und James an. Er war nicht ihr Sohn, noch nicht. Vielleicht eines Tages. Wenn er das wollte. Im Moment nannte er sie Willa, und damit waren sie beide zufrieden.

Sie verlagerte ihr ganzes Gewicht auf die Prothese und ging auf Seamie und James zu. Es war so gut, das neue Bein, dass sie dachte, sie könnte eines Tages vielleicht sogar wieder klettern. Nicht auf den Mawenzi-Gipfel, sondern den Uhuru. Vielleicht könnte sie das schaffen. Der Aufstieg war nicht besonders schwierig, ein Kinderspiel eigentlich. Aber das war in Ordnung.

Einmal, vor langer Zeit, wollte sie kühn sein. Wagemutig und tapfer. Die Erste sein.

Jetzt wollte sie nur noch sie selbst sein.

Sie wollte still den nächtlichen Himmel mit den funkelnden Sternen bewundern, ohne sich fragen zu müssen, welchen Weg sie einschlagen sollte. Sie wollte gemächlich durch die Steppe und den Dschungel wandern, ohne hastig ein Lager aufzuschlagen, sondern um Antilopenherden zu beobachten und dem Gesang der wundervollen Vögel zu lauschen. Sie wollte sich daran erfreuen, wenn der kleine James den afrikanischen Sonnenuntergang bestaunte, einem fliehenden Schimpansen nachsah oder sich mit einem Massai-Jungen seines Alters anfreundete.

Sie wollte abends mit Seamie am Feuer sitzen. Sich unterhalten und manchmal nur schweigend und staunend der geheimnisvollen afrikanischen Nacht lauschen.

Sie beide hatten sich gewaltsam voneinander losgerissen und waren daran zerbrochen. Vor Jahren. Hier in Afrika. Und 1914 war die ganze Welt in Stücke gebrochen. Jetzt würden sie sich – und die Welt – wieder zusammensetzen. Um langsam, unter Schmerzen, voller Reue und doch hoffnungsvoll, den Weg in die Zukunft zu suchen.

Sie wusste nicht genau, wie. Sie hatte keinen Plan. Keine Antworten. Keine Garantien.

Alles, was sie hatte, war dieser Tag.

Dieser unglaubliche Berg, der sich vor ihr erhob.

Diese Sonne in diesem Himmel.

Dieser Mann und dieses Kind.

Diese furchtbare, herrliche Liebe.

Danksagung

Folgenden Werken schulde ich Dank: *Everest: The Mountaineering History* von Walt Unsworth, *Lawrence of Arabia* von B. H. Liddell Hart, *Setting the Desert on Fire* von James Barr und *Die sieben Säulen der Weisheit: Lawrence von Arabien* von T. E. Lawrence – sowie den folgenden Websites: firstworldwar.com, wikipedia.com, parliament.net, bbc.co.uk/history, virus.stanford.edu/uda, cliffordawright.com, jordanjubilee.com und der digitalen Bibliothek der Cornell University, wo ich die Onlinebände von *Little's Living Age* eingesehen habe, einem Magazin, das von 1844 bis 1900 erschien.

Ich danke Sheri Nystrom für die wertvollen Informationen über Amputationen und deren Nachwirkungen.

Außerdem danke ich John A. Hollister für seine Hinweise und bitte ihn um Verzeihung, dass Albie Alden und seine Männer von »Room 40« in diesem Buch schon zu einem früheren Zeitpunkt Codes knacken, als es den Tatsachen entspricht.

Wie immer danke ich meiner wundervollen Familie für ihre Hilfe und ihren Beistand.

Danke auch meinen Agenten Simon Lipskar und Maja Nikolic und meinen Lektoren Leslie Wells und Thomas Tebbe.

Und schließlich möchte ich mich bei meinen Lesern, den Buchhändlern, Bloggern und Rezensenten bedanken, die die *Rosen*-Romane so freundlich aufgenommen haben. Über die Begeisterung, die E-Mails und freundlichen Worte freue ich mich mehr, als ich sagen kann.